Mara Volkers
Die Reliquie

Mara Volkers

Die Reliquie

Roman

Mehr über unsere Autoren und Bücher:
www.piper.de

ISBN 978-3-492-50197-2
© dieser Ausgabe, Piper Verlag GmbH, München 2018
© Mara Volkers, Piper Verlag GmbH, München 2010
Erstmals erschienen:
Bastei Lübbe Verlag, Bergisch Gladbach 2006
Covergestaltung: Tanja Winkler
Printed in Germany

Erster Teil

DER GRAF

1 Es schien wie verhext. Eben noch waren die Gänse so brav vor Bärbel hergelaufen, wie sie es gewohnt war, und nun blieb die Herde mitten im Hohlweg stehen, als wäre sie gegen eine unsichtbare Wand gelaufen. Die Tiere drehten sich um, reckten ihrer Hirtin schreiend die Hälse entgegen und schlugen mit den Flügeln. Einige versuchten sogar, an Bärbel vorbeizuschlüpfen und zum Weiher jenseits des Hügels zurückzulaufen. Von dort aber schallten trommelnde Hufschläge herüber, die rasch näher kamen.

»Gott im Himmel, hilf mir!«, schrie Bärbel auf. »Das kann nur unser Graf sein! Macht, dass ihr weiterkommt, ihr sturen Biester! Oder wollt ihr niedergeritten werden?«

In ihrer Not schlug sie mit der Rute auf die widerspenstigen Tiere ein und scheuchte sie auf das Ende des Hohlweges zu, hinter dem der Dorfanger begann. Es gelang ihr, den größten Teil ihrer gefiederten Herde auf die Wiese zu treiben, zwei Gänse aber entkamen ihr und watschelten schnatternd in den Hohlweg zurück. Bärbel jagte die anderen weiter von der Straße weg und rannte dann den Ausreißern nach. Gerade als sie die erste zu packen bekam, preschte der Anführer der Gruppe auf sie zu.

Es war Walther von Eisenstein, Graf zu Wallburg und unumschränkter Herr des Landes, so weit ein erwachsener

Mann an einem Tag gehen konnte. Er saß auf seinem riesigen Rappen und trug wie gewöhnlich einen dunkelroten Waffenrock, den ein goldenes, auf einem grauen Zinnenkranz stehendes Kreuz zierte. Sein Gesicht wirkte so hart und starr, als sei es aus Stein gemeißelt, und er schien die Hirtin und ihre Gänse nicht einmal wahrzunehmen.

Bärbel griff nach der zweiten Gans, um sie von den Hufen wegzureißen, wurde selbst getroffen und gegen die steile Wand des Hohlwegs geschleudert, deren Fuß hier wie ein löchriges Gebiss wirkte. Die Gans, die sie umklammert hatte, entglitt ihr und wirbelte in einer Wolke aufstiebender Federn davon.

Bärbel sah, wie ihre Tiere gegen die Felsen prallten, und stand schmerzerfüllt auf, um nach ihnen zu sehen. Im gleichen Augenblick mischte sich schallendes Gelächter in das schmerzerfüllte Kreischen der Gänse. Bärbel wurde steif vor Angst, denn vor lauter Sorge um ihre Tiere hatte sie die beiden Handlanger des Grafen vergessen. Jost von Beilhardt und Armin von Nehlis waren ein wenig hinter ihrem Herrn zurückgeblieben und machten sich nun über sie lustig. Jost, der Burgvogt des Grafen, hob seine Reitpeitsche, um der Gänsehirtin im Vorbeireiten einen Hieb zu versetzen, doch sein Schatten warnte Bärbel, sodass sie dem Schlag ausweichen konnte.

»Pass doch auf, du Trampel!«, brüllte Jost sichtlich enttäuscht, während er an ihr vorüberritt. Bärbel wich bis zur Felswand zurück und presste die Hand auf ihr wild klopfendes Herz, denn sie erwartete, dass der Vogt umkehren und ihr einige Hiebe versetzen würde. Zu ihrem Glück aber ritt er weiter.

Wie alle im Dorf fürchtete Bärbel den Vogt noch mehr als den Grafen, denn der Mann genoss es, andere Menschen zu drangsalieren und zu quälen. Er war nicht besonders groß, aber breit gebaut und kräftiger als alle anderen Männer. Daher vermochte er, seine Peitsche mit solch großer Wucht zu führen, dass seine Hiebe tiefe Wunden rissen. Das Pferd, das er ritt, war ein Rotschimmel von bösartigem Temperament und einem Fell, das selbst frisch gestriegelt noch schmutzig wirkte. Armin von Nehlis, der hagere Forstaufseher des Grafen, folgte seinem Freund Jost auf einem ebenso schnellen, fahlbraunen Tier, dessen Flanken vom häufigen Gebrauch der Sporen zernarbt waren und dessen Bisse und Tritte schon manchen Hörigen verletzt hatten.

Als Bärbel sich schüttelte, um den Schrecken loszuwerden, der jede Faser ihres Körpers zittern ließ, war sie für einen Augenblick überzeugt, sie habe sich sämtliche Knochen gebrochen. Ohne auf die Schmerzen zu achten, hinkte sie ein Stück auf das Ende des Hohlweges zu und sah den drei Reitern nach, deren Erscheinen nie etwas Gutes verhieß. Zu ihrer Erleichterung bog Walther von Eisenstein nicht zum Dorf ab, sondern blieb auf der Straße, die zum Kloster von St. Kilian führte.

Ein klagendes Wimmern, das beinahe wie das eines kleinen Kindes klang, erinnerte Bärbel wieder an ihre Pflichten. Sie drehte sich nach den verunglückten Gänsen um und erschrak. Die eine, die sie im Arm gehalten hatte, schien nicht weiter verletzt zu sein, denn sie lief leise schnatternd zu ihren Gefährtinnen. Die andere lag jedoch am Boden und streckte das linke Bein in unnatürlichem Winkel von sich. Einer ihrer Flügel hing schlaff herunter und färbte sich am Ansatz rot. Mit einem flauen Gefühl im Magen kniete Bärbel neben dem Tier nieder und untersuchte es. Sogleich bestätigten sich all ihre Befürchtungen: Flügel und Bein waren gebrochen!

»Oh Gott! Die Mama wird mich schelten! Bestimmt bekomme ich Schläge, obwohl ich doch gar nichts dafür kann.« Weinend hob sie die verletzte Gans auf und wankte mit müden Schritten weiter. Am Ende des Hohlweges warf sie noch einen letzten Blick auf den Grafen und seine Begleiter, die gerade in den Forst eintauchten, und wurde so zornig, wie eine Zehnjährige es nur werden konnte.

»Dich soll der Teufel holen, du böser Graf!«

»Ich muss dich enttäuschen, mein Kind«, sagte da jemand direkt hinter ihr, »doch Walther von Eisenstein ist leider gegen jeden Zugriff des Höllenfürsten gefeit.«

Bärbel ließ vor Schreck die Gans fallen, fuhr herum und sah einen Mann in ganz absonderlicher Tracht hinter sich stehen. Um seine Beine flatterten weite Hosen, aus deren Stoff man zwei Röcke hätte schneidern können. Sie steckten unten in spitz zulaufenden Stiefeln aus glänzendem schwarzen Leder, an denen kein Staubkorn haftete, und verschwanden oben unter einer bis zu den Hüften reichenden Tunika, die mit einer Schärpe gegürtet war. Über den Schultern des Fremden hing ein zusammengefalteter Mantel, der so schwarz wirkte wie der klare Sternenhimmel einer Winternacht und ebenso funkelte. Der Farbton der restlichen Kleidung lag irgendwo zwischen einem düsteren Rot und Schwarz, und dennoch leuchteten die Stoffe, als glimme ein Feuer in ihnen. Eine Kappe, um die ein schwarz schimmerndes Tuch geschlungen war, vervollständigte die Gewandung.

Zu Bärbels Verwunderung trug der wohlhabend wirkende Mann keine Waffe, so als müsse er weder die Räuber in den Wäldern noch die Herren auf ihren Burgen fürchten, die oft genug den Reisenden auflauerten und ihnen neben dem Besitz nicht selten auch das Leben nahmen. Aber als sie dem Fremden ins Gesicht sah, begriff sie, warum er so furchtlos wirkte. Allein der Blick der schwarzen, wie Kohle glühenden Augen vertrieb gewiss jeden Schnapphahn, und

Bärbel, deren Arme sich mit Gänsehaut überzogen, hätte sich am liebsten umgedreht und wäre davongelaufen. Doch etwas zwang sie, stehen zu bleiben und den Fremden weiter anzustarren. Das Gesicht des Mannes war viel schmaler als das der Leute, die hier lebten, und lief spitz zu; seine Hautfarbe glich frisch umgebrochener Erde und seine Nase dem Schnabel eines Bussards. Als der Fremde seine Lippen zu einem Lächeln verzog, nahm Bärbel schaudernd wahr, dass seine Zähne so spitz und scharf waren wie die eines Wolfes.

Plötzlich stieß der Zeigefinger des Mannes wie eine Schlange in die Richtung, in die der Graf geritten war. »Herr Walther will die frommen Brüder von St. Kilian aufsuchen, doch er kommt keineswegs in guter Absicht. Manch einer dieser Kuttenträger wünscht ihn ebenso von Herzen zur Hölle wie du, mein Kind, doch keiner wagt dies offen auszusprechen. Der Graf zu Wallburg ist ein harter Mann, und jeder fürchtet seinen Zorn.«

Bärbel erinnerte sich recht gut an die Predigten ihres Dorfpriesters, des ehrwürdigen Vater Hieronymus. »Seine Seele wird nach seinem Tod in die Hölle fahren und dort für all die Sünden braten, die er begangen hat, und am jüngsten Tag wird der liebe Herr Jesus ihn mit dem Fuß von sich stoßen, sodass er für immer beim Satan bleiben muss.«

Der Fremde machte ein angewidertes Gesicht, lachte dann aber spöttisch auf. »Das wird er ganz gewiss nicht, es sei denn, es geschieht etwas, das man ein Wunder nennen könnte. Herr Walther verfügt nämlich über einen mächtigen Talisman, der große Kraft besitzt und ihn vor den höllischen Mächten beschützt.«

Bärbel winkte verächtlich ab. Das, was der Mann da sagte, behaupteten viele Leute, aber ihre Mutter nannte es dummes Gerede. Sie musste es wissen, denn sie war eine fromme Frau, die keine Messe im Dorf versäumte und mindestens einmal im Jahr nach Würzburg pilgerte, um am Grab des heiligen Kilian zu beten.

Der Fremde beobachtete Bärbels Mienenspiel und kicherte leise. Es klang wie das Keckern eines Eichhörnchens. Unvermittelt zeigte er auf die verletzte Gans, die Bärbel wieder aufgehoben hatte und schützend an sich drückte. »Soll ich deinen Vogel wieder gesund machen?«

Bärbel schüttelte so heftig den Kopf, dass sich ihre silbrig weißen Zöpfe lösten. »Ihr macht Euch über mich lustig! Das könnte nicht einmal der Herr Pfarrer, und der ist ein gelehrter Mann.«

Sie presste die Lippen zusammen, denn plötzlich hatte sie Angst, etwas Falsches gesagt zu haben, und beschloss einfach wegzugehen. Da machte der Fremde eine knappe Handbewegung, und im gleichen Augenblick wurde die Gans in ihren Armen so schwer, dass sie sie absetzen musste.

Ohne auf die abwehrende Geste des Mädchens zu achten, kniete der Mann neben dem schreienden Tier nieder, strich ihm über das Gefieder und sprach ein paar fremdartig klingende Worte, die schmerzhaft in Bärbels Ohren widerhallten. Dann erhob er sich, trat einen Schritt zurück und klatschte in die Hände. Verblüfft sah Bärbel, wie die Gans auf die Beine kam, prüfend mit den Flügeln schlug und dann fröhlich schnatternd zu den anderen lief.

»Wie habt Ihr das gemacht?«

Der Fremde schien sich über Bärbels Staunen zu amüsieren. »Es gibt Dinge zwischen Himmel und Hö… äh, Erde, die den meisten Menschen verborgen bleiben.«

Der Mann wurde Bärbel immer unheimlicher, und doch erfüllte das Wunder, das sie eben miterlebt hatte, sie mit

Ehrfurcht. Mit einer solchen Gabe würde sie die Wunden heilen können, die der Vogt des Grafen auf dessen Befehl den Menschen schlug. Überall, wo Jost von Beilhardt auftauchte, benutzte er seine Peitsche und schien erst zufrieden zu sein, wenn Blut von ihr tropfte. Daher legte sie bittend die Hände zusammen und blickte zu dem Mann hoch.

»Könnt Ihr mich das auch lehren?«

»Für solche Künste bist du noch viel zu jung! Aber ich will dir von einem Geheimnis erzählen. Schau!« Der Fremde deutete auf die in der Sonne glänzenden Mauern der Wallburg, die hoch über den Baumwipfeln auf einem steilen Hügel thronte. »Ich sagte dir eben schon, dass der Teufel den Grafen nicht holen kann, weil dieser durch einen starken Zauber gegen die höllischen Mächte gefeit ist. Es wundert mich, dass du nichts davon weißt, denn in gewisser Weise bist auch du ein Teil seiner Geschichte.«

Bärbel hob abwehrend die Hände. »Nein! Nein! Mit dem bösen Grafen habe ich nichts zu tun!«

»Oh doch, das hast du! Komm, setz dich hierher, und höre mir gut zu!« Der Mann wies auf einen Baumstumpf am Straßenrand, der Bärbel vorher nie aufgefallen war.

Sie fühlte, dass es nicht gut war, in der Nähe dieses Fremden zu bleiben, und versuchte erneut davonzulaufen. Doch sie war noch keine zwei Schritte weit gekommen, da machte der Mann eine weitere Handbewegung, und zu Bärbels nicht geringem Schrecken trugen ihre Beine sie zu dem Baumstumpf, und sie musste sich gegen ihren Willen auf ihn setzen.

Der Fremde hockte sich dicht vor sie, ohne sie jedoch mit den Händen oder einem Zipfel seines Gewandes zu berühren, und begann mit leiser, seltsam verführerischer Stimme zu erzählen: »Vor sehr vielen Jahren – man sagt, es sei in der Zeit des Stauferkaisers Konrad III. gewesen –

lebte in dieser Gegend ein junger Ritter namens Roland von Eisenstein. Er liebte Armgard, die Tochter und Erbin des Gaugrafen Kunibert von Wallburg. Da er aber glaubte, zu arm zu sein, um sie für sich gewinnen zu können, wählte er das Kreuz.« Der Fremde fuhr sich mit der Hand über den Mund, als müsse er das letzte Wort von seinen Lippen wischen.

Für einen Augenblick fühlte Bärbel den Bann weichen und wollte aufspringen, aber der Baumstumpf griff wie mit Wurzelfingern nach ihr und hielt sie fest. Der Fremde schien nichts von ihrem Fluchtversuch bemerkt zu haben, denn er sprach weiter, und seine Worte ließen nun Bilder in Bärbels Kopf entstehen. Sie sah den jungen Ritter in seiner altmodischen, von seinem Knappen jedoch liebevoll gepflegten Rüstung Burg Eisenstein verlassen und nach einem langen Ritt vor Kaiser Konrad III. treten, der ihm die Erlaubnis erteilte, sich den Kreuzrittern anzuschließen.

Der Zug der frommen Krieger endete schon lange vor dem Heiligen Land, denn Missgunst, Hunger und eine Vielzahl von Feinden dezimierten das Heer. Roland von Eisenstein kämpfte tapfer und erreichte als einer der wenigen Ritter die Stadt Jerusalem, in der Jesus Christus gestorben war. Da er mehr für seine Seele tun wollte, als nur dort zu beten, suchte er alle Plätze auf, an denen Jesus von Nazareth gewirkt hatte, und reiste dann weiter auf den Spuren der biblischen Vorväter bis in die Wüste Sinai. An dem Ort, an dem Moses in seinem Zorn die Gesetzestafeln zerschmettert hatte, befand sich zu jener Zeit die Klause eines frommen Eremiten, der gerade, als Roland sich seinem Heim näherte, von sechs Sarazenen überfallen worden war, die den frommen Mann zu Tode quälen wollten.

Ritter Roland vernahm ihr spöttisches Lachen und die Schreie des Gefolterten und stürmte ohne zu zögern gegen die Übermacht an. Drei Sarazenen erschlug er, und die drei anderen flohen schwer verwundet. Der fromme Mann aber schloss seinen tapferen Retter unter Tränen in die Arme und offenbarte ihm sein Geheimnis. In seiner Klause hielt er nämlich einen der heiligsten Talismane der Christenheit verborgen, einen Splitter von dem Kreuz, an dem Christus gestorben war.

An dem Holz haftet noch ein Tropfen vom Blute des Herrn Jesu, und das verleiht der Reliquie außerordentlich große Kräfte. Sie öffnet ihrem rechtmäßigen Besitzer den Weg ins Himmelreich, ohne dass die Engel des Herrn seine Seele prüfen, und so muss er seine Vergehen nicht in den Flammen des Fegefeuers büßen. Auch erfüllt der Kreuzessplitter ihm jene Wünsche, die ihm wahrhaft dienlich sind.

Der Eremit spürte, dass sich sein Leben dem Ende zuneigte, schenkte die Reliquie seinem Retter und sprach über beide seinen Segen. »Bis zu dem Tage, an dem Christus zur Rechten seines Vaters sitzend die Menschen richtet, sollen Nachkommen Ritter Rolands auf der Erde weilen und der Talisman ihnen den Weg zur ewigen Seligkeit öffnen. Da ein heiliger Mann diese Worte ausgesprochen hat, werden sie wohl auch in Erfüllung gehen.«

Der Fremde unterbrach seine Erzählung und wischte sich den Schweiß aus der Stirn, so als hätte er schwerste Arbeit geleistet. »Gegen den Zauber des Kreuzessplitters kann selbst Luzifer, der Oberste aller Teufel, nichts ausrichten. Würde er tausend Höllengeister mit ebenso vielen Eisenketten schicken, könnten sie den Grafen nicht fangen und zu ihm bringen. Durch die Macht des Kreuzessplitters wird Herrn Walthers schwarze Seele nach seinem Tod schnurstracks ins Paradies kommen. Aber zurück zu Ritter Roland. Er ist nach der Begegnung mit dem Eremiten so arm, wie er gekommen war, in seine Heimat zurückgekehrt, und dort hat der Kreuzessplitter seine Wirkung entfaltet. Gaugraf Kunibert hat Roland freudig willkommen geheißen und ihm schon nach wenigen Tagen seine Tochter Armgard zur Gemahlin gegeben. Nach dem Tod seines Schwiegervaters wurde Roland dessen Nachfolger und erbte die Wallburg. Er lebte fromm und tat Gutes, wie euer Dorfpfarrer sagen würde, und erzog seinen Sohn ebenfalls zu einem gottesfürchtigen Mann. Er starb jedoch zu früh, um mitzubekommen, dass sein Enkel Heinrich den Segen des Talismans recht unchristlich auszunützen begann. An dieser Stelle kommst nun du ins Spiel, wenn auch nicht in eigener Person.«

Der Fremde musterte Bärbel von Kopf bis Fuß, als sei sie eine Ziege, die er auf dem Markt kaufen wollte. Sein Blick brannte auf ihrer Haut, sodass sie fürchtete, ihr Kittel wäre beim Zusammenstoß mit Graf Walthers Pferd zerrissen. Schnell sah sie an sich herab. Aber der feste graue Stoff war heil und so sauber, dass die Mutter keinen Grund zum Schimpfen finden würde. In dem Moment erinnerte sie sich an ihre Gänse und erschrak, denn wenn die Tiere allein nach Hause gelaufen waren, würde ihre Mutter schon nach ihr suchen und sie für ihre Unachtsamkeit bestrafen.

Der Fremde hob beruhigend die Rechte. »Um deine Gänse brauchst du dir keine Sorgen zu machen, mein Kind. Die warten brav auf dem Dorfanger, bis du sie nach Hause führst.«

Der kann ja meine Gedanken lesen!, dachte Bärbel entsetzt. Ehe sie etwas sagen konnte, setzte der Mann seine Erzählung fort, und wieder entstanden Bilder in ihrem Kopf, die sie zur Zuschauerin längst vergangener Ereignisse machten.

Nun lernte sie Rolands Sohn Bernhold kennen und auch

dessen Söhne Heinrich und Adalmar, und sie erfuhr, dass zum ersten und einzigen Mal dem Geschlecht derer von Eisenstein zu Wallburg mehr als ein Sohn geboren worden war. Heinrich war ein stolzer, von sich überzeugter Mann, der bereits jung die Nachfolge seines Vaters angetreten hatte und der von seinen Untertanen mehr gefürchtet als geachtet wurde. Im Gegensatz zu ihm war sein Bruder Adalmar sehr beliebt, denn er hatte für jeden ein freundliches Wort übrig und versuchte manche Härte seines Bruders zu lindern. Adalmar verliebte sich in Lisa, die Tochter eines hörigen Bauern, in deren Schönheit Bärbel ihre ältere Schwester Elisabeth wieder erkannte. Als er seinen Bruder bat, Lisa heiraten zu dürfen, wurde Heinrich zornig und zwang ihn, seine Heimat zu verlassen, indem er ihn von einigen Vertrauten außer Landes schaffen ließ. Adalmars Beziehung zu Lisa war jedoch nicht ohne Folgen geblieben, und das Mädchen starb bei der Geburt eines Knaben. Heinrich wollte den Jungen auf seine Burg holen und zum Ritter erziehen lassen, wie er es seinem Bruder zugesagt hatte, doch sein Sohn Manfred sah in seinem Vetter einen möglichen Konkurrenten und weigerte sich, ihn als Ziehbruder zu akzeptieren. Deshalb gab Adalmars Bruder seinen Neffen zu Bauersleuten in Pflege und stattete ihn später mit einem großen Freibauerngut aus.

»Adalmars Kind war dein Großvater, der Vater deines Vaters«, drang die Stimme des Fremden in Bärbels Kopf und ließ die Bilder in tausend Splitter zerspringen. »Du bist eine Verwandte Graf Walthers, so etwas wie eine Nichte dritten Grades, und derzeit die Einzige deiner Generation aus dem Blute Ritter Rolands.«

Bärbel hatte Mühe, seine Worte zu begreifen. »Wenn ich von Ritter Roland abstamme, so tut meine Schwester es doch auch!«

Der Mann zog scheinbar verwundert die Augenbrauen hoch. »Ach so, ja! Die gibt es auch noch. Aber es kommt auf dich an, Kind. Elisabeth ist unwichtig.«

Bärbel dachte daran, wie stolz ihre Schwester war, die Ältere zu sein. »Oh nein, mein Herr, da irrt Ihr Euch. Wenn Papa und Mama keinen Bruder für uns bekommen, wird Elisabeth einmal Freibäuerin auf dem Hirschhof werden und damit eine sehr wichtige Person im Dorf.«

Der Fremde belächelte Bärbels Eifer. »Das wird die Zukunft zeigen, mein Kind. Du aber solltest gut auf dich Acht geben, damit du nicht noch einmal in eine solche Gefahr gerätst wie eben.« Damit drehte er sich um und schritt zu Bärbels Verwirrung in die Richtung, aus der er gekommen sein musste, ohne einen der frommen Sprüche von sich zu geben, die beim Abschied unter Christenmenschen üblich waren.

2

Wie der Fremde es versprochen hatte, warteten die Gänse auf dem Anger dicht am Ende des Hohlweges auf ihre Hirtin. Von der ungewohnten Aufsässigkeit, mit der die Tiere den Zwischenfall mit dem Grafen heraufbeschworen hatten, war nichts mehr zu spüren. Sie folgten Bärbel zufrieden schnatternd zu dem Hof ihrer Eltern, der ein wenig abseits des Dorfes lag und sich mit seinen großen, im Fachwerkstil errichteten Gebäuden und dem sauber gefegten Vorplatz stark von den hölzernen Katen der hörigen Bauern abhob.

Gerade als Bärbel die Tiere in den Hof trieb, trat ihre Mutter aus dem Haus. Sie trug eine Bluse aus ungebleichtem Leinen unter einem ärmellosen Kleid aus Wolle, die sie beide selbst gesponnen, gewebt und zusammengenäht hatte, sowie einen reich verzierten Gürtel, an dem eine bestickte Tasche und ihr Schlüsselbund hingen. Ihre blonden Haare hatte sie mit einem Kopftuch aus weiß gebleichtem und mit blauen Fäden kunstvoll verwebtem Leinen bedeckt. Einige trockene Halme, die daran hingen, verrieten Bärbel, dass sie gerade Heu vom Boden herabgeholt hatte. Frau Anna, wie die Dörfler sie achtungsvoll nannten, war die Tochter eines Freibauern aus dem nahen Uffenheim und stolz darauf, die Herrin eines der größten Höfe im weiten Umkreis zu sein. Sie hatte das vierunddreißigste Jahr bereits vollendet und war etwas fülliger geworden, doch anders als die leibeigenen Bäuerinnen in der Nachbarschaft, die mit dreißig bereits alt und verbraucht waren, besaß sie noch alle ihre Zähne und ein glattes Gesicht, und man nannte sie im weiten Umkreis eine schöne Frau.

Bei Bärbels Anblick blieb sie stehen und maß ihre Tochter mit einem strengen Blick. »Wo bist du so lange gewesen?«

Das Mädchen zog den Kopf ein. »Der Graf ist schuld, dass ich so spät komme. Er kam herangeritten, als sei er vom Teufel besessen. Sein Pferd hat mich gegen die Wand des Hohlweges gestoßen und eine unserer Gänse verletzt. Ich wollte sie nach Hause tragen, aber da ist plötzlich ein Fremder aufgetaucht und hat das kaputte Bein und den gebrochenen Flügel wieder heilgemacht. Darüber war ich sehr froh, denn sonst hättest du die Gans vor Martini schlachten müssen.«

Bärbel war nicht gerade wohl in ihrer Haut, denn die Geschichte klang selbst in ihren eigenen Ohren unglaubwürdig, und sie fürchtete, die Mutter würde sie für die vermeintliche Lüge bestrafen.

Frau Anna warf einen kurzen Blick auf die Gänse und zeigte auf eine von ihnen. »War es die, die der Fremde berührt hat?«

»Ja, die graue da!« Bärbel schüttelte verwirrt den Kopf. Am Morgen war die Gans noch genauso weiß gewesen wie die anderen, aber jetzt wirkte ihr Federkleid so fleckig, als hätte jemand das Tier mit schmutzigen Fingern angefasst.

Frau Anna sog scharf die Luft ein und gab ihrer Tochter eine Ohrfeige, die sie gegen die Hauswand taumeln ließ. »Das war gar kein Fremder! Du hast dich mit der Hexe Usch eingelassen.«

Bärbel hob weinend die Arme, um sich vor weiteren Schlägen zu schützen. »Nein, das habe ich nicht! Das war ein Mann, glaub mir doch! Er war ganz seltsam angezogen und hat Künste beherrscht, die mir jetzt noch Angst machen.«

Frau Anna spürte, dass Bärbel die Wahrheit sprach, zog sie an sich und untersuchte sie eingehend. Zuletzt schnupperte sie sogar an ihr wie ein Hund. »Du hast Glück gehabt, Kind. Für einen Moment habe ich befürchtet, du wärst dem Gottseibeiuns begegnet, doch an dir haftet nichts von Seinem Gestank. Danke Gott auf den Knien, dass er dich vor den Höllenmächten beschützt hat, und lass es dir eine Lehre sein! Du darfst niemandem blindlings vertrauen, nur weil er dir angeblich etwas Gutes tun will. Alle Menschen sind im Grunde ihres Herzens schlecht und wenden sich lieber für billigen Tand den Mächten des Satans zu, als ihre Seele fromm und rein für die ewige Seligkeit zu bewahren. Die Gans ist für uns verdorben. Hättest du sie so, wie sie war, nach Hause gebracht, hätte ich sie schlachten und einsalzen können. So aber muss ich sie zu unserem ehrwürdigen Vater Hieronymus bringen, damit er den Dämon vertreibt, der in sie gefahren ist. Kann man das Tier dann noch essen, soll er es einer armen Familie schenken. Ich werde keinen Bissen von dem Fleisch anrühren, und du auch nicht!«

Bärbel vermochte den Gedankengängen ihrer Mutter nicht ganz zu folgen, denn sie hatte sich weder dem Teufel zugewandt noch nach billigem Tand gestrebt. Auch begriff sie nicht, weshalb man die Gans nicht essen konnte, wenn der Priester seinen Segen darüber gesprochen und das Böse verscheucht hatte.

»Sperr die anderen Gänse in den Stall und geh dann ins Haus, um Elisabeth zu helfen. Sie ist ja so fleißig, die Gute.« Frau Anna sagte es in einem Ton, als wolle sie Bärbel dafür verantwortlich machen, dass sie mit ihren zehn Jahren noch nicht so fest zupacken konnte wie ihre siebzehnjährige Schwester. Bärbel fand das ungerecht, aber da sie Mutter und Schwester liebte, trug sie den beiden nichts nach und beschwerte sich nur selten, wenn man sie für echte oder vermeintliche Fehler bestrafte.

»Hast du nicht gehört, du Transuse?« Frau Annas Stimme klang scharf.

»Ich bin ja schon dabei!« Bärbel hob den Stecken auf und trieb die Gänse zusammen.

Frau Anna blieb stehen, bis ihre Tochter das Federvieh in den Stall gesperrt hatte, und atmete dabei mehrmals tief durch, um den Schrecken zu vertreiben, der ihr noch immer in den Knochen saß. Sie fragte sich, wem ihre Tochter da wohl begegnet sein mochte. Ein guter Christenmensch konnte es gewiss nicht gewesen sein, denn sie roch den Atem der Hölle an der Gans. Ein Dämon oder ein Diener Satans aber hätte versucht, Bärbel in seinen Bann zu ziehen. Daher nahm sie an, dass der geheimnisvolle Fremde sich Künsten verschrieben hatte, die den Lehren der heiligen Kirche Hohn sprachen.

Mit einem tiefen Seufzer griff sie nach einem leeren Sack, der an der Wand der Scheune hing, stülpte ihn über die verhexte Gans und machte sich auf den Weg zum Pfarrer. Es tat ihr Leid um das fette Tier, doch selbst wenn Vater Hieronymus die Gans in Weihwasser badete, würde das Fleisch ihr wie Asche schmecken.

3

Das Häuschen des Pfarrers stand direkt neben der Kirche, die als einziges Gebäude im Ort aus Stein errichtet worden war. Gaugraf Bernhold hatte sie anlässlich der Geburt seines jüngeren Sohnes Adalmar gestiftet und mit hohen Fenstern aus farbigem Glas versehen lassen. Der viereckige, nach oben hin spitz zulaufende Turm überragte das mit verschiedenfarbigem Bruchschiefer gedeckte Kirchendach so weit, wie ein darauf stehender Mann mit ausgestreckter Hand greifen konnte. Hinter seinen Schall-Löchern hing der ganze Stolz der Kirchengemeinde, eine aus Eisen geschmiedete Glocke, die seit der Einweihung des Kirchleins regelmäßig zu Gottes Lob erklang.

Frau Anna blieb neben der aus wuchtigen Bohlen angefertigten Kirchentür stehen, beugte das Knie und richtete ein stilles Gebet an die Jungfrau Maria. Nachdem sie das Amen mit der gebührenden Ehrfurcht ausgesprochen hatte, erhob sie sich und ging weiter zum Pfarrhaus, das sich nicht von den Katen der Hörigen im Dorf unterschied. Sogar der hinten angebaute Hühnerstall fehlte nicht, und der gut bestellte Garten verriet, dass der Pfarrer nicht nur von den Abgaben der ihm anvertrauten Herde lebte, sondern selbst Hand anlegte.

Vater Hieronymus hatte Bärbels Mutter bereits erblickt und kam ihr entgegen. Er war kaum größer als sie und so mager, als würde er die Fastengebote der heiligen Kirche für sich noch um einiges verschärfen. Als Sohn eines Hörigen in Marktwalldorf, dem Hauptort der Grafschaft, geboren, hatte der Vater des jetzigen Grafen ihn zu den Mönchen ins Kloster St. Kilian gesteckt und nach den notwendigsten Weihen als Seelsorger hier eingesetzt.

Vater Hieronymus' Vorgänger war ein selbstbewusster Kleriker aus Ochsenfurt gewesen, der sich nicht gescheut hatte, seinem Herrn das eine oder andere Mal ins Gewissen zu reden. Sein häufiger Widerspruch hatte Graf Manfred veranlasst, einen fügsameren Charakter als Nachfolger auszusuchen. Und er hatte gut gewählt, denn Vater Hieronymus kroch bereits in sich zusammen, wenn er den roten Waffenrock des jetzigen Grafen nur von weitem sah. Trotz seiner Furchtsamkeit bemühte der brave Mann sich jedoch redlich, seiner Gemeinde ein guter Hirte zu sein, und er hatte schon mehr als einmal Hörigen geholfen, die ihre Abgaben nicht hatten zahlen können, und selbst für eine Weile von Rüben und Kraut gelebt.

Bei Bärbels Mutter bestand keine Gefahr, dass sie ihn voller Angst und Sorge um Hilfe bat, denn sie war ebenso reich wie fromm und gab an den Feiertagen regelmäßig Almosen, die er an seine Bedürftigen verteilen konnte. Als er den Sack in ihren Händen sah, nahm er an, dass sie auch heute etwas spenden würde, und empfing sie mit einem erfreuten Lächeln.

»Gott zum Gruße, Frau Anna. Wohin des Weges?«

Bärbels Mutter präsentierte ihm die Gans und bemühte sich dabei, sie nur durch den Stoff zu berühren. »Das Tier ist von einem Dämon besessen, ehrwürdiger Vater! Ihr müsst Euren Segen darüber sprechen, damit er wieder von ihm weicht. Danach könnt ihr es einem Eurer Armen schenken.«

Vater Hieronymus schüttelte den Kopf über Frau Annas Eifer, denn es stimmte ihn traurig, dass die Freibäuerin in jedem Ding, das ihr nicht ganz geheuer war, das Werk der Hölle zu sehen glaubte. Sie weigerte sich sogar, Kräuter zu verwenden oder auch nur in die Hand zu nehmen, die die Kräuterfrau Usch im Wald sammelte und auf den Märkten der Umgebung feilbot, denn sie behauptete steif und fest, die Frau sei dem Bösen verfallen. Dabei war Usch eine brave, ehrliche Haut, die arme Leute, die krank geworden waren, umsonst mit heilenden Salben und Säften versorgte. Vater Hieronymus erinnerte sich dankbar daran, wie Usch ihn mit Aufgüssen aus Kamillenblüten und Huflattichblättern im letzten Winter von einer hartnäckigen Erkältung befreit hatte, und er musste sich zurückhalten, um der Freibäuerin nicht eine Predigt über Hoffart zu halten. Im gleichen Augenblick kreischte die Gans auf und lenkte seine Gedanken wieder auf den Grund für Frau Annas Besuch.

»Verstehe ich dich recht, meine Tochter? Du willst die Gans nicht essen, weil du meinst, der Atem des Bösen hätte sie gestreift?«

Frau Anna nickte eifrig. »Nicht nur gestreift, ehrwürdiger Vater. Meine Bärbel hat erzählt, das Tier sei, als Herr Walther an ihr vorbeiritt, unter die Hufe seines Rappen geraten und habe sich dabei Flügel und Bein gebrochen. Dann ist ein Fremder aufgetaucht, ein Hexer, wenn nicht gar ein Knecht des Satans, und hat die Gans geheilt. Riecht Ihr denn nicht den Gestank der Hölle an ihr? Es haftet so viel Rauch und Schwefel an dem Gefieder, dass mir ganz schlecht davon wird, und mich schaudert, wenn ich daran denke, wie knapp meine jüngere Tochter dem Unheil entgangen ist. Sobald mein Mann im Herbst die Bienenstöcke eingesammelt hat, werde ich aus ihrem Wachs eine große Kerze gießen und sie in der Kirche vor der heiligen Mutter Gottes aufstellen.«

»Das ist recht von dir, meine Tochter! Gib mir nun das

Tier und geh mit Gottes Segen heim.« Vater Hieronymus nahm Frau Anna den Sack ab, verabschiedete sie mit seinem Segen und blickte ihr nach, bis sie zwischen den Hütten verschwand. Dann trug er die Gans kopfschüttelnd hinüber zum Stall. Er glaubte Frau Anna kein Wort, außer dass der Hengst des Grafen das Tier getreten hatte. Wahrscheinlich hatte Bärbel in ihrem Schrecken geglaubt, die Gans wäre schwer verletzt, und schrieb deren scheinbar wunderbare Heilung fremden Mächten zu. Der Priester seufzte tief und hoffte, dass die aufgeweckte Kleine nicht auch einmal genauso verdreht sein würde wie ihre Mutter.

Während er der Gans ein paar Körner hinstreute, stellte er sich vor, sie würde goldbraun gebraten vor ihm liegen, und fühlte, wie ihm das Wasser im Mund zusammenlief. Einen Teil des Tieres, vielleicht die Hälfte, würde er an einen anderen Hungrigen abgeben. Noch während er sich voller Vorfreude die Lippen leckte, erinnerte er sich daran, dass er Frau Anna versprochen hatte, einen Dämon aus der Gans zu vertreiben. Er schlug das Kreuz über dem Tier und sprach von den zahlreichen lateinischen Versen, die er auswendig hatte lernen müssen, jene, mit denen die finsteren Mächte bekämpft werden konnten.

Im gleichen Moment begann das Tier erbärmlich zu schreien. Vor Vater Hieronymus' Augen gab ihr linkes Bein nach, und sie kippte haltlos zur Seite. Gleichzeitig streckte sie einen Flügel von sich, und dort, wo der gebrochene Knochen sich durch die Haut gebohrt hatte, trat Blut aus.

Dem Pfarrer entfuhr ein wenig christlicher Fluch, dann aber kniete er nieder und faltete demütig die Hände. »Verzeih, Herr, wenn ich gesündigt habe! Aber ich weiß nicht, ob ich meinen Augen noch trauen kann. Die schöne Gans ist eben noch herumgelaufen, und nun liegt sie wie von böser Hand gefällt vor mir.«

Er verstand die Welt nicht mehr. Im Kloster hatte man ihn nur beten gelehrt und ihm gesagt, was er als Pfarrer tun und sagen sollte. Von Zauberei und übernatürlichen Mächten aber hatte er nicht mehr erfahren als die Worte, die ihn und die ihm anvertrauten Menschen vor dem Bösen schützen sollten. Eine Weile starrte er hilflos auf die vor Schmerzen zischende Gans herab und entschied schließlich, kein Aufhebens von der Sache zu machen, denn wenn er das Tier zu den frommen Brüdern von St. Kilian brachte, zog das nur unangenehme Fragen nach sich. Wahrscheinlich würde man ihn hinter seinem Rücken verlachen und den Vogel selbst verzehren. In dem Moment erinnerte er sich, dass just an diesem Tag eine der Fastenwochen im Jahr angebrochen war, und senkte traurig den Kopf. Ausgerechnet jetzt war es ihm verboten, ein Tier zu töten und sein Fleisch zu essen. Da es aber unbarmherzig gewesen wäre, die Qual der Gans zu verlängern, holte er ein Messer und schlachtete sie.

Während der Pfarrer den Vogel rupfte und dabei versuchte, das Knurren seines Magens zu überhören, stellte er fest, dass das Fleisch an den Stellen, an denen die Knochen gebrochen waren, dunkel verfärbt war und unangenehm roch. Er schnitt diese Teile ab, legte die Eingeweide dazu, die er nicht gebrauchen konnte, und beschloss, sie mit einem Gebet im Wald zu verscharren und Weihwasser über die Stelle zu gießen. Vorher aber stachen ihm der Magen und die Leber der Gans in die Augen, und er sagte sich, dass Gott gewiss nichts dagegen hatte, wenn er sein Fasten ein wenig später begann. Das Fleisch des Vogels aber würde er an andere verteilen.

4

Nachdem der Fremde Bärbel verlassen hatte, wanderte er tief in Gedanken versunken die Straße entlang. Ein paar Mal drehte er sich mit nach innen gekehrtem Blick um und bleckte die Zähne in Richtung der gräflichen Burg, als wolle er einem abgrundtiefen Hass Ausdruck geben. Plötzlich aber verzog er seine Lippen zu einem höhnischen Grinsen und schritt kraftvoller aus. Am Ende des Hohlwegs bog er ab und tauchte in das dichte Grün des Waldes ein, der die Siedlungsrodung mit dem Dorf umschloss. Uralte Eichen, unter denen noch heidnische Priester gebetet haben mochten, mächtige Buchen und Eschen bildeten einen auf den ersten Blick düster und undurchdringlich wirkenden Urwald, auf dessen Boden sich Beerensträucher, Büsche, Dornenranken und mehr als mannshohe Farne so fest ineinander verwoben hatten, als wollten sie sich jedes Wanderers erwehren.

Der Mann ließ sich nicht abschrecken, sondern folgte einem kaum sichtbaren Pfad, der vor seinen Füßen wie auf einen unhörbaren Befehl breiter wurde und sich hinter ihm wieder schloss, so als besäße der Fremde die Macht, den Pflanzen zu gebieten. Nach einer Weile erreichte er eine kleine Lichtung unter einem von drei alten, verkrümmten Eichen gekrönten Hügel. Ein Bach sprang fröhlich plätschernd herab und floss quer über die Lichtung. An seinem Ufer stand ein mit frischem Wasser gefüllter Eimer. Einige Fische, die von kundiger Hand ausgenommen worden waren und nun an Stecken trockneten, zeigten ebenfalls an, dass vor kurzem noch jemand hier gewesen sein musste. Am Fuße des Hanges klebte eine windschiefe Hütte so eng an der Hügelflanke, dass nur die Front und ein Stück des mit Moos bedeckten Daches zu sehen waren. Die Wände der Kate bestanden aus ungeschälten, gut armdickem Stangenholz, dessen Zwischenräume mit Moos abgedichtet worden waren, und gingen ebenso wie das Dach nahtlos in die Felswand über.

Als der Fremde sich der Hütte näherte, öffnete sich die an Lederbändern hängende Tür, und eine Frau in einem sackartigen Kleid aus gesprenkelter Wolle trat heraus. Ihr Alter konnte man schlecht abschätzen, aber sie wirkte auf den zweiten Blick alles andere als verbraucht, und ihr von der Sonne gebräuntes Gesicht wies trotz des herben Ausdrucks um ihren Mund noch Spuren früherer Schönheit auf. Ihr Haar hatte sie zu einem straffen Zopf geflochten, und dennoch wirkte es so strähnig, als wäre es seit langer Zeit nicht mehr gewaschen worden.

Ihre dunkelblauen Augen blinzelten dem Besucher misstrauisch entgegen, doch als sie ihn erkannte, verlor sich der abwehrende Ausdruck ihres Gesichts und machte einem überraschten Lächeln Platz. »Ihr seid es, Meister Ardani! Seid mir willkommen. Ich habe nicht erwartet, Euch so bald wieder zu sehen, sonst hätte ich mich ein wenig zurechtgemacht.«

Der Fremde lachte meckernd auf. »Sei ohne Sorge, Usch. Ich blicke tiefer als die meisten Menschen und weiß, dass unter deiner entstellenden Hülle ein stattlicher und begehrenswerter Leib zu finden ist.«

»Seid Ihr einen Monat vor Eurer normalen Zeit erschienen, um diesen – wie ihr es sagt – begehrenswerten Leib zu benutzen?«, fragte sie spöttisch, zuckte aber ein wenig zusammen, als Ardani sie mit einem tadelnden Blick bedachte.

»Gehen wir ins Haus!« Es klang wie ein Befehl.

Usch hielt ihrem Besucher sofort die Tür auf, schloss sie sorgfältig hinter sich und verhängte sie mit einer Decke, sodass niemand durch die Ritzen der grob bearbeiteten Bretter hindurchspähen konnte. »Es könnte Euch jemand nachgeschnüffelt haben, und ich will nicht, dass er Euch bei mir sieht. Es würde nur den üblen Gerüchten Vorschub leisten, die missgünstige Leute über mich in die Welt gesetzt haben.«

Ihr Besucher lächelte nur. Er hätte ihr erklären können, dass er einen Zauber über die Hütte und ihre Umgebung geworfen hatte, der Mensch und Tier gleichermaßen fern hielt, solange er bei ihr weilte. Doch das gehörte zu den Dingen, die die Frau nichts angingen. Ohne Usch zu beachten, sah er sich in der Hütte um, als würde er sie zum ersten Mal sehen. Das eigentliche Haus war kaum drei Schritte tief und mündete in eine sich in den Fels verzweigende Grotte mit unterschiedlich großen, versetzt übereinander liegenden Kammern.

Gleich beim Eingang lag die Küche mit dem gemauerten Herd, der so geschickt angebracht war, dass der Rauch nicht in die Höhle drang, sondern durch das Strohdach der Hütte abziehen konnte. Der nächste Teil lag eine halbe Mannslänge höher und enthielt ein primitives Holzgestell, an dem Dutzende von Kräuterbüscheln hingen, und in einem weiteren, über natürliche Stufen im Fels zu erreichenden Abteil stapelten sich Körbe und Kisten mit allerlei Vorräten. Noch ein Stück höher, auf einem Felsabsatz, zu dem man nur über eine Leiter gelangen konnte, befand sich das aus Birkenreisig, Moos, verschlissenen Wolldecken und abgeschabten Schaffellen aufgeschichtete Nachtlager der Frau. Wie das Gestell für die Kräuter bestand auch die Leiter nur aus Bast und dünnem Stangenholz, war aber, wie Ardani wusste, so fest, dass man auch größere Lasten über sie hinauftragen konnte. Das war auch notwendig, denn hinter dem Abteil mit der Bettstatt gelangte man in weitere, gut versteckte Teile der Höhle, in denen hölzerne Truhen und eine Reihe von Steinguttöpfen standen, deren Inhalt zufällige Besucher nichts anging.

Usch trat zu einem kleinen Fass im zweiten Abteil und nahm zwei Holzbecher zur Hand. »Wollt Ihr einen Schluck meines guten Holunderweins, Meister Ardani? Der hochwürdige Abt Rappo des Klosters von St. Kilian weiß ihn wohl zu schätzen.«

Ihr Gast ging jedoch nicht darauf ein. »Ich habe eine wichtige Aufgabe für dich, Usch!«

»Noch eine?«, fragte sie spöttisch, zuckte aber im nächsten Moment erschrocken zusammen. »Nichts für ungut, Herr, ich wollte Euch nicht erzürnen. Es ist nur … Ich warte doch schon so lange auf die Erfüllung jener einen Gunst, die Ihr mir versprochen habt. Doch nun sind bereits mehr als zehn Jahre vergangen, und Graf Walther erfreut sich noch immer seines kostbarsten Besitzes. Ich hätte meinen damaligen Plan verfolgen und den Mann vergiften sollen.«

Uschs Stimme klang mit einem Mal hasserfüllt und böse, und das reizte ihren Besucher zu einer verächtlichen Geste. »Hättest du dies wirklich geschafft, was ich stark bezweifle, wäre der Graf geradewegs ins Himmelreich aufgestiegen. Dich aber hätte man den schlimmsten Foltern unterworfen und anschließend hingerichtet, und als Mörderin wäre deine Seele dem Teufel verfallen gewesen.«

Ardani lachte amüsiert, bedachte Usch jedoch mit einem Blick, in dem eine unheimliche Drohung lag. Schnell senkte er den Kopf, damit sie seinen Gesichtsausdruck nicht bemerken konnte. »Usch, du wirst dich bald um Bärbel, die Tochter des Freibauern Otto, kümmern müssen.«

Die Frau stieß einen halb erstickten Laut aus. »Um was nicht noch alles? Ausgerechnet mir wollt Ihr eine Tochter der heiligmäßigen Anna anvertrauen, die nicht einmal eine Beere isst, die ich mit meinem Kleid gestreift habe? Käme das Kind auch nur auf hundert Schritt an meine Hütte heran, würde die Mutter es streng bestrafen und mir die frommen Brüder von St. Kilian oder gar den Pfaffen von Scheinfeld auf den Hals hetzen. Die sind aus einem härteren Holz geschnitzt als unser braver Vater Hieronymus und wären gewiss der Meinung, ich sei eine Schadhexe, die ertränkt oder verbrannt gehört.«

»Bist du denn keine Hexe?«, fragte Ardani scheinbar verwundert.

Usch wand sich wie eine in die Enge getriebene Schlange. »Nun ja, ich habe ein paar Künste von Euch gelernt, die andere Menschen nicht beherrschen. Dafür aber werde ich von Frau Anna als Dienerin des Satans bezeichnet, obwohl ich meine Seele niemals dem Teufel verschreiben würde.«

»Bärbels Mutter merkt eben, dass du mit magischen Dingen zu tun hast, und hält diese dem Geschwätz eurer christlichen Pfaffen zufolge für Teufelswerk. Wäre diese Frau nicht so engstirnig, würde sie eine wunderbare Schülerin abgeben. Du bist nur ein brennender Kienspan gegen das lodernde Herdfeuer der Kraft, die in ihr ruht. Ihre Ahnfrauen waren die Opferpriesterinnen der hier lebenden Barbarenstämme und haben manch zuckendes Herz durchbohrt und sein Blut über Götzenbilder gegossen. Welch eine Verschwendung, dass sie ihre ererbten Talente nicht nutzt!« Ardani seufzte tief und hieb dann mit der Hand durch die Luft.

»Mit ihrer Hilfe hätte ich den Grafen längst vernichten und seine Seele zur Hölle schicken können. Doch auch so werden wir ihn fangen wie einen Vogel im Wald. Dafür aber benötige ich die Hilfe der kleinen Bärbel. Der Kreuzessplitter schützt den Grafen gegen meine magischen Fähigkeiten, und daher müssen wir ihm als Erstes diese Reliquie wegnehmen. Das aber kann nur jemand vollbringen, der gleich ihm dem Blute Ritter Rolands entstammt und im Herzen so rein geblieben ist wie ein makelloser Diamant. Präge dir das gut ein, Usch! Bärbel darf nichts von deinen geheimen Künsten erfahren, und wenn du ihr nur einen Hauch davon beibringst, ist alles verloren! Sie allein ist in der Lage, den Kreuzessplitter zu finden und an sich zu nehmen, und damit die einzige Person, die dir den Weg zu deiner Rache ebnen kann.«

Usch schob die Unterlippe vor wie ein trotziges Kind. »Meine Rache ist Euch doch egal! Ihr wollt nur den Kreuzessplitter wieder ins Morgenland zurückbringen. Glaubt Ihr, ich hätte vergessen, was Ihr mir im Lauf der Jahre erzählt habt? Ich frage mich nur, was Ihr mit einem so heiligen Ding dort anfangen wollt. Ihr Heiden könnt ihn doch gar nicht gebrauchen! Und wie soll Bärbel den Splitter für Euch beschaffen, da nicht einmal Ihr sein Versteck kennt?«

Meister Ardani zwinkerte ihr verschwörerisch zu. »Keine Sorge! Auch das wird Bärbel für uns herausfinden. Aber nun zu etwas anderem: Hast du die Kräuter gesammelt, wie ich dir aufgetragen habe?«

»Freilich habe ich das!« Usch erhob sich, kletterte in den geheimen Teil ihrer Höhle und kehrte nach einer Weile mit mehreren sorgfältig verpackten Bündeln zurück. »Hier ist alles genau so, wie Ihr es gewünscht habt. Wenn Ihr nachschauen wollt?«

Ihr Gast winkte ab. »Wozu? Bis jetzt hast du mich noch nie betrogen. Hier ist dein Lohn.« Er nestelte einen Beutel vom Gürtel und warf ihn Usch zu. Diese öffnete ihn und starrte auf das Gefunkel von Silber und Gold, das sich vor ihren Augen auftat.

»Ich müsste Euch großzügig nennen, wenn ich wüsste, wofür ich das Geld verwenden könnte. Hier habe ich schließlich alles, was ich benötige.« Es klang nicht gerade begeistert, und das reizte Ardani erneut zum Lachen.

»Du wirst den Wert des Goldes schon noch zu schätzen lernen, wenn der Graf erst einmal tot ist. Dann kannst du dir in einer hübschen kleinen Stadt das Bürgerrecht erwerben und vielleicht sogar noch einem schmucken Burschen schöne Augen machen. Oder willst du etwa hier bleiben, bis ein verwittertes, altes Weiblein aus dir geworden ist?«

»Pah!«, antwortete Usch, doch sie konnte sich dem hypnotischen Klang seiner Stimme nicht entziehen.

Ardani kam auf sie zu und berührte ihr Gesicht mit den Fingerspitzen. »Sei nicht so abweisend! Habe ich dir denn nicht gezeigt, dass nicht alle Männer so schlecht sind wie Graf Walther, der dich benutzt hat wie den Nachttopf, den er unter seinem Bett stehen hat?«

»Hätte er mich nur vergewaltigt, wäre es ein Schicksal gewesen, das ich mit vielen anderen Frauen teilen müsste. Aber er hat mich danach seinen Spießgesellen Jost und Armin ausgeliefert und meinen Verlobten von ihnen erschlagen lassen wie einen tollen Hund. Als ich geschändet und blutend ins Dorf zurückgelaufen bin und die Leute um Hilfe angefleht habe, hieß es, ich hätte mich freiwillig dem Grafen und seinen Kumpanen hingegeben und wäre damit am Tod meines Geliebten schuld. Damals haben sich alle von mir abgewendet und mich aus dem Dorf gejagt, sodass ich seit jenem Tag wie ein wildes Tier im Wald hausen muss.« Usch brach vor Wut in Tränen aus und formte die Hände zu Klauen, als wolle sie einen Unsichtbaren erwürgen.

Ihr Besucher beobachtete sie so gierig, als labe er sich an ihrem Zorn. Er hätte ihr sagen können, dass Graf Walther nur das ihm seiner Ansicht nach zustehende Recht der ersten Nacht ausgeübt hatte. Seine Gefolgsleute waren erst über Usch hergefallen, nachdem er sich entfernt hatte, und Jost hatte den Burschen, der seine Braut vor ihm schützen wollte, hohnlächelnd mit dem Schwert erschlagen. Der Graf hatte weder die Vergewaltigung durch seine Spießgesellen noch den Tod des jungen Mannes angeordnet, aber da er seinen Gefolgsleuten freie Hand gelassen hatte, war er genauso schuldig wie diese.

Ardani legte scheinbar mitfühlend seinen Arm um Usch und zog sie an sich. »Trotz dieser schlimmen Erfahrung wirst du noch viele Nächte deine Freude an einem strammen Knüppel finden, der an deine Pforte pocht.« Noch während er es sagte, wanderte seine Hand tiefer und glitt durch ihren Halsausschnitt, suchte ihre Brüste und begann sie sanft zu kneten, bis die Knospen an ihren Spitzen hart und fordernd aufragten.

Usch wollte ihn abweisen und ihm sagen, dass er sie in Ruhe lassen sollte, doch wie bei jedem seiner früheren Besuche blieb ihr Mund auch diesmal stumm, denn seine Berührung entfachte in ihrem Leib ein Feuer, das beinahe schmerzhaft nach Erfüllung schrie. Ihr Willen erschlaffte, und sie rieb ihren Unterleib an den Schenkeln des Mannes.

»Wie wünscht Ihr heute zu Werke zu gehen? Wie die letzten Male als Fürst der Sarazenen mit seiner Odaliske auf weichen Seidenkissen?« War es wirklich ihre Stimme, die dies fragte?

Noch während Usch darüber nachsann, zog Ardani ihr das Kleid aus und betrachtete ihren durchaus noch wohlgestalteten Körper mit einem hungrigen Blick. »Wenn ich dich so ansehe, kann ich verstehen, dass Walther von Eisenstein der Erste sein wollte, der auf dir lag. Vielleicht sollten wir diese Szene nachspielen.«

Mit einem boshaften Grinsen schwang er seinen Mantel

um sich und die Frau und stand plötzlich in der Gestalt des Grafen vor ihr. Usch starrte an ihm vorbei in den blank polierten Kupferkessel auf dem Herd und stellte fest, dass sie wieder zu einem jungen Mädchen geworden war. Ardani aber trug das verhasste Antlitz ihres Feindes, und als sie ihn anblickte, riss die Wunde in ihrem Inneren auf und blutete Tränen. Mit einem Aufschrei schlug sie die Hände vors Gesicht.

Dem Magier war klar, dass er sie nicht weiter erschrecken durfte. Mit einem leichten Bedauern schwang er erneut seinen Mantel, und sie sahen wieder so aus wie vorher. »Du hast meine Macht kennen gelernt, meine Schülerin. Versuche also nie, gegen meinen Willen zu handeln, es würde dir schlecht bekommen.«

In Usch trugen Angst, Hass und die fast animalische Gier, den Mann in sich zu spüren, einen harten Kampf aus. »Ihr habt mich damals daran gehindert, den Grafen zu vergiften, und mir damit wahrscheinlich das Leben gerettet. Dafür werde ich Euch ewig dankbar sein und Euch gehorchen.«

»Ich habe dir nicht wahrscheinlich, sondern ganz sicher das Leben gerettet und dich dabei noch vor der Geilheit der Folterknechte bewahrt, die dich Tag und Nacht benutzt hätten, bis dein Körper von ihren Werkzeugen in ein blutiges, zuckendes Bündel verwandelt worden wäre. Doch nun vergiss das Gewesene, streife alle Furcht ab und gib dich deinen Sinnen hin.«

»Ihr seid genauso geil wie alle anderen Männer«, murmelte Usch, ließ es aber zu, dass er den Mantel über sie schwang. Als sie an sich herabsah, trug sie ein hauchdünnes Hemd, das ihren Körper mehr enthüllte als verbarg, und goldene Ringe mit dunklen Steinen, in denen ein magisches Feuer glühte, schmückten ihre Finger und drei ihrer

Zehen. Die Höhle um sie herum hatte sich in eine prachtvolle, mit fremdartig wirkenden Ornamenten geschmückte Halle verwandelt, in deren Mitte ein riesiges Himmelbett mit lockend zurückgeschlagenen Laken stand. Die Umgebung hätte atemberaubend schön sein können, wenn die Farben nicht so düster gewirkt und die bunten Glasfenster Sonnenlicht anstelle feurigen Scheins hereingelassen hätten.

»Ich dachte, du würdest dich freuen, keinen einfachen sarazenischen Fürsten, sondern den Beherrscher der Gläubigen selbst vor dir zu sehen«, erklärte Ardani ihr. Er war in ein bis zum Boden reichendes Gewand gehüllt, dessen Purpur einen Hauch dunkler wirkte als das des Kardinals, den Usch vor etlichen Jahren durch Uffenheim hatte reisen sehen. Auf seinem Kopf saß ein mit einer riesigen Agraffe geschmückter Turban, und an der Seite trug er ein langes, krummes Schwert, auf dessen Knauf und Scheide die gleichen dunklen Edelsteine funkelten wie auf den Schmuckstücken, die sie beide trugen.

»Ihr seht überwältigend aus!«, rief Usch, die nicht mehr Herrin ihrer selbst war, sondern nur noch Ardanis willenlose Sklavin; eine Tatsache, der sie sich tief in ihrem Innern bewusst war wie eines Tropfens Galle in süßem Wein. Auf einen Wink des Magiers legte sie sich auf dem Bett für ihn zurecht, während vier Pagen, die aus dem Nichts erschienen, Ardani mit bedächtigen Bewegungen entkleideten. Er ließ Usch dabei nicht aus den Augen, sondern starrte sie so gierig an, als wolle er sie auffressen anstatt ihr beizuwohnen. Als seine letzte Hülle fiel, ragte ein langes, gebogenes Glied vor der Frau auf, das mehr dem eines Tieres als dem eines Menschen glich. Im nächsten Moment stürzte Ardani sich mit einem brünftigen Schrei auf sie, und was dann folgte, glich nicht dem sanften Liebesspiel eines Kalifen mit seiner Lieblingsfrau, sondern der brutalen Vergewaltigung der Herrin einer eroberten Burg.

Erst als die Sonne untergegangen war und der Vollmond an einem wolkenlosen Himmel emporstieg, ließ Ardani von Usch ab. Der Geruch, den sie verströmte, und ihre entrückt glänzenden Augen zeigten, dass sie mehr als einmal zum Höhepunkt gekommen war, und doch hatte die vergangene Stunde die Erinnerung an jene Vergewaltigung vor fünfzehn Jahren aufgefrischt und ihren Hass auf den Grafen so angestachelt, dass sie bereit war, ihrem Meister auch weiterhin gute Dienste zu leisten.

Der Magier baute sich vor ihr auf, sodass seine noch immer kampfbereite Lanze vor ihrem Gesicht emporragte, und entblößte seine Zähne zu einem zufriedenen Grinsen. »Der Graf war ein Narr, dich wegzuwerfen wie ein Stück verdorbenes Fleisch. Ich an seiner Stelle hätte dich als Beischläferin behalten und jede Nacht für einen scharfen Ritt gesattelt.«

Usch schauderte es bei dem Gedanken, sich Herrn Walther Nacht für Nacht hingeben zu müssen, doch sie empfand gleichzeitig so etwas wie Neid auf die Frauen, die er zu sich geholt hatte und die zumindest für eine Weile den Luxus weicher Betten, guten Essens und feiner Kleidung hatten genießen können. Diese Vorstellung steigerte ihren Wunsch nach Rache beinahe bis zur Raserei; gleichzeitig aber schämte sie sich, weil sie sich dem Magier hingegeben hatte wie eine hitzige Hindin dem nächstbesten Hirschbullen. Um seiner herausfordernden Pose zu entkommen, stand sie auf, stieg die Leiter hinab und schlurfte durch ihre Höhle zum Herd. Sie hob den Deckel von einem Topf und rührte in einer schwärzlichen Brühe, die langsam vor sich hin köchelte. Nach einem kurzen Schnuppern entnahm sie einem in der Nähe hängenden Beutel eine große Prise zerstoßener Pilze und warf sie in den Topf.

Ardani sah ihr von oben zu und las dabei in ihren Gedanken wie ein Mönch in einem Buch. Nach einer Weile verließ auch er das angenehm nach Kräutern duftende Bett, trat zu ihr und presste mit einem hinterhältigen Lächeln seine rechte Hand auf ihr Gesäß. Uschs Körper zog sich unter der Hitze zusammen, die von seinen Fingern ausging, und sie war kurz davor, ihn anzuflehen, sie noch einmal zu besteigen. In dem Augenblick zog er seine Hand zurück und blickte sie strafend an.

»Hast du der letzten Bettmagd des Grafen dein spezielles Mittel beigebracht, wie ich es dir befohlen habe?«

Usch nickte eifrig. »Gewiss, Herr Ardani. Sie ist aber trotzdem vor einem Monat mit einer Tochter niedergekommen. Allerdings war der Graf ihrer zum Zeitpunkt der Zeugung bereits überdrüssig und hatte es zugelassen, dass Jost und Armin sie ebenfalls benutzten.«

»Das ist gut, denn wäre es ein Knabe geworden, hätte der Graf sich nicht sicher sein können, ob sein Samen der Magd einen dicken Bauch gemacht hat oder der eines Anderen. Er wird seine Männer jedoch bald besser im Zaum halten. Daher wirst du meine Befehle nächstens schneller befolgen, hörst du?« Ardani wirkte leicht verärgert.

»Ich kann die Frauen doch nicht zwingen, Eure Mittel einzunehmen, sondern muss es ihnen mit List beibringen! Jetzt wird es noch schwerer werden, denn Herr Walther hat sich eine Magd namens Selma in sein Bett geholt und seinen beiden Bluthunden bei Leibesstrafe verboten, sich ihr zu nähern.«

Ardani grinste anzüglich. »Das dürfte die beiden Kerle nicht daran hindern, dieser Selma in einer dunklen Ecke zwischen die Schenkel zu steigen. Wir müssen jedoch sicher gehen, dass auch sie Herrn Walther kein Kind gebiert, denn sonst gelange ich nie an seine S… – an seinen Talisman. Sorge also dafür, dass alle Mägde, die er besteigt, das Pulver einnehmen, und ebenso seine Gemahlin!«

»Ihr wisst schon, was Ihr von mir verlangt?« Usch hätte sich am liebsten rundheraus geweigert, aber Ardanis Macht über sie war zu groß. »Wenn jemand Verdacht schöpft oder auch nur behauptet, ich sei schuld, dass dem Grafen kein Sohn geboren wird, ergeht es mir schlecht. Er wünscht sich mit aller Kraft einen Erben, und es ist ihm bereits egal, ob er aus dem Schoß seiner Gemahlin stammt oder aus dem einer hörigen Bauernmagd.«

»Seit wann habe ich dich gelehrt, unvorsichtig zu sein?«, spottete Ardani. »Also vergiss Selma nicht und achte auf Bärbel!« Er nickte Usch noch einmal zu und verschwand, ohne dass sie mitbekam, ob er die Tür geöffnet hatte oder einfach durch das Holz hindurchgegangen war.

Usch zog die Decke weg und starrte durch einen Spalt zwischen den Brettern, aber ihr Besucher war nirgends mehr zu sehen. In dem Moment spürte sie eine fast schmerzhafte Leere in ihrem Unterleib und schüttelte sich bei dem Gedanken, dass nun mindestens drei ganze Monate vergehen würden, bis der Magier aus dem Morgenland wieder zu ihr zurückkehrte. Sie wusste nur allzu genau, dass dieses Verlangen nicht aus ihr selbst kam, sondern von Ardanis Zauberkräften hervorgerufen wurde. Wie schon so oft wünschte sie sich, den Mut zu besitzen, ihre Hütte zu verlassen und an einen Ort zu gehen, an dem der Magier sie nicht finden konnte. Aber sein Wille und ihr Wunsch nach Rache banden sie fester an ihre Hütte und die Grafschaft als eiserne Ketten.

Wütend auf sich selbst, auf Ardani und den Grafen stampfte sie geröstete Spitzen von Birnbaumwurzeln und allerlei Pflanzenfasern zu einem grauen, aber wohlriechenden Pulver, das sie der Gräfin und Selma mehrmals im Jahr unter irgendeinem Vorwand beibringen musste. Nach einer Weile wich ihre zornige Anspannung und sie sann darüber nach, wie es einem so kleinen Mädchen wie Bärbel gelingen sollte, Taten zu vollbringen, die ihr und dem mächtigen Ardani unmöglich waren. Da sie in der Einsamkeit ihrer Hütte keine Antwort darauf fand, entschloss sie sich, an einem der nächsten Tage Vater Hieronymus aufzusuchen und dabei einen Blick auf den Freibauernhof von Bärbels Vater zu werfen.

5

Als Walther von Eisenstein zu Wallburg die Liegenschaften des Klosters von St. Kilian erreichte, zügelte er für einen Augenblick sein Pferd und ließ seinen Blick über das Hörigendorf mit seinen kleinen, aber sauber wirkenden Hütten und die wohlbestellten Felder wandern, die die wehrhafte Anlage umgaben. In diesem Dorf verfügte jede Familie über eine kleine Scheune und einen Ziegenstall, und die Leute sahen beinahe so wohlhabend aus wie Freie. Wie bei jedem Besuch verfluchte der Graf im Stillen seinen Ahnherrn Roland, der dieses fruchtbare Land in einer frommen Anwandlung der Kirche geschenkt hatte.

Die Leute, die Graf Walther vorbeireiten sahen, hielten in ihrer Arbeit inne und starrten ihm und seinen Begleitern neugierig nach. Sie wussten von ihren Verwandten in den Dörfern des Grafen, welch strenger und ungerechter Herr er war, aber da sie zum Kloster gehörten, fürchteten sie seine Macht nicht. Dennoch schlugen einige von ihnen hinter seinem Rücken das Kreuz und dankten Gott, weil er sie als Klosterhörige und nicht als Knechte des Wallburgers zur Welt hatte kommen lassen. Andere fragten sich nicht zum ersten Mal, welcher Fluch daran schuld war, dass der

Nachkomme eines tapferen und frommen Ritters wie Roland von Eisenstein ein so grausamer Herr geworden war.

»Es kommt nichts Gutes dabei heraus, wenn heilige Dinge in profane Hände geraten, hat der ehrwürdige Herr Prior gesagt«, beantwortete eine Frau die Frage ihrer fast erwachsenen Tochter, die sich aus Angst vor den Besuchern hinter der breiten Gestalt ihrer Mutter verbarg.

Der Graf achtete nicht auf die Leute, sondern haderte weiter mit seinem Ahnherrn, der das Kloster gestiftet und mit reichen Ländereien ausgestattet hatte, die seinem Nachkommen nun fehlten. Zu seinem Leidwesen hatte er immer noch keinen Weg gefunden, den frommen Brüdern, die die Worte Christi von der Nächstenliebe im Mund trugen, sich aber nicht scheuten, Dörfer und Felder an sich zu raffen, diese Schatzkammer wieder abzunehmen. Es gab zwar keinen Kaiser mehr im deutschen Reich, aber die Macht der Kirche war gewachsen und gefestigter denn je. Deswegen durfte er es nicht wagen, sich die hochgeistlichen Herren von Bamberg und Würzburg zum Feind zu machen. Die Bischöfe waren einander zwar nicht grün, aber wenn Kirchen- und Klostergut bedroht wurden, hielten sie zusammen wie Pech und Schwefel. Da er als Schirmherr von St. Kilian galt, erbitterte es ihn umso mehr, dass seine Herrschaft und sein Einfluss an den Grenzen des Klosters endeten. Als mit Rappo von Hohensiefen sein Oheim mütterlicherseits zum Abt des Klosters gewählt worden war, hatte er schon die Hoffnung gehegt, das Kloster zumindest indirekt benutzen zu können, um seinen Reichtum und vor allen Dingen seine Macht zu mehren, aber der alte Tattergreis stand gänzlich unter dem Einfluss seines Priors, eines sich heiligmäßig gebenden Mannes, den Graf Walther aus tiefstem Herzen verabscheute.

Jost machte sich ganz andere Gedanken. »Wir sollten öfter hierher kommen, Armin. Die Mädchen hier sehen hübscher aus als bei uns.«

Armin taxierte einige der jungen Frauen und leckte sich die Lippen. »Da hast du Recht. Zu Hause haben wir schon jede gestoßen, die nicht abgrundtief hässlich ist.«

In nächsten Moment hätte er sich am Liebsten auf den Mund geschlagen, denn der Graf funkelte ihn so zornig an, als wolle er ihn für diese Worte auspeitschen lassen, und ihm wurde klar, dass er seinen Herrn nicht weiter reizen durfte. In letzter Zeit hatten mehrere Frauen aus den Hörigendörfern Söhne geboren, von denen niemand zu sagen wusste, ob sie von Herrn Walther, ihm oder seinem Freund Jost gezeugt worden waren. Da der Ehe des Grafen mit Frau Adelheid seit zehn Jahren kein Kind entsprossen war, gierte Herr Walther mehr und mehr nach einem Erben und nahm es seinen Getreuen nun übel, dass sie nach alter Gewohnheit dieselben Mägde benutzten wie er.

Jost versuchte, den Grafen von seinem Freund abzulenken. »Was sucht Ihr eigentlich bei den Geschorenen, Herr?«

»Nichts, was dich etwas anginge«, blaffte Herr Walther ihn an.

Während des Wortwechsels hatten sie das Tor des Klosters erreicht, welches sich in einem leicht vorspringenden, aber nicht sehr hohen, mit einem Pultdach gedeckten Turm befand. In dem Moment, in dem der Graf seinen Rappen davor zügelte, schwangen die Torflügel auf und gaben den Blick auf einen breit gebauten Mann von etwa 35 Jahren frei, dessen Gesicht von mehreren Narben gezeichnet war. Er führte ein Pferd am Zügel und schob sich, als er Herrn Walther vor sich sah, wie schützend vor einen Knaben, der etwa zwölf Jahre zählen mochte und dessen hübsches, noch kindlich weiches Gesicht von blonden Locken umgeben war. Die beiden trugen bequeme Reitkleidung, der Ältere eine saubere weiße Tunika aus Leinen über einem schmucklosen Leinenhemd und ledernen Reithosen, der Junge eine grüne Tunika mit bestickten Säumen und Hosen aus brauner Wolle. An der Hüfte des Mannes hing ein Schwert mit einem vom vielen Gebrauch glänzenden Knauf, während der Knabe nur einen Dolch besaß, der in einer bestickten Scheide steckte.

Graf Walther bleckte die Zähne, als er seinen nächsten Nachbarn, Ritter Bodo von Schmölz, und dessen Sohn Albrecht erkannte. Auch Bodo empfand wenig Freude über die Begegnung. Verächtlich musterte er die hoch gewachsene, schlanke Gestalt des Grafen, der in einen roten, bis zu den Waden reichenden Waffenrock gekleidet war und dessen Gesichtszüge unter den weißblonden Haaren sympathisch gewirkt hätten, wären sie nicht in Hochmut erstarrt und durch den harten Blick seiner grauen Augen entstellt worden.

»Gott zum Gruße, Herr Nachbar! Ihr seid wohl auch gekommen, um nachzusehen, ob Eure Urkunden den Brand im Kloster unbeschadet überstanden haben.« Ritter Bodo bemühte sich, höflich zu sein, um die Spannung zu lösen, die sich sofort zwischen ihm und dem Grafen aufgebaut hatte.

Graf Walther hob scheinbar verwundert die Augenbrauen. »Hat es hier gebrannt? Davon weiß ich ja gar nichts!«

Der Mönch, der Bodo und dessen Sohn bis zum Tor begleitet hatte, verbeugte sich vor dem Grafen und blickte ihn wie um Entschuldigung heischend an. »Bedauerlicherweise ist in den Archiven des Klosters ein Feuer ausgebrochen. Der heilige Florian hat zum Glück jedoch seine segnende Hand über uns gehalten, denn es sind nur ein paar unwichtige Notizen und die Listen verbrannt, in denen die bei uns hinterlegten Urkunden verzeichnet waren. Die Dokumente selbst sind durch Gottes Gnade verschont geblieben.«

Es sprach so viel Erleichterung aus diesen Worten, dass der Graf spöttisch die Lippen verzog. Die gleiche Auskunft hatte er bereits am Vortag von einem Händler erhalten, der das Kloster mit Waren und ihn mit Neuigkeiten belieferte, und er war hierher geritten, um zu erkunden, ob er diesen Zwischenfall nicht zu seinem Vorteil ausnutzen konnte. Die meisten Adelsgeschlechter der Umgebung hatten jene Dokumente, die ihren Besitz und ihre Privilegien beurkundeten, den frommen Brüdern zur Aufbewahrung übergeben, denn diese wussten die Urkunden besser vor Mäusefraß und Dieben zu schützen, als es auf den zugigen, von Menschen und Ungeziefer wimmelnden Burgen möglich war. Die Mönche pflegten jedes Schriftstück, das ihnen anvertraut wurde, sorgfältig aufzulisten, aber nun waren eben diese Aufzeichnungen ein Opfer der Flammen geworden. Wenn jetzt das eine oder andere Dokument spurlos verschwand, konnten nur die wenigsten beweisen, dass es je existiert hatte.

Ritter Bodo schwang sich in den Sattel seines breitkruppigen Braunen, dem es zwar an Schnelligkeit mangelte, der seinen Herrn aber einen ganzen Tag lang in voller Rüstung durch die Schlacht tragen konnte. »Meine Urkunden sind noch alle vorhanden. Ich habe sie selbst in der Hand gehalten!« In seinen Worten schwang eine unüberhörbare Warnung mit.

Herr Walther zuckte nur mit den Schultern und lenkte seinen Rappen ein wenig zur Seite, damit der Andere an ihm vorbeireiten konnte. »Wie ich hörte, wollt Ihr wieder einmal Euren Schwertarm verkaufen. Für wen fechtet Ihr diesmal? Für den Burggrafen von Nürnberg oder gar für die Herren des Baiernlandes?«

Bodo würdigte den Grafen keiner Antwort, sondern befahl seinem Sohn barsch, ihm zu folgen. Er selbst hielt die Hand am Schwertgriff, denn er traute es dem Grafen und dessen Männern durchaus zu, den im Kloster herrschenden Gottesfrieden zu brechen, und atmete erst auf, als der Graf abstieg und seine Begleiter aufforderte, es ihm gleichzutun.

Während die Mauern des Klosters hinter ihnen zurückblieben, wandte Bodo sich mit grimmiger Miene an seinen Sohn. »Ich brauche dem Wallburger ja wirklich nicht auf die Nase zu binden, dass ich mich Herrn Rudolf von Habsburg anschließen will. Eckhardt, der Vetter deiner Mutter, der dem hochedlen Mainzer Fürstbischof Werner von Eppenstein als Burgvogt dient, hat mir berichtet, die hohen Fürsten des Reiches wollten Herrn Rudolf die Krone des deutschen Reiches antragen. Wenn ich mir das Wohlwollen des Habsburgers erwerbe und sein Gefolgsmann werde, muss ich nicht mehr beide Augen auf Graf Walther richten und mich fragen, welchen Tort er uns als Nächstes antun wird.«

Der Junge griff sich unwillkürlich an die Kehle. »Fürchtest du nicht, Vater, dass der Graf uns während deiner Abwesenheit bedrängt?«

Sein Vater lachte bellend auf. »Deshalb war ich ja im Kloster! Ich wollte nachsehen, ob unsere Urkunden noch alle vorhanden sind. Zum Glück aber hängt unsere Sicherheit nicht allein von den hier aufbewahrten Dokumenten ab. Doch davon erfährst du erst, wenn du ein Stück älter geworden bist.«

»Bitte, Vater! Du musst mir vertrauen. Wie soll ich sonst die Mutter schützen und verteidigen, während du in der Ferne weilst?«

Ritter Bodo schüttelte abwehrend den Kopf. »Je weniger

um ein Geheimnis wissen, umso weniger können es verraten. Komm, Albrecht! Es liegt noch ein weiter Weg vor uns, und ich will vor der Nacht zu Hause sein.«

6

Graf Walther fasste den Mönch, der ihn zu den Ställen führte und zwei Knechte anwies, sich ihrer Pferde anzunehmen, schärfer ins Auge. Der Geschwindigkeit nach zu urteilen, mit der die beiden vierschrötigen Burschen dem Kuttenträger gehorchten, musste dieser trotz seiner Jugend bereits eine bedeutende Stellung im Kloster einnehmen. Das wunderte ihn, denn es war Sitte, dass die höherrangigen Chorherren, die nach St. Kilian kamen, sich ihm als dem Nachkommen des Klostergründers vorstellten. Doch dieser Mann hatte es anscheinend nicht für nötig befunden, sich auf der Wallburg einzufinden. Graf Walther durchbohrte den Mönch mit seinem Blick. »Ihr seid wohl noch sehr neu hier, Bruder …?«

Der Mönch zuckte unter dem schroffen Tonfall zusammen. »Verzeiht, edler Herr, dass ich mich Euch noch nicht vorgestellt habe. Bruder Bernardus ist der Name, den ich für das Klosterleben erwählt habe. Mein Oheim ist der ehrwürdige Abt des Klosters zu Maria Laach, das Ihr vielleicht kennen werdet.«

Der Graf hielt seine unbewegte Miene bei, spottete aber innerlich über den Stolz, der in der Stimme des Mönchleins schwang. Ihn beeindruckte diese Verwandtschaft nicht. Ein hochrangiger Nachbar mit Waffen tragenden Reisigen hätte ihm schon eher Achtung abgenötigt. »Welche Aufgabe habt Ihr hier im Kloster? Ihr seid kein Novize mehr, daher wäre es Eure Pflicht gewesen, Euch bei mir zu melden.«

Bruder Bernardus schluckte nervös und rang um eine

zufrieden stellende Antwort. »Ich bitte um Vergebung, edler Herr. Kaum war ich hier angekommen, warf mich eine schwere Krankheit nieder, und ich konnte meine Zelle drei Wochen lang nicht verlassen. Als ich mich vorgestern auf den Weg zu Eurer Veste machen wollte, brannte es im Archiv, und ich habe beim Löschen geholfen. Leider haben mich all diese unglücklichen Umstände daran gehindert, meiner Pflicht nachzukommen. Dabei gebührt Euch doppelt Ehrfurcht und Gehorsam, als Schirmherr des Klosters und als Nachkomme Ritter Rolands von Eisenstein, der im Heiligen Land gegen die Heiden gestritten und eine kostbare Reliquie vor den Söhnen des Satans gerettet hat.«

Auf dem Gesicht des jungen Chorherrn malte sich eine Verzückung ab, als stände statt Herrn Walther dessen heiligmäßiger Ahnherr persönlich vor ihm. Bernardus war zu kurz in St. Kilian und die meiste Zeit davon krank gewesen, daher hatte er noch nichts von dem schlechten Ruf vernommen, im dem der Graf stand. Hätten die anderen Mönche seine Begeisterung wahrgenommen, würden sie ihn wohl einen Narren genannt haben; Walther von Eisenstein aber schätzte ihn richtig ein. Das Mönchlein war ein naiver, lebensunerfahrener Jüngling, der im Kloster aufgewachsen war und seinen Kopf mit Heiligenlegenden und Heldengeschichten voll gestopft hatte. Daher verehrte er den Kreuzritter, der einen Splitter vom wahren Kreuz Christi in die Heimat gebracht hatte, wie einen Heiligen und übertrug seine Anbetung auch auf seinen Nachkommen.

Da Graf Walther sich keine Gelegenheit entgehen ließ, Macht über andere Menschen auszuüben, beschloss er, sich die Ergebenheit dieses Kuttenträgers zu Nutze zu machen. Er nickte dem Mönch huldvoll zu und gab seiner Stimme einen scheinbar höchst besorgten Klang. »Wie konnte ein

Brand ausgerechnet in den Räumen mit den Urkunden ausbrechen?«

»Wir nehmen an, dass Bruder Ludovicus, dem das Archiv bisher anvertraut gewesen war, vergessen hat, seine Kerze zu löschen, bevor er den Raum verließ. Sie brannte nieder und entzündete das knochentrockene Pergament. Zum Glück entdeckte ein anderer Mitbruder den Brand noch rechtzeitig, sodass wir ihn löschen konnten, bevor er das gesamte Archiv erfasst hat. Wir haben den Retter des Archivs für die nächsten sieben Messen in unsere Gebete und Fürbitten eingeschlossen, denn unser ehrwürdiger Abt, ja, das ganze Kloster hätte vor all den hohen Herrschaften, die uns ihre Dokumente zur Aufbewahrung übergeben haben, das Gesicht verloren.«

»Das wäre gewiss der Fall gewesen!« Graf Walther amüsierte es, wie freigiebig Bruder Bernardus sein Wissen preisgab und horchte ihn geschickt aus. In kurzer Zeit erfuhr er alles, was der junge Mönch ihm über die geretteten Unterlagen erzählen konnte.

»Der ehrwürdige Abt hat das Amt des Archivars vorläufig mir übertragen«, bekannte Bruder Bernardus mit einem Rest Stolz, der ihm bei der einschüchternden Art des Grafen verblieben war. »Ich führe Euch gerne hin, damit Ihr seht, dass alles seine Ordnung hat.«

»Es wäre mir viel daran gelegen.« Herr Walther musste sich zwingen, seine besorgte Miene beizubehalten, denn innerlich schnurrte er vor Zufriedenheit. Während seine beiden Begleiter auf seinen Befehl bei den Pferden blieben, folgte er Bruder Bernardus in einen Seitenflügel des Klosters. Der junge Mönch öffnete ihm ehrerbietig die Tür und bot ihm einen Hocker zum Sitzen an. Dann holte er mehrere Stapel säuberlich gebündelter Urkunden aus einer großen Truhe. Ohne eine Aufforderung abzuwarten, löste er die Bänder, mit denen die einzelnen Päckchen zusammengehalten wurden, und suchte die Dokumente heraus, die der Graf und seine Vorfahren im Kloster hinterlegt hatten. Herr Walther betrachtete sie mit verschleiertem Blick und bat den jungen Mann, ihm die wichtigsten Absätze jedes Dokuments vorzulesen.

Von diesem Augenblick an fühlte Bruder Bernardus sich in der Gegenwart dieses Mannes nicht mehr ganz so unbedeutend und klein. Er hatte schon gehört, dass die fränkischen Ritter und Grafen ihre Schwerter gut zu schwingen und ihre Rosse zu bändigen wussten, die Kunst des Lesens oder gar des Schreibens ihnen jedoch fremd war. Froh, seinem Gast trotz dessen achtunggebietender Abkunft etwas voraus zu haben, las der Mönch dem Grafen die lateinischen Texte vor und übersetzte sie ihm in die Umgangssprache.

Graf Walther nickte mehrfach, als hätten sich seine Vermutungen bestätigt, und versuchte, die sorgfältig geordneten Urkundenstapel nicht zu begehrlich anzustarren. Wenn es ihm gelang, das eine oder andere der noch nicht archivierten Dokumente an sich zu bringen, würde er seinen Besitz mehr als verdoppeln und zum mächtigsten Herrn dieser Gegend aufsteigen. Allerdings würde er ein Viertel seiner Beute an das Kloster abtreten müssen, auch wenn es ihm in der Seele wehtat, es noch reicher zu machen. Wenn er die Kuttenträger jedoch nicht ruhig hielt, würden sie sich dem Gezeter der Betroffenen anschließen und vielleicht sogar die Bischöfe von Bamberg und Würzburg gegen ihn aufhetzen. Noch war er nicht mächtig genug, deren Feindschaft mit einem Achselzucken abtun zu können.

Er trat auf den Mönch zu und legte ihm die Hand auf die Schulter. Der junge Mann erschauderte unter der Berührung, wehrte sie jedoch nicht ab. »Ich sehe, Ihr seid der rechte Mann für diese Aufgabe, Bruder Bernardus. Unter Eurer Leitung werden Eure Mitbrüder die Liste mit den Urkunden bald neu erstellt haben«, sagte der Graf mit einem leichten Verziehen das Mundes, das wohl ein Lächeln darstellen sollte.

Der junge Chorherr sog das Lob sichtlich in sich auf. »Wir sind auch schon fleißig dabei, die Listen zu erstellen, edler Herr. Wenn ich sie Euch zeigen darf?« Ohne eine Antwort abzuwarten, eilte er zu einem Schreibpult und kehrte mit einer Rolle aneinander gefügter Pergamentblätter zurück. »In dieser Rolle haben wir schon eine Reihe Dokumente wieder eingetragen. Die Euren gehörten natürlich zu den ersten. Soll ich Euch die Titel vorlesen?«

»Oh, nein, das ist nicht nötig! Ich bin überzeugt, Ihr geht mit aller Sorgfalt zu Werke!« Dem Grafen wurde plötzlich heiß unter seinem Waffenrock, und sein Blick wanderte unwillkürlich zu dem Dokumentenstapel, auf den Bruder Bernardus seine eigenen Urkunden gelegt hatte. Er sah kleiner aus als der Stapel daneben, und er war froh, früh genug gewarnt worden zu sein, denn er durfte keines der bereits archivierten Dokumente entwenden, wenn er nicht die Mönche des Klosters gegen sich aufbringen wollte. Der Prior würde sonst dafür sorgen, dass der Abt bei den Bischöfen Klage gegen ihn führte, und eine Fehde mit dem Bamberger und dem Würzburger würde ihn wohl allen Besitzes bis auf seine Stammburg berauben. Er setzte eine gleichmütige Miene auf, um nicht zu zeigen, wie erleichtert er war, und amüsierte sich innerlich über Bruder Bernardus Naivität, die ihn vor einem falschen Schritt bewahrt hatte.

Er nickte dem Mönch scheinbar anerkennend zu und gab seiner Stimme einen schmeichelnden Klang. »Ich werde Gott für die Gnade, dass der Brand keinen größeren Schaden angerichtet hat, nicht nur im Gebet danken, mein

Freund, sondern auch das Kloster in absehbarer Zeit mit einer stattlichen Schenkung bedenken. Dieses Mal aber treibt mich ein anderes Anliegen hierher.«

Der Graf mäßigte seine Stimme zu einem verschwörerischen Ton, als wolle er Bruder Bernardus zum Mitwisser eines großen Geheimnisses machen. »Gott, dem Allmächtigen hat es gefallen, mir und meiner Gemahlin Adelheid bis heute den Erben zu versagen. Daher möchte ich ein paar Messen für mich und mein Weib lesen lassen. Ich mag jedoch den Herrn Prior oder gar den ehrwürdigen Herrn Abt nicht mit meinem Ansinnen belästigen. Wollt Ihr so gut sein, diesen Gang für mich zu übernehmen?« Dabei drückte er Bruder Bernardus einen kleinen Beutel mit Silbermünzen in die Hand, den dieser sichtlich verwirrt betrachtete.

»Ein paar Messen sagt Ihr, um die Heilige Jungfrau und den heiligen Christopherus um Kindersegen anzuflehen? Ich werde es dem hochwürdigen Prior mitteilen und zu gegebener Zeit auch unserem ehrwürdigen Abt, damit er Euch in seine Gebete einschließt.« Bruder Bernardus schien nicht recht zu wissen, wie er sich verhalten sollte, schwenkte dann aber das Beutelchen und eilte zur Tür. »Wenn Ihr so lange warten wollt, hoher Herr, werde ich Euren Auftrag sogleich ausführen.«

»Ich bitte Euch darum. Wenn Ihr zudem so freundlich sein wolltet, den Bruder Kellermeister zu fragen, ob er mir einen Becher seines guten Rotweines kredenzt, den er letztens aus Ungarn erhalten hat, wäre ich Euch zu noch mehr Dank verpflichtet!«

Graf Walther sah dem Mönch nach und lachte für einen Moment fast lautlos vor sich hin. Das war leichter gegangen, als er erwartet hatte. Nun aber durfte er keine Zeit verlieren. Er nahm die angefangene Liste mit den Urkunden zur Hand und überflog eilig die Zeilen. Im Gegensatz zu dem, was er Bruder Bernardus vorgespielt hatte, war er des Lesens und Schreibens kundig und wusste auch viele lateinische Worte zu entziffern. Er zog mehrere Urkunden aus den Stapeln derer, die noch nicht wieder notiert worden waren, verglich ihre Titel sicherheitshalber mit den Einträgen in der Liste und verbarg sie dann unter seinem Waffenrock.

Als er den Stapel der Urkunden wieder gerade rückte, stach ihm das Siegel seines Großvaters Heinrich an einem der Dokumente ins Auge. Er nahm das Blatt an sich, überflog es und lachte triumphierend auf. Was er da in der Hand hielt, war die Übergabe einer Freibauernstelle an einen jungen Knecht, der, wie er wusste, ein Neffe seines Großvaters gewesen war. Graf Walther dachte an Otto, den Sohn dieses Burschen, der die Freibauernstelle nun innehatte, und fletschte die Zähne. Endlich besaß er das Mittel, dieses schmierige kleine Bäuerlein, das sich bei jeder Gelegenheit der Verwandtschaft zu ihm rühmte, auf den ihm gebührenden Platz zu verweisen. Bei diesem Gedanken stieg das Bild der Tochter des Bauern vor seinem inneren Auge auf. Mit ihren 17 Sommern zählte Elisabeth zu den schönsten Mädchen im weiten Umkreis, und er hatte schon mehrfach mit dem Gedanken gespielt, sie auf seine Burg zu holen und anstelle der plumpen Selma als Beischläferin zu halten. Zufrieden steckte er auch dieses Dokument zu sich und ordnete die verbliebenen Urkunden so, dass das Fehlen der Entwendeten nicht auffiel.

Als der Kellermeister des Klosters mit einem Krug ungarischen Weines hereinkam, um dem Gast das Gewünschte zu kredenzen, saß dieser am Fenster und blickte mit einem nachdenklichen Lächeln ins Freie.

7

Zwei Tage nach dem Zwischenfall mit dem Grafen erwachte Bärbel im ersten Licht der aufgehenden Sonne und starrte verwirrt in die rötlichen Strahlen, die die Schweinsblase in ihrer Fensterluke färbten. Ihr Herz raste, und in ihrem Kopf spielten sich immer noch die Bilder eines grauenhaften Albtraums ab. Über den väterlichen Hof war ein fürchterlicher Sturm hinweggefegt und hatte die ihr so fest und sicher erscheinenden Mauern umgeworfen wie morsches Holz. Sie selbst hatte von draußen hilflos zusehen müssen, wie ihre Angehörigen von den Trümmern des Hauses erschlagen wurden. In ihren Ohren gellten noch die verzweifelten Schreie ihrer Eltern und ihrer Schwester; ihr aber hatte die Stimme den Dienst versagt, und sie hatte wie angewurzelt dagestanden, so als habe ein böser Geist sie in einen Baum oder Felsen verwandelt.

Während Bärbel mit den Bildern in ihrem Kopf kämpfte, presste sie die Hände auf den Mund, um die Schreie zurückzuhalten, die sich in ihrer Kehle ballten, und erst als sie sich im Bett aufsetzte, fand sie in die Wirklichkeit zurück. Erleichtert stellte sie fest, dass alles um sie herum noch genauso aussah, wie sie es gewohnt war. Sie befand sich in ihrer eigenen Kammer, einem grob gezimmerten Verschlag unter dem Dach, in den nicht viel mehr hineinpasste als die hölzerne Bettstatt und ein paar aus Astgabeln geschnitzte Haken, an denen sie ihre Kleider aufhängen konnte.

Eine verärgert klingende Stimme riss sie aus ihrem schreckerfüllten Grübeln. »Bärbel, warum ist das Feuer auf dem Herd noch nicht angeschürt?«

»Elisabeth hört sich schon genau so an wie die Mutter«, stöhnte Bärbel, während sie aus dem Bett schlüpfte und ihren Kittel überstreifte. Gleichzeitig wunderte sie sich, dass sie den Weckruf der Mutter überhört hatte, der meist so laut durchs Haus hallte, als solle er Tote erwecken. Sie kletterte die wacklige Leiter in die Diele hinab, die rechts und links von den Stallabteilen ihrer Kühe und des einzigen Pferdes begrenzt wurde, und hüpfte ein paar Schritte, denn nach dem wohlig warmen Bett biss die Kälte der Steinplatten in ihre bloßen Füße. Der Sommer war warm gewesen, doch die Morgenkälte kündete bereits den Herbst an. Bärbel hätte ihre Holzschuhe am liebsten mit in ihre Kammer genommen, um sie dort anziehen zu können, doch aus Angst, sie könnte damit von den dünnen Sprossen der zweimannshohen Leiter abrutschen und sich verletzen, hatte die Mutter ihr das verboten.

Bärbel seufzte bei dem Gedanken. Ihre Mutter sah überall Gefahren und glaubte selbst in harmlos aussehenden Dingen Teufelswerk zu riechen, das den Menschen Schaden zufügen wollte. Daher achtete sie streng darauf, dass ihre Töchter nicht auf dumme Gedanken kamen und so oft wie möglich beteten, um den Schlingen des Satans zu entgehen. Vielleicht, dachte Bärbel, war ihre Mutter auch nur deshalb so ängstlich, weil sie von ähnlich schlimmen Albträumen heimgesucht wurde wie sie in dieser Nacht. Die Erinnerung ließ sich nicht abschütteln, und sie hätte sich am liebsten wieder in ihr Bett verkrochen und geweint. Doch wenn sie nicht gescholten und vielleicht sogar geschlagen werden wollte, musste sie ihre Arbeit tun. Schnell schlüpfte sie in ihre Holzschuhe und betrat den Raum, der ihnen als Küche und Stube diente. Ursprünglich war dieser Teil des Hauses das offene Ende der großen Diele gewesen, die an den Ställen vorbei durch das ganze Haus lief und den Karren und ihr Arbeitsgerät barg. Ihr Vater hatte den Wohnraum durch einen bis zum Zwischenboden reichenden Vorhang, den er aus Lederresten zusammengenäht hatte, vom Stall und der Arbeitsdiele abgetrennt, um Schmutz und Zugluft abzuhalten.

Elisabeth stand über den aus Backsteinen gemauerten Herd gebeugt und schnitt von einem Holzscheit Späne ab. Wie ihre Mutter trug sie eine ungebleichte Leinenbluse, die bei ihr mit gestickten Säumen verziert war, ein ärmelloses Wollkleid und plumpe Holzschuhe. Mit ihrem lieblichen Gesicht und den langen blonden Locken sah sie wie eine Prinzessin aus, die in die Kleidung eines Bauernmädchens geschlüpft war. Das schien auch die jungen Männer zu denken, die fast täglich ums Haus schlichen und hofften, sie sehen oder gar mit ihr reden zu können. Bärbel musste sich die Vorträge, die ihre Mutter ihrer Schwester hielt, meist mit anhören und konnte daher herunterbeten, was für ein sittsames Mädchen schicklich war und was nicht. Wenn ihr Vater es für an der Zeit hielt, würde er Elisabeth mit dem jüngeren Sohn eines reichen Freibauern verheiraten, der genug Geld mitbrachte, um den Hof noch größer und schöner zu gestalten. Elisabeth fragte Bärbel oft, wann das wohl sein würde, denn die meisten Mädchen in ihrem Alter waren schon verlobt oder gar verheiratet. Bärbel konnte es ihr nicht sagen, nahm aber genauso wie ihre Schwester an, dass die Eltern noch abwarten wollten, ob ihnen nicht doch noch ein Junge geboren würde.

»Heute bist du wirklich eine Traumliese!«, spottete Elisabeth, weil Bärbel wie erstarrt neben dem Ledervorhang stehen geblieben war, der die Küche vom Stall trennte. Sie nahm selbst Stahl und Feuerstein zur Hand und schlug einen kräftigen Funken, um das Herdfeuer zu entzünden. »Geh und hol die Milch für den Morgenbrei!«, befahl sie und blies sacht in die Flamme.

Bärbel nahm den Tonkrug, der auf einem Brett über der Sitzbank stand, und drückte ihn mit einem erleichterten Seufzer an sich. Sie war froh, dass Elisabeth ihr das Anzünden des Feuers abgenommen hatte, denn sie hatte schon

Mühe, richtig Funken zu schlagen, und wenn das Holz zu rauchen begann, pustete sie die Holzspäne meist auseinander, anstatt die Glut anzufachen. Ihre Mutter nahm sich selten die Zeit, ihr etwas geduldig zu zeigen, denn sie war der Ansicht, dass ein Mädchen von Natur aus alles können musste, was Gott den Frauen als Pflichten auferlegt hatte. Stattdessen schalt sie sie oft wegen ihrer angeblichen Ungeschicklichkeit, und das empfand Bärbel als ungerecht.

Die Mutter war mit dem Melken fertig und hatte die Milch bereits in die Käsekammer getragen, die sich im Untergeschoss des Vorratskastens befand. Dieser war ein kleines, fensterloses Bauwerk, das abseits der anderen Gebäude stand und aus starken Bohlen errichtet worden war. Feste, gut verschließbare Türen machten es Dieben schwer, an den Flachs, das schon gewebte Leinen und den anderen wertvollen Besitz heranzukommen, den die Familie darin aufbewahrte. Brannte das Haupthaus ab, das wegen des offenen Feuers immer gefährdet war, so verlor die Familie nicht auch noch das Saatgut und die Lebensmittel, ohne die sie im Winter verhungern würde. Bärbel stolperte die Stufen des halb in die Erde gebauten Raums hinab und hielt ihrer Mutter den Krug hin, den diese bis an den Rand mit noch kuhwarmer Milch füllte.

»Beeil dich! Ich brauche dich hier zum Käsemachen«, befahl Frau Anna ihr.

Bärbel nickte wortlos und trug das volle Gefäß vorsichtig in die Küche zu Elisabeth, die schon ungeduldig wartete.

»Die Mama sagt, ich muss ihr beim Käsen helfen«, sagte sie schnell, bevor die Schwester ihr andere Arbeiten auftragen konnte.

»Ist gut!« Elisabeth nahm den Krug entgegen und stellte ihn an den Rand des Herdes, sodass das Feuer, das in der Mitte brannte, ihn langsam erhitzen konnte. »Warum bist du noch da?«, fragte sie, als Bärbel nicht gleich wieder ging.

»Ich weiß es nicht. Ich ... ich hatte heute Nacht einen schrecklichen Traum.«

Elisabeth lachte auf. »Träume sind Schäume! Wahrscheinlich hast du gestern Abend zu viele Apfelküchlein gegessen und während der Nacht Magendrücken bekommen.«

»Nein, so war es bestimmt nicht. Ich ...« Bärbel brach ab, denn sie wusste nicht, wie sie Elisabeth ihren Traum hätte begreiflich machen können. Sie konnte ihr doch nicht sagen, dass sie hilflos dabeigestanden hatte, während ihre Schwester und die Eltern von den Dachbalken erschlagen worden waren.

»Also, was ist jetzt? Die Mutter wartet!« Elisabeths Stimme klang tadelnd. Bärbel drehte sich auf den Fersen herum, stürmte aus der Küche und vergaß in ihrer Erregung, den Vorhang zu schließen, sodass das Herdfeuer im Luftzug zu flackern begann und Funken aufstoben. Ihre Schwester blickte ihr kopfschüttelnd nach. »So kindisch wie Bärbel war ich selbst mit fünf nicht mehr«, murmelte sie und zog das Leder sorgfältig zu.

In der Käsekammer war die Mutter bereits dabei, die Milch in einen großen Holzbottich zu schütten. Aus einem kleinen Krug, den sie wie ihren Augapfel hütete, gab sie eine Hand voll grauen Pulvers hinzu, dessen genaue Zusammensetzung nur sie selbst kannte, und befahl Bärbel, kräftig zu rühren. Das Mädchen tat, was es konnte, und arbeitete auch dann noch unentwegt weiter, als ihm der Schweiß in den Augen brannte und es vor Anstrengung keuchte. Die Mutter schien innerlich mitzuzählen, denn als Bärbel glaubte, ihre Arme nicht mehr bewegen zu können, gebot Frau Anna ihr Einhalt.

»So, nun kann die Milch gerinnen. Jetzt müssen wir den

Stöckelkäse von gestern ausheben.« Frau Anna deckte den Bottich mit der frischen Milch mit einem sauberen Leintuch zu und trat zu einem zweiten. Als sie das Tuch, das den Inhalt schützte, beiseite zog, lag eine fest aussehende, weiße Masse vor ihr, die von einer fast farblosen Flüssigkeit umspült wurde. Mit Bärbels Hilfe schöpfte sie den gestockten Rohkäse in ein Sieb und drückte die letzte Flüssigkeit aus ihm heraus.

Sie waren gerade dabei, den Käse in Formen zu pressen, als draußen Hufgetrappel ertönte und raue Stimmen zu ihnen drangen. Dann erscholl ein scharfer Ruf. »Herauskommen, Gesindel!«

Bärbel starrte die Mutter erschrocken an. »Das war doch der Vogt unseres Grafen!«

Frau Anna blies ärgerlich die Luft durch die Nase. »Was mag der Kerl von uns wollen?« Sie drehte sich um und kletterte zur Tür hoch. Als Bärbel ihr folgte, sah sie ihren Vater mit der Mistforke in der Hand auf dem Hof stehen. Ein halbes Dutzend Reisige umringte ihn, während Herr Walther ihn von seinem Rappen herab betrachtete wie eine Katze eine ängstlich umhertrippelnde Maus. Jost von Beilhardt und Armin von Nehlis hielten sich etwas hinter ihrem Herrn und grinsten sich hämisch an.

»Ihr dürft keine höheren Abgaben oder Frondienste von mir fordern! Ich bin ein freier Bauer, und meine Rechte stehen geschrieben«, hörte Bärbel ihren Vater rufen. Seine Stimme hätte fest klingen sollen, zitterte aber so, als fürchte er sich.

Der Graf zu Wallburg schien seine Angst zu riechen und lachte höhnisch auf. »Wenn du mir nicht auf der Stelle gehorchst, Otto, wirst du diesen Hof mitsamt deiner Brut verlassen und in eine Kate des Hörigendorfes ziehen.«

Der Bauer starrte den Grafen einen Augenblick mit offenem Mund an, heulte dann auf und hob die Forke. Frau Anna aber begriff, dass die Reisigen nur auf einen Wink ihres Herrn warteten, und mischte sich erregt ein. »Euer Großvater, Graf Heinrich, hat dem Vater meines Mannes diesen Freihof übergeben, für alle Zeiten von allen Verpflichtungen ledig, außer einem Schwein und drei Gänsen, die zu St. Martinus übergeben werden müssen. Das können wir beweisen!« Sie drehte sich um, lief ins Haus und kehrte mit einem kleinen Holzkästchen zurück, das aufwändig mit Leder verkleidet war. Mit zitternden Händen öffnete sie es und nahm eine mehrfach gesiegelte Pergamentrolle heraus.

»Hier steht, dass der Hof uns gehört, geschrieben und beurkundet von den frommen Mönchen des Klosters von St. Kilian!« Frau Anna streckte dem Grafen das Pergament wie eine Waffe entgegen. Auf dessen Wink trieb Jost sein Pferd nach vorne, entriss ihr die Urkunde und reichte sie seinem Herrn.

Graf Walther entrollte das Blatt und las die ersten Zeilen. »Ich, Heinrich von Eisenstein, Gaugraf zu Wallburg, erkläre hiermit feierlich, dass ...« Er hielt inne und blickte das Bauernpaar spöttisch an. »Könnt ihr lesen?« Bärbels Vater schüttelte unwillkürlich den Kopf, und ihre Mutter hob nur hilflos die Hände.

»Wenn ihr nicht lesen könnt, braucht ihr das Ding hier auch nicht!« Mit diesen Worten zerriss der Graf das Pergament in mehrere kleine Stücke und steckte sie unter seinen Waffenrock.

Der Bauer brüllte seine Wut unartikuliert hinaus und holte mit der Forke aus, um sie auf den Grafen zu schleudern. Im gleichen Moment warfen sich die Reisigen auf ihn und rangen ihn zu Boden. Frau Anna versuchte, ihren letzten Trumpf auszuspielen. »Das wird Euch auch nichts helfen! Eine gesiegelte Abschrift unseres Freibriefes wurde bei den frommen Brüdern im Kloster hinterlegt, und die werden schon dafür sorgen, dass wir zu unserem Recht kommen!«

Der Graf machte eine bedauernde Geste, die den Hohn in seiner Stimme unterstrich. »Ich fürchte, da werdet ihr arg enttäuscht werden! Im Kloster gab es nämlich einen Brand, dem eine Reihe von Urkunden zum Opfer gefallen sind, und die eure dürfte dazugehören.«

Otto versuchte, sich der vielen Hände zu erwehren, die ihn niederhielten. »Ihr seid der Satan in Person! Ihr brecht den heiligen Eid, den Euer Großvater seinem Neffen – meinem Vater! – geleistet hat. Schande über Euch! Möge der Teufel Euch in den tiefsten und heißesten Winkel der Hölle schleppen.«

»Wenn es stimmt, was man sich über meine Sippe erzählt, dürfte der Fürst der Finsternis sich damit schwer tun.«

Der Graf lachte auf, wurde aber sofort wieder ernst. »Du warst mir schon zu lange zu aufmüpfig, Bäuerchen! Jetzt werde ich dir die Angeberei mit deiner angeblichen Verwandtschaft zu meiner Sippe austreiben und dafür sorgen, dass du für alle Zukunft begreifst, was du wirklich bist, nämlich nicht mehr als Staub unter meinen Sohlen!«

Auf einen Wink des Grafen stellten die Reisigen den Bauern auf die Beine, rissen ihm den Kittel und das Leinenhemd vom Leib und schleppten ihn zu dem großen Apfelbaum, der unweit des Schafstalles wuchs. Dort zogen sie seine Arme um den Stamm und fesselten sie. Bärbel, die dem Geschehen mit wachsendem Entsetzen zugesehen hatte, presste die Hände auf den Mund, um ihre Schreie zurückzuhalten. Berichte von den Strafaktionen, die der Graf und seine beiden Begleiter durchführten, machten fast tagtäglich die Runde im Dorf, und sie wusste daher, wie die

Männer ihre Opfer quälten. Nun würde auch ihr Vater ihnen zum Opfer fallen, und kein Herr Jesus und keine Mutter Gottes würde sie daran hindern. Dennoch begann Bärbel lautlos zu beten, als Jost von seinem Rotfalben stieg und eine zusammengerollte Lederpeitsche aus seiner Satteltasche zog.

Der Vogt ließ die geknotete Schnur nach vorne schnellen, berührte Otto aber noch nicht. Dennoch zuckten die Muskeln des Bauern unkontrolliert, und er stieß einen leisen Schrei aus.

Die Lippen des Grafen bogen sich verächtlich. Diesem Kerl fehlte in seinen Augen jeglicher Mumm, und er hatte daher kein anderes Schicksal verdient, denn als Höriger zu fronen. Jost nahm Maß für den ersten Hieb und ließ die Peitsche auf den Bauern zuschnellen.

Das klatschende Geräusch fraß sich wie Säure in Bärbels Kopf. Fassungslos starrte sie auf den roten Striemen, der sich zwischen den Schulterblättern ihres Vaters abzeichnete, und vernahm fast im selben Augenblick den zweiten Hieb.

Otto biss die Zähne zusammen, um bis auf ein leises Zischen keinen Laut von sich zu geben. Seine Frau aber jammerte umso lauter und flehte alle Heiligen im Himmel um Hilfe an. Auch Bärbel bewegte tonlos die Lippen, doch ihr fiel nichts anderes mehr ein als der Vers, den sie jeden Abend vor dem Zubettgehen sprach. Der dritte, vierte und fünfte Hieb fiel, und nun vermochte ihr Vater die Schmerzen nicht mehr zu ertragen. Zuerst kam nur ein Stöhnen aus seinem Mund, dann begleitete ein Schrei jeden weiteren Schlag, und schließlich stieß er ein nicht mehr enden wollendes Heulen aus.

Jost von Beilhardt war ein breitschultriger Mann mit einem Stiernacken und Oberarmen, die kräftiger waren als die Oberschenkel manches Mannes. Er war stolz darauf, einen kräftigen Mann mit zwanzig Hieben zum Krüppel schlagen zu können. Er wusste zwar, dass sein Herr es so weit nicht kommen lassen wollte, da Otto noch auf seinen Feldern arbeiten sollte, aber er hatte nicht vor, den Mann zu schonen. Während sich die Peitsche ein weiteres Mal in den Rücken des Bauern fraß, warf Anna sich vor dem Grafen nieder.

»Herr, ich flehe Euch an! Lasst ab von meinem Mann. Wir werden auch alles tun, was Ihr befehlt!« Bärbels Mutter war außer sich vor Angst, doch Walther von Eisenstein wartete, bis die Schreie des Gepeinigten ihm verrieten, dass dessen Wille gebrochen war, und hob dann die Hand.

»Halt ein, Jost, es ist genug!«

Der Vogt trat zurück und warf die blutverschmierte Peitsche einem der Reisigen zu, der sie am Brunnen auswusch. Ein anderer löste Ottos Fesseln und sah zu, wie der Gepeinigte haltlos am Stamm hinabrutschte und vor Josts Füßen liegen blieb.

Der Vogt packte sein Opfer an den Haaren und riss seinen Kopf hoch. »Hast du jetzt begriffen, wer dein Herr ist?«

Otto nickte gurgelnd, da ihm die Stimme versagte.

»Das ist gut so. Doch ich warne dich! Wage es nie mehr, zu behaupten, du wärst ein freier Bauer und mit Herrn Walther verwandt.« Jost ließ den Mann los und starrte ihn durchdringend an.

Bärbels Vater begriff voller Angst, dass der andere eine Antwort erwartete, und presste mit letzter Kraft die notwendigen Worte heraus. »Ich tue alles, was Ihr von mir verlangt, Herr!«

Walther von Eisenstein nickte zufrieden und gab seinem Vogt einen Wink. Dieser drang in das Haus ein, und kurz darauf hörte Bärbel den panikerfüllten Aufschrei ihrer Schwester und Josts spöttisches Lachen. Wenig später schleppte der Mann Elisabeth wie einen Sack unter dem Arm auf den Hof. Dabei fuhr er ihr trotz ihrer verzweifelten Gegenwehr mit der freien Hand in die Bluse und kniff sie in die Brust.

Als Graf Walther dies sah, verdunkelte sein Gesicht sich im jähen Zorn. »Lass deine gierigen Hände von ihr, du Hund! Dieses Feld werde ich allein bestellen, verstanden? Ich muss sicher sein, dass der Bastard, den sie hoffentlich bald tragen wird, meinen Lenden entsprossen ist. Sollte einer von euch auch nur in ihre Nähe kommen, wird er sich wünschen, er dürfte mit diesem dreckigen kleinen Bäuerlein da tauschen.«

Er deutete mit seinem Blick auf Bärbels Vater, der bäuchlings im Schmutz lag und leise vor sich hinwimmerte. Seine beiden Gefolgsleute begriffen, dass es ihrem Herrn mit seiner Drohung ernst war. Während Armin blass wurde und einen Schritt zurücktrat, sah Jost mit einem bedauernden Grinsen zum Grafen empor.

»Ich verstehe sehr gut, dass Ihr dieses leckere Vögelchen allein verspeisen wollt, Herr, zumal Ihr einen Sohn alle Mal nötiger habt als ich oder Armin. Aber die Mutter dieses Sonntagsbratens ist auch ein ansehnliches Frauenzimmer, und Ihr werdet gewiss nichts dagegen haben, wenn ich meinen Riemen an ihr – oder besser gesagt – in ihr wetze.« Bei diesen Worten warf Jost der erstarrten Bäuerin einen gierigen Blick zu.

Bärbels Mutter schrie gellend auf und kniete mit gefalteten Händen vor dem Grafen nieder. »Herr, nein! Bei Eurer Seele, das dürft Ihr nicht zulassen! Bitte ...«

Walther von Eisenstein schenkte ihr nur einen verächtlichen Blick, bevor er sich wieder seinem Gefolgsmann zuwandte. »Von mir aus kannst du mit dem Weib machen, was du willst. Reiche mir aber zuerst das Mädchen hoch, denn ich werde es selbst zur Wallburg bringen. Ach ja, sorge dafür, dass der Fronwart der umliegenden Hörigendörfer in diesen Hof einzieht. Von hier aus kann er das faule Gesindel besser im Auge behalten.« Der Graf packte Elisabeth, legte sie wie ein Bündel Lumpen vor sich und zog sein Pferd herum, um zur Burg zu reiten.

Einer der Reisigen hielt ihn auf. »Was soll mit dem Kind dort geschehen?« Der Mann zeigte auf Bärbel, die wie ein weißgrauer Schatten in der Tür des Vorratskastens stand.

Trotz alledem, was Bärbel bis zu diesem Tag über die Grausamkeit des Grafen vernommen hatte, konnte sie nicht begreifen, dass das, was sie eben erlebt hatte, Wirklichkeit war, sondern wähnte sich in einem weiteren Albtraum gefangen und versuchte verzweifelt aufzuwachen. Daher bemerkte sie gar nicht, dass man über sie sprach.

»Nimm das Ding mit auf die Burg. Dort kann es sich nützlich machen.« Der Graf sah Bärbel nicht einmal an, sondern ritt los und lachte dabei über Elisabeths vergebliche Versuche, sich loszureißen.

Frau Anna lief ein paar Schritte neben seinem Pferd her und streckte die Hände nach ihrer Tochter aus. »Herr, verschont Elisabeth! Sie ist ein sittsames Mädchen und noch Jungfrau.«

»Das will ich auch hoffen, denn ist sie es nicht, schicke ich euch Jost, damit er dort weitermacht, wo er heute aufhören wird.« Der Graf lachte höhnisch auf und gab seinem Hengst die Sporen.

Anna wollte ihm folgen, aber der Vogt holte sie mit wenigen Schritten ein, packte sie und stieß sie zu Boden. Sie versuchte, von ihm wegzukriechen, doch er kniete sich auf sie und zerrte ihr Kleid hoch, sodass ihr Unterleib nackt vor ihm lag. In dem Augenblick gab sie jeden Widerstand auf, faltete die Hände und begann laut zu beten. Jost hielt kurz inne und deutete den Reisigen, die sich um ihn scharten, mit einer Handbewegung an, dass er die Frau für verrückt hielt. Dann öffnete er beinahe gemächlich seinen Hosenlatz, und Bärbel, die der Szene mit weit aufgerissenen Augen gefolgt war, sah, wie sich ein langes, gebogenes Ding daraus erhob, groß und hässlich wie ein Eselsgemächt.

»So, Weib, jetzt wirst du mal einen richtigen Hengst in dir spüren!«, prahlte Jost, während er Frau Annas Beine auseinander drückte und zwischen sie stieg.

Bärbel war wie zu Stein erstarrt und vermochte ihre Lider nicht zu schließen. Das, was der Tränenschleier gnädig vor ihr verbarg, teilten die Ohren ihr umso gnadenloser mit. Als das Becken des Mannes mit einem heftigen Ruck nach vorne glitt, gellte ein grauenhafter Schrei in ihrem Kopf und zwang sie, die Augen noch weiter aufzureißen, und was sie sehen musste, schien ihr grausamer als die Auspeitschung ihres Vaters. Bei jeder der ruckartigen Bewegungen des Mannes kreischte ihre Mutter auf, als würde sie mit glühendem Eisen versengt, und ihre Stimme hatte nichts Menschliches mehr an sich.

Ihre Schreie schienen Jost anzustacheln, denn seine Bewegungen wurden noch heftiger und sein Gesicht glich mehr und mehr einem reißenden Tier, sodass Bärbel befürchtete, er würde sich jeden Moment in einen Wolf verwandeln und ihre Mutter verschlingen. Nach einem letzten Röhren aber hielt er inne, rollte von ihrer Mutter herunter und stand auf. Sein Glied, dessen Größe Bärbel vorhin erschreckt hatte, war nun zu einem lächerlich kleinen Dingelchen geschrumpft, welches nicht mehr erkennen ließ, welche Schmerzen sein Besitzer einer Frau damit bereiten konnte.

Während Jost seine Hose schloss, trat er neben den noch

immer am Boden kauernden Bauern. »Dein Weib lässt sich gut bereiten. Ich glaube, ich werde öfter bei euch vorbeikommen müssen.«

Bärbels Vater hob nicht einmal den Kopf, um seine Frau oder deren Peiniger anzusehen, sondern presste das Gesicht auf den Boden und wimmerte vor sich hin.

Jost spie vor ihm aus und wandte sich dann augenzwinkernd an seinen Freund Armin. »Juckt es dich, das Weib ebenfalls zu besteigen, oder kommst du mit mir zum Fronwart, um ihm zu sagen, dass er heute noch hier einziehen soll, wenn ihm sein Amt lieb ist?«

Armin griff sich mit einem wohligen Stöhnen in den Schritt und grinste. »Ich glaube, ich lasse mir von Anna lieber das Haus zeigen, vor allem ihr Bett!«

Während Jost sich lachend in den Sattel schwang, betrachtete einer der Männer kopfschüttelnd den blutigen Rücken des Bauern. »Vielleicht sollte man die alte Usch holen. Die kennt sich mit Verletzungen aus.«

Bärbels Mutter kreischte auf. »Nein, nicht diese Teufelshexe! Ich werde meinen Mann selber pflegen.«

Armin von Nehlis warf ihr einen belustigten Blick zu. »Also gut! Aber dieses Recht musst du dir erst verdienen, sonst lassen wir deinen Mann krepieren. Komm mit und gehorche mir aufs Wort!«

Ohne sich umzusehen, schritt er auf die Tür zu. Anna schlang die Reste ihres Kleides um sich und folgte ihm so bleich wie ein Gespenst.

Der Reisige, der vorhin schon auf Bärbel gezeigt hatte, griff jetzt nach ihr und zerrte sie nach vorne. »Was passiert nun mit der?«

Jost zeigte auf das Pferd des Mannes. »Bring das Ding auf die Wallburg und übergib es Frau Notburga. Die wird schon wissen, was sie mit ihm anfangen soll.«

Einer der anderen Reisigen fasste sich mit einer bezeichnenden Geste an den Kopf. »Das hast du nun davon, Rütger, weil du immer so dumm fragst!«

Rütger zuckte mit den Schultern, legte Bärbel, die nicht mehr Leben zeigte als ein Stück Holz, auf den Widerrist seines Pferdes, und stieg selbst in den Sattel. Dann zog er das Kind an sich, um es festzuhalten, und blickte in stiere, weit aufgerissene Augen. Die Kleine sieht so aus, als hätte das Vorgehen des Herrn ihr den Verstand geraubt, dachte er und seufzte innerlich. Als der Graf ihn vor einem guten Dutzend Jahren zu seinen Waffenträgern geholt hatte, war er froh gewesen, der harten Fronarbeit auf den Feldern entkommen zu können. Jetzt aber stellte er sich die Frage, ob es nicht besser gewesen wäre, als Knecht in einer der Hörigenhütten zu hausen, auch auf die Gefahr hin, tagtäglich die Peitsche des Fronwarts zu spüren. Die brutale Herrschaft des Grafen widerte ihn an, und er hasste es, ihm bei seinen gottlosen Taten dienen zu müssen. Er schüttelte den Kopf, um die peinigenden Gedanken zu vertreiben, die sein Gewissen ihm eingab, und sah Jost von Beilhardt fragend an.

»Soll ich hierher zurückkommen?«

Der vierschrötige Mann warf ihm einen spöttischen Blick zu. »Ich glaube nicht, dass Armin dich bei dem benötigt, was er jetzt macht.«

Rütger zog seinen Gaul herum, während die anderen Reisigen in Gelächter ausbrachen, und schlug den Weg zur Wallburg ein. Als er außer Hörweite war, strich er Bärbel über die Wange. »Das war eine arge Schweinerei, die man deinen Leuten eben angetan hat. Manchmal könnte man an Gottes Gerechtigkeit zweifeln.«

Rütgers Stimme glitt wie ein ferner, murmelnder Bach an Bärbels Ohr vorbei, ohne dass sie den Sinn seiner Worte erfasste, so eingesponnen war sie in Panik und Entsetzen. Das Erlebte tanzte wie ein verzerrtes Echo in ihrem Innern, sodass sie nur noch aus grausamen Bildern zu bestehen schien. Als die Pferdehufe auf festem Boden klapperten, kam sie ein wenig zu sich und sah die steinerne Decke eines Turms über sich hinwegziehen. Dann fiel ihr Blick am Kopf des Pferdes vorbei auf den steil ansteigenden Weg, der durch den vorderen Zwinger der Wallburg zum Haupttor führte, und in diesem Augenblick wusste sie, dass sie in einen Albtraum geraten war, der niemals mehr enden würde.

8 Armin von Nehlis kam sichtlich zufrieden aus dem Haus und gab dem wimmernden Bauern noch einen Fußtritt. Dann stieg er auf sein Pferd und winkte den Reisigen, ihm zu folgen. Nachdem der Hufschlag der Pferde verklungen war, blieb es auf dem Hirschhof für etliche Augenblicke so still wie in einer Gruft. Selbst die Tiere im Stall schienen sich des Schrecklichen, das hier passiert war, bewusst zu sein und gaben keinen Laut von sich. Das jammervolle Stöhnen des Bauern durchbrach schließlich den Bann, und nun drang auch das Schluchzen seiner Frau durch die offene Tür.

An diesem Morgen war Usch schon früh ins Dorf hinabgestiegen und hatte Vater Hieronymus aufgesucht, um ihm die Kräuter zu bringen, die er bei ihr bestellt hatte. Während sie sich seine Klagen über die schlimmen Zustände in der Grafschaft anhörte, blickte sie immer wieder zum Hirschhof hinüber und sah bald den Grafen mit seinem Gefolge kommen. Daraufhin verwickelte sie den redseligen Pfarrer in ein längeres Gespräch und konnte so beobachten, wie die Männer Ottos Hof nach und nach wieder verließen. Als der letzte Trupp davonritt, bat sie Vater Hieronymus, der Herrn Walthers Auftauchen ebenfalls bemerkt hatte und Schlimmes befürchtete, mit ihr zum Hirschhof zu gehen und nachzuschauen, was sich dort abgespielt hatte.

Das Bild, das sich vor Usch ausbreitete, übertraf ihre Befürchtungen. Ihr blieb nicht einmal die Zeit, den Grafen zu verfluchen, denn der Bauer war so schlimm zugerichtet, dass er ohne Hilfe sterben würde. »Er lebt noch!«, beruhigte sie den vor Entsetzen erstarrten Priester.

Vater Hieronymus schlug das Kreuz und blickte ängstlich in Richtung Wallburg. »Wie kann Gott es nur zulassen, dass ein Mann dieses Geschlechts, das durch den Splitter vom Kreuze Christi gesegnet ist, so grausam und ungerecht ist?«

»Für mich ist dieser Talisman eher ein Span vom Throne Satans!«, fauchte Usch ihn an, während sie Bärbels Vater vorsichtig untersuchte. »Das muss Jost gewesen sein, dieser gemeine Schuft. Jeder andere hätte Mitleid mit diesem armen Kerl gehabt.«

»Kannst du Otto helfen?«, fragte Vater Hieronymus besorgt.

Usch wiegte skeptisch den Kopf. »Wenn er den Willen zum Leben nicht verloren hat, kann ich ihn retten. Ihr werdet mir allerdings einiges von dem holen müssen, was ich Euch heute Morgen mitgebracht habe, und dazu saubere Leinstreifen als Verbandszeug.«

»Ich bin schon unterwegs!« Er rannte davon, ohne auf seine Würde als Priester zu achten, und verfluchte in Gedanken den Grafen, der der Liste seiner üblen Taten an diesem Tag eine weitere hinzugefügt hatte. Währenddessen füllte Usch einen Eimer Wasser am Brunnen und begann, die Peitschenstriemen des Bauern auszuwaschen. Schon bei der ersten Berührung begann Otto zu schreien, als würde sie ihm den Rücken mit glühendem Eisen versengen. Sie sah ein, dass sie ihm so nicht würde helfen können, und zog ein kleines Fläschchen aus der Leinentasche, die an ihrem Gürtel hing, und flößte dem Mann ein paar Tropfen einer grünbraunen Flüssigkeit ein. Otto schluckte das Mittel, ohne die Augen zu öffnen, und fiel nach ein paar Augenblicken in gnädige Bewusstlosigkeit.

Usch war so sehr mit dem Bauern beschäftigt, dass sie nicht bemerkte, wie Frau Anna nackt und auf allen vieren aus dem Haus kroch. Ohne Usch zu beachten, starrte sie auf ihren reglos auf dem Boden liegenden Mann. »Sie haben ihn umgebracht!«, wiederholte sie einige Male mit kaum noch menschlich zu nennender Stimme.

Nun wurde Usch auf sie aufmerksam und wollte sie ansprechen. Doch Anna, die sie nicht wahrzunehmen schien, stieß einen Schrei aus, sprang auf und rannte ins Haus zurück. Usch fühlte sich innerlich wie zerrissen, denn sie wollte den verletzten Bauern nicht einfach im Schmutz liegen lassen, aber sie hatte das Gefühl, dass Frau Anna ihre Hilfe im Moment nötiger brauchte.

Einen Augenblick kämpfte sie mit sich selbst, dann folgte sie der Bäuerin ins Haus. Ihr kurzes Zögern hatte Anna Zeit gelassen, einen Kälberstrick an sich zu raffen, zum Heuboden hochzuklettern und das eine Ende des Seils als Schlinge um ihren Hals zu legen. Gerade, als Usch das Haus betrat, befestigte sie das andere Ende an einem Balken.

»Das darfst du nicht tun!«, schrie die Kräuterfrau auf und rannte auf Anna zu. In dem Moment ließ Bärbels Mutter sich fallen. Usch fing sie auf, bevor der Strick sich straffen konnte, und musste sich dann der Bäuerin erwehren, die jeden Versuch, die Schlinge um ihren Hals zu lösen, mit Tritten und Schlägen beantwortete. Schließlich griff Usch mit einer Hand durch einen Schlitz ihres Kleides an ihren Oberschenkel, brachte ein kleines, aber scharfes Messer zum Vorschein und schnitt den Strick entzwei. Dann ließ sie Anna zu Boden rutschen, holte aus und gab ihr eine Ohrfeige, die die Bäuerin gegen die Stallwand prallen ließ.

»Dein Mann lebt noch, Weib! Und wenn er am Leben bleiben soll, wird er deine Pflege in den nächsten Tagen bitter nötig haben.«

Anna schüttelte wie irr den Kopf. »Sollen sich andere um Otto kümmern! Ich kann nicht mehr am Leben bleiben! Nicht nach alledem, was der Graf und seine Schurken uns angetan haben.« Sie kam schwankend auf die Füße und machte Anstalten, nach einem anderen Strick zu greifen.

In dem Augenblick erhielt sie die nächste Ohrfeige. »Glaubst du, du wärst die erste Frau, die diese geilen Böcke gegen ihren Willen auf den Rücken geworfen haben?«

Der scharfe Tonfall durchdrang Annas nachtschwarze Verzweiflung, und sie schien die Kräuterfrau jetzt erst zu erkennen. »Usch? Du?«

Für einen Augenblick brach die an Hass grenzende Abneigung aus ihr heraus, die sie der Kräuterfrau stets entgegengebracht hatte, dann aber schlug sie die Hände vor das Gesicht und begann zu schluchzen, sodass ihr die Tränen wie Bäche über die Wangen liefen.

»Weine nur, Anna, wenn es dir hilft. Mir sind damals die Tränen versagt geblieben.« Uschs Stimme klang bärbeißig, aber auch erleichtert. Da die Kräuterfrau sich dringend um den verletzten Bauern kümmern musste, nahm sie Bärbels Mutter bei der Hand, führte sie zum Wohnteil des Hauses und holte eine schon geflickte Leinenbluse und ein frisch besticktes Kleid aus der Hochzeitstruhe.

»Zieh dich an! Oder willst du, dass der brave Vater Hieronymus deine Blöße sieht?«

Folgsam wie ein Kind streifte Anna die Sachen über, ging dann wie in einem Traum gefangen auf den Herrgottswinkel zu, den sie mit Immergrün und Tannenzweigen geschmückt hatte, und kniete nieder, um Gott ihr Leid zu klagen. Usch streifte sie mit einem letzten Blick und eilte wieder auf den Hof hinaus. Als sie neben den selbst in der Bewusstlosigkeit vor Schmerzen wimmernden Bauern trat, sah sie den Priester mit geschürzter Kutte und einem großen Korb in der Hand auf den Hof zu laufen. Ihm folgten mehrere hörige Frauen, die sich jedoch nur scheu zu nähern wagten.

»Es ist noch schlimmer, als wir dachten!«, rief der Priester Usch schon von weitem zu. »Herr Walther hat Otto und seine Frau nicht nur misshandeln lassen, sondern auch das Feuer im Kloster genutzt, um sie um Haus und Hof zu bringen. Der Freibauernbrief soll nämlich mit verbrannt sein. Die schöne Elisabeth hat er mit auf die Burg genommen, um sich ihrer als Bettmagd zu bedienen.«

»Die kleine Bärbel haben sie auch mit nach oben geschleppt«, berichtete eine der Dörflerinnen ganz außer sich.

Vater Hieronymus winkte ab. »Ach, die Bärbel, die ist noch viel zu klein, als dass ihr viel passieren könnte. Der wird Herrn Walther keinen zweiten Blick zuwerfen. Aber Elisabeth schwebt in höchster Gefahr.«

Usch warf ihm einen verächtlichen Blick zu und nahm ihm den Korb ab. »Elisabeth passiert auch nicht mehr als den anderen Mädchen und Frauen unserer Grafschaft. Herr Walther hat bei den meisten Jungfrauen auf dem so genannten Recht der ersten Nacht bestanden und jedes Mädchen auspeitschen lassen, das es gewagt hatte, sich vorher einem Burschen hinzugeben.«

Während die Kräuterfrau sich über den Verletzten

beugte, um ihn zu versorgen, kreisten ihre Gedanken um Bärbel. Sie konnte das Kind nicht schützen, so wie Meister Ardani es ihr aufgetragen hatte, wenn es sich oben auf der Burg befand. Bei dem Gedanken an den morgenländischen Magier grauste es ihr, denn er schien vorausgesehen zu haben, was hier geschehen würde. Vielleicht hatte er sogar seine unheimlichen Kräfte dazu benutzt, Bauer Otto ins Unglück zu stürzen, um auf diese Weise Macht über Bärbel zu gewinnen und das Kind zwingen zu können, den Kreuzessplitter für ihn zu stehlen.

Obwohl es auch Uschs Ziel war, Graf Walther seines übernatürlichen Schutzes beraubt zu sehen, fühlte sie sich mitschuldig an dem Schicksal der Bauersleute und nahm sich vor, es wenigstens an Bärbel gutzumachen. Mit einem Mal drängte alles in ihr, zur Wallburg zu gehen und nach dem Kind zu schauen. Sie nahm sich jedoch noch die Zeit, den Bauern mithilfe des Priesters und der Frauen aufzurichten, ihn zu waschen und seine Wunden sorgfältig zu verbinden. Da Anna zu keinem vernünftigen Wort fähig war, erklärte sie Vater Hieronymus, wie Otto weiterhin zu versorgen sei.

Der Priester sah auf die sich langsam rot färbenden Verbände. »Ich werde alles befolgen, was du gesagt hast. Aber du wirst trotzdem ein paar Mal nach ihm schauen müssen.«

Usch nickte ihm beruhigend zu. »Ich werde jeden Tag kommen und seine Verletzungen versorgen, ehrwürdiger Vater. Doch nun Gott befohlen!«

Während sie mit raschen Schritten auf den Hohlweg zuschritt, in dem Bärbel zwei Tage zuvor dem Grafen begegnet war, hörte sie noch, wie Vater Hieronymus ein paar der Frauen anwies, den Karren aus der Scheune zu holen, um Otto damit zu der Hütte zu bringen, in der er auf Befehl des Grafen von nun an hausen sollte. »Ihr anderen sucht unterdessen alles zusammen, was diese armen, von Gott geprüften Menschen in ihrem neuen Heim brauchen«, setzte er in einem für ihn ungewöhnlichen Anfall von Mut hinzu. Usch hoffte für ihn und die Frauen, dass die neuen Bewohner des Hirschhofes das Fehlen einiger Töpfe und Truhen nicht bemerken oder es wenigstens nicht dem Vogt anzeigen würden.

9

Als der Graf mit seiner lebenden Beute die Burg erreichte, ritt er ohne anzuhalten bis zum Portal des Palas und warf einem herbeieilenden Knecht den Zügel seines Rappen zu, denn er benötigte nun beide Hände, um das vor ihm sitzende Mädchen zu bändigen. Seiner Kraft hatte Elisabeth jedoch nichts entgegenzusetzen. Der Graf fasste sie um die Taille, presste ihre Arme hart an den Körper und schleifte sie auf den aus wuchtigen Sandsteinquadern errichteten Hauptbau der Burg zu.

Elisabeth hatte all die Jahre davon geträumt, wenigstens einmal in ihrem Leben durch die Prachträume der Burg wandern und sich vorstellen zu können, wie eine Dame von Stand lebte. Nun aber hatte sie weder Augen für die hohe Halle mit dem reichen Waffenschmuck und den Bannern an den Wänden noch für die kunstvoll gedrechselten Stühle und die gewaltige Tafel aus mehr als handspanndicken Eichenbrettern. Erst als Herr Walther sie in sein Schlafgemach trug, wurde sie sich ihrer Umgebung halbwegs wieder bewusst.

Allein dieses Zimmer war größer als der Wohnteil ihres Elternhauses. Der Fußboden bestand aus glatt geschliffenen Fichtenbohlen, und die Wände trugen eine deckenhohe Vertäfelung aus dunkel gebeiztem Nussbaumholz.

Davor waren fast ein Dutzend Truhen aufgereiht, und da einige Deckel offen standen, konnte Elisabeth fein säuberlich zusammengelegte Hemden, Hosen und Gürtel darin gestapelt sehen.

Als Walther von Eisenstein sich umdrehte, um die Tür hinter sich zu schließen, nahm Elisabeth das wuchtige Kastenbett wahr, das mitten im Raum stand und dessen aufgebundene Vorhänge den Blick auf eine Liegefläche freigab, auf der eine ganze Familie bequem hätte schlafen können. Der Graf hatte ihren verstörten Blick wahrgenommen, denn er grinste spöttisch, trug sie zum Bett und warf sie darauf. Elisabeth sprang sofort herab und rannte zur Tür, doch bevor sie diese erreichte, hatte der Graf sie gepackt und schleuderte sie so hart auf das Bett, dass sie den Aufprall trotz der weichen Matratze schmerzhaft spürte.

»Es ist besser, du ergibst dich in dein Schicksal und bemühst dich, mir eine angenehme Bettgespielin zu sein. Sonst müsste ich dich streng bestrafen! Denk daran, wie es deinem Vater ergangen ist. Bei dir würde ich die Peitsche führen und dich wünschen lassen, nie geboren worden zu sein.«

Elisabeth hatte durch eine Luke im Stall mit angesehen, wie Jost ihren Vater zugerichtet hatte, und sie wurde beinahe ohnmächtig vor Angst bei dem Gedanken, ihr Rücken könne genauso zerfleischt werden.

Der Graf grinste zufrieden, als Elisabeth wie gelähmt auf dem Bett liegen blieb, und wusste, dass es nur noch einer wohl ausgewogenen Mischung aus Drohungen und kleinen Zugeständnissen bedurfte, um aus ihr eine gehorsame und wahrscheinlich sogar willige Beischläferin zu machen. Nun musste er nur noch dafür sorgen, dass kein anderer Mann ihr zu nahe kam. Erst, wenn er einen Sohn besaß, konnte er sich des Schutzes seines Talismans vollkommen sicher sein. So lautete nämlich das Geheimnis, das von seinem Ahnherrn Roland auf dessen Erben übergegangen war und von diesem immer auf den Erstgeborenen oder einzigen Sohn: Erst wenn der gegenwärtige Vertreter seines Geschlechts ein Kind in den Armen hielt, auf das die Verheißung des Kreuzessplitters übergehen konnte, würde ihm kein anderer aus dem Blut Ritter Rolands den Talisman streitig machen können. Das war einer seiner Gründe gewesen, den Freibauern Otto in den Staub zu treten. Er wollte verhindern, dass ein Sohn dieses Mannes ihm eines Tages gefährlich werden könnte.

Noch war der Graf nicht der Verzweiflung nahe, denn in seiner Familie waren die Söhne meistens spät geboren worden und bis auf eine einzige Ausnahme Einzelkinder geblieben. Dadurch war es der Sippe möglich gewesen, ihren Besitz zusammenzuhalten und ihn durch kluge Heiraten zu mehren. Seine Ehe mit Adelheid von Walkershofen hatte ihm zwar ebenfalls reiche Ländereien eingebracht, aber seine Gemahlin, die er wegen ihrer Weinerlichkeit verachtete, war ihm bislang den erhofften Sohn schuldig geblieben. Deshalb sah er es als sein Recht an, sich ein Kebsweib zuzulegen, um sich mit dessen Hilfe den Wunsch nach einem Erben zu erfüllen.

In gewisser Weise erregte es den Grafen, mit Elisabeth eine entfernte Verwandte zu seiner Bettmagd machen zu können. Wie sein Vater Manfred hatte auch er nie ganz die Furcht verloren, Adalmar von Eisenstein könnte aus der Ferne zurückkehren und den Erbteil fordern, der seinem Sohn vorenthalten worden war. Walther von Eisenstein rechnete nach, wie alt sein Verwandter nun sein musste, kam auf etwa 70 Jahre und grinste erleichtert. Nach dieser langen Zeit bestand wohl keine Gefahr mehr, dass der alte Bock zurückkehrte. Höchst wahrscheinlich hatte Adalmar von Eisenstein schon das Schicksal vieler anderer Kreuzritter geteilt und verrottete in den Wüsten des Heiligen Landes. Selbst wenn er mit irgendeiner Sarazenenhure ein Kind gezeugt haben sollte, würde dieses heidnische Geschöpf niemals in der Lage sein, ihm seinen kostbarsten Besitz streitig zu machen. Mit einem Gefühl höhnischer Zufriedenheit stellte Herr Walther fest, dass er sogar edel an seinem Großonkel handelte, wenn er dessen Urenkelin dazu ausersah, den nächsten Erben von Eisenstein-Wallburg zu gebären.

Mir gelingt alles!, dachte er zufrieden, als er an die Tür trat, sie öffnete und nach der Beschließerin der Burg rief. Notburga schien auf seinen Befehl gewartet zu haben, so rasch war sie zur Stelle. Während sie ihren Herrn kriecherisch nach dessen Begehr fragte, heftete sich ihr Blick mit einer kaum verhüllten Mischung aus Eifersucht und Neid auf Elisabeth. Die kleingewachsene, stämmige Frau liebte den Grafen, mit dem sie aufgewachsen war, von ganzem Herzen und hatte sich ihm bereits als Kind hingegeben. Doch seit er die Nachfolge seines Vaters angetreten hatte, schien er zu übersehen, dass sie eine Frau war, und suchte sich seine Gespielinnen unter den schönsten Mädchen in seinem Herrschaftsgebiet aus. Er hatte sie jedoch nicht verstoßen, sondern zur Beschließerin seiner Hauptburg gemacht, und nun verschaffte sie sich auf ihre Weise Befriedigung, indem sie seine Gemahlin tyrannisierte und die Mädchen quälte, die er achtlos in sein Bett holte, um seine Lust an ihnen zu stillen. Bei der Schlampe, die er sich nun zugelegt hatte, würde sie jedoch vorsichtiger zu Werke gehen müssen, das machte sein warnender Blick ihr klar.

»Kümmere dich um Elisabeth! Es darf niemand außer uns beiden zu ihr und auch niemand mit ihr sprechen, hast du mich verstanden?«

»Sehr wohl, edler Herr.« Notburga senkte den Kopf, damit der Graf ihr Gesicht nicht sehen konnte. Es reizte sie, die beiden ewig brünftigen Böcke Jost und Armin über das Mädchen herfallen zu lassen. Aber da sie wusste, aus welchem Grund ihr Herr das Mädchen wie eine Gefangene halten wollte, schob sie diesen Gedanken rasch von sich weg. Gegen seinen Befehl zu verstoßen hieße den Teufel selbst zu versuchen. Die Beschließerin empfand wenig Lust, nackt auf das Bett gebunden zu werden und Herrn Walthers Peitsche auf ihrem Rücken zu spüren. Einmal in Zorn geraten, machte er keinen Unterschied mehr zwischen Mann und Frau. Sie würde von Glück sagen können, wenn sie nach einer Auspeitschung von einem gnädigen Tod heimgeholt werden würde, anstatt ihr weiteres Leben als nutzloser Krüppel zu fristen.

Die Stimme ihres Herrn riss sie aus ihren düsteren Betrachtungen. »Sperr Elisabeth in die kleine Kammer! Dort ist sie am sichersten aufgehoben.«

Der Graf deutete auf eine Stelle in der Vertäfelung, in der sich der Zugang zu einer versteckten Kammer befand, die normalerweise leer stand. Notburga keuchte vor Überraschung auf, denn bisher hatte ihr Herr dieses Gelass wie ein Heiligtum behandelt, das sonst niemand betreten durfte. Sie war die Einzige gewesen, die er von Zeit zu Zeit hineingelassen hatte, aber auch nur, weil sie es sauber machen musste.

Notburga versuchte herauszufinden, wie ernst es ihrem Herrn mit seiner Anweisung war. »Ich werde ein Bett hineinschaffen müssen und einen Leibstuhl, und dafür benötige ich den Schlüssel zu der geheimen Tür!«

Der Graf nickte nur gedankenversunken und nahm eine Kette ab, an der ein kleiner silberner Schlüssel mit einem verwirrend aussehenden Bart hing. »Hier ist er. Bringe ihn mir zurück, sobald du hier fertig bist. Und lass es dir nicht einfallen, ihn aus den Händen zu geben! Du würdest es sonst bedauern, dass deine Mutter dich nicht gleich nach der Geburt erwürgt hat.«

»Es wird alles so geschehen, wie Ihr es wünscht, Herr. Aber sagt, was soll nun mit Selma geschehen?«

Walther von Eisenstein winkte mit einem verächtlichen Schnauben ab. »Da sie sich bereits Jost und Armin in die Arme geworfen hat, kann sie ihnen weiterhin als Bettmagd dienen.«

»Wie Ihr befehlt, Herr!«, antwortete Notburga mit einem angedeuteten Knicks und verbarg ihre Schadenfreude hinter ihrer gewohnt undurchdringlichen Maske. Sie würde Selma noch an diesem Abend in die Kammer der Reisigen schicken. Wenn die groben Kerle mit ihr fertig waren, würde die Magd es bedauern, jemals die Aufmerksamkeit ihres Herrn erregt zu haben. Notburga hatte selbst dafür gesorgt, dass Selma trunken von dem Wein, den sie ihr eingeflößt hatte, Jost und Armin in die Arme gelaufen war. Davor hatte das nutzlose Stück ein halbes Jahr lang das Bett des Grafen geteilt, ohne schwanger zu werden, und es ihr gegenüber an der nötigen Achtung fehlen lassen. Das würde die Metze nun bereuen.

Der Graf achtete nicht weiter auf die Beschließerin, sondern drehte sich um und verließ den Raum. Elisabeth sprang auf und versuchte, hinter ihm durch die Tür zu schlüpfen, doch Notburga war schneller und weitaus stärker, als ihr kurzer Wuchs erwarten ließ. Sie schlug dem Mädchen hart ins Gesicht und drängte es zu jenem Teil der Wandvertäfelung, in dem ein Schlüsselloch die Existenz der Tür verriet. Während sie mit der Rechten aufschloss, hielt sie Elisabeth trotz allen Sträubens mit der anderen Hand so fest, als wären ihre Finger aus Eisen, und kurz darauf stieß sie ihre Gefangene wie ein Bündel Lumpen über die Schwelle.

Die Kammer, in die Elisabeth hineinstolperte, maß fünf Schritte in der Länge und Drei in der Breite. Ihr Boden bestand aus Steinplatten, die Winterkälte auszustrahlen schienen, und anstelle von Fenstern gab es nur zwei faustgroße Löcher in der grob gemauerten Außenwand. Die Wand zum Schlafgemach des Grafen bestand genau wie die ihr gegenüberliegende aus roh behauenen Steinen, während die vierte eine kunstvolle Vertäfelung aufwies, deren geschnitzte Kreuzigungsszene an ein Altarbild erinnerte. Als Elisabeths Blick auf das Relief fiel, konnte sie ihn nicht mehr davon lösen. Es war ihr, als leuchte das Bild golden auf, und sie spürte warme Strahlen, die von ihm ausgingen und sie tröstend umfingen. Sogleich empfand sie den Wunsch, niederzuknien und ihre Seele und ihr Leben dem Bilde Gottes anzuvertrauen.

Notburga nahm Elisabeths entrückten Blick wahr und schüttelte sie. »Höre mir jetzt gut zu! Ich werde dir einen Nachttopf bringen, in den du dich entleeren kannst, und ein paar Felle und Decken als Lager. Du bekommst Wasser zum Trinken und zum Waschen, und wenn du mir gehorchst, erhältst du auch etwas zu essen. Wenn nicht, muss mein Herr heute Nacht eine hungrige Stute besteigen.«

»Ich habe keinen Hunger!«, antwortete Elisabeth, die sich nicht vorstellen konnte, nach all dem Unglück, das über sie und ihre Familie hereingebrochen war, je noch einen Bissen über die Lippen bringen zu können.

»Keine Sorge, der kommt von allein!« Notburga warf Elisabeth einen gehässigen Blick zu, verließ die Kammer und schloss sie sorgfältig hinter sich ab.

Elisabeth starrte auf die Tür, die ihr den Weg in die Freiheit versperrte, trat dann an das Relief und presste ihre

Stirn gegen das warme Holz, um den so lebendig wirkenden Gekreuzigten und die Mutter Gottes anzuflehen, sie von den Qualen dieser Welt zu erlösen und in das Himmelreich aufzunehmen. Nach einer Weile begriff sie, dass dieser Wunsch wohl nicht in Erfüllung gehen würde, aber sie spürte ganz deutlich, wie das Entsetzen über das, was Herr Walther ihren Eltern und ihr angetan hatte, allmählich nachließ und eine gnädige Müdigkeit von ihr Besitz ergriff. Eng an die Wandverkleidung gedrückt, schlief sie ein, und in ihrem Traum hörte sie die Engel vor Gottes Thron singen.

10

Auf dem Weg nach unten traf die Beschließerin auf Rütger, der aussah, als würde er sich lieber mit einem halben Heer herumschlagen, als sie anzusprechen. »Verzeiht, Frau Notburga, aber ich habe den Befehl, dieses Kind zu Euch zu bringen.«

Notburgas Blick streifte das regungslos in seinen Armen hängende Mädchen, und sie erkannte zu ihrem Ärger die Ähnlichkeit mit der schönen jungen Frau oben in der Kammer. »Was soll ich mit dem Lumpenbalg?«

»Sie soll in der Burg arbeiten. Das ist der Wille des Herrn.« Rütger hätte sich am liebsten ins nächste Mauseloch verkrochen, denn mit der Beschließerin war nicht gut Kirschen essen. Wie Jost und Armin zählte sie zu den engsten Vertrauten des Grafen und besaß dessen Ohr. Ein Wort von ihr, und er würde die Peitsche auf seinem Rücken fühlen.

Notburga warf einen zweiten Blick auf das bleiche, krank wirkende Geschöpf und beschloss, die Verantwortung dafür auf jemand anderen abzuschieben. »Bring das Ding in die Küche. Soll Mette sich damit herumschlagen. Ich habe nicht die Zeit dazu.« Da sie Rütger noch im Sprechen den Rücken kehrte, entging ihr dessen erleichtertes Aufatmen. Mit der Köchin war er immer gut ausgekommen, und er war sich sicher, dass Mette Mitleid mit dem Kind haben würde, dem das Schicksal so übel mitgespielt hatte.

11

Etwa zwei Stunden später erreichte Usch die Wallburg. Der Torwächter sah sie schon von weitem kommen und empfing sie mit einem herablassenden Grinsen. »Gott zum Gruße, schöne Frau. So einen Anblick wie dich hat man immer wieder gern.«

Usch verzog leicht die Lippen. Durch ihre weite Kleidung und einige darin eingenähte Polster wirkte sie fett und unförmig. Dazu klebten ihr die Haare strähnig am Kopf, und die Schmutzschicht auf ihrem Gesicht verbarg ihre immer noch glatte Haut. So machte sie sich immer zurecht, wenn sie unter Leute ging, denn die Gefolgsleute des Grafen und ihre Speichellecker zogen jede halbwegs wohlgestaltete Frau mit der gleichen Gemütsruhe in die nächste Ecke, mit der sie einen Apfel vom Baum pflückten. Zu den wenigen weibliche Wesen in der Grafschaft, die vor diesen Übergriffen sicher waren, zählten die Gemahlin des Herrn, dessen jeweilige Bettmagd, die Beschließerin Notburga, die Köchin Mette und jene höherrangigen Mägde, die sich einen der Reisigen als Beschützer angelacht hatten. Der Rest musste zusehen, wie er sich dem Zugriff der geilen Kerle entzog, oder stillhalten.

Die Kräuterfrau wollte an dem Wächter vorbeigehen, doch der hielt sie fest. »Hast du noch etwas von dieser Medizin, die du mir letztens mitgebracht hast? Es zwickt mich wieder im Rücken.«

Usch lag es auf der Zunge, dem Mann zu sagen, dass er gefälligst höflicher zu ihr sein sollte, wenn er ihre Hilfe brauchte. Da der Kerl ihr bei einem falschen Wort ungeachtet der Nierensteine, die ihn quälten, ein paar derbe Hiebe mit seinem Speerschaft versetzen würde, schluckte sie die Bemerkung hinunter und schüttelte bedauernd den Kopf.
»Bei mir habe ich sie nicht, Kord. Ich müsste also noch einmal zur Burg kommen, aber der Weg von meiner Hütte hierher ist weit.« Es war ein Versuch, herauszufinden, wie viel dem Mann seine Gesundheit wert war. Anscheinend zwickte ihn die Niere stärker, denn er klopfte ihr lächelnd auf die Schulter.
»Es soll ja nicht umsonst sein, Usch. Wenn ich wieder ohne Schmerzen pissen könnte, würde ich dir dafür einen großen Korb voll Schinken und Würste besorgen und ein paar Leckereien, wie du sie gewiss noch nicht zu kosten bekommen hast.«
»Ich nehme dein Angebot an! Heute ist es jedoch schon zu spät, aber morgen werde ich wiederkommen und dir das Pulver bringen.« Usch war froh, einen Grund gefunden zu haben, die Burg in der nächsten Zeit öfter aufzusuchen, denn so würde sie unauffällig nach Bärbel schauen können. Sie seufzte ein wenig, als sie an die Zeit dachte, die der Weg sie kosten würde, denn während sie unterwegs war, konnte sie keine Kräuter sammeln und den Wald auch nicht nach nahrhaften Dingen absuchen. Obwohl sie es hasste, nur den eintönigen Geschmack des Haferbrots auf der Zunge zu spüren, mit dessen Mehl die meisten Leute ihre Dienste bezahlten, wagte sie nicht, Ardanis Befehl zu missachten, denn wenn Bärbel etwas Böses zustieß, würde sie dessen Zorn heraufbeschwören. Ihr schauderte schon bei dem Gedanken, was er mit ihr machen würde, wenn sie versagte. Es war wirklich nicht leicht, die Schülerin ei-

nes Magiers zu sein, denn Meister Ardani liebte es, geheimnisvoll zu bleiben, und brauste sofort auf, wenn man ihm widersprach.

Der Wächter glaubte, das Seufzen der Frau würde dem weiten Weg gelten, und versuchte, ihr ihn zu versüßen. »Der Kellermeister des Grafen ist mein Freund. Er füllt dir gewiss einen kleinen Krug mit dem guten Ungarwein ab, den der Herr letztens hat kommen lassen.«

Usch hatte in ihrer Höhle etliche Fruchtweine angesetzt, war aber einem Schluck süßen Rebensaftes nicht abgeneigt. »Ein Krug Wein ist diesen Weg wirklich wert. Du bist doch ein guter Freund, Kord«, lobte sie den Wächter. »Dafür verzeihe ich dir, dass du mich eine schöne Frau genannt hast!« Mit einem zufriedenen Auflachen durchschritt sie das Tor.

Obwohl sie die Burg schon oft betreten hatte, empfand sie den wehrhaften Bau jedes Mal von neuem als Bedrohung. Ein mächtiger Mauerring umschloss die gesamte Anlage, und anders als bei den umliegenden Burgen umgab eine innere, weitaus höhere Mauer die Wohngebäude. Der Weg zum zweiten Tor führte zwischen den beiden Zwingern hindurch steil bergan, und hinter der zweiten Wehranlage erstreckte sich ein flacher Burghof, der von Ställen, Scheuern und Schuppen gesäumt wurde, während der festungsähnliche Wohnturm des Grafen genau in seiner Mitte aufragte. Eine leicht zu verteidigende Treppe führte zum Eingang des Palas, dessen Tür mit Eisenblech beschlagen war und sich unter Uschs Hand so kalt wie Eis anfühlte.

Die Kräuterfrau war auf dem Weg nach oben etlichen Knechten und Mägden begegnet, aber niemand hatte gewagt, sie anzusprechen. Aber es war nicht ihr Ruf, eine Hexe zu sein, der das Gesinde vor ihr zurückscheuen ließ, sondern die Angst vor Notburga. Die Beschließerin hatte ihre Augen und ihre Zuträger überall und bestrafte unnachsichtig all jene, die beim Schwatzen beobachtet worden waren. In der großen, rußigen Küche der Burg hatte Notburga jedoch nichts zu vermelden, denn hier herrschte Mette wie eine Königin, und sie war einem Gespräch nicht abgeneigt.

Kaum hatte die Köchin die Kräuterfrau entdeckt, stach sie auch schon mit vorgestrecktem Zeigefinger auf sie zu. »Gut, dass du gekommen bist, Usch, denn sonst hätte ich jemand zu dir schicken müssen. Mir gehen einige Dinge aus, und ich muss dir möglichst bald aufzählen, was ich als Vorrat für den Winter benötige. Dem Herrn hat der Würzwein geschmeckt, den ich mit deinen Kräutern angesetzt habe, daher benötige ich heuer doppelt so viel davon, genauso wie von deinem Stärkungsmittel für die Herrin und dazu etliches an Heilpflanzen und Pülverchen, die du mindestens ebenso gut anmischen kannst wie die gelehrten Doktores in Rothenburg. Wenn das Dienstbotengesindel krank wird, kann es nämlich nicht arbeiten, und ich habe den Ärger.«

Usch sagte sich, dass dieser Auftrag ihr die Möglichkeit gab, etliche Male in der Burg zu erscheinen, und schenkte Mette ein zufriedenes Lächeln. »Ich habe mir schon gedacht, dass du wieder etwas brauchst, und deshalb bin ich gekommen. Was deine Wintervorräte angeht, so fehlt mir ein zweites Paar eifriger Hände, die mir beim Sammeln helfen könnten. Hast du nicht eine Magd, die nicht so dringend benötigt wird und für ein paar Tage mit mir kommen kann?«

Usch wagte es nicht, direkt um Bärbel zu bitten, aber sie hoffte, die Köchin durch geschickte Bemerkungen dazu zu bringen, ihr das Mädchen mitzugeben.

Mette deutete zum Herd, an dem eine dralle Magd mit einem großen Kochlöffel in einem über dem Feuer hängenden Kessel rührte und dabei vergebens gegen die Tränen ankämpfte, die ihr in Strömen über das Gesicht rannen. »Vielleicht sollte Selma dich begleiten. Es wäre besser für sie, wenn sie die Burg für einige Tage verlassen könnte.«

»War sie nicht das Kebsweib eures Herrn?«, fragte Usch wenig begeistert.

»Unser Graf ist ihrer müde geworden und hat sie zu den Reisigen geschickt, damit die Kerle sich im Winter nicht an jeder Magd vergreifen, die ihnen über den Weg läuft.« Mettes grimmige Miene zeigte, wie wenig ihr die Sitten gefielen, die unter dem jetzigen Herrn auf der Burg Einzug gehalten hatten.

Usch mochte Selma nicht besonders, denn diese hatte sie im Hochgefühl ihrer neuen Stellung mehrfach böse verspottet. Dennoch verspürte sie Mitleid mit ihr, denn es war selbst für eine kräftige Frau nicht leicht, zwei Dutzend wüsten Kerlen als Hure dienen zu müssen. Uschs Anteilnahme reichte jedoch nicht so weit, Selma an Bärbels Stelle mitnehmen zu wollen.

»Wenn sie mich begleitet, werden die Kerle Krach schlagen und ihren Ärger an mir auslassen. Nein, gib mir lieber irgendeine Jungmagd mit, die nicht so schnell vermisst wird. Es genügt ein Kind, das mir beim Sammeln der Kräuter und Beeren hilft und dir die Sachen bringt, die du brauchst.« Uschs Blick blieb dabei an Bärbel hängen, die in einer Ecke hockte, die Arme um die Knie geschlungen, und ihren Oberkörper wie eine Schwachsinnige hin- und zurückpendeln ließ.

Mette hob in einer hilflosen Geste die Hände. »Das Mädchen da wird dir wohl kaum behilflich sein können. Es ist die Kleine vom Bauern Otto, und ich fürchte, sie hat über dem Unglück, das ihre Eltern heute ereilt hat, den Verstand verloren. Bis jetzt ist es mir jedenfalls nicht gelungen, ein einziges Wort aus ihr herauszuholen. Wenn Notburga das

Mädchen so sieht, wird sie es totschlagen lassen – obwohl solche Geschöpfe unter dem besonderen Schutz der Heiligen stehen! Na ja, vielleicht wäre es ganz gut, wenn du die Kleine für ein paar Wochen zu dir in den Wald nimmst. Ich will ja nichts gegen unseren Herrn sagen, aber manchmal fragt man sich doch, ob der berühmte Talisman nicht seine Wirkung verloren hat und der Teufel in ihn gefahren ist.«

Die Köchin brach ab und sah sich ängstlich um, ob jemand sie gehört hatte. Doch außer Bärbel und Selma befand sich derzeit niemand in der Küche. Erleichtert trat Mette an den Herd und schnupperte an einem kleinen Kessel, in dem eine rötliche Flüssigkeit leicht aufwallend vor sich hin köchelte.

»Ich glaube, der Trank für die Gräfin ist fertig. Selma, bring du ihn zu Frau Adelheid hoch. Klage ihr ruhig dein Leid! Vielleicht erbarmt sie sich deiner und nimmt dich unter ihre Leibmägde auf. In dieser Stellung müsstest du nicht mehr die Hure für die Soldaten spielen.« Mette füllte den Inhalt des Kesselchens in einen silbernen Pokal, und da noch ein wenig von der Flüssigkeit übrig geblieben war, schüttete sie den Rest in einen Tonbecher und stellte ihn neben das andere Gefäß.

»Trink das, Selma. Wie du weißt, beruhigt das Mittel die Nerven und kräftigt den Leib.«

»Ich kann die Suppe nicht allein lassen, sonst brennt sie an«, antwortete Selma mit tränenerstickter Stimme.

»Ist das ein Kreuz! Immer wenn man die Leute braucht, sind sie nicht da.« Mette eilte zur Tür und rief laut die Namen zweier Mägde, die ihr unterstellt waren. Da Selma nur auf ihren Suppenkessel achtete, huschte Usch zu den beiden Trinkgefäßen, holte einen kleinen Beutel heraus, den sie unter dem Ärmel verborgen gehalten hatte, und schüttete ein graues Pulver hinein. Das Mittel löste sich rasch auf, und als Mette zurückkam, war nichts mehr davon zu bemerken. Froh um die gute Gelegenheit, die es ihr ermöglicht hatte, Ardanis Auftrag zu erfüllen, trat Usch zu Bärbel und sah zu, wie Selma ihren Topf höher hängte, sodass die Flammen ihn nicht mehr umspielten, und nach dem Becher griff. Mit dem Getränk würde die Magd auch das Mittel zu sich nehmen, das eine Schwangerschaft verhinderte oder unbemerkt beendete. Es war nicht so einfach, den Frauen, die Ardani ihr bezeichnete, dieses Mittel beizubringen, aber meistens gelang es ihr. Die größten Schwierigkeiten bereitete ihr dabei die Gräfin, denn dieser musste sie das Pulver mindestens viermal im Jahr ins Essen oder in ein Getränk schmuggeln. Zu ihrem Glück litt die arme Frau so unter der Verachtung und der Grausamkeit ihres Gatten, dass sie immer wieder andere Krankheiten bekam, für die Usch neue Trünke brauen musste. Meist bereitete sie ihre Mittel in der Burgküche zu, denn frisch waren sie am wirksamsten und ließen sich mit dem grauen Pulver versetzen, das erst ganz zuletzt hinzugefügt werden durfte. Dabei aber pflegte Mette ihr meist neugierig über die Schulter zu schauen, und das erschwerte ihre Aufgabe.

Für die umfangreiche Bestellung, die die Köchin ihr nun auftrug, würde sie wohl auch diesmal nicht viel mehr erhalten als einen großen Sack Hafermehl und einige von jenen Würsten und Schinken, die für den Grafen und sein engeres Gefolge nicht gut genug waren. Dennoch wusste Usch, dass sie die Burg an diesem Tag zufriedener verlassen würde als sonst. Sie nahm den großen Korb entgegen, den Mette ihr reichte, und legte dann die freie Hand auf Bärbels Schulter.

»Komm mit mir, Kind! Mette hat befohlen, dass du mich in den Wald begleitest und fleißig Beeren für mich sammelst.« In Uschs Stimme schwang ein hypnotischer Ton, der Bärbels Starre durchdrang. Das Mädchen hob langsam den Kopf und blickte die Kräuterfrau mit weit aufgerissenen Augen an, als würde sie eben aus einem schlimmen Traum erwachen.

»Was ist mit Papa und Mama und was mit Elisabeth?« Bei diesen Worten öffneten sich die Schleusen von Bärbels Seele, und die ersten Tränen rollten über ihre Wangen.

Usch hätte das Kind am liebsten an sich gedrückt und getröstet, doch niemand durfte wissen, dass Bärbel keine beliebige Helferin für sie war. Daher nickte sie ihr nur aufmunternd zu und nahm sie bei der Hand.

»Sie leben, mein Kind, und es wird ihnen wohl bald wieder besser gehen. Wenn du brav mit mir kommst und mir hilfst, werden wir vielleicht Wege finden, um ihnen ihr Schicksal ein wenig zu erleichtern.«

Zweiter Teil

Der Tempelritter

1 Der Tag war wolkenverhangen und düster. Selbst der Schnee, der das Land bedeckte, hatte jeden Glanz verloren und wirkte wie grauer, verwitterter Fels. Es war ein Wetter, in dem man keinen Hund vor die Tür jagte, und dennoch trotzte ein Reiter den unwirtlichen Bedingungen. Über seinen Schultern hing ein weißer Kapuzenmantel, geschmückt mit dem tiefroten Tatzenkreuz der Tempelritter und viel zu dünn, um Kälte und Wind fern zu halten. Auch die übrige Kleidung des Mannes war wenig geeignet, ihm Schutz vor dem Winterwetter zu bieten, denn sie bestand aus einem weißen Waffenrock über einem Kettenhemd, grauen Strumpfhosen und leichten Stiefeln. Ausgemergelte, vom Alter verkrümmte Hände umkrampften die Zügel eines Schimmels, der fast nur noch aus Haut und Knochen zu bestehen schien. Das Tier stolperte mehr als es lief, und seine Flanken zitterten.

Auch der Reiter erschauderte immer wieder. »Verzeih mir, Ghazim, mein Guter! Ich hatte ganz vergessen, wie kalt es im Winter hier sein kann. Aber wir haben unser Ziel ja bald erreicht! Dann kommst du in einen warmen Stall und erhältst Heu und Hafer, so viel du willst!«

Ganz wohl war dem alten Templer bei diesen Worten allerdings nicht, denn das, was er bei seiner letzten Nachtrast erfahren hatte, machte ihn gleichzeitig mutlos und wütend. Nie zuvor hatte er sich seines Namens und seiner Sippe geschämt, doch seit gestern war es ihm, als stände er vor einem tiefen Morast, dessen stinkendes Wasser bereits seine Füße umspülte.

»Gebe Gott, dass das alles nicht stimmt und ich nur die verleumderischen Worte eines Neiders vernommen habe!« Das Stoßgebet klang nicht sehr hoffnungsvoll, denn der Templer hatte auch schon in Rothenburg Dinge über seinen Großneffen gehört, die sein Blut in Wallung brachten.

Das Wissen um das schändliche Treiben des jetzigen Herrn der Wallburg drückte ihm das Herz ab, sodass sich plötzlich schier unerträgliche Schmerzen in seiner Brust ausbreiteten und ihm den Atem nahmen. Graue Schatten trübten seinen Blick, und doch glaubte er am Wegrand eine Gestalt erkennen zu können, die offensichtlich auf ihn wartete. Sie glich einem Gerippe in einem weiten, zerfetzten Gewand und schwang drohend eine Sense.

»Gevatter Tod! Warum kannst du nicht warten, bis ich die Heimat erreicht habe?«, flüsterte der Templer mit blutleeren Lippen.

Das Gerippe verzog hohnlächelnd den Mund, glitt näher und griff nach dem alten Mann. In diesem Moment schoss in der Ferne ein goldenes Licht empor, flog wie ein Kometenschweif auf den Reiter zu und hüllte ihn ein. Adalmar von Eisenstein fühlte sich, als habe jemand einen weichen Mantel um ihn geschlagen, der ihn wärmte, ihm neue Kraft gab und die Last etlicher Jahre von seinen Schultern nahm. Gevatter Tod hob mit einer hilflosen Drohgebärde die Sense, doch sein Bild verblasste und verwehte im nächsten Windstoß.

Ein Teil des Lichts, das den alten Templer umhüllte, formte sich zu einer goldenen Flamme, die vor ihm hertanzte und ihm den Weg wies, sodass er kurze Zeit später die Häuser des Fleckens Marktwalldorf erreichte. Wie niedergeduckte Schemen tauchten sie zu seiner Rechten auf und blieben bald hinter ihm zurück. Als er die Gabelung erreichte, an der der Weg zur Wallburg abzweigte, glitt sein Blick über das Land bis zu der Hügelkette, durch die ein tief eingeschnittener Hohlweg zu jenem Hörigendorf führte, das er in seiner Jugend so oft aufgesucht hatte.

Ob Lisa wohl noch lebt?, fragte er sich. Wenn ja, musste sie ebenso alt sein wie er. Adalmar spürte bittere Galle im Mund, als er sich daran erinnerte, wie sein Bruder ihn unter der Bewachung einer Gruppe Reisiger aus dem Land hatte bringen lassen, ohne dass er sich von seiner Geliebten hatte verabschieden können. Nun schämte er sich seiner damaligen Schwäche und schalt sich, weil er sich Heinrichs Willen nicht stärker widersetzt hatte. Aber zu jener Zeit war er zermürbt gewesen von den Vorwürfen, die auf ihn niedergeprasselt waren, weil er, ein Spross des gräflichen Hauses Eisenstein, die Tochter eines hörigen Bauern hatte ehelichen wollen, und niedergedrückt von der strengen Haft, in der sein Bruder ihn schließlich gehalten hatte. Nach etlichen Wochen hatte er nachgegeben, vor allem weil Heinrich ihm geschworen hatte, er würde sich um Lisa kümmern und das Kind, das sie unter dem Herzen trug, standesgemäß erziehen lassen. Damit hatte er all die Jahre sein Gewissen beruhigt, bis das Mädchen und sein Kind seinem Gedächtnis beinahe entschwunden waren. Aber nach all dem, was er in Uffenheim über die Nachkommen seines Bruders gehört hatte, fragte er sich, wie viel Heinrichs Eid wert gewesen war.

Es begann zu schneien, und die dicht an dicht fallenden Flocken raubten dem alten Templer die Sicht, bis er nichts anderes mehr wahrnahm als die Umrisse der Wallburg, die sich wie ein Scherenschnitt vor hellem Licht abzeichneten.

Obwohl Ghazim auf dem steil ansteigenden Weg zum Tor mehrfach in die Knie brach, trieb Adalmar den Hengst zu einer schnelleren Gangart an. Es drängte ihn, vor seinen Verwandten zu treten und ihm all die Fragen zu stellen, die in seinem Herzen brannten.

2

Der Wächter auf dem Torturm der Wallburg schlug mit den Händen gegen seinen Oberkörper, um seine klammen Gliedmaßen aufzuwärmen, und fluchte, weil er auch an diesem Tag zum Wachtdienst eingeteilt worden war. Obwohl wieder Schnee fiel, war es so kalt, dass seiner Meinung nach die Vögel im Flug erfrieren und vom Himmel stürzen mussten. Es war sinnlos, hier oben zu stehen, denn bei diesem Wetter würde wohl niemand unterwegs sein. Daher widmete er seiner Umgebung keine große Aufmerksamkeit und bemerkte den einsamen Reiter erst, als das erschöpfte Schnauben eines Pferdes und das Flattern von Stoff zu hören waren. Unwillig hob er sein Horn an die Lippen, zuckte unter der Berührung mit dem eisigen Mundstück zusammen und musste sich zwingen, hineinzublasen, um den unerwarteten Gast anzukündigen. Sein Ruf wurde in der Wachkammer vernommen, und seine beiden Kameraden, die dort an einem Becken mit glimmender Holzkohle saßen, beeilten sich, das Tor zu öffnen, ohne abzuwarten, bis der Reiter Namen und Herkunft genannt hatte. Erst als Adalmar seinen Hengst vor ihnen verhielt, kam ihnen ihr Versäumnis zu Bewusstsein, und sie starrten ihn erschrocken an.

»Ich will zum Grafen!«

Obwohl die Stimme des Templers leise und müde klang, hallte sie in den Ohren der Wächter wie ein Trompetenstoß. Einer der Männer eilte ihm voraus und öffnete das Tor zum eigentlichen Burghof, kehrte dann aber wieder zur Wachstube zurück, ohne wie vorgeschrieben Meldung zu machen.

»Bitte Herr, reitet hinein. Man wird sich oben um Euch und Euer Pferd kümmern«, sagte er, bevor er sich in die Wärme der Wachstube zurückzog.

Seine Ankündigung stellte sich jedoch als etwas voreilig heraus, denn als Adalmar von Eisenstein den Burghof erreicht hatte, tat sich nichts. In der Knechtskammer im Pferdestall hatte man das Horn zwar vernommen, doch keiner der Männer zeigte Lust, in die Kälte hinauszugehen. Sie blickten einander auffordernd an und warteten, ob einer freiwillig aufstehen würde. Schließlich reckte einer von ihnen den Kopf und blickte zu einem Strohhaufen am anderen Ende des Stalles, auf dem neben zwei Ziegen ein weiteres Geschöpf lag, bei dem man nicht auf Anhieb sagen konnte, ob es sich um ein Tier oder um einen Menschen handelte.

»He, Trampel! Schau mal nach, was draußen los ist!«

Eine unförmige, unglaublich schmutzige Gestalt erhob sich zwischen den Halmen. Sie steckte in einem schmierigen, sackartigen Kittel, der bis zu den Füßen reichte, und hatte sich eine zerschlissene Pferdedecke um den Leib geschlungen. Es war Bärbel, die nun seit gut zwei Jahren in der Burg lebte und sich in der Zeit in eine Art Waldschrat verwandelt hatte. Sie schlüpfte in ihre unförmigen, aus Stroh geflochtenen Schuhe, die ihren Füßen das Aussehen von Bärentatzen gaben, aber nicht weniger gut wärmten als die pelzgefütterten Lederstiefel, die Walther von Eisenstein während dieser Jahreszeit trug, und schlurfte zur Tür. Als Bärbel sie einen Spalt geöffnet hatte, strömte ihr eisige Luft entgegen. Sie begann zu zittern und musste sich zwingen, hinauszusehen. Mitten im frisch einsetzenden Schneetreiben erblickte sie einen Reiter, der sich suchend umsah.

»Da ist ein Ritter mit einem rotem Kreuz und einem weißen Mantel«, rief sie den Pferdeknechten mit stumpfsinnig klingender Singsangstimme zu.

»Das könnte ein Ordensritter sein. Verdammt, jetzt müssen wir tatsächlich in die Kälte hinaus!« Die Stimme des Knechts klang nicht gerade begeistert.

Sein Kamerad zwinkerte ihm verschwörerisch zu. »Lass mich nur machen!«, flüsterte er und wandte sich dann an das Mädchen: »Du, Trampel, kannst du dich nicht um den Gaul kümmern? Du kriegst auch einen Apfel von mir.«

Bärbel musterte ihn für einen Moment mit schräg gelegtem Kopf, nahm aber dann wortlos einen der Strohmäntel, die neben dem Eingang hingen, warf ihn sich über und verließ den Stall.

Adalmar von Eisenstein bemerkte eine schattenhafte Bewegung und drehte sich zu ihr um. »Endlich lässt sich eine Menschenseele hier sehen.« Dann kniff er die Augen zusammen und betrachtete die näher kommende Gestalt. Er konnte nicht entscheiden, ob es sich um einen Jungen oder ein Mädchen handelte. Doch wer auch immer dieses Wesen sein mochte, es stank unglaublich, und sein Gesicht war von einer dicken Schmutzschicht bedeckt.

»Ist man hier so weit herabgekommen, dass man deinesgleichen als Stallknecht dienen lassen muss?«, fragte er ärgerlich.

Bärbel gab keine Antwort, sondern streckte ihre Hand nach dem Zügel des Pferdes aus, das ebenso alt und ausgemergelt wirkte wie der Greis in seinem Sattel. Im gleichen Moment war es ihr, als flüstere ihr eine Stimme zu, dass der Ritter nicht mehr aus eigener Kraft vom Pferd steigen konnte. Ohne sich darüber zu wundern, bot sie ihm ihre Schulter als Halt. Adalmar rutschte schwerfällig vom Pferderücken, und für einen Augenblick ruhte sein gesamter Körper auf den schmalen Schultern des Mädchens. Bärbel stöhnte leise auf, denn sie wurde von dem Gewicht des Mannes, der trotz seiner Hinfälligkeit Kettenhemd und Schwert trug, schier in die Erde gepresst. Sie wankte jedoch nicht, sondern stützte den Ritter, bis er auf seinen eigenen Beinen stehen konnte.

»Ich muss zu Graf Wallburg!«, herrschte Adalmar sie an.

Bärbel wies zur Treppe, die zum Eingang des Wohnturms führte, und lief dann voraus, um den Fremden anzukündigen. Als sie an die Tür klopfte, öffnete der Vogt ihr so schnell, als habe er schon darauf gewartet.

»Da ist ein Ritter! Er will Herrn Walther sprechen«, erklärte Bärbel im ausdruckslosen Tonfall einer Schwachsinnigen.

»Dann schicke ihn her und verschwinde wieder in den Mist, in den du gehörst!« Jost hob das Bein, um Bärbel einen Tritt zu geben, doch sie tat so, als würde sie im Schnee ausrutschen und entging dabei seinem zustoßenden Fuß. Während sie scheinbar ungeschickt die Treppe hinabstolperte, zog der Vogt die Tür bis auf einen Spalt zu, und drehte sich dann zu seinem Freund Armin um, der ebenso wie er auf das Signal des Türmers hin in den Vorraum gekommen war.

»Wenn man den Trampel so sieht, kann man sich nicht vorstellen, dass dieses stinkende, hässliche Ding die Schwester der Geliebten unseres Grafen ist. Ich hatte ja die Hoffnung, die Bärbel könnte sich zu einer ähnlichen Schönheit wie Elisabeth entwickeln und uns manch frohe Stunde schenken. Aber so wie die aussieht, ziehen selbst die Stallknechte die Stuten vor.«

»Die Mutter der beiden ist auch nicht mehr so appetitlich. Aber der kann man wenigstens noch zwischen die Schenkel steigen, ohne dass es einem den Atem verschlägt.« Jeder hätte Armin von Nehlis sagen können, dass auch er nicht gerade gut roch, aber diesen Zustand teilte er mit allen anderen Burgbewohnern bis auf den Grafen und seine beiden Frauen, denn im Winter kauerten sich Menschen und Hunde eng aneinander, um sich zu wärmen. Keiner von ihnen aber verströmte einen so penetranten Geruch wie Bärbel. Ihr Gestank kündete ihr Kommen schon viele Schritt weit an und brachte die meisten dazu, ihr so weit wie möglich auszuweichen.

Das Mädchen war zu Ritter Adalmar zurückgekehrt und deutete auf das Tor des Palas. »Dort oben wartet der Vogt des Grafen auf Euch.«

Der Templer nickte grimmig und stapfte auf die Freitreppe zu, als er aus den Augenwinkeln wahrnahm, dass das goldene Licht, welches die Burg erfüllte, das abstoßende Geschöpf neben seinem Pferd besonders intensiv umspielte. Verblüfft drehte er sich um und nahm für einen flüchtigen Augenblick hinter der Schmutzkruste das schmale, aber harmonisch geformte Gesicht eines etwa zwölfjährigen Mädchens mit silberblonden Haaren wahr, welches bereits jetzt versprach, eine große Schönheit zu werden. Verwirrt kniff er die Augen zusammen, und als er sie wieder öffnete, stand nur der übel riechende Trampel vor ihm, aus dessen Händen er nicht einmal eine jener Orangen genannten Früchte genommen hätte, die er im Heiligen Land kennen gelernt hatte und die man schälen musste, um an ihr süßes Inneres zu gelangen.

»Führe meinen braven Ghazim in den Stall, Kind. Hier ist es ihm zu kalt.« Er lächelte Bärbel kurz zu und humpelte zum Wohnturm empor.

Bärbel sah ihm einen Moment lang nach, dann zog sie

energisch am Zügel des Pferdes. »Komm mit ins Warme!« Der alte Schimmel folgte ihr, als hätte er ihre Worte verstanden. Im Stall sattelte Bärbel ihn ab, führte ihn an eine freie Stelle und schüttete ihm Wasser, Hafer und ein wenig Heu in Raufe und Barren. Dann wollte sie sich wieder auf ihren Platz im Stroh zurückziehen, besann sich jedoch anders und blieb im Eingang der Knechtskammer stehen.

»Was willst du noch?«, fragte der Mann, der sie ins Freie geschickt hatte.

»Trampel will wohl den Apfel abholen, den du ihr versprochen hast«, spottete sein Kamerad.

Die Augen das anderen glitzerten spöttisch, als er aufstand und an Bärbel vorbei nach einem Pferdeapfel griff. »Da hast du ihn!«, sagte er und warf ihn ihr an den Kopf.

Bärbel wollte ausweichen, aber der Batzen traf sie neben dem Ohr.

Die Knechte lachten schallend auf, verstummten aber schnell, als eine grimmige Stimme aufklang. »Dir gebe ich gleich ein paar Maulschellen, dass dir die Ohren klingen, du Lump!«

Rütger war unbemerkt in den Stall getreten und kam nun mit langen Schritten heran, um seine Drohung in die Tat umzusetzen.

Der Knecht wich erschrocken vor ihm zurück. »Das war nicht böse gemeint, Rütger, wirklich nicht!«

»Ich habe euch schon ein paar Mal gewarnt und gesagt, ihr sollt Bärbel in Ruhe lassen. Aber da ihr nicht hören wollt, muss ich euch wohl einmal richtig beuteln.« Rütger war neben Mette der Einzige in der Burg, der Bärbel bei ihrem Namen nannte. Für die Übrigen war sie nur der Trampel, wenn man ihr nicht noch hässlichere Bezeichnungen gab.

Er holte mit der Rechten aus, um den Knecht zu ohrfeigen, aber da legte Bärbel ihre Hand auf seinen Arm. »Kunz hat gesagt: Kümmer dich um das Pferd des Ritters. Du bekommst auch einen Apfel.«

»Den kriegt sie sofort!« Der Knecht sprang hastig auf und stürmte an Rütger vorbei in Richtung Küche. Aus einem für alle unerklärlichen Grund hatte Rütger sich zum Beschützer des verrückten Mädchens aufgeschwungen, und mit dem Reisigen war nicht gerade gut Kirschen essen.

Kunz hatte Glück, denn Mette gehörte zu jenen, die Bärbel ein wenig Sympathie schenkten, auch wenn sie das Mädchen immer wieder ausschimpfte, weil es sich nicht sauber hielt. Als die Köchin hörte, dass der Apfel für Bärbel sein sollte, ging sie in die Vorratskammer und suchte einen besonders Schönen heraus. »Hier hast du einen! Wehe, wenn ich hören muss, dass du ihn Bärbel nicht gegeben hast.«

Kunz starrte die Frucht mit einer gewissen Enttäuschung an, denn er hatte gehofft, Mette würde großzügiger sein und auch ihm einen Apfel geben. Aber er war schon zufrieden, dass er nun Rütgers Schlägen entkommen konnte, bedankte sich artig bei der Köchin und eilte zurück in den Stall.

»Hier ist dein Apfel, Trampel«, rief er und streckte Bärbel die Frucht hin.

»Sie heißt Bärbel, nicht Trampel!« Rütgers Stimme schwoll zornig an, und für einen Augenblick sah es aus, als würde Kunz doch noch ein paar Ohrfeigen bekommen.

Bevor er jedoch etwas tun konnte, sah Bärbel ihn bittend an. »Schöner Apfel! Ich möchte ihn haben.«

Sie nahm den Apfel entgegen und streckte die Hand nach dem Dolch aus, den Rütger im Gürtel trug.

»Was willst du denn damit?«, fragte er verwundert, während er ihr die Waffe reichte.

Bärbel lächelte nur und schnitt den Apfel in zwei Teile,

wobei sie sorgfältig darauf achtete, dass ihre schmutzigen Finger nur die Schale berührten. »Ist für dich!«

Rütger hob lachend die Hände. »Du brauchst nicht mit mir zu teilen. Ich habe heute schon einen Apfel gegessen.«

Bärbel musterte ihn nachdenklich und fand, dass er die Wahrheit sprach. Für einen Augenblick war sie erleichtert, denn der Apfel sah wirklich gut aus und roch verlockend. Dann sah sie, wie Kunz sich entsagungsvoll die Lippen leckte, und streckte ihm kurz entschlossen eine Apfelhälfte entgegen. »Hier, nimm!«

Der Knecht ergriff verwirrt den halben Apfel, grinste Bärbel dankbar an und rieb die Frucht an seinem Ärmel sauber. Dann verspeiste er sie so rasch, als hätte er Angst, das Mädchen würde ihm das Apfelstück unter Rütgers wachsamen Augen wieder abnehmen.

Der aber schüttelte nur zornig den Kopf. »Du solltest dich bei Bärbel bedanken!«

Kunz zog den Kopf ein. »Danke, Bärbel! Es tut mir Leid, dass ich dir den Pferdeapfel an den Kopf geworfen habe.«

Bärbel lächelte nur, als verstünde sie kein Wort, zog sich zu dem Strohhaufen zurück, den sie mit den beiden Ziegen teilte, und begann langsam und mit Genuss ihre Apfelhälfte zu verspeisen.

Rütger sah ihr zu und schüttelte dann den Kopf. »Man weiß wirklich nicht genau, woran man mit ihr ist. Manchmal glaubt man, sie hätte nicht alle Sinne beisammen, und dann wieder überrascht sie einen mit einer Weisheit, die man von einem Kind nicht erwartet.«

»Sie ist einfach nur verrückt!«, erklärte Kunz achselzuckend. »Ist ja auch kein Wunder bei dem, was man ihr und ihren Leuten angetan hat.« Dann drehte er sich herum und kehrte in die Knechtsstube zurück.

Rütger sah ihm nach und ging dann zu Bärbel hinüber.

»Wenn dich einer der Kerle hier ärgert oder dir etwas antut, dann sagst du es mir! Ich sorge schon dafür, dass er es bereut«, sagte er laut genug, dass das Stallgesinde die Warnung verstand.

Bärbel antwortete nicht, sondern blickte mit einem verloren wirkenden Lächeln vor sich hin. Dann zog sie eine der Ziegen an sich und begann mit leiser Stimme ein einfaches Kinderlied zu singen.

Rütger seufzte tief und fragte sich, wie es kam, dass die beiden Schwestern sich so stark unterschieden. Während Bärbel sich nie von jenen schrecklichen Ereignissen auf dem Hirschhof erholt hatte, schien Elisabeth alles vergessen zu haben und war dabei, die Situation auf der Wallburg zu ihrem Vorteil zu nutzen.

3

Als Adalmar von Eisenstein in die Wallburg einritt, saß Graf Walther am Mittagstisch. Obwohl der Raum durch mehrere Holzkohlenfeuer, die in eisernen Schalen brannten, geheizt wurde, hatte er sich in einen pelzgefütterten Mantel gehüllt und rieb sich die klamm gewordenen Hände. Sein Blick wanderte dabei zwischen den beiden Frauen hin und her, die er gleichermaßen als sein Eigentum betrachtete.

Zu seiner Linken hatte seine Gemahlin Platz genommen, ein mageres, blasses Geschöpf mit einem länglichen Gesicht, spitzer Nase und trüben, leicht hervorquellenden Augen. Frau Adelheid wusste selbst, dass sie kaum etwas an sich hatte, das ihren Mann hätte reizen können, und in Gegenwart des blühenden, lebensfrohen Geschöpfes, welches ihr gegenübersaß, fiel ihre eigene Farblosigkeit noch stärker auf. Diese Bauerndirne war so schön, wie sie es sich in ihrer Kindheit erträumt hatte, und verfügte über eine Anziehungskraft, mit der sie den Grafen stärker an sich fesselte, als eiserne Ketten es vermocht hätten.

Elisabeth war nicht die erste Bettmagd ihres Gemahls, die Frau Adelheid hatte hinnehmen müssen, doch keine hatte die Sinne ihres Gemahls so stark entflammen können. Seine früheren Beischläferinnen war Herr Walther nach spätestens einem halben Jahr müde geworden und hatte sie, da keine von ihnen von ihm schwanger geworden war, kurzerhand seinen Gefolgsleuten überlassen. Elisabeth aber teilte nun schon seit mehr als zwei Jahren sein Bett, obwohl ihr Bauch noch immer so flach war wie bei ihrer Ankunft auf der Wallburg.

Frau Adelheid wusste, dass ihr Mann die junge Frau beinahe täglich beschlief, während sie selbst sich mit ein oder zwei Besuchen im Monat zufrieden geben musste. Es war jedoch nicht die Lust, die ihren Gemahl zu ihr trieb, sondern die Hoffnung, sie vielleicht doch noch schwängern zu können. Sie selbst betete zu allen Heiligen, die der Burgkaplan ihr nannte, ihren Leib fruchtbar werden zu lassen, und ertrug daher die rücksichtslose Art ihres Gatten, dem es Freude machte, ihr Schmerzen zu bereiten und sie damit zu beleidigen, dass er, wie der an ihm haftende Geruch verriet, direkt aus dem Bett ihrer Widersacherin zu ihr kam.

Frau Adelheid zuckte zusammen, als Elisabeth das Messer auf ihren Teller fallen ließ, blickte auf und quälte sich ein Lächeln ab. »Esst noch etwas von dem Hühnchen, es schmeckt sehr gut!«

Es fiel ihr schwer, freundlich zu dem Kebsweib zu sein, doch sie wagte es nicht, die Beischläferin ihres Gemahls harsch zu behandeln. Wenn die junge Frau erfuhr, wie sehr sie sie hasste, würde sie alles tun, um Herrn Walther von ihr fern zu halten, und ihr die letzte Chance nehmen, den Erben der Wallburg zu gebären.

Frau Adelheid war nicht die Einzige, die sich darüber wunderte, welche Macht Elisabeth auf den Grafen und sogar auf Notburga ausübte. Auch die junge Magd, die dieser auf Wink der Herrin einen Hühnerschenkel vorlegte, fragte sich, welchen Zauber diese Bauerndirne auf die Menschen ausüben mochte, denn die von allen gefürchtete Beschließerin behandelte die Beischläferin ihres Herrn besser als dessen Gemahlin. Wie bei jeder Mahlzeit stand Notburga mit verschränkten Armen neben der Tür, die kein Mann auf dieser Burg durchschreiten durfte, ohne sich den Zorn des Grafen zuzuziehen, und bewegte sich nur, wenn sie ihrer Untergebenen mit knappen Gesten Befehle erteilte. Gerade eben hatte sie gesehen, dass die Becher der beiden Frauen leer waren, und machte der Magd ein Zeichen, Elisabeths Trinkgefäß mit Wein zu füllen, schenkte dem Becher der Herrin aber keinen zweiten Blick. Die Dienerin, die sich niemandes Ärger zuziehen wollte, schenkte dem Grafen ein, dessen silberner Pokal ebenfalls beinahe leer war, füllte dann Elisabeths Becher und goss den Rest des Weines in das Trinkgefäß der Gräfin. Dafür belohnte Frau Adelheid sie mit einem freundlichen Blick und einem kaum wahrnehmbaren Lächeln.

Die junge Magd hatte erst vor kurzem Selma als Speisenvorlegerin abgelöst, weil diese schwanger geworden war. Die Gräfin hatte die Frau, von der niemand wusste, wer der Vater ihres Kindes war, nicht mehr in ihrer Nähe ertragen können. Der wahre Grund für Frau Adelheids Abneigung gegen Selma war jedoch nicht ihre Schwangerschaft, sondern die Tatsache, dass diese wie viele andere Bedienstete mit einer fast hündischen Ergebenheit an Elisabeth hing. Daher hatte die Gräfin beschlossen, die Zuneigung der neuen Magd für sich zu gewinnen. Ihr war klar, dass sie dazu viel Geduld und Überredungskunst benötigen würde, aber sie wollte endlich eine Person um sich haben, der sie vertrauen konnte.

Frau Adelheid ergriff den Weinbecher und nippte daran, während sie über den Rand hinweg ihre Konkurrentin beobachtete, die sich mit einem ihre Figur betonenden und wie angegossen sitzenden Wollkleid gegen die Zugluft schützte. Der Stoff dieses Gewandes stammte aus ihren Truhen, aus deren Inhalt sich das Kebsweib auf Befehl ihres Gemahls bedienen durfte, als wären es die eigenen.

Elisabeth hatte durchaus begriffen, dass die Gemahlin des Grafen sie verabscheute, aber sie machte sich nichts daraus, denn sie hatte in den vergangenen zwei Jahren mitbekommen, wie machtlos Frau Adelheid war. Die wirkliche Herrin der Burg war Notburga, die nach anfänglichen Schroffheiten nun liebedienerisch um sie herum wieselte und ihr beinahe jeden Wunsch von den Augen ablas. Die Beschließerin tat alles für sie, aber größere Freiheiten konnte auch sie ihr nicht gewähren, denn Herr Walther hielt sie immer noch wie eine Gefangene und wachte eifersüchtig darüber, dass andere Männer sie nicht zu Gesicht bekamen. Sie wäre gern frei herumgelaufen, aber andererseits war sie froh, so gut beschützt zu werden, denn sie war nicht erpicht darauf, Jost oder Armin zu begegnen.

Elisabeth hatte gehört, dass die beiden immer noch von Zeit zu Zeit die Kate aufsuchten, in der ihre Eltern lebten, und ihre Mutter benutzten, als wäre es ihr von Gott gegebenes Recht. Einige Male hatte sie Graf Walther gebeten, ihre Eltern besser zu behandeln, aber in diesem Punkt stieß sie bei ihm auf taube Ohren. Seltsamerweise hasste er ihren Vater wegen dessen Verwandtschaft mit ihm, während er diese bei ihr begrüßte und ihr oft sagte, wie sehr er sich freuen würde, wenn aus seinen Lenden und ihrem Schoß der nächste Spross des Hauses Wallburg-Eisenstein entspringen würde.

Mit einem Mal durchbrach ein heftiges Klopfen die Stille in der Kemenate. Der Graf fuhr hoch und ballte die Fäuste. »Wer wagt es, mich hier zu stören?«

»Herr Graf, unten ist ein Ritter, der dringend mit Euch sprechen will«, drang Josts Stimme dumpf durch die massive Eichenholztür.

»Er soll warten!«, antwortete Walther von Eisenstein mürrisch, wurde dann aber unruhig. Mit einer ärgerlichen Bewegung schob er den Zinnteller mit dem halb angenagten Hühnchen zurück und trank seinen Pokal leer.

»Notburga, bring Elisabeth ins Nebenzimmer!«

Die Beschließerin eilte auf die junge Frau zu, aber sie musste sie nicht an der Hand nehmen, denn Elisabeth war schon aufgestanden und verließ freiwillig die Kemenate. Der Raum, den sie nun betrat, war nicht mehr die winzige Kammer, in die Herr Walther sie anfangs eingesperrt hatte, sondern ein geräumiges, gut eingerichtetes Zimmer mit einem großen Bettkasten, etlichen Truhen und einem hölzernen Zuber, in dem sie sich zur Gänze waschen konnte.

Obwohl sie nun weitaus behaglicher lebte als während ihrer ersten Zeit auf der Wallburg, sehnte Elisabeth sich oft in das Kämmerchen mit dem geschnitzten Altarbild zurück. Dort hatte sie sich auf wunderbare Weise getröstet gefühlt, und sie war überzeugt, dass das segensreiche Bild ihr ihren Herzenswunsch würde erfüllen können, nämlich den Grafen mit einem Erben zu erfreuen. Längst hatte sie die Angst vergessen, die sie in den ersten Tagen ihrer Gefangenschaft geschüttelt hatte, und gab sich nun ganz selbstverständlich den rauen Liebkosungen Walthers von Eisenstein hin, denn ihr gefiel die Vorstellung, ihr Sohn könnte der nächste Graf auf der Wallburg sein. Hätten ihre Eltern sie mit einem Bauern verheiratet, wären ihre Kinder nur im Dreck wühlende Landleute geworden, aber nun hatte sie die Chance, die Stammmutter eines edlen Geschlechtes zu werden, und dafür war sie zu allem bereit.

Während Elisabeth ihren Träumen nachhing, trat Herr Walther zur Tür und öffnete sie. Jost steckte schnell den Kopf in den Raum, um einen Blick auf Elisabeth zu erhaschen, aber er wurde wieder einmal enttäuscht, denn außer dem Grafen waren nur dessen Gemahlin, Notburga und die neue Magd anwesend, die, wie er gehört hatte, Ditta hieß.

Der Graf nahm das lange Gesicht seines Gefolgsmannes mit einem grimmigen Lächeln zur Kenntnis und gab ihm einen Stoß, der den Vogt zurückstolpern und beinahe die Treppe hinabstürzen ließ. Dann befahl er ihm barsch, ihn zu dem Fremden zu bringen. »Wer ist der Mann?«

Jost zog die Schultern hoch. »Er hat seinen Namen nicht genannt, doch er muss zu einem Ritterorden gehören und ist sehr, sehr alt.«

Der Graf erstarrte innerlich. »Ein greiser Templer, sagst du?«

»Ja, ein Tempelritter! Das ist er!«, bestätigte Jost eifrig und erntete einen Fluch, der selbst den Höllenfürsten Luzifer entzückt hätte.

»Tod und Verdammnis über diesen Hund! Wieso konnte er nicht im Heiligen Land krepieren wie die meisten anderen auch?«

Jost warf seinem Herrn einen forschenden Blick zu. »Kennt Ihr den Mann?«

»Nein!« Der Graf winkte ab, denn zum einem hatte sein Großonkel bei seiner Geburt längst das Land verlassen und zum anderen konnte es sich genauso gut um einen anderen Templer handeln, der zufällig in diese Gegend gekommen war und ihm Kunde vom Tod seines Verwandten bringen wollte. Von dieser Annahme beruhigt trat Herr Walther in den Rittersaal, in dem der überraschend aufgetauchte Gast auf ihn wartete. Der erste Blick machte ihm klar, dass es sich bei dem Greis um Adalmar von Eisenstein handeln musste, den Oheim seines Vaters und Urgroßvater der jungen Frau, die er sich als Kebsweib hielt. In diesem Augenblick fühlte er sich so schwach und unsicher wie ein Knabe, der die Rute über sich schweben sieht, und darüber ärgerte er sich fast noch mehr als über die Rückkehr des Totgeglaubten.

Als Adalmar von Eisenstein Graf Walther vor sich sah, klopfte ihm sein Herz in der Kehle, denn für einen Augenblick war es ihm, als stünde sein Bruder vor ihm. Heinrichs Enkel wirkte genauso groß und hart wie sein Großvater und glich ihm auch sonst wie ein Zwilling. Der alte Templer benötigte einige tiefe Atemzüge, bis er sich wieder gefasst hatte, maß dann aber den Herrn der Wallburg mit einem verächtlichen Blick. »Seit ich aus dem Heiligen Land zurückgekehrt bin, habe ich nur Schlechtes über dich gehört, Großneffe. Du bedrängst deine Nachbarn, entreißt ihnen Land und Güter, die ihren Familien seit Generationen gehören, und schreckst auch nicht vor Mord und Totschlag zurück.«

Graf Walther verzog das Gesicht zu einer angewiderten Grimasse, so als hätte er gerade einen Hundehaufen mitten auf seinem Bett entdeckt. »Du willst doch nicht etwa behaupten, Ritter Adalmar zu sein, der Bruder meines Großvaters? Ich habe sichere Kunde, dass dieser bereits vor Jahren im Heiligen Land ums Leben gekommen ist.«

»Dann wurdest du falsch informiert. Ich bin Adalmar von Eisenstein, und ich sage dir, du hast unseren Namen entehrt! Die Herren auf Burg Schmölz waren stets Freunde unserer Sippe, du aber hast die Abwesenheit Ritter Bodos ausgenutzt, um seiner Gemahlin den Krehlwald abzunehmen und zwei ihrer Dörfer dazu.«

Graf Walther quittierte die Anklage mit einer wegwerfenden Geste. »Ich habe nur das Recht ausgeübt, das mir als kaiserlicher Gaugraf dieses Landstrichs zusteht. Frau Rotraut konnte nicht beweisen, dass der Wald ihr gehört, also habe ich ihn als verfallenes Reichslehen unter meinen Schutz genommen.«

»Um Ausreden bist du wohl nie verlegen! Was du getan hast, war blanker Raub! Ich habe die Urkunden selbst gesehen, die den Krehlwald dem Lehen der Schmölzer Sippe zusprachen, und bin jederzeit bereit, dies zu beschwören. Das ist nur eine der vielen Untaten, die mir unterwegs zugetragen wurden. Ich sage dir, kehre um auf deinem Weg! Gib denen, die du beraubt hast, ihr Eigentum zurück, und flehe Gott, den Herrn um Verzeihung an, auf dass dir das Himmelreich nicht verschlossen bleibt.«

Adalmar hatte sich in Rage geredet, aber Walther von Wallburg beantwortete seine Mahnungen mit schallendem Gelächter. »Wärst du wirklich mein Verwandter, alter Mann, wüsstest du, dass unsere Sippe einen unfehlbaren Schlüssel zum Himmelreich in den Händen hält. Ich könnte selbst die Hand gegen den Papst erheben, und doch würden die Engel des Herrn ihre Häupter vor mir beugen.«

»Du bist des Kreuzessplitters nicht wert!«, antwortete Adalmar kühl und blickte in jene Richtung, in der die Quelle des goldenen Lichtes lag, das er immer noch wahrnehmen konnte. Er kannte die Kammer, in welcher der Kreuzessplitter wohlbehalten in einem Geheimfach hinter einem hölzernen Altarbild geborgen lag, und allein der Gedanke an die kostbare Reliquie ließ ihn Knie und Haupt beugen und ein kurzes Gebet sprechen.

Herr Walther blickte auf den dünnen, wie verwittertes Holz wirkenden Nacken seines Verwandten herab, und es zwickte in seinen Fingern, ihn mit einem schnellen Schwertstreich zu durchtrennen, um dieses unvermutet aufgetauchte Ärgernis zu beseitigen. Aber als seine Hand den Griff der Waffe berührte, war es, als rase ein zehrendes Feuer durch sie hindurch, spränge in seinen Arm und setze sein Herz in Flammen, sodass es ihm schier bersten wollte. Hätte es noch eines Beweises bedurft, der die Herkunft des Templers bestätigte, so hatte er ihn nun erhalten. Adalmar von Eisenstein wurde immer noch durch die Macht des Splitters vom Kreuze Christi beschützt, obwohl er mehr als ein normales Menschenalter lang in der Ferne geweilt hatte.

Herrn Walther wurde klar, dass er nicht einmal in der Lage war, Jost und Armin zu befehlen, seinen Verwandten umzubringen, denn seine Zunge versagte ihm schon bei dem Gedanken an die dafür notwendigen Worte den Dienst. Sengender Hass stieg in ihm hoch, der sowohl dem alten Mann wie auch seiner eigenen Hilflosigkeit galt. Dann aber glaubte er eine andere Möglichkeit gefunden zu haben, sich des Alten zu entledigen. Er musste Adalmar nur so in Wut bringen, dass dieser sich vergaß und sein Schwert gegen ihn erhob. Der Kreuzessplitter würde gewiss nichts dagegen haben, wenn er sich gegen seinen Großonkel zur Wehr setzte oder seine Gefolgsleute den Mann erschlugen, um ihren Herrn zu schützen.

Ein selbstgefälliges Lächeln trat auf Herrn Walthers Lippen, doch bevor er etwas sagen konnte, seufzte der alte Templer tief auf und sah ihn fragend an. »Als ich von hier fortgehen musste, ist ein Mädchen zurückgeblieben, das von mir schwanger war. Mein Bruder, dein Großvater, schwor mir einen heiligen Eid, ihr Kind als das meine anzuerkennen und es seinem Rang gemäß zu erziehen. Ich möchte wissen, was aus ihnen geworden ist.«

Graf Walther spürte die Sehnsucht seines Verwandten, wenigstens jetzt etwas Gutes zu hören, und rieb sich innerlich die Hände. Nun konnte er den Alten so richtig in Rage versetzen. »Ach, du meinst die hörige Magd Lisa. Sie ist mit einem Jungen niedergekommen, aber bei der Geburt gestorben. Mein Vater und mein Großvater waren der Ansicht, dass ein Kind, das aus einem so niederen Bauch geschlüpft ist, nicht dazu taugt, als ein Spross derer von Eisenstein erzogen zu werden. Man gab dem Knaben, als er herangewachsen war, einen Bauernhof und den Rat, gehorsam zu sein. Das war er auch und ist, wenn ich mich recht erinnere, vor sieben Jahren als braves Bäuerlein gestorben. Sein Sohn hat es jedoch gewagt, mich zu erzürnen, und so habe ich ihm den Freihof weggenommen und ihn zum Hörigen degradiert. Seine hübsche Tochter habe ich zu meiner Kebse gemacht, und ich muss sagen, sie ist eine sehr willige Gespielin.«

Das Gesicht des Alten entfärbte sich, bis die Haut fleckig wurde wie zu oft beschriebenes und wieder abgeschabtes Pergament. »Was hast du? Deinen eigenen Vetter in die Leibeigenschaft gezwungen und dessen Tochter vergewaltigt?«

»Ach, es hat ein wenig billiger Tand gereicht, das eitle Ding in mein Bett hüpfen und die Schenkel spreizen zu lassen.« Ein höhnisches Lachen begleitete Herrn Walthers Worte, doch es verfehlte seinen Zweck.

Adalmar von Eisenstein wurde weniger von Zorn als von Grauen über so viel Verworfenheit erfüllt. Seine Glieder schienen zu Wasser zu werden, und sein Herz schlug so hart gegen die Rippen, als wolle es sich an ihnen zerschmettern. Ihn erfüllte der gleiche Schmerz wie auf dem Ritt zur Burg, nur tausendmal stärker und von einer alles versengenden Kraft. »Gott verdamme dich für das, was du meinem Blut angetan hast!«, brach es über seine Lippen.

»Du bist doch selber schuld, du alter Narr! Wärst du damals nicht wie ein Feigling davongelaufen, hättest du dich für deine Brut verwenden können. So aber hast du jedes Anrecht auf deine Bastarde verloren.« Herrn Walthers letzter Versuch, den Alten zu reizen, ging ebenfalls ins Leere. Der Tempelritter wankte wie ein vom Sturm geschüttelter Baum, und es sah so aus, als müsse er jeden Augenblick zusammenbrechen. Graf Walther triumphierte schon, denn er glaubte, der Alte stürbe vor seinen Augen, doch dann spürte er den warmen, kräftigenden Strom, der aus der geheimen Kammer herausdrang und auf seinen Großonkel zufloss.

Adalmars Antlitz nahm wieder Farbe an, und seine Gestalt straffte sich. »Ich sage es dir noch einmal: Halt ein auf deinem Weg, und kehre um, sonst bist du auf ewig verloren!«

Josts und Armins Hände lagen an den Schwertgriffen. Sie hatten Männer getötet, die dem Grafen weitaus weniger beleidigend entgegengetreten waren als dieser Greis. Doch als sie die Waffen ziehen wollten, hob der Graf abwehrend die rechte Hand. »Halt! Er ist ein Eisenstein. Legt ihr Hand an ihn, ist es das Gleiche, als würdet ihr die Schwerter gegen mich erheben.«

Dann trat er auf Adalmar zu und sah ihm in die Augen. »Du spürst selbst die Kraft, die unsere Sippe unter allen Menschen heraushebt und uns den Weg ins Paradies öffnet. Nicht lange mehr, dann wirst du das Tor dorthin durchschreiten. Wenn wir uns dann wieder sehen, werde ich der mächtigste Herr im weiten Umkreis geworden sein. Nun aber verschwinde, und komme mir nie mehr unter die Augen! Solltest du versuchen, mir Steine in den Weg zu legen, wird deine Brut dafür büßen. Das schwöre ich dir!«

Adalmar warf noch einen Blick auf das erbarmungslose

Gesicht seines Großneffen und fühlte, dass er hier nichts ausrichten konnte. Warum ist Gott nur so unbarmherzig gewesen, mich in die Heimat zurückkehren zu lassen, damit ich dies alles mit ansehen muss?, fragte er sich verzweifelt, während er sich abwandte und mit hängenden Schultern zur Tür schlurfte.

Graf Walther blickte dem Alten mit verzerrtem Gesicht nach und fauchte seine beiden Getreuen an. »Was steht ihr so faul herum? Seht zu, dass dieser Kerl aus der Wallburg verschwindet!«

»Es wäre besser, ihn einen Kopf kürzer zu machen oder ihn wenigstens in den Kerker zu sperren. Wer weiß, was er Euch sonst noch für Schwierigkeiten bereiten wird«, wagte Jost vorzuschlagen.

Der Graf lief hochrot an. »Hier gebe immer noch ich die Befehle, und ich sage euch, dem alten Bock wird kein Haar gekrümmt! Habt ihr mich verstanden?« Er wandte sich brüsk ab und verließ den Rittersaal. Als er kurz darauf seine Kammer betrat und nach Elisabeth rief, behandelte er sie so rau und rücksichtslos wie noch nie zuvor; brutaler sogar als in der ersten Nacht.

4

Nachdem der Graf die Tür hinter sich zugeworfen hatte, sahen seine beiden Gefolgsleute sich kopfschüttelnd an, und Jost tippte sich an die Stirn. »Was ist in unseren Herrn gefahren? Wieso lässt er sich von einem wandelnden Knochenhaufen schmähen?«

Armin breitete die Arme aus. »Ich verstehe es auch nicht. Was meinst du, sollen wir den Alten über die Klinge springen lassen, wenn er die Burg verlassen hat? Später wird Herr Walther uns gewiss dafür danken.«

»Ich weiß nicht! Denke an Elisabeth, die doch ebenfalls mit ihm verwandt ist. Wir haben gedacht, er würde ihrer bald müde werden und sie uns überlassen. Doch er hält sie höher in Ehren als sein angetrautes Weib.«

Armin kratzte sich den Kopf und nickte. »Ob das mit dem Zauber zu tun hat, der über dem Geschlecht derer von Eisenstein liegen soll? Ich habe schon etliche seltsame Dinge darüber gehört.«

»Nicht nur du, aber darüber können wir später reden. Jetzt müssen wir erst einmal zusehen, dass der Tattergreis hier rausfliegt.« Jost von Beilhardt verließ den Rittersaal und fand Adalmar, den seine Beine kaum mehr tragen wollten, an der Pforte. Der Vogt riss das Tor mit einer heftigen Bewegung auf, packte den alten Mann unter der Achsel und schleifte ihn hinaus. Auf der Freitreppe überkam ihn der Wunsch, den Greis einfach die Treppe hinabzustürzen, damit dieser sich das Genick brach. Aber als er den Gedanken in die Tat umsetzen wollte, stellte er fest, dass er den Templer wie von einem fremden Willen gelenkt hinuntergeleitet hatte und mit ihm auf ebener Erde stand.

Armin, der ihnen gefolgt war, packte den Alten und gab ihm einen heftigen Stoß. »Damit du nicht vergisst, dass du dich hier nie mehr blicken lassen sollst!«

Ehe Adalmar sich fangen konnte, hatte Jost sich vor Wut aufgebläht und schleuderte ihn mit einem Hieb zu Boden. Dann gab er ihm noch einen halbherzigen Fußtritt, winkte Armin, ihm zu folgen, und kehrte vor sich hinschimpfend in den Palas zurück. Noch nie hatte er einen Mann laufen lassen, den er hatte umbringen wollen, und nun ließ er seinen Zorn darüber an sich selbst aus.

Der Templer blieb völlig entkräftet am Boden liegen und wartete auf den Tod. Doch ihn lähmten weniger die Schmerzen, die die beiden Männer ihm zugefügt hatten, als der

Schock über das, was er hatte hören müssen. Für einige Augenblicke wünschte er sich, er wäre im Heiligen Land geblieben, denn dort hätte er in Frieden sterben können. Nun aber lag das Wissen um das Schicksal seines Enkels, der als gemeiner Höriger fronen musste, und dessen Tochter wie eine graue Wolke von Schuld auf seiner Seele, und er fürchtete sich, mit dieser Last vor seinen Herrgott zu treten. Hätte er sich damals nicht dem Willen seines Bruders gebeugt, wäre wohl alles anders gekommen. Nun aber würde er im Jenseits für sein Versäumnis büßen müssen.

Adalmar besaß keinen Willen mehr, sich noch einmal zu erheben, und er flehte den Tod an, ihn von den Schrecknissen der Welt zu erlösen. Doch der Knochenmann ließ sich nicht sehen. Stattdessen verspürte der alte Templer eine leichte Berührung an der Schulter. Mühsam hob er seinen Kopf und sah über sich das schmutzige Geschöpf, das sein Pferd versorgt hatte.

»Man hat Euch nicht gut behandelt«, sagte es mit einer lieblich klingenden Stimme, die nicht zu seiner abstoßenden Erscheinung passen wollte.

»Graf Walther ist verderbt bis ins Mark!« Es schwang kein Hass in seinen Worten, sondern nur eine tiefe Trauer.

»Das ist kein Grund, hier liegen zu bleiben! Kommt, ich helfe Euch auf Euer Pferd!«

In diesem Moment war es Adalmar, als zwinge ihn etwas, sich der Hilfe des Mädchens zu bedienen und aufzustehen. Es fiel ihm so schwer, als seien seine Glieder mit Fesseln aus Eisen an den Boden geschmiedet, doch selbst als er sich mit seinem gesamten Gewicht, das durch Kettenhemd und Schwert beinahe verdoppelt wurde, auf das Mädchen stützte, wankte es nicht. Als er stand, entdeckte er Ghazim, dem es sichtlich misshagte, den warmen Stall wieder mit der eisigen Kälte tauschen zu müssen.

Adalmar legte den Arm um den Hals seines treuen Begleiters. »Hier können wir nicht bleiben, Ghazim, mein Guter.«

Noch während er dies sagte, wurde ihm klar, dass er nicht wusste, wohin er sich wenden sollte, denn er kannte keinen Ort, an dem er sein Haupt betten konnte.

Bärbel bemerkte die Ratlosigkeit des Templers und zupfte an seinem Umhang. »Ihr solltet zur Burg Schmölz reiten. Dort wird man Euch gerne aufnehmen, vor allem, wenn Ihr Frau Rotraut sagt, wie schlecht man Euch hier behandelt hat. Sie und Graf Walther sind einander spinnefeind.«

Der Vorschlag erschien Adalmar vernünftig, aber er wusste auch, dass weder er noch Ghazim es bis dorthin schaffen würden. Schon bei warmem und trockenem Wetter benötigte man knapp drei Stunden scharfen Ritts, um Schmölz zu erreichen, und bei dieser Kälte würde der Schnee ihre toten Körper bedecken, ehe sie die Hälfte des Weges zurückgelegt hatten.

Verzagt schüttelte er den Kopf. »Das ist zu weit für uns!«

Bärbel nickte seufzend, denn die Schneeflocken fielen dichter und deckten den Burghof mit einem weichen, weißen Teppich zu. »Von den Hörigen wird es keiner wagen, Euch zu beherbergen, und der Weg zum Kloster ist wohl ebenfalls zu weit für Euch. Vielleicht nimmt der dicke Heiner Euch auf. In seiner Schenke übernachten öfter Gäste, die weder im Kloster noch auf einer der Burgen Unterschlupf finden, und er hat auch einen Stall für Euer Ross. Ich werde Euch zu ihm bringen.«

Bärbel schenkte dem Ritter einen aufmunternden Blick und brachte ihn mit sanfter Überredung dazu, seinen linken Fuß in den Steigbügel zu stellen. Dann schob sie ihn in den Sattel und verhinderte gleichzeitig, dass er auf der anderen Seite wieder herabrutschte.

Dabei stellte sie fest, dass sein Blick nach innen gerichtet war, so als gäbe es die Welt um ihn nicht mehr. Da er offensichtlich nicht mehr in der Lage war, sein Pferd zu lenken, griff sie kurz entschlossen nach Ghazims Zügeln und führte Ross und Reiter zur Burg hinaus. Niemand kümmerte sich um sie, denn das Gesinde und die Reisigen hatten sich in die wenigen beheizbaren Räume der Burg verkrochen, und die um einen Feuerkorb versammelten Wächter gönnten dem Templer und seiner Führerin nur einen gelangweilten Blick. So musste das Mädchen selbst die Pforte öffnen, die sich im rechten Flügel des Tores befand und die man benutzte, um einzelne Fußgänger oder Reiter einzulassen, ohne gleich das gesamte Tor aufmachen zu müssen.

»Ihr müsst Euren Kopf einziehen, Herr, sonst stoßt ihr an«, rief Bärbel Adalmar zu, als Ghazim die Pforte durchquerte.

Unwillkürlich gehorchte der alte Mann und beugte sich tief über den Hals seines getreuen Gefährten. Draußen richtete er sich mühsam auf, blieb aber mit hängendem Kopf und immer noch abwesendem Blick sitzen. Bärbel wartete einen Augenblick, ob er selbst die Zügel nehmen würde, aber da er sich nicht regte, führte sie sein Pferd über den Serpentinenweg den steilen Burgberg hinab und bog in den Hauptort der Grafschaft ein. In früheren Zeiten war sie nur selten hierher gekommen, da zwischen dem Hirschhof, auf dem sie gelebt hatte, und dem Marktflecken zwei Wegstunden lagen. Jetzt kehrte sie beinahe genauso selten in ihre alte Heimat zurück, denn sie besuchte ihre Eltern, die dort im Hörigendorf lebten, höchstens drei oder vier Mal im Jahr. Gerne wäre sie öfter hingegangen, doch ihre Mutter zeigte ihr deutlich, wie wenig ihr daran lag, die jüngere Tochter wiederzusehen. Frau Anna jammerte stets nur über das, was ihr selbst zugestoßen war, und beklagte wortreich

Elisabeths Schicksal. Für Bärbel hatte sie kaum ein freundliches Wort übrig und schalt sie sogar, weil diese Elisabeth keine Grüße ausrichten konnte.

»Mama tut so, als wäre es meine Schuld, dass alles so gekommen ist«, murmelte Bärbel leise vor sich hin. Ihr Unmut verflog jedoch ebenso rasch, wie er gekommen war, und sie teilte ihre Aufmerksamkeit zwischen dem teilweise vereisten Weg und dem alten Mann, der sich kaum noch im Sattel halten konnte.

Sie hielt den Templer fest, damit er nicht vom Pferd rutschte, lenkte Ghazim bis vor das Haus des Schankwirts und klopfte gegen die Tür. Es dauerte ein wenig, bis ihr aufgetan wurde.

Bei ihrem Anblick verlor sich die dienstbeflissene Miene des Wirts. »Trampel? Was suchst du denn hier?«

Bärbel zeigte auf den Ritter. »Dieser Herr hier braucht dringend eine Unterkunft und sein Pferd einen Stall. Bitte seid so gut und nehmt sie bei euch auf.«

Heiner warf Adalmar und dessen Hengst einen abschätzenden Blick zu und blies angesichts der abgetragenen Kleidung des Mannes und des hohen Alters des Pferdes verächtlich die Backen auf. »Sonst noch was? Der Kerl sieht aus, als besäße er keinen blanken Silberling. Soll er doch zur Burg hochgehen. Der Graf ist reich und kann ihn gewiss besser bewirten als ich.« Er wollte sich abwenden und die Tür hinter sich zuschlagen, als seine Tochter hinter ihm auftauchte und neugierig hinaussah.

Lene war ein hübsches dralles Mädchen, das sich freute, wenn sie einem wohlhabenden Reisenden für ein kleines Geschenk oder ein paar Münzen das Bett wärmen konnte. Zuerst musterte sie den im Sattel zusammengesunkenen Ritter spöttisch und wollte Bärbel schon sagen, sie sollte sich mit dem Alten zum Teufel scheren, aber Bärbels verzweifelte Bitte, sich doch um Gottes willen des Fremden anzunehmen, rührte ganz seltsam an ihr Herz.

»Aber Vater, du kannst diesen armen Greis doch nicht wie einen Hund von unserer Schwelle jagen! Siehst du nicht, dass er ein heiliger Mann ist, der sein Schwert gegen die Feinde der Christenheit gezogen hat? Gott wird uns segnen, wenn wir ihm Obdach gewähren.«

Heiner blickte seine Tochter an, als zweifle er an deren Verstand. »Ich soll diesen Bettler aufnehmen?« Noch während er die Worte herausstieß, erschien ihm der Gedanke gar nicht mehr so abwegig. Er musterte den in sich zusammengesunkenen Ritter und hörte eine innere Stimme sagen, dass es ihm wohl etliche Jahre Fegefeuer eintragen würde, diesen edlen Streiter in Christo von seiner Tür zu weisen.

»Von mir aus kann er bleiben. Mag auch kein Silber in seinem Geldbeutel stecken, so bringt er uns doch gewiss den Segen des Himmels, und den können wir in diesen Zeiten wahrlich brauchen.« Der Wirt half Bärbel, den Templer aus dem Sattel zu heben, und trug ihn kurzerhand ins Haus.

»Bringe einen Becher heißen, gewürzten Weines, Lene! Der Mann ist ja völlig durchgefroren«, hörte Bärbel ihn noch rufen, dann wurde die Tür vor ihrer Nase zugemacht. Sie hielt immer noch Ghazims Zügel in der Hand und wusste nicht so recht, was sie tun sollte. Als sie die Hand ausstreckte, um erneut zu klopfen, schwang die Tür wieder auf, und der Knecht des Wirtes, ein älterer und fast zahnloser Mann, trat hinaus.

»Ich soll den Gaul in den Stall bringen«, erklärte er mürrisch, rümpfte die Nase angesichts Ghazims ehrwürdigen Alters und nahm widerwillig den Zügel entgegen. In dem Moment war es, als rühre ihn das Leiden des Tieres. Er strich ihm über die Kruppe und nickte anerkennend. »Wer weiß, wie viele Schlachten dieses Pferd bereits mitgemacht und wie viele Feinde der Christenheit es in den Staub getreten hat. Ich füttere es und lege ihm ein paar wärmende Decken über.«

Bärbel hatte schon befürchtet, der Mann könnte den Schimmel schlecht behandeln, und atmete nun auf. »Der Hengst heißt Ghazim und stammt aus dem Heiligen Land. Er hat die Stätten gesehen, an denen unser Herr Jesus gewandelt ist.«

»Aus dem Heiligen Land, sagst du? Ach, wenn das Tier sprechen könnte, würde es uns von großen Wundern erzählen.«

»Das wird sein Herr tun!«, versicherte Bärbel ihm rasch. »Der ist nämlich ein besonders heiliger Mann, und er wird dich segnen, wenn du sein Pferd gut pflegst.«

»Das tue ich!«, versicherte der Knecht hastig, nickte Bärbel bekräftigend zu und klopfte Ghazim sanft auf die Kruppe. »Komm mein Guter, jetzt geht's ins Warme, und dort bekommst du guten Hafer und feines Heu vorgesetzt.«

Bärbel wartete, bis der Knecht mit dem Pferd in Richtung Stall im Schneetreiben untergetaucht war, und machte sich kopfschüttelnd auf den Heimweg, überzeugt, dass sie gerade ein Wunder erlebt hatte. Der Wirt und sein Knecht galten als mürrische, unangenehme Personen, deren Gesellschaft die meisten Bewohner des Marktfleckens mieden. Hätte sie einen anderen Platz für den Tempelritter und sein Pferd gewusst, wäre sie nie auf den Gedanken gekommen, bei der Schenke für ihn zu bitten. Nun fragte sie sich, welcher Heilige den Gesinnungswandel der beiden Männer wohl hervorgerufen hatte, denn anders war deren überraschende Freundlichkeit und Bereitschaft, sich um den Templer und sein Pferd zu kümmern, nicht zu erklären. Schnell sprach sie ein Gebet, in dem sie die Gottesmutter bat, dem Beschirmer des ehrwürdigen Ordensritters ihren Dank zu übermitteln, und kehrte erleichtert zur Burg zurück.

Als sie oben ankam, hatte sich der Schnee mehr als handbreit auf ihrem Strohmantel abgesetzt, und sie fühlte das zusätzliche Gewicht, das sich kaum abstreifen ließ. Zu ihrem Glück hatte sich keiner der Wachen die Mühe gemacht, die kleine Pforte zu verschließen, und so musste sie nicht warten, bis sich jemand bequemte, sie einzulassen. Rasch durchquerte sie den Zwinger, schlüpfte durch das Haupttor und bog zum Stall ab. Vor dem Eingang zog sie den Überwurf aus, klopfte ihn ab und trat ein.

Kunz und die anderen Knechte waren eben dabei, die Pferdeställe auszumisten, und hielten inne, als sie Bärbel kommen sahen. »Du sollst dich bei Mette melden!«, teilte Kunz ihr mit.

»Wasch dich aber vorher«, rief ein anderer Knecht und stieß grinsend einen Kameraden an.

Bärbel drehte sich auf der Stelle um, ohne den Männern zu antworten, und machte dabei ein möglichst stumpfes Gesicht. Natürlich würde sie sich nicht säubern, denn Schmutz und Gestank waren ihr Schutz, so lange sie hier in der Burg weilte. Ihre große Freundin Usch hatte ihr erklärt, wie wichtig es für sie war, niemals leichtsinnig zu werden und immer die sich im Dreck suhlende Verrückte zu spielen. Zu Anfang war sie todunglücklich gewesen, denn sie hatte sich vor sich selbst geekelt, aber inzwischen hatte sie sich ein wenig an den Zustand gewöhnt und überdies genug Böses mitbekommen, um zu wissen, dass sie Uschs Rat auf keinen Fall in den Wind schlagen durfte. So lange die Männer vor ihr zurückwichen, würden sie sie nicht in eine Ecke zerren und für ihre Triebe benutzen, wie sie es mit den meisten anderen Mägden machten.

Am Stalltor trat Bärbel mit ihren bärentatzenartigen Strohstiefeln noch schnell in einen Pferdeapfel und lief dann zur Pforte des Palas hinüber. Die Freitreppe war mit Schnee und Eis bedeckt und gab den Füßen kaum noch Halt. Im letzten Winter war eine der Mägde ausgerutscht und herabgestürzt, hatte sich aber zum Glück nur den Arm gebrochen. Da Bärbel dieses Schicksal nicht teilen wollte, stieg sie vorsichtig nach oben, klopfte gegen die Tür und glitt, als ihr aufgetan wurde, beinahe lautlos hindurch.

»Mette ruft mich«, erklärte sie dem Diener, der Miene machte, sie wieder hinauszuschicken.

»Du kennst ja den Weg, Trampel. Aber gib nicht mir die Schuld, wenn sie dir das Fell bläut, weil du wieder so schmutzig zu ihr kommst.«

Er bekam keine Antwort und hatte auch keine erwartet. Bärbel war zwar nicht so verrückt wie die alte Rina, eine Witwe in Marktwalldorf, die beinahe jede Nacht in ihrer Kate tobte und schrie, dass es Gott erbarmen mochte, aber man wusste doch nie, was sie als Nächstes tun würde.

Bärbel wandte dem Mann den Rücken zu und lächelte still vor sich hin. Da man sie für verrückt hielt, besaß sie weitaus mehr Freiheiten als das übrige Gesinde. Man trug ihr weniger Arbeit auf als anderen Mägden, und sie konnte zumeist kommen und gehen, wie sie es wollte. Sie musste nur darauf achten, sich bestimmte Leute nicht zum Feind zu machen, und das galt besonders für Mette, die Köchin, die sie jetzt mit strengem Blick in ihrer Küche empfing.

»Mein Gott, Bärbel, wie siehst du schon wieder aus? Wenn Usch nicht auf dich aufpassen kann, wirst du direkt zu einem Waldschrat.« Mette eilte zu einem Wasserschaff, tauchte einen Lappen darin ein und versuchte, der widerstrebenden Bärbel Gesicht und Hände zu säubern.

»Dabei könntest du wirklich ein ganz ansehnliches Ding sein, wenn du nicht ...«, begann sie, hielt plötzlich inne und betrachtete das Mädchen, als hätte sie eben eine neue Facette an ihm entdeckt. »Vielleicht ist es wirklich besser, dass du dich so gehen lässt, denn sonst würdest du das gleiche Schicksal wie Selma erleiden. Was ich von dir wissen wollte: Wann kommt Usch wieder zu uns? Die Gräfin hat viel mehr von ihren Kräftigungstrünken zu sich genommen als in den letzten Wintern, und mein Vorrat schmilzt. Ich brauche dringend neue Mixturen.«

Bärbel verrieb den Rest des Schmutzes, der noch an ihren Händen klebte, im Gesicht und schüttelte dann den Kopf. »Usch wird nicht kommen. Aber ich kann gehen.«

»Jetzt, mitten im Winter, bei der Kälte? Da würden Bären und Wölfe dich unterwegs auffressen.« Mette seufzte tief, denn sie benötigte die Mischung aus getrockneten Beeren und Kräutern für den Trank der Gräfin so dringend, dass sie Bärbels Angebot am liebsten angenommen hätte. Aber sie wollte das seltsame Kind keiner Gefahr aussetzen.

»Es könnte ja einer der Reisigen mit dir mitkommen, Rütger zum Beispiel«, sagte sie nach kurzem Überlegen.

Bärbel hob abwehrend die Hände und bemühte sich, ihren dümmlichen Tonfall beizubehalten. »Nein, nein, kein Mann! Usch will das nicht. Sie macht nicht auf, wenn ein anderer kommt. Ich gehe allein.«

»Du bist wirklich nicht richtig im Kopf! Ich habe dich doch eben schon vor Wölfen und anderem Raubzeug gewarnt. Denen würde ein junges Ding wie du gewiss gut schmecken.« Mette gab Bärbel einen leichten Klaps.

Das Mädchen summte ein Weihnachtslied vor sich hin

und kicherte dann. »Wölfen und Bären schmecke ich nicht! Du brauchst die Kräuter, und ich hole sie.«

Bärbel bedauerte dabei ein wenig, dass sie der Frau, die ihr so viel Gutes tat und sie in gewisser Weise auch beschützte, etwas vorspielte und ihr deswegen auch nicht erklären konnte, warum sie keine Angst vor dem Winterwald hatte. Eines der geruchsintensiven Mittel, mit denen sie sich immer wieder einrieb, half Uschs Worten zufolge nämlich auch gegen das Raubzeug, das in den Wäldern hauste. Fürchten musste sie hauptsächlich die Männer, die zum engeren Gefolge des Grafen zählten, bis auf Rütger, der ihr Freund war. Es war natürlich möglich, dass der eine oder andere Knecht oder Reisige versuchen könnte, ihr im Freien, wo man den Gestank nicht so intensiv wahrnahm, die Kleider vom Leib zu reißen und ihr Gewalt anzutun. Ihr standen immer noch die Bilder von damals vor Augen, als Jost über ihre Mutter hergefallen war, und sie fürchtete sich schon, wenn ein Mann ihr unbeabsichtigt zu nahe kam.

Mettes theatralisches Aufseufzen lenkte sie von ihren trüben Gedanken ab. »Bei Gott, da versucht man vernünftig mit dir zu reden, aber du bist so dumm wie ein Neugeborenes und störrischer als ein widerborstiger Ochse. Meinetwegen kannst du allein gehen, aber beschwer dich nicht, wenn du im Magen eines hungrigen Bären gelandet bist!«

»Usch sagt, Bären schlafen im Winter«, antwortete Bärbel treuherzig. Dafür erhielt sie einen weiteren Klaps und die Aufforderung, zu verschwinden. Gerade aber, als sie die Küche verlassen wollte, rief Mette sie zurück und drückte ihr eine Leckerei in die Hand. »Hier nimm das. Iss es aber, bevor es dir jemand abnimmt und in den Schmutz tritt, weil er es dir nicht gönnt.«

Bärbel roch an dem goldbraun gebackenen Schmalzgebäck und fühlte, wie ihr das Wasser im Mund zusammen lief. »Mette ist lieb!«

Dann schlüpfte sie zur Tür, biss in das appetitliche Gebäckstück und schlenderte kauend durch die Gänge. Als die Treppe vor ihr auftauchte, die in den Rittersaal führte, hörte sie oben die zornige Stimme des Grafen aufklingen und schlich neugierig ein Stück hinauf.

»Wollt ihr etwa sagen, dieser Schmölzer Bengel wildert in meinen Wäldern und ihr könnt ihn nicht daran hindern?«

»Wir wissen es auch erst seit gestern, denn da haben wir Albrechts Spuren im Schnee bis an die Grenze von Ritter Bodos Besitz verfolgen können.« Achim von Nehlis' Stimme erinnerte Bärbel an einen sich windenden Wurm.

Das, was der Forstaufseher dem Grafen erklärt hatte, wusste bereits jedes Kind in der Grafschaft. Die Sippe auf Burg Schmölz war nicht bereit, den Verlust des schönen Waldes und der Dörfer, die Graf Walther ihnen abgenommen hatte, so ohne weiteres hinzunehmen, und man erzählte sich, dass Junker Albrecht ihm heimlich die schönsten Hirsche wegschießen würde. Wäre Ritter Bodo daheim gewesen, würde er trotz der geringeren Zahl an Reisigen, über die er verfügte, die Fehde aufgenommen haben. Seine Gemahlin Rotraut aber hatte sich mit empörten Worten begnügen müssen und dem ebenso verzweifelten wie vergeblichen Versuch, den Abt des Klosters von St. Kilian auf ihre Seite zu bringen. Rappo von Hohensiefen hatte nur hilflos die Hände gehoben und ihr erklärt, in seinem Kloster würde keine Urkunde aufbewahrt, die den Schmölzern den Krehlwald zusprach. Da aber allgemein bekannt war, dass dieser Forst schon seit Generationen zu Schmölz gehört hatte, hielten nicht wenige Leute den Abt daraufhin für einen Verbündeten des Grafen. Einige nannten ihn sogar den Speichellecker des Wallburgers, nicht weil er Herrn

Walthers Oheim war, sondern weil bekannt geworden war, dass er kurz vor diesem Rechtsbruch eine stattliche Schenkung von seinem Neffen für das Kloster entgegengenommen hatte.

»Ihr werdet euch auf die Lauer legen und den Burschen gefangen nehmen! Habe ich ihn erst einmal in den Händen, kann ich Frau Rotraut noch einiges mehr abpressen und diesen verdammten Bodo dazu zwingen, Urfehde zu schwören.«

Die Worte des Grafen klangen so böse, dass Bärbel sich unwillkürlich duckte. Gleichzeitig aber erfasste sie ein seltsames Gefühl, ein Gemisch aus Angst, Sorge und einer geradezu absurden Lust, dem Grafen einen Stein in den Weg zu rollen, an dem er sich schmerzhaft stoßen musste, und sie presste die rechte Hand auf den Mund, um ihre Anspannung nicht laut hinauszuschreien. Obwohl Herr Walther sie bis jetzt noch nicht ein Mal beachtet hatte, hasste und fürchtete sie ihn noch mehr als seine beiden Gefolgsleute. Jost und Armin konnten sie schlagen, ihr Gewalt antun und sie vielleicht sogar töten, aber Herrn Walthers Macht bedrohte ihre unsterbliche Seele.

Bärbel schüttelte sich wie ein Hund und wäre am liebsten zurück in die Küche gelaufen, um sich in Mettes Obhut zu verkriechen. Da erklang neben ihr eine Stimme, die ihr sagte, dass sie das ihr vorbestimmte Ziel auf diesem Weg nicht erreichen würde. Bärbel erstarrte vor Schreck, holte tief Luft und sah sich vorsichtig um. Es war niemand in ihrer Nähe. Die Stimme kam ihr bekannt vor. Sie hatte sie schon einmal vernommen, als sie dem greisen Templer aus dem Sattel geholfen hatte, und sie fragte sich, welche Schwierigkeiten nun wieder auf sie zukommen würden. Bisher hatte sie all ihre Sinne darauf gerichtet, zu überleben. Nun aber schien jemand beschlossen zu haben, ihr Taten aufzuerlegen, die sie sich nicht einmal vorstellen konnte.

Für einen Augenblick fragte sie sich bang, ob sie tatsächlich verrückt geworden war oder vielleicht doch dem Streich eines Bediensteten zum Opfer fiel, der sich einen Spaß mit ihr erlauben wollte. Noch einmal musterte sie ihre Umgebung und lauschte, ob sie vielleicht Atemzüge oder das Rascheln von Kleidung wahrnahm. Doch es war nichts zu hören außer den Stimmen von Jost und Arnim, die sich mit Vorschlägen zu übertrumpfen suchten, wie sie des jungen Wildschützen am besten habhaft werden konnten.

Während Bärbel noch an sich selbst zweifelte, verspürte sie einen warmen Hauch, der sie wie ein warmer Mantel einhüllte, und einen leicht stechenden Schmerz in ihrem Kopf. Für einen Augenblick schwanden ihr die Sinne, und als ihr Geist wieder klar wurde, wirbelten Bilder in ihrem Kopf, genau wie damals, als ihr jener Fremde begegnet war und ihr von Ritter Roland erzählt hatte. Diesmal tauchte kein armer, aber stolzer Ritter auf dem Weg ins Heilige Land vor ihrem inneren Auge auf, sondern ein junger, recht ansehnlicher Bursche von vielleicht 14 Jahren. Er war mit festen Hosen und einem dicken Wams bekleidet, trug eine bis über die Ohren reichende Kappe auf dem Kopf, unter der sich ein paar vorwitzige blonde Locken in die Stirn ringelten, und hielt einen zusammengerollten Filzmantel unter dem Arm. Gerade nahm er eine Armbrust und einen gefüllten Köcher zur Hand und schlich vorsichtig an einer halb offen stehenden Tür vorbei, hinter welcher der Schatten einer am Kamin sitzenden Frau zu sehen war.

Bärbel wusste mit einem Mal, dass sie Albrecht von Schmölz sah, obwohl sie ihm noch nie begegnet war, und verfolgte angespannt, wie er eine steile Treppe hinabstieg und durch eine kleine Pforte ins Freie trat. Kurz darauf erreichte er den Pferdestall, in dem ein gesatteltes Ross für ihn bereitstand. Der Knecht, der ihm die Zügel reichte, zog eine sorgenvolle Miene.

»Ich weiß nicht, ob es so gut ist, wenn Ihr heute schon wieder im Krehlwald auf die Jagd geht, junger Herr«, hörte sie ihn so deutlich sagen, als stände er neben ihr.

Der junge Schmölzer winkte mit einer zornigen Grimasse ab. »Es ist unser Wald, und ich werde darin jagen, bis mein Vater zurückkehrt und den Wallburger Grafen daraus vertreibt.« Ohne sich weiter um den Knecht zu kümmern, schwang Albrecht sich in den Sattel und lenkte sein Pferd zur Stalltür hinaus. Die Wächter am Burgtor zogen ebenfalls besorgte Gesichter, wagten jedoch nicht, ihn aufzuhalten.

Bärbel sah noch, in welche Richtung der Edelknabe ritt, dann erloschen die Bilder und ließen eine Leere zurück, in der sie nur langsam wieder zu sich kam. Es war nicht ihre erste Vision gewesen, aber noch keines ihrer Gesichte war so deutlich und greifbar vor ihr gestanden. Sie glaubte fest daran, dass Albrecht von Schmölz gerade zum Krehlwald ritt, um das Wild zu schießen, welches Herr Walther als das seine ansah.

Sie stand immer noch unter dem Bann der Erscheinung, als sie hörte, wie Jost und Armin dem Grafen versicherten, sie würden nicht eher zurückkommen, als bis sie das Schmölzer Bürschlein gefangen genommen hätten. Stampfende Schritte verrieten ihr, dass die beiden Männer ihren Worten sofort Taten folgen lassen wollten, und Graf Walther schien sich ebenfalls zu entfernen, aber zu Bärbels Glück verließen die drei den Saal auf der anderen Seite.

Selbst als es wieder still geworden war und nur noch die Stimmen der Mägde und Knechte wie aus weiter Ferne in den Gängen hallten, hockte Bärbel noch auf der Treppe und wagte vor Aufregung kaum zu atmen. Niemand musste ihr sagen, was Armin und Jost mit dem Jungen, der ihnen unweigerlich in die Arme laufen musste, anstellen würden. Gegen die Heimtücke und die Grausamkeit der beiden Schurken half auch der trotzige Stolz des jungen Schmölzers nichts, und Bärbel bedauerte das Schicksal, das ihn erwartete. In ihrer Verwirrung fiel ihr nichts anderes ein, als die Heilige Jungfrau zu bitten, ihre Hand schützend über Albrecht zu halten. Aber während des Gebets wurde ihr klar, dass es nur eine einzige Person gab, die den Jungen Albrecht warnen und ihn retten konnte, nämlich sie selbst.

Bei dem Gedanken fühlte Bärbel sich alles andere als wohl in ihrer Haut, aber dennoch stand sie auf und schlich die restlichen Stufen hoch. Wie sie es erwartet hatte, hielt sich niemand mehr im Rittersaal auf, sodass sie ihn durchqueren und auf kürzestem Weg zum Ausgang des Palas laufen konnte. Der Diener, der die Pforte bewachte, ließ sie mit einem spöttischen Blick passieren und vergaß über dem Anblick einer der Küchenmägde, die nicht nur hübsch, sondern auch sehr bereitwillig war, sie zu fragen, was sie in den Räumen getrieben hatte, die ihresgleichen eigentlich nicht betreten durfte.

5

Bärbel stopfte sich die Reste des Gebäckstückes in den Mund, eilte in den Stall und nahm einen alten Filzüberwurf vom Haken, mit dem sie sich besser vor der Kälte und dem Wind schützen konnte als mit einem Strohmantel. Dann stopfte sie sich noch etwas wärmendes Heu in die Schuhe, hängte sich einen Tragkorb aus Weidengeflecht auf den Rücken und griff nach einem eisenbeschlagenen Stock, der ihr notfalls auch als Waffe dienen konnte.

Als sie sich wieder der Tür zuwandte, rief Kunz sie an: »He Trampel, wo willst du denn noch hin? Es wird bald dunkel werden.«

Bärbel drehte sich nicht um, sondern antwortete mit monotoner Stimme. »Mette sagt, ich soll zu Usch gehen und Kräuter und Beeren holen.«

»Um diese Zeit? Das kann sie wohl nicht gemeint haben. Nur ein Schwachsinniger bricht jetzt noch auf!«

Bärbel kümmerte sich nicht um den Knecht, sondern verließ den Stall und wanderte wie traumverloren Richtung Zwinger. Im ersten Augenblick wollte Kunz ihr nachlaufen und sie zurückhalten, scheute dann aber vor der eindringenden Kälte zurück und schloss das Stalltor von innen.

Bärbel hörte, wie das Holz über den gefrorenen Schnee scharrte, und atmete auf, denn für einen Augenblick hatte sie Angst gehabt, Kunz würde sie hindern, die Burg zu verlassen, aber wie gewöhnlich kümmerte es auch jetzt niemanden, was sie vorhatte. Als sie den Weg nach Marktwalldorf hinabstieg, musste sie an den Tempelritter denken und beschloss, einen Abstecher zu machen und zu schauen, wie es ihm ging. Sie stapfte durch die Schneewehen, die den Weg ins Dorf fast unpassierbar machten, und klopfte kurz darauf an die Tür von Heiners Schenke. Lene öffnete ihr und wirkte sichtlich enttäuscht, weil sie anstelle eines wohlhabenden Gastes Bärbel vor sich sah.

»Ich wollte nach dem fremden Ritter fragen«, sagte das Mädchen schüchtern.

Über Lenes Gesicht zog sich ein Schatten. »Leider geht es ihm nicht besonders gut. Noch zu der Stunde, in der du ihn gebracht hast, ist er in tiefe Bewusstlosigkeit gefallen und bisher nicht wieder aufgewacht.«

»Das tut mir Leid.« Bärbel senkte den Kopf und spürte

zu ihrer Verwunderung, dass ihr Tränen in die Augen stiegen.

»Du kannst doch nichts dafür, Kleine. Sei versichert, ich werde alles tun, damit der edle Herr wieder gesund wird.« Lenes Stimme klang so aufrichtig, dass Bärbel sie erstaunt anblickte. Die Besorgnis, die aus den Worten der Wirtstochter sprach, überraschte sie, denn Lene galt als leichtfertig und geldgierig.

Da die Miene der Wirtstochter genauso große Angst um den Templer ausdrückte, wie Bärbel sie selbst empfand, lächelte sie Lene dankbar an und zeigte auf den Wald. »Ich gehe zu Usch. Wenn ich zurückkomme, bringe ich Medizin für den Ritter mit.« Dann drehte sie sich um und stapfte weiter.

»Es kann auch nur Trampel einfallen, bei dieser Kälte in die Nacht hineinzulaufen. Heiliger Josef, beschütze das verrückte Ding vor Bär und Wolf und lass es nicht erfrieren!«, sagte Lene und schüttelte sich, als sie ins Haus zurückkehrte. Im Flur blieb sie stehen, sprach ein kurzes Gebet, in dem sie Trampel der Fürsorge der heiligen Kunigunde empfahl, und ging dann wieder an ihre Arbeit.

Unterdessen schritt Bärbel so schnell aus, wie sie es vermochte, denn irgendetwas in ihrem Inneren trieb sie nun zur Eile. Sie lief an den verschneiten Häusern vorbei, ohne den spärlichen Rauchfahnen, die durch die Strohdächer stiegen und ein wenig Wärme versprachen, mehr als einen flüchtigen Blick zu gönnen.

Als sie das Ende des Marktfleckens erreicht hatte und auf den noch fernen Wald zuhielt, ließ der Schneefall nach, und die Wolkendecke riss auf. Kurz darauf legte sich die Dämmerung vom Osten her wie ein dunkler Mantel über das Land, und über den Bäumen stieg ein fast runder Mond auf, der den jungfräulich weißen Schnee aufglänzen ließ.

Bärbel kannte zwar jeden Schritt der Pfade, die zu Uschs Hütte führten, und hätte selbst in finsterer Nacht dorthin gefunden, doch diesmal musste sie sorgfältig auf den Weg achten, denn ihr erstes Ziel lag in einer anderen Richtung. Zu ihrem Glück hatte der Schnee weder die Karrenrillen ausgefüllt noch die Spuren der Pferde bedeckt, die noch vor kurzem hier entlanggekommen waren, und so wanderte sie ohne Furcht durch die Felder, die bis zum Krehlwald reichten. Die Abdrücke von Hufen und Pfoten, die sich trotz der Dämmerung deutlich abzeichneten, verrieten ihr, dass Armin und Jost mit einigen Männern und einer Meute von Bärenhunden unterwegs waren, um den jungen Schmölzer zu fangen.

»Hoffentlich komme ich nicht zu spät«, flüsterte sie beklommen und bedauerte für einen Moment, sich bei der Schenke aufgehalten zu haben. Sie straffte ihren Rücken und eilte so schnell weiter, wie der Schnee es erlaubte. Als sie den Krehlwald erreichte, bog sie vom Hauptweg ab in die Richtung, in der sie Albrecht von Schmölz vermutete. In diese Gegend war sie nur ein- oder zweimal gekommen, und als die Dunkelheit hereinfiel, wurde ihr doch ein wenig beklommen zumute. Sie fürchtete weder Kälte noch Raubtiere, aber es gab auch ungreifbarere Bedrohungen. Je dunkler es wurde, umso deutlicher erinnerte sie sich an die vielen Erzählungen über böse Geister, die an undurchdringlichen Stellen hausten und besonders nachts darauf lauerten, über wehrlose Opfer herzufallen und ihnen das Blut und die Seele auszusaugen.

Während sie weiterging, sagte sie sich, dass sie wohl besser nicht so oft den Geschichten über Waldunholde und Dämonen gelauscht hätte, die das Gesinde in der Burg sich besonders gern an stürmischen, schaurig kalten Winterabenden erzählte. Nur mühsam kämpfte sie die in ihr aufsteigende Angst nieder und spannte alle Sinne an, damit ihr keine Bewegung und kein Geräusch entging. Eine Weile vernahm sie keinen Laut außer dem gelegentlichen Knacken eines Baumes und dem Rascheln des Schnees, der von einem Ast zu Boden fiel, und langsam fürchtete sie, zu spät gekommen zu sein. Dann aber hörte sie nicht weit von sich das Schnauben eines Pferdes. Da sie annahm, Jost, Armin oder einer ihrer Begleiter pirsche in ihrer Nähe herum, huschte sie in die Deckung einiger Büsche und streifte dabei Schnee von den Zweigen, der ihr prompt in den Nacken fiel. Als Bärbel mit der Hand unter den Überwurf fahren wollte, um die eisigen Klumpen wegzuwischen, bemerkte sie in den Augenwinkeln eine Bewegung und spähte aus ihrem Versteck.

Vom Mondlicht hell angeleuchtet ritt Albrecht von Schmölz direkt auf sie zu. Sein Gesicht wirkte angespannt und entschlossen, und als sie sich bewegte, hielt er sofort die Armbrust in der Hand. »Wer ist dort?«

Bärbel trat auf ihn zu und streckte ihm die offenen Handflächen entgegen. »Ich bin gekommen, um Euch zu warnen. Der Graf auf der Wallburg hat Leute ausgeschickt, um Euch im Wald aufzulauern und Euch heute Nacht gefangen nehmen zu lassen!«

Albrecht antwortete mit einer verächtlichen Handbewegung. »Pah! Armin von Nehlis ist ein eingebildeter Schwachkopf. Der hat schon ein paar Mal versucht, mir eine Falle zu stellen, aber sie waren alle viel zu plump!«

»Diesmal ist Ritter Jost dabei! Der Graf selbst hat den beiden befohlen, nicht ohne Euch zurückzukommen, und daher haben sie Männer und Hunde mitgebracht, um Euch wie einen wilden Eber zu hetzen. Herr Walther will Euch haben, um Eure Mutter und Euren Vater zu erpressen und noch mehr Land von ihnen zu fordern.«

Albrecht war deutlich anzusehen, dass er die Warnung nicht ernst nahm. »Woher willst du das wissen? Hat dieser Landräuber dir etwa erzählt, was er vorhat?«

Der Junge kannte Bärbel nicht und schien zu glauben, er hätte das Kind eines Wallburger Hörigen vor sich, das ihm im Auftrag des Grafen oder seiner Gefolgsleute einen Schrecken einjagen sollte.

»Ich habe es zufällig belauscht und bin hierher gelaufen, um Euch zu warnen!«, antwortete Bärbel, doch Albrecht hörte nicht mehr hin, sondern gab seinem Pferd die Sporen, um an ihr vorbeizureiten.

Das Mädchen lief neben ihm her und fasste seinen Steigbügel. »Bitte nehmt Euch in Acht! Jost und Armin sind böse Männer!«

Albrecht stieß ein ärgerliches Schnauben aus und versetzte ihr einen Tritt, der sie ins nächste Gebüsch schleuderte.

Als Bärbel sich aus dem Gewirr der Zweige befreit hatte, war nichts mehr von ihm zu sehen. Sie schluckte ihre Tränen hinunter und sagte sich, dass sie alles getan hatte, was in ihrer Macht stand. Wenn Albrecht von Schmölz nicht auf sie hören wollte, musste er eben die Folgen tragen. In ihrem Innern aber verging sie vor Angst um ihn, und als sie sich das eingestand, betete sie zur Himmelskönigin, diese möge ihren Mantel über ihn breiten, sodass Jost und Armin ihn nicht finden konnten. Ganz in Gedanken wollte sie schon zur Burg zurückkehren, aber nach ein paar Schritten erinnerte sie sich daran, dass sie bei Lene und den Stallknechten vorgegeben hatte, zu Usch gehen zu wollen. Das würde sie auch tun, denn nur dann konnte sie den alten Ritter mit Medizin versorgen und gleichzeitig Mettes Bitte erfüllen.

Sie war weit von dem Weg abgekommen, den sie sonst

immer benutzte, um Usch zu besuchen, und musste nun gut die Hälfte der Stecke zur Wallburg zurückwandern, um auf den gewohnten Pfad zu stoßen. Nach ein paar Schritten wurde ihr klar, dass sie, wenn sie weiterging, Armin und Jost in die Hände laufen würde, und entschloss sich, den Krehlwald auf der anderen Seite zu verlassen und jenes Gebiet zu durchqueren, welches die Leute Blutwald nannten. Sie kannte niemand, der es wagte, diesen verrufenen Landstrich zu betreten, und Usch hatte ihr auf ihre neugierigen Fragen erklärt, in heidnischen Zeiten seien in diesem Wald Menschen geopfert worden und die Geister dieser Toten würden dort noch heute ihr Unwesen treiben.

6 Die Bäume des Blutwaldes schienen so alt zu sein wie die Welt seit den Tagen der Schöpfung. Dabei waren sie nicht übermäßig hoch, standen aber eng zusammen und hatten ihre knorrigen, wie im Fieber verkrümmten Äste ineinander verhakt, sodass Bärbel kaum ein Durchkommen fand und oft auf allen vieren über den festen, teilweise mannshoch liegenden Schnee kriechen musste. Je tiefer sie in diese unwegsame Wildnis eindrang, umso lauter vernahm sie das Wispern und Raunen, das sie schon bei den ersten Schritten gehört hatte, und sie fühlte immer deutlicher, dass ihre Gegenwart Zorn erregte. Es war, als würden die Bäume sich durch sie gestört fühlen. Sie richtete ihren Blick starr geradeaus, um sich nicht von Irrlichtern, bösen Geistern oder ähnlichen Erscheinungen von ihrem Weg abbringen zu lassen, und orientierte sich an der Scheibe des Vollmonds, deren Licht nur spärlich durch das dichte, unter seiner weißen Last niedergedrückte Gezweig drang.

Bald bemerkte sie, dass sie nicht mehr allein war. Aus den knorrigen, wie in ständigem Schmerz verkrümmten Eichen und Buchen wuchsen schemenhafte, von innen leuchtende Wesen heraus und griffen nach ihr. Nun bekam sie es wirklich mit der Angst zu tun, denn ihr wurde klar, dass sie es nicht mehr bis zu Uschs Hütte schaffen würde. Die Dämonen würden sie hier festhalten, bis die Kälte sie getötet hatte und sie ein Teil dieser unheimlichen Welt geworden war, auf ewig verflucht ohne Aussicht auf Erlösung und Auferstehung am Jüngsten Tag. Verzweifelt rief sie die ihr bekannten Heiligen um Hilfe an und flehte zu St. Christopherus, dem Schirmherrn der Reisenden und Wanderer, und zu der Jungfrau Maria, die den Kindern beistand, sie zu beschützen.

Als sie ihr Gebet hinausstieß, klang ein Seufzen auf, und die Wesen wichen vor den heiligen Namen zurück. Nicht lange aber, dann antwortete ihr ein Wutgeschrei, das schier endlos zwischen den knorrigen Stämmen widerzuhallen schien. Dutzende von Geistern strömten auf sie zu, pressten ihre Füße in den Boden und versuchten, sie mit Wurzelschlingen zu binden. Bärbel stemmte sich gegen die vielen Hundert Hände, die nach ihr fassten, aber zumeist durch sie durchgriffen, und stürzte zwischen drei stark verkrüppelten Eichen zu Boden. Als die Äste dieser Bäume, die sich ihr wie lebendige Wesen zuwandten, auf sie zuschnellten, kroch sie panikerfüllt über den vereisten Boden auf eine Schneewechte zu, in der Hoffnung, sich dahinter in Sicherheit bringen zu können. In dem Moment, in dem sie sich an der verharschten Oberfläche hochzog, gab der Schnee unter ihr nach, und sie rollte einen steilen Hang hinab.

Für einen Augenblick blieb sie halb betäubt liegen und erwartete jeden Moment, gepackt und unter die Erde gezogen zu werden. Doch es geschah nichts. Vorsichtig öffnete sie die Augen, wischte sich den Schnee aus dem Gesicht und sah sich um. Es war, als habe der Wind alle Schrecken und Schatten der Nacht weggeweht, denn sie lag im hellen Mondlicht auf der ihr bekannten Lichtung und blickte auf Uschs Hütte, die sich in die tintige Schwärze der Felswand drückte.

Bärbel hatte nicht geahnt, wie nah die Kräuterfrau bei dem verwunschenen Wald lebte, und schüttelte sich nun bei dem Gedanken daran. Während sie aufstand und den Korb wieder schulterte, der ihr beim Sturz abhanden gekommen war, dankte sie der Jungfrau Maria und allen Heiligen, die sie beschützt hatten. Dann humpelte sie die wenigen Schritte bis zu Uschs Tür und klopfte dagegen. »Usch, ich bin es, die Bärbel! Bitte mach auf!«

Es dauerte eine ganze Weile, bis sich etwas regte. »Bärbel? Wie kommst du denn dazu, mitten in der Nacht hier aufzutauchen?«, erklang drinnen die verwunderte Stimme der Kräuterfrau.

Kurz darauf schwang die Tür auf, eine Hand griff heraus und zog Bärbel in die Hütte. »Du bist ja halb erfroren! Komm setz dich hier an den Herd. Ich schüre rasch das Feuer und wärme Würzwein für dich auf.« Usch schob Bärbel auf den Schemel zu, der in der Küche stand, nahm etwas von dem im Herbst gesammelten Gras und einige Holzspäne, legte die Restglut frei und fachte sie sacht blasend an. Wenig später erhellten Flammen die Grotte und spendeten ein wenig Wärme.

Usch stellte einen Topf neben das Feuer, goss eine scharf duftende Flüssigkeit hinein und drehte sich dann zu Bärbel um. »Jetzt erzähl mir, was dich mitten in der Nacht hierher getrieben hat!«

Bärbel hob hilflos die Hände, denn sie wusste nicht so

recht, was sie antworten sollte. »Ich weiß es nicht, Usch. Ich hatte plötzlich eine Vision, die mich zwang, zum Krehlwald zu laufen.«

»Warum ausgerechnet dorthin? Da treiben sich doch die Bluthunde des Wallburgers herum!«

»Ja, genau deswegen! Ich wollte Albrecht von Schmölz vor Jost und Armin warnen, die Herr Walther ausgeschickt hatte, ihn gefangen zu nehmen. In der Burg habe ich erzählt, ich würde zu dir gehen, weil Mette dringend ein Säckchen von deiner Kräuter- und Beerenmischung für die Gräfin benötigt. Das möchte ich ihr bringen, und ich benötige auch stärkende Medizin für einen alten, kranken Mann.«

»Für deinen Vater?«, wollte Usch wissen. Als sie Bärbels Kopfschütteln sah, zuckte sie nur mit den Schultern, denn im Augenblick interessierte sie sich nicht für die Beschwerden eines Hörigen oder Knechts. »Hast du deine Eltern besucht, wie ich es dir bei deinem letzten Besuch geraten habe? Wie geht es ihnen?«

»Ich weiß es nicht. Man hat mir im Stall so viel Arbeit aufgehalst, dass ich einfach keine Zeit gefunden habe, mich auf den weiten Weg in ihr Dorf zu machen.« Bärbels abwehrende Haltung verriet Usch, dass das Mädchen keine Freude daran hatte, seine Mutter wiederzusehen, und sich daher hinter Ausreden verschanzte.

»In der Bibel steht, du sollst deinen Vater und deine Mutter ehren und lieben. Das gilt vor allem dann, wenn Unglück und Leid sie so niederdrückt wie deine Leute.«

»Ich würde gerne öfters zu ihnen gehen. Vater freut sich ja auch, wenn er mich sieht, aber meine Mutter …« Bärbel brach ab und kämpfte mit Tränen.

»Sie schimpft mit dir, weil du mich besuchst und dich von mir in die Geheimnisse der Kräuter einweihen lässt, nicht wahr?« Usch hatte damals, als sie Otto und Anna nach dem schrecklichen Ereignis geholfen hatte, gehofft, Bärbels Mutter würde ihre Abneigung gegen sie überwinden, doch Anna hasste sie mehr denn je. Sie behauptete sogar, der Graf hätte ihr und ihrem Mann nur deswegen Leid zugefügt, weil er von Usch behext worden sei, damit diese Bärbel in Besitz nehmen und eine Hexe aus dem Kind machen konnte.

»Es ist schlimm mit ihr«, sagte Bärbel leise. »Wenn ich zu ihr komme, schnuppert sie an mir herum wie ein Hund und warnt mich davor, mich mit dir abzugeben, weil ich sonst die ewige Seligkeit verspielen würde.«

»Du musst Nachsicht mit ihr haben, denn sie ist durch die Geschehnisse verbittert.« Es tat Usch in der Seele weh, Entschuldigungen für Anna erfinden zu müssen, doch Meister Ardani hatte ihr bei seinem letzten Besuch noch einmal deutlich klar gemacht, dass Bärbel ohne Hass und Zorn aufwachsen musste.

Sie seufzte tief und probierte, ob der Trank schon heiß genug war. Dann goss sie Bärbel einen Becher davon ein. »Hier, trink das! Es wird dich wärmen. Und was deine Mutter betrifft, so vermeide es, zu ihr zu gehen, wenn du gerade bei mir warst. Sie mag meinen Geruch nicht an dir.«

»Das weiß ich. Aber ich kann nicht riskieren, mich zu waschen, denn die Männer in der Burg würden mich dann nicht mehr in Ruhe lassen.«

Usch wusste zwar, dass es Ardanis Ausstrahlung war, die Bärbels Mutter an ihrer Tochter zu riechen glaubte, aber sie ging nicht weiter darauf ein, sondern kicherte nur boshaft. »Mein Mittel gegen das Raubzeug ist schon ein besonderes Säftchen, nicht war? Den meisten Männern vergeht bei diesem Duft die Lust. Ich gebe dir gleich heute eine neue Blase voll mit.« Usch nickte zufrieden, weil sie einen Weg gefunden hatte, Bärbel vor den auf der Wallburg üblichen

Vergewaltigungen zu schützen, und deutete auf ein Lager aus Birkenzweigen, Laub und Schaffellen, dass sie für ihre kleine Freundin bereithielt. »Du siehst sehr müde aus. Leg dich jetzt hin und schlaf. Ich richte unterdessen die Sachen her, die du morgen früh mitnehmen kannst.«

Bärbel stand auf, um in die nächste Kammer der Höhle hochzusteigen, drehte sich auf halbem Weg jedoch noch einmal um. »Ich wünschte, ich könnte länger bei dir bleiben und mich wieder einmal gründlich waschen, Usch. Es ist wirklich kein Vergnügen, als Waldschrat herumzulaufen.«

»Wem sagst du das?«, antwortete Usch lachend. »Aber das ist nun einmal der beste Schutz vor Männern, die kein Nein bei Frauen und Mädchen gelten lassen wollen. Hab noch ein wenig Geduld. Wenn im Frühjahr die ersten Triebe sprießen, werde ich Mette sagen, dass ich dich für eine oder zwei Wochen brauche. Dann kannst du in meiner Behausung so herumlaufen, wie du wirklich bist.«

»Danke, Usch!« Bärbel lächelte der Kräuterfrau erleichtert zu, nahm sich eine Decke und rollte sich auf ihrem Bett in der Nische hinter den Trockengestellen zusammen. Sie war so müde, dass sie fast ansatzlos einschlief.

Usch warf noch einen Blick auf das friedlich schlummernde Kind und setzte sich seufzend neben den Herd. Sie hätte Bärbel am liebsten ganz bei sich behalten, denn hier würde das Mädchen nicht in Gefahr geraten, einem der üblen Kerle zum Opfer zu fallen, die der Herr der Wallburg um sich scharte. Doch Ardanis Befehl war eindeutig: Bärbel musste in der Burg leben, weil sie nur dort eine Chance hatte, das Versteck des Kreuzessplitters zu finden und die Reliquie an sich zu bringen.

Usch freute sich auf den Tag, an dem Graf Walther seines Schutzes beraubt sein würde, denn dann konnte sie sich endlich an ihm rächen. Sie versuchte sich vorzustellen, was sie dem Mann antun würde, doch irgendwie befriedigten diese Gedanken sie nicht mehr, und sie fragte sich plötzlich, ob die Ereignisse von damals diesen ganzen Aufwand überhaupt wert waren. Keine Rache wog die Jahre auf, die sie in diesem Loch verbracht hatte und in denen Bärbel als verachteter Trampel in der Wallburg leben musste. Für eine Weile spielte sie mit dem Gedanken, das Geld zu nehmen, das sie von Ardani erhalten hatte, und zusammen mit Bärbel auf Nimmerwiedersehen aus der Gegend zu verschwinden.

Sie fragte sich, wie es sein würde, als angebliche Witwe mit Tochter das Bürgerrecht einer kleinen, abgelegenen Stadt zu erwerben und dort von ihrer Hände Arbeit zu leben. Aber auch diese Vorstellung platzte wie eine Schaumblase, denn Bärbel würde weder ihrem Vater wehtun noch ihre Mutter im Stich lassen wollen, ganz gleich wie sehr diese auch auf sie schimpfen mochte. Auch hing das Kind mit einer beinahe unvernünftigen Liebe an seiner Schwester, obwohl diese längst nicht mehr die hilflose Gefangene war, für die Bärbel sie immer noch hielt. Überdies war Usch klar, dass eine Flucht sinnlos war, denn der morgenländische Magier besaß die Macht, sie an jedem Ort aufzuspüren, an den ihre Füße sie zu tragen vermochten.

»Du grübelst zu viel, meine Gute. Wenn du so weitermachst, wird es deinem Kopf nicht gut bekommen!«

Die Worte klangen spöttisch, aber es lag eine unüberhörbare Drohung in ihnen. Usch fuhr erschrocken herum und sah Ardani neben der Tür stehen. Er konnte sie nicht geöffnet haben, sonst hätte sie den Luftzug bemerkt und die Flamme auf dem Herd flackern sehen. »Ihr, Herr, zu dieser ungewohnten Zeit?«

»Es sind Entwicklungen eingetreten, die auch ich nicht habe vorhersehen können und die genau bedacht werden müssen.« Ardanis Stimme klang gepresst, und er hieb mit der Hand durch die Luft.

So beunruhigt hatte Usch den Magier noch nie erlebt, und für einen Augenblick empfand sie klammheimliche Freude, weil das überhebliche Lächeln von Ardanis Lippen hinweggewischt worden war. Dann aber erinnerte sie sich an ihren jungen Gast und hob warnend die Hand. »Herr, Ihr kommt in einem schlechten Augenblick, denn Bärbel ist hier. Sie schläft da oben in der Nische.«

Ardani schnaubte wie ein zorniger Ziegenbock und schrieb dann ein Zeichen in die Luft. »Dann werde ich dafür sorgen, dass sie nicht aufwacht!«

Der Blick, mit dem er Usch streifte, sagte ihr, dass er vorhatte, seinen Ärger an ihr abzureagieren, indem er über sie herfiel und sie benutzte. Kaum hatte sie dies gedacht, verspürte sie ein lüsternes Ziehen im Unterleib und den Wunsch, den Magier so schnell wie möglich in sich zu spüren.

Verdammter Hexer!, dachte sie und hoffte inständig, irgendwann einmal dieses schier übermächtige Verlangen unterdrücken und nein zu ihm sagen zu können. Ardani schien auch diesen Gedanken gelesen zu haben, denn er grinste widerwärtig und griff ihr mit den Händen unter den Rock, ließ sie heiß wie Feuer an ihren Oberschenkeln hochwandern und steigerte ihre Lust qualvoll.

Im Gegensatz zu seinen früheren Besuchen verfiel Usch jedoch nicht dem Bann ihres Verführers, sondern stellte aufatmend fest, dass ihr Verstand noch erfreulich gut arbeitete. »Ihr vergesst Euch, Herr! Denkt bitte an Bärbel. Ihr habt selbst gesagt, dass sie Euch bei mir nicht sehen darf. Was ist, wenn sie trotz Eures Zaubers aufwacht? Wie Ihr wisst, besitzt sie starke Kräfte, auch wenn diese wohl noch schlummern.«

Ardani bleckte die Zähne. »Weck sie und schick sie fort.«

»Jetzt? Ich kann das arme Kind doch nicht mitten in der Nacht in die Kälte hinausjagen!« Usch schüttelte sich, doch als der Magier den Befehl wiederholte, vermochte sie keinen Widerstand zu leisten. Vor Ärger und Verlangen zitternd, kletterte sie in die Grotte, in der Bärbel wie ein kleines Kätzchen zusammengerollt lag, und rüttelte sie wach.

»Was ist los?«, fragte Bärbel schlaftrunken.

»Es tut mir sehr Leid, Kleines. Aber du musst jetzt gehen.«

Bärbel nahm ein seltsames Flackern in Uschs Augen wahr und die flehentliche Bitte, ihr keine Fragen zu stellen. Gern hätte sie gewusst, aus welchem Grund die Kräuterfrau sie noch bei Dunkelheit wegschicken wollte, aber sie sagte sich, dass gewiss keine böse Absicht dahinter steckte.

Für einen Augenblick nahmen sie die Traumbilder wieder gefangen, die sie im Schlaf gequält hatten. Sie sah immer noch Albrecht von Schmölz vor sich, der mit der Armbrust im Anschlag durch den Krehlwald streifte. Sein Pferd hatte er an einer versteckten Stelle zurückgelassen, und nun war er auf der Suche nach jagdbarem Wild. Dabei bemerkte er nicht, dass Graf Walthers Häscher ihn eingekreist hatten und ihre Hunde auf ihn loslassen wollten.

Das Mädchen schüttelte sich bei der Erinnerung an Josts und Armins gierig grinsende Gesichter und befürchtete Schlimmes. Wenn sie versuchen wollte, Albrecht zu helfen, würde sie noch einmal den Blutwald durchqueren müssen. Ihr graute vor den Geistern und den lebendigen Bäumen, und sie fürchtete, dass diese sie kein zweites Mal laufen lassen würden. Einen Augenblick kämpfte sie mit sich, ob sie nicht lieber schnurstracks zur Wallburg zurücklaufen sollte, aber dann sagte sie sich, dass die Sonne bald aufgehen und alle übernatürlichen Wesen vertreiben würde. Sie holte tief

Luft, sprach sich im Stillen selbst Mut zu und schob die Decken weg, unter denen sie sich verkrochen hatte.

Sie wollte ihrer großen Freundin schon verraten, was sie vorhatte, aber dann hielt sie doch lieber den Mund, denn Usch würde es ihr gewiss verbieten und ihr in hässlichen Worten schildern, wie Jost und seine Spießgesellen sich an ihr rächen würden. Daher schlüpfte sie in ihre Kleidung und sah ihrer Freundin zu, die ihr die Dinge, um die sie gebeten hatte, in den Tragkorb packte.

Als Usch die Zutaten für den Stärkungstrunk der Gräfin in einem besonderen Packen verschnürte, überlegte sie schon, das Mittel hinzuzulegen, das eine Schwangerschaft bei Frau Adelheid verhindern sollte. Aber sie entschied sich dagegen, denn es mochte sein, dass der Graf misstrauisch wurde und die Sachen zu einem der Doktoren aus Rothenburg oder der medizinisch ausgebildeten Mönche aus dem Kloster zur Untersuchung brachte. Wenn die gelehrten Herren etwas entdeckten, das ihnen und vor allem dem Grafen nicht gefiel, würden Bärbel und sie schwer bestraft und vielleicht sogar als Schadhexen ertränkt werden. Daher würde ihr auch weiterhin nichts anderes übrig bleiben, als von Zeit zu Zeit zur Burg zu gehen und zu versuchen, Elisabeth und Frau Adelheid das Mittel beizubringen.

Das war ihr bisher nicht so oft gelungen, wie es notwendig gewesen wäre, doch zum Glück war keine der beiden Frauen schwanger geworden. Es wäre einfacher für sie, Bärbel damit zu beauftragen, das Pulver in das Essen ihrer Schwester und der Gräfin zu mischen, denn das Mädchen ging täglich in der Küche ein und aus. Mit diesem Tun aber würde das Kind seine Seele beschmutzen und den Kreuzessplitter nicht mehr an sich nehmen können. Auch hatte Usch Bärbel so lieb gewonnen, dass sie sie auf keinen Fall in Gefahr bringen wollte.

Bärbel sah von oben zu, was ihre Freundin in den Korb legte, und merkte sich jedes Mittel. Dabei kam ihr eine Idee. Leise, damit die Freundin nicht auf ihr Tun aufmerksam wurde, trat sie an einen Tonkrug, der an der Wand neben den Trockengestellen stand, schob den Deckel zurück und entnahm ihm eine Hand voll fettiges, angenehm riechendes Pulver. Mit einer schnellen Handbewegung schüttete sie es in eine von außen nicht sichtbare Tasche, die sie in ihren Kittel genäht hatte. Danach stieg sie zu Usch hinab und lächelte ihr etwas verkrampft zu. »So, ich bin fertig.«

Usch schnallte ihr den halb vollen Korb auf den Rücken, besann sich dann kurz, nahm ein bauchiges Gefäß aus einer kleinen Höhlung und füllte etwas von seinem Inhalt in Bärbels Becher. »Trink das! Der Saft macht dich munter und gibt dir Kraft für den Rückweg. Und dann geh mit Gottes Segen!«

Bärbel schnupperte kurz und leerte das Gefäß in einem Zug, auch wenn die Flüssigkeit ihr in die Nase biss und noch schärfer schmeckte als sie roch. Noch während sie schluckte, breitete sich eine wohlige Wärme in ihr aus, und sie fühlte sich so frisch und ausgeruht, als hätte sie die ganze Nacht geschlafen.

»Das tut gut! Ich danke dir, Usch, und bis bald!«

»Bis bald, Bärbel! Pass gut auf dich auf.« Usch zog das Mädchen kurz an sich und öffnete ihm die Tür.

Als Bärbel sich noch einmal zu ihr herumdrehte, um ihr zum Abschied zuzuwinken, glaubte sie den verzerrt wirkenden Umriss eines Mannes an der Wand zu sehen. Ihr Magen krampfte sich bei dem Anblick zusammen, und sie hörte das Blut in ihren Ohren rauschen. Das muss einer der schrecklichsten Geister aus dem verfluchten Wald sein, dachte sie erschrocken und wollte die Kräuterfrau auf das

Ding aufmerksam machen. Doch Usch schob sie ins Freie und verriegelte hinter ihr die Tür.

Bärbel wollte protestieren und gegen das Holz klopfen, aber dann sagte sie sich, dass Usch den Geist ebenso bemerken würde wie sie und Kräfte genug besaß, mit ihm fertig zu werden. Daher wandte sie sich ab und stapfte so schnell, wie es ihr möglich war, durch den Schnee. Schon nach ein paar Schritten grub die Kälte sich wie mit Klauen in ihr Gesicht und ihre Hände, und sie war Usch sehr dankbar für den Trunk, der sie von innen wärmte. Mit einem Blick zum Himmel stellte sie seufzend fest, dass der Morgen noch auf sich warten ließ. Nun würde sie den Blutwald doch noch während der Dunkelheit durchqueren müssen, und sie fragte sich, ob ihre Traumgesichte sie genarrt hatten oder ob Albrecht tatsächlich auf ihre Hilfe angewiesen war.

Einen Augenblick überlegte sie, umzukehren und Usch um Rat zu fragen, aber als sie zurückblickte, wirkte die Hütte trotz des Mondlichts, das nun genau auf sie schien, so abweisend, als habe sie sich in verwitterten Fels verwandelt. Mit einem Mal grauste es Bärbel vor dem Heim ihrer Freundin nicht weniger als vor dem Blutwald, und sie nahm sich vor, die Kräuterfrau beim nächsten Mal auf den unheimlichen Besucher anzusprechen. Kurz entschlossen schüttelte sie alle Bedenken ab und schlug den Weg zur Wallburg ein, denn in dieser Nacht hatte sie die Nase voll von allem Übernatürlichen. Nach zwei, drei Schritten aber war es ihr, als riefe Albrecht sie verzweifelt um Hilfe. Sie blieb stehen, nahm ihren ganzen Mut zusammen und erklomm den Hang zum Geisterwald. Als sie zwischen die ächzenden Stämme trat, übermannte sie die Furcht, und sie rannte um sein und ihr Leben.

7

In dem Moment, in dem Bärbel in die Dunkelheit unter den Baumkronen des Blutwaldes eintauchte, nahm der Schatten, den sie in Uschs Hütte zu sehen geglaubt hatte, Gestalt an und wurde wieder zu Ardani. »Das Mädchen besitzt scharfe Augen. Beinahe hätte es mich entdeckt«, sagte er mit widerwilliger Anerkennung. Dann aber leckte er sich lüstern die Lippen und grinste. »Wenn die Sache mit Graf Walther hinter uns liegt, werde ich auch sie zu meiner Schülerin machen, und dann können wir unsere Leiber gemeinsam aneinander reiben.«

»Lasst Bärbel aus dem Spiel!«, antwortete Usch empört.

Ardani lachte so meckernd auf, dass seine Stimme wie die eines Ziegenbocks klang, trat auf Usch zu und zog ihr mit einem Ruck das Kleid vom Leib. Dann schwang er seinen Mantel um sie beide. Da Usch sich im Kupferkessel spiegelte, konnte sie sehen, dass er sie in eine hässliche alte Vettel mit unförmiger Gestalt und einer langen krummen Nase verwandelt hatte, während er selbst als behaartes Wesen mit Bockshörnern und einem langen, durch die Luft peitschenden Schwanz vor ihr stand, das statt des rechten Fußes einen gespaltenen Huf besaß. Usch hatte dergleichen schon in der Klosterkirche von St. Kilian als Bildnis des Teufels gesehen und schrie entsetzt auf. »Das ist ein schlechter Scherz, Meister Ardani!«

Sie entzog sich seinem Griff und wich vor seinem langen, spitz zulaufenden Glied zurück, mit dem er in sie eindringen hatte wollen.

Der Magier begriff, dass Usch sich ihm trotz des Zaubers, den er über sie geworfen hatte, in dieser Gestalt verweigern würde, und runzelte ärgerlich die Stirn. Seine Macht über das Weib war nicht gewachsen wie bei anderen Frauen, die sich ihm schon bei seinem Anblick willenlos ergaben, sondern hatte in den letzten beiden Jahren sogar fühlbar abgenommen. Für einen Augenblick überlegte er, sie trotz ihres Widerstrebens in dieser Gestalt zu nehmen und dabei einen Zauber auf sie zu werfen, der sie mit stärkeren Banden an ihn fesselte. Aber dann wurde ihm klar, dass er ihr damit einen unübersehbaren Stempel aufdrücken würde. Da Bärbel mit besonderen Sinnen ausgestattet war, würde sie sein Mal an ihr bemerken, das Vertrauen zu ihrer Freundin verlieren und für ihn nutzlos werden.

»Dann eben nicht!«, schnaubte er enttäuscht und hob die Hand in einer Weise, als schwinge er einen unsichtbaren Mantel um sie beide. Sofort stand Usch in ihrer normalen Gestalt vor ihm, während er das Aussehen des Grafen zu Wallburg angenommen hatte. Die Kräuterfrau stöhnte auf, doch ehe sie etwas sagen konnte, hatte er sie gepackt und schleifte sie nach oben auf ihr Bett, als wöge sie nicht mehr als ein Federkissen. Dort warf er sich auf sie und drang wie von Sinnen in sie ein. Er wusste, dass er ihr Schmerz zufügte, und verstärkte ihre Pein sogar noch, um sie für die Zurückweisung zu bestrafen und ihren Hass auf Graf Walther aufzufrischen. Für ihn war es ein Leichtes, die Zeit scheinbar zurückzudrehen und Usch die Nacht, in der sie missbraucht, verleumdet und ausgestoßen worden war, noch einmal durchleben zu lassen.

Als Ardani von ihr abließ, weinte Usch vor Schmerz und Scham und verfluchte in Gedanken den Tag, an dem sie dem Magier zum ersten Mal begegnet war. Hätte sie geahnt, zu welch Gemeinheiten der zunächst so fürsorglich und bemüht erscheinende Ardani fähig sein würde, hätte sie sich eher im nächsten Weiher ertränkt, als ein Bündnis mit ihm einzugehen. Bei dem Wort Bündnis lachte sie bitter auf. So hatte Ardani ihre Verbindung damals genannt, doch in Wirklichkeit war sie seine Sklavin, und an ihrem Herzen nagte die Angst, er würde sie irgendwann zu Taten zwingen, durch die ihre unsterbliche Seele zu Schaden kommen musste.

»Seid Ihr ein Diener des Satans oder gar der Teufel selbst?«, fragte sie aus einem plötzlichen Impuls heraus.

Ardani zuckte leicht zusammen. »Wie kommst du auf diesen Gedanken? Ich sagte dir doch, ich bin Ardani, Magier und Weiser aus dem Morgenland und damit beauftragt, den Kreuzessplitter zurückzuholen und an einen Ort zu bringen, an dem er keinen Schaden mehr anrichten kann. Hast du noch immer nicht begriffen, dass dieses für euch Christen angeblich so heilige Ding Graf Walther zu seinen Grausamkeiten treibt, so wie es schon dessen Vater Manfred beherrscht hat? Es haftet ein übler Zauber an diesem Gegenstand, und wenn er im Besitz der Sippe bleibt, werden die nächsten Generationen auf der Wallburg das Volk noch entsetzlicher bedrücken, und niemand kann ihnen dann noch in den Arm fallen.«

Von der hypnotischen Macht in Ardanis Stimme überzeugt, nickte die Kräuterfrau eifrig. »Ihr habt Recht, Meister! Wir müssen dem Grafen den Kreuzessplitter unbedingt abnehmen. Leider hat Bärbel noch nicht herausgefunden, wo er sein könnte.«

Ardani winkte ab. »Bis jetzt habe ich sie noch nicht richtig danach suchen lassen! Wir müssen Bärbel Zeit geben, die Macht des Splitters auf sich einwirken zu lassen. Wenn sie sein Licht in sich aufgenommen hat, wird sie wissen, wo sie suchen muss, und kann die Hand nach der Reliquie ausstrecken. Dann wird Graf Walther so schutzlos sein wie jeder Mann, der den Weg zur Hölle antreten muss.«

Der Magier lachte hämisch auf, wurde aber rasch wieder ernst. »Ich sagte allerdings vorhin schon, dass sich neue Schwierigkeiten ergeben könnten. Es ist eine Kraft aufgetaucht, die das Morgen vor meinen Augen verschwimmen lässt und mich daran hindert, die Wege der Vorsehung zu erkennen. Aus diesem Grund müssen wir auf alles vorbereitet sein. Also höre mir nun gut zu, meine Schülerin!« Ardani legte seine Rechte auf Uschs Schulter und zog sie näher an sich heran.

8

Diesmal war der Weg durch den Blutwald noch beängstigender, denn die Bäume ächzten und stöhnten, als Bärbel zwischen ihnen hindurchlief, und streckten ihre Äste wie Arme nach ihr aus. Gleichzeitig bewegte sich der Boden unter ihren Füßen, als krieche etwas Großes unter ihr hinweg. Als sie stolperte und hart aufschlug, spürte sie, dass eine Wurzel nach ihrem Knöchel gegriffen hatte. Voller Panik riss sie sich los, sprang auf und hastete weiter. Dabei bekam sie mit, wie die Äste und Zweige sich über ihrem Kopf verwoben, sodass das Licht des sinkenden Mondes nicht mehr den Boden erreichte und sie kaum noch die Hand vor Augen erkennen konnte. Da sie nicht mehr wusste, ob sie noch auf dem richtigen Weg war, blieb sie zögernd stehen. Sofort war es ihr, als würden die Bäume selbst auf sie zukriechen, um sie gefangen zu nehmen. In dem Moment klang Hundegebell auf und wies ihr den Weg. Sie lief auf das Geräusch zu, und schon nach wenigen Schritten blieben die düsteren Schatten des Blutwaldes hinter ihr zurück.

Im fahlen Schein der Dämmerung stellte sie fest, dass sie sich im Krehlwald befand, und als sie sich umblickte, sah sie Albrecht von Schmölz. Seine Armbrust hatte er längst weggeworfen, genau wie den hinderlichen Mantel, und von seinem überheblichen Stolz schien ebenfalls nichts mehr übrig zu sein. Keine zehn Schritte vor ihr taumelte er vor Schwäche, stürzte und blieb liegen.

Das Mädchen hörte sein verzweifeltes Schluchzen und vernahm gleichzeitig Armins Stimme, die durch den Wald hallte. »Die Hunde werden den Burschen gleich gepackt haben. Dann gehört er uns!«

»Nicht, wenn ich es verhindern kann!« Erst als Albrecht verwundert den Kopf hob, wurde Bärbel klar, dass sie ihre Worte drohend hinausgestoßen hatte. Rasch griff sie in ihre Kitteltasche, holte etwas von dem fettigen grünen Pulver heraus, das sie bei Usch eingesteckt hatte, und fuhr Albrecht damit durchs Gesicht und über die Hände.

Der Junge wollte sie abwehren, doch sie fauchte ihn zornig an. »Willst du den Hunden entkommen oder nicht?«

Albrecht nickte ängstlich und sah dann fassungslos zu, wie sie den heranstürmenden Tieren entgegentrat, ihnen ihre Hände hinstreckte und sanft auf sie einredete. Das geifernde Bellen erstarb, und die sechs Bärenhunde, von denen jeder größer war als ein Kalb, begannen wie kleine Welpen zu winseln.

»Ihr seid brave Hundchen!«, lobte Bärbel sie und streichelte ihre Köpfe. Die Hunde leckten ihre Hände, wedelten dabei heftig mit den Schwänzen und schnupperten uninteressiert zu Albrecht hinüber, so als würden sie seinen Geruch nicht mehr erkennen.

Bärbel zeigte auf die Wallburg, deren Türme sich wie graue Finger aus dem Morgennebel über die Baumkronen reckten. »Husch, husch! Lauft nach Hause, meine Freunde. Eure Jagd ist zu Ende.«

Die Hunde schienen sie verstanden zu haben, denn sie liefen Schwanz wedelnd davon und folgten unter munterem Bellen dem ihnen gewiesenen Weg.

Albrecht starrte Bärbel aus weit aufgerissenen Augen an. »Wie hast du das gemacht? Das war doch Zauberei!«

»Unsinn! Es waren nur ein paar Kräuter, die die Hunde

zahm werden lassen«, antwortete Bärbel und deutete dann nach hinten. »Jetzt steh auf und verschwinde, oder willst du, dass die Wallburger dich erwischen?«

»Gewiss nicht!« Albrecht stand mühsam auf und warf Bärbel einen zweifelnden Blick zu. »Du bist so hässlich! Du musst eine Hexe sein.«

Bärbel zuckte zusammen und wünschte sich für einen Augenblick, er könnte sie so sehen, wie sie aussah, wenn sie gewaschen war, die Haare geflochten hatte und etwas anderes am Leib trug als einen vor Dreck starrenden Filzüberwurf und den nicht weniger schmutzigen Kittel. Für einen Augenblick hasste sie ihre Kleidung, trotz des Schutzes, den sie ihr bot, und hätte sie sich am liebsten vom Leib gerissen.

Albrecht schämte sich seiner Worte in dem Augenblick, in dem er sie ausgesprochen hatte, doch es war zu spät. »Tut mir Leid! Ich wollte dich nicht beleidigen«, sagte er und wollte auf Bärbel zugehen, um ihre Hand zu fassen und sich bei ihr zu bedanken. Dann aber stockte sein Schritt, denn vor ihm stand ein schlankes, hübsches Mädchen von vielleicht zwölf Jahren mit silberhellem Haar und einem leuchtend weißen Gewand bekleidet.

»Geh jetzt!«, hörte er die Unbekannte sagen. Im selben Augenblick verflog die Erscheinung, und er sah wieder das hässliche, schmutzige Ding vor sich. Er konnte nicht darüber nachdenken, was er gerade gesehen hatte, denn Armins Stimme klang erneut auf und machte ihm das Ausmaß der Gefahr bewusst, in der er schwebte. Ohne sich noch einmal nach seiner Retterin umzusehen, rannte er los und begriff erst, als er die Grenze des elterlichen Besitzes überquert hatte, dass er sich weder bei ihr bedankt noch sich Gedanken darüber gemacht hatte, ob sie sich in Sicherheit hatte bringen können.

9 Bärbel wusste, dass auch sie schnell sein musste. Kaum war Albrecht verschwunden, verwischte sie seine und ihre Spuren mit ihrem Überwurf und überquerte dann ein Stück verharschten Schnees, dessen Oberfläche so fest war, dass sie nicht darin einsank. Nur ein Hund hätte ihrer Spur folgen können, doch von Armins auf Menschenjagd abgerichteter Meute war nichts mehr zu hören und zu sehen. Versteckt hinter einer Gruppe eingeschneiter Büsche beobachtete sie, wie Armin und Jost inmitten einer Gruppe von Reisigen und Knechten die Stelle erreichten, an der sie auf Albrecht getroffen war. Die beiden Vertrauten des Grafen blieben unentschlossen stehen und schienen sich über das weitere Vorgehen zu streiten. Bald aber entschieden sie sich für das Naheliegendste und brüllten ihre Begleiter an, der Spur der Hunde zu folgen. Bärbel verrieten die verwunderten Gesten einiger Knechte, dass diese sich fragten, wieso der Flüchtling ausgerechnet auf die Wallburg zugelaufen war.

Zu einer wärmeren Jahreszeit hätte Bärbel sich noch einige Zeit im Wald versteckt, bis die Gruppe ebenfalls außer Sichtweite gekommen wäre. Darauf konnte sie jedoch nicht warten, denn Uschs Stärkungstrunk hatte seine Wirkung verloren und die eisige Kälte biss durch ihr Gewand in Haut und Knochen. Besorgt musterte sie die Männer, die verbissen das ansteigende Gelände hoch stapften und dabei ihre lahmenden Pferde führten, denen der gefrorene Schnee die Fesseln wund gerieben hatte. Man würde sie sofort bemerken, wenn sie aus der Deckung des Forstes trat. Aber wenn sie nicht erfrieren wollte, blieb ihr nichts anderes übrig, als den Leuten zu folgen. In diesem Moment sehnte sie sich nach einem weiteren Becher von Uschs Getränk oder wenigstens einem Schluck heißen Würzweins, wie Mette ihn zubereitete. Aber sie würde es auch ohne etwas Warmes im Magen bis zur Wallburg schaffen müssen.

Nach einem letzten Blick auf die Jäger, die nur noch so groß wie Katzen erschienen, brach sie auf. Sie ging rasch genug, um ein wenig warm zu werden, vermied es aber, in Schweiß zu geraten, um in dem auffrischenden Wind nicht erbärmlich zu frieren. Für kurze Zeit konnte sie sich im Schutz eines dick von Schnee bedeckten Gebüschs bewegen, aber dann trat der Wald zurück und der Weg führte durch nur noch schneebedeckte Wiesen und Felder. Nun tauchte die Sonne aus den Wolken auf und schien bleich und kraftlos auf das Land. Aber sie spendete genügend Helligkeit, um jede Bewegung im Schnee zu verraten. Es war nur eine Frage der Zeit, bis die Jäger die einsame Wanderin hinter ihnen entdeckten.

Gerade aber, als sie sich eine brauchbare Ausrede zurechtgelegt hatte, bemerkte Bärbel, wie die Gestalten vor ihr in einer weißen Wand verschwanden. Nicht lange, da steckte auch sie mitten in dichtem Schneegestöber, und nach einem ersten Seufzer begriff sie, dass die vom Himmel wirbelnden Flocken ihre Freunde waren, denn sie verbargen sie vor fremden Augen ebenso gut wie eine dichte Nebelwand oder der schützende Mantel der Nacht. Als sie Marktwalldorf erreichte, hörte es auf zu schneien, und Bärbel sah, wie die Gruppe um Armin und Jost den Ort am anderen Ende verließ und den Burgberg hochstieg. Bevor sie gesehen wurde, bog sie zu Heiners Schenke ab. So früh am Vormittag saßen noch keine Gäste in der Wirtsstube, und daher traf sie nur Lene an, die mit einem Reisigbesen den Boden fegte.

Bei Bärbels Anblick atmete die Wirtstochter sichtlich auf. »Gott sei Dank, dass du so schnell zurückgekommen bist, denn ich weiß mir nicht mehr zu helfen. In der Nacht dachte ich schon, der fremde Ritter würde sterben. Er war ganz kalt, und ich bin zu ihm ins Bett gekrochen, um ihn zu wärmen.«

»Ich habe Medizin für ihn mitgebracht.« Bärbel war sich nicht ganz sicher, ob sie das Mittel Lene überlassen oder selber nach dem Ritter schauen sollte. Die Wirtstochter aber nahm ihr die Entscheidung ab, denn sie winkte ihr heftig, mit ihr zu kommen.

Der Templer lag in einer kleinen Kammer unter dem Dach, die kaum größer war als das aus rohen Brettern zusammengenagelte Bett, in dem er lag. Auf einem dreibeinigen Schemel, der gerade noch Platz fand, standen ein Becher voll Wein und ein Tiegelchen mit Gänseschmalz, unter das jemand Salbei, Minze und Kamille gemischt hatte.

Der alte Mann schien zu schlafen, aber es war, wie Bärbel annahm, wohl eher eine tiefe Bewusstlosigkeit, aus der er bald in die Stille des Todes hinabgleiten würde. Seine Haut war schon erschreckend kalt, und Bärbel hatte nicht mehr viel Hoffnung für ihn. »Er müsste schwitzen, um wieder gesund zu werden«, sagte sie mehr zu sich selbst und stellte jene Kräuter aus ihrem Korb zusammen, die dafür geeignet waren. Dabei achtete sie nicht auf Lene, die in der Tür stand und sie ungläubig anstarrte.

Die Wirtstochter fragte sich, ob dieses Wesen, das den ehrwürdigen Kranken mit kundigen Händen versorgte, wirklich der verrückte, von allen verachtete Trampel war, über den die meisten Leute Spott und Häme ausgossen.

»Kannst du mir ein wenig heißen Würzwein bringen, damit ich meine Kräuter in ihn einrühren kann?« Bärbels Stimme riss Lene aus ihrer Erstarrung. Die Wirtstochter lief so rasch sie konnte die Treppe hinab und kehrte innerhalb kürzester Zeit mit einem dampfenden Krug und einem frisch gespülten Becher zurück.

»Wenn du willst, helfe ich dir.«

»Gerne!« Bärbel füllte den Becher, gab die Mischung aus Kräutern, gemahlenen Wurzeln und zerstoßener Rinde hinzu, die sie nach Uschs Lehren zubereitet hatte, und schwenkte das Gefäß, damit sich die Medizin in der Flüssigkeit verteilte. Dann bat sie Lene, den Kopf des Alten ein wenig anzuheben, und flößte ihm das warme Getränk vorsichtig ein. Obwohl der Tempelritter nicht bei sich zu sein schien, schluckte er Tropfen für Tropfen, bis der Becher leer war. Nicht lange, da bekam sein vorher wachsbleiches Gesicht etwas Farbe, und als Lene auf seine Stirn fasste, erschien sie ihr wärmer, fast schon ein wenig zu warm.

»Kannst du hexen, Bärbel? Ich glaube, jetzt bekommt er Fieber, und wenn er das übersteht, wird er gesund.«

Bärbel wehrte entsetzt ab: »Ich habe nichts getan, das waren Uschs Kräuter und dein Wein – und vor allem kein Hexenwerk, vor dem Gott, der Herr, und die Heilige Jungfrau uns bewahren mögen!«

Lenes Miene war anzusehen, dass sie nicht ganz überzeugt war, aber sie presste die Lippen zusammen und beschloss, das, was sie eben gesehen hatte, tief in ihrem Inneren zu verbergen.

»Hier, nimm du auch einen Schluck! Du hast es dir verdient.« Sie reichte Bärbel einen vollen Becher Würzwein und blickte sie auffordernd an. Während das Mädchen langsam trank, fragte die Wirtstochter sich, weshalb alle Welt glaubte, dass Bärbel verrückt sei. Ihr schien sie alles andere als von Sinnen. Später, als das Mädchen nach einem letzten Blick auf den Kranken gegangen war, fiel Lene erst auf, dass sie diesmal nichts von dem aufdringlichen Gestank bemerkt hatte, der Trampel sonst immer umgab, und das hielt sie beinahe für ein noch größeres Wunder als die beginnende Genesung des Kreuzritters.

10

Am Abend des Tages, an dem er den Wallburgern entkommen war, stand Albrecht von Schmölz mit trotziger Miene vor seiner Mutter Rotraut, einer schlanken, durchaus noch hübschen Mittdreißigerin, der die Sorgen schon kleine, scharfe Kerben um die Mundwinkel gegraben hatten. Sie war so aufgebracht, dass sie Miene machte, ihren Sohn zu züchtigen wie ein kleines Kind.

»Ich habe dich immer wieder angefleht, die nächtlichen Jagden im Krehlwald aufzugeben, doch ich habe wohl auf einen Stein eingeredet!« Frau Rotraut wies auf die Armbrust und den Mantel ihres Sohnes, die ihr am Nachmittag von einem Boten des Wallburger Grafen überbracht worden waren.

»Es ist unser Recht, dort zu jagen!«, presste Albrecht zwischen zusammengebissenen Zähnen hervor.

»Recht!« Seine Mutter lachte bitter auf. »Recht ist das, was man sich mit dem Schwert erstreiten kann, und sonst nichts. Wir sind nicht in der Lage, uns den Krehlwald von Graf Walther zurückzuholen.«

»Vater wird es tun!«, trumpfte der Junge auf.

»Derzeit lässt dein Vater sich für fremde Herren in Stücke schlagen.« Frau Rotraut spielte auf eine Verletzung ihres Mannes an, die dieser sich im letzten Herbst in den Diensten Rudolf von Habsburgs zugezogen hatte und die er derzeit auf einer von dessen Burgen auskurierte. »Bodo hätte klüger sein und Schmölz nie verlassen dürfen, dann wäre es uns vielleicht möglich gewesen, den frechen Zugriff des Grafen abzuwehren. Doch so lange er in der Fremde weilt, müssen wir froh sein, wenn der Wallburger uns die Luft zum Atmen lässt.«

Da ihr Sohn trotzig schwieg, setzte sie ihre Rede mit einer Geste der Verzweiflung fort. »Dein Vater hat auf das falsche Pferd gesetzt, Albrecht! Graf Rudolf besitzt nicht die Kraft, sich gegen König Ottokar von Böhmen durchzusetzen, und wird seine angemaßte Krone in der nächsten Schlacht verlieren – zusammen mit seinem Leben! Was wird dann aus deinem Vater, frage ich dich? Als Anhänger eines gescheiterten Thronprätendenten wird er ein Nichts sein, ein Verfemter, der von dem neuen Kaiser Ottokar keine Gnade zu erwarten hat! Glaubst du, irgendjemand wird dann noch einen Finger für uns rühren und uns gegen den Wallburger beistehen? Wir werden froh sein dürfen, wenn wir unsere Burg behalten können und ein oder zwei Meierhöfe dazu.«

»Graf Walther hat sich unseren Wald nur deshalb unter den Nagel reißen können, weil die verräterischen Mönche von St. Kilian die Urkunde verschwinden haben lassen, in der uns der Besitz zugeschrieben war! Ich habe das Pergament mit all seinen Siegeln gesehen, als Vater und ich kurz nach dem Brand im Kloster waren.« In Albrechts Worten schwang die ganze Empörung gegen einen Rechtsbruch, den die Diener Gottes in seinen Augen begangen hatten.

Seine Mutter winkte ab. »Heutzutage entscheidet das Schwert, was einem gehört, und nicht Pergament und mit Siegeln bekräftigte Schwüre.«

»Vater hat mir versichert, es gäbe noch eine weitere Sicherheit für unseren Besitz«, wandte der Junge ein, wurde aber von seiner Mutter harsch unterbrochen.

»Ich will nichts mehr von dieser Angelegenheit hören! Und noch weniger will ich noch einmal erleben müssen, dass man mir dein Pferd, deine Armbrust und deinen Mantel mit höhnischen Worten überbringt. Beim nächsten Mal wirst du Graf Walthers Männern nicht mehr entkommen.«

Albrecht lachte beinahe übermütig auf. »Die Wallburger sind taub und blind wie neugeborene Hunde! Mit denen werde ich spielend fertig.«

Dann aber zuckte er kaum merklich zusammen, denn er erinnerte sich nur zu gut daran, dass er Josts und Armins Leuten und deren Hunden nur durch einen mehr als glücklichen Zufall hatte entkommen können.

»Es gibt keine weitere Jagd für dich, denn du wirst Schmölz schon morgen verlassen. Zwar ist es mühsam und gefährlich, im Winter zu reisen, doch mir bleibt keine andere Wahl, als dich wegzuschicken. Ich hätte dich längst einem edlen Herrn übergeben sollen, damit er dich zu seinem Knappen macht. Dieses Versäumnis hätte dich beinahe das Leben gekostet.«

Frau Rotraut trat auf ihren Sohn zu und zog ihn an sich. »Es ist das Beste für uns beide, mein Kind. Ich könnte deinem Vater nicht mehr unter die Augen treten, wenn dir etwas zugestoßen wäre! Morgen reitest du nach Mainz zu meinem Vetter Eckardt von Thibaldsburg, der sich deiner annehmen wird.«

Die Miene seiner Mutter verriet Albrecht, dass sie sich von diesem Entschluss nicht mehr abbringen lassen würde. Ihr gegenüber fühlte er sich hilflos, denn er war ihr zu Gehorsam verpflichtet. Dennoch ballte er die Fäuste unterm Tisch bei dem Gedanken, welchen Tort er dem Grafen auf der Wallburg noch hätte antun können. Nun bedauerte auch er, dass sein Vater die Burg verlassen hatte. Wäre er hier geblieben, hätte Graf Walther es gewiss nicht gewagt, sie so unverschämt zu berauben. Dann aber fiel ihm ein, was sein Vater kurz vor dem Abschied zu ihm gesagt hatte.

»Nur wenn wir Freunde und Verbündete gewinnen, die uns beistehen, werden wir uns auf Dauer gegen den Wallburger behaupten können. Aus diesem Grund trete ich in Herrn Rudolfs Dienste. Ist er erst Kaiser, wird er seine schützende Hand über uns halten und Graf Walther für seine Verbrechen zur Rechenschaft ziehen!«

Als er sich dessen erinnerte, stieg in ihm der Wunsch hoch, in die Burgkapelle zu gehen und zu beten, dass die Verletzungen seines Vaters bald verheilen würden und der Habsburger selbst sich gegen seinen Widersacher Ottokar von Böhmen durchsetzen würde. Erst dann, wenn beides eingetroffen war, würde es möglich sein, den Wallburger von seinem hohen Ross zu stürzen. Bis dahin aber würden wohl noch Jahre vergehen. Das Einzige, was er tun konnte, um seine Mutter in den kommenden schweren Zeiten zu unterstützen, war, sich zum Ritter ausbilden zu lassen.

Frau Rotraut beobachtete den Kampf, den Albrecht mit sich ausfocht, und atmete vorsichtig auf, als er sich schließlich mit seinem Schicksal abzufinden schien. Nach einer Weile lächelte er sogar, als freue er sich darauf, in die Dienste Eckardts von Thibaldsburg zu treten, und sie spürte, wie ihr ein Stein vom Herzen fiel. Sie hatte mit mehr Widerspruch und harschen Worten gerechnet, denn Albrecht war kaum weniger ungeduldig und starrköpfig als ihr Gemahl. Bei dem Gedanken krampfte sich ihr Herz zusammen, denn Bodo war seit über zwei Jahren der heimatlichen Burg ferngeblieben. Gewiss hatte er unter ihrer Trennung weniger zu leiden als sie, denn als Ritter stand es ihm frei, seine körperlichen Bedürfnisse bei Frauen von niederem Stand zu befriedigen, während man von ihr erwartete, so keusch wie eine Nonne zu leben. Die Bräute Christi aber hatten im Gegensatz zu ihr die Süße des ehelichen Beilagers nicht kennen gelernt und wussten daher nicht, auf welche Wonnen sie verzichten mussten.

»Gebe Gott, dass dein Vater vernünftig genug ist, nach seiner Gesundung hierher zurückzukehren.« Frau Rotraut sehnte sich in diesem Moment mehr nach einem warmen Ehebett als nach wirksamer Hilfe gegen den raffgierigen Wallburger Grafen, aber ihr war klar, dass etwas geschehen musste, wenn Schmölz als lebensfähiges Reichslehen an ihren Sohn übergehen sollte. Mehr denn je vermisste sie einen Menschen, der ihr raten oder sie hätte trösten können, und deswegen ärgerte sie sich gleich doppelt über das Fernbleiben ihres Gemahls.

11

Bärbel lief jeden Tag zu Heiners Schenke hinab, um nach dem alten Templer zu schauen und Lene bei seiner Pflege zu helfen. Trotz der Kräuter, die sie für ihn anmischte, sah es tagelang so aus, als überstehe er das Fieber nicht, das in seinem Körper tobte. Am siebten Tag aber sank seine Temperatur, und er erwachte aus seiner Bewusstlosigkeit, gerade als Lene zur Tür hereinkam. Er blickte sie verwirrt an und sah sich dann in der Kammer um, die ihm ebenso fremd war wie die junge Frau, die mit einem Gefäß in der Hand vor ihm stand.

Lene wollte den Krug, der angewärmtes Waschwasser für den Kranken enthielt, auf den Hocker neben dem Bett stellen, als sie die Augen des Templers auf sich gerichtet sah. Für einen Augenblick senkte sie verschämt den Kopf, denn noch nie war ein von Gott gesegneter Mann wie dieser Ordensritter bei ihnen zu Gast gewesen, und sie wusste nicht, wie sie ihn anzureden hatte. Nach kurzem Zögern stieß sie die Worte heraus, die sie am häufigsten benutzte. »Wünscht Ihr etwas zu trinken, edler Herr?«

Adalmar von Eisenstein blinzelte zustimmend, denn er hatte keine Kraft, seinen Kopf zu heben, und sein Mund und seine Kehle waren so ausgetrocknet, dass er keinen Ton über die Lippen brachte. Lene verstand ihn trotzdem, denn sie lief hinaus und kehrte mit einem kleineren Krug zurück, der mit Wasser vermischten Wein enthielt. Schnell füllte sie den bereitstehenden Becher und hielt ihn dem Kranken an die Lippen.

Adalmar trank gierig, und mit jedem Schluck spürte er, wie das saure Gemisch seine Lebensgeister weckte. Er räusperte sich ein paar Mal und deutete Lene an, dass er sich ein wenig aufsetzen wolle. Die Wirtstochter fasste ihn vorsichtig bei den ausgemergelten Schultern, deren Knochen sich deutlich unter dem Hemd abzeichneten, hob ihn hoch und stopfte ihm das Kissen in den Rücken, sodass er sie ohne Mühe anblicken konnte.

»Danke, Mädchen! Aber sag, wer bist du, und wo befinde ich mich hier?«

Lene war immer noch so verlegen, dass sie ihm den Becher zum zweiten Mal füllte und ihm das Gefäß an die Lippen führte. Aber trotz der langen Zeit, die Adalmar von Eisenstein zwischen Leben und Tod verbracht hatte, verfügte er jetzt über genügend Kraft, ihr den Becher aus den Händen zu nehmen, ihn zu leeren und ihr zurückzureichen.

Seine Wangen röteten sich, und er lächelte sie dankbar an. »So, jetzt erzähle mir, mein Kind, wo ich bin!«

»Ihr seid in der Marktwallburger Schenke, Herr, und ich bin Lene, die Tochter des Schankwirts Heiner.«

Der alte Ritter suchte kurz in seinen Erinnerungen und sah ein Wirtshaus vor sich, das in seiner Jugend ebenfalls von einem Heiner geführt worden war, der höchstwahrscheinlich der Großvater des jetzigen Wirts gewesen sein musste. Damals hatte er in diesen Räumen so manchen Humpen geleert und fröhliche Lieder gesungen, aber diese Zeit war ihm nun so fern, als kenne er sie nur vom Hörensagen.

Er seufzte auf und blickte die Wirtstochter neugierig an. »Wie bin ich hierher gekommen?«

»Trampel hat Euch hierher gebracht, nachdem der Graf Euch ein Obdach auf der Wallburg verweigert hatte.«

Sofort standen Adalmar die Geschehnisse bei seiner Ankunft vor Augen. Als er zur Wallburg hinaufgeritten war, hatte er sich als Mahner und strafender Engel gefühlt, doch sein Großneffe und dessen Leute hatten ihn wie einen aussätzigen Bettler behandelt, den man so schnell wie möglich von der Schwelle entfernen musste. Einen Augenblick dachte er über die Bezeichnung Trampel nach. Dann begriff er, dass Lene jenes übel riechende, kaum menschlich wirkende Geschöpf meinte, das sich seiner erbarmt hatte, und fragte sich, ob man das Mädchen wohl deswegen bestraft hatte. Kaum hatte er diesen Gedanken gefasst, wunderte er sich, wieso er so sicher war, dass unter der schmutzigen, unförmigen Hülle ein weibliches Wesen gesteckt hatte.

Er fragte Lene danach, und die Wirtstochter bestätigte seine Annahme. »Der Kleinen ist nichts geschehen, edler Herr, denn jeder weiß, dass sie nicht richtig im Kopf ist. Sicher bekommt sie hie und da ein paar Schläge, doch ihr Fell ist dick, und wenn man sie zu schlecht behandelt, läuft sie in den Wald und versteckt sich eine Weile dort.«

Der Templer schüttelte besorgt den Kopf. »Jetzt im Winter kann sie aber nicht weglaufen.«

»Die größte Kälte ist seit zwei Tagen gebrochen, Herr, und Trampel findet jederzeit Unterschlupf bei ihrer Freundin, der Kräuterhexe Usch.«

Adalmar ließ sich beruhigt zurücksinken, aber dann stieg eine andere Sorge in ihm hoch. »Was ist mit meinem Pferd, meinem treuen Ghazim?«

Lene senkte den Kopf und wagte es nicht, den alten Mann anzublicken. Der Templer richtete sich ein wenig auf und fasste nach ihrer Hand. »Ihr habt Ghazim doch nicht draußen in der Kälte gelassen?«

»Nein, gewiss nicht, Herr! Aber Euer Pferd …« Lene brach ab und sah den Ritter ängstlich an. »Das Tier war sehr alt und krank, und es gleicht einem Wunder, dass es Euch noch bis hierher hat tragen können. Doch damit war seine Kraft aufgebraucht, denn trotz der Bemühungen meines Vaters und unseres Knechtes ist es noch in jener Nacht gestorben, in der Ihr zu uns kamt. Verzeiht mir, es wäre besser gewesen, Euch erst davon zu erzählen, wenn Ihr zu Kräften gekommen seid …« Sie füllte den Becher noch einmal auf und lief hinaus, denn unten rief eine laute Stimme nach ihr.

Adalmar ließ sich zurücksinken, schloss die Augen und ließ die Tränen ungehindert über die Wangen rinnen. Ghazim war nicht nur ein Reittier für ihn gewesen, sondern auch ein Freund, wie er in seinem Leben nur wenige getroffen hatte. Da er selbst schon so viele Jahre zählte, hatte er gehofft, den Tod seines Hengstes nicht mehr erleben zu müssen, aber der Himmel hatte es anders bestimmt.

»Wieso lebe ich noch? Ach, hätte ich doch das Heilige Land nie verlassen! Selbst ein Ende im heißen Sand der Wüste wäre gnädiger gewesen, als jetzt, wo ich an der Schwelle des Todes stehe, erfahren zu müssen, was aus meiner Heimat und dem Geschlecht derer von Eisenstein geworden ist.«

Er sah das harte Gesicht seines Großneffen vor sich und glaubte noch einmal dessen Warnung zu vernehmen, ihn ja nicht zu erzürnen, weil seine Nachkommen dafür büßen müssten. In diesem Augenblick begriff Adalmar von Eisenstein, warum der Himmel noch nicht bereit war, ihn aus dem Leben scheiden zu lassen. Gott hatte noch eine Aufgabe für ihn, auch wenn ihm die Kraft dafür ebenso fehlte wie die Möglichkeit, gegen seinen Großneffen einzuschreiten. Ghazims Tod war jedoch ein deutliches Zeichen, dass er diese Gegend nicht mehr verlassen sollte, und da der Herr ihn an diesen Platz gestellt hatte, würde er ihm auch die Waffe in die Hand geben, mit der er den Untaten des jetzigen Herrn der Wallburg ein Ende setzen konnte.

Die Trostlosigkeit, die Adalmar einige Augenblicke lang überwältigt und gelähmt hatte, wich einer Zuversicht, die ihm wie auf goldenen Flügeln zuflog, und als die Wirtstochter nach einer Weile zu ihm hereinschaute, um ihm den Fieberschweiß abzuwaschen, saß er halb aufgerichtet im Bett und blickte mit entrückten Augen durch das kleine Fenster neben seinem Kopf zur Wallburg hoch.

»Ich habe eine Hühnersuppe gekocht, edler Herr. Darf ich Euch einen Napf davon bringen?«, fragte Lene ihn.

Der Ritter nickte und war zur Verwunderung des Mädchens kräftig genug, allein essen zu können. Während er die Suppe löffelte, fragte er sie über seine Urenkelin Elisabeth und deren Eltern aus. Er erfuhr, dass sein Enkel Otto um seinen Freihof gebracht und zum Hörigen gemacht worden war und dass Armin und Jost, die Handlanger des Grafen, dessen Frau geschändet hatten und es auch weiterhin taten.

»Es ist wahrscheinlich sogar gut, dass Trampel den Verstand verloren hat, als das Ganze passiert ist, und so schmutzig und stinkend herumläuft wie eine Sau, die sich gerade gesuhlt hat. Sonst würden diese Schurken das Mädchen ebenso benutzen wie seine Mutter. Dabei kommt es mir manchmal so vor, als sei Bärbel nicht verrückt, sondern auf eine sonderbare Art klug und weise. Sie hat mir gesagt, sie brächte Euch, wenn Ihr gesund genug seid, zur Burg Schmölz. Hier könnt Ihr nämlich nicht bleiben, denn die Herren Jost und Armin kommen öfter in die Schenke, um …, na ja, sie könnten Euch beleidigen oder Euch etwas Schlimmes antun, wenn sie herausfinden, dass Ihr hier wohnt.«

Lene schämte sich, dem Ritter zu bekennen, dass die beiden Gefolgsleute des Grafen vor allem ihretwegen in die Schenke kamen. Die beiden sahen ihre Dienste nämlich als den ihnen zustehenden Teil der Steuern an, die ihr Vater dem Grafen zu zahlen hatte.

Adalmar aber las in Lenes Gesicht, was sie ihm hatte verschweigen wollen. »Recht und Gesetz gelten offensichtlich nichts mehr im Reich. Das mag daran liegen, dass es keinen Kaiser mehr gibt und jeder Herr über einen Flecken Land tun kann, was er will. Dies zu ändern liegt jedoch in Gottes Hand. Du aber solltest mir nun alles über das Mädchen erzählen, welches ihr Trampel nennt!«

DRITTER TEIL

DER KÖNIGSBOTE

1 Die fünf Jahre Frondienst für den Grafen hatten ihre Spuren an dem einstigen Freibauern Otto hinterlassen. Das wurde Bärbel schmerzhaft klar, als sie ihren Vater verstohlen musterte. Sein Gesicht wirkte verwittert und eingefallen, und sein kurz geschorenes Haar wies bereits den Reif des Alters auf. Dennoch blickten seine Augen sie an diesem Tag nicht mehr ganz so stumpf und trübe an wie bei ihren letzten Besuchen, und als sie zum Ende ihres Berichts kam, leuchteten sie sogar auf, als habe er neue Hoffnung gefasst.

Otto faltete die Hände wie zum Gebet und atmete tief durch. »Elisabeth ist schwanger! Das ist die beste Nachricht, die ich seit langem vernommen habe. Wenn sie dem Grafen den so lange ersehnten Sohn gebiert, wird unser Leben gewiss wieder leichter werden. Das denkst du doch auch, nicht wahr, Anna?«

Er erhielt keine Antwort. Da Bärbel ihren Vater nicht gleich wieder betrüben wollte, wandte sie ihr Gesicht ab, sodass er ihre Zweifel nicht bemerken konnte, und ließ ihren Blick durch den fensterlosen Raum wandern, aus dem die gesamte Hütte bestand. Außer den beiden Hockern, auf denen ihre Eltern saßen, und dem kleinen Tisch gab es darin nur noch eine aus Lehm errichtete Herdstelle und einen großen, mit zerrissenen Decken und stark enthaarten

Fellen bedeckten Strohsack, auf dem die beiden schliefen. Sonst bestand die karge Einrichtung aus einem verbeulten Kupferkessel, einem Topf aus hart gebranntem Ton, den man zum Kochen verwenden konnte, einem langen Messer mit einer durch häufiges Wetzen schmal gewordenen Klinge und einer kleinen Truhe, welche die wenigen Kleidungsstücke barg. Diese Gegenstände waren das Einzige, was noch von jenen Sachen übrig war, die Vater Hieronymus für ihre Eltern aus dem Hirschhof gerettet hatte. Den Rest hatte der Fronwart ihnen schon im ersten Jahr, als der Vater noch nicht wieder schwer arbeiten konnte, zur Begleichung ihrer Abgaben weggenommen. Zwei Schalen und zwei Löffel, kunstlos aus Holz und Horn geschnitzt, waren neueren Datums.

Bärbels Blick blieb auf ihrer Mutter hängen, die bisher noch kein Wort gesagt hatte. Frau Anna zählte mittlerweile vierzig Jahre, wirkte aber auf eine seltsame Art alterslos schön. Nur der bittere Zug um ihren Mund und die Augen, die durch die Menschen hindurchschauten ohne einen Funken des Erkennens zu zeigen, verrieten, dass die Zeit und die vielen Demütigungen nicht spurlos an ihr vorübergegangen waren. Bärbel wusste, dass Jost und Armin ihre Mutter immer noch von Zeit zu Zeit heimsuchten, und wünschte sich, ihr helfen zu können. Doch ihre Mutter verachtete ihr Wissen um Kräuter und die Arzneien, die man aus ihnen mischen konnte, weil es von Usch stammte. Sie war nicht einmal bereit, von ihrer eigenen Tochter ein Mittel zur Linderung einer Erkältung anzunehmen.

Bärbels Vater störte das Schweigen seiner Frau, daher klopfte er so fest auf die Tischplatte, dass Anna zusammenzuckte und ihn erschrocken anstarrte. »Hast du nicht gehört? Wir werden bald Großeltern! Gebe Gott, der Allmächtige, dass Elisabeth mit einem Knaben niederkommt, denn dann wird der Graf gnädig mit uns sein und unser Los erleichtern.«

Anna winkte schroff ab. »So gnädig wie damals, als er uns den Hof nahm und Ungeheuerliches geschehen ließ?«

Frau Anna war anzusehen, dass sie weder dem Grafen noch dessen Spießgesellen zu vergeben bereit war – und vielleicht nicht einmal Gott. Mit einer Geste des Abscheus wies sie auf den vollen Korb, den ihre Tochter mitgebracht hatte und der von Mette mit Essensresten und besseren Küchenabfällen gefüllt worden war. Es waren feine Sachen dabei, die gewöhnliche Hörige sonst nie auf den Teller bekamen, aber die Mutter bedachte den Inhalt mit einem Blick, als handele es sich um Unrat.

»Sollen wir dankbar sein für die Brosamen, die vom Tische des Grafen abfallen? Früher haben wir uns auch so gute Dinge leisten können und nur an den Fasttagen auf Fleisch verzichten müssen.«

Bärbel schüttelte traurig den Kopf. So üppig, wie ihre Mutter jetzt behauptete, hatten sie auf dem Hirschhof nicht gelebt. Gerade sie hatte nämlich dafür gesorgt, dass die Familie die Fastenwochen, in denen man von Brot und Salzheringen leben musste, streng beachtete.

Der Vater ließ sich vom Widerwillen seiner Frau nicht davon abhalten, einen Wurstzipfel aus dem Korb zu ziehen, ihn in den Mund zu stecken und voller Genuss darauf herumzukauen. »Das schmeckt besser als der Rübenbrei und das harte Brot, das du Tag für Tag auf den Tisch bringst, Weib!«

Er drehte ihr den Rücken zu, um ihren anklagenden Blicken zu entgehen, und sah Bärbel auffordernd an. »Du könntest ruhig öfter zu uns kommen, Tochter.« ... Wenn du jedes Mal solch leckere Dinge mitbringst, ergänzte seine Miene.

Bärbel hätte sich gefreut, wenn seine Einladung ohne Hintergedanken ausgesprochen worden wäre, und nickte daher nur stumm. Ihr Vater interessierte sich nicht für die Enttäuschung, die sich auf ihrem Gesicht abmalte, sondern wandte sich dem Thema zu, das ihm am meisten am Herzen lag. »Jetzt erzähle uns mehr von Elisabeth, Trampel. Wie geht es ihr? Fühlt sie sich wohl?«

Obwohl Bärbel sich mittlerweile daran gewöhnt hatte, von den anderen Leuten Trampel genannt zu werden, tat es ihr weh, diese Bezeichnung auch aus seinem Mund zu vernehmen. Für ihn galt nur die Tochter etwas, die das Lager des Grafen teilte und diesem nun bald zu Vaterfreuden verhelfen würde.

Auch die Mutter schien sich für nichts anderes mehr zu interessieren als für ihre Älteste, denn der verbitterte Ausdruck in ihrem Gesicht verflüchtigte sich und machte unverhohlener Neugier Platz. »Ja, berichte uns mehr von Elisabeth! Der Graf ist doch hoffentlich gut zu unserem Kind?«

Bärbel fühlte sich gekränkt, weil ihre Eltern ihr so deutlich zeigten, wie wenig ihnen an ihr lag, und wäre am liebsten weinend davongelaufen. Aber sie schluckte ihre Tränen und gab gehorsam Antwort. »Der Graf ist gut zu meiner Schwester und hält sie beinahe in höheren Ehren als seine rechtmäßige Gemahlin, die Herrin Adelheid.«

»So, tut er das?« Ihr Vater lebte bei dieser Auskunft sichtlich auf.

Seit der Graf ihn um Haus und Hof gebracht hatte, beherrschte ihn nur der Gedanke, das glückliche Geschick seiner älteren Tochter würde sein Schicksal früher oder später wenden und ihm wieder zu Besitz und Ansehen verhelfen. Bärbel nützte ihm nichts, denn man brauchte sie ja nur anzuschauen, um zu erkennen, dass sie ein Wechselbalg war, eine Missgeburt, deren man sich schämen musste.

Ihre Schwester war mit fünfzehn Jahren bereits eine Schönheit gewesen, nach der sich die Männer umgedreht hatten. Bei Bärbel hingegen drehten alle den Kopf weg, um dem Gestank zu entgehen, den sie ausströmte, und das schmutzige Gesicht unter dem wirren, klebrigen Haarschopf glich eher einer jener Dämonenfratzen auf den Bildern in der Kirche. Auch ihr Körper hatte nichts Mädchenhaftes an sich, denn er wirkte unförmig und beinahe abstoßend aufgequollen. Otto dachte seufzend daran, dass das Kind auf dem Hirschhof noch recht viel versprechend gewirkt hatte, und nahm an, dass bei jenem schrecklichen Ereignis wohl mehr als nur Bärbels Verstand zu Schaden gekommen war. Aber wenn Elisabeth dem Grafen den erhofften Sohn gebar und seine Lage sich dadurch besserte, war er bereit, Herrn Walther auch das zu verzeihen.

Er rieb sich schon in Vorfreude die Hände. »Stell dir vor, Anna, unser Enkel könnte einmal der nächste Herr auf der Wallburg und Graf des Königs werden!«

Obwohl Anna diese Aussicht nicht kalt ließ, blies sie die Luft scharf durch die Nasenlöcher. »Der Graf welchen Königs? Es gibt keinen Kaiser mehr!«

Bärbel schüttelte den Kopf. »Das ist nicht richtig. Die hohen Reichsfürsten und Bischöfe haben Herrn Rudolf von Habsburg zum neuen Kaiser erwählt.«

Diese Neuigkeit hatte sie von Rütger erfahren, und der Tempelritter, der nun als Eremit in einer Klause unweit des Krehlwaldes lebte, hatte es ihr ebenfalls erzählt. Bärbels Gedanken wandten sich dem frommen Greis zu, den sie vor drei Jahren zu Frau Rotraut gebracht hatte. Die Burgherrin hatte sie freundlich empfangen und sich sofort bereit erklärt, dem Ritter eine neue Heimstatt zu gewähren. Der Templer aber hatte nicht auf der Burg bleiben wollen, sondern war schon bald in die Klause eingezogen, die auf

Schmölzer Gebiet lag und in der Bärbel ihn nun von Zeit zu Zeit besuchte.

Ihr selbst hatte Frau Rotraut als Belohnung ein großes Stück Honigkuchen geschenkt, aber das hatte sie nur wenig über die Enttäuschung hinweggetröstet, Albrecht nicht angetroffen zu haben. Sie hatte sich sehr darauf gefreut, ihn zu sehen, und gehofft, ein freundliches Lächeln geschenkt zu bekommen und ein paar wärmere Worte zu hören als jenes kraftlose Dankeschön bei ihrer letzten Begegnung. Frau Rotrauts Sohn aber hatte zu jenem Zeitpunkt die heimatliche Burg bereits verlassen, um unter Anleitung eines Verwandten zum Ritter ausgebildet zu werden. Bärbel sagte sich oft, dass es dumm von ihr war, einen Gedanken an Albrecht zu verschwenden, dennoch malte sie sich manchmal aus, wie er nun wohl aussehen mochte. Er musste nun siebzehn Jahre alt sein und war höchstwahrscheinlich ein gut aussehender, aber auch sehr von sich eingenommener junger Mann.

Eingesponnen in ihre Gedanken hatte Bärbel die nächste Frage ihrer Eltern überhört und musste sich ein ungefälliges Ding schelten lassen, das Elisabeth nicht die gebotene schwesterliche Liebe entgegenbrachte. Die Vorwürfe machten ihr klar, dass man sie nicht eher gehen lassen würde, als bis sie alles, was sie über ihre Schwester wusste, mindestens dreimal erzählt hatte. An diesem Tag interessierten sich Otto und Anna nicht nur für ihre Älteste, sondern wollten auch alles über Herrn Walther erfahren und über die Dörfer und Ländereien, die er in den letzten Jahren an sich gebracht hatte und die er dereinst ihrem Enkel vererben würde.

Einen Augenblick lang ertappte Bärbel sich bei dem Wunsch, Elisabeth möge eine Tochter gebären. Sofort aber wurde ihr klar, dass Graf Walther vor Zorn toben und ihre Schwester wahrscheinlich sogar misshandeln würde, und bat schnell die Jungfrau Maria, ihrer Schwester den erhofften Sohn zu gewähren. Dabei verstand sie nicht ganz, warum sich Herr Walther so in den Gedanken verrannt hatte, die Grafschaft unbedingt einem Sohn übergeben zu müssen. Ritter Roland hatte Armgard, die Erbin der Wallburg und des dazugehörenden Landes gefreit und war damit selbst zum Nachfolger seines Schwiegervaters aufgestiegen und Gaugraf geworden. Also würde auch diesmal eine Tochter den Besitz erben können. Irgendwann hatte sie Usch darauf angesprochen, aber diese hatte nur gemeint, das Verlangen des Grafen nach einem Sohn müsse mit dem Kreuzessplitter zusammenhängen, der Segen wie auch Fluch dieses Geschlechtes war.

Bärbel schob die Erinnerung schnell wieder beiseite und erzählte allerlei von Elisabeth, auch wenn sie sich manches aus den Fingern saugen musste, und als sie einige Zeit später aufbrach, ließ sie ihre Eltern voller Hoffnung auf eine bessere Zukunft zurück. Beim Anblick der alten Kirche überlegte sie kurz, ob sie Vater Hieronymus aufsuchen sollte. Der Priester würde sich sicher ebenfalls freuen, etwas von Elisabeth zu hören, denn er hoffte, der Graf würde seine Untertanen nach der Geburt eines Sohnes gerechter behandeln. Aber da Bärbel ihn nicht in seiner Wunschvorstellung bestärken wollte, die sich ihrer Meinung nach niemals erfüllen würde, drehte sie Kirche und Pfarrhaus den Rücken zu und wanderte zum Dorf hinaus auf die Stelle zu, an der sie vor fünf Jahren dem geheimnisvollen Fremden begegnet war. Als sie um den Felsvorsprung herumging, der den Beginn des Hohlwegs markierte, entging sie nur knapp dem Zusammenstoß mit einem unruhig tänzelnden Pferd, dessen Reiter am Ende des Hohlwegs angehalten hatte und sich suchend umblickte.

Als der Mann Bärbel wahrnahm, streckte er gebieterisch

die Hand aus. »He, du da! Kannst du mir sagen, wie ich zur Wallburg komme?«

Bärbel legte den Kopf in den Nacken und sah zu dem Edelmann hoch, der eng anliegende grüne Reithosen und ein mit mehreren Wappen geschmücktes Wams trug, unter denen ein großer schwarzer Adler auf goldenem Grund besonders prächtig gearbeitet war. Auf dem Haupt des Mannes saß eine pelzgesäumte Mütze, und an seinem reich geschmückten Waffengurt hing ein langes Schwert in einer prunkvollen Scheide. Sein Gesicht wirkte kalt und arrogant, und im Augenblick schien er höchst verärgert zu sein. Bärbel warf einen Blick auf sein kriegerisch wirkendes Gefolge, das aus sechs gewappneten Rittern, mehreren Knappen und etlichen Knechten bestand, und duckte sich ängstlich, denn oft ließen solche Leute ihre Wut über irgendeine Störung an den Bauersleuten aus, die zufällig in der Nähe waren.

»Zur Wallburg wollt Ihr, Herr?«, antwortete sie rasch. »Da befindet Ihr Euch auf dem falschen Weg. Ihr müsst in die Richtung zurückkehren, aus der Ihr gekommen seid, und dann den breiten Weg nach links einschlagen.« Ohne ein Dankeschön oder einen christlichen Abschiedsgruß wendete der Reiter sein Pferd an der schmalsten Stelle des Hohlweges und forderte seine Begleiter barsch auf, ihm Platz zu machen. Da die Leute nun ihrerseits versuchten, sich ihrer Rangfolge nach neu zu formieren, statt zuerst bis zum Ende des Hohlweges zurückzureiten, dauerte es mindestens doppelt so lange wie eigentlich notwendig, bis die Gruppe den richtigen Weg einschlagen konnte.

Bärbel sah den Reitern kopfschüttelnd nach und fragte sich, was diese wohl bei Herrn Walther suchten. Ihr Anführer zählte weder zu den Verbündeten, die der Graf sich in den letzten Jahren zugelegt hatte, noch zu der nicht gerade geringen Zahl seiner Feinde.

2

Die Reiterschar erreichte die Wallburg lange vor Bärbel und hielt vor dem geschlossenen Burgtor an. Der Anführer hob die Hand und deutete auf den Türmer, der seinen Kopf zwischen zwei Zinnen herausstreckte.

»Öffne im Namen des Kaisers!«

Kord, der immer noch von Nierensteinen geplagte Torwächter der Wallburg, starrte erschrocken nach unten. So harsch hatte schon lange niemand mehr Einlass gefordert. Es dauerte daher ein wenig, bis er sich zu einer Antwort aufraffen konnte. »Verzeiht, edler Herr, aber ohne die Erlaubnis des Grafen darf ich niemanden hereinlassen.«

»Dann melde Herrn Walther von Eisenstein meine Ankunft, du Tölpel!«, rief der Reiter zornig hoch.

Kord knetete nervös seine Hände. »Ich würde es ja gerne tun, edler Herr. Doch ich muss wissen, wen ich melden soll!«

Jetzt begriff der Reiter, dass sein Name noch nicht genannt worden war, und er winkte einen seiner Begleiter nach vorne.

»Du siehst Herrn Philipp von Röthenbach vor dir, den Boten des Kaisers!«, rief dieser mit lauter Stimme.

Kord war so beeindruckt, dass er keinen der Knechte, die im Zwinger arbeiteten, mit der Botschaft beauftragte, sondern selbst hochlief. Oben war man bereits auf die unerwarteten Gäste aufmerksam geworden, und Rütger fing Kord noch vor dem Haupttor ab. »Wer sind diese Leute?«

Kord war ganz außer Atem. »Ein Herr Philipp von Röthenbach verlangt Einlass. Er ist ein Königsbote und wird von sechs Rittern und einem noch größeren Gefolge begleitet. Sie haben mir aber nicht gesagt, was sie hier wollen.«

»Einen so wichtigen Herrn darf man nicht warten lassen! Geh und öffne den Reitern das Tor. Ich sage unterdessen Bescheid.«

Kord wäre es lieber gewesen, der Burgherr selbst oder einer von dessen engsten Getreuen hätte ihm diesen Befehl erteilt, und nicht ein Reisiger, der als höriger Knecht geboren worden war. Aber Rütger war inzwischen Anführer eines Fähnleins von zehn Mann, und wenn sein Befehl falsch war, so würde er dafür geradestehen müssen. Mit diesem tröstlichen Gedanken kehrte der Türmer zu seinem Tor zurück und ließ beide Flügel aufschwingen.

Der Königsbote ritt gemächlich an der Spitze seines Gefolges ein und ließ dabei seine Blicke über die Burganlage schweifen. Er hatte bereits gehört, dass die Wallburg höchst wehrhaft sein solle, und fand die Beschreibungen von ihr voll und ganz bestätigt. Um diese Festung belagern und einnehmen zu können, benötigte man ein großes Heer mit allerlei Gerät und viel Zeit. Daher empfand er es als bedauerlich, dass Graf Walther bis jetzt noch nicht bereit gewesen war, sein Knie vor dem einstigen Grafen von Habsburg und jetzigen Kaiser Rudolf zu beugen. Die Nachricht, die er Herrn Walther überbringen musste, würde diesem nämlich nicht sonderlich gefallen.

Als Herr von Röthenbach das Haupttor durchquerte und in den Burghof einritt, verbarg er seine Besorgnis und nickte anerkennend. Der innere Teil der Burg wirkte beinahe uneinnehmbar, und sogar der Palas stellte eine Festung für sich dar. Aber zu seiner Erleichterung stellte er fest, dass die Zahl der Bewaffneten hier nicht größer war als in vergleichbaren Burgen. Allerdings steckten die Wallburger Reisigen in gut gearbeiteten Waffenröcken mit aufgenieteten Eisenplatten, und die Speere, die sie in den Händen hielten, besaßen scharfe Spitzen. Die Zahl der Ritter aber, die zu seinem Empfang herbeigeeilt waren, sprach eher für eine gewisse Friedfertigkeit des Wallburgers. Herr Philipp entdeckte nur zwei Männer, die mit den Abzeichen ihres

Standes und in leichter Wehr neben der steil aufragenden Freitreppe zum Eingang des Palas standen: einen wuchtig gebauten Mann, der vor Kraft fast zu bersten schien, einen hageren Krieger mit unsteten Augen und dazu drei jüngere Burschen von Stand, die er als Knappen einordnete. Von Graf Walther aber war nichts zu sehen.

Als Herr Philipp seinen Hengst unmittelbar vor Jost und Armin anhielt, öffnete sich die Tür des Palas, und der Herr der Wallburg trat heraus. Er trug einen roten Waffenrock, aus dessen modischen Schlitzen goldfarbenes Futter aufblitzte und der das Wappen mit dem goldenen Kreuz deutlich hervortreten ließ. Der Anblick erinnerte den Besucher an die Sagen, die sich um dieses Geschlecht rankten. Wenn die Nachkommen des Kreuzritters Roland von Gott mit so großer Macht gesegnet waren, wie man sich erzählte, konnte er als Königsbote nur hoffen, bei Herrn Walther ein offenes Ohr für seine Worte zu finden.

»Seid mir willkommen, Herr Philipp von Röthenbach!« Die Stimme des Grafen ließ weder Ablehnung noch Überraschung erkennen, ja nicht einmal Neugier, wie der Königsbote verwundert bemerkte. Er konnte nicht ahnen, wie viel Selbstbeherrschung Graf Walther aufwenden musste, um seine gleichmütige Miene beizubehalten. Noch konnte der Herr der Wallburg nicht abschätzen, welche Auswirkungen das unerwartete Erscheinen dieses Mannes für ihn haben würde. Daher wappnete er sich innerlich für einen Zweikampf der Worte, von dessen Ausgang sehr viel für ihn abhing.

Wie auf einen unsichtbaren Wink eilten nun mehrere Stallknechte herbei und fassten nach den Zügeln der Pferde. Philipp von Röthenbach nickte seinen Begleitern auffordernd zu, schwang sich aus dem Sattel und stieg die Treppe hinauf. Erst, als er auf gleicher Höhe mit dem Wallburger Grafen stand, ließ er sich dazu herab, den Gruß seines Gastgebers zu erwidern. »Ich bringe Botschaft von Seiner Majestät, dem Kaiser.«

Graf Walther trat einen halben Schritt beiseite und deutete einladend auf die offen stehende Tür. »Tretet ein und seid mein Gast, Herr Philipp. Bei einem Humpen Wein und einem saftigen Braten auf dem Tisch redet es sich angenehmer als zwischen Tür und Angel.«

Er führte den Edelmann in die große Halle, die mit ihrem reichen Wandschmuck und der gewaltigen Tafel – wie Herr von Röthenbach fand – selbst des Kaisers würdig gewesen wäre. Herrn Phillips Blick glitt anerkennend über die Waffen, die zwischen reich besticken Wandbehängen drapiert waren, und blieb auf zwei gekreuzten Sarazenenschwertern haften, die über einem kunstvoll gefertigten Kettenpanzer hingen. »Man sagt, die Schwerter der Heiden wären schärfer als jede unserer Waffen!«

Graf Walther trat an die Wand, nahm eines der beiden Krummschwerter ab und reichte es seinem Gast. »Mein Ahnherr, Kreuzritter Roland, hat berichtet, die besten Klingen der Welt würden in der Stadt Damaskus geschmiedet. Sein eigenes Schwert, das in unserer Sippe als Erbstück von Sohn zu Sohn weitergegeben wird, stammt genau wie diese Klingen aus jenem fernen Ort, und obwohl es in mehr als einem Kampf geschwungen worden ist, weist die Klinge keine einzige Scharte auf. Seht selbst!« Der Graf zog seine eigene Waffe aus der Scheide und hielt sie mit dem Griff voran dem Königsboten hin. Herr Philipp gab das Krummschwert zurück und nahm dafür die gerade Klinge entgegen.

»Diese Waffe unterscheidet sich stark von den Schwertern, die in unseren Landen gefertigt werden. Die Muster auf der Klinge wirken sehr eigenartig, beinahe so, als hätte der Schmied Silber und Eisen durch einen heidnischen Zauber unter seine Macht gezwungen.« Philipps Stimme klang bewundernd, aber auch ein wenig neidisch. Er hatte schon viele Schwerter gesehen, aber noch keines, das sich mit der Waffe des Wallburgers messen konnte.

Unterdessen hatten Knechte und Mägde begonnen, ein reichliches Mahl aufzutragen, und der Kellermeister brachte höchstpersönlich eine große Kanne jenes edlen Ungarweines, von dem der Graf sich im letzten Jahr wieder etliche Fässer hatte schicken lassen. Philipp von Röthenbach gab die Waffe zurück, ließ sich zu dem Ehrenplatz geleiten und hob den Becher, den man ihm eingeschenkt hatte. Dabei hielt er seinen Gastgeber scharf im Auge. »Auf Euch, Herr Walther, und auf den Kaiser!«

»Auf Herrn Rudolf! Möge seine Herrschaft segensreich sein! Und natürlich auf Euch!« Graf Walther lächelte sanft, denn Worte waren billig. Geschickt eingesetzt stellten sie eine schärfere Waffe dar als ein Schwert. Mit Worten hatte er bisher seine einträglichsten Siege errungen, und das würde nun nicht anders sein.

Die beiden Männer tranken einander zu; dann ließ Herr Philipp sich ein großes Stück Wildschweinbraten vorlegen und begann mit einer gewissen Zufriedenheit zu essen. Der lange Weg hatte ihn hungrig gemacht, und die Qualität des Fleisches übertraf bei weitem das, was andere Gastgeber ihm geboten hatten. Mehr aber zählte für ihn, dass er in der gastfreien Geste des Grafen den Versuch zu erkennen glaubte, sich mit ihm gut zu stellen und damit auch mit Herrn Rudolf von Habsburg.

»Seine Majestät, der Kaiser, entbietet Euch seine Grüße«, sagte er zwischen zwei Bissen.

»Ich habe bereits vernommen, dass eine Gruppe edler Herren im Reich dem Grafen von Habsburg die Krone des großen Karl zugesprochen haben soll.« Walther von Eisenstein zog eine leicht säuerliche Miene, um seinem Gast zu zeigen, dass er sich gekränkt fühlte, weil man ihn nicht in jenes erlauchte Gremium berufen hatte.

Mit diesem unausgesprochenen Vorwurf war Philipp von Röthenbach in den letzten Monaten schon oft konfrontiert worden und hatte zumeist seine gesamte Diplomatie aufwenden müssen, um die verärgerten Gemüter der Herren zu beruhigen, die sich gleich Herrn Walther übergangen gefühlt hatten. Bei keinem anderen aber war er so im Zweifel gewesen wie bei seinem jetzigen Gastgeber, ob er ihn für den neuen Kaiser gewinnen würde. »Die Wahl musste rasch erfolgen, denn die Zustände im Reich waren nicht mehr tragbar, und wer wäre geeigneter für diese Aufgabe gewesen als die hohen Fürstbischöfe zu Mainz, Köln und Trier, die ja gleichzeitig Erzkanzler der deutschen, italienischen und burgundischen Reichsteile sind, sowie der Pfalzgraf am Rhein als Erztruchsess, der Herzog von Sachsen als Erzmarschall und der Markgraf von Brandenburg als Erzkämmerer des Reiches? Wir sind alle froh, dass es diesen Fürsten trotz aller Streitigkeiten gelungen ist, sich auf einen gemeinsamen Kandidaten zu einigen. Glaubt mir, wir wären immer noch nicht so weit, wenn wir alle Grafen und reichsfreien Ritter an einem Ort zusammengerufen hätten, abgesehen davon, dass dies nur durch ein geradezu biblisches Wunder ermöglicht worden wäre. Das Einzige, was uns dieser Versuch eingebracht hätte, wären die gleichen Zustände wie nach dem Ende des Staufergeschlechts. Erinnert Euch doch, wie es damals gewesen ist: Ein Teil der Reichsstände hat den Grafen Wilhelm von Holland zum Kaiser ausgerufen, ein anderer Richard von Cornwall, den Sohn des englischen Königs Johann, und eine dritte Gruppe wollte unbedingt Alfons von Kastilien auf den

Schild heben. Dieser Uneinigkeit sind langjährige Wirren und Unruhen im Reich gefolgt, ohne dass einer der drei Prätendenten sich hat durchsetzen können.«

Graf Walther hörte den beschwörenden Worten des Königsboten eine Weile schweigend zu, konnte sich dann aber eine Frage nicht verkneifen. »Habe ich Euch recht verstanden? König Ottokar von Böhmen hat an dieser Kaiserkür nicht teilgenommen, obwohl er unzweifelhaft der mächtigste Herr im Reich ist und zudem das Amt des Erzmundschenks innehat?«

»Er wurde von der Wahl ausgeschlossen, weil er sich am Reich vergangen hat!«, antwortete Philipp von Röthenbach voller Abscheu.

Graf Walther verkniff sich ein spöttisches Lächeln. »Und jetzt greift der Böhme selbst nach der Kaiserkrone!«

»Danach greifen mag er, doch er wird sie niemals in Händen halten! Herr Rudolf wird Ottokar niederwerfen, das ist so gewiss wie das Amen in der Kirche!« Philipp von Röthenbach begann von dem Aufstieg des Habsburgers zu berichten, der diesen von seinen Besitzungen in Schwaben bis an die Spitze des Reiches gebracht hatte, beschrieb dabei die Hausmacht seines Herrn und geizte nicht mit Lob für dessen Geschicklichkeit im Kampf und die Art, wie er sich die Edlen des Reiches verpflichtet hatte.

Der Herr der Wallburg erfuhr vieles, das ihm neu war, und nicht alles davon gefiel ihm. Wie es aussah, saß Rudolf von Habsburg mittlerweile so fest im Sattel, dass er eine nicht unbeträchtliche Gefahr für seine eigenen Pläne darstellte.

Nach einer Weile unterbrach er den Redestrom seines Gastes. »Was sagt Ihr da? Der Kaiser soll König Ottokar von Böhmen tatsächlich seiner Lehen in Österreich für verlustig erklärt haben?«

»So ist es! Herr Ottokar wollte zwar den Kampf mit dem Kaiser aufnehmen, musste sich aber vor dem Zorn seiner eigenen Untertanen aus Österreich, Karantanien und der Steiermark in seine böhmische Heimat zurückziehen. Im Vertrauen gesagt, seine Abreise glich einer Flucht.« Während Philipp von Röthenbach mit leuchtenden Augen von den Erfolgen des Habsburgers auf dem Karlsthron berichtete, sank Graf Walthers Stimmung und war vollends dahin, als der Königsbote auf den eigentlichen Zweck seines Kommens zu sprechen kam.

»Was sagt Ihr da? Der Kaiser will alle ehemaligen Reichslehen einziehen?«

Graf Walthers Worte klangen so entsetzt, dass Herr Philipp sich bemüßigt fühlte, seinen Gastgeber zu beruhigen. »Natürlich nicht alle Lehen, Graf Walther, sondern nur jene, die nach dem Tod des letzten Staufers von den Fürsten und Rittern des Reiches zu Unrecht in Besitz genommen worden sind. Die edlen Herren, die Graf Rudolf zum Kaiser gekürt haben, sind bereits mit gutem Beispiel vorangegangen. In erster Linie richtet sich dieses Gesetz natürlich gegen Ottokar von Böhmen, der in den letzten Jahren sehr viel Reichsland an sich gerafft hat.«

Dem Grafen war klar, dass dies nicht ganz der Wahrheit entsprach. Herr Philipp hatte ihm ohne es zu wollen verraten, dass Rudolf von Habsburg auch alles übrige, einst reichsfreie Land benötigte, um seine Anhänger zu belohnen, seine Hausmacht zu stärken und so seine Herrschaft zu sichern. Zwar hatte Philipp von Röthenbach versucht, einige Tatsachen vor seinem Gastgeber zu verschleiern, aber Herr Walther verstand es, unausgesprochene Wahrheiten zwischen den Worten seines Gegenübers zu erfassen. Nun sah er viel Ärger auf sich zukommen, denn sein Vater Manfred und er selbst hatten die Zeit des Interregnums genutzt, um den größten Teil des Reichslandes in diesem Gau in Besitz zu nehmen. Einiges davon hatten sie dem Kloster St. Kilian überlassen, anderes an ihre Verbündeten verteilt. Nun sah er ein, dass sie dabei den Fehler begangen hatten, sich nicht um die hohe Reichspolitik zu kümmern. Seinem Vater war dies nicht zum Schaden ausgeschlagen, aber er selbst hätte klüger sein und begreifen müssen, dass sich die Zeiten gewandelt hatten. Nun wurde ihm klar, dass er sich entweder gleich für Herrn Rudolf entscheiden oder auf die Seite des böhmischen Königs hätte stellen müssen. Vielleicht wäre es ihm gelungen, mit der Macht des Kreuzessplitters dafür zu sorgen, dass König Ottokar die Oberhand erhielt, denn in dem Fall hätte er nicht nur seinen gesamten Besitz behalten, sondern auch die Hand nach Burg Schmölz ausstrecken können, deren Besitzer als Anhänger des Habsburgers gewiss in Ungnade gefallen und in Acht und Bann geschlagen worden wäre.

Kaum hatte Graf Walther an seinen Nachbarn gedacht, da kam sein Gast auf Ritter Bodo zu sprechen. »Liegt in dieser Gegend nicht auch die Burg des Herrn von Schmölz? Das ist ein braver Recke und treuer Schwertgenosse des Kaisers! Gewiss kennt Ihr ihn.«

Graf Walther musste an sich halten, um nicht wie ein gereizter Hund zu knurren. Wenn es seinem Nachbarn tatsächlich gelungen war, Rudolfs Huld zu erringen, würde er sich in Zukunft geradezu höllischen Schwierigkeiten gegenübersehen. Zu seiner Erleichterung wurde sein Verstand durch diese niederschmetternde Nachricht nicht gelähmt, sondern arbeitete schärfer denn je. Ihm wurde klar, dass er Philipp von Röthenbach um den Bart gehen und gleichzeitig eine Möglichkeit suchen musste, seinen Besitz zu behalten und vielleicht sogar noch zu vergrößern.

Daher stand er auf, trat neben den Königsboten und

legte ihm lächelnd die Hand auf die Schulter. »Freilich kenne ich Herrn Bodo! Sein Besitz ist für diese Gegend jedoch viel zu klein, um von Bedeutung zu sein. Meine Sippe hingegen hat seit den Tagen Kaiser Ottos hier als gräfliche Stellvertreter des Herrschers gewirkt, und es wäre mir eine Ehre, auch weiterhin in den Diensten des Reiches stehen zu können.«

»Das ist eine Nachricht, die Herr Rudolf gerne hören wird!«, rief Philipp von Röthenbach erleichtert aus.

Graf Walther nahm es mit einem zufriedenen Lächeln zur Kenntnis und lenkte das Gespräch geschickt auf die Geschichte seiner Sippe, vor allem auf seinen Ahnherrn Roland, den kühnen Kreuzritter und Retter des Kreuzessplitters. Wenn der Königsbote zu seinem Herrn zurückkehrte, sollte er nur das Beste über die Herren von Eisenstein zu Wallburg berichten können.

3

Etwa zu der Zeit, in der Bärbel nach einem langen Fußmarsch die Wallburg vor sich auftauchen sah und Graf Walther mit dem Königsboten bei Tisch saß, erschien Ardani mit zornglühendem Gesicht bei Usch. Diesmal war er durch die Tür gekommen, und er schlug sie so heftig zu, dass die Vorderwand der Hütte wackelte und das Moos herabrieselte, mit dem Usch die Ritzen zwischen den Stangen abgedichtet hatte.

»Du hast versagt, du Närrin!«, herrschte er die Kräuterfrau an. »Elisabeth ist vom Grafen schwanger, und nicht lange, da wird der Schutz des Kreuzessplitters auf ihren Balg übergehen! Dann hat Bärbel nicht mehr die geringste Chance, dieses elende Ding an sich zu bringen.«

Usch wandte den Kopf ab, weil sie den flammenden

Blick des Magiers nicht ertragen konnte. »Ich habe getan, was in meiner Macht stand, Herr Ardani. Es mag sein, dass Elisabeth etwas gemerkt und den Trank nicht mehr zu sich genommen hat. Vielleicht hat aber auch die Kraft der Reliquie Euer Mittel seiner Wirkung beraubt.«

Der Magier stieß einen Fluch in einer Usch unbekannten Sprache aus, beruhigte sich dann von einem Augenblick zum anderen und wies mit dem Kinn auf den Hocker, der in der Nähe des Herdes stand. »Setz dich!«

Gegen Uschs Willen trugen ihre Beine sie dorthin, und sie plumpste auf das ungepolsterte Holz. Ardani lief derweil wie ein gefangenes Raubtier durch den Küchenteil ihrer Höhle. »Du könntest Recht haben! Es muss die Macht des Kreuzessplitters sein, die Elisabeth geschwängert hat.«

»Gewiss hat seine Macht dazu geführt, dass der Samen des Grafen bei einem der vielen Male, die er seine Kebse benutzt hat, in ihr zu keimen begann. Ihr habt es nicht verhindern können und vermögt mir nun nicht mehr zu meiner Rache zu verhelfen!« Uschs Stimme triefte vor Spott und heimlicher Schadenfreude. Sie fühlte sich ungerecht behandelt und war fest entschlossen, das unbeherrschte Auftreten des Magiers als Grund zu nehmen, ihren Kontrakt mit ihm aufzukündigen. Noch während sie die Worte formulierte, die sie ihm an den Kopf werfen wollte, kniff Ardani die Augenlider zusammen und vollzog eine kaum sichtbare Geste mit der rechten Hand.

Im gleichen Moment vergaß Usch ihr Vorhaben und fletschte die Zähne. »Ich will den Grafen fallen sehen!«

Ardanis Lachen klang wie das Keckern eines Eichhörnchens. »Du wirst ihn in den Staub getreten sehen, meine Gute, oder ich will freiwillig die Feuer unter den Kesseln mit den größten Sündern schüren.«

»Welche Feuer?«, fragte Usch verwirrt.

»Vergiss es!«, klang es scharf zurück. Der Magier bewegte erneut die Rechte, und seine unbedachten Worte waren im nächsten Augenblick dem Gedächtnis der Kräuterfrau entfallen.

Die Wut, die Usch immer noch spürte, kreidete sie nun dem Grafen an, und sie ließ sich in erregten Worten darüber aus, wie man dem Wallburger doch noch schaden könne. »Es ist nun doppelt ärgerlich, dass es Bärbel nicht gelungen ist, den Ort zu finden, an dem der Graf den Kreuzessplitter versteckt hält«, endete sie schnaubend.

»Als Nachfahrin Ritter Rolands müsste sie den Kreuzessplitter längst entdeckt haben! Es sei denn, du hast sie eingeweiht, aus welchem Grund du den Kreuzessplitter an dich bringen willst. In dem Fall würde dieses Ding sie nicht als neue Herrin anerkennen. Es kann auch sein, dass der Kreuzessplitter Bärbel geprüft und für unwert befunden hat! Vielleicht ist ihre Schwester sogar deswegen schwanger geworden.« Ardani hob die Hand, als wolle er Usch schlagen.

Sie sah die tödliche Drohung in seinen Augen und fühlte sich wie eine Maus, über der schon die Krallen der Katze schwebten. Mit einem Aufschrei warf sie sich zu Boden und umfasste die Knie des Magiers. »So ist es gewiss nicht, Herr! Ich habe Bärbel nicht mehr über diesen Kreuzessplitter erzählt, als dass es ihn gibt und er ihr helfen könnte, ihr Los und das ihrer Familie zu verbessern.«

Ardani erkannte, dass Usch die Wahrheit sprach, zog sie jedoch zu sich hoch und funkelte sie zornig an. »Für diesmal will ich dir noch glauben. Aber wenn du meinem Zorn entgehen willst, wirst du in nächster Zeit genau das tun, was ich von dir fordere. Ein weiteres Versagen werde ich nicht dulden!«

Usch schrie innerlich vor Empörung auf und ballte die

Fäuste, doch ein Blick des Magiers ließ ihre Muskeln zu Wasser werden, sodass sie taumelte und hart auf ihren Hocker zurückfiel. »Ich werde alles tun, was Ihr von mir verlangt, Herr.«

»Das ist gut!« Ardani zog ein kleines dunkles Fläschchen unter seinem Umhang hervor und drückte es ihr in die Hand. Es fühlte sich so heiß an, dass sie es beinahe fallen gelassen hätte. »Du wirst ungesäumt zur Burg gehen und dort die Herrin Adelheid aufsuchen. Sage ihr, du hättest von einem Fremden ein geheimes Mittel erhalten, das unweigerlich zu einer Schwangerschaft führe. Du kannst ruhig zugeben, dass zauberische Mächte dahinter stehen. Die Gräfin wird es dann umso lieber nehmen, denn sie stirbt beinahe vor Hass auf Elisabeth und deren ungeborenes Kind.«

Usch verstand überhaupt nichts mehr. »Ihr wollt den Grafen zu einem legitimen Sohn verhelfen?«

Ardani fletschte drohend die Zähne. »Du sollst nicht nachdenken, sondern gehorchen! Also nimm die Beine in die Hand und verschwinde. Folgendes wirst du Frau Adelheid noch ausrichten: Wenn sie weitere Hilfe benötigt, soll sie sich heute in drei Monaten bei der Waldkapelle am Rodenstein einfinden.« Bei diesen Worten riss Ardani die Kräuterfrau hoch und schleifte sie wie ein Bündel Lumpen zur Tür hinaus.

»Aber mein Mittagessen steht auf dem Herd und wird verdorben sein, bis ich wiederkomme«, protestierte Usch, als sie sich draußen aufgerichtet hatte.

Der Magier bewegte kurz zwei Finger und sah sie dann spöttisch an. »Das Feuer auf deinem Herd schläft und wird erst nach deiner Rückkehr wieder erwachen. Also vergiss deinen Suppentopf, und gehorche mir. Sonst müsste ich mir überlegen, ob du wirklich noch von Wert für mich bist.« Ardani gab Usch einen Stoß, der sie bis zum Beginn des Pfades trieb, der zur Wallburg führte, und deutete ihr mit einer drohenden Geste an, nicht länger zu säumen.

Usch beherrschte zunächst nur der Gedanke, aus Ardanis Nähe zu kommen. Aber bald musste sie ihren Schritt mäßigen, denn es war ihr, als quetsche ihr etwas die Brust zusammen, sodass sie unter den mächtigen Kronen des Waldes zu ersticken glaubte. Wie schon etliche Male zuvor fragte sie sich, ob es nicht ein Fehler gewesen war, sich mit Ardani eingelassen zu haben. Als sie ihn kennen gelernt hatte, war er ihr freundlich und einschmeichelnd gegenübergetreten und hatte so getan, als müsste sie kaum einen Finger rühren, um ihre Rache zu bekommen. Doch nun behandelte er sie wie die niedrigste Magd und stieß schreckliche Drohungen aus, wenn sie nur ein Widerwort wagte. Nach einer Weile aber fiel ihr auf, dass der Magier zum ersten Mal seit langer Zeit darauf verzichtet hatte, sie auf ihr Lager zu schleifen, und sie fühlte leichte Schadenfreude in sich aufsteigen. Ardanis Haltung verriet ihr, dass auch er unter dem Druck eines Höheren stand und viel Ärger bekam, wenn er den Kreuzessplitter nicht zurückbrachte.

4

Der Magier wartete, bis Usch verschwunden war, und stampfte dann wütend auf den Boden. In dem Augenblick verlor sich seine prachtvolle, wenn auch düstere Erscheinung, und an seiner Stelle stand wieder jenes krummbeinige, haarige Geschöpf mit einem heftig schlagenden Schwanz, das statt eines rechten Fußes einen gespaltenen Klauenfuß aufwies. Das längliche Gesicht mit dem schütteren Bart erinnerte an einen Ziegenbock, ebenso die beiden hakenförmigen Hörner, die aus seinen Schläfen wuchsen. Eine Weile wanderte Ardani noch hin und her und murmelte dabei ununterbrochen vor sich hin. Dann aber wurde er auf seine Umrisse in dem Kupferkessel aufmerksam, schwang seinen Mantel um sich und verwandelte sich. Aber er nahm nicht die Gestalt des Magiers an, sondern die eines Jägers in derber Ledertracht mit einer Armbrust und einem gut gefüllten Pfeilköcher über der Schulter, und er sorgte dafür, dass seine Gesichtszüge diesmal etwas mehr den Bewohnern dieses Landstrichs glichen.

»Nun werden wir das Schicksal zu unseren Gunsten wenden!«, knurrte er, begann dann aber wie in Vorfreude zu kichern.

Er schritt einfach durch die Hüttenwand, glitt mit der Schnelligkeit einer Eidechse den Hang hinauf und betrat den Blutwald. Kaum war er in dessen Schatten untergetaucht, ging ein Raunen und Rauschen durch die Bäume, und die Zweige erhoben sich wie zum Schlag. Er lachte über sie, genau wie über die auf ihn zukriechenden Wurzeln, und trat an eine knorrige Eiche, deren halb abgestorbene Krone sich in einem ewigen Schmerz zu winden schien. Einen Augenblick musterte er den Baum, als sähe er tief in sein Inneres, dann schlug er mit der flachen Hand auf den Stamm. Im gleichen Augenblick begann der Baum zu zittern und stöhnte wie in aufwallender Qual. Zwei Schatten, die einem kräftigen Mann und einem jungen Mädchen glichen, lösten sich von der Eiche und strebten mit dem Ausdruck höchsten Entsetzens auf ihren Gesichtern davon.

»Wenn Bärbel erst in meiner Gewalt ist, werde ich euch holen und alle anderen dazu«, rief Ardani ihnen höhnisch nach.

Während er weiterging, wagte keine Wurzel mehr, sich ihm in den Weg zu legen, und die Geister der hier geopferten Menschen wichen voller Schrecken vor ihm zurück. Sie wussten um den Ort, an den er sie bringen wollte, und er schien ihnen nicht zu gefallen.

Der Magier kümmerte sich nicht weiter um die verlorenen Seelen des Blutwaldes, sondern schritt so kräftig aus, dass er schon nach kurzer Zeit das andere Ende des verrufenen Forstes erreichte und Schmölzer Gebiet betrat. Wenig später tauchte eine Hütte vor ihm auf, die ähnlich wie Uschs Behausung in einen steilen Hang hineingebaut war. Da es hier keine natürliche Höhle gab, hatte der Erbauer der primitiven Behausung sich in die lehmigen Flanken eines Hügels graben müssen. Die sichtbaren Teile der Hütte waren gewiss schon vor einigen Menschenaltern erbaut worden, aber irgendjemand hatte sie vor wenigen Jahren ausgebessert.

Auf diesem friedlich wirkenden Flecken Erde hatten schon in früheren Zeiten Einsiedler gelebt, und nun war er Adalmar von Eisensteins Heimstatt geworden. Der greise Templer hätte auch als geehrter Gast auf Burg Schmölz leben können, doch die Angst um seinen Enkel und dessen Familie war zu groß, als dass er es gewagt hätte, Graf Walther durch einen solchen Schritt zu provozieren. Zudem hätte er als Bewohner der Burg Frau Rotraut seinen Namen und seine Herkunft offenbaren müssen, und das wollte er nicht. Hier in der Klause galt er als frommer Ordensmann, der in täglicher Kontemplation versunken darauf wartete, dass Gott ihn zu sich rief.

Auch an diesem Tag kniete Adalmar scheinbar völlig der Welt entrückt vor dem Gekreuzigten, dessen Bild vor einem Busch wilder Rosen in der Nähe seiner Hütte stand. Doch in Wahrheit waren seine Sinne hellwach, und er wartete auf das, was nun an ihn herantreten musste. Kurz vor Sonnenaufgang hatte die Kraft des Kreuzessplitters, die sein Leben nährte, ihn spüren lassen, dass etwas abgrundtief Böses seine Sinne auf ihn gerichtet hatte, und nun spürte er, dass es sich näherte. Als er dann einen gewöhnlichen Jäger auf seine Hütte zukommen sah, war er jedoch irritiert und glaubte zunächst, Frau Rotraut habe den Mann mit einer unangenehmen Botschaft gesandt. Dann fühlte er eine rötlich schwarze Woge ungeheurer Bosheit auf sich zurollen und begriff, dass er jenes Wesen vor sich hatte, vor dem er gewarnt worden war.

Ardani näherte sich dem Eremiten bis auf zehn Schritt, blieb mit angespannter Miene stehen und musterte den Alten abschätzend. »Zum Gruße, frommer Bruder! Oder sollte ich besser Herr Adalmar von Eisenstein sagen?«

Der Templer zuckte bei dieser Anrede zusammen, gab aber den prüfenden Blick zurück. Obwohl er zunächst nur einen Menschen erkennen konnte, fühlte er sich von dem länglichen Gesicht und dem Ziegenbart ebenso abgestoßen wie von dem herausfordernden Auftreten. Als er sich stärker auf sein Gegenüber konzentrierte und in Gedanken den Herrn Jesus Christus und die Erzengel um Hilfe gegen die Täuschungen der Hölle bat, konnte er für einen Moment unter die Hülle blicken und nahm ein schwarzes, halbtierisches Ding wahr, das wie ein Schattenriss vor einem glühend roten, unheilvoll lebendigen Hintergrund stand. In dem Augenblick wurde ihm klar, dass er in die Abgründe der Hölle schaute.

Mühsam rang er um seine Selbstbeherrschung. »Wer bist du, und was willst du von mir?«

Ardani verzog seine Lippen zur Karikatur eines Lächelns. »Ich will mit dir reden, alter Mann.«

»Zwischen deinesgleichen und mir gibt es nichts zu besprechen.« Adalmar wollte sich unwirsch abwenden und in seine Hütte zurückkehren, doch Ardanis höhnische Stimme hielt ihn zurück.

»Wenn du mich nicht anhören willst, wird deine Brut es ausbaden müssen.«

Der Alte fuhr herum. »Was soll das heißen?«

»Deine ältere Urenkelin ist schwanger und für den täglichen Gebrauch deines Großneffen bald wertlos. Daher wird er sich in Kürze schon nach einem anderen warmen Frauenleib umsehen. Was würde geschehen, wenn man ihm sagt, dass man Bärbel nur einmal kräftig abschrubben müsse und schon stände statt des verrückten Trampels ein wunderschönes Mädchen vor ihm?« Ardani hatte von Usch erfahren, dass das Mädchen ihren Ahnherrn öfters besuchte, und es schien, als hätte der alte Mann trotz der hässlichen Hülle Gefallen an dem Geschöpf gefunden.«

Adalmar spürte, dass sein Besucher sich nicht so sicher fühlte, wie er vorgab, und lächelte scheinbar gelassen. »Warum drohst du mir?«

»Ich drohe dir doch nicht, ganz im Gegenteil! Ich will dir sogar helfen!«, antwortete Ardani mit schmeichelnder Stimme.

»Du und mir helfen! Gott im Himmel! Da verschont eher noch der Löwe das Lamm.« Adalmar gab sich selbstsicher, aber in seinem Inneren verging er vor Angst, denn es lag nicht in seiner Macht, den Dämon daran zu hindern, Bärbel ins Verderben zu stürzen.

Ardani grinste boshaft, denn der Schutz des Kreuzessplitters, der über diesem verfallenen Greis lag, hinderte ihn zwar, dessen Gedanken zu lesen, aber das Mienenspiel des Alten verriet ihm genug. »Ich kann um Bärbels willen auch schweigen, Tempelritter, doch das kostet seinen Preis.«

»Und der wäre?«, fragte Adalmar, vor dessen Augen vor Aufregung blutrote Ringe tanzten.

»Ich will die veruchte Seele des jetzigen Grafen in meinen Besitz bringen! Seine Taten sind wahrlich der Hölle würdig, doch der Segen des Kreuzessplitters dürfte ihn nach seinem Tod gleich neben euren Herrn Jesus setzen. Würde das nicht ein schönes Bild abgeben? Christus, der für euch am Kreuze starb, wird einen Mörder, Räuber und Frauenschänder an sein Herz drücken müssen.«

Der Templer winkte heftig ab. »Noch besteht Hoffnung, dass mein Großneffe bereut und seine Seele im Gebet reinigt!«

»Wenn dir Graf Walthers Seele so viel wert ist, dass er auch noch deine zweite Urenkelin besteigen kann, werde ich wieder gehen. Aber denk daran, dass dein Verwandter Bärbel nicht zur Zucht benötigt. Also wird er sie, wenn er ihrer müde ist, höchstwahrscheinlich an seine Spießgesellen Jost und Armin weitergeben oder an die drei jungen Herren, die im Augenblick auf der Burg weilen und gewiss nichts gegen ein appetitliches Stück Weiberfleisch einzuwenden haben.«

Adalmar kannte die Zustände auf der Wallburg und wusste, dass der Dämon in diesem Punkt nicht log. Einen Augenblick kämpfte er noch mit sich selbst, dann senkte er besiegt den Kopf. »Also gut! Da du scheinbar meine Hilfe benötigst, um dein Ziel zu erreichen, wirst du mir sagen müssen, was ich tun soll!«

»Ich bekomme Herrn Walthers Seele nur, wenn er zu seinen Lebzeiten des Kreuzessplitters verlustig geht. Sag mir, wo der Graf ihn versteckt hält und wie man an ihn herankommt.«

»Deinesgleichen kann sich ihm nicht einmal nähern!«, antwortete der Templer mit grimmigem Spott.

»Das weiß ich! Aber Bärbel vermag es. Sie muss den Kreuzessplitter an sich bringen und aus der Burg schaffen. Ist das erst geschehen, kann mir die Seele des Grafen nicht mehr entgehen.« ... Und etliche andere auch nicht, setzte Ardani in Gedanken hinzu.

Dem Templer war klar, dass sein höllischer Besucher auf Betrug sann und wich vor ihm zurück. »Bei Gott in seiner Herrlichkeit, nein! Ich glaube, es ist wohl besser, dem Schicksal seinen Lauf zu lassen.«

»Wie du willst!« Ardani hob seine Hände, und vor dem Eremiten entstanden Bilder in der Luft. Sie zeigten Adalmar, wie sein Großneffe die sich verzweifelt wehrende Usch vergewaltigte und wie Jost und Armin danach über sie herfielen und dabei ihren Bräutigam wie einen räudigen Hund erschlugen.

»Reicht es, oder willst du noch mehr sehen?«, fragte Ardani höhnisch, wartete aber die Antwort nicht ab, sondern führte Adalmar vor, was sich vor fünf Jahren auf dem Hirschhof abgespielt hatte. »Es ist dein Enkel, den der Graf auspeitschen lässt, und sein Weib, welches seine Handlanger schänden. Willst du auch noch sehen, wie es deiner Urenkelin Elisabeth erging, als Herr Walther sie das erste Mal auf sein Lager zwang?«

Ardanis höhnische Worte trafen den Templer wie Peitschenhiebe. »Nein! Es ist genug! Mein Großneffe ist kein Mensch mehr, sondern ein Ungeheuer. Du magst deinen Willen haben! Es wird mich zwar meine ewige Seligkeit kosten, aber dennoch werde ich dir helfen, Walther dorthin zu schaffen, wo er hingehört.«

»So ist es recht! Da du in die Geheimnisse deiner Sippe eingeweiht bist, wirst du Bärbel so bald wie möglich mitteilen, wo sich das Versteck des Kreuzessplitters befindet und wie sie ihn entwenden kann.«

Der Alte nickte mit bleicher Miene und fragte sich dann, ob er nicht einem Trugbild erlegen war, wie die Dämonen der Hölle es zu erzeugen pflegten, um die Menschen zu täuschen. Aber eine Stimme in seinem Innern bestätigte ihm, dass die Bilder der Wahrheit entsprachen, und zudem fanden sie ihren Widerhall in den Gerüchten, die ihm von ebenso wohlmeinenden wie schwatzhaften Besuchern zugetragen worden waren. Zwar sagte sein Gewissen ihm, dass auch sein Großneffe eine Chance verdienen würde, seine Seele im Fegefeuer zu reinigen und sich am jüngsten Tag dem Gericht Jesu Christi zu stellen, aber er sah ein, dass er keine Macht besaß, ihm diesen Weg zu öffnen. Graf Walther konnte nur als befleckte Seele ins Paradies kommen oder auf ewig in die Hölle verbannt werden. Wichtiger war es ihm, Bärbel, die einzige noch Unbefleckte seines Geschlechts, vor den Fallstricken des Teufels zu bewahren und ihre unsterbliche Seele zu retten. Dafür musste er nun die seine aufs Spiel setzen und ein Bündnis mit seinem höllischen Besucher eingehen.

5

Während der Königsbote noch beim Mahl saß, begann Graf Walther schon seine Fäden zu ziehen, und dafür verließ er den Saal, ohne auf die fragenden Blicke seiner engsten Getreuen zu achten. In dieser Situation nutzten Jost und Armin ihm ebenso wenig wie Hartwig von Kesslau, Reinulf von Altburg und Wunibald von Schönthal, die Söhne seiner Verbündeten, die als Knappen und im Grunde auch als Geiseln auf seiner Burg lebten. Ihre Väter waren reichsfreie Ritter, die ihre Ländereien ebenfalls mit Gütern vergrößert hatten, auf die der neue Kaiser nun Anspruch erhob. Sie würden daran interessiert sein, ihren Raub zu retten, und ihn daher unterstützen.

Jost war dem Grafen trotz dessen abwehrender Miene gefolgt und sprach ihn auf dem Burghof an. »Wäre es nicht das Beste, Philipp von Röthenbach und seine Begleitung über die Klinge springen zu lassen?«

Herr Walther maß ihn mit einem Blick, der nichts Gutes verhieß. »Du bist und bleibst ein blutiger Narr! Der Kaiser würde nur seinen nächsten Boten schicken, und wenn auch der nicht zurückkommt, ein ganzes Heer.«

Jost starrte ihn verwirrt an. »Aber wollt Ihr wirklich auf all das schöne Reichsland verzichten, das Euch jetzt gehört?«

»Natürlich nicht! Das ist jedoch eine Sache, die nicht mit Schwertern entschieden werden kann, sondern einer durchschlagenderen Waffe bedarf. Sende einen Boten zum Kloster, aber einen, der auf Fragen höfliche Antworten zu geben weiß und nicht bei jedem zweiten Wort flucht. Er soll meinen Onkel und den Prior bitten, mich umgehend aufzusuchen.«

Jost lachte anzüglich. »Die beiden werden gerne kommen! Der Abt hat mir gesagt, dass ihm ein Besuch auf der Wallburg jedes Mal gut tut, und was Prior Bernardus angeht, macht der doch alles, was Ihr von ihm verlangt. Ich glaube, für Euch würde er sogar das Weib spielen!«

Seine lockeren Worte zogen ihm den Zorn des Grafen zu. »Wenn du nicht lernst, wann du dein Schandmaul zu halten hast, werde ich es dir im Kerker beibringen! Und jetzt tu, was ich dir aufgetragen habe! Je rascher der Bote losreitet, umso eher vermag er mir Antwort zu bringen.« Herr Walther wandte Jost den Rücken und kehrte in den Rittersaal zurück. Als er sich zu Ritter Philipp an die Tafel setzte, hatte seine eben noch verärgerte Miene bereits wieder einem freundlichen Lächeln Platz gemacht. »Verzeiht, dass ich mich Euch nicht so widmen kann, wie Ihr es verdient, doch plagen mich mannigfaltige Pflichten.«

Der Königsbote hatte gut gespeist und war bereit, über solche Kleinigkeiten hinwegzusehen. »Das verstehe ich durchaus, Herr Walther. Vielleicht darf ich Euch um eine andere Gesellschaft bitten. Ihr wisst es vielleicht nicht, doch Eure Gemahlin Adelheid ist eine entfernte Base von mir, und ich möchte ihr die Grüße meiner Mutter überbringen.«

Herrn Walther war das Verwandtschaftsverhältnis zwischen seinem Gast und seiner Gemahlin durchaus bekannt, und nun fluchte er in sich hinein, weil er nicht daran gedacht hatte, seine Gemahlin in den Saal zu holen. Nach außen hin lächelte er scheinbar erfreut. »Ich bitte Euch, mir meine Unhöflichkeit zu verzeihen, Herr Philipp, denn ich hätte meine Gemahlin natürlich sofort bitten müssen, sich zu uns zu gesellen. In diesen Zeiten aber weilen nur selten Gäste auf der Burg, und die, die Einlass fordern, sind nicht immer willkommen. Daher befahl ich meinem Weib, im Schutz ihrer Kemenate zu verweilen, bis ich sie unbesorgt rufen lassen kann. Dies wird sogleich geschehen. Bitte entschuldigt mich für kurze Zeit.«

Graf Walther verriet seinem Gast nicht, dass er keinen Diener schicken, sondern selbst seine Gemahlin aufsuchen wollte, um ihr einzuschärfen, wie sie sich ihrem Verwandten gegenüber zu verhalten hatte. Er fand sie in der Kemenate, die sie mit Elisabeth teilte. Die Jüngere, die während ihrer Schwangerschaft noch schöner aufgeblüht war, hatte es sich in einem mit Kissen gepolsterten Stuhl neben dem Fenster bequem gemacht und bestickte Tücher, in die das Kind eingehüllt werden sollte. Frau Adelheid aber kauerte wie ein verblasster Schatten in einer dunklen Ecke und blickte nicht einmal auf, als ihr Gemahl eintrat, denn sie nahm an, sein Erscheinen würde doch wieder nur der Kebse gelten.

Zu ihrer und auch Elisabeths Verwunderung ging Herr Walther jedoch an der Schwangeren vorbei und sprach seine Frau an. »Dein Vetter Philipp von Röthenbach ist als

Königsbote auf der Wallburg eingetroffen und erwartet, dass du ihn begrüßt.« Seine Stimme enthielt eine unmissverständliche Drohung.

Graf Walther erinnerte sich nur zu gut an die Szenen, die seine Gemahlin ihm gemacht hatte, als Elisabeths Schwangerschaft offenkundig geworden war, und hielt sie für fähig, ihren Unmut und ihre Enttäuschung auch ihrem Verwandten mitzuteilen. Da er auf Herrn Philipps Wohlwollen angewiesen war, durfte dieser kein schlechtes Wort über ihn zu hören bekommen, also musste er verhindern, dass seine Frau ihm in den Rücken fiel. Daher legte er ihr die Rechte auf die Schulter und drückte mit dem Daumen gegen ihr Schlüsselbein, bis sie vor Schmerz aufstöhnte.

»Ich warne dich, meine Liebe! Wenn du dem Königsboten Dinge mitteilst, die mir nicht gefallen könnten, wirst du es bis ans Ende deiner Tage bereuen!«

Seine Gemahlin blickte mit tränenden Augen zu ihm auf. »Ihr tut mir weh, mein Herr.«

Der Graf verstärkte seinen Griff. »Schwöre bei Gott, dass du mir gehorchen wirst!«

Frau Adelheid begriff, dass ihr Gemahl eher bereit war, ihr den Knochen zu brechen und sie bei ihrem Verwandten mit Unpässlichkeit zu entschuldigen, als etwas zu riskieren. Da schoss ihr ein Gedanke durch den Kopf, der sie unter Tränen lächeln ließ. Um ihre triumphierende Miene vor ihm zu verbergen, sank sie auf die Knie und umschlang seine Beine.

»Ich werde alles tun, was Ihr von mir verlangt, mein Gemahl! Dafür aber müsst Ihr mir versprechen, von heute Abend an einen Monat lang jede Nacht das Lager mit mir zu teilen.« Ihre Worte verrieten ihre verzweifelte Hoffnung, auf diese Weise doch noch schwanger zu werden. Der Segen, der auf der Wallburger Sippe lag, hatte Elisabeth nach beinahe fünf Jahren fruchtbar werden lassen, und so bestand auch für sie Hoffnung, dass Gott ein Wunder an ihr vollbrachte.

Der Graf wollte schon abwehren, sagte sich aber dann, dass im Dunkeln ein Frauenleib so gut war wie der andere. »Es sei! Wenn du in den nächsten Tagen kräftig beackert werden willst, sollst du es haben.«

Er löste den Griff um ihre Schulter, zog sie auf die Beine und winkte die Leibmagd heran. »Wir bewirten einen hohen Gast. Hilf meinem Weib, sich dem Anlass gemäß zu kleiden.« Mit den Worten drehte er sich um und wollte bereits die Kammer verlassen, als ein Gefühl der Zufriedenheit seinen Fuß stocken ließ.

Mit dem Stolz eines Mannes, der sich kurz vor seinem Ziel sieht, ging er zu Elisabeth hinüber und legte seine Hand besitzergreifend auf die noch kaum merkliche Wölbung ihres Leibes. »Ich hoffe, du befindest dich wohl, meine Liebe.«

»Ich danke Euch für Eure Fürsorge, mein Herr.« Elisabeth schlug scheinbar demütig die Augen nieder, doch der zufriedene Zug um ihren Mund sprach dieser Geste Hohn. Fünf Jahre lang hatte sie sich vor Sorge verzehrt, der Graf könnte ihrer müde werden und sie seinen Gefährten überlassen. Nun aber war ihre Stellung auf der Burg gefestigter denn je und übertraf sogar die der Gräfin. Sie streifte Frau Adelheid, die gerade mit Ditta in ihre Schlafkammer ging, mit einem verächtlichen Blick. Irgendwann würde sie Herrn Walther dazu bringen, sich seiner Gemahlin zu entledigen und sie an ihre Stelle zu setzen. Klöster, in denen von ihren Männern verstoßene Ehefrauen lebten, gab es ja zuhauf.

Der Graf ahnte nichts von den Gedanken seiner Bettmagd, und hätte er von ihnen erfahren, würden sie ihm höchstens ein Lächeln entlockt haben. Sein Burgkaplan würde es gewiss gern übernehmen, seiner Kebse den Unterschied zwischen einer Bauerndirne und einer Dame aus edelstem Blut zu erklären. Erstere benutzte man, aber man wünschte nicht, sie zu heiraten, es sei denn, man war so ein sentimentaler Narr wie sein Verwandter Adalmar.

Frau Adelheid ließ ihren Gemahl nur wenige Augenblicke warten, und als sie in die Kemenate zurückkehrte, trug sie ein dunkelgrünes Kleid mit goldbestickten Säumen, das ihrer mageren Gestalt eine gewisse Fülle verlieh, und eine zweiflügelige Haube mit einem weißen Schleier.

»Ich hoffe, Ihr seid mit meiner Erscheinung zufrieden, mein Gemahl.« Sie sank vor dem Grafen nieder und blickte zu ihm auf wie ein Hund, der das Lob seines Herrn erhofft und sich gleichzeitig vor dessen Tritt fürchtet.

Der Graf warf einen kurzen Blick auf seine auch in diesem Gewand reizlos wirkende Frau und reichte ihr die Hand, ohne auf ihre Worte einzugehen. »Wir wollen Euren Vetter nicht warten lassen.«

Er schritt auf die Tür zu, die Adelheids Leibmagd eilfertig für ihn öffnete, und verließ mit seiner Gemahlin die Kammer, als seien sie ein liebend verbundenes Paar. Elisabeth blickte den beiden sehnsüchtig nach und stellte sich vor, wie es sein würde, wenn der Graf eines Tages sie zu hochgestellten Gästen an die Tafel bitten würde. Ditta, die ihr Mienenspiel beobachtete, verzog die Lippen zu einem boshaften Lächeln, denn sie war sich sicher, dass diese Bauerndirne niemals den Platz ihrer Herrin einnehmen würde, sondern genau das gleiche Ende finden würde wie die anderen Bettmägde vor ihr.

6

Als die Wallburg vor ihr auftauchte, flatterten Uschs Gedanken immer noch wie ein Sperlingsschwarm. Ardanis Beweggründe waren und blieben ihr ein Rätsel, und sie fragte sich, wer er wirklich sein mochte. Er hatte nie ein Wort darüber verloren, aus welchem Land er stammte und wo er sich aufhielt, wenn er nicht gerade bei ihr war. Früher hatte sie geglaubt, er würde jedes Mal, wenn er sie besucht hatte, zurück ins Morgenland reisen, aber im Lauf der Zeit hatte sie Pilger ausfragen können und von ihnen erfahren, wie viele Monate man zu Land und zu Schiff reisen musste, um ins Heilige Land zu gelangen. Die Zeit zwischen Ardanis Besuchen reichte jedoch nicht einmal für den einfachen Weg zu Land, geschweige denn für die Rückkehr. Zwar beherrschte ihr Besucher viele magische Künste, doch es schien ihr unwahrscheinlich, dass es in seiner Macht stand, sich über eine solche Entfernung hin und her zu versetzen. Aber er hatte ihr oft genug bewiesen, dass er viele übernatürliche Kräfte beherrschte und den Menschen bis ins Herz sehen konnte, also durfte sie ihn auf keinen Fall erzürnen.

Kords Stimme riss Usch aus ihrem Grübeln. »Gut, dass du kommst! Ich hätte sonst jemanden zu dir schicken müssen. Meine Nieren plagen mich wieder einmal zum Gotterbarmen, und wenn ich Wasser lasse, ist es, als würde man mir einen glühenden Draht durch mein bestes Stück ziehen.«

Usch zuckte zusammen, denn sie hatte nicht bemerkt, dass sie schon vor dem unteren Tor der Wallburg angekommen war. Sie atmete tief durch, um ihre düsteren Gedanken abzuschütteln, drehte sich zu dem Wächter um und musterte dessen schmerzverzerrtes Gesicht. »Du solltest Bier und Wein aus dem Leib lassen und nach Möglichkeit auch kein fettes Schweinefleisch essen. Dann würde es dir besser gehen.«

Ihr Rat kam aber nicht gut an, denn Kord bleckte die Zähne wie ein gereizter Hund. »Bleib mir mit diesem Unsinn vom Leib, sondern gib mir etwas, das meine Schmerzen vertreibt.«

»Ich kenne viele Mittel, die Schmerzen lindern, doch das macht dich nicht gesund. In deinen Nieren befinden sich Steine, und die müssen sich auflösen und mit dem Wasser abgehen. Dabei mag dir dein Pfeiflein wohl ein wenig brennen, aber du solltest froh sein, wenn das Zeug ausgeschwemmt wird.«

Kord winkte ärgerlich ab. »Halte mir keine Vorträge, sondern gib mir etwas, was mir jetzt hilft. Bei allen dreitausenddreihundertdreiunddreißig Höllenteufeln, es tut so weh, dass ich kaum meine Wache durchstehen kann.«

Usch kramte seufzend in ihrer Gürteltasche und holte ein kleines Glasfläschchen hervor, das mit einer dunklen, öligen Flüssigkeit gefüllt war. »Hast du deinen Löffel dabei?«, fragte sie.

»Freilich! Und gut abgeleckt!« Kord zog seinen Löffel aus dem Futteral und reichte ihn ihr.

Usch maß zehn Tropfen der Flüssigkeit ab und hielt ihm den Löffel so hin, dass er ihn an den Mund führen konnte. »Nimm das! Es wird dir die Schmerzen fürs Erste vertreiben. Du musst danach aber viel Wasser trinken und das Mittel einnehmen, das ich dir letztens gegeben habe.« Usch wusste, dass Kord wie viele Leute damit aufhörte, seine Medizin weiter zu nehmen, sobald die schlimmsten Beschwerden abgeklungen waren.

»Ich brauche etwas Stärkeres! Das Letzte, das ich von dir bekommen habe, wollte nicht so recht helfen. Vielleicht solltest du dir vom Henker von Rothenburg ein wenig Schmalz von einem Gehenkten geben lassen und möglichst auch die zu einem Pulver zerstoßene Niere eines Geräderten. Beides zusammen müsste stark genug sein, um mit den Steinen in meiner Niere fertig zu werden.« Kord blickte Usch beinahe drohend an.

»Du tust, als müsste ich nur auf ein Pferd steigen und wäre im Handumdrehen in der Tauberstadt. Aber für eine schwache, hilflose Frau wie mich ist es ein langer und beschwerlicher Weg voller Gefahren, und ich kann in dieser Zeit keine Kräuter und Pilze sammeln, mit denen ich mir meinen Lebensunterhalt verdiene.«

Kord machte eine ärgerliche Handbewegung. »Mit Ausreden warst du schon immer groß! Aber ich will endlich meine Schmerzen loswerden. Es ist ein Gefühl, als würde man mir mit einer glühenden Zange das Rückgrat zerbrechen.«

»Es müsste nach den Tropfen, die ich dir gegeben habe, bereits besser geworden sein«, erklärte Usch etwas verwundert.

Der Wächter horchte einen Moment lang in sich hinein und nickte verblüfft. »Du hast Recht! Die Schmerzen sind wirklich nicht mehr so schlimm. Was für ein Zaubermittel hast du mir gegeben?«

»Kein Zaubermittel, sondern den Saft aus frisch geernteten Mohnsamen.« Uschs Worte entsprachen nicht ganz der Wahrheit, denn sie hatte den Extrakt nicht aus dem hier wild wachsenden Mohn hergestellt, sondern aus einer speziellen Pflanze, deren Samen sie von Ardani erhalten und in ihrem Gärtchen ausgesät hatte. Deren Fruchtkapseln schwollen beinahe zu Faustdicke an, und der Saft, der aus ihnen gewonnen wurde, half besser gegen Schmerzen als der hier gebräuchliche Mohnsaft. Er hatte nur den Nachteil, dass er dem, der davon nahm, eigenartige Träume schenkte und man ihm verfallen konnte. Wer zu viel und zu lange davon nahm, gierte so stark nach diesem Mittel, dass er bereit war, dafür zu morden. Deswegen verwendete sie das Mittel nur, um Kranken kurzfristig Linderung zu schaffen.

Der Wächter spürte, dass seine Schmerzen schwanden, und bekam jetzt schon einen gierigen Ausdruck. »Kannst du mir mehr von diesem Mittel besorgen?«

Usch schüttelte abwehrend den Kopf. »Ich besitze nicht mehr als dieses kleine Fläschchen! Du wirst dich wohl auf die Heilkraft einer Armesünderniere verlassen müssen, wenn du an eine kommst.«

»Das werde ich gewiss, denn unser Graf reitet öfter einmal nach Rothenburg. Wenn ich Glück habe, darf ich ihn begleiten, und wenn nicht, bitte ich eben einen meiner Kameraden, mir diesen Gefallen zu tun.« Kord zwinkerte Usch zu und reckte seine Arme. »Tut das gut, dass nichts wehtut! Ich glaube, ich werde jetzt eine Stange Wasser in die Ecke stellen, um zu schauen, ob das noch zwickt.«

»Du solltest viel Wasser trinken, dann rinnt dein Röhrlein besser«, riet Usch.

»Röhrlein sagst du? Das ist ein kräftiger Männerknüppel, wie es kaum einen zweiten in der Grafschaft gibt.« Kord trat beleidigt ins Freie und fischte sein Glied aus der Hose. Während er sichtlich aufatmend in den Burggraben urinierte, schlüpfte Usch an ihm vorbei. Dabei verkniff sie sich ihren Spott, denn das, was Kord da in seiner Hand hielt, konnte man höchstens ein Knüppelchen nennen.

Als Usch den Burghof erreichte, trat Bärbel gerade aus dem Stall und kam voller Freude auf sie zu. »Gott zum Gruß, Usch! Ich wusste gar nicht, dass du heute zur Burg kommen wolltest.«

»Ich wusste es heute Morgen auch noch nicht.« Usch sagte es so spöttisch, dass Bärbel es als Scherz auffasste.

»Hat Mette nach dir geschickt?«

»Nein, ich wollte eigentlich zur Gräfin. Ich habe nämlich ein neues Rezept erhalten und ein Mittel gebraut, das ihr endlich zu Kindersegen verhelfen könnte.«

»Dieses Rezept hast du wohl von diesem seltsamen Magier aus dem Morgenland, den ich nie sehen darf!«

»Ich habe nicht gesagt, dass du ihn nicht sehen darfst, aber ich halte es für besser, wenn er dich nicht zu Gesicht bekommt. Mit seinen Künsten würde er deine hässliche Hülle sofort durchschauen und erkennen, wie hübsch du in Wirklichkeit bist. Du willst doch nicht das Schicksal deiner Schwester teilen?«

Usch konnte Bärbel nicht erklären, dass der Magier ihr befohlen hatte, das Mädchen von ihm fern zu halten. Dabei ahnte die Kräuterfrau nicht, welche Beweggründe Ardani wirklich hatte. Der Eremit hätte ihr sagen können, dass Bärbels Sinne durch den Kreuzessplitter so geschärft waren, dass sie in der Lage war, die Trugbilder zu durchschauen, hinter denen der Magier seine wahre Gestalt versteckte. Usch hatte er vorgaukeln können, aus dem Morgenland zu kommen, den Blick der Erbin einer langen Reihe von Opferpriesterinnen aber fürchtete er mehr als Weihwasser.

Bärbel verzog angewidert das Gesicht. »Elisabeth hat sich mit ihrem Los abgefunden und ist überglücklich, seit sie von ihrer Schwangerschaft weiß.«

»Das mag jetzt noch der Fall sein, doch wenn das Kind geboren wird, fürchte ich, wird der Graf ihrer überdrüssig werden und sie seinen Spießgesellen überlassen. Erinnere dich daran, wie es der armen Selma ergangen ist!«

Bärbel senkte betroffen den Kopf, denn ihr schauderte es bei der Erinnerung an die Magd. Nachdem Selmas kleine Tochter im Herbst gestorben war, hatte diese es nicht mehr ertragen können, den Reisigen als Hure zu dienen, und sich in der Scheuer erhängt. Mit einer Bewegung, die diese unangenehmen Gedanken abstreifen sollte, sah sie zu Usch auf. »Wenn du zur Gräfin willst, bist du heute umsonst gekommen, es sei denn, du wartest, bis sie sich wieder in ihre Kemenate zurückzieht. Es sind nämlich Gäste erschienen, unter denen sich ihr Verwandter Philipp von Röthenbach befindet. Jetzt sitzt sie bei ihnen im Rittersaal.«

»Das kann ja nicht ewig dauern!« Usch wusste, dass sie nicht unverrichteter Dinge nach Hause zurückkehren durfte, und beschloss, notfalls bei Bärbel im Stall zu übernachten. Da sie jedoch vermeiden wollte, von dem Mädchen nach dem wahren Grund ihres Kommens gefragt zu werden, stellte sie die Frage, die ihr gerade in den Sinn kam. »Hat Rütger eigentlich das Taubenhäuschen für dich gebaut?«

Bärbel nickte eifrig und wies mit der Hand einladend zum Stalltor. »Mein Kämmerchen ist fertig! Komm mit und schau es dir an.« Sie führte Usch in einen Winkel des Stalles, in dem ein etwa acht Ellen langer und sechs Ellen breiter hölzerner Kasten dicht unter der Decke hing. Bärbel kletterte geschickt die schmale Leiter hoch und forderte Usch auf, ihr zu folgen.

Die Kräuterfrau betrachtete die Konstruktion misstrauisch. »Glaubst du wirklich, der Kasten hält uns beide aus?«

Bärbel lachte hell auf. »Keine Sorge, Usch, ich war schon mit Rütger zusammen oben, und der ist wohl doch noch ein wenig schwerer als du.«

»Du warst mit Rütger zusammen in der kleinen Kammer?« Ein Schatten des Misstrauens huschte über Uschs Gesicht. Schließlich hatte Bärbel die Schwelle der Mannbarkeit schon lange überschritten, und da mochten Gelüste in ihr wachsen, die ihren und Ardanis Plänen nicht zuträglich waren.

Bärbel verstand jedoch nicht, worauf Usch hinauswollte.

»Natürlich! Ich habe ihm doch Bretter und Nägel zureichen müssen. Jetzt habe ich ein Zimmerchen, das fast genauso schön ist wie das auf dem Hirschhof und sogar um einiges größer. Du wirst sehen, wir können hier oben gemütlich beisammensitzen.«

Das Mädchen öffnete die durch einen einfachen Zapfen verschlossene Tür und schlüpfte in die Kammer. Usch folgte ihr mit einem beklommenen Blick in die Tiefe und musterte dann noch einmal die Befestigung des hängenden Zimmerchens. Sie hätte sich jedoch keine Sorgen machen müssen, denn Rütger hatte Bärbels Unterschlupf fest an den Dachbalken verankert und weder für den Boden noch für die Wände ein morsches Brett verwendet. Die Einrichtung wirkte ein wenig primitiv, denn Bärbels Bett bestand nur aus einem einfachen Strohsack. Aber neben ihm standen ein dreibeiniger Schemel, wie die Mägde ihn zum Melken der Kühe verwendeten, sowie ein kleiner Tisch, den man hochklappen und an der Wand befestigen konnte. Die beinlose Platte war Bärbels ganzer Stolz, denn Rütger hatte sie aus gehobelten Brettern zusammengenagelt und sich vom Burgschmied die Scharniere und die Kette anfertigen lassen, mit der Bärbel sie auf die richtige Höhe herablassen konnte.

Uschs Blick galt jedoch weniger dem einfachen Lager und dem Tisch, sondern war an einem Kurzschwert hängen geblieben, das in einer ledernen Scheide neben dem Bett lag. »Was soll das Ding da?«, fragte sie mit hochgezogenen Augenbrauen.

»Rütger hat es mir gegeben, für den Fall, dass jemand zudringlich werden sollte. Hartwig, Reinulf und Wunibald, die drei Knappen, die jetzt hier auf der Burg leben, besitzen noch wenig Erfahrung mit Frauen, und er hat Angst, sie könnten sich an mir stinkendem Trampel vergreifen, weil sie keine andere Magd bekommen.« Bärbel schien dieser Gedanke so abwegig, dass sie darüber lachte.

Usch aber begriff, dass Rütger mit seiner Warnung Recht hatte und ihr Schützling stärker gefährdet war, als sie angenommen hatte. »Ich habe schon von den drei Burschen gehört. Das sollen ja üble Früchtchen sein! Wundern tut mich das nicht, denn wenn sie sich Männer wie Jost und Armin zum Vorbild nehmen, lernen sie keine ritterlichen Tugenden. Pass gut auf, dass sie dich nicht in eine Ecke ziehen und jene schlimmen Dinge mit dir treiben, die deine Mutter und ich über uns haben ergehen lassen müssen. Aber du darfst um Gottes willen keine Waffe verwenden, denn wenn du einen der drei verletzt, wird man dich schwer bestrafen und vielleicht sogar töten.«

Bärbel zog die Kräuterfrau lachend an sich. »Keine Sorge Usch, ich verlasse mich eher auf das da als auf ein Schwert.« Sie griff in ihren Halsausschnitt und brachte die prall gefüllte Blase eines Wiesels zum Vorschein. Obwohl sie mit einem feinen Faden fest verschlossen war, drangen die Spuren des widerlichen Gestanks in Uschs Nase.

»Das ist gut. Wenn einer der Kerle frech wird, zerdrückst du die Blase, und er kotzt sich die Seele aus dem Leib. Das wird ihn und seine Freunde von weiteren Versuchen abhalten, dich zu benutzen.« Usch atmete erleichtert auf und nannte Bärbel ein schlaues Mädchen.

Bärbel grinste übermütig und zog einen verschlossenen Korb hinter ihrem Strohsack hervor. »Komm, Usch, laben wir uns an den Schätzen, die Mette mir überlassen hat.« Sie öffnete den Korb und reichte Usch ein Viertel eines Brotlaibes und eine geräucherte Wurst, deren eingeschrumpelte Haut so knochentrocken war wie altes Pergament und sich leicht abschälen ließ.

Usch biss hinein und begann genussvoll zu kauen. »So

gute Sachen bekomme ich selten zu essen. Die Hörigen, die ich behandle, geben mir zumeist nur altes Brot oder einfaches Hafermehl und selten genug ein wenig Schmalz«, erklärte sie mit vollem Mund. Dann blickte sie Bärbel lauernd an. »Wenn du jetzt noch einen kühlen Trunk für eine alte Frau hättest, würde ich dir ewig dankbar sein.«

Bärbel schob ihr kichernd einen Krug mit Apfelwein hin. »Hier, nimm! Der ist für die Tafel des Herrn zu sauer, aber wir beide sind ja nicht so heikel wie die Edelleute.«

»Gewiss nicht!« Usch ergriff den Krug und trank durstig. Bärbel sah ihr lächelnd zu und zupfte sie dann am Ärmel ihres unförmigen Gewandes.

»Übrigens, Rütger sagt, du wärest nicht so alt, wie du dich gibst. Seiner Erinnerung nach musst du mindestens fünf Jahre jünger sein als meine Mutter und sollst ein sehr schönes Mädchen gewesen sein.«

»Was Rütger da sagt, ist doch Unsinn!« Usch winkte mit beiden Händen ab, freute sich zu ihrer Verwunderung jedoch darüber, dass der Reisige sich noch daran erinnern konnte, wie sie früher ausgesehen hatte. Sie schob diesen Gedanken jedoch rasch wieder von sich und blickte Bärbel mahnend an.

»Die Schändung durch den Grafen und seine Spießgesellen ist schuld, dass ich jetzt so herumlaufen muss. Achte darauf, dass es dir nicht ebenso ergeht. Es ist keine schöne Erfahrung, das kann ich dir sagen! Man fühlt sich danach schmutziger, als wenn man sich in Schweinemist gewälzt hätte, und das geht nie mehr ganz von einem ab.«

Bärbel legte ihrer Freundin tröstend den Arm um die Schulter. »Gott wird es dir vergelten und jene strafen, die dir das angetan haben.«

»Pah! Der Graf kommt mithilfe seines Kreuzessplitters sofort ins Himmelreich, während ich für meine zornigen Gedanken gewiss hundert Jahre Fegefeuer durchleiden muss.« Usch wollte noch eine weitere böse Bemerkung von sich geben, erinnerte sich dann aber mit einem gewissen Schauer an Ardanis Mahnungen und ergriff die Gelegenheit, Bärbel noch einmal auf die Reliquie anzusprechen.

»Der Graf ist ein schlimmer Sünder, der eher die Hölle verdient hat als das Fegefeuer, geschweige denn das Himmelreich. Es wäre daher eine gottgefällige Tat, dafür zu sorgen, dass ihm die Pforten des Paradieses verschlossen bleiben. Deswegen musst du den Kreuzessplitter finden und an dich nehmen.«

Bärbel spürte, wie stark das Herz ihrer Freundin daran hing, den Grafen bestraft zu sehen, aber sie hatte sich ihre eigenen Gedanken dazu gemacht. »Ich weiß nicht so recht. Herr Walther mag schlimm gesündigt haben, aber es geht ja auch um Elisabeths Sohn. Dieser wird gewiss ein frommer und edler Mensch, und wenn er erst Graf wird, müssen du und ich uns nicht mehr hässlich machen, sondern können so herumlaufen, wie wir wirklich sind. Bestimmt wird er dich für all das entschädigen, was sein Vater dir angetan hat. Nein, Usch, ich kann doch nicht meinem eigenen Neffen den Segen des Kreuzessplitters rauben.«

»Bis jetzt ist er nur ein Bauch, der täglich dicker wird!«, antwortete Usch schroff. »Sollte deine Schwester tatsächlich einen Sohn zur Welt bringen, wird Graf Walther ihn zu seinem getreuen Ebenbild erziehen, und bisher geriet jeder Nachfahre Ritter Rolands noch schlimmer als sein Vater. Da wird Elisabeths Bastard gewiss keine Ausnahme machen. Und wenn er doch zu einem guten Menschen heranwächst, so können wir ihm den Kreuzessplitter ja zurückgeben.«

»Ich möchte abwarten, ob Elisabeth einen Knaben gebiert und wie er sich entwickelt«, antwortete Bärbel und wechselte das Thema. »Hier, probier mal von dem gewürzten Schweineschmalz. Es schmeckt ausgezeichnet.«

Usch begriff, dass sie bei Bärbel nichts erreichen konnte, und verbiss sich einen gotteslästerlichen Fluch. Gleichzeitig graute ihr vor dem, was Ardani mit ihr anstellen würde, wenn es ihr nicht gelang, Bärbel zu überreden, den Kreuzessplitter zu stehlen. Zwingen konnte sie das Mädchen zu nichts, und Härte würde es nur noch störrischer machen. Ihr blieb also nur die Wahl, Bärbel sanft, aber mit einem gewissen Nachdruck zu überreden, die Reliquie zu entwenden. Das war ihr jedoch eher möglich, wenn Bärbel bei ihr zu Besuch war und sie mehr Zeit zu Gesprächen hatten.

Sie brach ein Stück Brot ab, strich Schmalz darauf und biss hinein. »Es schmeckt wirklich ausgezeichnet. Übrigens wirst du an einem der nächsten Tage zu mir kommen müssen. Kord wird wieder von Nierensteinen geplagt, und ich will ihm eine Arznei mischen, die ihn davon befreien kann.«

Bärbel sah sie staunend an. »Das kannst du? Rütger hat berichtet, die hochgelehrten Herrn Doktores in Rothenburg wären bei Steinleiden so hilflos wie neugeborene Kinder.«

»Natürlich sind sie das! In ihren Büchern steht nichts davon, welche Kräuter gegen diese Krankheit helfen und wann man sie pflücken muss, damit sie ihre ganze Wirkung entfalten«, spottete Usch, steckte sich den letzten Brocken Brot in den Mund und spülte ihn mit einem kräftigen Schluck Apfelwein hinunter. »Ich glaube, ich steige wieder hinab. Vielleicht hat die Gräfin jetzt Zeit für mich.«

»Ich komme mit.« Bärbel half Usch auf die Leiter und folgte ihr. Zusammen verließen sie den Stall und gingen zum Palas hinüber. Der Pförtner ließ sie ein und antwortete auf Uschs Frage, dass Frau Adelheid sich vor kurzem in ihre Gemächer zurückgezogen hätte.

Die Kräuterfrau bedankte sich bei ihm und stieg die Treppe zu den höher gelegenen Geschossen hinauf. Dabei ärgerte sie sich ein wenig darüber, dass Bärbel ihr wie ein Schatten folgte, denn sie konnte das Mädchen bei der Unterredung mit der Gräfin nicht brauchen. Einen Augenblick wurde sie von lauten Stimmen und dem fröhlichen Lachen abgelenkt, das aus dem Rittersaal herausdrang und ihr verriet, dass der Graf und seine Gäste bester Laune waren.

An der Tür von Frau Adelheids Kemenate angekommen, hatte Usch das Problem, wie sie Bärbel unauffällig loswurde, immer noch nicht gelöst. Wenn sie Ardanis Auftrag erfüllen wollte, durfte das Mädchen nichts von dem erfahren, was sie der Gräfin mitzuteilen hatte. Noch während sie überlegte, mit welcher Ausrede sie Bärbel wegschicken konnte, ohne sie zu verletzen, wurde die Tür geöffnet, und die Leibdienerin der Gräfin trat heraus. Beim Anblick der Kräuterfrau blieb sie verunsichert stehen. Ditta wusste, dass Usch den Stärkungstrank für ihre Herrin und viele andere Arzneien anmischte, aber bislang hatte die Kräuterfrau sich zurückgehalten und alles in der Küche zubereitet, in die sie in Dittas Augen auch gehörte.

»Was suchst du hier?«, fragte sie etwas schnappig.

»Ich muss dringend mit deiner Herrin sprechen!«

Ditta hob unbehaglich die Schultern, denn sie hätte die schmutzige Frau am liebsten mit harschen Worten weggeschickt, wollte aber auch keinen Ärger mit ihrer Herrin riskieren. »Warte hier! Ich werde sehen, ob Frau Adelheid dich zu sehen wünscht.« Sie drehte sich mit einer hochnäsigen Miene um und kehrte zu ihrer Herrin zurück. »Die Kräuterhexe steht vor der Tür und will mit Euch sprechen, Herrin. Soll ich sie wegschicken?«

Zu ihrer Verwunderung schüttelte Frau Adelheid den

Kopf und warf einen schiefen Blick auf Elisabeth. »Nein, führe sie in mein Schlafgemach, aber durch die andere Tür, damit die Metze dort es nicht bemerkt.«

Ditta nickte und eilte hinaus. In dem Moment hob Elisabeth den Kopf und sah durch die halb offene Tür Bärbel draußen stehen. Kurz entschlossen stand sie auf und trat auf sie zu. »Na Trampel, stinkst du heute weniger, weil der Wächter dich in den Palas gelassen hat?«

Ditta nützte Elisabeths Ablenkung aus, schlüpfte in die Schlafkammer und öffnete dort die Tür zum Flur. Usch, die vor Elisabeth ins Halbdunkel zurückgetreten war, fühlte sich am Rock gefasst und in eine Kammer gezogen. Als sie sich umsah, stand die Gräfin vor ihr und starrte sie mit flackernden Augen an. Ihr Gesicht war noch magerer als früher und so fleckig, dass es beinahe abstoßend wirkte, und ihr Körper wirkte unter dem leichten Gewand wie ausgemergelt. Usch seufzte innerlich auf und fragte sich, ob Ardanis Mittel noch Sinn hatte, denn sie konnte sich nicht vorstellen, dass der Graf sich dem Bett seiner Gemahlin noch einmal nähern würde.

Da Usch nicht den Mund auftat, fuhr die Gräfin verärgert auf. »Du wolltest mit mir reden? Dann tu es auch!«

Usch knickste unbeholfen und wollte den Flakon, den Ardani ihr gegeben hatte, aus der Tasche ziehen. In ihrer Nervosität brachte sie zunächst das Fläschchen mit dem Mohnsaft zum Vorschein, steckte es wieder weg und holte dann das richtige Gefäß heraus. »Herrin, dieses Mittel hat mir ein großer Arzt und Weiser aus einem fernen Land für Euch gegeben. Es soll Euch zu Kindersegen verhelfen.«

Frau Adelheid wollte erst misstrauisch abwehren und Fragen stellen, aber das kleine, undurchsichtige Gefäß bannte ihren Blick, und ihre Gedanken wanderten in die von Ardani gewünschte Richtung. »Wenn mir dieses Mittel tatsächlich zu einer Schwangerschaft verhilft, werde ich dich und diesen weisen Arzt reich belohnen.« Sie griff hastig danach und riss es Usch aus den Händen. Im selben Augenblick verspürte sie ein vibrierendes Gefühl am ganzen Körper und wäre am liebsten zu ihrem Gemahl gelaufen, um sich ihm auf der Stelle hinzugeben.

Als sie eine ungeduldige Handbewegung machte, um Usch wegzuschicken, erinnerte die Kräuterfrau sich an Ardanis zweiten Auftrag. »Herrin, der fremde Arzt sagte auch, er würde Euch beistehen, wenn Ihr Hilfe benötigt. Er ist auf Reisen, kommt aber genau heute in drei Monaten zurück und wird bei der Waldkapelle am Rodenstein auf Euch warten.«

»In drei Monaten bei der Waldkapelle? Ich werde es mir merken. Doch jetzt geh, Usch, denn ich habe zu tun. Ditta wird dich in die Küche begleiten und Mette anweisen, dir die dickste und längste Wurst aus ihrer Räucherkammer zu geben.«

»Ihr seid zu gütig, Herrin.« Usch knickste erneut und verließ eilig den Raum. Auf dem Korridor atmete sie erst einmal erleichtert auf, denn sie wäre in dem von allen möglichen Düften erfüllten Schlafgemach der Gräfin beinahe erstickt.

7

»Ich soll dir Grüße von den Eltern ausrichten, Elisabeth.« Bärbels Stimme klang belegt, denn sie verglich das bodenlange rote Samtgewand ihrer Schwester unwillkürlich mit den Fetzen, in die ihr Vater und ihre Mutter sich hüllen mussten. Ihre Schwester sah nun aus wie eine hochgeborene Dame und trug sogar kostbaren Schmuck, nämlich einen goldenen Ring mit einem blassblauen Stein und eine Halskette aus spiralförmigen Scheiben – jedes für sich wertvoller als der heimatliche Hirschhof.

Elisabeth rümpfte die Nase. »Du hast die Eltern besucht? Sag, wie geht es ihnen? Ich hoffe doch gut.«

Am liebsten hätte Bärbel ihr gesagt, wie alt und gebeugt der Vater geworden war und dass die Mutter immer noch unter Josts und Armins Gewalt zu leiden hatte. Ein Blick in das Gesicht ihrer Schwester verriet ihr doch, dass die Schwangere keine schlechten Nachrichten vernehmen wollte und sie für unbedachte Wahrheiten vielleicht sogar bestrafen lassen würde. »Es geht ihnen so gut wie den anderen Leibeigenen unseres Herrn«, antwortete sie und deutete auf Elisabeths Leib. »Sie freuen sich mit dir auf dein Kind und beten zu Gott, dass es ein Knabe wird.«

»Darum bete ich auch!« Elisabeth mochte sich die Enttäuschung und die Wut des Grafen gar nicht erst vorstellen, wenn sie wider alle Erwartungen mit einem Mädchen niederkommen würde. Sie schob diese Vorstellung rasch beiseite und lächelte Bärbel zu. »Bei Gott, es wäre all der Opfer wert, die wir bringen mussten, wenn mein Sohn der nächste Graf auf der Wallburg würde.«

Opfer, die du am wenigsten bringen musstest, dachte Bärbel und spürte Bitterkeit in sich aufsteigen, obwohl auch sie nicht so stark unter der Willkür des Grafen litt wie ihre Eltern. Zwar verachtete und verlachte man sie, weil man sie für geistig verwirrt hielt, und es war nicht gerade angenehm, als stinkender Waldschrat durch die Welt zu gehen. Doch ihr blieb wenigstens die harte Fronarbeit erspart, und sie musste auch nicht befürchten, dass jemand an ihre Tür klopfte und sie unter sich zwang. So betrachtet, ging es ihr noch am besten von ihrer Familie, denn sie hatte ihre Tugend und ihre Ehre nicht dem Grafen opfern müssen und schwebte auch nicht in Gefahr, an Jost und Armin weitergereicht zu werden.

Als ihr das klar wurde, schämte sie sich, dass sie so schlecht von ihrer Schwester gedacht hatte, und fasste nach Elisabeths Hand. »Ich bete darum, dass dein Sohn einmal Graf Walthers Erbe wird, und die Eltern tun es auch.«

Elisabeth entzog ihr hastig die Finger und schnupperte misstrauisch daran. »Du solltest wirklich mehr auf dich achten. So wie du herumläufst, könnte man dich als Vogelscheuche auf das Feld stellen.«

Das klingt wie »Rühr mich nie mehr an, du schmutziges Ding!«, dachte Bärbel bedrückt. Während sie sich fragte, ob Elisabeth wenigstens ein liebes Wort für sie übrig hatte, trat diese demonstrativ einen Schritt zurück und wandte angeekelt den Kopf ab.

»Wenn du wieder zu den Eltern kommst, grüße sie von mir«, sagte sie und schlug die Tür zu.

Bärbel wandte sich enttäuscht ab und schluckte die Tränen, die in ihr aufsteigen wollten, damit niemand auf die Idee kam, ihr Fragen zu stellen. Seit Elisabeth so hoch in der Gunst des Grafen gestiegen war, zeigte sie deutlich, wie sehr sie sich ihrer Familie schämte. Da Bärbel nicht im Flur auf Usch warten und sich noch länger den empörten Blicken der vorbeihastenden Knechte oder Mägde aussetzen wollte, kehrte sie in den Stall zurück und vollendete die Arbeit, die Kunz ihr aufgetragen hatte. Dabei hoffte sie, Usch würde noch einmal bei ihr vorbeischauen, ehe sie ging, und hielt immer wieder nach ihr Ausschau. Doch der Tag verstrich, ohne dass ihre Freundin sich sehen ließ, und als sie später nach ihr fragte, sagte Kord, dass die Kräuterfrau die Burg längst verlassen hätte.

»Sie sagte, du würdest morgen zu ihr gehen und ein stärkeres Mittel für mich holen. Ich glaube aber nicht, dass es helfen wird, solange sie nicht die pulverisierte Niere eines Gehenkten in ihre Arznei tut«, setzte er verdrossen hinzu.

Bärbel schüttelte sich innerlich bei dieser Vorstellung, denn sie hatte von Usch gelernt, dass es viele Kräuter und Pflanzen mit heilsamer Wirkung gab, die auch von klugen Ärzten verwendet wurden. Die Nützlichkeit von Totenfett und ähnlich unappetitlichen Dingen hatte ihre Freundin jedoch vehement bestritten und sich über jene lustig gemacht, die an so etwas glaubten. Da Bärbel sich keinen Ärger mit Kord einhandeln wollte, lachte sie kurz auf und meinte dann, dass die Niere eines Dachses oder Wiesels wohl wirksamer wäre als die eines hingerichteten Verbrechers, der mit Haut und Haar dem Teufel verfallen sei.

Kord hob abwehrend die Hand. »Den Tiernieren fehlt der Zauber, der unter einem Galgen herrscht, und mit Uschs Kräutern ist es genauso. Ich hoffe nur, dass ihr Zeug mir so lange hilft, bis sie mir eine wirksame Medizin anmischen kann.«

Während Bärbel sich mit dem Torwächter unterhielt, kehrte Rütger, den Jost zum Kloster geschickt hatte, von seinem Botenritt zurück. Kaum hatte Kord ihn gesehen, war Bärbel vergessen. »He, Rütger, da bist du ja endlich! Du sollst dich gleich beim Grafen melden, aber du darfst nur mit ihm selber sprechen.«

Rütger runzelte verwundert die Stirn, stieg von seinem erschöpften Pferd und reichte Bärbel die Zügel. »Kümmere du dich um den Gaul. Unser Herr wird schnell böse, wenn man nicht eilt.«

»Gerne, Rütger!« Bärbel führte das schweißnasse Tier langsam nach oben, damit es sich ein wenig erholen konnte, während Rütger ihr mit langen Schritten vorauseilte und im Palas verschwand. Am Eingang des Rittersaales blieb er stehen und wartete, bis das Auge seines Herrn auf ihn fiel.

Als Graf Walther den Reisigen bemerkte, stand er auf

und bedachte seinen Gast mit einem um Verständnis heischenden Lächeln. »Verzeiht, wenn ich Euch wieder für einen Augenblick allein lassen muss, doch meine Pflichten …« Er brach den Satz ab und überließ es der Fantasie des Königsboten, ihn zu vollenden.

Philipp von Röthenbach interessierte sich kaum noch für die Sorgen seines Gastgebers, denn er hatte den schweren Ungarweinen des Grafen schon zu viel Ehre angedeihen lassen. »Meine wackeren Begleiter und Eure beiden Getreuen Jost von Beilhardt und Armin von Nehlis leisten mir gute Gesellschaft, genauso wie etliche gut gefüllte Humpen Eures vorzüglichen Weines.« Er packte seinen Becher, trank ihn leer und streckte ihm den Knecht hin, der hinter ihm stand.

Graf Walther drehte ihm mit spöttischer Miene den Rücken zu und winkte Rütger, ihm in einen Nebenraum zu folgen. »Was haben die Kuttenträger ausrichten lassen?«

»Euer Onkel, der Abt, dankt Euch herzlich für Eure Einladung und lässt Euch ausrichten, dass er sehr gerne kommt.«

»Und der Prior?«

»Vater Bernardus wird sich ebenfalls einfinden.«

Der Graf atmete auf und pries innerlich das Schicksal, das ihn vor zwei Jahren von dem ihm feindlich gesinnten Prior des Klosters befreit hatte. Nun nahm Bernardus dessen Stelle ein, obwohl er für diesen Posten noch viel zu jung war. Aber seine Verwandtschaft mit dem Abt von Maria Laach und die Tatsache, dass es ihm gelungen war, Herrn Walther zur Schenkung weiterer Klostergüter zu bewegen, hatte die Chorherren veranlasst, ihm diese verantwortungsvolle Aufgabe zu übertragen. Um den Prior, der sich nun stolz Bernardus von St. Kilian nannte, und seinen Verwandten, den Abt, bei Laune zu halten, hatte Graf Walther die beiden schon öfter auf die Wallburg geladen.

Mit freigiebiger Gastfreundschaft und seinen Überredungskünsten war es ihm leicht gefallen, die beiden Chorherren zu Entscheidungen zu überreden, die zwar die inneren Belange des Klosters betrafen, ihm aber nützlich waren. Auf diese Weise hatte er es indirekt sogar fertig gebracht, die Abneigung der meisten anderen Mönche zumindest in Achtung zu verwandeln und das Kloster von St. Kilian zu seinem zuverlässigsten Verbündeten zu machen. Auf die Mönche konnte er sich ganz anders verlassen als auf die Ritter, die sich ihm nur angeschlossen hatten, um nicht seine nächsten Opfer zu werden.

Herr Walther klopfte Rütger zufrieden auf die Schulter. »Du wirst die beiden Chorherren morgen am Tor empfangen und sofort zu mir führen. Achte sorgfältig darauf, dass unsere anderen Gäste deren Ankunft nicht bemerken! Hast du mich verstanden?« Noch während Rütger nickte, erteilte der Graf weitere Befehle. »Bei Sonnenaufgang schickst du drei Boten nach Kesslau, Altburg und Schönthal, um ihre Herren auf die Wallburg zu rufen. Auf diese Weise werden wir den Königsboten der anstrengenden Aufgabe entheben, die umliegenden Burgen aufsuchen zu müssen.«

Sein höhnisches Lachen löste bittere Gefühle in Rütger aus, und als der Graf ihn mit einer schroffen Geste wegschickte, atmete er auf, denn er hatte schon befürchtet, sein Mienenspiel könne seine Abneigung gegen die Intrigen seines Herrn verraten. Es gab weitaus mehr Burgherrn in der Gegend als die drei genannten Ritter, doch wie es aussah, hatte Herr Walther nicht vor, die übrigen Herren oder die Damen, die wie Frau Rotraut von Schmölz ihre abwesenden Gatten vertraten, auf die Wallburg einzuladen.

8

Als Graf Walther diesmal in den Rittersaal zurückkehrte, fühlte er sich um einiges zufriedener und gelöster als in den Stunden zuvor. Er setzte sich lächelnd, trank Philipp von Röthenbach fröhlich zu und leerte mehr als einen Becher auf die Gesundheit des Kaisers.

Der Königsbote wollte nicht hinter ihm zurückstehen und pries in weitschweifigen, aber kaum noch verständlichen Worten die Gastfreundschaft des Herrn von Eisenstein und dessen Treue zu Kaiser und Reich. Bald vermochte er der Wirkung des Weines nicht mehr zu widerstehen. Ohne Vorwarnung rutschte er von seinem Stuhl, rollte sich auf dem mit Binsen bestreuten Fußboden zusammen und begann misstönend zu schnarchen. Seine Begleiter waren nicht weniger betrunken, und so gab Graf Walther seinen Knechten den Befehl, die Gäste in ihr Quartier zu tragen und zu Bett zu bringen. Er selbst stieg die Treppe hoch, um Elisabeth aufzusuchen, aber seine Gemahlin trat ihm in den Weg.

»Mein Herr, Ihr habt versprochen, diese Nacht in meinem Bett zu verbringen!« Nie zuvor hatte Frau Adelheid es gewagt, so fordernd aufzutreten, doch seit sie von Ardanis Elixier getrunken hatte, spürte sie ein Feuer in sich, das sie schier zu verbrennen drohte. All ihre Sorgen schienen ihr mit einem Mal ganz klein und fern, und sie sehnte sich nach den rauen Umarmungen ihres Gemahls und seiner besitzergreifenden Männlichkeit.

Der Graf wollte seine Frau schon von sich stoßen, aber der Gedanke, dass Philipp von Röthenbach noch einige Tage auf der Burg bleiben und dabei auch mit Adelheid zusammentreffen würde, ließ ihn davon absehen. Er bleckte die Zähne und packte seine Gemahlin mit hartem Griff am Arm. »Wenn Euch so danach ist, die Stute zu spielen, werde ich Euch satteln, meine Liebe!«

Er packte sie unter den Armen, schleifte sie in ihre Schlafkammer und warf sie wie einen Sack Mehl aufs Bett. Dann herrschte er Ditta an, zu verschwinden, und zog sich aus. Frau Adelheid war sofort wieder auf den Beinen, entledigte sich ihrer Kleidung noch schneller als ihr Gemahl und lag dann in ihrer reizlosen Nacktheit vor ihm. Herr Walther warf einen skeptischen Blick auf ihre hagere Gestalt mit der trockenen, ungesund wirkenden Haut, unter der sich jede einzelne Rippe abzeichnete. Er sagte sich, dass es sinnlos war, sich von diesem Zerrbild eines Weibes einen Sohn zu erhoffen. Es hätte ihm mehr Vergnügen bereitet, die älteste und fetteste Magd auf einer der Nachbarburgen zu bespringen, als seiner eigenen Frau beizuwohnen. Da er jedoch mehr Ärger in sich spürte, als er an einer Schwangeren auslassen durfte, und im Augenblick seiner Gemahlin nachgeben musste, wälzte er sich auf sie, drückte sie mit seinem Gewicht tief in die Polster und drang mit einem heftigen Ruck in sie ein. Wenn sie schon beackert werden wollte, sagte er sich, sollte sie es zu spüren bekommen, und ging ohne jede Rücksicht zu Werke.

Ardanis Mittel ließ Adelheid die Lust und auch den Schmerz so stark spüren, dass sie glaubte, vor Qual und Wonne zugleich sterben zu müssen. Sie stöhnte und schrie bei jedem Stoß ihres Mannes auf, und als er mit einem tierischen Grunzen zur Erfüllung kam und auf ihr zusammensank, war sie immer noch voller Leidenschaft und nahm ihm übel, dass es schon vorbei war.

Keuchend richtete sie sich auf. »Herr, ich hoffe, Ihr könnt Eure Lanze noch einmal zum Tjost richten.«

Sein Blick verriet ihr, dass der Schmerz die Lust diesmal überwiegen sollte, aber sie ignorierte die Warnung und warf sich ihm mit einer Gier entgegen, deren sich jener Teil in ihr schämte, welcher sich etwas Vernunft bewahrt hatte.

| 9 | Zur Mittagsstunde des nächsten Tages erschienen der Abt des Klosters von St. Kilian und sein Prior auf der Wallburg. Bernardus, der sich in eine weite weiße Kutte gehüllt hatte, ritt auf einem weißen Maultier, während Graf Walthers Oheim Rappo von Hohensiefen sich einer von zwei grauen Maultiere getragenen Sänfte bediente. Der Abt freute sich sichtlich, wieder einmal auf die Wallburg eingeladen worden zu sein, aber Bernardus Gesicht verriet, dass seine Gefühle ihn in einem schier unlösbaren Zwiespalt gefangen hielten.

Nach alle dem, was er in den letzten Jahren über den Grafen erfahren hatte, hätte der junge Mönch Herrn Walther eigentlich von Herzen verabscheuen müssen. Aber er war ihm so verfallen, dass er für eine zärtliche Geste oder ein liebes Wort alles getan hätte, was Herr Walther sich wünschte. Die Anziehungskraft, die der Herr der Wallburg auf ihn ausübte, reichte sogar bis in seine Träume hinein, in denen er Dinge mit ihm trieb, die einen wahrhaft frommen Bruder in Christo mit Abscheu erfüllen mussten und die ihn am hellen Tag wie Dämonen quälten. Er konnte seine Wünsche nicht einmal seinem Beichtvater offenbaren, denn dann wäre er den letzten Tag Prior des Klosters gewesen und hätte eine strenge Bestrafung zu gegenwärtigen gehabt. Man hätte ihn bei Wasser und Brot in seine Zelle oder gar in eines der Löcher gesperrt, die im tiefsten Keller des Klosters für die schlimmsten Vergehen vorgesehen waren. Bernardus verfluchte sich für seine Schwäche, die es ihm unmöglich machte, Gottes Gebot so zu befolgen, wie ein wahrer Diener des Herrn es tun sollte, und auch für seine Feigheit, die einzig gerechte Strafe dafür hinzunehmen.

»Gott zum Gruße, ihr edlen und frommen Herren!« Rütgers Worte rissen Bernardus aus seinen Gedanken. Zu seiner Erleichterung steckte der Abt Kopf und Arm zur Sänfte hinaus und erteilte dem Reisigen und den Torwachen seinen Segen.

»Gott sei mit Euch, meine Kinder! Seid ihr so gut und meldet Eurem Herrn unsere Ankunft?«

Rütger verneigte sich vor dem Abt und dem Prior. »Graf Walther erwartet Euch bereits. Wenn Ihr mir bitte folgen wollt!« Er gab den Klosterknechten, die die Herren begleiteten, einen Wink, ebenfalls mit ihm zu kommen, und ging voraus. Bernardus folgte ihm mit einem Gefühl von Abscheu und gleichzeitig mit dem brennenden Wunsch, Herrn Walther zumindest auf jene Weise zu berühren, die Sitte und Brauch erlaubten.

Vor dem Palas angekommen, halfen Rütger und einer der Klosterknechte dem Abt aus der Sänfte, während Bernardus ohne Hilfe abstieg und schon ungeduldig ein paar Stufen hochlief. Rütger winkte ihm jedoch zu warten und befahl Kunz und einigen anderen Knechten, sich um die Begleiter und die Tiere der Gäste zu kümmern. Dann stützte er Herrn Rappo, dem das Treppensteigen schon schwer fiel, und half ihm zum Eingang des Wohngebäudes hoch. Wie der Graf es angeordnet hatte, brachte Rütger die Gäste jedoch nicht in den großen Saal, sondern nach oben in Herrn Walthers private Gemächer.

Der Herr der Wallburg hielt den Klosterherren eigenhändig die Tür auf und schickte Rütger mit einem kaum merklichen Wink weg. Diesmal hatte er sich besonders prächtig gekleidet: Er trug eine mit Gold bestickte Tunika aus roter Wolle, auf der sein Familienwappen zu leuchten schien, hautenge blaue Strumpfhosen und ein Samtbarett mit drei weißen Reiherfedern. Über seiner rechten Schulter hing ein blauer Mantel mit rotem Futter, der von einer goldenen Schnalle gehalten wurde.

Bernardus sog das Bild seines Gastgebers in sich auf und musste an sich halten, um ihn nicht so zu umarmen und zu küssen, wie er es in seinen Träumen getan hatte. Äußerlich beherrscht und scheinbar in sich selbst ruhend, ließ er dem Abt den Vortritt und wartete bescheiden, bis der Graf ihn mit einer Handbewegung aufforderte, hereinzukommen.

Kaum hatten die Besucher das Zimmer betreten, schloss Herr Walther die Tür, schenkte ihnen eigenhändig Wein ein und rückte den Stuhl für seinen Oheim zurecht. »Ich freue mich, dass ihr gekommen seid, edle Herren, denn es gibt einiges zu bereden. Im Reich sind Dinge geschehen, die nicht nur mich selbst, sondern auch das ehrwürdige Kloster und alle Nachbarn im weiten Rund betreffen.«

Der ernste Ton des Grafen ließ Bernardus aufhorchen. »Ihr hört Euch an, als hättet Ihr uns ganz schreckliche Dinge mitzuteilen.«

Der Graf lachte kurz auf. »Sagen wir, die Situation ist nicht gerade erfreulich. Doch wenn wir rasch handeln und vor allem fest zusammenstehen, werden wir die Gefahren meistern, die auf uns zukommen.«

Nun berichtete er den beiden Chorherren vom Erscheinen des Königsboten und der Botschaft, die dieser überbracht hatte. Sein Oheim schien überhaupt nicht zu begreifen, was diese Neuigkeiten zu bedeuten hatten, und Bernardus fragte nur verwundert, was das Kloster mit dem zurückgeforderten Königsgut zu tun hätte.

Herr Walther setzte die Miene eines Mannes auf, den äußere Umstände ins Unrecht setzten. »Sehr viel! Der Vorgänger meines Oheims als Abt, der ehrwürdige Herr Friedrich von Eschenbach, hat vor neun Jahren mehrere Dörfer aus Reichsbesitz zum Eigentum des Klosters erklärt, und mein Vater, Graf Manfred, hat auf dessen Rat hin die völlig von

Wallburger Gebiet umschlossene Herrschaft Rettenstein an sich genommen. Wenn wir uns dem Willen des neuen Kaisers beugen wollen, müssten wir beides zurückgeben.«

»Wenn der Kaiser nach Recht und Gesetz handelt, dürfen wir uns nicht dagegen sträuben«, antwortete Bernardus sichtbar verwirrt.

Graf Walther, dessen Vater nicht nur das Rettensteiner Land, sondern weit mehr Reichsgebiet an sich gerissen hatte, bleckte die Zähne. »Was heißt hier Recht und Gesetz? Damals gab es keinen Kaiser, nur diese blutigen Narren Richard von Cornwall und Alfons von Kastilien, die im Reich niemand ernst genommen hat. Wir waren gezwungen, die herrenlosen Ländereien unter unseren Schutz zu nehmen, um zu verhindern, dass sich dort Raubgesindel breit machte. Deswegen sehe ich nicht ein, warum wir für unsere Mühen, die uns die Aufforstung und Bewirtschaftung der ehemaligen Ödnisse gekostet hat, auch noch bestraft werden sollen.«

»Das sehe ich ebenso wie Ihr, Neffe.« Rappo von Hohensiefen war alt und auf eine störrische Art darauf bedacht, in den Annalen des Klosters als einer seiner großen Äbte verzeichnet zu werden. Wenn er die Ländereien aufgeben musste, die der Kaiser beanspruchte und die ein gutes Viertel des gesamten Besitzes ausmachten, würde man ihn jedoch als Minderer des Klostergutes in Erinnerung behalten, und dies gefiel ihm ganz und gar nicht. Er blickte Herrn Walther, dessen Findigkeit von missgünstigeren Menschen Verschlagenheit genannt wurde, hoffnungsvoll an. »Was sollen wir denn nun tun?«

Der Graf legte seinen Köder aus und beobachtete dabei vor allem den Prior. »Wir müssten beweisen können, dass sich diese Landstriche bereits vor dem Jahre des Herrn 1254 im Besitz des Klosters und meiner Familie befunden haben. Glaubt ihr, dass sich Dokumente im Klosterarchiv finden lassen, die dies bestätigen?«

Bernardus schüttelte bedauernd den Kopf. »Nein, das ist leider nicht der Fall.«

Rappo von Hohensiefen begriff, worauf sein Neffe hinauswollte. »Dann muss man eben dafür sorgen, dass diese Dokumente existieren!«

Der Graf lächelte sanft, denn da er seinen Oheim kannte, hatte er genau diese Antwort erwartet. Bernardus würde keinen Widerstand leisten, da er als Prior unter der unmittelbaren Befehlsgewalt des Abtes stand und tun musste, was dieser von ihm verlangte. Doch er wollte kein Risiko eingehen. Daher trat er neben den jungen Mönch und legte ihm mit einer vertraulichen Geste die Hand auf die Schulter. »Es geht um das Kloster, werter Freund. Ihr wollt doch nicht, dass es Schaden nimmt.«

»Nein, natürlich nicht!« Bernardus fühlte sich wie zwischen glühenden Wänden eingezwängt. Das, was sein Abt und sein verehrter Klosterpatron von ihm erwarteten, stellte ein Verbrechen gegen die Reichsgesetze dar, denen ein neuer Kaiser nun Nachdruck verlieh, und auch gegen Gottes Gebot. Auch war ihm klar, dass weniger das Kloster als vielmehr Graf Walther von den Fälschungen profitieren würde. Trotzdem wagte er kaum Widerspruch. »Es wäre möglich, solche Urkunden anzufertigen, doch Gott wird es sehen und uns richten!«

Rappo von Hohensiefen fuhr verärgert auf. »Die heilige Kirche und ihre Orden sind die Vertreter Gottes auf Erden. Was wir tun, ist recht getan! Also zögere nicht, Bruder, sondern nimm Pergament und Feder zur Hand, um unseren Besitz vor dem Zugriff der Missgünstigen und Neider zu bewahren. In unseren Klosterarchiven existieren genug alte Siegel, die wir kopieren und für diesen Zweck verwenden können.«

Graf Walther lächelte seinem Oheim anerkennend zu. Bernardus hingegen schüttelte sich, als würde er die Kälte der tiefsten Hölle spüren. »Da Ihr es mir befehlt, werde ich es tun«, sagte er mit gepresster Stimme zu Abt Rappo.

Dieser nickte zufrieden und stand auf. »Beginnt schon hier mit Eurer Arbeit, denn wir werden dem Königsboten die Dokumente bald vorlegen müssen. Ich werde mich, wenn mein Neffe es erlaubt, zu einem Schläfchen niederlegen, denn wenn ich eine Weile auf der Wallburg ruhe, geht es mir so gut, als hätte ich einen Hauch des Paradieses geschmeckt.«

»Ihr könnt mein Bett benützen, werter Oheim«, bot Herr Walther ihm an und dachte innerlich lächelnd daran, dass seit vielen Jahren kein Fremder dem Kreuzessplitter so nahe gekommen war wie der Alte. Es lag jedoch keine Gefahr darin, denn Herr Rappo wusste zu wenig über die Reliquie, um ihr Versteck aufspüren zu können. Auch war das Schloss für die Geheimkammer so geschickt gefertigt, dass man es ohne den dazu gehörenden Schlüssel nicht öffnen konnte, und den trug er um den Hals.

Sehr zufrieden mit der Entwicklung führte er den alten Mann in sein Schlafgemach und kehrte dann zu Bernardus zurück. »Werter Freund, während mein Oheim der Ruhe pflegt, sollten wir beide die nötigen Schritte unternehmen, um unseren Besitz vor den gierigen Händen des Habsburger Grafen zu bewahren.«

Auf dem Gesicht des jungen Mönchs spiegelte sich der innere Kampf, den er immer noch mit sich ausfocht. Der Graf begriff, dass er etwas tun musste, um Bernardus endgültig auf seine Seite zu ziehen, und trat hinter ihn. Völlig überraschend umarmte er ihn, zog ihn zu sich hoch und küsste ihn auf beide Wangen. »Mein lieber Freund, gib dich ganz deinen Wünschen hin! Ich spüre deine Sehnsucht und werde sie erfüllen. Keine Angst! Was wir jetzt tun, haben andere bereits hunderte Male getan.«

So nahe wie jetzt war Bernardus dem Grafen noch nie gewesen, und es war, als versinke er in jenen Träumen, in denen seine glühende Leidenschaft Erfüllung gefunden hatte. Ohne sich der Wirklichkeit seines Tuns bewusst zu werden, erwiderte er Herrn Walthers Umarmung voller Leidenschaft und hielt seinen Mund verzückt dessen Küssen hin.

Herr Walther spottete innerlich über den Mann, dessen Interesse er schon lange gespürt hatte und der sich nun wie ein Weib benahm, doch um sein Ziel zu erreichen, war er zu Dingen bereit, die Bernardus niemand anderem würde beichten können als sich selbst. Mehr als die Leidenschaft des jungen Mannes genoss er seine Macht über den Prior und beschloss, sich seiner in Zukunft noch häufiger zu bedienen.

10 Graf Walthers übrige Gäste erschienen im Verlauf des späten Nachmittags. Als Erster tauchte Hartger von Kesslau auf, ein groß gewachsener Ritter mit dünnen blonden Haaren, der in einem einfachen Waffenrock ohne jeden Schmuck steckte und dessen ebenfalls unverziertes Schwert einen durch häufigen Gebrauch abgeschliffenen Griff besaß. Wie Bodo von Schmölz gehörte Hartger zu jenen Männern, die ihren Schwertarm an mächtigere Herren verkaufen mussten. Graf Walther hatte sich seiner Treue durch das Geschenk zweier Dörfer versichert, die er einem anderen Nachbarn abgepresst hatte. Auf ähnliche Weise war es ihm auch gelungen, Reinwald von Altburg, einen stiernackigen Mann mit rundem Kopf und zumeist hochrotem Gesicht, sowie den hünenhaften Wunibert von Schön-

thal als Verbündete zu gewinnen, die beide kurz nach Ritter Hartger erschienen.

Der Graf begrüßte seine Gäste mit einem herzlichen Lächeln, das, wie ein schärferer Beobachter bemerkt hätte, nicht zu seinem lauernden Blick passte, und stellte sie dem Königsboten vor. Philipp von Röthenbach litt noch immer unter dem gewaltigen Kater, den er sich durch den reichlichen Weingenuss vom Vortag zugezogen hatte, und nur ein von Usch geliefertes Pülverchen, das Mette sorgsam vorrätig hielt, versetzte ihn in die Lage, aufrecht sitzen zu können. Er war Herrn Walther daher mehr als dankbar, als dieser ihm eröffnete, dass er die Burgherren aus der Umgebung und den Abt des Klosters von St. Kilian auf die Wallburg eingeladen hatte.

»Das war sehr klug von Euch, denn damit muss ich nicht von Burg zu Burg reiten, um den Willen des Kaisers jedem einzeln mitzuteilen«, lobte Philipp seinen Gastgeber nach einem guten Schluck ungarischen Weines, mit dem er den unangenehm bitteren Geschmack aus seinem Mund fortspülen wollte. Dann musterte er das kleine Häuflein der Anwesenden und wandte sich fragend an den Grafen.

»Sind denn auch wirklich alle gekommen?«

»Alle, die dazu bereit waren, Euch zu treffen und dem Kaiser ihre Ergebenheit zu bekunden«, log Herr Walther ungerührt. »Frau Rotraut von Schmölz bittet Euch allerdings, sie zu entschuldigen. Sie versteht nichts von solchen Dingen und überlässt es Ritter Bodo, sich um alles zu kümmern.«

»Ritter Bodo kümmert sich nur um sein Schwert und sein Pferd.« Philipps Stimme klang ärgerlich, denn obwohl der Kaiser ihn mit der ehrenhaften Aufgabe des Königsboten betraut hatte, neidete er dem Herrn von Schmölz den Einfluss, den dieser als einer der Leibwachen Rudolfs von Habsburg besaß.

Walther von Wallburg nahm die Gemütsaufwallung seines Gastes interessiert zur Kenntnis. Er hatte weder Rotraut von Schmölz noch den übrigen Nachbarn Nachricht vom Erscheinen des Königsboten gesandt und stellte es nun so dar, als würden diese dem Kaiser die Gefolgschaft verweigern wollen. Überdies flocht er Bemerkungen in seinen Bericht, die dem Königsboten suggerierten, bei den meisten der Abwesenden handele es sich um halbe Räuber, die die ritterlichen Tugenden längst in den Staub getreten hatten und wohl nicht bereit seien, die von ihnen zu Unrecht in Besitz genommenen Reichsgüter zurückzugeben. Frau Rotraut aber war seinen Worten zufolge ein dummes, eitles Ding, das nicht fähig war, einen ritterlichen Haushalt zu führen, und er bestärkte Herrn Philips Meinung über Bodo von Schmölz, der Mann sei ein dumpfer Schlagetot ohne jeglichen Verstand.

»Wir, die wir hier versammelt sind, werden uns dem Befehl des Kaisers beugen«, erklärte er und versetzte damit seine drei Verbündeten in Angst und Schrecken, denn die Herren auf den Burgen Kesslau, Altburg und Schönthal hatten nicht weniger gierig zugegriffen als der Graf selbst.

Ihre Bestürzung verwandelte sich jedoch in Erstaunen und Bewunderung, als der Graf eine Liste auf den Tisch legte, der sie entnehmen konnten, dass jedem von ihnen nur ein kleines Dorf mit einem winzigen Stück Land abgefordert werden sollte. Das Kloster steuerte ein weiteres Dorf dazu und der Graf selbst zwei, die außerhalb seines eigentlichen Besitzes lagen. Graf Walther war klar, dass es auffallen würde, wenn man dem Kaiser alles vorenthielt, und so hatte er auf ein paar weniger wertvolle Liegenschaften verzichtet, um den Rest dafür umso stärker an sich zu binden. Er legte dem Königsboten einige Urkunden hin, die Bernardus diesem vorlesen musste und aus denen hervorging, dass der überwiegende Teil der Ländereien, die in Wahrheit erbeutetes Reichsland waren, bereits vor längerer Zeit dem Grafen, dem Kloster und den drei Rittern zugesprochen gewesen waren.

Philipp von Röthenbach kam gar nicht auf den Gedanken, die Autorität der beiden hochrangigen Mönche anzuzweifeln, die ihm Graf Walthers Worte bestätigten. »Leider liegen diese Gebiete, die seiner kaiserlichen Majestät zustehen, zu zerstreut, um sie zu einer eigenen Herrschaft zusammenfassen zu können«, befand er nach reiflicher Überlegung. »Daher wäre es mir lieb, wenn die Herren sich bereit finden würden, diese Liegenschaften bis auf weiteres im Namen des erhabenen Herrn Rudolf zu verwalten.«

»Das tun wir gerne, nicht wahr?«, rief Hartger von Kesslau und wurde von seinen Freunden Reinwald und Wunibert sofort unterstützt.

Graf Walther hörte lächelnd zu, auch wenn er fand, dass die drei ihre Erleichterung nicht so offen hätten zeigen sollen. Er selbst hielt sich beim Reden wie auch beim Trinken zurück, ließ seinen Gästen jedoch immer wieder nachschenken. Prior Bernardus sprach dem Wein ebenso kräftig zu wie die anderen und war zuletzt ebenso betrunken wie der Abt, der Königsbote und die Ritter. Seiner Stimme kaum mehr mächtig, sang er ein Loblied auf den Grafen, wie es eine verliebte Frau nicht inniger hätte tun können. Herr Philipp war ebenfalls voll der Anerkennung über die gastfreie Art, mit der er willkommen geheißen worden war, und der Abt und die drei Ritter überschlugen sich fast vor Dank, weil es Herrn Walthers scharfem Verstand gelungen war, ihnen den Raub der letzten Jahre zu erhalten.

Als die Männer spät am Abend von Knechten zu ihren Betten getragen wurden, wähnte Graf Walther sich auf der Höhe seines Erfolges. Er brachte Bernardus, der nur noch mit seiner Hilfe auf eigenen Füßen stehen konnte, in dessen Kammer. Dort verlor der Mönch vom Wein enthemmt seine letzte Zurückhaltung und fesselte sich mit Ketten an den Grafen, wie sie fester nicht einmal der Teufel schmieden konnte. Später betrat Herr Walther das Schlafgemach seiner Gemahlin, um sein Versprechen bei ihr zu erfüllen. Sie musste am nächsten Tag ihren Verwandten verabschieden und sollte dafür in dankbarer Stimmung sein.

11 Am nächsten Tag leerte sich die Burg. Philipp von Röthenbach brach nach einem herzlichen Abschied als Erster auf, und kurz darauf verabschiedeten sich auch die beiden Chorherren des Klosters. Graf Walthers übrige Gäste ließen sich zunächst noch ein kräftiges Mittagsmahl schmecken, in dessen Verlauf sie sich mit Lob und Ergebenheitsbekundungen für den Gastgeber und dessen Klugheit zu übertreffen suchten, bevor sie die Wallburg verließen. Hartger von Kesslau hatte die Erlaubnis erhalten, seinen Sohn Hartmut für ein paar Tage mitzunehmen, da dessen Schwester verheiratet werden und der Burgerbe seinen Schwager kennen lernen sollte.

Nach diesen turbulenten Tagen, in denen das Gesinde die doppelte Arbeit hatte leisten müssen, kehrte Ruhe ein, und Reinulf und Wunibald, die beiden anderen Knappen des Grafen, langweilten sich trotz der anstrengenden Waffenübungen. Sie waren sechzehn und siebzehn Jahre alt und noch ohne Erfahrungen beim weiblichen Geschlecht, denn die Mägde wurden zumeist von eifersüchtigen Reisigen für sich beansprucht oder entzogen sich den plumpen Zugriffen mit der Erfahrung, die sie bei den Zuständen in der Wallburg erworben hatten.

Als Reinulf wieder einmal bei Frau Adelheids Leibmagd Ditta abgeblitzt war, stand plötzlich Jost grinsend hinter ihm. »Wenn du dich weiterhin so ungeschickt anstellst, wirst du noch lange mit Frau Faust und ihren fünf Töchtern vorlieb nehmen müssen!«

»Welche Frau und welche Töchter?«, fragte der Knappe verdutzt.

Jost streckte ihm die gespreizten Finger seiner Rechten entgegen und schloss sie dann zur Faust. »Die hier, mein Junge. Aber für einen Mann ist das auf Dauer nichts. Der braucht einen warmen Frauenleib, um seinen Nagel hineinschlagen zu können. So ein Hänfling wie du darf aber nicht gleich nach den schönsten Mädchen schielen, sondern muss erst einmal versuchen, bei den Erreichbaren zu lernen. Zum Beispiel bei Trampel. Die wäre gerade im richtigen Alter.«

»Das Ding stinkt doch fürchterlich!«

Jost klopfte Reinulf lachend auf die Schulter. »Wenn du so richtig in Fahrt gekommen bist, merkst du das nicht mehr.«

Der Knappe schüttelte sich, doch dann glommen seine Augen begehrlich auf. Die Verrückte mochte ja schmutzig und abstoßend sein, aber sie war weiblichen Geschlechts.

Jost merkte, wie es in Reinulf arbeitete, und grinste aufmunternd. »Nimm Wunibald mit! Der zieht es sicher auch vor, selber ein Fass anzustechen, als immer nur davon zu träumen.«

Der Knappe nickte eifrig. »Das ist eine sehr gute Idee, Ritter Jost. Ihr und Ritter Armin macht es doch auch meistens zusammen.«

»Vorsicht mit dem, was du sagst, Junge! Wir benutzen die Weiber, die Gott in seiner Güte geschaffen hat, um uns Männer zu erfreuen, und haben es nicht nötig, uns gegenseitig den Hintern zu nageln! Glaubst du, wir wüssten nicht, was Hartwig und du letztens oben in der Turmkammer getrieben habt?«

Das Gesicht des Knappen färbte sich rot wie das eines Mädchens. »Wer hat Euch das verraten?«

»Verraten? Ihr selbst, denn ich habe euch zugeschaut. Jetzt ist es aber an der Zeit für euch, durch die richtige Tür zu gehen. Als ich so alt war wie ihr, habe ich an jede Pforte gepocht, die sich mir öffnete, und mochte sie der ältesten Vettel gehören. Hauptsache, mein Schwert steckte in einer warmen Scheide. Also fangt erst einmal bei Trampel an.«

Josts derbe Worte schürten Reinulfs Verlangen, und er musste seine Hose zurechtziehen, die ihm an einer gewissen Stelle zu eng wurde. »Ich danke Euch für Euren guten Rat, Ritter Jost!«, rief er und rannte los, um seinen Freund zu suchen.

Jost wartete, bis der Knappe verschwunden war, und lachte dann spöttisch auf. Das würde ein Spaß werden, wenn er am Abend in geselliger Runde erzählte, dass die beiden Knappen nicht einmal vor der verrückten, stinkenden Bärbel Halt gemacht hatten.

Reinulf stürzte auf den Hof, wo Wunibald gerade mit einem Holzschwert voller Wut auf einen Pfahl einschlug, der seinen Feind darstellen sollte. »Hast du nichts Besseres zu tun als das?«

Wunibald versetzte dem Pfahl einen letzen Hieb und warf dann das Schwert mit einem ärgerlichen Laut zu Boden. »Mein Vater sagt, ich müsse mehr üben, um Muskeln zu bekommen.«

Reinulf fasste ihn am Kragensaum seiner Tunika und zog ihn zu sich heran. »Ich wüsste eine andere Übung, die dir gewiss mehr Freude machen wird.« Dabei bewegte er sein Becken anzüglich vor und zurück.

Wunibald schüttelte angeekelt den Kopf. »Das mache ich nicht. Da musst du schon warten, bis Hartwig zurückkommt.«

»Idiot, ich meinte doch nicht das, sondern richtiges, warmes Weiberfleisch.« Reinulf boxte seinem Freund mit der freien Hand gegen die Rippen und zwinkerte ihm auffordernd zu. »Wir holen uns Trampel. Die ist zwar ein wenig schmutzig, aber unten herum soll sie genauso aussehen wie alle Weiber.«

Im ersten Augenblick wollte Wunibald den Vorschlag ablehnen, doch dann erschien ein gieriges Glitzern in seinen Augen. In den Nächten, in denen er voll unerfülltem Verlangen in seinem Bett lag, hatte er sich schon mehr als einmal vorgestellt, sich wenigstens bei der verrückten Bärbel als Mann beweisen zu können. Erleichtert, dass sein Freund auf denselben Gedanken gekommen war, legte er Reinulf den Arm um die Schultern.

»Also gut, ziehen wir den Trampel durch. Aber irgendwann hole ich mir die hübsche Ditta, das sage ich dir.«

»Da wirst du dich hinter mir anstellen müssen!«, antwortete Reinulf spöttisch und lief mit ihm zum Stall hinüber.

Die beiden Knappen hatten Glück, denn die Knechte arbeiteten alle im Freien, und so fanden sie Bärbel allein bei einem Fohlen, dem sie gerade einen Kleietrank einflößte. Reinulf und Wunibald blieben neben ihr stehen und sahen ihr einen Moment lang zu.

Bärbel beachtete die beiden zunächst nicht, doch dann fasste Reinulf nach ihrem Hintern.

Verärgert schlug sie seine Hand weg. »Was soll das?«

»Komm Trampel, wir wollen dir etwas zeigen. Es wird dir gewiss gefallen.« Reinulf streckte erneut die Hand nach ihr aus, und nun kam ihm auch Wunibald zu Hilfe.

Bärbel begriff nun, was die beiden vorhatten, und geriet

für einen kurzen Augenblick in Panik. Dann aber siegte ihre Wut, und sie griff in ihren Halsausschnitt, um die Wieselblase mit dem Brechmittel herauszuholen. Bevor sie das Ding jedoch zerdrücken konnte, traf eine ungeschickte Bewegung Wunibalds ihren Arm und schlug ihr die Waffe aus der Hand. Bärbel sah noch, wie die Blase weit jenseits ihrer Reichweite zu Boden fiel und zwischen einigen Pferdeäpfeln liegen blieb. Nun bekam sie es wirklich mit der Angst zu tun. Ihr war klar, dass Reinulf und Wunibald nicht von ihr ablassen würden, ehe sie zum Erfolg gekommen waren. Dennoch war sie nicht bereit, sich kampflos in ihr Schicksal zu fügen. Mit einem fauchenden Laut schüttelte sie Wunibald ab und stieß Reinulf zurück, sodass sie für einen Augenblick freikam. Die Verblüffung der aufdringlichen, aber doch recht ungeschickten Knappen ausnützend, rannte sie zu der Leiter, die in ihr Kämmerchen hochführte, und begann eilig hochzuklettern. Wunibald bekam noch ihren rechten Knöchel zu fassen, musste ihn jedoch loslassen, als sie ihm mit ihrem linken Fuß heftig gegen den Kopf trat.

So schnell sie konnte, strebte Bärbel dem vermeintlichen Schutz ihres Taubenhauses zu, und stellte dann fest, dass die beiden Burschen ihr mit grinsenden Mienen folgten. Unwillkürlich griff sie nach dem Kurzschwert, um ihre Tugend zu verteidigen, doch in dem Moment kam ihr Uschs Warnung in den Sinn. Wenn sie einen der Rittersöhne mit einer Waffe verletzte, würde der Graf sie auspeitschen lassen, bis sie als blutiges Bündel am Pfahl hing, und sie traute es ihm zu, dass er sie vorher nackt ausziehen und von allen Männern vergewaltigen lassen würde. Einen winzigen Moment dachte sie daran, die Waffe gegen sich selbst zu richten, denn Usch und der Tempelritter hatte ihr eingeschärft, ihre Tugend zu hüten, wenn sie der ewigen Seligkeit nicht verlustig gehen wollte, als ihr Blick auf das Schmalztöpfchen fiel. Kurz entschlossen griff sie mit der linken Hand hinein und schmierte die Schwelle ihrer Kammer und den unteren Teil des Türrahmens ein.

Reinulf, der ihr als Erster gefolgt war, hatte nichts davon bemerkt, sondern griff mit beiden Händen von der Leiter aus nach oben und wollte sich in die Kammer ziehen. Seine Finger aber rutschten auf dem glitschigen Holz ab. Er verlor den Halt, stieß gegen seinen Freund, der dicht unter ihm kletterte, und riss ihn mit sich in die Tiefe. Zu ihrer beider Glück dämpfte ein Haufen schmutzigen Strohs ihren Fall. Dennoch vernahm Bärbel das Knacken brechender Knochen.

»Alle tausend Höllenhunde, tut das weh!«, kreischte Reinulf auf.

»Mach, dass du von mir herunterkommst, du Trottel! Du hast mir sämtliche Rippen zerschmettert.« Wunibald versetzte seinem Freund einen heftigen Stoß, der diesen wie einen getretenen Hund aufheulen ließ.

Noch während sie sich stritten und Bärbel dabei alle Strafen der Welt androhten, stürmte Rütger mit gezogenem Schwert durchs Tor. Jost hatte seinen perfiden Plan bereits lautstark zum Besten gegeben, und so war Rütger in den Stall geeilt, um Bärbel beizustehen. Beim Anblick der beiden Burschen, die sich jammernd im Mist wälzten, musste er sich das Lachen verkneifen. Gleichzeitig aber ging ihm auf, dass auch er die Waffe nicht gegen Rittersöhne hätte erheben dürfen, und er stieß sein Schwert aufatmend in die Scheide zurück.

»Bei Gott, was ist denn mit euch passiert?«, fragte er scheinbar entsetzt.

Wunibald stöhnte auf. »Wir wollten dem Trampel zeigen, wie viel Spaß ein Mann zwischen ihren Beinen haben kann, aber Reinulf, dieser Trottel, ist ausgerutscht und hat uns beide in die Tiefe gerissen.«

»Es war ganz glitschig dort oben, und da konnte ich mich einfach nicht mehr halten«, versuchte Reinulf sich zu rechtfertigen.

»Trampel ist nun einmal ein schmutziges Ding, und da hättest du dir denken können, dass es in der Kammer dort oben auch nicht besser aussieht«, antwortete Rütger spöttisch. Er sah, wie Bärbel ihren Kopf ein wenig aus ihrer Kammer herausstreckte, und zwinkerte ihr grinsend zu. Die beiden Burschen aber nahmen sie ebenfalls wahr und überboten sich gegenseitig mit Drohungen, was sie ihr alles antun würden.

Rütger lachte scheinbar amüsiert auf. »Jetzt macht mal halblang! Wenn ihr auch nur das Geringste von dem verlauten lasst, was hier passiert ist, werden die Mauern der Wallburg vom Gelächter der Leute erbeben, und dann bringt euch keiner mehr Respekt entgegen. Geht in den Palas und sagt, ihr hättet euch bei Kampfübungen verletzt. Den Trampel aber lasst von nun an in Ruhe! Oder wollt ihr, dass alle Welt diese Geschichte erfährt und sie wie Pech an euch haften bleibt?«

»Natürlich nicht, Rütger. Aber wir werden es dieser widerlichen Stinkerin trotzdem heimzahlen, das schwöre ich dir!« Reinulf raffte sich auf, hielt seinen gebrochenen linken Arm mit der Rechten an den Leib und schlurfte zum Stalltor hinaus. Wunibald folgte ihm wie ein verkrümmter alter Baum.

Rütger sah ihnen nach, bis sie außer Hörweite waren, und blickte dann zu Bärbel hinauf. »Den Burschen hast du ja sauber heimgeleuchtet. Aber jetzt solltest du die Wallburg verlassen und dich eine Zeit lang nicht mehr hier sehen lassen. Am besten ist, du gehst zu Usch und bleibst vorerst bei ihr.«

Rütgers Rat erschien Bärbel weise, daher suchte sie alles

zusammen, was sie mitnehmen wollte, wischte dann mit einem Lappen das Schmalz weg und stieg vorsichtig nach unten. Dabei fragte sie sich bang, ob sie ihr Kämmerchen je wieder sehen würde, denn sie traute Reinulf und Wunibald durchaus zu, einigen Knechten den Befehl zu geben, ihr Taubenhäuschen zu zerstören.

»Hältst du ein Auge auf meine Sachen, Rütger?«, bat sie ihren väterlichen Freund.

Der Reisige nickte lächelnd. »Das tue ich gerne, Bärbel. Doch jetzt mach dich auf den Weg, sonst fällt es den Burschen noch ein, dich bei Jost zu verpetzen. Der sucht doch nur einen Grund, jemandem ein paar kräftige Hiebe mit der Peitsche überziehen zu können, und wer weiß, was er dir sonst noch antun würde …« Er biss sich auf die Lippen, strich mitleidig über Bärbels struppigen Schopf und half ihr, ihr Bündel auf dem Rücken zu befestigen. Dann begleitete er sie schweigend bis zum Fuß des Burgberges und verabschiedete sich dort von ihr.

»Es ist das Beste, du bleibst weg, bis ich zu dir komme und dir mitteile, dass die Luft wieder rein ist. Am liebsten sähe ich es, wenn du nach Schmölz gingest, denn dort wärest du sicherer als bei Usch. Aber wenn Herr Walther erfährt, dass eine seiner Leibeigenen dort Zuflucht gesucht hat, fordert er dich aus Prinzip zurück und lässt dich für deine Flucht bestrafen.«

Bärbel nickte mit Tränen in den Augen. »Usch wird schon wissen, was zu tun ist! Pass lieber auf, dass die Knappen sich nicht an dir rächen.«

»Das werde ich!«, versprach er und nahm sich im Stillen vor, für Bärbel und für sich zu beten und einige Münzen aus seinen Ersparnissen zu opfern, um die himmlische Jungfrau gnädig zu stimmen.

12

Bärbel schritt rasch aus, doch als sie die Abzweigung erreichte, die zu Uschs Hütte führte, schenkte sie ihr nur einen kurzen Blick und ging weiter, bis sie zu der Stelle kam, wo der Blutwald und der Krehlwald aneinander grenzten. Sie wollte zuerst dem alten Templer, der als frommer Eremit hinter den beiden Forsten wohnte, berichten, was geschehen war, und ihn um seinen Segen bitten. Danach würde sie leichteren Herzens bei Usch Zuflucht suchen können.

Da ihr der Blutwald mit seinen knorrigen, düster wirkenden Bäumen und den langen Moosbärten, die von seinen Ästen hingen, auch am Tag Angst einjagte, wanderte sie durch den Randstreifen des helleren Krehlwalds, obwohl sie sich dort den Weg durch hinderliches Unterholz bahnen musste. Unterwegs fand sie so viele reife Heidelbeeren, dass sie sich an den kleinen blauen Früchten satt essen konnte. Die würzige, nur vom Rauschen des Windes und dem Zwitschern der Vögel erfüllte Luft unter dem Blätterdach wirkte wundersam beruhigend auf sie und ließ sie hoffnungsvoller in die Zukunft sehen.

Nachdem sie sich mit Heidelbeeren voll gestopft und noch einen Lederbeutel voll als Geschenk für den Eremiten gesammelt hatte, beeilte sie sich, weiterzukommen, denn sie wollte Uschs Hütte noch vor der Nacht erreichen. Nach wenigen Schritten vernahm sie eine Stimme, die vom Blutwald herüberscholl, und zuckte zusammen, denn sie nahm an, Jost oder die beiden Knappen wären ihr gefolgt. Doch als sie genau hinhörte, erkannte sie die Stimme des alten Tempelritters, der mit jemandem zu reden schien. Froh, dem Eremiten bereits an dieser Stelle zu begegnen, folgte sie dem Klang seiner Worte und konnte bald schon verstehen, was er sagte. Von da an schlich sie fast lautlos weiter, um sich nichts von seiner Predigt entgehen zu lassen.

Der Eremit sprach von Gott, von Jesus und dem Himmelreich, und Bärbel fragte sich verwundert, welcher Gemeinde seine tröstenden Worte an diesem verwunschenen Ort gelten mochten. Neugierig und völlig frei von Angst überschritt sie die Grenze des Blutwaldes. Nur wenige Schritte dahinter entdeckte sie die hagere, in einer härenen Kutte steckende Gestalt des Templers, der auf einer kleinen Lichtung inmitten dicht wachsender Bäume stand. Er hielt die Hände in einer segnenden Geste erhoben und schien ihre Annäherung nicht zu bemerken, denn er sprach mit großer Inbrunst zu einigen Zuhörern, die Bärbel in dem flirrenden Halbdunkel nur undeutlich wahrnehmen konnte. Als sie sich jedoch zu diesen Leuten gesellen wollte, blieb ihr vor Schreck beinahe das Herz stehen.

Um den Eremiten hatten sich keine Menschen aus Fleisch und Blut versammelt, sondern durchscheinende Geister von Männern und meist jungen Frauen in fremdartigen Trachten. Die Frauen hatten ihre Haare zu mehreren kunstvoll miteinander verwobenen Zöpfen geflochten und trugen Gewänder aus Leinen, Wolle und Bast, während die Männer in kurzen Kitteln und wollenen Hosen steckten und ihre geschorenen Köpfe mit einfachen Filzhüten bedeckt hatten. Es waren aber auch einige Krieger dabei, die einen eigenartigen Haarknoten seitlich am Hinterkopf trugen. Die Gesichter der gespenstischen Wesen ähnelten denen der Leute aus der Grafschaft, und in der hier üblichen Kleidung hätte Bärbel sie für die Geister verstorbener Dorfbewohner gehalten. So aber wirkten sie fremdartig und daher noch unheimlicher.

Gerade, als der Templer von der Auferstehung des Herrn Jesus Christus sprach, wurden die Geister auf Bärbel aufmerksam. Die meisten wichen erschrocken vor ihr zurück, während andere die Zähne fletschten und so aussahen, als würden sie ihr am liebsten die Kehle zerfetzen.

Nun bemerkte auch Adalmar seine neue Zuhörerin und wandte sich mit einem sanften Lächeln an die Geister. »Beruhigt euch, meine Freunde! Selbst wenn sie die Macht hätte, euch wehzutun, würde sie die Hand nicht gegen euch erheben. Bärbel ist ein gutes Mädchen und Gott treu ergeben.«

Einer der Geister, ein älterer Mann mit hageren Zügen und kurzen Bartstoppeln, schüttelte sich, als würde ihn frieren. »Ihr täuscht euch, ehrwürdiger Vater. Dieses Mädchen besitzt die Kraft, uns zu schaden, und an ihren Fingern klebt unser Blut, denn es waren ihre Vormütter, die uns dem Tod übergaben.«

Adalmar hob beschwichtigend die rechte Hand. »Ihre Hände sind sauber, Fasold, und es ist keine Schuld an ihr. Ihre Vorfahren haben längst dem heidnischen Irrglauben entsagt und sich zu Gottvater, dem Sohn und dem Heiligen Geist bekannt. Auch straft Gott, der Herr, die Sippe selbst des größten Sünders nur bis ins siebte Glied, und bei Bärbel wurden gewiss weitaus mehr Generationen geboren, seit die Ahnfrauen ihrer Sippe ihr blutiges Werk verrichtet haben.«

Der Fasold genannte Geist löste sich halb auf, bekam dann einen beinahe fest wirkenden Körper und wanderte einmal um Bärbel herum, als wolle er sich selbst überzeugen, ob sie für ihn gefährlich war oder nicht. Bärbel trat auf den Eremiten zu, in dessen Nähe sie sich sicherer fühlte. »Ihr predigt heidnischen Geistern das Evangelium, Herr? Aber warum?«

Adalmar setzte sich auf eine Baumwurzel, die sich unter ihm zu bewegen schien, als wolle sie es ihm bequem machen, und blickte Bärbel ernst an. »Sie haben das gleiche Recht auf Erlösung wie die Lebenden! Man hat diese Menschen in heidnischen Riten abgeschlachtet, um den Segen hölzerner Standbilder und angeblich heiliger Steine auf jene herabzurufen, die für ihren Tod verantwortlich waren. Nun warten sie zum Teil seit mehr als tausend Jahren auf ihre Erlösung, und Jesus Christus wird sie ihnen bringen.«

Bärbel nickte eifrig, denn sie fühlte Mitleid mit den durchscheinenden Gestalten, aber auch Freude, dass ihnen nun der Weg ins Himmelreich offen stand. In dem Moment klang ein erleichtertes Seufzen auf, und die Geister wagten es, sich ihr zu nähern. Sie streckten die Hände nach ihr aus und berührten sie durch ihre Kleidung hindurch, sodass Bärbel die kalten Finger auf der Haut spürte. Sie zuckte ein wenig zusammen, lächelte dann aber einer jungen Frau zu, die bei ihrem Tod kaum älter gewesen sein konnte als sie selbst. »Ich wünsche dir, dass du die Wunder des Paradieses mit eigenen Augen schauen kannst«, sagte sie, und beobachtete erstaunt, wie sich die Gestalt der Frau mit hellem Licht füllte.

Die Geister umschwirrten ihre Leidensgenossin mit verblüfften Gesichtern, und Adalmar schien sogar noch verwunderter zu sein als die Toten, denn er holte tief Luft und verneigte sich vor Bärbel. »Du trägst eine große Macht in dir, mein Kind, und ich hoffe, dass du mir helfen wirst, diesen armen Seelen den Weg zu Gott zu bahnen«.

»Oh, ja! Das tue ich gerne«, antwortete Bärbel mit glänzenden Augen.

Adalmar bedankte sich bei ihr und bat sie, sich nun still hinzusetzen, damit er seine Predigt fortsetzen könne. Wieder versammelten sich die Geister um ihn und hörten ihm aufmerksam zu. Auch Bärbel lauschte seinen Worten und fand sie eindringlicher und gleichzeitig gewaltiger als jene, die Vater Hieronymus zu sprechen pflegte. Mit dem Burgkaplan auf der Wallburg wollte sie den Templer gar nicht erst vergleichen, denn jener war kein wirklich frommer Mann und wohl auch nicht gerufen worden, um über das Seelenheil der Burgbewohner zu wachen, sondern um Herrn Walther als Sekretär zu dienen.

Bärbel wusste zuletzt nicht, wie lange der Eremit den Geistern der Toten das Evangelium gepredigt hatte, doch als er das letzte Amen sprach und ihnen seinen Segen erteilte, kam es ihr so vor, als schwebe sie seit Stunden in wunderbaren Bildern, und gleichzeitig so, als wären seit ihrer Ankunft nur wenige Augenblicke verstrichen.

Während die Geister, von Adalmars Predigt mit neuer Hoffnung auf Erlösung erfüllt, sich etwas zurückzogen, kam der Templer auf Bärbel zu und legte ihr die Hand auf die Schulter. »Komm, Mädchen, ich will dir einen Ort des Friedens zeigen in diesem Wald, der so viel Leid gesehen hat.«

Sie bemerkte, dass sie vom Sitzen ganz steif geworden war, reckte ihre Glieder und folgte ihm tiefer in den Blutwald hinein. Anders als früher erschien der Forst ihr jetzt nicht mehr bedrückend und gefährlich, sondern von einer stillen Trauer erfüllt.

Nach einer Weile erreichten sie ein besonders wildes Waldstück mit eng stehenden, knorrigen Bäumen, deren Äste sich verkrümmten Armen gleich zu einem abweisenden Wall verhakt hatten. Für Bärbel sah es so aus, als sei ihr Weg hier zu Ende, Adalmar aber schritt unbeirrt weiter und schob die hinderlichen Zweige einfach beiseite. Bärbel selbst wagte es nicht, die Bäume oder auch nur ihr rötlich schimmerndes Laub zu berühren, und hätte allein keinen einzigen Schritt in diese Wildnis gewagt, doch in der Begleitung des frommen Mannes fühlte sie sich in guter Hut.

Etwas später weitete sich das Dickicht und gab den Blick auf eine Lichtung frei, die wie ein Teil des Paradieses wirkte. Bärbel unterdrückte einen Ausruf des Erstaunens, denn jedes laute Wort wäre ihr hier wie ein Sakrileg erschienen. Vor ihr lag ein von lockerem, mit hellen Blüten übersätem Buschwerk umgebener Teich, dessen Oberfläche wie geschmolzenes Silber glänzte. Von diesem Ort ging nichts Böses aus, das fühlte sie deutlich, und sie sah sich immer noch staunend zu Adalmar um.

»Viel schöner kann es auch im Himmel nicht sein.«

»Das ist ein wenig übertrieben, mein Kind, denn das Paradies hat Gott geschaffen. Diesen Ort aber haben die Seelen der hier Geopferten unter großen Mühen angelegt, um hier ihr Schicksal zu beweinen, das sie mit Zauberbanden an die blutgetränkte Erde fesselt. Sie verbergen diese Stelle vor den Augen der lebenden Menschen, doch nachdem sie Vertrauen zu mir fassten, haben sie mich in ihr Geheimnis eingeweiht. Ich komme gerne hierher, um meine Füße in dem kühlen Wasser zu erfrischen und zu beten. Von nun an soll es für dich ein Platz sein, an dem du vor fremden Blicken verborgen deine Maske ablegen und ganz du selbst sein kannst.«

»Das wäre schön, denn auch bei Usch darf ich meine hässliche Hülle nur in ihrer Hütte und da auch nur für kurze Zeit abstreifen.« Bärbel schloss die Augen und stellte sich vor, wie schön es sein musste, in diesem Teich zu baden und dabei all den Schmutz, der sie bedeckte, abwaschen zu können. In Gegenwart des frommen Mannes durfte sie sich nicht entblößen, daher tröstete sie sich damit, dass sich während der Zeit, in der sie bei Usch lebte, öfter die Gelegenheit finden würde, hier zu schwimmen.

Bei diesem Gedanken erinnerte sie sich wieder an den Grund ihres Kommens und berichtete Adalmar mit stockender Stimme, was beinahe mit ihr passiert wäre und dass sie Angst hatte, für die Verletzungen der Knappen bestraft zu werden. Der alte Mann hörte ihr mit ernst gewordener Miene zu, denn während ihres Berichts schwang das spöttische Lachen des teuflischen Besuchers in seinem Ohr. Der Dämon hatte ihn gewarnt, was er seiner Urenkelin alles zustoßen lassen könne, und mochte im Abgrund seines bösen Geistes beschlossen haben, es zu diesen Ereignissen kommen zu lassen, um ihm, Adalmar, zu zeigen, dass er ihn in der Hand hatte. Aber auch ohne Ardanis widerwärtiges Spiel war dem alten Templer längst klar geworden, dass ihm die Zeit unter den Händen verrann. Der Kreuzessplitter verlieh Graf Walther von Tag zu Tag mehr Macht und Erfolg, und wenn sein Erbe geboren sein würde, konnte ihm niemand mehr die Reliquie entreißen.

»Was geschehen muss, wird geschehen, und wenn ich dem Schwarzen die Hand dazu reichen muss!«

Bärbels verwirrter Blick zeigte Adalmar, dass er seine Gedanken laut ausgesprochen hatte. Er forderte das Mädchen auf, sich neben ihn an das Ufer des Sees zu setzen, und sprach dann mit leiser, eindringlicher Stimme auf sie ein.

»Gott selbst hat deinen Weg zu mir gelenkt, mein Kind, denn ich muss mit dir sprechen. Wie du selbst hast feststellen müssen, bist du auf der Wallburg nicht länger sicher. Solange Graf Walther dort herrscht, wirst du auch weiterhin in großer Gefahr schweben und mit dir viele andere Menschen, denen er und seine Handlanger das Leben zur Qual machen. Wenn man den Gerüchten Glauben schenken kann, bedroht dieser Mann sogar den Reichsfrieden in weitem Umkreis. Aber es gibt einen Menschen, der seine Macht brechen kann, nämlich dich! Herr Walther muss des Kreuzessplitters beraubt werden, denn nur dann können die irdische und die himmlische Gerechtigkeit ihren Lauf nehmen. Wie du schon weißt, ist nur ein Nachkomme Ritter Rolands von Eisenstein in der Lage, die Reliquie an sich zu nehmen, und dieser muss ohne Fehl und Tadel sein. Dies trifft nur auf eine Person zu, und die bist du!«

Bärbel blickte überrascht auf, denn sie hatte nicht erwartet, dass auch der fromme Eremit sie dazu auffordern würde, den Kreuzessplitter zu stehlen. Bei Usch hatte sie sich noch vehement dagegen ausgesprochen, doch jetzt wusste sie nicht mehr so recht, was sie antworten sollte. »Meine Schwester Elisabeth ist schwanger, und wir hoffen alle, dass sie dem Grafen den ersehnten Sohn gebären wird. Ich möchte nicht, dass ihr Kind des Segens verlustig geht, der unserer Sippe seit den Zeiten Ritter Rolands zugesprochen ist.«

Der Alte fasste ihre Hände und blickte sie durchdringend an. »Deine Worte ehren dich, meine Tochter! Doch Elisabeths Kind wurde in Sünde gezeugt und wird in Sünde geboren werden. Selbst wenn es ein Knabe wäre, der reinen Herzens bleibt und zu einem edlen Mann heranwächst, würden noch viele Jahre vergehen, bis er dich und all die anderen davor bewahren kann, von seinem Vater unterdrückt und von dessen Gehilfen geschändet, verstümmelt oder getötet zu werden. Nein, Bärbel, der Kreuzessplitter darf nicht länger in Herrn Walthers Händen bleiben! Er war als Segen gedacht, und doch hat er sich als Fluch erwiesen. Er ist sehr mächtig, weil er seinem Besitzer beinahe alle Wünsche zu erfüllen vermag, und doch ist er ohne wahre Kraft, denn er berührt nicht die Herzen der ihm anvertrauten Menschen, die er doch auf dem Pfad der Gerechten wandeln lassen müsste. Nur zwei Männer des Geschlechts derer von Eisenstein waren edlen Gemüts, nämlich Roland selbst und sein Sohn Bernhold. Bernholds Sohn Heinrich hingegen war hart und anmaßend, sein Sohn Manfred bereits ein Tyrann und Unterdrücker jener, über die er herrschte, und die Taten des jetzigen Grafen haben du und die deinen am eigenen Leibe erlebt. Der Fluch dieser Reliquie muss von dieser Sippe genommen werden, indem die

Hand eines unschuldigen Wesens sie hinwegträgt. Finde den Kreuzessplitter und nimm ihn an dich. Aber gib ihn um des Himmels und Jesu Christi willen keinem anderen Menschen, sondern bringe ihn unverzüglich zu mir.«

Bärbel saß ganz still und wusste nicht so recht, was sie sagen sollte. »Ich weiß doch gar nicht, wo der Kreuzessplitter sich befindet, geschweige denn, wie ich an ihn gelangen kann«, brach es nach einer Weile aus ihr heraus.

Der Templer streichelte ihr sanft das Haar und nickte ihr aufmunternd zu. »Ich kann es dir sagen!«

Während er Bärbel das Geheimnis ihrer Sippe enthüllte, dachte er an seinen Bruder Heinrich, der ihm dieses Wissen hatte verheimlichen wollen. Doch er hatte selbst gespürt, wo die Reliquie verborgen lag, und sein Vater hatte ihm trotz des heftigen Widerspruchs seines Ältesten gezeigt, wie er das Versteck öffnen konnte. Ihm war klar, dass das, was er jetzt tat, notwendig war, dennoch schmerzte es ihn, ein unschuldiges Kind dazu anstiften zu müssen, einen heiligen Gegenstand zu stehlen. Es war jedoch seine Pflicht, das Land von dem drohenden Schatten zu befreien, der von der Wallburg ausging, und die Schuld, die er damit auf sich lud, würde er mit Gott ausmachen müssen.

Vierter Teil

Die Waldfee

1 Rütger atmete erleichtert auf, als sich endlich eine Lücke zwischen den Bäumen auftat und er die Lichtung erreicht hatte, auf der Uschs Hütte stand. Dann aber griff er unwillkürlich zu seinem Schwert, denn auf dem Hügel, an dessen Flanke sich die Behausung der Kräuterfrau schmiegte, standen drei missgestaltete Riesen, die ihm mit erhobenen Fäusten drohten. Nach dem ersten Schreck nahm Rütger jedoch wahr, dass es sich bei den grausigen Gestalten um drei verkrüppelte Eichen handelte, deren Zweige sich im auffrischenden Wind bewegten.

Er versuchte, über sich selbst zu lachen, weil er beinahe auf eine jener Schauergeschichten hereingefallen war, die er als Kind von seiner Großmutter gehört hatte. Die alte Frau hatte ihm viele Sagen aus dieser Gegend erzählt, mit Vorliebe solche über den Blutwald, dessen Bäume in Wahrheit verzauberte Menschen sein sollten, die allen Wanderern feindlich gesinnt waren. Andere Leute behaupteten, dass statt Harz rotes Blut fließen würde, wenn man die Axt an einen der Stämme dieses Waldes legte. Derjenige aber – so hieß es weiter –, der es wagte, sich an den verzauberten Bäumen zu vergreifen, kam zu keinem weiteren Schlag, denn die Geister, die in diesem Wald ihr Unwesen trieben, erwürgten den Vorwitzigen auf der Stelle. Aus diesem Grund wunderte sich niemand darüber, dass keiner der Burgherren ringsum den Blutwald, der seit jeher zum Reichsbesitz gehörte, an sich gerafft hatte.

So nahe an dem verwunschenen Wald hätte Rütger nicht wohnen mögen, und er fragte sich, wie Usch diese unheilvolle Nachbarschaft ertragen konnte. Dann dachte er daran, wie übel das Schicksal ihr mitgespielt hatte, und schämte sich ein wenig. Die Kräuterfrau hatte sich nicht freiwillig hier angesiedelt, sondern war nach der Vergewaltigung durch den Grafen und dessen Gefährten von den Menschen verstoßen worden und an diesen Ort geflüchtet, weil es der einzige war, an dem man sie in Frieden ließ. Sogar die Bewohner des nächstgelegenen Dorfes suchten Usch ausschließlich in höchster Not auf, obwohl ihre Behausung nur knapp eine halbe Wegstunde entfernt lag, und von den Bewohnern der Burg traute sich einzig Bärbel hierher.

Rütger sollte Bärbel zur Wallburg zurückbringen. Ihm war nicht wohl bei dem Gedanken, das Kind wieder den Nachstellungen der Knappen auszuliefern, aber er hatte keine Wahl.

Auf seinem Weg überquerte er den kleinen Bach, der die Lichtung in zwei fast gleich große Hälften teilte und seines Wissens einige hundert Schritt weiter unten in einen Weiher mündete, der in einem fast ebenso schlechten Ruf stand wie der Blutwald. Dieser Teich besaß nämlich keinen Abfluss, und man hielt ihn für die Heimstatt einer bösartigen Nixe oder eines Nöcks, der jeden in die Tiefe zog, der mit dem fast schwarzen Wasser in Berührung kam.

Neben dem Bach entdeckte er mehrere Forellen, die jemand ausgenommen und zum Trocknen auf Stäbe gespießt hatte. Schönere und größere Exemplare bekam selbst der Graf nicht serviert, und Rütger lief bei ihrem Anblick das Wasser im Mund zusammen. Wie es aussah, konnte Usch zwischen dem Blutwald und dem Nixenteich recht gut leben. Am liebsten hätte er sich einen der bereits gut abgetrockneten Fische genommen und genüsslich verspeist, aber er wollte nicht, dass Usch ihn für einen Dieb hielt. So wandte er mit einem entsagenden Schnaufer den Kopf ab und blickte zu der Hütte hoch, deren Tür sich gerade öffnete.

Usch trat heraus und zog bei Rütgers Anblick ein spöttisches Gesicht. »Hast du dich verlaufen, mein Guter?«

Rütger schüttelte den Kopf. »Das gewiss nicht, Usch. Man hat mich geschickt, um Bärbel heimzuholen.«

»Seit wann liegt denen in der Burg etwas an dem verrückten Trampel?«

Rütger zog beschämt den Kopf ein. »Der Hengst des Herrn hat sich verletzt, und die Stallknechte wissen sich nicht mehr zu helfen. Nun haben sie dem Grafen gegenüber behauptet, Bärbel sei die Einzige, die den Hengst noch retten könne, denn sie besäße heilende Hände.«

»Die besitzt sie wahrlich.« Usch hatte schon vor langer Zeit Bärbels Geschick erkannt, mit Tieren umzugehen und ihnen zu helfen, und fand es bedauerlich, dass man auf der Wallburg nun ebenfalls darauf gekommen war, welch ein Juwel man an ihr besaß.

Rütger bestätigte ihre Annahme. »Weißt du, Usch, früher hat niemand etwas auf Bärbels kleine Handreichungen gegeben und ihre Arbeit als belanglos abgetan. Doch nachdem sie nun bald schon ein Vierteljahr bei dir lebt, haben die Leute begriffen, wie viel sie für Mensch und Tier getan hat.«

Ardanis nächster Besuch stand kurz bevor, und Usch wusste nicht, wo sie Bärbel in dieser Zeit unterbringen sollte, aber die Wallburg erschien ihr nach allem, was dort vorgefallen war, nicht der richtige Ort zu sein. Daher fiel ihre Antwort nicht gerade freundlich aus. »Es mag ja sein, dass Bärbel sich auf der Burg nützlich machen könnte. Aber wer beschützt sie davor, missbraucht oder gar aus Rache umgebracht zu werden? Außerdem ist sie nicht hier, sondern hat den frommen Eremiten aufgesucht, der in der alten Klause jenseits des Blutwaldes haust. Du bist also umsonst gekommen.«

Rütger spürte ihre Ablehnung und fuhr mit hilflosen Gesten durch die Luft. »Ich muss Bärbel zurückbringen, sonst lässt der Herr mir die Haut vom Leib schälen! Er hängt sehr an seinem Hengst und hat ausdrücklich befohlen, dass Bärbel sich um ihn kümmern soll.

»Und was ist, wenn Bärbel den Hengst nicht heilen kann? Dann schält der Graf womöglich ihr die Haut vom Leib. Sei mir nicht böse, Rütger, aber da ist es mir lieber, es trifft einen anderen als die Kleine. Sie hat schon genug durchgemacht in ihrem Leben und soll nicht zum Dank für ihre Dienste von den Knappen als Hure benutzt werden. Dafür ist sie mir zu schade!« … außerdem muss sie eine reine Jungfrau bleiben, wenn sie je an den Kreuzessplitter kommen soll, setzte Usch in Gedanken hinzu.

Rütger wand sich wie ein getretener Wurm. Mit einem störrischen Pferd wäre er besser zurechtgekommen als mit dieser zornigen Frau. Er verstand Usch, aber nicht sie musste Herrn Walther Rede und Antwort stehen. Der Graf hatte zurzeit wenig Menschliches an sich, sondern glich einer Gewitterwolke, die sich jeden Augenblick entladen konnte. »Ich habe dem Herrn erklärt, warum Bärbel die Burg verlassen musste. Sei versichert, er trägt ihr nichts nach. Er hat sogar schallend über das Missgeschick der beiden Knappen gelacht und erklärt, sein Hengst sei ihm mehr wert als die Befriedigung dieser tölpelhaften Burschen. Also wird er wohl kaum dulden, dass dem Mädchen etwas geschieht.«

Usch musste gegen ihren Willen lächeln, denn sie entdeckte ganz neue Seiten an ihrem Besucher. Es war mutig von ihm gewesen, für einen leibeigenen Waffenknecht sogar tollkühn, so offen mit Herrn Walther gesprochen zu haben. Aber dennoch gab sie nicht das Geringste auf die Worte des Grafen. Solange sein Hengst krank war, würde er gewiss nicht dulden, dass Bärbel etwas zustieß, danach aber würde das Mädchen den Belästigungen der Knappen hilflos ausgesetzt sein und wieder bei ihr Zuflucht suchen müssen. Aber der Befehl des Grafen bot ihr die Möglichkeit, Bärbel für ein paar Tage wegzuschicken, ohne dass sie sich einen Grund dafür ausdenken musste.

Nun wurde Usch etwas zugänglicher und deutete auf ihre Tür. »Binde deinen Gaul irgendwo an, und komm herein, Rütger. Du kannst bei mir auf Bärbel warten, denn sie bleibt gewiss nicht über Nacht bei dem Eremiten.«

Rütger stieg erleichtert aus dem Sattel und nahm den Beutel herunter, den er daran befestigt hatte. »Hier habe ich dir etwas mitgebracht – mit den besten Grüßen von Mette! Es ist auch ein Krug Ungarwein dabei, den Kord dem Kellermeister für dich abgeschwatzt hat. Ich soll dir von ihm ausrichten, dass deine letzte Medizin ihm gut getan hat, er hat keine Nierenschmerzen mehr.«

»Sag ihm, er soll in Zukunft Wein und fettes Essen meiden, damit es auch so bleibt.« Usch wartete, bis Rütger sein Pferd versorgt hatte, und führte ihn dann in ihre Höhlenwohnung. Im Küchenteil blieb sie stehen und wies mit dem Kinn auf ihren Hocker. »Setz dich, und lass es dir nicht einfallen, die anderen Teile meiner Behausung zu betreten!«

Rütger saß so schnell auf dem Hocker, als hätte er sich hingezaubert, und verschränkte demonstrativ die Arme vor der Brust. »Also, ich fasse gewiss nichts an«, sagte er mit einem scheuen Blick auf das Trockengerüst im nächstgelegenen Grottenteil, das um diese Jahreszeit voll duftender Büschel und Zweige hing.

»Das wird auch gut sein!«, antwortete Usch mit mühsam unterdrückter Heiterkeit. »Ich könnte nämlich sonst dafür sorgen, dass du dein Pfeiflein zwischen den Beinen nur noch zum Wasserlassen benutzen kannst, oder ich verschaffe dir einen Hautausschlag, der die Menschen schreiend davonlaufen lässt.«

Rütger wusste nicht genau, wie er die Drohung einordnen sollte, und beschloss, Usch lieber nicht zu verärgern. »Beides wäre mir nicht so recht.«

Sein klägliches Lächeln schien sie zu versöhnen. »Hast du Hunger?«, fragte sie freundlicher.

»Eigentlich schon! Der Befehl, zu dir zu reiten, hat mich nämlich mein Mittagsmahl gekostet.« Rütger äugte dabei zu dem von Mette gefüllten Beutel, sagte sich aber, dass es ungehörig wäre, Usch etwas davon wegzuessen. Er schenkte ihr ein leicht missglücktes Lächeln und sagte: »Wenn du ein Stück Brot und einen Schluck Wasser für mich hast, würde ich vergelts Gott dafür sagen.«

»So ungastlich will ich nicht sein.« Usch nahm zwei Brettchen aus einem geflochtenen Korb, der an der Wand hing, und legte sie gemeinsam mit einem Laib Brot und zwei Stückchen durchwachsenem geräuchertem Speck auf den Tisch.

»Lass es dir schmecken, Rütger. Das Brot ist allerdings schon ein paar Tage alt. Ich hoffe, du kannst es noch kauen.«

»Wenn nicht, weiche ich es in Wasser auf.« Rütger zwinkerte Usch zu und zog sein Messer. Das Brot war bei weitem nicht so hart, wie Usch behauptet hatte, und mit einigen Kräutern gewürzt, die seinem Gaumen schmeichelten.

Rütger lobte Brot und Speck, und Usch fühlte zu ihrer Verwunderung, dass sie rot wurde. »Es freut mich, dass es dir schmeckt. Aber zum Essen gehört auch etwas zu trinken. Was meinst du, sollen wir den Krug anbrechen, den Kord mitgeschickt hat? Oder gibst du dich mit meinem Holunderwein zufrieden?«

Rütgers Augen leuchteten auf. »Deinen Hollerwein würde ich gerne probieren, denn ich habe gehört, dass sogar Abt Rappo ihn schätzt.«

Usch stieg in die nächsthöhere Grotte hinauf und kehrte mit zwei vollen Bechern zurück. »Ich habe auch diesem Wein ein paar Kräuter zugesetzt, damit er besser schmeckt und gut bekömmlich ist. Magst du einen Fisch? Ich habe vorhin ein paar in meinen Reusen entdeckt und schon ausgenommen.«

»Da sage ich nicht nein. Aber jetzt erst einmal ein Prosit auf deine Gesundheit und deine Gastfreundschaft!« Rütger hob seinen Becher und trank ihr zu. Der Holunderwein schmeckte wirklich gut, und er schnalzte anerkennend mit der Zunge.

Usch antwortete mit einem Segenswunsch, stellte die Pfanne auf den Dreifuß über das Feuer und warf ein Stück Schmalz hinein. Dann holte sie zwei Fische vom Bach, würzte sie und legte sie in das brutzelnde Fett.

Rütger bemerkte zu seiner Verblüffung, dass er sich in dieser seltsamen Umgebung wohlzufühlen begann. Sein Blick blieb auf Usch hängen, die nun ein neues Stück Brot abschnitt, und er kniff verwundert die Augen zusammen. Ihre Hände schienen sauberer und gepflegter zu sein als die der meisten Mägde in der Burg einschließlich der von Mette. Er hatte den Eindruck, als säße eine ganz andere Usch vor ihm. Bei ihren Besuchen auf der Burg hatte sie verwachsen und vom Leben niedergedrückt gewirkt, aber nun stand eine noch recht gut aussehende Frau vor ihm, die kaum älter als dreißig sein konnte. Sie besaß ein rundes, überraschend hübsches Gesicht mit zwei lebhaften blauen Augen, und ihr dunkelblondes Haar, das nun im Licht des Herdfeuers glänzte, fiel locker auf ihren Rücken. Als sie sich streckte und den Topf mit den Gewürzen wieder in seine Nische stellte, konnte er deutlich sehen, dass ihre leicht stämmige Figur die Rundungen genau an den richtigen Stellen hatte.

Die Leute in Marktwalldorf und auf der Burg hielten sie für eine Greisin, und daher fragte er sich, wie alt sie tatsächlich sein mochte. Nach kurzem Überlegen kam er darauf, dass sie höchstens ein oder zwei Jahre älter war als er. Lächelnd stellte er fest, dass das Gedächtnis der Menschen ein Ding war, das sich durch äußeren Schein leicht täuschen ließ. Ihm war es ja ebenso ergangen, obwohl er Usch schon vor jenem verhängnisvollen Vorfall gekannt hatte und sogar ein wenig in sie verliebt gewesen war. Nun wunderte er sich, wie er das hatte vergessen können, und blickte sie neugierig an.

»Eine Frage, Usch: Warum verkleidest du dich immer als alte Vettel, wenn du unter Menschen gehst? So wie du aussiehst, hättest du trotz des Schlimmen, das dir damals zugestoßen war, durchaus noch einen Ehemann finden können.«

»Einen Hörigen vielleicht, den mir der Graf ins Bett gelegt hätte, damit ich weitere Hörige zur Welt bringe, die er drangsalieren kann.« Usch ärgerte sich, weil sie Rütger durch die Einladung in ihr Heim die Gelegenheit gegeben hatte, ihr Täuschungsspiel zu durchschauen. »Wenn du je verlauten lässt, was du hier gesehen hast, solltest du wirklich um dein Pfeiflein fürchten!«

»Von mir erfährt niemand etwas. Das schwöre ich bei

Gott und allen Heiligen!« Rütger trank einen Schluck, um seine wirbelnden Gedanken zu beruhigen, und fragte sich, welche Überraschungen ihm noch bevorstanden.

2

Frau Rotraut hatte die Mauern der Burg Schmölz in den letzten Jahren ausbessern und den Torturm erhöhen lassen, und doch fühlte sie sich alles andere als sicher. Seit ihr Gemahl fortgezogen war, um Herrn Rudolf von Habsburg zu dienen, war die Macht des Wallburgers stärker gewachsen als in den Jahren zuvor, und den Kampf mit ihm aufzunehmen erschien ihr mittlerweile so aussichtslos, als wolle sie versuchen, ein hell loderndes Kaminfeuer mit einem Schneeball zu löschen. Inzwischen hatte sie ein weiteres Dorf an ihren Feind verloren, doch das war zum Glück nur ehemaliges Reichsgebiet gewesen, welches der Vater ihres Gemahls vor fünfzehn Jahren bei der Aufteilung des hiesigen Kronbesitzes an sich gerafft hatte. Aus diesem Grund hatte ihr der Verlust nicht viel ausgemacht, aber es ärgerte sie maßlos, dass Kaiser Rudolf das Dorf unter die Obhut des Wallburger Grafen gestellt hatte, der seit dem Besuch Philipps von Röthenbach vor einem Vierteljahr hoch in der Gunst des neuen Herrn zu stehen schien.

Frau Rotraut hatte vom Erscheinen des Königsboten erst erfahren, als dieser die Wallburg längst wieder verlassen hatte, und ärgerte sich immer noch darüber, dass der Mann es nicht für nötig erachtet hatte, sie und die übrigen Burgherren in diesem Gau aufzusuchen. Was sie selbst und Burg Schmölz betraf, war dies ein schlechter Lohn für fünf Jahre treuer Dienste, die ihr Gemahl dem Kaiser geleistet hatte, und sie fragte sich, ob es nicht ein großer Fehler von ihm gewesen war, auf den Habsburger zu setzen. Bisher hatte er damit nur erreicht, dass der Wallburger in seiner Abwesenheit die besten Stücke seines Besitzes an sich riss und Albrecht Stück für Stück um sein Erbe brachte. Seufzend beugte sie sich wieder über das Altartuch, das für die Burgkapelle gedacht war, und stickte weiter. Sie war dabei, es mit Bildern aus dem Heiligen Land zu schmücken, die bei den Erzählungen des frommen Eremiten, der seit einigen Jahren in einem entlegenen Winkel ihres noch verbliebenen Besitzes lebte, in ihrem Kopf entstanden waren.

Bei dem Gedanken an den alten Tempelritter beruhigte sie sich wieder. Mit ihm besaß sie wenigstens einen Menschen, auf den sie sich verlassen konnte. Er hatte ihr den weisen Rat gegeben, jene Burgherren um sich zu scharen, die unter Herrn Walthers Gier besonders zu leiden hatten, damit sie ihrem Feind nicht mehr allein gegenüberstand. Obwohl der Graf ihr und ihren Verbündeten immer noch weit an Männern und Macht überlegen war, fiel es ihm jetzt nicht mehr so leicht, ihnen weitere Wälder und Dörfer abzupressen.

Die Stimme ihrer Beschließerin riss Frau Rotraut aus ihren Gedanken. »Habt Ihr das Horn des Türmers nicht gehört, Herrin? Wir erhalten Besuch!«

»Was sagst du da, Hilde?« Frau Rotraut legte ihre Stickerei weg und trat ans Fenster. Sie sah gerade noch einen Reitertrupp um die Ecke biegen und auf das Tor zuhalten, ohne die Wappen auf ihren Schilden erkennen zu können.

»Sollte es wieder dieser unsägliche Hartger von Kesslau sein, der mich schon mehrmals hat überreden wollen, Frieden mit dem Wallburger zu schließen und diesem seinen Raub klaglos zu überlassen, so kommt er mir nicht in die Burg!«

Die Beschließerin schüttelte den Kopf. »Wäre es einer der Verbündeten des Wallburgers, hätte der Türmer uns gewiss gewarnt.«

»Wer sollte sonst etwas von uns wollen?« Einen Augenblick lang hoffte die Burgherrin, es könnte ihr Gemahl sein, verwarf diesen Gedanken aber sofort wieder. Bodo hatte ihr im Frühjahr mitteilen lassen, dass er den Kaiser auf dessen Kriegszug gegen Ottokar von Böhmen begleiten würde, und war jetzt, da der Sommer sich dem Herbst zuneigte, in dem die meisten Schlachten geschlagen wurden, gewiss unabkömmlich. Unruhig geworden, verließ Frau Rotraut ihre Kemenate und eilte den kahlen Flur entlang zur Treppe, die in den Rittersaal hinabführte. Sie zupfte gerade ihre Haube zurecht, als sie das Hufgeklapper der ankommenden Pferde auf dem Burghof vernahm. Ein fröhlicher Ruf erscholl und ließ sie vor Freude aufjubeln. Ohne auf ihre Würde als Burgherrin zu achten, lief sie wie ein junges Mädchen durch den Saal und stürmte ins Freie.

»Albrecht! Du bist es wirklich!« Sie riss ihren Sohn in die Arme und weinte und lachte zugleich.

»Da der Bengel so gedrängt hat, dachte ich, wir schauen einmal vorbei«, antwortete an Albrechts Stelle ein kräftiger, breitschultriger Mann, der einen schwarzen, mit dem Wappen des Mainzer Fürstbischofs geschmückten Waffenrock trug.

Frau Rotraut gab ihren Sohn frei und knickste vor ihrem Verwandten. »Vetter Eckardt! Welche Freude, Euch hier zu sehen. Seid mir von Herzen willkommen!«

Eckardt von Thibaldsburg erwiderte den Gruß mit einem fröhlichen Lachen und sah sich mit dem Blick eines erfahrenen Kriegers um. »Du hast die Wehranlage so stark ausgebaut, dass man glauben könnte, du würdest jeden Augenblick Feinde vor der Burg erwarten.«

Man konnte Albrecht deutlich ansehen, wie stolz er auf seine Mutter und sein Heim war, dann aber verzerrte sich sein Gesicht vor Zorn. »Das dient dem Schutz gegen den

Wallburger, der einem schier die Luft zum Atmen missgönnt.«

Ritter Eckardts Blick wanderte von dem Junker zu seiner Mutter. »Bedrängt Graf Walther Euch noch immer? Ich dachte, der Kaiser hätte Herrn Philipp von Röthenbach geschickt, um hier Frieden zu stiften!«

Frau Rotraut stieß ein höhnisches Lachen aus. »Dieser Herr Philipp hat auf eine Weise Frieden geschaffen, die mich zwingt, dem Wallburger das Dorf Elmsreut zu überlassen, weil es zum Reichsbesitz zählt und der Gaugraf diesen im Auftrag des Kaisers verwaltet.«

Albrecht knirschte mit den Zähnen, während Ritter Eckardt seine Verwandte zu beschwichtigen suchte. »Grämt Euch nicht, Base. Sobald König Ottokar von Böhmen besiegt ist, wird Euer Schicksal sich zum Guten wenden. Der gute Bodo steht nämlich beim Kaiser in hoher Gunst, und Herr Rudolf wird nicht zulassen, dass sein Besitz geschmälert bleibt.«

»Gebe Gott, dass Ihr Recht habt, Vetter. Sonst hat mein Gemahl seine besten Jahre für einen Mann geopfert, der es nicht wert war.«

Albrecht ergriff die Hände seiner Mutter und sah sie mit leuchtenden Augen an. »Wir haben Vater vor ein paar Wochen getroffen, Mutter. Er lässt dich grüßen und hofft, bald zurückkehren zu können. Dann wird alles gut werden, glaube mir!«

Frau Rotraut lagen einige harsche Worte über ihren Gemahl auf der Zunge, doch um ihres Sohnes willen schluckte sie sie hinunter und entsann sich ihrer Pflichten als Gastgeberin. »Kommt in den Saal! Ich lasse euch ein herzhaftes Mahl auftischen, denn ihr werdet gewiss hungrig und durstig sein.«

Als sie ihren Knechten und Mägden Befehle erteilt hatte,

nahm sie sich die Zeit, ihren Sohn genauer anzusehen. »Bei Gott, bist du gewachsen, Albrecht! Als du von hier fortgegangen bist, warst du nicht größer als ich, und nun muss ich zu dir aufschauen. So, wie du aussiehst, werde ich Hilde sagen müssen, dass sie auf die Mägde Acht gibt, denn ich will nicht, dass in meinem Heim solche Zustände einreißen wie auf der Wallburg. Das ist das reinste Sodom und Gomorrha dort drüben, sage ich dir!« Es klang genug mütterlicher Stolz in ihrer Stimme, um ihren Worten die Schärfe zu nehmen.

Ritter Eckardt lächelte über den Eifer seiner Base und legte seine Hand auf Albrechts Schulter. »Seid ohne Sorge, Base! Unser junger Spund weiß, was sich geziemt. Eure Mägde sind vor ihm sicher, auch wenn ich nicht glaube, dass dies jedem dieser Dinger gefallen wird.«

Einer seiner Begleiter zwinkerte der Burgherrin zweideutig zu. »Irgendwann müssen unsere Knappen sich die Hörner abstoßen, Frau Rotraut, denn nur so lernen sie das traute Heim zu schätzen.«

»Mein Gemahl hat sich in seiner Jugend die Hörner gewiss genug abgestoßen, und doch hält ihn nichts am heimatlichen Herd«, schnaubte die Burgherrin.

»Aber jetzt ist Euer Gemahl Euch treu ergeben!«, behauptete Ritter Eckardt und verdrängte dabei die eine oder andere Liebschaft zu einer willigen Magd, die Ritter Bodo nachgesagt wurde.

Albrecht hatte diese Gerüchte ebenfalls vernommen und senkte mit einem Gefühl der Scham den Kopf. »Ich hoffe, es geht dir gut, Mutter.«

Obwohl die Worte aus seiner Unsicherheit geboren worden waren, freute Frau Rotraut sich über sein Interesse. »Jetzt, wo ich dich sehe, geht es mir besser als jemals zuvor.«

»Ihr hättet Euch noch ein paar Kinder anschaffen sollen, Base, dann wäret Ihr nicht so allein«, warf ihr Vetter lachend ein.

Frau Rotraut verzog das Gesicht, als hätte sie auf etwas Bitteres gebissen. »So? Wann hätte ich das tun sollen? Mein Gemahl ist nur selten zu Hause, da er seinen Schwertarm immer wieder für fremde Herren geschwungen hat, und das für geringen Dank!«

»Diesmal dürfte sein Lohn so groß sein, dass auch Ihr zufrieden sein werdet, Base«, versicherte Eckardt ihr, »und was Euren Sohn betrifft, so kann ich Euch auch eine gute Neuigkeit verkünden. Mein Herr, Erzbischof Werner von Eppenstein, will Albrechts Schwertleite vornehmen, falls es nicht der Kaiser selbst beim Christfest tun wird. In weniger als fünf Monaten werdet Ihr unseren braven Albrecht mit den Sporen und dem Schwert eines Ritters sehen und ihn zu Recht Junker Albrecht nennen können.«

Frau Rotraut lächelte voll mütterlichem Stolz und legte ihrem Sohn eigenhändig ein großes Stück Braten vor. »Iss, mein Junge, damit du groß und stark wirst.«

In seiner Kindheit hatte Albrecht diese Worte beinahe täglich vernommen, und auch heute noch hörte er darin die übergroße Liebe, mit der seine Mutter sich an ihn klammerte. Er wünschte sich nicht zum ersten Mal, wenigstens eine Schwester zu haben, damit die Mutter während seiner Abwesenheit nicht so allein war. Da es jedoch niemand anderen gab, blieb ihm nur zu hoffen, dass Kaiser Rudolf seinen Widersacher Ottokar bald niederwerfen würde, damit sein Vater endlich wieder nach Hause kommen konnte. Das war dringend notwendig, um die Entfremdung zu überwinden, die zwischen seinen Eltern eingetreten war. Bis dahin wollte er, wenn er daheim war, versuchen, seine Mutter so gut wie möglich aufzuheitern. Als Erstes bedankte er sich artig bei ihr für den appetitlichen Braten und begann mit sichtlichem Genuss zu essen. Während Ritter Eckardt und dessen Begleiter kräftig dem Wein zusprachen, den Frau Rotraut ihnen auftischen ließ, hielt er selbst sich von dem berauschenden Getränk fern und bat eine Magd, ihm frisches Wasser aus dem Brunnen zu holen.

»Noch ist er kein ganzer Mann!«, spottete Ritter Eckardt. Albrecht ließ sich jedoch nicht beirren, denn er hatte unterwegs von einer Hügelkuppe aus den Krehlwald erblickt und war fest entschlossen, ihn noch in dieser Nacht aufzusuchen, um den schönsten Hirsch daraus zu schießen. Noch würde er keinerlei Gefahr laufen, denn auf der Wallburg wusste bisher niemand, dass er zurückgekehrt war.

Als der Abend niedersank, waren Ritter Eckardt und seine Freunde dem Wein erlegen, und einige Knechte brachten sie in die Kammern, die man für sie vorbereitet hatte. Albrecht gähnte ausgiebig und bat seine Mutter, sich zurückziehen zu dürfen, da er von dem Ritt ermüdet sei.

»Du hast dir doch nicht etwa zu viel zugemutet?« Frau Rotraut musterte ihn besorgt und fragte ihn, ob sie nicht besser nach Rothenburg schicken sollte, um einen Arzt zu rufen.

»Gott bewahre!«, antwortete Albrecht lachend. »Die letzten Nächte waren ein wenig kurz, weil Vetter Eckhardt unterwegs bei jeder Rast die Güte des Weines erproben musste und lange in den Wirtsstuben sitzen geblieben ist.«

Seine Mutter lächelte verstehend. »Wenn es um Wein geht, sind Männer wie kleine Kinder, die süße Honigkuchen vor sich sehen und nicht genug davon bekommen können. Ich hoffe, du wirst später einmal gescheiter sein und es nicht so halten wie dein Vater, dem ich so manches Mal in größtem Elend zur Seite stehen musste.« Die Erinnerung daran ließ ihre Augen aufblitzen, und ihr Sohn begriff, dass die Liebe seiner Mutter zu seinem Vater noch nicht erloschen war. Sie schien nur ein wenig niedergebrannt und von Asche bedeckt, konnte gewiss aber wieder neu entfacht werden.

»Du bist die Beste, Mutter! Wenn ich einmal ein Weib nehme, dann muss es genauso sein wie du«, brach es fast ungewollt aus ihm heraus.

Frau Rotraut lächelte sichtlich geschmeichelt, schüttelte dann aber den Kopf. »Ich freue mich über deine Liebe, mein Kind! Was aber deine zukünftige Gemahlin betrifft, so sei dankbar mit der, die Gott dir bescheren wird. Wie du weißt, brauchen wir dringend Verbündete gegen den Wallburger, und da habe ich mir gedacht, du solltest in den nächsten Tagen Ritter Chuonrad von Wolfsstein aufsuchen. Seine Tochter Hadmut ist mannbar geworden und erbt von ihrer Mutter die Wolfssteiner Nebenburg Hebnitz mit drei Dörfern. Wenn du Gefallen an Hadmut fändest, würde ihre Mitgift unsere Verluste an den Wallburger zum Teil aufwiegen.«

Frau Rotrauts Stimme klang beschwörend, doch Albrecht schüttelte sich innerlich. Hadmut war bereits als Kind ein eitles und von sich eingenommenes Mädchen gewesen, und er konnte sich nicht vorstellen, dass sie sich in der Zwischenzeit geändert hatte. »Ich glaube nicht, dass das eine gute Idee ist, Mutter. Hadmut und ich haben uns immer von Herzen verabscheut.«

Seine Mutter legte lächelnd ihre rechte Hand auf die seine. »Aber mein Junge, als ihr euch zuletzt gesehen habt, seid ihr kleine Kinder gewesen. Jetzt bist du ein so stattlicher junger Mann, dass Jungfer Hadmut sich beim ersten Anblick in dich verlieben wird, und dir wird es bei ihr nicht anders ergehen.«

»Da wäre ich mir nicht so sicher! Hadmut hat mir als

Kind manchen Tort angetan und ich ihr auch. Außerdem bin ich nicht nach Hause gekommen, um mich zu vermählen, sondern um dich wiederzusehen. Auch wäre es in meinen Augen vermessen, um eine Maid zu werben, bevor ich die Sporen eines Ritters trage.«

Frau Rotraut seufzte tief auf. »Du bist schon genauso störrisch wie dein Vater, Albrecht! Dabei hatte ich so gehofft, du würdest ein wenig mehr Verstand zeigen als er. Aber es ist natürlich richtig, dass du deinen Ritterschlag abwartest und erst dann um Jungfer Hadmuts Hand anhältst. Bis dahin werde ich mit ihr und ihrem Vater sprechen und dir den Boden bereiten.«

Albrecht riss im gespielten Entsetzen die Arme hoch. »Bei Gott, nein Mutter, oder willst du mich unbedingt von hier vertreiben? Eher nehme ich das hässlichste Mädchen der Welt zur Frau, als Hadmut von Wolfsstein heimzuführen, und mag sie noch so viele Burgen und Dörfer erben.«

»Dummkopf!« Im ersten Augenblick wollte seine Mutter zornig werden, doch dann sagte sie sich, dass Albrecht seine Meinung ändern würde, wenn er sah, zu welch großer Schönheit Hadmut herangereift war. In der ganzen Umgebung gab es nur noch eine Frau, die schöner war als sie, und das war Elisabeth, die Kebse des Wallburger Grafen. Doch die war nur ein gewöhnliches Bauernding und zählte deshalb nicht.

3 Albrecht war froh, als er seiner Mutter und ihren Heiratsplänen endlich entkommen war. Bislang hatte er noch keinen Gefallen am anderen Geschlecht gefunden, denn die Mägde, die willig gewesen wären, hatten ihn in ihrem Schmutz und in ihrer Hässlichkeit abge-

stoßen. Zudem fühlte er sich noch viel zu jung für eine Ehe. Im Augenblick lag ihm nur eins am Herzen – nämlich Graf Walther einen Tort antun zu können. Daher suchte er nicht, wie seine Mutter annahm, seine Kammer auf, sondern verließ heimlich den Palas und eilte in den Stall. Hannes, der Oberknecht, fütterte gerade ein Fohlen, als er eintrat, und sofort glänzte das verwitterte Gesicht des Alten vor Freude auf.

»Willkommen in der Heimat, Junker Albrecht!«, rief er und verschüttete dabei einen Teil des Kleietrunks.

Albrecht bekam den Eimer zu fassen, bevor er ganz umkippen konnte, und lachte fröhlich auf. »Grüß dich, Hannes! Wie geht es dir? Hat Sternkind ihr Fohlen glücklich zur Welt gebracht? Du warst damals ja recht in Sorge um die Stute.«

»Das hat sie! Das hat sie! Der kleine Hengst ist inzwischen ein munterer Dreijähriger geworden und dabei so gut gewachsen, dass er Euch schon bald in die Schlacht tragen kann. Wollt Ihr ihn Euch ansehen?« Hannes wartete die Antwort nicht ab, sondern entzog dem Fohlen kurzerhand die mit Stoff umwickelte Tülle, an der das Tier saugte, und führte Albrecht in einen anderen Teil des Stalles zu einem kräftigen Braunen, der neugierig den Kopf über die Absperrung steckte.

»Na, ist das nicht ein Prachtkerl?«, fragte Hannes voller Stolz. »Ihr mögt seine Farbe vielleicht als gewöhnlich abtun, aber denkt daran, dass ein Ritter, dessen Pferd nicht unter den anderen hervorsticht, auch nicht so scharf ins Visier seiner Feinde gerät.«

»Ich brauche keinen schwarzen Teufel, wie ihn der Wallburger reitet, oder muss mit einem Schimmel prunken wie Herr Bohemund von Treiskarden. Mir reicht dieses Pferd vollkommen. Bei Gott, ist der prachtvoll! Der wird irgendwann sogar das Streitross meines Vaters übertreffen.« Albrecht betrachtete den Hengst mit leuchtenden Augen und überhörte beinahe die Antwort des Knechtes.

»Der gute Braunfell wird nicht jünger, Junker Albrecht, und der hier ist sein Enkel. Ich habe ihn Hirschmähne genannt; ich hoffe, es ist Euch recht.«

Albrecht riss sich mühsam von dem Anblick des großrahmigen Hengstes los und nickte. »Hirschmähne ist ein passender Name, denn seine Mähne weist wirklich die Farbe eines Hirsches auf. Aber nenne mich nicht Junker, denn ich bin immer noch ein einfacher Knappe, der bescheiden zur Seite treten muss, wenn ihm ein Ritter begegnet.«

Hannes tat diesen Einwand mit einer Handbewegung ab. »Ich habe von den Knechten gehört, die Euch begleitet haben, dass es bald zu Eurer Schwertleite kommen soll.«

Albrecht klopfte ihm auf die Schulter. »Noch ist sie nicht erfolgt! Daher will ich mich nicht mit fremden Federn schmücken und mich bereits jetzt Junker nennen lassen. Jetzt aber sag mir, wo sich meine alte Jagdausrüstung befindet!«

Der Knecht musterte den jungen Mann mit einem zweifelnden Blick. »Ich glaube nicht, dass Euer alter Jagdrock Euch jetzt noch passt, Junker … äh, Knappe Albrecht.«

Albrecht zwinkerte Hannes verschwörerisch zu. »Mir reichen meine Armbrust und die Pfeile. Und sattle mir Hirschmähne, damit ich ausprobieren kann, wie er sich reiten lässt.«

Der alte Mann verzog abwehrend das Gesicht. »Ich weiß nicht, ob ich das darf. Die Herrin wird es gewiss nicht gutheißen.«

»Meine Mutter braucht es ja nicht zu erfahren, mein Guter. Jetzt komm, mach schon! Auf diesen Tag habe ich mich schon seit langem gefreut.«

»Wohl eher auf die Nacht. Bei Gott, es wäre mir lieber, Ihr würdet ausreiten, um ein hübsches Maidlein zu treffen, als wieder im Krehlwald zu jagen. Wenn Herr Walther davon hört, wird er es Eure Mutter bezahlen lassen.«

Hannes hoffte, seinen jungen Herrn zur Vernunft bringen zu können, doch Albrecht winkte lachend ab. »Wie soll er es denn erfahren, mein Guter? Ich sage es ihm gewiss nicht – und Wilderer hat es zu allen Zeiten gegeben.«

Der Knecht gab sich geschlagen. »Sagt nachher aber nicht, ich hätte Euch nicht gewarnt!«

Kurze Zeit später brachte er eine Armbrust und einen Köcher mit einigen wenigen Pfeilen herbei. »Ich habe die Sachen für Euch aufgehoben, junger Herr, aber neue Pfeile habe ich nicht besorgen können.«

»Schon gut Alter, ich will ja auch keinen Krieg führen, sondern nur einen Hirsch schießen.« Albrecht nahm die Armbrust in die Hand und überprüfte sie. »Du hast sie gut gepflegt, Hannes, danke! Sie befindet sich in einem besseren Zustand, als ich es erwartet habe. Dafür bekommst du ein schönes Stück von dem Hirschen ab.«

Der alte Knecht antwortete nicht, sondern holte einen Sattel aus einer Nebenkammer und legte ihn dem Pferd auf. »Ihr werdet auf Hirschmähne Acht geben müssen, junger Herr, denn er ist noch ein wenig übermütig. Nicht, dass er Euch abwirft.«

»Das wird er bleiben lassen!« Albrecht streichelte den Hengst, bevor er den Zügel ergriff und Hirschmähne ins Freie führte. Als das Pferd sich aufbäumte, flog Albrechts Blick zum Himmel empor, der sich wie eine blauschwarze Decke über das Land spannte. Die ersten Sterne leuchteten wie kleine glühende Funken auf, und die am Horizont aufsteigende Scheibe des Vollmondes versprach eine jener hellen Nächte, in denen Geister angeblich ihr Unwesen trieben. In seiner Kindheit hatte Albrecht viele Geschichten über solche Nächte gehört und sich, wenn der Mond so voll am Himmel stand wie jetzt, ängstlich unter sein Laken verkrochen, damit die Dämonen, von denen die Mägde mit angsterfüllten Augen erzählten, ihn nicht finden konnten. Heute musste er über seine damalige Furcht lachen, denn solche Schreckgespenster mochten vielleicht Frauen und kleine Kinder ängstigen, aber nicht ihn, der an der Schwelle zum Mann stand und sich bald Junker Albrecht würde nennen können.

Der Türmer hatte bereits gesehen, dass sich am Stall etwas tat, und öffnete Albrecht das Tor. Kurz darauf blieb die Burg hinter dem jungen Mann zurück, und er lenkte den Hengst in die Richtung, in der hinter einem lang gestreckten Hügel der Krehlwald begann. Albrecht erreichte den Forst, ohne mehr aufzuschrecken als ein Wiesel, das sich durch Hirschmähnes Hufschläge bei seinem Beutezug gestört fühlte. Im Krehlwald angekommen, wollte er den Hengst an der gewohnten Stelle verstecken, erinnerte sich aber gerade noch rechtzeitig daran, dass er vor drei Jahren hier ein anderes Pferd hatte zurücklassen müssen. Noch einmal empfand er die Scham, die er damals durchlebt hatte, als ein Wallburger Knecht im Auftrag des Grafen das Tier samt seiner Armbrust und seinem Mantel nach Schmölz gebracht und mit hämischen Worten übergeben hatte.

Albrecht schüttelte die trüben Erinnerungen ab und beschloss, sich den Aberglauben der Leute, besonders den der Wallburger Knechte, zunutze zu machen und Hirschmähne an der Grenze zum Blutwald zu verstecken. Daher hielt er auf einen alten Windbruch zu, auf dem bereits junge Bäume nachgewachsen waren und dessen Dickicht ein sicheres Versteck für den Hengst bot. Nachdem er das Tier festgebunden hatte, nahm er die Armbrust vom Rücken und schritt so lautlos wie möglich in den Krehlwald hinein. Er wusste von früher, wo er auf den besten Jagderfolg hoffen konnte, und legte sich an diesem Platz auf die Lauer. Tatsächlich trat schon bald ein prachtvoller Sechzehnender auf die kleine Lichtung, aber als Albrecht anlegen wollte, hob das Tier unruhig lauschend den Kopf und verschwand noch im gleichen Augenblick mit mächtigen Sätzen im Wald.

Im selben Augenblick klang nicht weit entfernt eine Männerstimme auf. »Heute werden wir den Kerl erwischen, das ist so sicher wie das Amen in der Kirche!«

Albrecht glaubte sich schon entdeckt, doch die Antwort, die der Sprecher erhielt, beruhigte ihn wieder. »Ich habe heute Nachmittag zwei Schlingen entdeckt, die der Wilddieb gelegt hat. Also wird er in der Nacht vorbeikommen und schauen, ob sich etwas darin befindet.«

»Und wird dabei selber gefangen werden«, scholl es spöttisch zurück.

»Bevor der Hahn kräht, wird der Kerl an einem dieser Bäume hängen und das diebische Hörigengesindel daran erinnern, dass in diesen Wäldern nur einer das Jagdrecht besitzt, nämlich unser Graf.«

Da die prahlerische Stimme näher zu kommen schien, duckte Albrecht sich und sah sich nach einem Fluchtweg um. Doch die vier Männer, die dem Wilddieb auflauerten, tauchten nur kurz im Mondlicht auf, bogen an der Lichtung ab und verschwanden wieder zwischen den Bäumen. Als die unmittelbare Gefahr vorbei schien, atmete der junge Schmölzer auf und überlegte, was er jetzt tun sollte. Dem Grafen unter den Augen seiner Jäger einen Hirsch wegzuschießen schien ihm doch zu gewagt, zumal das Wild durch den Lärm aufgescheucht und misstrauisch geworden war. Daher wollte er zu seinem Hengst zurückkehren.

Nach wenigen Schritten aber fiel ihm ein, dass er den Wallburgern ein ganz anderes Schelmenstück liefern konnte. Als er die Grenze zwischen dem Krehl- und dem Blutwald erreichte, wandte er sich nicht dem Versteck seines Pferdes zu, sondern schlug eine andere Richtung ein.

Obwohl er sehr leise sein musste, um die Jagdknechte nicht auf sich aufmerksam zu machen, kam er gut voran und erreichte schon bald das Ende des Forstes. Dort verlief neben einer Bodenwelle ein Pfad, auf dem man unbeobachtet von den nahe gelegenen Hörigendörfern in den Wald gelangen konnte. Albrecht vermutete, dass der gesuchte Wilddieb diesen Weg nehmen würde, daher setzte er sich in den tintigen Schatten dichter Bäume, um auf den Mann zu warten. Es verging weniger Zeit als nötig war, um das Ave Maria und das Pater Noster zu sprechen, da vernahm er das Geräusch sich leise nähernder Schritte und sah kurz darauf einen Schatten auftauchen.

Albrecht stand auf, wartete, bis der Mann dicht an ihm vorbeikam, und packte ihn mit festem Griff. »Sei still! Ich will dir nichts Böses!«, flüsterte er ihm zu.

Der Wilddieb zuckte erschrocken zusammen, sah dann aber nur einen jungen Burschen vor sich und riss sein Messer heraus.

Albrecht schlug es ihm aus der Hand. »Jetzt gib Ruhe, du Narr, und höre mir zu! Ich will dich doch nur warnen. Die Jagdgehilfen des Grafen haben deine Schlingen entdeckt und lauern dir auf. Du willst doch sicher nicht, dass sie dich hängen, oder?«

»Nein, gewiss nicht! Mein armes Weib, meine hungernden Kinder! Bei Gott, was soll ich nur tun?« Der Mann sank zu Boden und begann zu weinen.

Albrecht versetzte ihm einen Stoß, der ihn aus seinem Selbstmitleid reißen sollte. »Mach, dass du nach Hause kommst, und wildere lieber in einem anderen Forst! Den Krehlwald lässt Graf Walther besonders gut überwachen, da er auf der Grenze zu Schmölz liegt.«

Der Wilddieb bleckte die Zähne, sodass Albrecht im Mondschein sein lückenhaftes Gebiss erkennen konnte. »Die übrigen Wälder werden ebenfalls scharf überwacht. Ich dachte, in den Krehlwald würden die Jäger des Grafen nicht so oft kommen, weil er so weit von der Burg entfernt liegt. Was soll ich denn jetzt nur tun? Jetzt bleibt nur noch der Blutwald übrig, aber den betritt kein Mensch, dem etwas an seinem Leben und seiner unsterblichen Seele liegt.«

»Herrscht bei Euch zu Hause so viel Hunger?«, fragte Albrecht verblüfft.

Der Wilddieb nickte. »Das könnt Ihr laut sagen, Herr! Die Kornernte war heuer nicht gut, und dennoch hat der Vogt des Grafen die Abgaben mit aller Härte eintreiben lassen. Uns bleibt kaum genug Saatgut für das nächste Jahr, geschweige denn ein Körnchen zum Leben.«

»Dann komm morgen zur Burg Schmölz! Dort wird man dir ein paar Vorräte für dich und deine Familie geben.« Albrecht hoffte, seine Mutter mit diesem Versprechen nicht zu sehr zu erzürnen, denn wenn die Ernte auf dem Wallburger Land so schlecht gewesen war, würde sie auf Schmölzer Gebiet nicht besser ausgefallen sein.

»Ich danke Euch, edler Herr!« Der Wilddieb fasste nach Albrechts Händen, drückte die Stirn kurz dagegen und lief mit dem Wunsch, Gott möge seinen Retter segnen, in die Richtung davon, aus der er gekommen war.

Albrecht sah ihm einen Augenblick nach. Er wollte zu seinem Pferd zurückkehren, doch als er den Krehlwald vor sich aufragen sah, dachte er an die Wallburger Häscher, die sich gewiss freuen würden, wenn sie statt eines Bäuerleins ihn in ihre Finger bekommen könnten. Zwar war er nun so kräftig und waffengeübt, dass er sich kämpfend bis zu Hirschmähne durchschlagen konnte, doch wenn er einen der Knechte verwundete oder tötete, würde das die Fehde mit Herrn Walther unnötig anheizen. Da ihm der Sinn aber auch nicht nach einem stundenlangen Umweg stand, beschloss er, ein Stück durch den Blutwald zu laufen, und ging auf die auch im Mondlicht erkennbar dunkleren Bäume zu.

Als er so nahe war, dass er die verkrümmten Äste erkennen konnte, stockte sein Schritt. Hatte er vorhin noch die Nase über die Schauergeschichten gerümpft, die man sich über diesen Wald erzählte, so fühlte er sich nun bei weitem nicht mehr so mutig. Aber sein Stolz und der Wille, sich dem Stand eines Ritters würdig zu erweisen, ließen nicht zu, dass er vor der vermeintlichen Gefahr zurückwich. Daher stapfte er weiter, bis er die Grenze des Blutwaldes erreicht hatte, die wie mit einem großen Messer in die Erde geschnitten wirkte. Alles in ihm schrie auf umzukehren, doch er glaubte, die Stimmen der Jagdknechte irgendwo hinter sich zu vernehmen, und nahm an, dass es kein Zurück mehr gab. Daher drang er mit klopfendem Herzen in den verrufenen Forst ein.

Kein Dämon erwartete ihn. Es war so still, dass sein Atem beim Ausstoßen in seinen Ohren hallte, und so ging er vorsichtig lauschend weiter. Nach wenigen Schritten verdeckten die ineinander greifenden Äste der Bäume den Himmel, sodass weder Mond noch Sterne zu sehen waren, und als Albrecht sich umwandte, bemerkte er zu seinem Schrecken, dass er den Rand des Waldes nicht mehr erblicken konnte. Alle Richtungen sahen genau gleich aus, und er wusste nicht, wohin er sich wenden sollte.

4

Adalmar blickte zum Himmel und schüttelte besorgt den Kopf. »Die Nacht ist bereits angebrochen, mein Kind. Ich weiß nicht, ob es gut ist, wenn du dich in der Dunkelheit auf den Weg zu Usch machst.«

Bärbel blickte auf die Buchstaben, die sie mit einem Stück Kreide fein säuberlich auf die Schiefertafel gemalt hatte und die im letzten Schimmer des Abendrots geheimnisvoll aufzuglänzen schienen. Sie bereute keinen Augenblick, den sie länger hier gewesen war, denn sie genoss das erregende Gefühl, Dinge aufschreiben zu können, die man sonst leicht wieder aus dem Gedächtnis verlor, wenn man nicht jeden Tag an sie dachte. Daher war sie dem alten Tempelritter mehr als dankbar, dass er sich die Mühe machte, sie Lesen und Schreiben zu lehren, und sie schätzte die Mischung aus Nachsicht und Strenge, mit der er sie anspornte, ohne ihr die Freude am Lernen zu nehmen.

Als Adalmar sich vernehmlich räusperte, bemerkte sie, dass er noch immer auf eine Antwort von ihr wartete. »Usch wird sich bereits um mich sorgen, frommer Herr, denn sie hat mich gewiss früher zurückerwartet. Ihr aber braucht keine Angst um mich zu haben, denn ich muss ja nur den Blutwald durchqueren, dessen Geister durch Euer Einwirken meine Freunde geworden sind.«

Adalmar sah ein, dass er seine Urenkelin nicht von ihrem Entschluss abbringen konnte, und seufzte. »Ich wollte, es kämen wieder bessere Zeiten, mein Kind. In den Jahren des großen Kaisers Karl konnte eine Jungfrau einen goldenen Ring von den schneebedeckten Bergen Tirols bis zum großen Meer tragen, ohne beraubt zu werden oder gar ihre Unschuld zu verlieren.«

»Glaubt mir, auf dem Weg zu Usch lauert nirgendwo Gefahr auf mich, Herr! Niemand geht nachts in den Blutwald oder zur Kräuterfrau. Ich mache mich bald auf den Weg, aber vorher möchte ich noch einmal das abschreiben, was Ihr mir eben diktiert habt.« Bärbel wischte die Tafel ab und begann den Text neu zu schreiben. Ihre Buchstaben standen sauber nebeneinander wie in einem Buch aus dem Kloster, und darauf war sie stolz.

Als sie fertig war, hielt sie die Tafel Adalmar hin, der nach kurzem Zögern darauf aufmerksam wurde und sie lobte. »Sehr schön. Wenn du weiterhin so fleißig lernst, kannst du bald so gut schreiben wie ein Mönch. Wenn ich das nächste Mal Burg Schmölz aufsuche, werde ich Frau Rotrauts Kaplan um ein paar Bogen altes Pergament und Tinte bitten, damit du auch damit üben kannst.« Der alte Templer bedachte das Mädchen mit einem liebevollen Blick, denn es machte ihn glücklich, diesem geschickten, klugen Kind Dinge beibringen zu können, die es als seine Urenkelin schon längst wissen würde, wenn sein Bruder Heinrich den ihm geleisteten Schwur gehalten hätte. Bärbels Aussehen bedrückte ihn jedoch, denn er fürchtete, ihre hässliche Hülle würde sich irgendwann doch auf ihr Herz und ihr Gemüt auswirken. Aber er wusste nicht, wie er dies ändern konnte. Er hätte sie gerne nach Schmölz gebracht und in die Obhut von Frau Rotraut gegeben, doch das durfte er nicht, denn sie galt als Hörige seines Großneffen, und dieser würde sie gewiss zurückfordern und dafür bestrafen, dass sie sich aus seinem Machtbereich entfernt hatte. Walther von Eisenstein war auch der Grund, dass er Bärbel nicht gesagt hatte, wer er wirklich war. Daher ahnte sie nichts von ihrer Verwandtschaft. Das war in ihrer Situation wohl das Beste, denn dieses Wissen wäre eine zu große Belastung für das Kind gewesen. Sowie sein Großneffe die Strafe für seine Grausamkeit und Anmaßung erhalten hatte, würde er seiner Urenkelin alles erzählen und versuchen, ihr den Platz im Leben zu verschaffen, der ihr zustand.

»Es ist an der Zeit, dass du in die Burg zurückkehrst und den Kreuzessplitter an dich bringst!«

Bärbel zuckte bei dem harschen Ton des Eremiten zusammen, nickte aber, um ihn zu beruhigen. »Gewiss habt Ihr Recht, edler Herr! Ich werde auf die Wallburg zurückkehren, aber dort muss ich mir etwas einfallen lassen, wie ich mir die Knappen vom Hals halten kann.«

»Herr Walther sollte sie die Tugenden eines Ritters lehren, statt ihnen beizubringen, seinen Mägden nachzustellen.« Adalmar erhob sich und nahm Bärbel die Tafel und die Kreide ab. »Du solltest schreiben üben, wann immer du Zeit findest. Ein wenig geglätteter Sand und ein Stöckchen müssten dafür genügen.«

»Das werde ich tun!«, versprach Bärbel und dachte etwas traurig daran, wie Usch sich während der letzten Wochen über ihre Schreibversuche geärgert hatte. Die Kräuterfrau hielt die Kunst des Schreibens für etwas, das nur Mönche und gelehrte Herren ausüben durften. Für eine hörige Magd auf der Wallburg, die zudem als verrückt galt, konnte ein solches Wissen ihren Worten zufolge gefährlich werden. Bärbel liebte Usch von Herzen, doch bei den meisten Dingen ließ sie sich inzwischen mehr von dem frommen Eremiten leiten als von ihrer Freundin. Es war ein unfassbares Wunder, dass der edle Ritter ihr seine Freundschaft und Zuneigung geschenkt hatte, und dafür verehrte sie ihn wie einen Heiligen. So viel Achtung wie für ihn hatte sie für ihren Vater niemals empfunden, nicht einmal zu jener Zeit, in der ihre Familie noch glücklich und zufrieden auf dem Hirschhof gelebt hatte.

Bärbel schüttelte die Gedanken an ihre Familie ab, in der sich immer noch alles um ihre Schwester drehte, die nun im sechsten Monat ihrer Schwangerschaft sein musste, stand auf und knickste vor dem Eremiten. »Ich danke Euch noch einmal für die Geduld, die Ihr mit mir hattet, edler Herr. Doch jetzt muss ich wirklich gehen.«

Adalmar ergriff seinen Stab, der neben der Tür stand. »Ich begleite dich bis zum Blutwald! Von dort an werden Fasold und seine Freunde auf dich Acht geben.«

»Das ist nicht nötig!«, wehrte Bärbel ab, doch der alte Mann ließ sich nicht beirren. Während er an ihrer Seite in die Nacht hineinschritt, drehten sich seine Gedanken nur um das Mädchen an seiner Seite. Für ihn war Bärbel die Erbin seines Blutes, ein Edelfräulein, aber er wusste immer noch keinen Weg, sie in den ihr gebührenden Stand zu heben. Dennoch tat er alles, um sie so zu erziehen, wie es einer künftigen Burgherrin gebührte, denn er hoffte auf Gottes Gerechtigkeit und den wundertätigen Segen des Kreuzessplitters, der auch auf Bärbel wirken musste.

»Ihr seid heute so schweigsam, edler Herr!« Bärbel seufzte enttäuscht, denn sonst hatte der alte Templer ihr in solchen Augenblicken Geschichten aus dem Orient erzählt oder ihr erklärt, wie eine Jungfrau aus edler Familie hochgestellte Gäste begrüßte.

»Bin ich das?« Adalmar tätschelte ihr lächelnd die Wange. »Nun, mein Kind, heute ist mir eben mehr nach Denken als nach Reden zumute.«

»Das verstehe ich, denn manchmal ergeht es mir genauso.« Bärbel dachte schuldbewusst daran, wie oft Usch sich schon über sie geärgert hatte, weil sie in Gedanken versunken deren Fragen überhört hatte. Ihr Blick flog zum Himmel, dessen dunkles Blau durch den Vollmond mit einem leicht silbrigen Schimmer überhaucht wurde, und sie fühlte die Sehnsucht in sich, ewig durch diese Nacht zu wandern. Plötzlich glomm eine andere Idee in ihr auf.

Es musste herrlich sein, bei Mondlicht in ihrem Teich im Blutwald zu schwimmen. Zwar hatte sie in den letzten Wochen schon zweimal dort gebadet, um sich wenigstens für ein paar Stunden ihrer Schmutzkruste zu entledigen. Aber jetzt, da ihr Mentor sie zur Wallburg zurückschickte, wollte sie sich noch einmal von Kopf bis Fuß säubern und sich für ein paar Augenblicke ans Ufer zwischen die duftenden Blüten legen und sich ihren Träumen hingeben.

Gerade, als sie sich die zauberische Stimmung vorstellte, die in dieser Nacht über dem Weiher liegen musste, erreichten sie und der Eremit die Grenze des Blutwaldes. Sie knickste noch einmal vor ihrem Lehrer, so wie er es ihr beigebracht hatte. »Edler Herr, ich danke Euch, dass Ihr mich bis hierher geleitet habt. Doch von hier werde ich meinen Weg alleine finden. Ich weiß nicht, wann ich wieder zu Euch kommen kann, aber ich hoffe, es wird noch in diesem Monat sein.«

»Das hoffe ich auch, mein Kind.« Adalmar streichelte noch einmal ihre Wange und sah dann zu, wie sie zwischen den dunklen Stämmen des Blutwaldes untertauchte. Dabei stellte er fest, dass ihm der Gegensatz zwischen dem verwunschenen Forst und dem Rest der Landschaft noch nie so stark aufgefallen war. Während die Bäume im Blutwald jeden Funken Licht aufzusaugen schienen, war es hier draußen beinahe taghell, ähnlich wie in jenen Vollmondnächten in der Wüste, die er so oft erlebt hatte. In dem silbernen Licht des Nachtgestirns hatten er und seine Kameraden feindliche Reiter auf Meilen gegen den Horizont ausmachen können und waren gewarnt gewesen. In seiner Heimat gab es zwar keine von fanatischen Kriegern geschwungenen Sarazenensäbel, doch drohten auch hier Gefahren.

Als er sich auf den Heimweg machte, hörte er aus dem nahen Krehlwald eine ärgerliche Stimme. »Ich glaube, der

Hundsfott hat Verdacht geschöpft und kommt heute nicht. Jetzt haben wir uns die Nacht umsonst um die Ohren geschlagen!«

Das mussten Wallburger Jagdgehilfen sein, die wieder einmal einem Wilddieb auflauerten. Adalmar wünschte ihnen wenig Erfolg und überlegte kurz, ob er Bärbel folgen und sie warnen sollte. Da ihr Ziel auf der anderen Seite des Blutwaldes lag, würden die Kerle sie nicht entdecken, denn das abergläubische Gesindel wagte ihn nicht zu betreten. Mit diesem Gedanken wandte er sich ab und kehrte zu seiner Klause zurück.

5

Albrecht wusste nicht mehr, wie lange er bereits durch den verwunschenen Wald gelaufen war. Das Blätterdach verschluckte selbst das Licht des vollen Mondes, und er stieß, obwohl es kaum Unterholz gab, immer wieder auf Hindernisse. Zumeist waren es Wurzeln, die auf seinem Weg Schlingen bildeten, in denen sich seine Füße verfingen, oder auch Äste, die wie Arme nach ihm griffen. Längst zweifelte er nicht mehr an dem Wahrheitsgehalt der Sagen, die sich um dieses Stück Erde rankten, aber die größte Gefahr schien ihm nicht von den sich wie lebendig bewegenden Bäumen auszugehen, sondern von seinen unheimlichen Verfolgern, deren schemenhafte Gestalten er nur dann erkennen konnte, wenn er sich schnell umdrehte und hinter sich blickte.

Nach einer Weile blieb er keuchend stehen, um wieder zu Atem zu kommen, und im gleichen Moment berührte etwas seinen Fuß. Ehe er sich versah, hatte eine Wurzel sich um seinen Schuh geschlungen. Panikerfüllt riss er sich los und rannte weiter. Herr im Himmel, bitte lass den Morgen bald kommen, damit das Licht mich von den Werken des Teufels erlöst!, betete er im Laufen. In dem Moment entdeckte er einen hellen Schimmer und bahnte sich mit aller Kraft seinen Weg durch dichtes Gestrüpp, um dorthin zu kommen.

Als er es durchdrungen hatte, fand er sich am Rand einer von Mondlicht überfluteten Lichtung wieder. Im ersten Augenblick war er enttäuscht und verärgert, weil er nicht den Waldrand vor sich sah, aber dann begann ihn der Zauber des Ortes in seinen Bann zu ziehen. Ungläubig blickte er auf den von silbern schimmernden Blüten umgebenen Weiher herab, der so friedlich und ruhig vor ihm lag, als würde er in eine andere Welt gehören. Der Unterschied zwischen dem feindseligen Wald und diesem stillen Platz war so stark, dass Albrecht sich fragte, ob dieser Ort noch auf der Erde lag oder ein Zauber ihn hinweggeführt hatte in ein Feenreich, aus dem er wohl nie wieder in die Heimat zurückfinden würde.

Trotz seiner Befürchtungen trat er in den Mondschein hinaus und näherte sich dem Teich. Als er den Kranz blühender Büsche erreichte, die den kleinen See umgaben, bemerkte er eine Bewegung im Wasser und duckte sich. Zu seiner Verblüffung begann jemand ein frommes Lied zu singen, so wundervoll wie ein Engel vor Gottes Thron. Vorsichtig bog er ein paar Zweige zur Seite, um einen Blick auf den Sänger zu werfen, und glaubte seinen Augen nicht trauen zu können. Da schwamm ein Mädchen im Wasser, das mit nicht mehr als mit ihrem langen, wie Silber glänzenden Haar bekleidet war.

Albrecht wurde es bei dem Anblick heiß unter seinem Wams. Bisher hatte er sich mehr für die Formen eines Schwertgriffes als für die eines Frauenkörpers interessiert, doch nun konnte er die Augen nicht abwenden. Das Wesen besaß kleine, aber wohlgeformte Brüste, einen wundervoll gerundeten Po und schlanke Gliedmaßen, die im Wasser zu tanzen schienen. So schön und so harmonisch zugleich konnte kein Menschenkind sein. Albrecht nahm an, dass er der zauberischen Herrin des Blutwaldes begegnet war, und blieb regungslos stehen, um die Dame nicht zu stören oder gar zu erschrecken.

Mit einem Mal blies ein kühler Wind aus dem Wald auf die Lichtung. Albrecht schauderte zusammen und zog sein Wams fester um sich, verlor dabei aber die Badende aus den Augen. Als er wieder nach ihr suchte, stieg sie gerade aus dem Wasser und blickte sich um. Neben ihr schwebte einer seiner geisterhaften Verfolger, der Schemen einer Frau, die auf die Dame einzureden schien. Albrecht empfand jedoch keine Angst mehr, denn der Anblick der Waldfee hatte ihn so betört, dass ihn nichts anderes mehr interessierte.

Bärbel bemerkte den heimlichen Zuschauer erst, als der Geist des Mädchens Sigrid neben ihr auftauchte und sie auf den Eindringling aufmerksam machte. Zunächst sah sie nur eine geduckte Gestalt und hatte schon Angst, einer der Wallburger Jäger wäre ihr in den Blutwald gefolgt. Panik wollte sie erfassen, und sie überlegte, mit welchem Trick sie dem Mann entkommen konnte. Einen Augenblick später richtete der Unbekannte sich auf und trat mit bittend erhobenen Händen näher. Als das Mondlicht sein Gesicht beschien, erkannte sie Albrecht von Schmölz.

»Verzeiht mein Eindringen, Herrin! Ich habe mich im Wald verirrt und geriet durch Zufall in Euer Reich.« Der Knappe verbeugte sich so tief, als stände er vor der Königin eines mächtigen Landes.

Bärbel sah ihn verblüfft an, begriff dann aber, dass sie völlig nackt vor ihm stand, und verdeckte Brüste und Schoß mit ihren Armen.

»Herrin, Ihr seid wunderschön! Nie habe ich dergleichen gesehen und werde es wohl auch nicht mehr tun, bis mein Leib einst zur letzten Ruhe gebettet wird.« Albrecht machte einen weiteren Schritt auf die holde Erscheinung zu und streckte die Arme nach ihr aus.

Die Komplimente und der süße Klang seiner Stimme ließen Bärbel innerlich erglühen. Der Jüngling war ein ganz anderer Mensch als die Männer auf der Wallburg, die nur Gewalt zu kennen schienen, wenn sie einem Mädchen gegenüberstanden. Hätte sie ein hübsches Kleid besessen, das ihre Blöße bedeckte, wäre sie vielleicht stehen geblieben, um sich mit Albrecht zu unterhalten. So aber konnte sie nur daran denken, wie ungehörig es war, sich unbekleidet einem Mann zu zeigen, daher sprang sie an ihm vorbei und hastete davon.

Albrecht war so verblüfft, dass er ihr nicht den Weg vertrat, sondern hinter ihr herstarrte, bis sie im Gewirr der Bäume verschwand. Dann aber raffte er sich auf, eilte ihr nach und nahm sie nach wenigen Schritten als hellen Schemen zwischen den Stämmen wahr. »Herrin, bitte bleibt! Ich will Euch doch nichts zu Leide tun!«, rief er ihr nach.

Bärbel aber lief noch schneller, und Albrecht fand sich mit einem Mal im dichtesten und lebendigsten Teil des Blutwaldes wieder. Die Bäume ächzten wie zornige Riesen, und ihre Zweige schlugen wie Peitschenschnüre nach ihm. Albrecht aber ließ sich nicht abschrecken, sondern wich ihnen so gut aus, wie er es vermochte, und dachte nur daran, seine Waldfee wiederzufinden. Für sie war er bereit, alle Schrecken der Hölle zu ertragen. Nach wenigen Schritten aber verlor er ihre Spur, und da der Wald sich immer wieder zu verändern schien, irrte er hilflos umher, ohne seine Dame oder den rettenden Rand des Waldes zu finden. Als er schon fürchtete, er würde für alle Zeiten zwischen den verzauberten Bäumen gefangen sein, bemerkte er eine Bewegung vor sich und stürmte darauf zu. Er fand jedoch nicht die schöne Fremde vor, sondern ein abstoßend hässliches Wesen, das sich ängstlich in seine Lumpen hüllte.

6

Von dem Gedanken erfüllt, sich so schnell wie möglich vor Albrechts Augen zu verbergen, war Bärbel einfach losgerannt. Als der junge Mann jedoch immer weiter hinter ihr zurückblieb und sie sein Rufen zuletzt nur noch aus der Ferne hörte, beruhigte sie sich wieder. Sie wollte nicht nackt bei Usch auftauchen, daher schlug sie einen Bogen und kehrte zum Teich zurück, um ihr Gewand zu holen. Mit einem Gefühl der Erleichterung schlüpfte sie in das schmuddelige Ding, das nur noch aus den Flicken bestand, schlang den Lumpen, der ihr als Kopftuch diente, um die Haare und schlug die Richtung zu Uschs Grotte ein. Vor Albrecht glaubte sie nun sicher zu sein, da ihre Geisterfreunde ihn über die Grenzen des Blutwaldes jagen sollten. Umso mehr erschrak sie, als seine Stimme plötzlich hinter ihr aufklang. Sie wollte vor ihm davonlaufen, doch da war er schon bei ihr und hielt sie fest.

»Bleib doch stehen! Hast du die Herrin dieses Waldes gesehen? Sie ist so wunderschön wie ein Bild, das nur im Himmel gemalt werden kann.«

Bei einer anderen Gelegenheit hätte ihr dieses Kompliment gefallen, doch jetzt starb sie beinahe vor Angst, er könne sie als das Wesen erkennen, das im Teich gebadet hatte, und ihr Gewalt antun. Er ist auch nur ein Mann wie die Kerle auf der Wallburg, fuhr es ihr durch den Kopf, obwohl ein Teil in ihr vehement gegen diese Unterstellung protestierte. Sie wandte ihr Gesicht ab, zog ihr Kopftuch tiefer in die Stirn und verkroch sich in ihre Lumpen.

»Nein, ich habe sie nicht gesehen«, antwortete sie mit so rauer Stimme, wie es ihr möglich war.

»Aber du kennst sie doch?« Albrechts Stimme war ein einziges Flehen.

Bärbel wollte die Frage bereits verneinen, als ihr einfiel, dass sich hier eine Möglichkeit bot, dem jungen Mann zu entkommen. »Natürlich kenne ich sie. Sie wohnt dort drüben!« Sie wies dabei in irgendeine Richtung, die nicht zu Uschs Hütte führte.

»Bring mich auf der Stelle zu ihr! Allein verlaufe ich mich in diesem Zauberwald«, antwortete er mit befehlsgewohnter Stimme.

Bärbel war froh um die Dunkelheit zwischen den Bäumen, denn sie hatte Gesicht und Hände noch nicht mit Schmutz tarnen können, und draußen im Krehlwald hätte der junge Schmölzer längst entdeckt, was in ihren Lumpen steckte. Dennoch fühlte sie sich wie in einer Falle. Würde der junge Herr sie mit Gewalt zwingen, ihm einen Ort zu zeigen, den es gar nicht gab?

»Lieber nicht! Die Herrin des Waldes mag es gar nicht, wenn man sie stört.«

Albrecht schüttelte heftig den Kopf. »Ich muss sie sehen, und sollte es mich mein Leben kosten!« Dann musterte er Bärbel so genau, wie es in dem düstern Licht überhaupt möglich war. »Dich kenne ich doch. Bist du nicht das Waldschrätlein, das mich vor ein paar Jahren vor Graf Walthers Häschern gewarnt hat?«

An die Bezeichnung Trampel war Bärbel ja gewöhnt, doch selbst die boshaftesten Leute auf der Wallburg hatten sie noch nie mit einem übellaunigen, den Menschen missgünstig gesinnten Waldschrat verglichen.

»Wer ich bin, geht dich nichts an!«, fauchte sie beleidigt und versuchte sich ihm zu entwinden.

Albrecht verstärkte seinen Griff. »Zeig mir jetzt, wo die Herrin des Waldes wohnt!«

Jetzt, wo er eine Führerin zu haben glaubte, beherrschte ihn nur noch dieser eine Gedanke, und er glaubte, sterben zu müssen, sollte sein Wunsch nicht in Erfüllung gehen. Gebieterisch stieß er Bärbel vorwärts und wurde zornig, als sie nicht sofort weiterging.

»Wenn du mir nicht gehorchst, bekommst du Schläge!«, drohte er und hob die Hand. Da lenkte ihn ein Aufrauschen in den Blättern eines nahen Baumes ab, und als er sich umblickte, sah er eine schemenhafte, hellhaarige Gestalt, die sich langsam entfernte.

Bärbel erkannte ihre Chance und stupste Albrecht an. »Sieh dort, da ist ja die Herrin des Waldes! Du musst ihr auf dem Fuße folgen, nur dann findest du ihre Höhle!«

Albrecht ließ Bärbel los und rannte dem Geist nach, der ihn geschickt hinter sich her lockte und sich dann beinahe unter seinen Händen auflöste.

Bärbel musste sich das Lachen verkneifen, als sie sah, wie Albrecht Sigrid, ihre beste Freundin unter den Geistern des Blutwaldes, verfolgte. Einen Augenblick schaute sie noch zu, wie er mit langen Sätzen zwischen den Bäumen hindurchhastete, dann drehte sie sich um und lief, ohne innezuhalten, bis sie den Hügel über Uschs Grotte erreichte. Die Sterne zeigten ihr, dass Mitternacht längst vorüber war, und sie machte sich auf eine geharnischte Strafpredigt gefasst. Als sie jedoch an die Tür klopfte, vernahm sie drinnen nicht die Stimme ihrer Freundin, sondern das ärgerliche Brummen eines Mannes, der sich im Schlaf gestört fühlt. Ein Schatten verdüsterte ihr Gemüt. Das musste der Magier Ardani sein, der Usch öfter besuchte und über den diese nicht sprechen wollte. Kurz darauf vernahm sie, wie die Kräuterfrau jemanden anwies, die Tür zu öffnen, und sah durch die Ritzen in der Tür Licht aufflammen. Kurz darauf wurde der Riegel zurückgeschoben, und die Tür schwang auf.

»Du bist aber spät dran«, rief Usch von ihrer Schlafgrotte herab.

Bärbel achtete jedoch nicht auf ihre Freundin, sondern starrte den Mann an, der mit einem brennenden Kienspan in der Hand vor ihr stand. »Rütger? Was machst denn du hier?«

Usch antwortete an seiner Stelle. »Er soll dich zur Wallburg zurückbringen! Der Hengst des Grafen ist verletzt, und die Stallburschen wissen sich nicht mehr zu helfen.«

Jetzt fand Rütger, der Bärbel verblüfft gemustert hatte, die Sprache wieder. Er trat auf sie zu und fasste nach den langen glänzenden Haaren, die beim Laufen unter dem Kopftuch hervorgequollen waren. »Bei Jesus Christus, unserm Herrn! Narrt mich ein Teufelsspuk, oder sehe ich recht? Unser Trampel ist ja in Wirklichkeit ein wunderschönes Mädchen mit einem Gesicht wie ein Engel!«

Er zupfte vorsichtig an Bärbels Gewand, und man konnte ihm ansehen, dass ihm nun klar wurde, mit welchen Mitteln das Mädchen seine Umwelt täuschte. Usch verfluchte sich, denn sie hatte nicht daran gedacht, dass Bärbel bei ihr zumeist darauf verzichtete, sich fingerdick mit Schmutz zu bedecken. Nun eilte sie die Leiter herab und baute sich drohend vor Rütger auf. »Ich warne dich, mein Guter! Wenn du auch nur ein Wort von dem, was du hier gesehen hast, irgendjemandem erzählst oder versuchst, dich Bärbel zu nähern, dann wirst du es für den Rest deines Lebens bereuen, das schwöre ich bei allen Heiligen!«

Rütger hob abwehrend die Arme. »Gott bewahre, Usch!

Ich bin Bärbels Freund und würde nie etwas tun, das sie in Gefahr bringen oder ihr Leid zufügen könnte. Ich bin nur verwirrt – nein, ich bin so unfassbar glücklich, weil sie in Wahrheit nicht das abstoßende Ding ist, für das alle Welt sie hält.«

»Die Welt soll mich auch weiterhin für einen verrückten Trampel halten«, antwortete Bärbel etwas wehmütig, denn sie musste an Albrecht von Schmölz denken und empfand eine gewisse Trauer, weil auch er nicht wissen durfte, wie sie in Wirklichkeit aussah. Zwar hatte der junge Herr weitaus mehr von ihr gesehen als Rütger, zu ihrem Glück aber die ›Herrin des Waldes‹ nicht mit dem schmutzigen Ding zusammengebracht, das ihn vor Jahren vor den Häschern des Wallburgers gewarnt hatte.

7

Albrecht stürmte blindlings hinter Sigrid her, bis er über eine Wurzel stolperte, der Länge nach hinfiel und sich die Stirn blutig schlug. Als er sich wieder aufgerafft hatte, war die geisterhafte Erscheinung verschwunden. Ernüchtert begriff er, dass er die Waldfee auf diese Weise nie finden würde, und wollte zu dem Lumpenmädchen zurückkehren, damit es ihn zu deren Heimstatt führte. Doch der kleine Waldschrat war ebenfalls wie vom Erdboden verschluckt.

Erschöpft von der vergeblichen Suche ließ er sich zu Boden fallen, um ein wenig zu verschnaufen. In dem Moment spürte er, wie die Erde unter ihm zitterte, und er konnte hören, wie die Wurzeln der umliegenden Bäume auf ihn zukrochen. Schnell erhob er sich und versuchte, schnurgerade weiterzugehen, bis er den Rand des verwunschenen Waldes erreicht hatte. Seine Sehnsucht nach dem Mädchen, das er im Teich entdeckt hatte, überwog jedoch seine Angst, und er schwor sich, wenn er hier lebend herauskam, im hellen Sonnenschein zurückzukehren, denn der bannte die bösen Geister unter die Erde oder in die Felsen.

Während er todmüde weiterstapfte, versuchte er, sich an all die Sagen und Märchen zu erinnern, die er über den Blutwald gehört hatte. Aber seine Erinnerungen wurden dem nicht gerecht, was er hier erlebt hatte, und keine von den vielen Erzählungen handelte von einem zauberischen Wesen von engelsgleicher Schönheit.

»Vielleicht weiß Hannes etwas über sie«, sagte er laut, um sich mit dem Klang seiner Stimme ein wenig Mut zu machen, denn immer wieder beschlich ihn die Vorstellung, er würde nicht mehr hinausfinden, sondern unter einem der alten Bäume sein Grab finden. Er stellte sich vor, wie er tot am Boden lag und die Waldfee sich entsetzt über ihre eigene Grausamkeit über ihn beugte. Vielleicht würde sie ihn sogar küssen und ihn so wieder ins Leben zurückrufen. Während seine Fantasie sich an dem Bild ergötzte, bewegten sich seine Füße wie von selbst, denn es gab keine Wurzeln und auch keine Äste mehr, die sie behinderten. Er schien auf einen kaum wahrnehmbaren Pfad getroffen zu sein, der quer durch den Zauberwald verlief und auf ein helles Licht zuführte, das, wie er hoffte, die Grenze markierte.

Er konnte nicht wissen, dass die Geister, die Bärbel nun in Sicherheit wussten, ihr Interesse an ihm verloren hatten. Da er keinen der Bäume verletzt hatte und sie die von dem Eremiten verheißene Seligkeit nicht aufs Spiel setzen durften, wollten sie ihn gehen lassen, und so stolperte er bereits nach weniger als hundert Schritten über eine unsichtbare Grenze und stand auf freiem Feld. Seufzend stellte er fest, dass er noch weit von dem Windbruch entfernt war, in dem er sein Pferd zurückgelassen hatte, und ihm ein sehr langer Fußmarsch bevorstand. Um ihn ein wenig abzukürzen, lief er quer über einen bereits abgeernteten Rübenacker und erreichte kurz darauf eine Karrenspur, die in die gewünschte Richtung führte.

Als er den Windbruch vor sich auftauchen sah, fiel ihm siedend heiß ein, dass die Wallburger Jagdknechte Hirschmähne inzwischen entdeckt haben konnten. Bereit, sein Leben und seine Freiheit bis zum Äußersten zu verteidigen, nahm er die Armbrust herab, die er quer über dem Rücken getragen hatte, spannte sie und legte einen Pfeil auf die Sehne. Dann drang er vorsichtig in den Jungwald ein. Zu seiner Erleichterung fand er keine Wallburger vor, sondern nur sein Pferd, das ihn mit erleichtertem Prusten begrüßte.

Albrecht schwang sich in den Sattel, horchte noch einmal, ob er Stimmen in der Nähe vernahm, und ritt los. Aber niemand behelligte ihn auf seinem Weg, und noch ehe er Burg Schmölz erreichte, kündete ein heller Schein am östlichen Horizont den neuen Tag an.

Hannes empfing ihn schon am Tor, so als hätte er die ganze Nacht auf ihn gewartet, und blickte mit einem tadelnden Kopfschütteln zu ihm auf. »Ihr seid lange ausgeblieben, junger Herr! Eure Frau Mutter hat sich die ganze Nacht Sorgen um Euch gemacht.«

Albrecht starrte ihn erschrocken an. »Mutter weiß, dass ich weg war?«

Der Alte nickte. »Sie wollte Euch gestern Abend noch einen heißen Ziegelstein in Eure Kammer bringen, weil sie fürchtete, das Bettzeug sei zu klamm, und dabei hat sie entdeckt, dass Ihr weggegangen seid. Zu Eurem Glück waren Ritter Eckardt und seine Begleiter zu betrunken, um Euch folgen zu können, sonst hätte sie die Männer hinter Euch hergeschickt. Hilde ist es schließlich gelungen, die Herrin zu beruhigen und ins Bett zu bringen.«

»Die gute Hilde! Auf sie kann man sich immer verlassen.« Albrecht atmete erleichtert auf und schwang sich aus dem Sattel. Bevor er jedoch die Frage stellen konnte, die ihm am meisten auf dem Herzen lag, stürmte seine Mutter so schwungvoll aus dem Palas heraus, dass sie auf der Treppe zu Fall kam und er sie gerade noch auffangen konnte.

»Vorsicht, Mama! Du willst dir doch nicht die Beine brechen«, begrüßte er sie fröhlich.

Frau Rotraut befreite sich aus seinen Armen und bedachte ihn mit einem vorwurfsvollen Blick. »Mach keine dummen Scherze! Das hier wäre nicht passiert, wenn du gestern wirklich ins Bett gegangen wärst, statt mich anzulügen. Doch wie es aussieht, steckt dir dieser verfluchte Krehlwald noch immer im Blut. Oder treibt dich die pure Lust, andere Geschöpfe zu töten?«

Albrecht zog seine Mutter wieder an sich und küsste sie auf die Wange. »Erst einmal einen schönen guten Morgen, Mutter. Was deine Frage betrifft, so habe ich heute Nacht keinen einzigen Pfeil abgeschossen, sondern nur einem armen Teufel geholfen, den Wallburger Jagdgehilfen zu entkommen. Dabei habe ich ihm versprochen, er könne ein paar Vorräte für seine Familie bei uns abholen.«

»Wie kämen wir dazu, einen Wallburger Hörigen zu füttern, wo unsere eigene Ernte schlecht genug ausgefallen ist?«, schimpfte Frau Rotraut, war dem bittenden Blick ihres Sohnes jedoch nicht gewachsen. »Also gut! Ich sehe, was ich abgeben kann. Du aber steigst jetzt in die Wanne, um den Schmutz abzuwaschen, der an dir hängt, und dann gehst du zu Bett! Bei Gott, nein! Du bist ja verletzt!« Sie wollte den blutigen Schorf auf seiner Stirn untersuchen, doch Albrecht hielt ihre Hand fest.

»Das ist nur eine unbedeutende Kleinigkeit, Mutter. Geh

schon voraus, und befiel den Mägden, das Bad zu richten. Ich muss noch kurz mit Hannes reden.«

Frau Rotraut blickte ihn einen Augenblick zweifelnd an, entschloss sich dann aber doch, seiner Bitte Folge zu leisten, und stieg geschwind wie ein junges Mädchen die Treppe zum Palas hoch. Kaum hatte sie ihrem Sohn den Rücken zugedreht, fasste dieser Hannes am Ärmel und zog ihn in den Stall. »Mein Guter, ich flehe dich an, mir eine Frage zu beantworten: Hast du je etwas von einer Herrin des Blutwaldes gehört oder einer Fee, die dort leben soll?«

Hannes sah ihn verwirrt an. »Von was soll ich gehört haben?«

»Von einer Waldfee! Ich habe sie im Wasser gesehen, als ich durch den Blutwald gelaufen bin und eine Lichtung mit einem wunderschön gelegenen Teich entdeckt habe.«

»Ihr seid im Hexenwald gewesen? Beim heiligen Kilian, hoffentlich ist Euch dort nichts Schlimmes zugestoßen!« Hannes starrte Albrecht so entsetzt an, als könne ein böser Zauber seinen jungen Herrn jederzeit in ein fürchterliches Ungeheuer verwandeln.

Albrecht packte den Alten und schüttelte ihn erregt. »Mir geht es nicht um den Wald, sondern um seine Herrin! Ich hatte den Eindruck, als würden die Bäume ihren Befehlen gehorchen, sodass sie sich mir entziehen konnte.«

»Ihr habt eine Zauberische verfolgt und vielleicht sogar gekränkt?« Hannes Stimme wurde schrill vor Angst, und er sprach rasch ein Gebet, das den Worten des Burgkaplans zufolge böse Geister vertreiben sollte.

»Ich habe sie nicht gekränkt, sondern ihr nur gesagt, wie wunderschön sie ist!« Albrecht verlor langsam die Geduld mit dem Alten, der schon bei dem Gedanken an den verrufenen Wald und seine Bewohner vor Angst erstarrte.

»Ihr habt dieses Wesen im Wasser entdeckt, also muss

es eine Nixe gewesen sein. Hütet Euch vor so einer, denn diese Wesen sind wohl wunderschön anzuschauen, doch sie besitzen Herzen aus Eis und sind grausamer als der Ostwind zur Mittwinternacht. Ein Stück jenseits des Blutwaldes gibt es auf Wallburger Gebiet einen Nixenweiher, in dem schon viele junge Burschen zu Tode gekommen sind.« Hannes schüttelte sich bei dem Gedanken an die Gefahr, in der sein Herr geschwebt haben musste.

Albrecht hob den alten Mann bis auf Augenhöhe hoch, um sich keine Regung auf dessen Gesicht entgehen zu lassen. »Es kann keine Nixe gewesen sein, denn sie besaß zwei Beine wie ein Mensch. Ihr Körper war herrlich anzusehen, ihr Gesicht glich dem eines Engels, und ihr Haar erinnerte an den Glanz gesponnenen Silbers.«

Der Knecht blieb regungslos, bis Albrecht ihn wieder abgesetzt hatte, denn er begriff, dass der Zauber, der seinen jungen Herrn in seinen Bann geschlagen hatte, ganz eigener Natur sein musste. Die Sinne des Jünglings waren erwacht und hatten sich auf das denkbar ungeeignetste Wesen gerichtet, das es in den Augen des alten Mannes geben konnte, nämlich auf ein Geschöpf der Geisterwelt. Er murmelte leise Gebete, um Jesus Christus und alle Heiligen zu bitten, den Sohn seiner verehrten Burgherrin vor zauberischen Mächten zu schützen, und zermarterte gleichzeitig sein Gehirn, ob er je von einer Waldfee oder einem ähnlichen Wesen im Blutwald gehört hätte.

Schließlich schüttelte er den Kopf. »Mit Geschichten über eine Fee im Blutwald kann ich Euch nicht dienen, Junker Albrecht. Ich habe zwar von etlichen Geistern und Dämonen gehört, die in unserer Gegend ihr Unwesen treiben sollen, doch so etwas, wie Ihr beschrieben habt, war gewiss nicht dabei.«

»Versuche dich zu erinnern!«, flehte Albrecht ihn an.

Der Alte hob hilflos die Arme. Selbst wenn er von einer Waldfee gehört hätte, würde er es seinem Herrn nicht sagen, denn er wollte dessen Blut nicht noch mehr erhitzen. Um ihn vor weiteren Torheiten zu bewahren, beschloss er, mit Hilde zu reden, damit diese Albrechts seltsames Verhalten der Herrin weitermelden konnte. Es musste etwas geschehen, was den jungen Herrn auf andere Gedanken brachte, und er fragte sich, ob es nicht doch besser sei, Albrecht eine der jungen Mägde zuzuführen. Aber es war fraglich, ob Hilde es schaffen würde, Frau Rotraut die Erlaubnis dazu abzuringen, denn die Herrin achtete streng auf Zucht und Ordnung und hatte für Edelleute, die die Frauen und Mädchen auf ihren Besitzungen als leicht verfügbare Ware ansahen, nur Verachtung übrig.

Seufzend blickte er zu seinem jungen Herrn auf und wies mit der Hand auf den Palas. »Ihr solltet lieber Eurer Mutter gehorchen und baden gehen. Ein paar Stunden Schlaf würden Euch ebenfalls gut tun.«

Da er von Hannes nichts mehr erfahren konnte, wandte Albrecht sich missmutig ab und begab sich in sein Zimmer. Dort hatte seine Mutter bereits einen Badezuber hinschaffen und von den Mägden füllen lassen. Als er eintrat, schütteten die kichernden Mädchen gerade den Inhalt der letzten Eimer in den Bottich, bedachten den jungen Herrn mit ein paar anzüglichen Blicken und liefen dann hinaus. Während Albrecht sich auszog, rief er die Mägde zurück, um sie nach dem Wesen zu fragen, das er im Blutwald gesehen hatte. An ihrer Stelle aber öffnete Hilde die Tür und blickte unfreundlich hinein.

»Ihr solltet Euch schämen, nach den jungen Dingern zu verlangen, damit sie Euch in Eurer Blöße sehen können.«

Albrecht stieg rasch in die Badewanne, sodass er nicht länger nackt vor Hilde stand. »Es ist nicht so, wie du denkst, meine Gute! Ich wollte die Mägde nur etwas fragen. Ihr Frauen kennt doch viele Geschichten aus dieser Gegend. War da nie eine dabei, die von der Herrin des Blutwaldes sprach, dem schönsten Wesen, das es auf Gottes Erdboden geben kann?«

Hilde wurde nun ebenfalls klar, dass Albrecht nicht mehr der Knabe war, dem sie früher die Nase geputzt hatte, sondern ein junger Mann im ersten Frühling seiner Gefühle. »Nein, von so einem Wesen habe ich nie etwas gehört und glaube auch nicht, dass es im Blutwald so etwas Schönes geben kann. Dort sind nur Tod und Schrecken zu Hause.«

Damit verschwand sie wieder und ließ Albrecht in niedergedrückter Stimmung zurück. Er ahnte nicht, dass die Beschließerin gerade zu seiner Mutter eilte und ihr den Rat gab, den jungen Herrn bald unter die Haube zu bringen, damit er beim gottgefälligen Ehewerk mit einer Gemahlin seine seltsamen Grillen vergaß.

8

Bärbels Rückkehr auf die Wallburg rief nicht mehr Aufsehen hervor als eine über den Burghof huschende Ratte, wahrscheinlich sogar noch weniger, denn einer Ratte wären die Hunde sofort gefolgt, um sie zu fangen. Bei Bärbels Erscheinen hoben die Tiere nur kurz die Köpfe und legten sie gleich wieder auf ihre Vorderpfoten, um weiter zu dösen. Die Knechte und Mägde auf dem Hof arbeiteten so eifrig, dass ihnen keine Zeit blieb, Bärbel mehr als einen beiläufigen Blick zu widmen, denn Notburga steckte gerade ihren Kopf aus einem der oberen Fenster des Palas, um sie anzutreiben. Die Beschließerin atmete innerlich auf, als sie den Trampel auf den Stall zuschlurfen sah, und hoffte, dass es diesem Waldschrat gelang, den verletzten

Hengst zu retten. Die schlechte Laune, die der Graf des Tieres wegen hegte, war kaum noch zu ertragen. Beim letzten Abendessen hatte er sogar Elisabeth angeschrien, und das war ein sehr böses Vorzeichen.

Als Bärbel den Stall betrat, fand sie mehrere Pferdeknechte um die Box des schwarzen Hengstes versammelt. Keiner wagte sich jedoch hinein, denn das Tier schlug schnaubend um sich und geriet dabei in Gefahr, sich selbst zu verletzen.

Kunz war der Erste, der Bärbel entdeckte. »Da bist du ja endlich! Der Hengst ist wie von Sinnen und hätte beinahe den alten Vinz umgebracht. Keiner von uns kann hinein, um seine Wunde zu behandeln.«

Bärbel stellte den hochgefüllten Korb ab, den Usch ihr mitgegeben hatte, und trat an die Box. Der Rappe sah wirklich zum Erschrecken aus. Grünlicher Schaum troff ihm vom Maul, und er verdrehte seine Augen, sodass nur noch das Weiße zu sehen war. Die Verletzung an der Hinterhand war nach ihrem Eindruck jedoch weniger schlimm, als die Knechte annahmen. Doch solange das Tier so erregt um sich schlug, war eine Behandlung tatsächlich unmöglich. Von einem unbestimmten Gefühl getrieben trat Bärbel an den Futterbarren der Box, in dem noch Reste von Gras und Kräutern lagen, mit denen man das Tier gefüttert hatte. Ein paar klein geschnittene Stängel verrieten ihr, dass jemand Pflanzen darunter gemischt hatte, die für Pferde giftig waren. Sie wollte Kunz schon darauf aufmerksam machen, als die Stalltür aufschwang und der Graf hereinkam.

Herr Walther blieb mit grimmiger Miene vor ihr stehen und stieß sie mit seiner Reitpeitsche an. »Ich hoffe, du kannst dem Hengst helfen, sonst hätten wir dich gleich bei der alten Hexe lassen können.«

Angesichts der üblen Laune des Herrn beschloss Bärbel,

ihr Wissen um die Giftpflanzen für sich zu behalten, denn wenn sie jetzt davon sprach, würden etliche Leute bestraft werden, die vermutlich unschuldig waren. Daher nickte sie nur und bemühte sich dabei, ein so stumpfes Gesicht wie möglich zu zeigen. »Ich versuche zu helfen.«

»Das hoffe ich auch für dich, denn gelingt es dir nicht, wirst du die Peitsche zu spüren bekommen.« Mit dieser Drohung drehte sich der Graf auf dem Absatz herum und verließ den Stall.

Die Knechte starrten Bärbel an wie verschreckte Kinder ihre Mutter, und Kunz drückte aus, was alle dachten. »Wenn der Hengst nicht mehr zu gebrauchen ist, wird er uns alle auspeitschen und in die Hörigenhütten stecken lassen!«

»Schwatz nicht!«, wies Bärbel ihn zurecht. »Ich habe heilende Kräuter mitgebracht, aber da sind noch Dinge in meinem Taubenhäuschen, die ich benötige.«

Sie wollte zu der Leiter gehen, die in ihre Behausung hochführte, doch Kunz hielt sie zurück. »Schau lieber nicht nach oben. Als du weg warst, haben die Knappen ihre Wut an deinem Zimmerchen ausgelassen und alles, was darin war, auf den Misthaufen geworfen. Und was sie sonst noch getan haben, will ich lieber nicht sagen.«

Bärbel kletterte dennoch die Treppe hoch, bekam aber gerade noch rechtzeitig mit, dass die Knappen mehrere Sprossen angesägt hatten, und als sie vorsichtig weiterkletterte und den Kopf in ihr Taubenhäuschen steckte, verzog sie angewidert das Gesicht. Es stank fürchterlich, denn Hartwig, Reinulf und Wunibald hatten es als Abtritt benutzt. Ihren Zorn und ihre Trauer um das hübsche Gemach musste Bärbel jedoch auf später verschieben, denn der Hengst des Grafen war im Augenblick wichtiger.

Sie stieg wieder hinab und bat Kunz, einige Kräuter aus

dem Vorrat des Stalles zu holen und das, was er dort nicht fand, bei Mette zu besorgen, die die Arzneien für die Menschen in ihrer Obhut hatte. Zusammen mit einigen Blüten und pulverisierten Wurzeln, die sie selbst mitgebracht hatte, gelang es ihr, ein Gegenmittel anzumischen. Bärbel gab noch ein paar Kräuter hinzu, die zwar keine direkte Wirkung besaßen, aber angenehm rochen und von Pferden gerne gefressen wurden.

Als sie die Zutaten im richtigen Verhältnis angemischt hatte, schien es beinahe schon für eine Rettung zu spät zu sein. Der Hengst tobte immer schlimmer, und auf seinem schweißnassen Fell standen nun ebenfalls Schaumflocken. Bärbel verrichtete ein stilles Gebet an die Jungfrau Maria und St. Leonhard, den Schutzheiligen der Pferde, und bat sie, ihr beizustehen. Dann trat sie in die Box und sprach mit sanfter Stimme auf den Hengst ein.

»Komm, mein Schöner, das wird dir gut tun!« Dabei streckte sie ihm die flache Rechte hin, auf die sie einen Teil ihrer Kräutermedizin getan hatte. Der Rappe schien sie jedoch nicht wahrzunehmen, denn er hämmerte mit den Hufen gegen die Boxenwand und schlug mit dem Kopf um sich.

Bärbel streckte die Linke aus und fasste nach dem Halfter, bereit, es sofort wieder loszulassen, wenn das Tier sich nicht beruhigen ließ. Dabei lobte und lockte sie den Hengst wie mit Engelszungen. Zu ihrer Erleichterung hielt das Tier in seinem Toben inne, prustete kurz und begann dann zu schnuppern. Trotz der Schmerzen in seinen Gedärmen schien er die duftenden Kräuter zu riechen und zu begreifen, dass sie ihm gut tun würden. Sein Maul stieß gegen Bärbels Hand, und er begann, die Medizin mit seiner Zunge abzulecken.

»Gib mir den Rest!«, befahl Bärbel Kunz. Der Knecht gehorchte und sah staunend zu, wie der eben noch um sich schlagende Hengst ganz ruhig wurde und sich wie ein kleines Fohlen füttern ließ.

»Trampel besitzt wahrlich geheime Kräfte«, raunte er seinen Kameraden zu und beeilte sich dann, Bärbels nächste Anweisungen zu befolgen. Da das Tier nun mit gesenktem Kopf fast regungslos dastand, waren die Knechte endlich in der Lage, sich um sein verletztes Bein zu kümmern. Nachdem Kunz und einer seiner Helfer die Wunde gesäubert hatten, strich Bärbel die schwarze Salbe darauf, die Usch ihr angemischt hatte, und tätschelte dem Tier zuletzt die Hinterhand.

»Du warst sehr brav, mein Guter. Jetzt müssen wir nur sehen, ob das Mittel auch wirkt.« Sie war in Sorge, ob sie dem Hengst die Medizin noch rechtzeitig hatte eingeben können, und wartete daher angespannt, wie das Tier nun reagieren würde. Legte es sich nieder, würde es wohl nie mehr aufstehen. Zwei, drei Mal musste sie den Rappen mithilfe einiger vor Angst zitternder Knechte hochhalten und gegen die Wand drücken, sodass er nicht in die Knie brach, und zu ihrer Erleichterung drehte sich das Tier jedes Mal um sich selbst und blieb stehen. Nach einer Weile zitterte es für einige Augenblicke wie Espenlaub, hob dann seinen Schwanz und gab einen laut knallenden Furz von sich.

»Brav, mein Guter«, lobte Bärbel ihn und hoffte, dass er jetzt auch noch ein paar Äpfel fallen lassen würde. Er tat ihr den Gefallen und streckte danach seinen Kopf hungrig nach vorne. Bevor er jedoch von dem restlichen Gras fressen konnte, räumte Bärbel es beiseite und winkte Kunz heran.

»Gib dem Hengst jetzt etwas Heu. Später bekommt er noch einmal etwas von meiner Medizin.«

»Glaubst du wirklich, er übersteht es?« Die Stimme des

Knechts klang noch etwas unsicher, aber bereits hoffnungsvoll.

Bärbel nickte. »Ich glaube schon, aber du solltest zu St. Leonhard beten und seinen Segen erflehen. Den haben wir dringend nötig.«

»Das werde ich tun«, versprach Kunz und sah sie dann kopfschüttelnd an. »Bei Gott, was hätten wir ohne dich getan? Der Graf wollte uns bis aufs Blut peitschen lassen, wenn seinem Hengst etwas zustößt.«

Sein Blick ruhte dabei auf Bärbel, als sähe er keinen schmutzigen, abstoßend stinkenden Waldschrat, sondern eine Heilige vor sich.

Jetzt mischten sich auch die anderen Knechte in das Gespräch mit ein. »Wir werden dir erst einmal eine leere Fohlenbox als Wohnstatt einrichten, Trampel, und später schauen, ob wir dir ein ähnlich hübsches Taubenhäuschen bauen können, wie Rütger es getan hat. Die Knappen brauchst du dieser Tage nicht zu fürchten, denn die werden heute noch im Gefolge des Grafen nach Wolfsstein reiten. Ritter Chuonrad hat unseren Herrn nämlich zu einem Fest geladen.«

»Sollten sie dir später etwas antun wollen, bekommen sie es mit mir zu tun. Ich werde ihnen bei Dunkelheit auflauern, einen Sack über sie werfen und sie durchbläuen, bis sie jede böse Absicht vergessen«, versprach Kunz ihr, und die anderen nickten dazu.

Bärbel nahm die Worte nicht ganz ernst, denn nach einem solchen Übergriff auf die jungen Edelleute würde der Graf die gesamte männliche Dienerschaft der Burg auspeitschen lassen, bis die Schuldigen gefunden waren. Trotzdem freute sie sich darüber, denn ihr war klar, dass die Stallknechte an diesem Tag ihre Freunde geworden waren. Während die Männer zufassten, um die Arbeit zu erledigen, die wegen der Erkrankung des Rappen liegen geblieben war, sah Bärbel noch einmal nach dem Tier und fand es bemerkenswert erholt. Die vorhin noch eiskalten Ohren waren nun wieder warm, und es knabberte bereits an dem süßen Heu, das Kunz ihm vorgelegt hatte.

Da der Hengst über den Berg zu sein schien, verließ Bärbel die Burg und stieg in das Marktdorf hinab. Ein vager Verdacht führte sie in eine der elenden Katen, in der eine magere, verhuscht aussehende Frau gerade dabei war, ein kärgliches Mahl zuzubereiten. Als die Tür geöffnet wurde, zuckte sie ängstlich zusammen, entspannte sich aber wieder, als sie die Eintretende erkannte. »Trampel? Ach, du bist es nur.«

Bärbel sah die kleinen Schweißtropfen, die sich auf ihrer Stirn gebildet hatten, und wusste, dass sie auf der richtigen Spur war. Das Futter für die Tiere der Burg wurde nicht von den Knechten des Grafen gemäht und in den Stall gebracht, sondern traditionell von Hörigen dieses Dorfes. Aus Bosheit hatte Jost dem Ehemann der Frau diese Arbeit zusätzlich zu der harten Fron auferlegt, und Bärbel war sofort bei der Entdeckung der Pflanzenreste klar gewesen, dass der Mann sich auf diese Weise hatte rächen wollen.

Bärbel griff in eine Falte ihres Kittels, die sie als Tasche verwendete, zog einen Wolfsmilchstängel heraus und legte ihn auf den roh gezimmerten Tisch. »Dies hier und noch einige andere schädliche Kräuter lagen im Futter des gräflichen Rappen. Sollte das Tier daran eingehen, wird Herrn Walthers Zorn maßlos sein!«

Die Frau brach schluchzend zusammen. »Ich habe Heimo angefleht, es nicht zu tun, doch er war außer sich vor Wut, weil er so viel fronen muss. Er hatte gehofft, der Hengst würde beim nächsten Ausritt durchgehen und den

Herrn abwerfen, sodass dieser sich das Genick bricht und wir seiner harten Herrschaft ledig werden.«

»Der Hengst hatte sich am Bein verletzt und musste im Stall bleiben. Das war euer Glück, denn nach Herrn Walthers Tod würde der Vogt die Grafschaft in Frau Adelheids Auftrag verwalten, und das ist nun einmal Ritter Jost! Unter seiner Herrschaft würdet ihr noch viel mehr leiden als unter der seines Herrn.«

Die Frau starrte Bärbel mit entsetzt aufgerissenen Augen an. »Daran haben wir gar nicht gedacht. Bei Gott, wenn ich mir das nur vorstelle! Ritter Jost als Herrn zu haben wäre schlimmer als die Hölle und das Fegefeuer zugleich!«

»Sage das deinem Mann, damit er keine Dummheiten mehr macht.« Bärbels Blick streifte die vier blassen, dünnen Kinder, die in einer Ecke hockten und Flachs spannen. »Ich werde dir morgen ein kräftigendes Mittel für deine Kleinen bringen. Und nun Gott befohlen!« Sie wollte sich umdrehen und gehen, da fasste die Frau ihre Hand und führte sie ungeachtet des Schmutzes, der darauf klebte, an ihre Lippen.

»Hab Dank, Trampel. Wenn der Graf erführe, was mein Mann getan hat, würde er ihn zu Tode peitschen lassen. Dann wüsste ich nicht, wie ich meine Kinder durchbringen sollte.«

9

Albrecht von Schmölz saß missmutig auf seinem Pferd, das ihn mit jedem Schritt näher an die Burg Wolfsstein herantrug. Viel lieber wäre er zum Blutwald geritten, um dort nach der Waldfee zu suchen, doch der Befehl seiner Mutter war eindeutig gewesen. Chuonrad von Wolfsstein zählte zu den wenigen Freunden und Verbündeten, die Schmölz noch besaß, und hätte er eine Einladung auf seine Burg ausgeschlagen, wäre der Ritter schwer beleidigt gewesen. Trotzdem zwickte es Albrecht unterwegs immer wieder in den Fingern, Hirschmähne zu wenden, zum Blutwald zu galoppieren und Burg Wolfsstein erst bei Einbruch der Nacht aufzusuchen.

Während Albrecht sich ausmalte, wie die Begegnung mit der schönen Waldfee verlaufen würde, freute Ritter Eckardt sich auf ein Gespräch unter Männern und den guten Wein, den Herr Chuonrad seinen Gästen gewiss auftischen lassen würde. Der junge Schmölzer aber sollte sich dem Willen seiner Mutter zufolge an etwas anderem berauschen. »Fräulein Hadmut soll ungewöhnlich schön und anmutig sein, habe ich mir sagen lassen!«

Albrecht zuckte verächtlich mit den Schultern. »Sie ist ein eitles Ding und übermäßig von sich überzeugt. Wahre Schönheit kommt von innen!«

Eckard lachte dröhnend auf. »Du redest, als hättest du bereits große Erfahrung mit dem weiblichen Geschlecht gemacht. Dabei hast du noch keinem Mädchen tiefer in die Augen oder anderswohin geblickt.«

»Er wird seine Erfahrungen schon noch sammeln.« Einer ihrer Begleiter zwinkerte Albrecht zweideutig zu und begann in drastischer Weise die Vorzüge eines weichen Frauenleibes zu beschreiben.

Albrecht widerte das Gerede an, denn ihm ging es nicht um die bloße Befriedigung des Geschlechtstriebes, sondern um die Liebe des Herzens, denn nur die allein unterschied einen Menschen von einem Tier. Der geschwätzige Ritter hingegen tat so, als wäre eine Frau eine Kuh oder eine Stute, an die man sich nur erinnerte, wenn man sie besteigen wollte.

Herr Eckardt besaß weniger Hemmungen als sein

Knappe und beteiligte sich eifrig an dem Gespräch. Mit einem Mal drehte er sich zu Albrecht herum und verzog seine Lippen zu einem erwartungsfrohen Grinsen. »Ich hoffe, Ritter Chuonrads Gemahlin achtet weniger auf die Tugend ihrer Mägde als deine Mutter, denn mein bestes Stück sehnt sich nach einer willigen Pforte, an die es pochen kann.«

»Da seid Ihr nicht allein, Herr Eckardt«, warf der jüngere Ritter ein, dem offensichtlich der Sinn nach einer Fortsetzung des schlüpfrigen Themas stand. »Auch mein Schwengel will bewegt werden. Aber wenn die Mägde auf Wolfsstein mit ihren Reizen geizen, wird er warten müssen, bis wir wieder in unserem schönen Mainz sind. Ich glaube, ich habe das richtige Schlüsselchen dabei, um einem Maidlein zu gefallen.«

Ritter Eckardt sah seinen Begleiter neugierig an. »Welchen Schlüssel?«

»Einen guten Regensburger Silberpfennig! Zwar ist eine Hure in einem städtischen Bordell teurer, aber für die Gunst einer Landmagd wird es wohl reichen.«

»Du willst eine Magd für die paar Augenblicke, die du auf ihr liegst, auch noch bezahlen?« Eckardt rümpfte die Nase, denn es widerstrebte ihm, Geld für etwas auszugeben, das man auf den meisten Burgen umsonst erhalten konnte. Sein Begleiter wollte diese Worte nicht unwidersprochen lassen, und so stritten sie sich in aller Freundschaft und hörten erst auf, als Burg Wolfsstein vor ihnen auftauchte.

Albrecht nützte die Zeit, um seinen eigenen Träumen nachzuhängen, und stellte sich gerade vor, wie sich die Lippen der Waldfee auf den seinen anfühlen mochten, als der Hornstoß erscholl, mit dem der Türmer von Wolfsstein ihr Kommen ankündete.

Ritter Chuonrad, ein großer, wuchtig gebauter Mann mit

einem runden roten Kopf und gelben Pferdezähnen, erwartete seine Gäste auf dem Burghof. Bei Eckardts Anblick kratzte er sich verwirrt am Kopf, sah dann aber Albrecht hinter dem Unbekannten auftauchen und kam lachend auf ihn zu. »Sag bloß, du bist das schmale Handtuch, das mein alter Freund Bodo früher immer mitgebracht hat! Bei Gott, hast du dich in diesen drei Jahren herausgewachsen. Beinahe hätte ich dich nicht wiedererkannt. Willkommen, mein Junge!«

Albrecht sprang ab und ergriff die ihm entgegengestreckte Rechte. »Gott zum Gruße, Ritter Chuonrad! Meine Mutter sagte, Ihr wollt heute feiern, und da konnte ich doch nicht fernbleiben.«

»Wir wollen auf die Schwertleite meines Sohnes Dankrad anstoßen. Herr Rudolf, der Pfalzgraf am Rhein, hat sie zwar schon vor zwei Monaten vollzogen, doch das wollen wir natürlich auch in der Heimat feiern.« Obwohl Ritter Chuonrad ihn überschäumend begrüßte, verzog Albrecht abwehrend das Gesicht, denn er hatte einige weitere Gäste entdeckt, die vor dem nicht übermäßig hohen Palas der Burg standen. Einen von ihnen hätte er hier nicht zu sehen erwartet, nämlich Graf Walther von Eisenstein.

Ritter Chuonrad bemerkte seinen Blick und legte ihm begütigend die rechte Hand auf die Schulter. »Lass dich durch Herrn Walthers Anwesenheit nicht verdrießen, mein Junge. Ich habe euch nicht zuletzt auch deshalb alle eingeladen, damit wir endlich Frieden schließen können. Jetzt, wo ein neuer Kaiser auf dem Thron sitzt, sollten wir wieder als gute Nachbarn zusammenleben und vergessen, was geschehen ist.«

Albrecht hielt den Atem an, damit ihm kein unbedachtes Wort entschlüpfte. Chuonrad von Wolfsstein hatte in der Vergangenheit kaum weniger unter dem Wallburger gelitten als Schmölz und ebenfalls mehrere Dörfer an ihn verloren. Anstatt sein Recht jedoch mit gewappneter Hand zu behaupten, nahm er das Wort Frieden in den Mund.

»Ich kann nicht sagen, dass mir die Gesellschaft des Wallburgers gefällt, doch da er Euer Gast ist, muss ich es hinnehmen«, beschied er schließlich seinem ihn erwartungsvoll anstarrenden Gastgeber. Er widerstand jedoch dessen Drängen, ihn zum Grafen zu führen, sondern stellte ihm seine beiden Begleiter vor.

Ritter Eckardt und Ritter Chuonrad fanden einander auf Anhieb sympathisch, denn nach ein paar wenigen Worten grinsten sie sich gegenseitig fast übermütig an, hakten sich unter wie alte Freunde und gesellten sich zu den bereits erschienenen Gästen. Albrecht war ihnen mit ein paar Schritten Abstand gefolgt, wich dann aber vor Graf Walther zurück. Dabei geriet er in eine Gruppe von jungen Edelleuten, die ihn sofort umringten. Dankrad von Wolfsstein begrüßte ihn mit der stolzen Herablassung seiner erst kürzlich erworbenen Ritterwürde und ließ seine noch spiegelnd blanken Sporen aufblitzen. Bei ihm standen Hartwig von Kesslau, Reinulf von Altburg und Wunibald von Schönthal, mit denen Albrecht als Knabe auf der Suche nach Heldentaten umhergestreift war und sich dabei sogar bis an den Rand des Blutwaldes gewagt hatte. In den letzten fünf Jahren war das gute Verhältnis zwischen Schmölz und den Sippen auf den drei Burgen zerbrochen, da diese sich auf die Seite des Wallburgers gestellt hatten, und so klang der Gruß der drei wenig freundlich.

Obwohl ihre Gewänder eher schäbig waren, plusterten sie sich auf wie balzende Auerhähne und ließen ihn deutlich fühlen, dass sie sich als Knappen eines Grafen für etwas Besseres hielten. Dankrad aber gingen sie in einer Weise um den Bart, die Albrecht anwiderte. Zunächst erklärte er sich ihr beinahe kriecherisches Verhalten damit, dass sie Ritter Chuonrad und dessen Sohn auf die Seite ihres Herrn ziehen wollten, aber als er kurz darauf vor Jungfer Hadmut stand, war nicht zu übersehen, dass Dankrads Schwester es den dreien angetan hatte. Sie umwarben das hübsche Mädchen mit einem Eifer, der sogar die Freundschaft zwischen ihnen auf eine harte Probe zu stellen schien.

Anders als die drei Wallburger Knappen schätzte Albrecht Hadmut mit dem kühlen Blick eines jungen Mannes ab, der sich weder von ihrer Schönheit noch von ihrem gezierten Benehmen in Bann schlagen ließ. Mit einer grimmigen Befriedigung stellte er fest, dass sie gegen seine Waldfee wie ein gewöhnliches Bauernmädchen im Vergleich zu einer Königin wirkte. Sie war recht groß für eine Frau und wies jetzt schon ausladende Brüste und einen fett zu nennenden Hintern auf. Ihren eisblauen Augen fehlte jede Wärme, und als sie den Mund öffnete, bemerkte er, dass zwei ihrer Zähne schief standen. Ihr Vater hatte nicht an ihrer Kleidung gespart, denn ihr langes blaues Kleid bestand aus feinster, kunstvoll verwebter Wolle und war mit einem goldbestickten Gürtel verziert, von dem ein Ende bis zu den Knien herabfiel und ihr ein kokettes Aussehen verlieh. Auf dem Kopf trug sie ein mit Blumen geschmücktes Band sowie ein Netz, das ihre welligen Haare ein wenig glätten sollte. Je länger Albrecht sie beobachtete, umso klarer wurde ihm, dass ihn Chuonrads Tochter auch ohne seine Begegnung mit der Waldfee kaum interessiert hätte, und nun konnte er sie wie einen Gegenstand betrachten, an dessen Besitz er keinerlei Interesse hatte.

Jungfer Hadmut spürte, dass sie Albrecht nicht so leicht in ihren Bann schlagen konnte wie die übrigen männlichen Gäste, und war verstimmt. Zunächst schwelgte sie in dem

Gedanken, ihn mit ihren Reizen zu betören, bis er anbetend zu ihren Füßen lag, aber als sie den Blick wahrnahm, mit dem Graf Walther sie betrachtete, vergaß sie den jungen Schmölzer. Der Wallburger war eine imponierende Erscheinung, die alle anwesenden Ritter und Knappen zur Bedeutungslosigkeit degradierte. Nur wenig kleiner als ihr hünenhaft gewachsener Vater besaß er trotz seiner bald vierzig Jahre die schlanke Figur eines Jünglings, und sein männliches Gesicht mit den energisch blitzenden Augen ließ ihr Herz schneller schlagen. Flüchtig dachte sie daran, dass Albrecht von Schmölz wohl auch einmal so gut aussehen würde, aber jetzt war er noch ein Knabe, der das Interesse einer Frau nicht zu wecken vermochte.

Chuonrad von Wolfsstein ahnte nichts von den Abwegen, auf die sich die Gedanken seiner Tochter begaben, sondern ließ sie im Rittersaal an Albrechts Seite Platz nehmen. Inzwischen hatte er erfahren, dass Bodo von Schmölz hoch in der Gunst Kaiser Rudolfs stand und in Zukunft eine gewichtige Rolle in diesem Gau spielen würde. Aber er durfte sich nicht offen auf die Seite des Schmölzers und gegen den Wallburger stellen, da der Kaiser Herrn Walther vorerst in seinem Rang bestätigt und zum Verweser des hiesigen Reichslandes ernannt hatte. Aus diesem Grund hatte Ritter Chuonrad den Grafen eingeladen. Dem Schmölzer würde es zwar nicht passen, wenn er sich mit Herrn Walther verbündete, doch die Mitgift, die seine Tochter in eine Ehe mit Junker Albrecht einbringen würde, würde Ritter Bodos Ärger über das an Graf Walther verlorene Land gewiss aufwiegen und den Weg zur Versöhnung zwischen allen Nachbarn ebnen. Deswegen bezog Chuonrad Albrecht in das Gespräch mit ein und behandelte ihn wie einen Herrn und nicht wie einen Knappen, und als Dankrad sich seinen Stolz darauf, bereits die Sporen eines Ritters zu tragen, zu sehr heraushängen ließ, tadelte er seinen Sohn und hielt ihm Albrechts Bescheidenheit als gutes Beispiel vor.

Graf Walther las in dem Gesicht seines Gastgebers wie in einem Buch. Da er den größten Teil seines Raubes gesichert wusste, hatte auch er nichts mehr gegen Frieden in diesem Landstrich einzuwenden. Von einer Heirat Jungfer Hadmuts mit Ritter Bodos Sohn ging keine Gefahr für ihn aus, denn ihr Erbteil war nicht groß genug, um Schmölz die frühere Macht und Bedeutung zurückzugeben. Einen letzten Tort wollte er Ritter Bodo und dessen Erben jedoch noch antun. Seine Erfahrung verriet ihm, welches Feuer in Hadmut brannte, und es brauchte nur wenige schmeichelnde Blicke, um ihre Sinne für ihn zu entfachen. Das Mädchen kam ihm gerade recht, denn Elisabeth mochte er wegen ihrer Schwangerschaft nicht mehr beiwohnen und seine Gemahlin widerte ihn nur noch an. Angeblich war auch sie schwanger, und so hatte er allen Grund, ihr Bett zu meiden. Da er bereits alle ansehnlichen Mägde seines Herrschaftsgebietes besessen hatte, reizte es ihn, eine noch unberührte Jungfrau wie Hadmut zu verführen.

Während seine gelegentlichen Blicke Chuonrads Tochter mehr und mehr entflammten, hörte er scheinbar wohlwollend den Reden seines Gastgebers zu, der mit trunkener Stimme den bevorstehenden Frieden zwischen den hiesigen Geschlechtern pries. Die meisten der anwesenden Burgherren stimmten Ritter Chuonrad eifrig zu, denn sie hofften, endlich Ruhe vor weiteren Landforderungen Graf Walthers zu bekommen. Albrecht saß derweil mit verkniffener Miene auf seinem Platz und streifte den Grafen von Zeit zu Zeit mit einem feindseligen Blick.

Herr Walther amüsierte sich über ihn, denn der junge Gimpel würde vorerst noch das tun müssen, was sein Vater ihm befahl. Chuonrad von Wolfsstein hatte ihm bereits unter vier Augen versprochen, zwischen Ritter Bodo und ihm zu vermitteln. Es ärgerte Walther von Eisenstein ein wenig, sich auf Verhandlungen mit dem Schmölzer einlassen zu müssen, doch so lange dieser beim Kaiser gut angesehen war, blieb ihm nichts anderes übrig, als sich versöhnlich zu geben. Vor ein paar Monaten hätte er Ritter Chuonrads Angebot spöttisch abgelehnt, denn da hatte er noch gehofft, Ottokar von Böhmen würde dem Habsburger Paroli bieten und ihn von seinem angemaßten Thron stürzen, doch inzwischen sah es so aus, als wäre Herrn Rudolfs Stellung im Reich gesichert.

Der Nachmittag und der Abend vergingen mit teilweise hitzig geführten Gesprächen, die von dem reichlich genossenen Wein angefacht wurden. Eckardt von Thiebaldsburg war zuletzt so betrunken, dass er mit der durchaus bereitwilligen Magd, die ihn in seine Kammer führte, nichts mehr anzufangen wusste. Die Einzigen, die sich beim Trinken zurückgehalten hatten, waren Albrecht, der einen klaren Kopf behalten wollte, und Graf Walther. Der Wallburger hatte gelernt, dass er Betrunkene am besten beeinflussen konnte, wenn er selbst nüchtern blieb, und er wollte nicht riskieren, im Rausch seine Pläne auszuplaudern, wie Ritter Chuonrad es tat.

Als die Tafel aufgehoben wurde, zog Albrecht sich in das Kämmerchen zurück, das er mit den anderen Knappen teilte; Graf Walther aber wurde seinem Rang gemäß in einem der besten Schlafzimmer der Burg untergebracht, welches im gleichen Trakt lag wie die Räume Ritter Chuonrads und seiner Familie. Bevor er die Kammer betrat, wechselte er noch einen letzten heimlichen Blick mit Hadmut und machte eine einladende Geste.

Wenig später kratzte jemand leise draußen an seiner

Tür. Obwohl er ahnte, wer da Einlass begehrte, zog er sein Schwert, um sich gegen Verrat zu wappnen, bevor er aufmachte. Jungfer Hadmut stolperte mit einem Blick in die Kammer, als stände sie unter einem Bann, erblickte die Waffe und öffnete den Mund zu einem Schrei. Graf Walther legte ihr rasch die Hand auf die Lippen und drückte mit der Ferse die Tür ins Schloss.

»Seid mir willkommen, meine Schöne!«, raunte er Hadmut ins Ohr.

Das Mädchen beruhigte sich jedoch erst wieder, als er sein Schwert in die Scheide schob. Sie trug nur ein Leinenhemd, das die Formen ihrer vollen Brüste und den Schwung ihrer Schenkel betonte und schien halb ängstlich und halb begierig auf das zu sein, was ihrer harrte. Graf Walther ließ sie nicht lange warten, sondern riss sie an sich und presste seine Lippen auf ihren Mund. Nach einem kurz aufflammenden Widerstreben ergab sich Hadmut seiner erfahrenen Führung und ließ es zu, dass er ihr das Hemd am Hals aufschnürte und es ihr über den Kopf zog. Ihr nackter Körper hielt alles, was der Fall ihrer Gewandung versprochen hatte, und der Anblick, der sich ihm bot, erregte ihn mehr, als Elisabeth es vor ihrer Schwangerschaft getan hatte. Seine Hände wanderten fordernd über ihren Leib, kneteten ihre Brüste und krallten sich dann wie Vogelklauen in ihren festen, kräftigen Hintern. Das Mädchen keuchte vor erwachender Lust und wagte, als der Graf seine Hosen abstreifte, einen scheuen Blick nach unten.

Der Anblick des großen, hart aufragenden Gliedes entlockte ihr einen leisen Aufschrei. »Bei Gott, damit werdet Ihr mich töten!«

»Daran stirbst du nicht.« Der Graf hob sie lachend hoch, legte sie aufs Bett und wälzte sich auf sie.

Nun schien Hadmut sich erst ihres Tuns bewusst zu werden. »Nein! Gnade, Herr, verschont mich, ich bin noch …, ich habe es noch nie getan!«

Sie versuchte den Grafen von sich wegzuschieben, doch er fasste ihre Arme, bog sie nach oben und hielt sie mit einer Hand fest. Am liebsten hätte er sie so genommen, wie er die Frauen meistens nahm, ohne jede Rücksicht und nur auf seine eigene Befriedigung achtend. Hadmut war jedoch keine Magd, die er einmal benutzen und dann vergessen wollte. Er spürte das Feuer in ihr, das ihm, wenn er es geschickt schürte, noch viele köstliche Stunden bereiten würde. Dafür musste er jedoch vorsichtiger zu Werke gehen als sonst, und so sprach er leise auf sie ein, bis sie ihren Widerstand aufgab und ihm ihre Schenkel öffnete. Herr Walther bewegte sein Becken, bis er ihre Pforte spürte, und drang vorsichtig in sie ein. Hadmut wimmerte einen Augenblick vor Schmerz, als er auf Widerstand stieß und diesen beseitigte, dann aber glitzerten ihre Augen begehrlich auf. Sie war lebhafter im Bett als alle anderen Frauen, die er vor ihr besessen hatte, und für einen Augenblick überlegte er, ob er sie nicht als neue Bettgefährtin auf die Wallburg bringen sollte. Doch wenn er Bodos Sohn die Braut wegnahm, machte er sich den Schmölzer zu einem unversöhnlichen Feind, und gewiss würde auch Ritter Chuonrad es nicht hinnehmen, wenn er seine Tochter zu einer gemeinen Kebse machte. Daher begnügte sich Graf Walther mit dem befriedigenden Gefühl, dem Erben von Schmölz eine bereits von ihm benutzte Braut zu hinterlassen. Auch würde Hadmut sich später, wenn ihr Gemahl eheliche Dienste von ihr forderte, immer daran erinnern, wer ihr die Jungfernschaft geraubt und dabei die höchsten Wonnen bereitet hatte.

| 10 | Der Morgen stieg grau und bleiern von Osten auf. Regenwolken zogen über den Himmel, entluden ihre Last über dem Land und brachten diejenigen, die es sich leisten konnten, dazu, länger im Bett zu verweilen. Auch Usch trödelte ein wenig herum, denn bei dem Wetter war es nicht gut, in den Wald zu gehen, um Kräuter zu sammeln oder nach Wurzeln zu graben. Sie bereitete ihren Morgenbrei und überlegte, was sie in ihrer Grotte erledigen konnte. Gerade als sie mit der ersten Arbeit anfangen wollte, wehte ein Luftzug durch die Höhle, und als sie sich umdrehte, stand Ardani vor ihr.

»Auf, auf, du faules Stück! Du gehst auf der Stelle zur Wallburg und erinnerst Frau Adelheid an unser Treffen am Rodenstein.«

»Bei dem Wetter jagt man keinen Hund vor die Tür!«, begehrte Usch auf.

Kaum hatte sie die Worte ausgesprochen, schnellte Ardanis Hand auf sie zu und packte sie am Hals.

»Du wirst auf der Stelle tun, was ich dir sage!« Er verstärkte den Druck seiner Finger, bis ihr der Atem wegblieb, und Usch wurde voller Angst klar, dass der Magier bereit war, sie zu töten, wenn sie sich weigerte, ihm zu gehorchen. Sie konnte sich noch nicht einmal gegen ihn wehren, denn ihre Glieder waren wie gelähmt, und so blieb ihr nichts anderes übrig, als mühsam ein »Ja!« zu röcheln.

Ardani nickte zufrieden und ließ sie los, sodass Usch nach Luft ringend zu Boden stürzte. Als der Magier mit dem rechten Fuß ungeduldig auf den Boden klopfte, raffte sie sich auf und verließ so eilig ihre Hütte, dass sie ganz vergaß, den mit Fett getränkten Filzüberwurf mitzunehmen, mit dem sie sich sonst gegen Regen schützte.

Unterwegs erinnerte sie sich daran, dass Ardani sie nun schon zum zweiten Mal nicht als Frau benutzt hatte, und empfand Erleichterung, denn ihr saß immer noch der Schrecken in den Knochen, den er ihr beim letzten Mal eingejagt hatte.

Sie schüttelte sich jetzt noch bei der Erinnerung an die Höllengestalt, die er angenommen hatte, und ihr war klar, dass sie es nicht mehr würde ertragen können, von ihm begattet zu werden. Die körperliche Vereinigung mit Ardani erschien ihr nach dieser Erfahrung so widernatürlich wie die mit einem Tier. Gleichzeitig war ihr bewusst, dass es ihr schwerfallen würde, ganz alleine zu bleiben, und sie stellte sich unwillkürlich vor, von einem normalen Mann liebkost zu werden. Rütger zum Beispiel würde gewiss nicht so brutal und gemein sein wie der Graf oder dessen Spießgesellen. Er war ein guter Mensch, auch wenn er Herrn Walther als Reisiger diente.

Bei diesem Gedanken wurde sie rot wie ein junges Mädchen und hätte am liebsten verschämt die Hände vors Gesicht geschlagen. Aber dafür war jetzt nicht die richtige Zeit, und so zwang sie sich, nur an ihre Aufgabe zu denken. Es war ein weiter Weg bis zur Wallburg, und der immer stärker fallende Regen durchnässte ihre Kleidung. Als sie das untere Tor erreichte und durch die offen stehende Pforte trat, glich sie einer ins Wasser gefallenen Katze. Der Wächter steckte nur kurz den Kopf aus der Wachkammer heraus, zog ihn aber sofort wieder zurück, als er Usch erkannte.

Die Kräuterfrau war froh, dass er sie nicht ansprach, denn sie hätte nicht gewusst, wie sie ihr Kommen hätte erklären können. Jemand wie sie besaß nicht das Recht, zur Herrin vorgelassen zu werden, sondern musste sich normalerweise mit den Dienstboten zufrieden geben. Als sie den Palas betrat, blickte sie etwas schuldbewusst auf die nasse Spur, die sie auf dem Fußboden hinterließ und für die sie wohl Ärger mit Notburga oder einer der anderen höherrangigen Mägde bekommen würde. Um nicht aufgehalten zu werden, bevor sie die Gräfin gesprochen hatte, hastete Usch die Treppe hoch und klopfte gegen die Tür der Kemenate.

Ditta öffnete ihr und rümpfte die Nase, als sie sie erkannte. »Was willst du denn hier?«

»Ich muss dringend mit der Frau Gräfin sprechen«, antwortete Usch laut genug, um die Herrin auf sich aufmerksam zu machen, denn die Magd sah ganz danach aus, als wolle sie ihr die Tür vor der Nase zuschlagen.

Frau Adelheid reagierte sofort. »Lass die Kräuterfrau herein!«

Aufatmend schlüpfte Usch an Ditta vorbei und verneigte sich vor der Burgherrin. Diese warf einen Blick auf ihr nasses Kleid und schüttelte verwundert den Kopf. »Was ist so wichtig, dass du dafür ungeschützt durch Wetter und Wind laufen musst?«

»Ich soll Euch von einem guten Freund grüßen, der Euch in drei Tagen am Rodenstein erwartet.« Usch beobachtete die Gräfin, die noch hagerer und unscheinbarer wirkte als bei ihrem letzten Besuch. Ihr Gesicht wirkte eingefallen, und bisher deutete nichts darauf hin, dass sie guter Hoffnung war.

Die Gräfin hatte während der letzten Wochen wohl hundert Mal beschlossen, den Magier aufzusuchen, und den Gedanken ebenso oft wieder verworfen. Als sie jetzt von Usch an die Zusammenkunft mit dem geheimnisvollen Mann erinnert wurde, sagte sie sich, dass es gewiss kein Schaden sein konnte, seinen Rat einzuholen. Immerhin war sie nach der Einnahme seines Pulvers tatsächlich schwanger geworden und trug den wahren Erben der Wallburg in sich. Doch ihre Stellung und die ihres Kindes waren alles andere als sicher, denn es bestand die Gefahr, dass ihr Gemahl Elisabeths Bastard einem ehelich geborenen Sohn vorzog.

»Ich werde kommen! Richte das dem weisen Mann aus.« Noch während Usch erleichtert nickte, befahl die Gräfin ihr zu gehen. Ditta brachte die Kräuterfrau bis zum Ausgang des Palas und machte Miene, sie eigenhändig zum Burgtor hinauszuwerfen, wenn sie nicht freiwillig verschwinden würde. Usch ärgerte sich darüber, denn sie wäre gerne in die Küche gegangen, um sich ein wenig aufzuwärmen und sich mit Mette zu unterhalten. Da sie nicht den ganzen Heimweg in nassen Kleidern zurücklegen wollte, bog sie am Fuße des Burghügels in den Ort ein, um die Tochter des Schankwirts zu besuchen und ein Schwätzchen mit ihr zu halten. Gewiss brannte in Lenes Küche ein wärmendes Feuer, und sie hoffte, sich dort einen Regenschutz aus Stroh für den Heimweg ausleihen zu können.

11 Zur gleichen Zeit, in der Usch die Schenke betrat, hatte Frau Adelheid sich zu einem Entschluss durchgerungen und ließ die Beschließerin rufen. Notburga erschien erst nach einer geraumen Weile und machte ein Gesicht, als hätte die Gräfin sie bei einer wichtigen Arbeit gestört. Doch zum ersten Mal war Frau Adelheid nicht bereit, sich Notburgas Launen zu unterwerfen. »Wie lange gedenkt mein Gemahl auf Burg Wolfsstein zu bleiben?«

»Gewiss noch zwei oder drei Tage. Er will die Fehde mit Ritter Chuonrad ein für alle Mal begraben und ihn als Freund und Verbündeten gewinnen.« Es gefiel Notburga, mehr über die Pläne und Absichten ihres Herrn zu wissen als dessen Gemahlin.

»Dann wird Armin mich begleiten müssen.«

»Begleiten, wohin?«

Die Gräfin genoss Notburgas verblüffte Miene, aber dann wurde ihr klar, dass sie etwas mehr preisgeben musste, um die Unterstützung der Beschließerin zu erlangen. »Ich möchte morgen früh zum Rodenstein aufbrechen, um das Wasser aus dem wundersamen Brunnen zu trinken und die Heilige Jungfrau anzuflehen, mir ein gesundes Kind und eine leichte Geburt zu gewähren.«

In früheren Zeiten hätte Notburga der Gräfin nur geraten, auf die Rückkehr ihres Gemahls zu warten und diesen um Erlaubnis zu bitten. Doch seit Frau Adelheid schwanger war, lagen die Dinge anders. Ihr Sohn konnte dereinst der neue Graf werden, und daher erschien es der Beschließerin klüger, auf den nicht unbilligen Wunsch der Gräfin einzugehen.

»Ich werde mit Armin sprechen, Herrin. Wie wollt Ihr reisen, mit einem Wagen oder einer Sänfte?« Wohl zum ersten Mal, seit Frau Adelheid auf der Wallburg weilte, verneigte Notburga sich so vor ihr, wie es sich einer Burgherrin gegenüber geziemte.

Die Gräfin genoss ihren ersten Triumph über die Beschließerin, ohne ihn sich anmerken zu lassen, denn sie wusste, dass sie Notburga auch in Zukunft auf ihre Seite ziehen musste. Aus diesem Grund schenkte sie der Frau, die ihr im Grunde von Herzen zuwider war, ein freundliches Lächeln. »In einer Sänfte!«

Notburga verneigte sich erneut und fragte beinahe untertänig, ob die Gräfin weitere Befehle hätte. Frau Adelheid verneinte und zog sich in ihr Schlafgemach zurück. An diesem Tag verließ sie das Bett nur noch, um den Nachttopf zu benützen und ein leichtes Mahl zu sich zu nehmen. Während sie bis zum Kinn in eine warme Decke gehüllt im Halbdunkel lag, fragte sie sich, weshalb der fremde Magier sie unbedingt sprechen wollte. Wahrscheinlich ging es ihm um den Lohn für das Mittel, dass ihr nach so langem Warten zu einer Schwangerschaft verholfen hatte. Doch genau das war ihr Dilemma. Zwar hatte sie ihrem Gemahl eine reiche Mitgift ins Haus gebracht, aber sie selbst verfügte über keinen einzigen Silberpfennig. Herr Walther hatte ihr bis auf ein paar Kleider und einige Stoffreste alles weggenommen und sogar ihren Schmuck Elisabeth geschenkt. Ihr selbst waren nur ein paar wertlose Anhänger und Armreifen aus ihrer Kinderzeit geblieben, mit denen der Magier sich gewiss nicht zufrieden geben würde.

Am nächsten Morgen machte sie sich nervös und ein wenig ängstlich auf den Weg. Es regnete noch immer, und Armin von Nehlis ließ sich seinen Ärger, bei diesem Wetter reisen zu müssen, deutlich anmerken. Dabei ging es ihm besser als seinen Leuten, denn er hatte sich in einen Kapuzenumhang gehüllt, dessen Außenseite mit Wachs eingerieben worden war und die Regentropfen abperlen ließ. Die sechs Reisigen und die beiden Knechte, die die Pferde mit der Sänfte am Zügel führten, besaßen keine wasserdichten Mäntel, sondern trugen einfache Filzüberwürfe, die sich mit der Zeit vollsogen, aber sie waren es gewohnt, klaglos zu gehorchen. Die Gräfin und ihre Leibmagd saßen warm eingehüllt und vor den Unbilden der Witterung geschützt in der Sänfte.

Bei trockenem Wetter konnte man den Rodenstein in einer knappen Tagesreise erreichen, doch an diesem Tag waren die Wege aufgeweicht, und der Schlamm spritzte bei jedem Tritt der Pferde bis zu den Reitern hoch. Daher schlug Armin der Gräfin am späten Nachmittag vor, in einer nahe gelegenen Herberge zu übernachten und das letzte Stück des Weges erst am nächsten Morgen in Angriff zu nehmen. Da Frau Adelheid sich nicht sicher war, ob sie den Magier wirklich treffen wollte, stimmte sie erleichtert zu. Kaum aber hatte sie die Herberge betreten, überkam sie das Gefühl, dass ihr Lebensglück davon abhinge, den Rodenstein aufzusuchen, und gleichzeitig wuchs in ihr die Furcht vor der Rache eines sich missachtet fühlenden Zauberers.

Nach einer auf einem hartgelegenen Strohsack verbrachten Nacht reiste sie am nächsten Morgen in hoffnungsvollerer Stimmung weiter. Der Rodenstein war nur eine leichte Anhöhe inmitten eines ausgedehnten Waldgebietes. In früheren Zeiten war diese Gegend ähnlich verrufen gewesen wie der Blutwald, doch irgendwann hatte ein frommer Mann seine Klause bei dem alten Brunnen errichtet, und seitdem galt dessen Wasser als heilkräftig. Frau Adelheid war jedoch nicht nach einem kühlen Trunk aus dem mit roh behauenen Steinen eingefassten Quellbecken zumute und auch nicht nach einem Gebet in der hölzernen Kapelle, denn ihre Nerven bebten, als sie den Vorhang ihrer Sänfte beiseite schob und im Halbdunkel des Gotteshauses einen Schatten wahrnahm, der sie zu beobachten schien.

Nun konnte es ihr nicht mehr schnell genug gehen. Sie rief einen der Reisigen herbei, ließ sich von ihm aus der Sänfte heben, und lief auf die Tür der Kapelle zu, ohne darauf zu achten, dass der Saum ihres Kleides durch den Schmutz schleifte.

Ditta wollte ihr folgen, doch die Gräfin hob abwehrend die Hand. »Bleib du hier draußen bei den Reisigen. Ich will mich allein ins Gebet versenken.«

Die Magd schnaubte enttäuscht und stellte sich zu den Männern unter einen großen Baum, der ein wenig Schutz vor dem alles durchdringenden Regen bot.

Einer der Reisigen grinste ihr zweideutig zu. »Na, Ditta,

was meinst du? Sollen wir uns nicht ein wenig gegenseitig wärmen?«

»Damit du weich auf ihr liegst, während sie sich den Hintern auf dem nassen Boden verkühlt?«, warf einer seiner Kameraden spöttisch ein.

Ditta drehte den beiden beleidigt den Rücken zu und übersah dabei, dass Armin von Nehlis sie mit gierig glitzernden Augen betrachtete. Er suchte schon lange nach einer Gelegenheit, um sich der hübschen Leibmagd der Gräfin bedienen zu können. Bis jetzt hatte sie sich ihm geschickt zu entziehen gewusst, und anders als bei niederrangigeren Mägden durfte er ihr nicht einfach Gewalt antun. Nun aber bot sich ihm die Chance, auf die er gewartet hatte. In der Burg hatte man schon über den Krieg der Bäuche gespottet, der zwischen der Gemahlin des Grafen und seiner Kebse entbrannt war, und er war überzeugt, dass die Gräfin diesen bereits verloren hatte. Aber er konnte Frau Adelheid mit dem Versprechen ködern, ihre Ansprüche und die ihres Sohnes zu unterstützen, wenn sie ihm dafür gelegentlich ihre Magd überließ. Zufrieden mit sich und der Welt lehnte Armin sich gegen einen Baumstamm und betrachtete Ditta mit dem Blick eines Mannes, der sich bald am Ziel weiß.

Kaum hatte Frau Adelheid die Kapelle betreten, als sich deren Tür hinter ihr schloss, ohne dass eine Hand sie berührt hätte. Einen Augenblick lang war es so finster um sie herum wie in einer Neumondnacht, dann flammte ein Licht auf, und sie fand sich in einem kleinen Raum wieder, dessen Fensterläden verschlossen waren. Jemand hatte den Altar und das Gnadenbild mit einem dunklen Tuch verhüllt, sodass man keinen Fingerbreit davon sehen konnte. Ansonsten gab es im Inneren der Kapelle nur noch sechs einfache Gebetsstühle aus altersdunklem Holz.

Auf der Lehne des vordersten saß ein in einen purpurnen Umhang gehüllter Mann, um dessen schmale Lippen ein zufriedenes Lächeln spielte. »Seid mir gegrüßt, Frau Gräfin. Ich freue mich, dass Ihr meiner Bitte gefolgt seid.«

»Ich hielt es weniger für eine Bitte als für einen Befehl.« Frau Adelheid wollte den Magier mit Festigkeit beeindrucken, aber ihre Neugier ließ sie zittern und ein anderes, vorher nie gekanntes Gefühl durchrann brennend ihre Adern.

»Was macht Ihr mit mir?«, fragte sie erschrocken.

Die Art, wie Ardani die linke Augenbraue hob, verlieh ihm zusammen mit dem schmalen Bart das Aussehen eines Satyrs und sprach der Geste Hohn, mit der er seine Friedfertigkeit unterstreichen wollte. »Was sollte ich mit Euch tun? Ich bin nur hier, um mit Euch zu sprechen!«

»Und Euren Lohn für Eure Hilfe zu verlangen.« Frau Adelheid strich sich dabei über die leichte Rundung ihres Leibes.

»Ja, auch das! Aber das hat noch ein wenig Zeit. Ich will nicht, dass meine Hilfe sinnlos war, und biete Euch daher weiteren Rat an. Eure Stellung auf der Wallburg ist trotz Eurer Schwangerschaft nicht gesichert. Ich sehe voraus, dass die Bettmagd Eures Gemahls diesen betören und dazu bringen wird, ihren Bastard zum nächsten Herrn zu machen und Euer ehelich gezeugtes Kind beiseite zu schieben und vielleicht sogar zu töten.« Der Magier sprach wie ein besorgter Freund und achtete dabei lauernd auf die Reaktion der Frau.

Die Gräfin fuhr auf wie von einer giftigen Spinne gestochen. »Dazu darf es niemals kommen!«

»Es wird auch nicht geschehen, wenn Ihr tut, was ich Euch sage.«

Frau Adelheid nahm seine Worte in sich auf wie ein Todkranker die rettende Medizin. »Ihr wollt mir wirklich helfen?«

»Zu einem gewissen Preis natürlich«, schränkte Ardani sein Angebot ein.

Die Gräfin starrte wie gebannt in die schwarzen Augen ihres Gegenübers, und ihre Stimme klang heiser vor Erregung. »Nennt ihn mir, und ich werde ihn bezahlen.«

Der Magier hatte durch ihr Fleisch und ihr Gebein bis tief in ihr Herz hineingesehen und mit Erleichterung festgestellt, dass sie zu wenig von der Macht des Kreuzessplitters in sich trug, um auf Dauer gegen ihn und seine Künste gefeit zu sein. Dennoch würde er erreichen müssen, dass sie sich freiwillig seinem Willen unterwarf, sonst bestand die Gefahr, dass sie sich nach ihrer Rückkehr auf die Wallburg unter dem Einfluss des Kreuzessplitters gegen seine Ratschläge entschied. Mit geschickten Worten steigerte er ihre Eifersucht auf Elisabeth und die Sorge um ihr Kind und legte ihr zuletzt in einer scheinbar freundlichen Geste die rechte Hand auf die Schulter.

»Hört mir nun gut zu, Gräfin. Wenn Ihr mir zu einem gewissen Gegenstand verhelft, der sich auf der Wallburg befindet, werde ich dafür sorgen, dass Euer Sohn der nächste Graf sein wird. Zum Zeichen, dass Ihr diesen Bund mit mir einhaltet, werdet Ihr Euch jetzt mit mir vereinigen.«

Die Gräfin starrte ihn erschrocken an und wollte ihn abwehren, wie es ihre Ehre gebot, doch ihr Leib gierte danach, von ihm genommen zu werden, und dieses Gefühl schwächte ihren Willen. »Aber mein Kind ...«, murmelte sie abwehrend.

»Dem künftigen Herrn der Wallburg wird nichts geschehen!«

Ardanis Stimme klang beschwörend, und die Gräfin wollte ihm glauben. Nur eines machte ihr noch Angst. »Aber was ist, wenn meine Begleiter nachschauen, warum ich so lange bleibe?«

»Es wird keiner dieses Bauwerk betreten, denn ich habe einen Zauber darübergeworfen.« Ardani entkleidete die Gräfin und bettete sie auf den kalten Stein vor dem Altar, bevor er auch selber sein Gewand ablegte und sich ihr in ganzer Nacktheit präsentierte. Frau Adelheid starrte auf sein seltsam gebogenes Glied, gegen das jenes ihres Gemahls geradezu winzig erschien, und erinnerte sich schaudernd an die Schmerzen, die Herr Walther ihr meist zufügte. Als der Magier in sie eindrang, spürte sie jedoch eine Lust, die mit der Gewalt eines hoch auflodernden Feuers durch ihren Köper raste, und von diesem Augenblick an war sie Ardanis ergebene Sklavin.

12

Die Wallburg war selten so leer gewesen wie in diesen Tagen. Der Graf weilte noch immer auf Burg Wolfsstein, und keiner ahnte, dass die Bereitwilligkeit Jungfer Hadmuts ihn dort festhielt. Nun war auch noch Frau Adelheid auf Reisen gegangen und hatte Armin mitgenommen. Jost war in der Grafschaft unterwegs, um nach dem Rechten zu sehen, wie er behauptete, in Wirklichkeit aber auf der Suche nach einem hübschen, gerade mannbar gewordenen Mädchen. Als Notburga sich mit einigen Knechten auf den Weg nach Scheinfeld machte, um auf dem dortigen Markt einzukaufen, blieben die Burg und das Gesinde sich selbst überlassen.

Bärbel hatte gerade dem Hengst des Grafen einen neuen Verband angelegt, als sie hörte, dass auch die Beschließerin die Wallburg verlassen hatte, und trat unwillkürlich ins Freie. Auf dem Hof blieb sie stehen und betrachtete nachdenklich den Palas. Eine bessere Gelegenheit als diese konnte es nicht geben, um den Auftrag des Eremiten auszuführen. Kurz entschlossen schritt sie auf das Wohngebäude der Burg zu, stieg die Freitreppe hoch und trat ein. Der Türwächter, der im Vorraum vor sich hindöste, sah nur kurz auf, und da er glaubte, Bärbel wäre auf dem Weg in die Küche, schloss er sofort wieder die Augen. So entging ihm, dass sie nicht die Treppe nach unten nahm, sondern jene, die nach oben zu den Gemächern des Grafen führte.

Bärbel fühlte sich sehr unwohl bei dem, was sie jetzt tun musste, und ihr Herz pochte so hart in ihrer Kehle, dass sie kaum atmen konnte. Auch wenn die Herrschaft außer Haus war, hatte sie kaum die Möglichkeit, ungesehen zu bleiben, denn es gab genug Knechte und Mägde, die geschäftig umhereilten. Auf dem ersten Stück des Weges hätte sie noch keck behaupten können, ihre Schwester besuchen zu wollen, aber dieser Vorwand wurde wertlos, als sie Elisabeths Kammer passiert hatte und vor der Tür des Grafen stehen blieb.

Hier galt es zunächst, das Schloss zu öffnen. Der alte Templer hatte ihr erklärt, wie sie dies mit einem Haken bewerkstelligen konnte, den er sich vom Schmölzer Burgschmied hatte anfertigen lassen, aber da sie so etwas noch nie getan hatte, zitterten ihre Finger vor Aufregung. Es musste alles sehr schnell gehen, denn wenn jemand den Gang entlangkam und sah, was sie tat, war sie verloren. Es schien eine halbe Ewigkeit zu dauern, bis sie das Klicken des sich öffnenden Riegels vernahm. Schnell zog sie den Haken aus dem Schlüsselloch, öffnete die Tür und schlüpfte in den Raum. Es war keinen Augenblick zu früh, denn draußen näherten sich Schritte. Ihre Fantasie gaukelte ihr vor, der Graf wäre von Wolfsstein zurückgekommen und würde jetzt seine Gemächer betreten. Sie starb beinahe vor Angst. Doch die Schritte verhallten auf der Treppe.

Bärbel presste ihre Hände auf ihr wild pochendes Herz

und sah sich um. Mit dem Wissen, das sie von Adalmar erhalten hatte, war es ihr ein Leichtes, die verborgene Tür in der Wandverkleidung zu finden. Den Schlüssel dazu trug Graf Walther vermutlich wie sein Großvater an einer kleinen Kette um den Hals, aber es sollte noch einen zweiten geben. Jetzt erst fiel Bärbel auf, wie tief der fromme Mann in die Geheimnisse der Wallburger Sippe eingeweiht war, und als sie den zweiten Schlüssel tatsächlich in einem Geheimfach fand, das in den Deckel einer eisenbeschlagenen Stollentruhe eingelassen war, konnte sie sich das nur mit Zauberei erklären. Wenige Augenblicke später stand sie in dem kleinen Raum, in dem Elisabeth vor Jahren einige Wochen lang eingesperrt gewesen war. Das Lager sah noch so aus, als hätte ihre Schwester es soeben verlassen, und das Nachtgeschirr stand noch daneben. Bärbel schauderte, als sie die Sachen mit einem flüchtigen Blick streifte, und wandte sich schnell dem kunstvollen Holzrelief zu.

Obwohl die Kammer ihr Licht nur durch zwei winzige Löcher in der Außenmauer erhielt, konnte Bärbel jede Einzelheit der Kreuzigungsszene erkennen. Von dem Gefühl getrieben, sich für das entschuldigen zu müssen, was sie nun tun wollte, kniete sie nieder und faltete die Hände, um zu beten. In diesem Augenblick ergriff eine köstliche Ruhe von ihr Besitz. Alle Furcht fiel von ihr ab, und sie fühlte sich dem Himmel so nah wie nie zuvor. Beinahe wie von selbst fanden ihre Finger die beiden verborgenen Riegel in dem Altarbild, zogen sie zurück und öffneten eine kleine Tür, hinter der das erwartete Geheimfach zum Vorschein kam. Sie blickte hinein, sah ein längliches, mit Gold beschlagenes Kästchen und streckte die Hand danach aus.

Als ihre Finger es berührten, vernahm sie eine gütige, aber auch sehr machtvolle Stimme. »Halt, Bärbel! Noch darfst du den Kreuzessplitter nicht an dich nehmen.«

Entsetzt zog sie die Hand zurück und sah sich hastig um. Außer ihr befand sich jedoch niemand in der Kammer. Sie fragte sich, ob dies ein Zauber war, der den Raub der Reliquie verhindert sollte, doch als sie das Kästchen erneut berührte, vernahm sie die gleiche Stimme, diesmal aber weniger befehlend als bittend. Es klang aber nicht so, als würde der Sprecher sie für eine Diebin halten, sondern eher so, als habe sie ein Recht auf die Reliquie.

Bärbel fühlte sich völlig verunsichert, denn von einer körperlosen Stimme oder einem unsichtbaren Wächter hatte der Eremit ihr nichts erzählt, und je länger sie das kleine goldene Ding ansah, das einen Splitter vom Kreuze Christi und einen Tropfen vom Blut des Herrn barg, desto weniger mochte sie noch einmal die Hand danach ausstrecken. Nach einer Weile schloss sie das Geheimfach und verließ das Kämmerchen. Als sie den Schlüssel wieder in sein Versteck gelegt hatte, wurde ihr etwas leichter ums Herz. Aber dennoch verschloss sie mit fliegenden Fingern die Tür zu den Gemächern des Grafen und rannte in Richtung Küche, als wären alle Höllenteufel hinter ihr her.

»Du bist ja heute ein richtiger Wildfang, Bärbel«, rief Mette lachend, als das Mädchen gegen sie prallte. Dann schnupperte die Köchin mehrmals sehr betont und zeigte auf einen Eimer Wasser, der auf einem Schemel stand. »Wasch dir Gesicht und Hände. Du kommst nämlich gerade recht. Kord hat mir vorhin einige Frühäpfel gebracht, und ich habe Apfelküchlein gebacken, die du so gerne magst.«

Bärbel nickte, obwohl ihre Gedanken sich um ganz andere Dinge als Essen drehten, mochte es noch so lecker sein. Sie trat zu dem Eimer, beschränkte sich aber darauf, sich mit etwas Wasser über die Finger und den Mund zu fahren. Mette sah es und schüttelte seufzend den Kopf.

»Ach, Trampel, du wirst wohl nie begreifen, dass die Leute dich lieber um sich haben würden, wenn du dich ein wenig sauberer hieltest.«

Bärbel erinnerte sich an die Szene am Teich, in der Albrecht wie trunken ihre Schönheit gepriesen hatte, und lächelte still vor sich hin. Während Mette ihr einen Teller mit Apfelküchlein hinstellte und sie zum essen ermunterte, kehrten ihre Gedanken jedoch wieder zu dem Kreuzessplitter zurück, der schon zum Greifen nahe vor ihr gelegen hatte, und sie war wütend auf sich selbst. So eine günstige Gelegenheit, das heilige Ding an sich zu nehmen und es dem frommen Eremiten zu bringen, mochte sich nie wieder ergeben, und sie kam sich vor wie eine elende Versagerin.

Fünfter Teil

Die Hexe

1 Bärbel bemerkte Reinulf rechtzeitig genug, um sich zwischen den Pferden verstecken zu können. Der Knappe riss die Stalltür auf, steckte den Kopf herein und fluchte, weil er sie nirgends sah. Seit sie wieder auf der Wallburg weilte, setzten er und seine beiden Freunde alles daran, um ihr möglichst derbe Streiche zu spielen. Durch die Hilfe der Knechte und einiger Reisiger, die ebenso wie Rütger die überhebliche Art der Burschen verabscheuten, war es Bärbel bis jetzt gelungen, jeden Anschlag schon im Ansatz zu unterbinden. Diesmal war jedoch keiner ihrer Freunde in der Nähe, und wenn Reinulf sie jetzt in die Hände bekam, würde sie Prügel einstecken und wahrscheinlich auch jene hässlichen Dinge erdulden müssen, die er ihr angedroht hatte. Sie machte sich ganz klein und blieb mucksmäuschenstill, während der Bursche einmal hin und einmal zurück durch die Stallgasse lief und dabei nach ihr Ausschau hielt.

Da er sie nicht entdecken konnte, trat er fluchend hinaus auf den Hof und kehrte, wie Bärbel annahm, zum Palas zurück, um sich dort in Josts und Armins Gesellschaft zu betrinken. Da er nicht viel vertrug, würde er bald unter dem Tisch liegen und wenigstens für heute keine Gefahr mehr für sie darstellen. Als sie durch einen Spalt in der Tür spähte, sah sie, dass auch Hartwig und Wunibald dem Palas zustrebten wie Ochsen, die zur Tränke drängten. Jost und Armin pflegten die Knappen zum übermäßigen Trinken anzuhalten und sich später, wenn diese sich im eigenen Dreck wälzten, über sie lustig zu machen. Doch während die Becher kreisten, stachelten die beiden die jungen Burschen immer wieder dazu an, ihr nachzustellen, und malten ihnen in derben Worten aus, zu welch gemeinen Dingen man eine Frau oder ein Mädchen zwingen konnte. Bärbel hatte die Gruppe schon mehrmals heimlich belauscht, um zu erfahren, gegen welche Schliche sie sich schützen musste, und sich dabei vor Ekel geschüttelt. Nun verstand sie besser, was in ihrer Mutter vorging, die oft genug das Opfer der beiden Schufte geworden war, und sie hatte zwei Tage lang damit gekämpft, ob sie Jost und Armin nicht ein langsam wirkendes Gift ins Essen oder den Wein mischen sollte, um wenigstens ihnen den Weg in die Hölle zu öffnen.

Sie hätte die Möglichkeit gehabt, aber es dann doch nicht getan. Warum, wusste sie selbst nicht. Es war ähnlich wie damals gewesen, als sie den Kreuzessplitter in der Hand gehalten und wieder zurückgelegt hatte. Die gleiche Stimme hatte zu ihr gesprochen und sie gebeten, ihre unsterbliche Seele nicht mit Blut zu beflecken, und wieder war niemand in der Nähe gewesen. Vielleicht werde ich tatsächlich verrückt, dachte sie und hielt sich den Kopf, als könnten ihre Fingerspitzen ihr verraten, wie es um sie stand. Seit sie das Kästchen mit der Reliquie berührt hatte, vernahm sie immer wieder die gleiche Stimme und folgte ihren Mahnungen. Einige Male hatte sie sich ihretwegen einen anderen Schlafplatz gesucht und später von Kunz und anderen Knechten erfahren, dass die Knappen mitten in der Nacht im Stall aufgetaucht und wütend wieder abgezogen waren, weil sie sie nicht gefunden hatten. Wenn es wirklich Wahnsinn ist, der mich umfangen hält, dann ist er mir wenigstens zu Nutze, beruhigte sie sich selbst und setzte die Arbeit fort, die sie bei Reinulfs Auftauchen unterbrechen hatte müssen.

Sie schob den Gedanken an die Knappen beiseite, konnte aber nicht verhindern, dass andere Sorgen in ihr hochstiegen. Elisabeth verhielt sich nämlich immer seltsamer. Zwar schämte sie sich schon seit langem ihrer bäuerlichen Herkunft, hatte das bisher jedoch nicht so stark nach außen getragen. Nachdem sie schwanger geworden war und der Graf sie deswegen nicht mehr wie eine Gefangene hielt, eiferte sie Frau Adelheid in Benehmen und Sprache nach und wurde von der Gräfin dabei noch unterstützt. Seit diese sich ihrer eigenen Schwangerschaft sicher sein konnte, hatte sie zur Überraschung aller ihre frühere Abneigung gegen Elisabeth abgelegt und tat nun so, als sei die Kebse ihres Gemahls ihre beste Freundin. Bärbel traute der Sache nicht, und deswegen eilte sie, als sie die Stimmen der beiden Frauen vernahm, zu der halb offen stehenden Stalltür, um sie zu beobachten.

Arm in Arm wie Schwestern stiegen Frau Adelheid und Elisabeth die Treppe des Palas hinunter und waren dabei in ein angeregtes Gespräch vertieft. Ihr Einvernehmen schien sich auch in ihrer Gewandung zu spiegeln, denn ihre Kleider waren vom gleichen Schnitt und wurden von ganz ähnlichen schmalen Gürteln gerafft, nur dass die Gemahlin des Grafen ein grünes Gewand trug und Elisabeth ein ockerfarbenes. Über beider Schultern hingen mit Borten verzierte mantelähnliche Überwürfe, Hals und Kopf wurden von Barben und Hauben geschützt, und die Füße steckten in zierlichen Pantoffeln. Während Elisabeth in dieser Tracht der ehrbaren Ehefrau eines Ritters glich, wirkte Frau Adelheid in Bärbels Augen wie ein groteskes Wesen aus einer anderen Welt. Gesicht und Hände sahen nämlich so grau und schmutzig aus wie die Federn jener Gans, die der unheimliche Fremde vor fast fünf Jahren geheilt hatte, und ihre Gesichtszüge glichen mehr der Fratze eines Dämons als denen eines Menschen.

Bärbel schauderte bei ihrem Anblick, und sie fragte sich unwillkürlich, ob jener Fremde wohl auch Frau Adelheid berührt hatte. Rasch schob sie diesen aberwitzigen Gedanken wieder beiseite und starrte der Gräfin und ihrer Schwester nach, die in den Zwinger hinausgingen und in jenen Teil abbogen, in dem sich ein schön angelegter Garten befand. Kurz bevor sie hinter dem Torbau verschwanden, legte Frau Adelheid Elisabeth mit einer scheinbar vertraulichen Geste, die Bärbel jedoch an das Zustoßen eines Raubvogels erinnerte, den Arm um die Schulter.

2

»Ihr wisst nicht, wie dankbar ich Euch bin, meine Liebe! Ich fühle mich wie Jakobs Weib Rachel, deren Schoß so lange verschlossen blieb, bis ihre Magd Bilha von ihrem Gemahl empfangen hatte und der Fluch der Unfruchtbarkeit auch von ihr wich. Nicht, dass Ihr je meine Magd gewesen seid, doch ohne Euch wäre ich wohl weiterhin ein dürrer, wertloser Baum geblieben und in großer Gefahr, von Herrn Walther in ein Kloster abgeschoben zu werden, um einem neuen Weib Platz zu machen.«

Die Stimme der Gräfin klang so liebenswürdig, dass Elisabeth sichtlich aufstrahlte. Bärbels Schwester genoss es, von Frau Adelheid wie eine vertraute Freundin behandelt zu werden, und sie war glücklich, sich den Grafen mit ihr nun in Frieden teilen zu können. »Ihr seid sehr gütig zu mir, edle Frau«, antwortete sie und bemühte sich dabei, den gleichen vornehmen Ton zu treffen, den ihre Begleiterin so vorzüglich beherrschte.

»Ihr schmeichelt mir, meine Liebe! Als mein Gemahl Euch damals in die Burg brachte und ich meine eigene Unzulänglichkeit mit Eurer Schönheit messen musste, war mein Herz gelb vor Neid. Heute bin ich jedoch klüger als damals und bedauere meine ablehnende Haltung zutiefst. Welch schönes Leben hätten wir beide führen können, wenn wir von Anfang an Freundinnen geworden wären!«

Die Gräfin sah zufrieden, wie Elisabeths Wangen sich bei ihren Worten rosig färbten. Ardani ist wirklich ein großer Meister, dachte sie, denn mit der Mischung aus Schmeichelei und dem Einpflanzen leichter Schuldgefühle, die er sie gelehrt hatte, war es ihr möglich, Elisabeth beinahe nach Belieben zu beeinflussen. »Leider deuten alle Anzeichen darauf hin, dass ich nur eine Tochter gebären werde«, setzte sie ihre vergiftende Rede fort. »Wenn Ihr erlaubt, werde ich sie nach Euch nennen, meine Liebe.«

»Ihr würdet mir damit mehr Ehre antun, als ich verdiene, edle Frau Gräfin.« Obwohl Elisabeth bescheiden den Kopf senkte, vermochte sie den Triumph in ihrer Stimme kaum zu verbergen. Sie selbst war überzeugt, einen Sohn zu tragen, und malte sich immer wieder aus, wie es sein mochte, wenn ihr Kind dereinst das Erbe des Herrn der Wallburg antrat. Da der Knabe wegen seiner Abstammung als Bastard gelten würde, war er auf das Wohlwollen seiner vornehmen Verwandtschaft angewiesen, und eine Halbschwester aus Frau Adelheids Blut würde ihn mit den Sippen derer von Walkershofen und Röthenbach verbinden.

Elisabeths Mienenspiel verriet ihre Gedanken, und die Gräfin stellte triumphierend fest, dass sie bald jenen letzten Schritt wagen konnte, der ihre Konkurrentin ins Verderben stürzen würde. Mit einer scheinbar liebevollen Geste zog sie Elisabeth noch näher zu sich und fasste mit der Linken deren Hände. »Meine Liebe, wir sollten jetzt wirklich die Wallfahrt antreten, zu der ich schon die ganze Woche rate. Wir müssen der Heiligen Jungfrau für die Erfüllung unserer Wünsche danken und sie um zwei gesunde Kinder für uns beide bitten. Nur wenn wir die Himmelsmutter und die heilige Anna um Schutz und Segen anflehen, können wir sicher sein, dass für uns beide alles gut ausgeht.«

Elisabeth wiegte unschlüssig den Kopf. »Ihr mögt ja Recht haben, edle Frau Gräfin, doch erscheint mir die Reise zu dem Kloster, das ihr mir genannt habt, etwas arg weit. Soviel ich herausbekommen habe, würden wir mindestens sechs Tage bis dorthin unterwegs sein und noch einmal ebenso viele Tage für die Heimreise benötigen. Warum begnügen wir uns nicht mit einer Fahrt zum Kloster von St. Kilian oder – wenn Euch dies zu wenig wirksam dünkt – mit einer Pilgerreise zum Grab des heiligen Kilian in Würzburg?«

Die Gräfin musste eine ärgerliche Handbewegung unterdrücken. Meister Ardani hatte ihr ausdrücklich befohlen, Elisabeth in das Kloster der Augustinerchorherren von St. Martin im Remgau zu bringen, denn erst dort waren sie außer Reichweite des Hexenzaubers, der das Geschlecht derer von Wallburg und damit auch Elisabeths ungeborenes Kind schützte. Frau Adelheid wünschte sich, sie hätte die Macht, Elisabeth einfach zu befehlen, mit ihr dorthin zu reisen. Da dies nicht möglich war, musste sie sich auf ihre Überredungskünste verlassen und den Stolz und die Angst ihrer Feindin gegen diese selbst ausspielen.

»Das Kloster St. Martin ist in weitem Umkreis berühmt für seinen Segen, der Frauen fruchtbar werden lässt. Viele, deren Schöße vordem verschlossen waren, kehrten getröstet zurück und gebaren ihren Männern bald darauf die erhofften Erben. Eine Wallfahrt dorthin hat schon manch hochberühmtes Geschlecht vor dem Erlöschen bewahrt.«

Elisabeth winkte auflachend ab. »Aber wir sind doch bereits schwanger!«

»Dafür müssen wir Gott und der heiligen Margareta von Antiochia danken! Aber es ist sicher, dass die Berührung der Statue der Heiligen Mutter Gottes in der Klosterkirche uns Weibern eine leichte Geburt beschert und das Kindbettfieber fern hält. Es heißt von ihr, sie würde dem Ungeborenen sogar das gewünschte Geschlecht verleihen. Eine reiche Gräfin träumte sechs Monate lang davon, eine Tochter zu gebären. Wenige Wochen vor ihrer Niederkunft hat sie eine Wallfahrt nach St. Martin im Remgau unternommen und dort die Himmelskönigin unter heißen Tränen gebeten, ihr den ersehnten Erben zu bescheren. Und ob Ihr es glaubt oder nicht: Kaum war sie nach Hause zurückgekehrt, legte sie sich ins Bett und kam mit einem gesunden Knaben nieder.« Die Gräfin wusste, wie viel Angst ihre Konkurrentin davor hatte, nur ein Mädchen zu gebären, und lauerte nun gespannt auf deren Antwort.

Elisabeth schüttelte sich ein wenig und atmete tief durch. »Es ist eine sehr lange und anstrengende Reise, und ich weiß nicht, ob ich dieses Wagnis in meinem Zustand unternehmen sollte.«

»Aber es kann gar nichts passieren, meine Liebe, denn wir werden in Pferdesänften reisen. Die sind viel bequemer als Karren. Wir werden unterwegs auch nicht in stinkenden Herbergen nächtigen, sondern auf den Burgen, die an unserem Weg liegen. Ich hoffe, es macht Euch nichts aus, wenn ich Euch während unserer Wallfahrt als meine Schwester ausgebe. Unser Herr Gemahl führt nach den kleinlichen Ansichten geringerer Leute kein besonders christliches Eheleben, und ich möchte nicht, dass Ihr unter den Vorurteilen unserer Gastgeber zu leiden habt. Es ist übrigens auch Herrn Walthers Wille, dass wir diese Wallfahrt unternehmen. Da er sich mehr als alles auf der Welt einen Sohn wünscht, hat er geschworen, die Himmelsjungfrau von St. Martin reich zu beschenken, wenn sie ihm zu einem Erben verhilft.«

Frau Adelheid verbog die Wahrheit ein wenig, denn als sie ihrem Gemahl vor etlichen Tagen den Wunsch nach einer Wallfahrt vorgetragen hatte, war seine Antwort nur gewesen, sie solle ruhig reisen, wenn sie unbedingt zu diesen Mönchen wolle. Er selbst vertraute der Macht des Kreuzessplitters und war daher sicher, dass wenigstens eine der beiden Frauen einen Knaben gebären würde.

Für Elisabeth war das Wort des Grafen jedoch Gesetz. »Da der Herr es wünscht, werde ich Euch nach St. Martin begleiten, edle Frau Gräfin.«

»Nenne mich ab jetzt schon Schwester, meine Gute! Denn wenn wir als solche auftreten wollen, darfst du mich nicht wie eine Höherstehende ansprechen.«

Elisabeth blickte die Gräfin ebenso verwundert wie dankbar an. »Ich werde tun, was Ihr wünscht, gn … liebste Schwester!«

»Was du wünschst, Schwester«, korrigierte die Gräfin sie lächelnd und schloss sie in die Arme.

3 Am Abend dieses Tages sprach Frau Adelheid ihren Gemahl noch einmal auf die Reise an. Herr Walther hörte ihr jedoch nur mit halbem Ohr zu, denn ihn beschäftigte die Nachricht, die ihm ein Bote aus Wolfsstein überbracht hatte. Ritter Chuonrad war tatsächlich nach Regensburg gereist, da sich Kaiser Rudolf und in dessen Gefolge auch Ritter Bodo dort aufhalten sollten, um zwischen ihm und dem Schmölzer zu vermitteln. Nun war Chuonrad von seiner Mission zurückgekehrt und der Graf hätte sich am liebsten auf der Stelle in den Sattel geschwungen, um nach Wolfsstein zu reiten und mehr zu erfahren, zumal ihn auch Jungfer Hadmuts willige Schenkel lockten. Für das Anliegen seiner Gemahlin interessierte er sich erst, als diese davon sprach, Elisabeth würde sie auf die Wallfahrt nach St. Martin begleiten.

Er überlegte kurz und nickte. »Es dürfte gewiss kein Schade sein, an einem besonders heiligen Ort für gesunde Kinder zu beten. Wann wollt ihr aufbrechen?«

Froh, seine Zustimmung so rasch bekommen zu haben, küsste Frau Adelheid die Hand ihres Gemahls. »Wenn Ihr erlaubt, schon morgen früh. Wir wollen zurück sein, bevor unser Zustand das Reisen zu beschwerlich macht.«

»Morgen früh also! Das ist kein schlechter Gedanke. Ich werde heute Abend noch den Befehl geben, alles für eure Abreise vorzubereiten, und gebe euch auch genügend Männer zum Schutz mit, denn wie Ihr wisst, meine Liebe, ist die Welt nicht nur mit meinen Freunden gesegnet.« Herr Walther nickte seiner Gemahlin zufrieden zu, als wolle er sie für ihre Idee loben. In Wahrheit aber beschäftigten sich seine Gedanken mit der Tatsache, dass seine Frau und Elisabeth die nächsten Tage aus dem Weg sein würden. Nun konnte er Chuonrad bitten, auf die Wallburg zu kommen und seine Familie gleich mitzubringen. Es würde gewiss angenehmer sein, sich der schönen Hadmut in seinem eigenen Bett zu bedienen als auf Wolfsstein, wo die Liebschaft jederzeit durch einen dummen Zufall entdeckt werden konnte.

Frau Adelheid bezog die zufriedene Miene ihres Gemahls auf sich und verabschiedete sich, bevor er wieder einen

Grund fand, ärgerlich zu werden. Sie ging hinüber zu ihrer Kemenate und fand Elisabeth wie erwartet mit einer Stickerei am Fenster sitzen. »Auf Befehl von Herrn Walther reisen wir schon morgen früh!«

Die junge Frau starrte sie für einen Moment entgeistert an. »So bald schon?«

»Ja, denn wir müssen rasch aufbrechen, damit du nicht in Gefahr gerätst, unterwegs niederzukommen.« Die Gräfin lächelte bei diesen Worten, als sei ihre Konkurrentin eine kleine Schwester, die sich im Dunklen fürchtet.

Elisabeth hätte ihr am liebsten gesagt, dass sie ja erst im sechsten Monat sei, sah aber dann ein, dass die Reise mit jedem weiteren Tag beschwerlicher für sie sein würde. »Ich werde sofort meine Sachen packen, liebste Schwester.«

Die Gräfin entließ sie mit einem aufmunternden Klaps. »Ditta soll dir helfen! Sie kann deine Reisetruhe bestimmt geschickter packen als eine der anderen Mägde.«

»Danke!« Es fiel Elisabeth schwer, Zustimmung zu heucheln, denn Ditta hatte aus ihrer Abneigung gegen sie nie einen Hehl gemacht und musste auch jetzt noch von ihrer Herrin zur Ordnung gerufen werden, weil sie immer wieder den nötigen Respekt vergaß. Aber da die Leibmagd der Gräfin besser wusste, welche Gewänder und welche Farben eine Dame von Stand zu dem jeweiligen Anlass tragen sollte, würde sie ihr gewiss die richtigen Kleider einpacken. Elisabeth ärgerte sich über Dittas herablassende Art, doch da sie Frau Adelheid um nichts in der Welt blamieren wollte, unterwarf sie sich klaglos deren Launen. Die Magd öffnete sämtliche Truhen, wählte an Kleidung und Zubehör aus, was ihr brauchbar erschien, und verstaute die Sachen in einer mit Leder überzogenen Reisekiste. Diese ließ sie von zwei Knechten in die Remise tragen, in der Frau Adelheids Truhe gerade auf einen Wagen geladen wurde.

Elisabeth war den Dienstboten neugierig gefolgt und schüttelte beim Anblick des hochrädrigen Karrens abwehrend den Kopf. »Ich dachte, wir würden mit einer Sänfte reisen?«

»Das Gepäck wird auf dem Wagen transportiert, die Herrin und du aber werdet Sänften benutzen.« Dittas Antwort klang so hochfahrend wie immer, wenn die Gräfin nicht in Hörweite war, aber Elisabeth tröstete sich mit einer gewissen Vorfreude darauf, dass die Magd sie während der Reise als Frau von Stand behandeln musste, und schickte sie mit einer lässigen Handbewegung fort.

Da ein anstrengender Tag vor ihr lag, ging Elisabeth früh zu Bett. Der Schlaf wollte sich jedoch nicht einstellen, denn das Kind bewegte sich so heftig, dass ihr beinahe übel wurde. Trotzdem freute sie sich über das kräftige Lebenszeichen, denn es schien ihr ein gutes Omen zu sein. Nicht lange aber, da streckten unheilschwangere Ahnungen ihre langen Spinnenbeine nach ihr aus. Sie versuchte, diese zu vertreiben, indem sie sich vorstellte, wie ihr Sohn als ganzer Stolz des Grafen aufwachsen und diesen eines fernen Tages beerben würde. Noch während sie darüber nachsann, welch edel geborenes Mädchen er einmal freien würde, glitt sie in herzbeklemmende Dunkelheit hinüber. Es war, als habe sie sich in einem finsteren Höllenschlund verfangen, aus dem es keinen Ausweg gab. Mit einem Mal klang die Stimme ihrer Schwester auf, so als wolle diese ihr die Richtung weisen, in der sie Rettung fand. Sie versuchte, auf Bärbel zuzugehen, doch da schimmerte ein rötlich flackerndes Licht zwischen ihnen auf. Die Gräfin trat aus dem wabernden Schein heraus und hielt sie fest. »Dies ist nicht dein Weg, meine Liebe. Du musst mit mir kommen.«

»Geh nicht mit ihr! Sie lockt dich ins Verderben!«, warnte Bärbel sie eindringlich. Während Elisabeth von Zweifeln geplagt dastand und nicht wusste, wem sie nun folgen sollte, ihrer gräflichen Freundin oder ihrem Trampel von Schwester, tauchte mit einem Mal Ditta neben ihr auf und rüttelte sie heftig.

»Was ist denn los mit dir? Du schreist ja die ganze Burg zusammen!«

Erst jetzt begriff Elisabeth, dass sie in einem Albtraum gefangen gewesen war. »Ich muss schlecht geträumt haben«, entschuldigte sie sich.

»So etwas kommt bei schwangeren Frauen öfter vor, habe ich mir sagen lassen. Da darf man nichts darauf geben. Wenn du willst, bringe ich dir etwas von der Medizin, die die Herrin manchmal nimmt, wenn sie nicht einschlafen kann. Sie verschafft dir angenehme Träume.« Ditta wartete die Antwort nicht ab, sondern verließ Elisabeths Kammer und kehrte kurz darauf mit einem Löffel zurück, der mit in Honig gelösten Kräutern gefüllt war.

»Mach den Mund auf! Es ist nichts Schlimmes, sondern nur Baldrian und eine Spur Mohnsaft.«

Elisabeth gehorchte wie ein kleines Kind und schluckte die trotz des Honigs abstoßend bitter schmeckende Medizin hinunter. Ihr Mund fühlte sich danach klebrig an, und sie hätte Ditta gerne noch um einen Schluck Wasser gebeten, aber die Magd war bereits wieder gegangen. Elisabeth wollte aufstehen und nachsehen, ob frisches Wasser in ihrem Krug war, doch da wurden ihr die Lider schwer, und sie versank in der Dunkelheit, die der Schlaf über sie breitete. Dank des Mittels wurde sie weder von düsteren Träumen gepeinigt, noch lag sie stundenlang wach. Am Morgen aber konnte sie kaum die Augen aufbringen und musste sich von Ditta wie ein willenloses Kind anziehen und nach unten bringen lassen.

Dort standen schon zwei bequeme Sänften und der Wagen mit dem Gepäck bereit. Darum herum hatten sich zwanzig Bewaffnete unter Josts und Armins Kommando sowie einige Knechte versammelt. Außerdem waren zwei der Knappen abkommandiert worden, die Damen zu begleiten.

Bärbel blickte ihrer Schwester mit schwerem Herzen nach, bis die Reisegesellschaft den Burghof durch das innere Tor verlassen hatte und schließlich hinter dem unteren Tor verschwand. Am liebsten wäre sie den Sänften nachgerannt, um Elisabeth herauszuziehen und an der Reise zu hindern, aber das wagte sie nicht, denn man hätte sie wahrscheinlich schon für den Versuch ausgepeitscht. Deswegen blieb sie mit hängenden Schultern stehen und kämpfte mit den Tränen, die ihr über die Wangen liefen.

Nach dem Aufbruch des Reisezuges herrschte für einige Augenblicke Ruhe auf dem Burghof, dann aber hallte die Stimme des Grafen darüber. »Rütger! Verdammt noch mal, wo steckst du, Kerl?«

Der Reisige schoss aus der Tür des Zeughauses, rannte die Treppe zum Palas hoch und blieb schwer atmend auf der Schwelle stehen. »Hier bin ich, edler Herr.«

Walther von Eisenstein maß ihn mit einem Blick, als müsse er sich überlegen, ob er Rütger für dessen rasches Erscheinen loben oder ihn tadeln sollte, weil er nicht sofort bereitgestanden hatte. Dann erinnerte er sich des Befehls, den er geben wollte, und wies mit dem Kinn nach Westen.

»Du wirst sofort nach Wolfsstein reiten und Ritter Chuonrad samt seiner Familie hierher einladen! Sag ihm, ich will noch heute mit ihm reden.«

Rütger nickte und wandte sich dann mit einer Verbeugung ab. Dabei sah er Bärbel auf dem Hof stehen und winkte ihr zu. »Bist du so gut und sattelst meinen Braunen, Bärbelchen? Ich bin gleich zurück.« Mit diesen Worten tauchte er im Halbdunkel des Palas unter, um das Zimmer aufzusuchen, welches er mit mehreren Reisigen teilte, und sich dort für den Ritt umzukleiden. Als Herrn Walthers Bote wollte er nicht in einem schmutzigen Waffenrock und geflickten Hosen auf Wolfsstein erscheinen.

Als er wieder in den Hof trat, führte Bärbel sein Pferd ins Freie. Er nahm ihr die Zügel ab und widerstand dem Drang, ihr Haar zu zerzausen, wie man es bei Kindern macht, denn es war einfach zu schmutzig. Stattdessen grinste er ihr nur aufmunternd zu. »Das hast du brav gemacht, Bärbel!«

Sie aber starrte einen Augenblick in die Ferne, in der sie ihre Schwester wusste, und schüttelte sich, als hätte ein kalter Hauch sie gestreift. »Rütger, ich habe Angst! Irgendetwas Schlimmes wird geschehen.«

»Aber nein, Kleines. Die Burg ist nun sicherer für dich! Jost und Armin werden mindestens zwei Wochen lang ausbleiben und haben Hartwig und Wunibald mitgenommen. Reinulf allein wird dir nicht zu schaden versuchen.«

Bärbel gab keine Antwort, denn sie wusste nicht, wie sie Rütger erklären sollte, dass die Angst, die sie empfand, nicht ihr selbst galt, sondern ihrer Schwester.

4 Die Gäste erschienen, noch ehe die Sonne die Hälfte des Weges vom Zenith zum westlichen Horizont zurückgelegt hatte, gerade so, als hätten sie auf diese Einladung gewartet. Da Chuonrad von Wolfsstein bis vor kurzem einer der Gegner des Grafen gewesen war, hatte er die Wallburg nur ein oder zwei Mal als Knabe mit seinem Vater besucht; seine Gemahlin und seine Kinder aber hatten die stolze Feste noch nie von innen gesehen. Entsprechend groß war ihrer aller Neugier, und Herr Chuon-

rad sagte sich, als er die starken Befestigungen bewunderte, dass er klug daran getan hatte, seinen Frieden mit einem so mächtigen Mann wie dem Wallburger Grafen zu machen.

Herr Walther empfing den Gast auf dem inneren Hof und nahm zufrieden wahr, dass dieser neben seinem Sohn auch Weib und Tochter mitgebracht hatte. Nach einem raschen Blick auf Hadmut, der von ihr erwidert wurde und viel für die kommende Nacht versprach, trat er auf den Ritter zu. »Seid mir willkommen, Herr Chuonrad! Im Saal wartet bereits ein kühler Trunk auf uns.«

»Da sage ich nicht nein!« Chuonrad schwang sich lachend aus dem Sattel und half dann seiner Gemahlin vom Pferd, während Graf Walther Hadmut den gleichen Dienst erwies.

Von einem der Fenster im obersten Geschoss aus beobachtete Notburga die Szene. Beim Mittagsmahl hatte sie ihrem Herrn angeboten, ihm in allem zu dienen, doch als sie nun die besitzergreifende Geste bemerkte, mit der der Graf Jungfer Hadmut aus dem Sattel hob, wurde ihr klar, dass ihre Sehnsucht nach seiner Manneskraft auch diesmal ungestillt bleiben würde. Ein paar Augenblicke überlegte sie, was sie gegen die neu aufgetauchte Konkurrentin unternehmen konnte, begriff aber schnell, dass Hadmut ein härterer Brocken sein würde als die früheren Bettgefährtinnen ihres Herrn, an denen sie sich für dessen Missachtung hatte rächen können. Sie hatte sogar Frau Adelheid nicht mit ihren Bosheiten verschont, aber diese Rittersochter sah so aus, als würde sie jede Unverschämtheit und jede Nachlässigkeit mit der Reitpeitsche bestrafen.

Verärgert wandte die Beschließerin sich ab, fuhr einige Mägde an, die ihr nicht rasch genug arbeiteten, und eilte hinunter. Gerade, als die Gäste lärmend in die Halle traten, gab sie den Befehl, Wein und Braten aufzutischen, und stauchte einen Pagen zusammen, der vor lauter Schauen vergaß, den Gästen die Tücher zu reichen, mit denen sie sich die Hände säubern konnten.

Ritter Chuonrad sah sich ebenso beeindruckt in der mächtigen Halle um wie sein Sohn Dankrad, der vor lauter Staunen nicht mehr dazu kam, seinen Mund zu schließen. Chuonrads Gemahlin Heilmut fühlte sich in dem prächtig ausgestatteten Saal ganz unbedeutend und klein, und sie haderte mehr denn je mit ihrem Mann, der sich in ihren Augen viel zu spät auf Herrn Walthers Seite geschlagen hatte, obwohl auch er hätte sehen müssen, welchen Gewinn die Huld des Grafen ihren Nachbarn auf Altburg und Schönthal gebracht hatte.

Hadmut bewunderte unterdessen die Waffen und Banner, die den Rittersaal schmückten, und die kostbaren Möbel. Welch eine Freude musste es sein, hier als Herrin zu herrschen, durchfuhr es sie, und sie rümpfte die Nase, als sie diese Pracht mit der bescheidenen Einrichtung auf Burg Schmölz verglich, in die sie dem Willen ihres Vaters zufolge einheiraten sollte.

»Gefallen Euch diese Waffen, meine Liebe?«, fragte der Graf, als Hadmut vor den gekrümmten Sarazenenklingen stehen blieb, die Ritter Roland einst aus dem Heiligen Land mitgebracht hatte.

»Mir gefällt der ganze Saal mit allem, was darin ist! Er ist einfach überwältigend.« Hadmut breitete die Arme aus, als wolle sie alles an sich raffen. Der Graf erkannte ihre berechnende Natur und verkniff sich ein Lächeln. Für ein kleines Geschenk, ein wenig Tand aus Gold und Halbedelsteinen würde er sich die Gunst der Schönen noch längere Zeit erhalten können, selbst wenn sie längst verheiratet war und ihrem Schmölzer Gimpel mit durch Pflichtbewusstsein unterdrücktem Widerwillen die Schenkel öffnen musste. Wer weiß, dachte er spöttisch, vielleicht würde in den Adern des nächsten Erben von Schmölz sogar das Blut derer zu Wallburg fließen. Der Gedanke fachte seine Gier an, und er hätte das Mädchen am liebsten auf der Stelle aufgefordert, ihm ins Schlafgemach zu folgen. Aber damit musste er noch warten, bis seine anderen Gäste schlafen gegangen waren. Chuonrad mochte ein Tölpel sein, doch ein offenes Liebesverhältnis seiner Tochter würde er nicht dulden. Außerdem interessierte es Herrn Walther im Augenblick noch etwas mehr zu erfahren, wie Bodo von Schmölz auf Chuonrads Friedensangebot reagiert hatte. Daher schenkte er Jungfer Hadmut ein viel versprechendes Lächeln und befahl den Knechten, dem Ritter nachzuschenken.

»Ich habe mir sagen lassen, dass Ihr auf Reisen gewesen seid«, begann er, als wüsste er nicht, dass Chuonrads Fahrt mit ihm zu tun gehabt hatte.

Der Ritter blickte seinen Gastgeber etwas verwirrt an, begriff aber schnell, dass der Wallburger nach außen hin nicht als Anstifter der Friedensverhandlungen gelten wollte, und bleckte in unbewusster Abwehr die Zähne. »Ihr habt Recht, Herr Walther, doch es war keine Reise, die anzutreten sich gelohnt hat.«

Die Augen des Grafen weiteten sich für einen Moment, und er ballte die Rechte, hatte sich aber sofort wieder in der Gewalt. »Sie war also vergebens?« Nur der schneidende Ton verriet seinen Ärger.

Chuonrad nickte bedrückt und stärkte sich mit einem kräftigen Schluck Wein für den Bericht, den er seinem Gastgeber schuldig war. »Von Frau Rotraut hatte ich erfahren, dass ihr Gemahl sich in Regensburg aufhalten sollte, und daher entschloss ich mich, dorthin zu reisen, um mit Bodo zu sprechen. Da nun ein neuer Kaiser das Reich regiert, erschien es mir wichtig, alle Zerwürfnisse zu klären und die Feindschaften zu beenden, die unseren Gau schwächen. Damit kam ich bei Ritter Bodo jedoch schlecht an. Er hätte nichts dagegen, seinen Albrecht mit meiner Hadmut zu vermählen, sagte er, aber Frieden könne es in unserer Gegend erst geben, wenn dem Raubadler auf der Wallburg die Schwingen gestutzt worden seien. Sobald Ottokar von Böhmen endgültig niedergeworfen worden wäre, würde er sich daran machen, genau dies zu tun. Nichts für ungut, Herr Walther, aber das waren seine Worte.«

Der Ritter blickte den Grafen so ängstlich an, als sei er ein Knecht, der einen Auftrag schlecht ausgeführt hatte, doch eine beiläufige Handbewegung seines Gastgebers beruhigte ihn.

Herr Walther ließ sich nichts anmerken, aber diese Nachricht bereitete ihm Sorgen. Auch wenn er für Bodo von Schmölz nur Verachtung empfand, wusste er doch, dass dieser kein dumpfer Schlagetot war wie Hartger von Kesslau oder Ritter Chuonrad, sondern einen scharfen Verstand besaß. Wenn der Schmölzer sich eine Chance ausrechnete, ihm die Flügel stutzen zu können, musste er über einen bislang noch unbekannten Trumpf verfügen.

Der Graf ließ erneut nachschenken und klopfte Chuonrad freundschaftlich auf die Schultern. »Lasst Euch durch diesen Griesgram Bodo nicht die gute Laune verderben, mein Freund. Der Mann ist wie ein Köter, der nur dann bellt, wenn er die Peitsche des Hundewärters nicht sieht.«

Der Wolfssteiner wiegte zweifelnd den Kopf. »Nun, ich weiß nicht, Herr Walther. Bodo hörte sich nicht so an, als würde er sich nur auf seinen Schwertarm verlassen. Er sagte etwas von einem Beweis, durch den offenbar würde, dass der Krehlwald, den Ihr ihm genommen habt, schon immer Schmölzer Gebiet gewesen sei, und der mir das Dorf Geißbruck zuschreiben würde, auf das Ihr Eure Hand gelegt habt.«

Der Graf bemerkte den lauernden Blick seines Gastes und wünschte Bodo von Schmölz auf den tiefsten Grund der Hölle. Nun würde er gezwungen sein, Chuonrad ein paar Brosamen hinzuwerfen, um ihn auf seiner Seite zu halten, aber er schwor sich, dass nicht er, sondern Ritter Bodo den Preis dafür würde zahlen müssen.

»So? Behauptet er das? Er kennt die Urkunden wohl nicht oder will Euch gegen mich aufhetzen!« Herr Walther lachte spöttisch auf und schlug seinem Gast ein weiteres Mal auf die Schulter. »Aber ich glaube, wir haben jetzt genug über diesen Kerl geschwätzt. Trinkt, so viel Ihr mögt! In den Bechern ist Wein aus dem Ungarland. Der rinnt einem feuriger durch die Kehle als das sauere Gesöff, das einem hierzulande aufgetischt wird. Und nehmt noch ein Stück von dem Wildschweinbraten! Ihr wollt doch nicht, dass ihn die Knechte auffressen müssen.«

Der Graf glich seine Sprache dem derben Tonfall an, der in dieser Gegend üblich war, und legte seinem Gast eigenhändig vor. Chuonrads Sohn Dankrad schielte begehrlich auf das große Brett, auf dem noch einige schöne Rippenstücke einer gebratenen Wildsau lagen, und erhielt ebenfalls seinen Teil. Weder die Gäste noch einer der Knechte, die den Grafen und seine Gäste bedienten, hätten sich vorstellen können, dass Herrn Walthers gelassene Heiterkeit nur vorgetäuscht war und er in Gedanken bereits Pläne wälzte, wie er der am Horizont aufziehenden Gefahr begegnen konnte.

5 Bevor es Nacht wurde, waren Chuonrad und sein Sohn so betrunken, dass die Knechte sie in ihr Quartier tragen mussten. Frau Heilmut bat den Grafen, ihr eine andere Kammer zuweisen zu lassen, da ihr Gemahl im Rausch so stark zu schnarchen pflegte, dass sie selbst nicht zum Schlafen käme. Für einen Augenblick befürchtete Herr Walther, sie würde ihre Tochter auffordern, das Zimmer mit ihr zu teilen, doch Hadmut schien den Wunsch ihrer Mutter vorausgesehen zu haben und war unauffällig verschwunden.

Kaum aber war Frau Heilmut der Magd, die sie versorgen sollte, nach oben gefolgt, kehrte die Jungfer wieder zurück und knickste kokett vor ihrem Gastgeber. »Wärt Ihr so gut, auch mir eine Kammer für die Nacht anweisen zu lassen?«

»Meine Beschließerin wird sich Eurer annehmen, Jungfer Hadmut.« Herr Walther winkte Notburga zu sich und befahl ihr mit einer energischen Geste, sich persönlich um Chuonrads Tochter zu kümmern. Dabei lächelte er ein wenig spöttisch über die griesgrämige Miene, mit der seine Bedienstete die Jungfer aufforderte, ihr zu folgen.

Hadmut zog ebenfalls ein langes Gesicht, denn sie hatte erwartet, der Graf würde sie auf der Stelle in seine Kammer mitnehmen und ihr umgehend jene Wonnen bereiten, die sie bei seinem Besuch auf Wolfsstein gekostet hatte. Ihr Unmut verging jedoch schnell, als sie die große, wohlig eingerichtete Kemenate sah, in die Notburga sie führte. Der Raum enthielt mehrere Truhen aus bemaltem Holz, einen großen Tisch, vier Stühle und einen aus Rohr geflochtenen Sessel, der in der Nähe des Kamins stand und mit weichen Kissen gepolstert war, die Hadmut sofort ausprobierte.

»Das Bett steht nebenan, doch glaube ich nicht, dass Ihr heute Nacht darin schlafen werdet.« Notburgas Stimme klang so bissig, dass Hadmut erstaunt aufsah und den verbiesterten Ausdruck auf dem Gesicht der Beschließerin bemerkte. Die Frau wurde von Eifersucht und Neid zerfressen, das war ihr sofort klar, und sie lachte höhnisch auf. Was für eine Närrin von Weib und hässlich noch dazu, dachte sie. In ihren Augen hätte ein so abstoßendes Geschöpf es nicht einmal wagen dürfen, ihr Verlangen auf einen stattlichen und tatkräftigen Mann wie Herrn Walther zu richten.

Das Lachen der schönen jungen Frau fraß sich wie Säure in Notburgas Gedanken, und sie wäre der anderen am liebsten mit beiden Händen ins Gesicht gefahren, um es so zu zerkratzen, dass die eigene Mutter die hochnäsige Buhle nicht wiedererkannt hätte. Aber für eine solche Tat würde Herr Walther sie zu Tode peitschen lassen. Daher sagte sie sich, dass Hadmuts Zeit im Bett des Grafen begrenzt war, denn Ritter Chuonrad würde die Wallburg am nächsten oder spätestens am übernächsten Tag wieder verlassen und seine Tochter mitnehmen. Bis die Gräfin und die Kebse zurückkehrten, blieb ihr noch mehr als eine Woche Zeit, ihren Herrn dazu zu bringen, sie mit in sein Bett zu nehmen.

Während Notburga noch überlegte, wie sie Graf Walther verführen könne, betrat dieser das Zimmer. Ohne die Beschließerin zu beachten, trat er auf Hadmut zu und fasste sie am Arm. »Komm mit, meine Liebe! Mir ist nach einem wilden Ritt zumute.«

»Mir auch, Herr«, antwortete das Mädchen kokett.

Notburga blickte den beiden mit brennenden Augen nach und biss sich in die Finger, um nicht laut aufzuschreien. Als sie kurz darauf an der Kemenate der Gräfin vorbeikam, kam ihr eine Idee. Sie blieb mitten in der Bewegung stehen, griff nach ihrem Schlüsselbund und schloss die Tür auf. Drinnen fand sie mit traumwandlerischer Sicherheit den Feuerstein und die Zunderbüchse, die in einer Nische neben der Tür bereitstanden.

Kurz darauf brannte ein Kienspan und leuchtete einen Umkreis von etwa fünf Ellen aus. Notburga nahm das kalte Ende zwischen die Zähne, betrat das Schlafgemach ihrer Herrin und zog eine kleine Truhe hinter dem Bett hervor. Das Schloss bereitete ihr keine Mühe, und bald schon lag der Inhalt offen vor ihr. Es handelte sich um jene Tinkturen und Pülverchen, die die Gräfin nicht Mettes Obhut überlassen wollte. Die meisten davon benutzte Frau Adelheid, um ihre zumeist eingebildeten Leiden zu behandeln. Diese legte Notburga gleich zur Seite, ebenso all jene Mittel, die die Gräfin zu einer Schwangerschaft hatten verhelfen sollen.

Sie wühlte so lange, bis sie einen kleinen Beutel in der Hand hielt, den sie selbst im Auftrag von Frau Adelheid erst kurz vor deren Schwangerschaft in der Stadt Rothenburg erworben hatte. Der reisende Arzt und Alchimist hatte ihr versichert, dass dieses Mittel die Lust eines Mannes bis ins Unermessliche steigern würde, und er hatte ihr die Wirkung auch sogleich vorgeführt. Hinter dem hölzernen Verschlag eines Ziegenstalls verborgen hatte sie zugesehen, wie der Alchimist einen Becher Wein mit dieser Droge versetzt und einem zufällig vorbeikommenden Ochsentreiber angeboten hatte. Der Knecht war kurze Zeit später so in Hitze geraten, dass er das Gespräch mit dem Spender abrupt beendet hatte und in dessen Anwesenheit über eine der Ziegen hergefallen war. Notburga erinnerte sich mit einem schauerlich wohligen Gefühl an diese Szene und sagte sich, dass sie alle Mal besser war als eine Ziege. Kurz entschlossen steckte sie den Beutel mit dem Mittel ein, räumte alles andere zurück in die Truhe und verließ Frau Adelheids Gemächer mit einem kribbelnden Gefühl der Erwartung.

6

Der Reisezug der Gräfin wurde auf jeder Burg gastfreundlich aufgenommen und Elisabeth wie eine Dame von Stand begrüßt, genauso, wie Frau Adelheid es ihr versprochen hatte. Allerdings hatte Jost, der als Reisemarschall amtierte, für die ersten Übernachtungen jene Rittersitze ausgewählt, auf denen man Herrn Walther freundlich gesonnen war. Auf dem weiteren Teil der Strecke kannten die Gastgeber die wahren Verhältnisse auf der Wallburg nicht. Die Leute wussten nur, dass Graf Walther ein mächtiger Mann war, den man besser nicht erzürnen sollte, und empfingen seine Gemahlin und deren angebliche Schwester mit zuvorkommender Höflichkeit. So kam es, dass Elisabeth im selben Bett schlief wie Frau Adelheid, neben ihr bei Tisch saß und ebenso wie sie vom Gesinde verhätschelt wurde. Dies löste in ihr eine Hochstimmung aus, in der sie das Gefühl drohender Gefahr vergaß, welches sie auf der Wallburg bis in ihre Träume verfolgt hatte. Je weiter sie sich von zu Hause entfernte, umso mehr bedauerte sie, dass Jost ein so scharfes Tempo einschlug. Ihr fielen schon früh am Abend die Augen vor Erschöpfung zu, und daher konnte sie nicht so ausgiebig an den Festmählern und der Unterhaltung bei ihren Gastgebern teilnehmen, wie sie es sich gewünscht hätte.

In der ersten Morgendämmerung des fünften Tages nach ihrer Abreise schrak Elisabeth mit pochendem Herzen aus ihrem Schlaf hoch. Sie hatte so intensiv von der Wallburg geträumt, dass sie zunächst glaubte, sich dort zu befinden. Sie erkannte jedoch rasch ihren Irrtum und sah sich um. Neben ihr lag die Gräfin noch im tiefen Schlaf, während Ditta sich unruhig auf ihrem Strohsack bewegte, der quer vor dem etwas schäbigen Kastenbett lag. Elisabeth glaubte schon, die Magd würde erwachen, doch diese drehte sich um und blieb regungslos, aber leise schnarchend liegen.

Elisabeth stand auf und benutzte den Nachttopf, konnte danach aber nicht mehr einschlafen. Beinahe gegen ihren Willen glitten ihre Gedanken zur Wallburg zurück, und sie bedauerte nun, sich nicht von Bärbel verabschiedet zu haben. Auch wenn das Mädchen verrückt war und von allen verachtet wurde, war es doch ihre Schwester. Nein, dachte sie in plötzlicher Erkenntnis, verachtet wird Bärbel eigentlich nur von Leuten wie Jost, Armin und deren engeren Freunden. Die Stallknechte und Küchenmägde mochten sie, denn sie hielten große Stücke auf ihr Können als Heilerin von Mensch und Tier. Ich hätte mich mehr um Bärbel kümmern müssen, dachte Elisabeth traurig, und vielleicht hätte Herr Walther mir sogar erlaubt, meine Eltern zu mir kommen zu lassen. Seit sie auf die Wallburg geschleppt worden war, hatte sie weder Vater noch Mutter wiedergesehen. Als sie schwanger geworden war und mehr Freiheiten genoss, hatte sie es versäumt, Herrn Walther nachdrücklicher um Gnade für ihre Eltern zu bitten. Auch hatte sie nur halbherzig darum gebeten, dass Jost und Armin ihre Mutter nicht mehr belästigten. Beklommen erinnerte sie sich daran, dass sie tatenlos geblieben war, als sie kürzlich auf der Treppe ein Gespräch zwischen Jost und einem der Knappen belauscht hatte. Der Vogt hatte dem Burschen nämlich angeboten, ihn mit zu ihrer Mutter zu nehmen, damit er sich dort seine ersten Sporen als Mann verdienen konnte. Jetzt schämte sie sich ihrer Selbstsucht und gelobte der Jungfrau Maria Besserung und Reue.

Ein unangenehmes Geräusch, das von der Gräfin ausging, riss Elisabeth aus ihren kummererfüllten Gedanken. Von Osten drang bereits der erste Schein des neuen Tages durch ein kleines, mit einer dünn geschabten Schweinsblase verschlossenes Fenster in die Kammer. Während sie selbst noch im Dunkeln lag, fiel der Lichtstrahl genau auf

Frau Adelheids Gesicht und verwandelte es in eine abstoßende Fratze. Elisabeth schauderte es, denn das Antlitz der Gräfin schien ihr mit einem Mal so schmutzig und grau, als hätte sie Herdasche auf ihrer Haut verrieben, und es wirkte tierhaft böse.

Das ist nur Einbildung, sagte Elisabeth sich und drehte den Kopf weg, um Frau Adelheid nicht länger anblicken zu müssen. In Erwartung des Weckrufes, den die Türmer der Burg ausstießen, legte sie den Kopf auf ihr Kissen und starrte zu dem hölzernen Betthimmel empor. Sie musste noch einmal eingeschlummert sein, denn als sie eine Diele knarren hörte und aufblickte, war Frau Adelheid aufgestanden und wusch sich gerade Gesicht und Hände.

Als sie Elisabeths Bewegung mitbekam, drehte sie sich zu ihr um. »Tummle dich, meine Liebe! Wir wollen das Kloster der frommen Brüder von St. Martin noch bei gutem Tageslicht erreichen.«

Elisabeth nickte und schwang die Beine über die Bettkante. Dabei musterte sie die Gräfin von der Seite. Frau Adelheid sieht eigentlich aus wie immer, dachte sie erleichtert. Tatsächlich wirkten die Gesichtszüge der Älteren wieder ganz normal, und ihre Haut war so gelblich wie sonst auch. Dennoch erfüllte es Elisabeth mit Widerwillen, sich in demselben Wasser waschen zu müssen.

Nach einem reichlichen Frühstück ging es mit den Segenswünschen ihrer Gastgeber weiter. Während sich der Reisezug in den rasch wärmer werdenden Tag hineinbewegte, saß Elisabeth verkrampft in ihrer Sänfte, deren Schaukeln sie zum ersten Mal als sehr unangenehm empfand, und starrte durch die offene Seite ins Freie. Waren sie bislang durch stark bewaldete Gegenden mit sanften Hügeln und Bodenwellen gereist, tauchten sie jetzt in eine Landschaft ein, die so aussah, als hätten Riesen tiefe Abgründe in sie gerissen und an anderen Stellen wahllos Felsen aufeinandergetürmt. Kurz darauf schlängelte der Weg sich am Fuß hochragender Steilwände entlang, deren roter Stein Elisabeth an Blut gemahnte. Sie schüttelte sich und wandte den Blick ab, doch selbst als sie die Augen schloss, blieb eine Anspannung in ihr zurück, die sie nicht ergründen konnte.

Da man dem Ziel bereits sehr nahe war, verzichtete die Gräfin darauf, in einem der spärlich gesäten Dörfer anhalten und Rast machen zu lassen. Einer der Reisigen besorgte unterwegs Brot, Wein und Braten und verteilte sie. Als Elisabeth die fettigen Finger des Mannes sah, die sich in die Speisen krallten, verging ihr der Appetit.

»Ich habe keinen Hunger!«, beschied sie ihn und lehnte sich wieder zurück.

Der Reisige zuckte mit den Schultern, steckte sich das Fleischstück, das er ihr hatte reichen wollen, selbst in den Mund und riss und zerrte daran wie ein Raubtier an seiner Beute. Das reizte Elisabeths Übelkeit noch mehr, sodass sie glaubte, sich übergeben zu müssen. In dem Moment aber, in dem sie den Knechten, die die Saumpferde führten, befehlen wollte, anzuhalten, lenkte der Ruf des Vorreiters sie von ihrem Elend ab.

»Das dort muss das Kloster sein!«

Die Neugier weckte Elisabeths Lebensgeister, und sie beugte sich weit aus der Sänfte, um das Ziel ihrer Reise zu betrachten. Zunächst nahm sie nur gut bestellte Felder wahr, auf denen junge Mönche und Novizen in schlichten grauen Kutten arbeiteten, doch als der Weg einen Bogen machte, entdeckte auch sie die langgestreckten Wirtschafts- und Wohngebäude des Klosters. Da sie keine Wallfahrtskirche ausmachen konnte, fragte sie einen der Knechte danach. Der Mann zeigte auf einen Hügel mit steil abfallenden Flanken, auf dem zwischen den Bäumen ein steiles Dach und ein wuchtiger Glockenturm zu erkennen waren.

Während sie noch rätselte, wie die Pilger den steilen Felsen zum Gotteshaus erklimmen sollten, machte der Weg erneut einen Bogen und gab den Blick auf eine flachere Hügelflanke frei. Jost, der nun an der Spitze des Zuges ritt, ließ die Gebäude im Tal zur rechten Hand liegen und wählte die Straße, die nach oben führte.

Elisabeth Unbehagen wuchs, je näher sie dem Zentrum des Klosters kamen. Während ihr die Felder und Häuser, die sie eben passiert hatten, hell und freundlich erschienen waren, glaubte sie nun in einen grauen Nebel einzutauchen, der sie mit seiner klammen Kälte schier zu ersticken drohte. Die mächtige Klosterkirche, die sich ihr von dieser Seite aus in voller Pracht darbot, wirkte trotz ihres weißen Kalkbewurfs finster und abweisend, und sogar die hoch am Himmel stehende Sonne hatte mit einem Mal an Leuchtkraft verloren.

Verwirrt hob Elisabeth den Vorhang auf der anderen Seite der Sänfte, um zu schauen, ob von dort ein Unwetter heraufzog. Es stand keine einzige Wolke am Himmel, und dennoch kam es ihr so vor, als läge ein Schatten über den zentralen Gebäuden des Klosters, der mit jedem Schritt noch dunkler wurde. Wände und Dächer wirkten schmutzig und heruntergekommen, mehr wie eine Räuberburg als die Heimstatt frommer Mönche. Das Wort fromm schien ihr auch nicht so recht auf zwei in Kutten gehüllte Männer zu passen, die beim Anblick des stattlichen Reisezuges vor das große Portal traten, auf Jost zueilten und liebedienerisch vor ihm buckelten.

»Seid uns vielfach willkommen im Namen des Vaters, des Sohnes und des Heiligen Geistes!«, grüßte der eine Mönch.

»Und im Namen der Heiligen Jungfrau, des heiligen Josefs, des heiligen Martins und aller Beschützer der Christenheit«, setzte der andere hinzu.

Jost blickte auf die beiden Mönche herab wie eine satte, zufriedene Dogge auf zwei kleine Dachshunde, mit denen sie sich in Freundschaft den Zwinger teilte. »Ihre Erlaucht, die Gräfin Adelheid von Eisenstein zu Wallburg, und deren Schwester wünschen an diesem Ort ihre Stimmen zur Heiligen Jungfrau zu erheben und bitten euch um Obdach in eurem Gästehaus.«

Elisabeth hoffte inständig, man würde sie ins Tal zurückschicken, doch einer der Mönche wies auf ein Haus, das sich schutzsuchend an das prunkvolle Nachbargebäude drängte. »Die Kammern stehen bereit. Wenn die Damen so freundlich wären, mit mir zu kommen?« Er verbeugte sich vor Frau Adelheid, die eben ausstieg und der zögernden Elisabeth ungeduldig winkte, ihr zu folgen. Elisabeth blieb nichts anderes übrig, als ihr zu gehorchen, auch wenn sie sich vor den Blicken ekelte, mit denen die beiden feisten Mönche sie verschlangen.

Die Gräfin schritt bis zur Tür des Gästehauses voran, blieb dort aber stehen und trat beiseite. »Geh du schon voraus in unsere Kammer, meine Liebe. Ich suche zuerst den hochedlen Herrn Abt auf, um ihm die Spende zu überreichen, mit der ich das Kloster bedenken will. Ditta wird derweil bei dir bleiben.«

Elisabeth nickte zustimmend, obwohl sie es vorgezogen hätte, bei Bärbel im schmutzigen Stall zu schlafen als an diesem Ort.

7

Die Gräfin wartete, bis sich die Tür des Gästehauses hinter ihrer verhassten Nebenbuhlerin geschlossen hatte, und wandte sich dann an die beiden Mönche. »Ein Freund – er nennt sich Herr Ardani – erwartet mich hier im Kloster.«

Der Ranghöhere der beiden Mönche verzog sein Gesicht zu einem breiten Grinsen. »Meister Ardani weilt bereits hier, und wir haben den Befehl, Euch sofort zu ihm zu bringen.«

Frau Adelheids Augen weiteten sich vor Erstaunen, denn es schien ihr sonderbar, dass dieser fremdländische und höchstwahrscheinlich sogar heidnische Magier als hoch geehrter Gast hier aus- und einging. Sie war jedoch froh darüber, gab ihr diese Tatsache doch Gewissheit, ihr Ziel erreichen zu können.

»Führt mich zu ihm!«, forderte sie die Mönche auf und folgte ihnen um die halbe Klosteranlage herum zu einer kleinen Pforte, die durch dichte Büsche vor unbefugten Blicken geschützt wurde. Mit schlecht verhohlener Neugier betrat sie die Räume, die Frauen eigentlich verboten waren.

Sie hatte klösterlich strenge Schlichtheit erwartet, aber das, was sie zu sehen bekam, verschlug ihr beinahe den Atem, denn die Gemächer des Abtes glichen mehr der Kemenate einer auf Luxus versessenen Frau als dem Refugium eines frommen Mannes. Auf einem Tisch mit gedrechselten Beinen, der den Blick der Gräfin fesselte, türmten sich exotische Leckerbissen in solcher Fülle, dass man ein kleines Heer damit hätte verköstigen können. Aber die Speisen waren augenscheinlich nur für die vier Männer im Habit von Augustinerchorherren bestimmt, die auf gut gepolsterten Stühlen um die Tafel herum saßen. Einer von ihnen, in dem Frau Adelheid erst auf den zweiten Blick Ardani erkannte, rührte nichts von dem Essen an, während die anderen die Leckereien in sich hineinschlangen, als stände ihnen ein mehrwöchiges Fasten bevor. Allerdings wirkten die drei nicht so, als hätten sie in der letzten Zeit hungern müssen, denn ihre Kutten spannten sich über tonnenförmigen Bäuchen, und in ihren runden, glänzenden Gesichtern verschwanden die Nasen beinahe zwischen den Hamsterbacken. Auch wenn die Gräfin normalerweise nicht auf geringer gestellte Leute achtete, fiel ihr der krasse Unterschied zwischen diesen wohlbeleibten Männern und den magereren Mönchlein auf, die draußen auf den Feldern arbeiteten.

Die drei Chorherren kümmerten sich nicht um die Besucherin, sondern unterbrachen ihr Fressgelage erst, als Ardani sich vernehmlich räusperte. Dann aber starrten sie die Gräfin an wie ein exotisches Tier und schienen nicht zu wissen, was sie mit ihr anfangen sollten. Der Magier schüttelte kaum merkbar den Kopf und schnippte mit den Fingern. In dem Augenblick kam Leben in die drei. Sie murmelten ein paar kaum verständliche Worte, die wohl Segenswünsche sein sollten, und liefen davon wie Knechte, die ihr Herr weggescheucht hatte.

Frau Adelheid blickte den Magier verwirrt an. »Wer waren diese Mönche?«

»Der Abt, sein Prior und der Almosengeber«, zählte Ardani spöttisch grinsend auf.

Die Gräfin schüttelte ungläubig den Kopf. »Die ranghöchsten Chorherren dieses Klosters? Und sie gehorchen Euch wie einfache Novizen? Ihr besitzt wahrlich große Macht, Herr Ardani.«

»Das ist keine Frage der Macht, sondern reine Dankbarkeit. Ich habe den Spitzen dieses Klosters einen Weg gewiesen, wie sie die Freuden des Lebens auch hinter Klostermauern in vollen Zügen genießen können. Die meisten Chorherren sind Söhne von Rittern, Grafen oder Pfaffen, deren Pfründe ausgereicht haben, ihre Bastarde protegieren zu können. Keiner von ihnen ist seiner Neigung gefolgt, als er ins Kloster ging, denn sie alle wurden von ihren Familien für ein frommes Leben bestimmt. Ich brauchte sie nur zu fragen, ob es im Sinne der Gerechtigkeit Gottes sei, wenn ihnen die Freuden versagt blieben, die andere Männer sich gönnen würden.«

Ardanis Stimme klang so überzeugend, dass die Gräfin unwillkürlich nickte. »Da habt Ihr gewiss Recht, Herr. Doch wie verschafft Ihr den Chorherren diesen Luxus?«

»Dazu bedarf es keines großen Aufwands. Man muss nur genügend Pilger hierher locken, und schon fließen die Spenden reichlich genug, um eine gute Tafel führen zu können, wie Ihr sie hier seht. Auch mangelt es nicht an Frauen, denn die strömen freiwillig und in großer Zahl hierher, um Kindersegen zu erflehen. Es bedarf nur einer kleinen Nachhilfe, und die, die hier gewesen sind, raten ihren Freundinnen und Verwandten ebenfalls, hierher zu kommen.«

»Sorgt Ihr persönlich für Kinder?«, fragte Frau Adelheid verdattert.

Ardani schüttelte lachend den Kopf. »Aber nein! Das überlasse ich dem Abt und seinen Freunden. Denen gefällt es! Und wenn die Weiber mit gefüllten Bäuchen von dannen ziehen, preisen ihre Sippen Gott und den heiligen Martin dafür.«

Das Erstaunen der Gräfin verwandelte sich in Entsetzen. »Aber das bedeutet doch, dass viele edle Geschlechter durch Bastarde weitergeführt werden.«

Ardani gluckste vor Vergnügen. »Natürlich tun sie das! Viele Ritter und Grafen tragen, ohne es zu ahnen, ein prachtvolles Gehörn.«

Frau Adelheid schüttelte sich, denn die Bosheit des Magiers stieß sie mit einem Mal ab. »Machen die Frauen denn freiwillig mit?«

Sie hatte in den Jahren ihrer Ehe schon mehrfach mit dem Gedanken gespielt, hierher nach St. Martin zu pilgern, und stellte sich schaudernd vor, was dann geschehen wäre. Allein der Gedanke, einer dieser fetten, vollgefressenen Chorherren würde auf ihr liegen, erfüllte sie mit Ekel.

Ardani beobachtete sie und spitzte spöttisch den Mund. »Viele Frauen würden wohl freiwillig ihre Schenkel öffnen, doch halte ich es für klüger, wenn sie durch ein Schlafmittel betäubt süß und selig schlummern. Dieses spezielle Mittel sorgt auch dafür, dass sie in ihren Träumen St. Martin oder den heiligen Josef persönlich vom Himmel herabsteigen sehen, um ihren Schoß für den Samen ihres Gemahls zu öffnen. Doch wollt Ihr jetzt über fremde Weiber reden oder endlich den Balken in Eurem Auge loswerden, der Euch so lange schon quält?«

Die letzten Worte klangen scharf und ließen die Gräfin wie unter einem Peitschenhieb zusammenzucken. Sie krümmte sich und starrte Ardani von unten her an. »Ihr meint Elisabeth, Herr?«

»Wegen dieser Frau seid Ihr doch hierher gekommen, oder etwa nicht?«

»Ich bin gekommen, weil Ihr es mir geraten habt. Doch was soll nun geschehen?«

Ardani zog ein kleines Fläschchen aus einer Falte seiner Mönchskutte. »Dieses Mittel müsst ihr Elisabeth zu trinken geben. Danach wird sie ihr Kind verlieren.«

»Das allein wird nicht reichen!«, rief die Gräfin ärgerlich aus. »Wenn ich die Metze mit leerem Bauch zur Wallburg zurückbringe, wird mein Gemahl mir zürnen, weil ich diese Pilgerreise vorgeschlagen habe, und Elisabeth wieder in sein Bett holen. Dann wird sie übers Jahr wieder schwanger sein!«

Ardani legte ihr den Arm um die Schulter und lachte

dabei so meckernd wie ein Ziegenbock. »Haltet Ihr mich für so dumm, dies nicht bedacht zu haben? Der fromme Herr Abt und seine Mitbrüder werden Stein und Bein schwören, dass Elisabeth mit einem jungen Pilger durchgebrannt ist, der von ihrer Schönheit in Bann geschlagen wurde.«

»Und was geschieht in Wirklichkeit mit ihr?«, bohrte die Gräfin nach.

»Elisabeth wird hier in den inneren Räumen des Klosters bleiben und dem Abt und seinen engsten Vertrauten in jenen Zeiten, in denen der Strom der Pilgerinnen spärlich fließt, als Wetzstein für ihre Schwerter dienen.«

Frau Adelheid lachte schadenfroh auf. »Ich hätte sie immer schon gerne unter die Reisigen unserer Burg gelegt, doch ich glaube, dass drei geile Mönche keine geringere Strafe darstellen dürften.«

»Drei Mönche?« Ardani hob im gespielten Erstaunen die Augenbrauen. »Der Kreis um den Abt umfasst dreimal sechs Brüder in Christo.«

»Achtzehn Mönche? Bei Gott, dies hier ist wirklich ein Kloster des Teufels«, stieß die Gräfin keuchend hervor.

»Damit habt Ihr vollkommen Recht.« Ardani vollführte eine knappe Handbewegung, und sofort löste seine Mönchskutte sich auf. Gleichzeitig veränderte er sich selbst, bis ein krummbeiniges, haariges Wesen mit einem gespaltenen Huf anstelle des rechten Fußes, einem hageren, ziegenbockähnlichen Gesicht und hakenförmigen Hörnern vor der Gräfin stand. Sie nahm jedoch nur seine gebogene Rute wahr, die provozierend von seiner Leibesmitte in die Höhe ragte, und hätte sich am liebsten vor Gier, dieses Glied in sich zu spüren, die Kleider vom Leib gerissen.

Ein Rest ihres Verstandes erschrak jedoch und fürchtete um ihr Seelenheil. »Heilige Maria, Mutter Gottes, schütze mich vor dem Herrn der Hölle und seinen Dämonen!«, murmelte sie mit blutleeren Lippen.

Damit reizte sie das Teufelsgeschöpf zum Lachen. »Die hilft dir jetzt auch nicht mehr! Um deinen Sohn als den Nachfolger deines Gemahls zu sehen, hast du dich mir mit Leib und Seele verschrieben. Oder erinnerst du dich nicht mehr an unseren Bund?«

Während er sprach, wuchs Ardani drohend vor ihr auf, bis er mit den Hörnern die Decke berührte. Die Gräfin wagte es nicht mehr, ihn anzusehen, denn alles schrie in ihr, ihr Heil im Gebet zu suchen und diesen Ort auf der Stelle zu verlassen. Sie sah nicht, wie Ardani höhnisch lächelte und eine kaum merkliche Handbewegung machte, sondern spürte, wie das Verlangen in ihren Lenden das Mahnen ihres Gewissens hinwegspülte. Es darf nicht alles umsonst gewesen sein, redete sie sich ein, denn sonst nimmt Elisabeths Sohn die Stelle ein, die meinem eigenen Kind gebührt. Dafür muss ich jedes Opfer bringen, auch das meiner Seele!

»Wenn Ihr dafür sorgt, dass mein Sohn einmal Graf auf der Wallburg sein wird, bin ich die Eure!«

Ardani nahm es mit einem zufriedenen Aufflackern seiner schwarzen Augen zur Kenntnis, griff nach Pergament und Feder, die gewiss nicht zufällig bereitlagen, und stach mit der Spitze der Feder in den linken Ringfinger der Gräfin. Diese sah starr vor Grauen zu, wie das Blut einem Bächlein gleich in die Feder floss und dann wie von selbst versiegte. Ardani, der nun wieder auf seine normale Größe geschrumpft war, beschrieb das Pergament mit flinker Hand und reichte es ihr samt der Feder zur Unterschrift. Während sie ungelenk ihren Namenszug unter den Vertrag setzte, dachte Ardani, der als einer der engsten Gefolgsleute des Höllenfürsten Luzifer einen ganz anderen Namen trug, verärgert daran, dass er Usch ebenfalls zu einer Unterschrift hätte verführen müssen. Aber er war sich seiner Macht über die Kräuterfrau so sicher gewesen, dass er darauf verzichtet hatte, einen Vertrag mit ihr zu schließen. In der letzten Zeit aber war Usch unerwartet aufsässig geworden, und er beschloss, sie für ihren Widerstand büßen zu lassen. Aber das hatte noch ein wenig Zeit, denn jetzt war es wichtiger, sich um die Gräfin zu kümmern.

»Ab jetzt bist du an mich gefesselt, Weib, und gehörst mir mit Haut und Haaren. Zieh dich aus, stell dich mit dem Gesicht zum Tisch und strecke mir dein Hinterteil zu, denn anders würde ich deinen Leib zu stark belasten. Keine Sorge, deinem Kind wird nichts geschehen!«

Etwas in Frau Adelheid sah sich selbst zu, wie sie einer willigen Sklavin gleich alles tat, was das Teufelsgeschöpf von ihr verlangte, und Ardani spottete innerlich über den Grafen, der nie begriffen hatte, welch heißes Feuer zwischen den Schenkeln seiner Gemahlin brannte.

| 8 | Die Gäste blieben länger auf der Wallburg, als Notburga erwartet hatte. Vier Nächte lag sie allein in ihrem Bett und verfluchte in Gedanken die junge Frau, die so bereitwillig das Lager des Grafen teilte. Diesmal konnte sie noch nicht einmal Befriedigung aus der Vorstellung ziehen, mit welchen Mitteln sie Jungfer Hadmut in Zukunft das Leben schwer machen konnte, denn diese war ihrer Macht entzogen. Selbst wenn sie Gerüchte in die Welt setzte, die den Namen der kleinen Hure in den Schmutz zogen, würde sie dem Weib damit kaum schaden können. Bei der Erbin der Herrschaft Hebnitz würde so mancher Ritter über die fehlende Jungfernschaft hinwegsehen, ins-

besondere, da Hadmut von bestechender Schönheit war und – wie Notburga an der Schlafzimmertür ihres Herrn erlauscht hatte – mit ihrer Sinnlichkeit jeden Mann zu entflammen vermochte.

Als Ritter Chuonrad sich samt seiner Familie im besten Einvernehmen von Graf Walther verabschiedete, atmete Notburga erleichtert auf und umschlich ihren Herrn in den nächsten Stunden wie eine Katze, die gestreichelt werden will. Aber sie wurde für ihren Eifer nicht einmal mit einem Blick belohnt.

Walther von Eisenstein beschäftigte sich immer noch mit Bodo von Schmölz und dessen Möglichkeiten, ihm zu schaden. Mehr als einmal erwog er, die Burg dieses Störenfrieds im Handstreich zu nehmen, um dieses Ärgernis ein für alle Male zu beseitigen. Damit aber würde er die übrigen Nachbarn gegen sich aufbringen und die unerwünschte Aufmerksamkeit der Bischöfe von Bamberg und Würzburg auf sich ziehen, die wie die meisten anderen Reichsfürsten vor dem neuen Kaiser buckelten.

Während des Abendessens, das in seinem Mund zu Asche zu zerfallen schien, sann der Graf weiter über dieses Problem nach und zog sich dann ungewohnt früh in seine Gemächer zurück. Notburga, die ihre eigenen Pläne verfolgte, wurde davon überrascht, denn sie musste noch die Knechte und Mägde überwachen, die den Tisch abräumen und den Saal sauber machen sollten. Ihre Ungeduld war zu groß, um ihnen so scharf auf die Finger zu sehen, wie sie es sonst zu tun pflegte, daher schickte sie das Gesinde schließlich weg, ohne jede Ecke kontrolliert zu haben. Als sie sich in ihre Kammer begab, pochte ihr Herz so laut, dass sie schon fürchtete, es würde ihre Absicht verraten. Mit zitternden Händen holte sie das Mittel, das sie aus Frau Adelheids Truhe gestohlen hatte, unter ihrer Matratze hervor, gab eine kräftige Prise davon in einen bereitstehenden Becher und füllte ihn mit Wein. Schnell zog sie sich um, sodass sie nur noch ein dünnes Kleid trug, das der Leidenschaft ihres Herrn keinen großen Widerstand entgegensetzen würde, nahm das Getränk an sich und verließ ihre Kammer.

Sie war so begierig, ihren Plan auszuführen, dass sie den feinen Satz nicht bemerkte, der sich auf dem Grund des Bechers gebildet hatte. Als sie vor Erregung bebend an Herrn Walthers Tür klopfte, hörte sie zwar ein mürrisches Brummen, zu ihrer Erleichterung aber auch dessen näher kommende Schritte.

Die Tür schwang auf, und der Graf musterte sie stirnrunzelnd. »Was ist geschehen, Notburga? Ist vielleicht ein Bote erschienen?«

Die Beschließerin schüttelte den Kopf. »Nein, Herr, ich wollte Euch nur einen Becher Wein als Schlummertrunk bringen.«

Der Graf hob abwehrend die Hand. Seine Gemächer waren ein Refugium, in dem er von niemandem gestört sein wollte, und das wusste Notburga. Daher erweckte ihr Auftauchen sein Misstrauen. »Was soll das? Das hast du doch noch nie getan!«

Er nahm ihr den Becher ab und wollte sie schon fortschicken, als er im Licht einer der Öllampen schwebende Teilchen in dem Getränk entdeckte. Eine Woge des Zorns färbte sein Gesicht. Seine linke Hand schoss nach vorne und packte Notburga am Hals. »Was wolltest du mit diesem Gift? Antworte schnell, sonst wirst du nicht mehr dazu kommen.«

Notburga starrte in das wutverzerrte Gesicht ihres Herrn, und ihr wurde klar, dass er trotz der vielen Jahre, die sie ihm treu gedient hatte, bereit war, sie wie einen lahmen

Hund zu erschlagen. »Es ist kein Gift! Ich wolle Euch gewiss nichts Übles tun.«

»Und was ist es dann?«

Notburga zauderte mit der Antwort, doch als sein Griff ihr beinahe den Atem abdrückte, bekannte sie die Wahrheit, teils aus der Angst, die ihr Denken lähmte, teils aber auch in der Hoffnung, er würde sie verstehen und vielleicht doch noch das Lager mit ihr teilen.

Graf Walther hörte ihr mit wachsendem Erstaunen zu und ließ seine Augen dabei zwischen ihr und dem Becher hin und her wandern. Mit einem Mal verzog er seine Lippen zu einem boshaften Grinsen, das mehr einem Zähnefletschen glich.

»So, so, dieses Mittel macht also einen Mann zu einem brünftigen Bullen! Aber warum wolltest du es mir heimlich einflößen? Es gibt genug Männer in der Burg, die du zu einem strammen Ritt bewegen könntest, und bei kaum einem von ihnen hättest du zu diesem Hexenzeug greifen müssen!«

Er las die Sehnsucht in ihren Augen, die allein ihm galt, und begann schallend zu lachen. »Du wolltest also unbedingt, dass ich dich besteige! Närrin! Ich wähle mir die Weiber, die ich beackere, immer noch selbst aus, und du gehörst gewiss nicht zu ihnen. Aber du sollst heute Nacht nicht darben müssen. Komm mit!« Er nahm den Becher und einen brennenden Kienspan in die eine Hand und schleifte Notburga mit der anderen hinter sich her.

Vor der Kammer, die den Knappen zugeteilt worden war, blieb er stehen. »Es ist schade, dass Hartwig und Wunibald meine Gemahlin begleiten, doch Reinulf steht der Sinn auch nach Weiberfleisch, und er wird dich weitaus lieber bespringen als den stinkenden Trampel, hinter dem er und seine Freunde herhecheln.«

»Nein, Herr, bitte nicht!«, wimmerte Notburga.

»Öffne die Tür!«, herrschte der Graf sie an, und ihre Angst war groß genug, ihm zu gehorchen. Der Kienspan war fast abgebrannt, sodass das Licht gerade noch ausreichte, die Öllampe zu finden. Der Graf hielt die Flamme an den Docht, und kurz darauf war zu erkennen, dass der Raum kaum Platz genug für drei Betten und die drei Truhen der Knappen bot. Reinulf, der zurzeit einzige Bewohner der Kammer, räkelte sich verschlafen, öffnete dann die Augen und blickte den Grafen verwirrt an, ohne auf das Häuflein Elend zu achten, zu dem Notburga zusammengesunken war.

»Ihr, Herr?« Der Knappe sprang mit einem Satz aus dem Bett und merkte dann erst, dass er nackt war. Rasch wollte er in seine Kleidung schlüpfen, die er der Bequemlichkeit halber auf Wunibalds Bettstatt geworfen hatte, doch Herrn Walthers spöttische Stimme hielt ihn auf.

»Für das, was du jetzt tun sollst, trägst du das richtige Gewand. Hier, nimm einen Schluck! Trinke aber nicht alles aus, denn es haben gewiss noch zwei, drei andere wackere Burschen Durst.«

Notburga erbleichte, denn ihr wurde bewusst, dass ihr Herr vorhatte, sie schänden und erniedrigen zu lassen, bis sie zum Gespött der gesamten Burg oder gar der Grafschaft geworden war. Sie faltete die Hände und wollte ihn um Gnade bitten. Doch seine Augen und der verbissene Zug um seine Lippen verrieten ihr, dass ihr Flehen ihn auf noch schlimmere Gedanken bringen würde. Unterdessen hatte Reinulf einen kräftigen Schluck aus dem Becher genommen und spürte bereits, wie ein Feuer seinen Körper durchraste und seine empfindlichste Stelle in lodernde Glut versetzte. Er keuchte überrascht auf, und näherte sich nach einem fragenden Seitenblick auf den Grafen der zitternden Beschließerin. Herr Walther lachte zufrieden auf und riss Notburga mit einem Griff das Kleid vom Leib.

Als Reinulf die nackte Frau vor sich sah, steigerte sich sein Keuchen zu einem gepressten Stöhnen, doch er wagte nicht zuzugreifen. Da stieß der Graf Notburga aufs Bett, drehte sie auf den Rücken und nickte dem jungen Burschen aufmunternd zu. Dieser stürzte sich mit einem Schrei auf die Beschließerin und drang in sie ein.

Der Graf sah dem Knappen, der sein Manneswerk ungeschickt und für Notburga äußerst schmerzhaft verrichtete, einen Augenblick zu und verließ dann die Kammer so übermütig grinsend wie ein Knabe, dem ein guter Streich gelungen war. Auf dem Weg zu seinen Gemächern weckte er mehrere Knechte, von denen er wusste, dass Notburga sie in der letzten Zeit hart hatte bestrafen lassen, und befahl ihnen, in Reinulfs Kammer zu gehen, dort einen Schluck aus dem Becher zu nehmen, der auf der Truhe stand, und den Knappen bei seinem Tun abzulösen. Recht zufrieden und amüsiert von dem Zwischenfall, der ihn von seinen Sorgen abgelenkt hatte, kehrte er in sein Gemach zurück und ging zu Bett.

Kaum hatte er das Laken über sich gezogen, wanderten seine Gedanken zu Hadmut. Ritter Chuonrads Tochter hatte sein Blut mehr in Wallung gebracht als jede Frau vor ihr, und es tat ihm Leid, dass er die Maid nicht auf der Wallburg hatte behalten können. Doch selbst der angenehmste Frauenspalt war den Zwist nicht wert, der zwangsläufig entstehen musste, wenn er sie zu sich nahm, besonders nicht in einer Situation, in der Ritter Bodo eine nicht zu fassende Bedrohung für ihn darstellte. Er fand es nun doppelt bedauerlich, dass dessen Sohn Albrecht seinen Männern vor ein paar Jahren hatte entkommen können, denn der Junge wäre das einzig wertvolle Pfand für das Wohlverhalten seines Vaters gewesen. Natürlich hätte er sich den Knaben zurechtstutzen müssen, bis er ihn offiziell als Knappe unter sein Gefolge hätte aufnehmen können.

Seine Sorgen überwogen schon bald wieder die Zufriedenheit, die sich nach dem Zwischenfall mit Notburga eingestellt hatte, und es war ihm kein ruhiger Schlaf beschieden. Herr Walther wälzte sich herum, wachte auf, schlief wieder ein und versank jedes Mal in wirre Träume, in denen er gleichermaßen höchste Lust und tiefsten Schmerz durchlebte. Wenn er wach wurde, kreisten seine Gedanken um die schöne Hadmut und die beiden Schmölzer, von denen ihm der Sohn weitaus gefährlicher erschien als der Vater, obwohl Albrecht noch nicht einmal den Ritterschlag erhalten hatte. Aber allmählich schlich sich noch etwas anderes in seine Träume.

Es war wie ein Hilferuf, der zuerst kaum wahrnehmbar am Rande seines Bewusstseins aufklang, dann aber immer lauter wurde und schließlich voller Verzweiflung in ihm hallte. Gleichzeitig tauchte das Gesicht seiner Gemahlin vor ihm auf, das einer verzerrten Fratze glich, von deren Lippen Geifer troff und die den Schreckensbildern teuflischer Hexen ähnelte, welche die Steinmetze so meisterlich in die Kapitelle der Säulen der großen Dome zu meißeln wussten. Hatte er Frau Adelheid bereits vorher verabscheut, so hasste er sie jetzt mit einer Inbrunst, die seinen Körper selbst im Traum erbeben ließ. Dann erblickte er Elisabeth, die halb hinter Frau Adelheid verborgen stand und ganz blass und verängstigt wirkte. Der Graf wollte auf sie zutreten und sie trösten, doch bevor er sie erreichte, hatte seine Gemahlin die junge Frau mit Krallenhänden gepackt und drückte ihr unbarmherzig den Hals zu.

In diesem Augenblick wachte Walther von Eisenstein

auf und starrte in die Düsternis seines Zimmers. Sein Herz schlug wie ein Hammer gegen seine Rippen, und eine Ahnung drohenden Unheils lag wie eine dichte Wolke auf ihm. Er schüttelte sich und versuchte das Gefühl als Nachwirkung eines schlechten Traumes abzutun. »Wahrscheinlich habe ich etwas Falsches gegessen«, murmelte er und versuchte wieder einzuschlafen. Doch es gelang ihm nicht. In seinem Kopf echote eine warnende Stimme, und er war sich mit einem Mal sicher, dass Elisabeth in höchster Gefahr schwebte und mit ihr sein Kind.

Er sprang aus dem Bett und tastete suchend nach Zunderbüchse, Stahl und Feuerstein. Mit zittrigen Händen versuchte er einen Funken zu schlagen, und als ihm das endlich gelang, brachte er es kaum fertig, den Zunder zum Glühen zu bringen, um einen Kienspan daran zu entzünden. Es verging schier eine halbe Ewigkeit, bis die Öllampe brannte und die albtraumhaften Bilder aus Herrn Walthers Kopf vertrieb, sodass er sich endlich anziehen konnte. Er wählte feste Beinkleider aus Leder, ein Leinenhemd und eine kurze Tunika, schlüpfte in seine Stiefel und gürtete sein Schwert. Zuletzt erinnerte er sich noch an seinen Umhang, warf ihn über und verließ mit verkniffener Miene seine Kammer. Den ersten Knecht, den er auf den Binsen schlafen sah, weckte er mit einem derben Fußtritt. »Mach, dass du in den Stall kommst, du Faulpelz! Man soll sofort meinen Rappen und das zweitschnellste Pferd satteln. Hast du verstanden?«

Der Knecht nickte und eilte barfuß und ohne seine Beinlinge anzuziehen davon. Der Graf ging weiter und betrat den Raum, in dem die Reisigen schliefen. Die meisten waren mit seiner Gemahlin mitgezogen, und deswegen klafften zwischen den Schläfern große Lücken. Herr Walther wollte jedoch kein Heer zusammenstellen, sondern suchte einen ganz besonderen Mann und weckte ihn ebenfalls mit einem Fußtritt.

»Wach auf, Rütger, und zieh dich an! Du wirst mich begleiten!«

Rütger schrak hoch, stellte aber keine Fragen, sondern gehorchte so rasch, wie sein Herr es von ihm erwartete. Er erreichte den Stall nur knapp hinter dem Grafen. Dort zog Bärbel gerade den Sattelgurt des großen Rappen fest, und Kunz legte einem jungen Rotfuchs, der von Josts Hengst abstammte, den Schwanzriemen an. Ein so edles Ross hatte der Reisige noch nie reiten dürfen. Sein Herr musste auf größte Eile bedacht sein, denn sonst würde er ihm nicht dieses kostbare Pferd anvertrauen.

Herr Walther schwang sich in den Sattel und ließ sich von Bärbel in den zweiten Steigbügel helfen. »Reitet schnell, Herr, und lasst Euch durch nichts aufhalten!«, flehte das Mädchen.

Herr Walther blickte in ihr angstvoll verzerrtes Gesicht und bemerkte zum ersten Mal, das die Augen des Mädchens denen der Schwester glichen. Verwundert darüber, dass die Verrückte ebenfalls um die Gefahr wusste, in der Elisabeth schwebte, zog er sein Pferd herum und lenkte es zur Burg hinaus. Rütger, der ihm wie ein Schatten folgte, fragte sich, was geschehen sein mochte, denn noch nie war Graf Walther so hastig und unvorbereitet aufgebrochen. Der Reisige traute sich jedoch nicht, seinen Herrn anzusprechen, denn er fürchtete, Herr Walther würde den Zorn, der sein Gesicht verzerrte, an ihm auslassen.

9 Elisabeth fand in dieser Nacht kaum Schlaf, und in den wenigen Augenblicken, in denen sie doch einnickte, träumte sie von Dingen, die so entsetzlich waren, dass sie ihnen keine Namen geben konnte. Nie zuvor in ihrem Leben hatte sie sich so schlecht gefühlt wie in diesem Wallfahrtskloster, das für die Frömmigkeit seiner Mönche ebenso berühmt war wie für die Wunder, die hier geschehen sollten. Mehr denn je war Elisabeth klar, dass sie auf ihre innere Stimme hätte hören sollen, die sie vor der Fahrt hierher gewarnt hatte. Nun aber lag sie so hilflos da wie ein Schaf, das geschlachtet werden sollte. Jedes Geräusch, vom Nagen der Mäuse in den Wänden angefangen bis zu dem leisen Schnarchen der Gräfin, hallte in ihrem Inneren nach und quälte sie, und als nach einer schier endlos währenden Dunkelheit endlich der Morgen graute, fühlte sie sich wie zerschlagen.

Das Frühstück wurde von zwei jungen Mönchen hereingetragen, die die Köpfe gesenkt hielten, damit sie die Frauen nicht ansehen und dadurch auf unheilige Gedanken kommen konnten. Frau Adelheid griff mit gutem Appetit zu, aber auf Elisabeth wirkten die Speisen so ekelhaft und abstoßend, dass sie keinen Bissen hinunterbrachte. Sie verschmähte auch den Wein, der ihnen kredenzt wurde, und begnügte sich mit Wasser, das so bitter schmeckte, als habe man es mit dem Saft von Galläpfeln versetzt.

Ganz in ihr Elend eingehüllt, bemerkte Elisabeth nicht, dass die Gräfin sie mit der Miene einer Katze betrachtete, die noch ein wenig mit der Maus spielen will, bevor sie sie auffrisst. Frau Adelheid fühlte sich an diesem Morgen zufriedener als je zuvor, denn sie sah sich schon am Ziel ihrer Wünsche. Zudem hatte sie am Vortag Wonnen gekostet, die ihr Gemahl ihr nie hatte bereiten können, und sie achtete den Preis gering, den sie dafür würde bezahlen müssen.

Mochte Ardani auch ein Sendbote Satans sein, so stellte er für sie doch den Schlüssel zu ihrem Erfolg dar und damit auch zu dem ihres Sohnes.

Während die Gräfin auf eine günstige Gelegenheit wartete, um Elisabeth das Gift beizubringen, das sie von Ardani erhalten hatte, dachte sie über den letzten Vorschlag des Magiers nach. Starb ihr Gemahl eines schnellen Todes, wie Ardani es ihr in Aussicht gestellt hatte, würde sie die unumschränkte Herrin der Wallburg werden. Dann nämlich konnte sie den Magier empfangen und die Lust mit ihm teilen, wann immer sie wollte. Vorher musste sie nur dieses kleine Ding beiseite schaffen, welches Ritter Roland einst aus dem Morgenland mitgebracht hatte und das über Zauberkräfte verfügen sollte. Dieses Problem, davon war sie überzeugt, würde sich ebenso schnell lösen lassen wie das, welches gerade neben ihr saß.

»Die Reise war wohl doch ein wenig zu anstrengend für dich«, sagte sie scheinbar mitleidig zu Elisabeth und strich dabei über Ardanis Fläschchen, das in einer Tasche an ihrem Gürtel steckte.

Hier bot sich eine gute Gelegenheit, den Inhalt der Kebse als angeblichen Stärkungstrunk anzubieten, doch die Gräfin zögerte. Zu lange hatte sie sich von dieser anmaßenden Bauernmagd demütigen lassen müssen, und deshalb wollte sie sich nicht mit dem bloßen Ergebnis zufrieden geben, sondern ihre Vorfreude noch ein wenig genießen. »Komm, steh auf! Wir wollen in die Kirche gehen und beten!«, befahl sie ihrer Konkurrentin.

Elisabeth reagierte nicht sofort und zog sich damit Dittas Zorn zu. »Hast du nicht gehört, was Frau Adelheid gesagt hat? Nun steh schon endlich auf!«

Die Magd kannte die genauen Pläne ihrer Herrin nicht, hatte aber einigen Bemerkungen entnommen, dass Elisabeth an diesem Ort dem Verderben preisgegeben werden sollte, und freute sich darauf. Wenn das Kebsweib aus dem Weg geräumt war, würde ihre verehrte Gräfin endlich den Platz auf der Wallburg einnehmen, der ihr gebührte, und als deren Leibdienerin hatte sie dann mindestens genauso viel Befehlsgewalt über das andere Gesinde wie Notburga. Deswegen sah sie keinen Grund, die Kebse besonders höflich zu behandeln, sondern packte sie und zog sie auf die Beine. »Du sollst mit der Herrin gehen!«

Elisabeth besaß keine Kraft mehr, sich zu wehren, und so schleppte sie sich aufseufzend hinter Frau Adelheid her. Ihr graute vor der unnatürlichen Kälte und Düsternis, die sie noch nie zuvor in einem Gotteshaus bemerkt hatte, und sie musste unwillkürlich an das erhabene Gefühl denken, welches sie bei den Wallfahrten mit ihrer Mutter zum Grab des heiligen Kilian zu Würzburg überkommen hatte. An diesem Ort spürte sie nichts dergleichen, sondern empfand die angeblich so heiligen Mauern als Vorhof zur Hölle.

Die Gräfin ging voraus, damit Elisabeth ihr Gesicht nicht sehen konnte, das sich missmutig verzogen hatte. Ihr war klar geworden, dass sie in ihrer überschwänglichen Selbstzufriedenheit die vermutlich günstigste Gelegenheit verpasst hatte, Elisabeth das Gift beizugeben, welches ihre Leibesfrucht töten sollte. Im Kirchenschiff würde sich wohl kaum eine geeignete Situation ergeben, und danach war sie beim Abt eingeladen, das Mittagsmahl mit ihm und seinen vertrauten Chorherren einzunehmen. So betrat sie das Gotteshaus mit dem Gefühl, den halben Vormittag nutzlos in dem harten Kirchengestühl verbringen und so tun zu müssen, als bete sie inbrünstig. Sie suchte sich eine im Schatten liegende Bank nicht weit von einem der großen Pfeiler aus, kniete nieder und schloss die Augen. Es gelang ihr auch, eine andächtige Miene aufzusetzen und die Lippen zu bewegen, sodass sie selbstversunken genug wirkte, um ihre Begleiterin zu täuschen. Nicht lange aber, da löste sich der mürrische Zug um ihren Mund, der einem aufmerksamen Beobachter ihren wahren Gemütszustand verraten hätte, denn der Geruch, den die Mauern um sie ausströmten, ließ das Blut schneller in ihren Adern kreisen. Es war kein gewöhnlicher Weihrauch, sondern erinnerte an verbrennenden Moschus. Den gleichen Geruch strömte auch Ardani aus, und sie konnte an nichts anderes mehr denken als an die Lust, die der Magier ihr bereitet hatte und noch schenken würde, wenn sie erst auf der Wallburg herrschte.

Als die Mittagsglocke schlug, schickte sie Elisabeth, die wie ein in sich zusammengekrochener Schatten neben ihr gekniet und mehr gejammert als gebetet hatte, in ihr gemeinsames Zimmer und begab sich zum Refektorium, in dem man sie wie eine lange vermisste Freundin begrüßte. Die hochgestellten Mönche spürten in Frau Adelheid eine verwandte Seele, die sich gleich ihnen Ardani verschrieben hatte, und behandelten sie wie ihresgleichen. Während des Essens nahmen sie kein Blatt vor den Mund und breiteten all die Dinge, die sie mit Elisabeth anstellen wollten, vor der Gräfin aus. Frau Adelheid schnurrte vor Entzücken wie eine Katze, vergaß über dem Gespräch jedoch nicht, sich den Speisen zu widmen, die reichlich aufgetragen wurden und ausgezeichnet schmeckten. Der Wein, den man ihr kredenzte, ließ den besten Tropfen im Wallburger Keller wie Essig erscheinen, und die Stimmung wurde immer ausgelassener.

So einen angenehmen Nachmittag hatte sie noch nie verbracht, sagte die Gräfin sich bei jedem Glas Wein, das sie leerte, aber ihre Gedanken kreisten inständig um das Problem, welches sie noch an diesem Tag lösen wollte. Obwohl sie mehr getrunken hatte, als sie gewohnt war, verließ sie sicheren Schrittes das Refektorium und suchte Elisabeth mit dem festen Willen auf, ihr Vorhaben umgehend zu Ende zu bringen. Sie fand die junge Frau jedoch weder in der Kirche noch in ihrem Quartier vor.

»Wo ist die Metze?«, fragte sie Ditta, die auf einem Hocker neben dem Fenster saß und in den rückwärtigen Teil der Klosteranlage hinabstarrte.

Die Magd deutete auf einen kleinen, leicht verwildert wirkenden Garten. »Sie ist da unten! Von dort kann sie uns nicht entwischen, denn es gibt nur einen Weg aus dem Garten heraus, und der führt ins Haupthaus und von dort an den Pförtnern vorbei. Der Abhang, den Ihr dort seht, fällt mehr als 30 Klafter in die Tiefe und begrenzt beinahe die Hälfte des Platzes, und die Klostergebäude umgeben den Rest. Davon habe ich mich vorhin selbst überzeugt.«

»Gut! Dann werde ich mich jetzt um das Weib kümmern.« Frau Adelheid verließ die Kammer, suchte den Flur, den Ditta ihr beschrieben hatte, und trat ins Freie. Im gleichen Augenblick sah sie ihre Konkurrentin, die in der Nähe des Abgrunds stand und angespannt in die Ferne blickte.

Frau Adelheid rief Elisabeth an, und als die junge Frau sich wie in einem Traum gefangen herumdrehte, wirkte diese so gelöst und glücklich, als habe die Mutter Gottes ihr die Erfüllung aller Wünsche verheißen. Die gute Laune der Kebse erboste die Gräfin so sehr, dass sie sie am liebsten grün und blau geschlagen hätte. Nur mühsam bezwang sie ihren Zorn und gab ihrer Stimme einen einschmeichelnden Klang. »Ich sehe mit Freuden, dass es dir wieder besser geht, meine Liebe. Dennoch finde ich, du solltest von der Medizin trinken, die der hochedle Herr Abt mir eben für dich gegeben hat.«

Frau Adelheid holte das Fläschchen aus der Tasche und wollte es Elisabeth reichen, doch diese wich mit einer Geste des Abscheus davor zurück.

In den glücklichen Kinderjahren auf dem Hirschhof hatte Elisabeth oft genug über ihre Mutter gelächelt, die an vielen Dingen den Atem des Teufels zu spüren glaubte. Nun aber wurde ihr klar, dass ihre Mutter besondere Kräfte besessen und ihr ein wenig davon vererbt hatte, denn nun stach ihr selbst ein Gestank nach Schwefel und höllischer Bosheit in die Nase und bereitete ihr Übelkeit. Wieder war ihr, als verwandele sich das Gesicht der Gräfin in das einer jener teuflischen Hexen, vor denen die Mutter sie immer gewarnt hatte, und das Ding, das Frau Adelheid ihr reichte, war so schwarz wie die Nacht und so abgrundtief böse, dass Elisabeth den Blick abwenden musste.

»Behaltet Euren Schmutz für Euch!«, rief sie angeekelt aus.

Wutentbrannt fragte die Gräfin sich, woher ihre Feindin auf einmal den Mut nahm, ihr so entschlossen gegenüberzutreten. Sie konnte ja nicht ahnen, dass Elisabeth Graf Walther gesehen hatte, der sich jenseits des Abgrunds in vollem Galopp dem Kloster näherte.

Frau Adelheid stampfte auf. »Trink das, du Schlampe, oder du wirst mich kennen lernen!«

Elisabeth schürzte nur verächtlich die Lippen und wollte an ihrer Widersacherin vorbei zur Pforte laufen. Da ließ die Gräfin den Flakon fallen, stürzte sich auf die junge Frau und drängte sie auf die Schlucht zu.

»Zu Hilfe! Sie ist verrückt geworden!«, schrie Elisabeth auf, die der aus Hass geborenen Kraft ihrer Gegnerin nicht gewachsen war.

Frau Adelheid hatte ihre Konkurrentin bis dicht an den

Abgrund geschoben und gab ihr einen heftigen Stoß. »Dir hilft keiner mehr, und dem Bastard, den du trägst, auch nicht!«

Die junge Frau versuchte noch, sich an der Gräfin festzuhalten, doch diese versetzte ihr einen Schlag, der sie über die Kante trieb und wie einen Stein in die Tiefe stürzen ließ.

Als Elisabeths Schrei abbrach, trat Frau Adelheid bis an den Rand des Felsvorsprungs und blickte mit einem triumphierenden Lachen zufrieden auf die zerschmetterte Gestalt hinab. Im gleichen Augenblick erscholl hinter ihr das zornige Aufbrüllen ihres Gemahls.

10

Bärbel mistete gerade den Pferdestall aus, als ihr Körper mitten in der Bewegung erstarrte und ihr Geist hinweggetragen wurde. Die Welt um sie herum versank, und sie fand sich in einem dichten Nebel wieder, in dem sie ihre eigenen Füße nicht mehr zu erkennen vermochte. Bevor sie einen Gedanken fassen konnte, hörte sie von fern ihre Schwester in Todesangst um Hilfe rufen.

»Elisabeth, hier bin ich!«, rief sie, so laut sie konnte.

»Bärbel, du?«, kam es verwundert zurück.

»Ja! Komm zu mir, Elisabeth! Folge meiner Stimme!« Bärbel unterdrückte den Wunsch, ihrer Schwester entgegenzulaufen, aus Angst, sie könne sie verfehlen. Dafür rief sie immer wieder nach ihr und sah schon bald eine Gestalt aus dem nun lichter werdenden Nebel auftauchen. Im ersten Augenblick erkannte sie Elisabeth nicht, denn diese sah so dünn und durchscheinend aus wie ein Schatten und trug ein kleines Kind in den Armen, das genauso geisterhaft wirkte wie sie selbst. Mutter und Sohn schrien vor Angst, denn sie wurden von einer Gestalt verfolgt, die den Schlünden der Hölle entstiegen sein musste.

Bärbel starrte grauenerfüllt auf das schmale Bocksgesicht mit den gebogenen Hörnern und den nackten, haarigen Körper mit dem provozierend aufgerichteten Glied. Am liebsten wäre sie Hals über Kopf davongelaufen, doch sie zwang sich, stehen zu bleiben und auf ihre Schwester zu warten. Einen Augenblick später hatte Elisabeth sie erreicht und klammerte sich an sie. Der Teufel lachte jedoch nur und streckte seine Hand aus, um die schattenhaften Gestalten von Mutter und Kind zu packen. In dem Augenblick flammte hoch über ihnen goldenes Licht auf, und eine strahlend schöne Frau schwebte herab. Ihr Haupt war mit Sternen gekrönt, und sie trug über ihrem leuchtend weißen Gewand einen weiten blauen Mantel, der die gesamte Welt schützend zu umgeben schien.

Sie stellte sich zwischen die beiden Schwestern und das Höllengeschöpf und hob gebieterisch die rechte Hand. »Weiche, Diener des Satans! Hier hast du nichts verloren.«

Der Teufel heulte auf, als würde er mit tausend Ruten gestrichen, und verschwand nach einem letzten Blick auf das bereits sicher geglaubte Opfer in einem rötlichen Dunst, der durchdringend nach Schwefel stank.

Die Himmelskönigin neigte sich nun über Elisabeth, fasste sie bei der Hand und vollführte eine segnende Geste über der Stirn des Kindes, die Bärbel an das Sakrament der Taufe erinnerte. »Komm, meine Tochter! Du und dein Sohn sollt bei mir den Frieden finden, der euch auf Erden nicht vergönnt war.«

»Nein, Elisabeth, bleib hier! Ich will dich nicht verlieren!«, jammerte Bärbel verzweifelt auf, als ihre Schwester sich aus ihren Armen löste.

Die von Sternen gekrönte Frau aber blickte sie lächelnd

an. »Lass sie gehen, denn sie gehört nicht mehr zu deiner Welt!«

Es lag so viel Macht in ihrer Stimme, dass Bärbel unwillkürlich gehorchte und zurücktrat. Die Himmelskönigin hüllte Elisabeth und das Kind in ihren Mantel und schwebte davon. Bärbel wollte ihnen folgen, stolperte jedoch und fand sich im Pferdemist des Wallburger Stalls wieder.

»He, Bärbel! Du sollst den Mist hinausschaffen und nicht darin baden!«, rief Kunz, während er ihr lachend auf die Beine half.

Bärbel konnte jedoch nur an ihre Schwester denken, der etwas Schreckliches zugestoßen sein musste.

11 | Als der Graf auf seine Gemahlin zutrat, sie bei den Schultern packte und wie eine Puppe schüttelte, glich sein Gesicht dem eines strafenden Engels. Er hatte die Strecke, für die Frau Adelheids Reisezug sechs Tage benötigt hatte, in weniger als einer Nacht und einem Tag zurückgelegt und dabei seinen Rappen beinahe zu Schanden geritten. Nun musste er feststellen, dass er um den Hauch eines Augenblicks zu spät gekommen war.

Frau Adelheid erschrak im ersten Augenblick fürchterlich und nahm an, ihr Gemahl würde sie ebenfalls in den Abgrund schleudern. Aber sie fasste sich rasch wieder und lachte ihm trotz seines schmerzhaften Griffs höhnisch ins Gesicht. »Die Metze ist jetzt dort, wo sie hingehört, nämlich in der Hölle! Ihr solltet Euch jedoch Zurückhaltung auferlegen, sonst schadet Ihr mir und meinem Kind. Oder wollt Ihr keinen Sohn mehr?«

Für die Dauer eines Herzschlages kämpfte der Graf mit

dem Wunsch, seine Gemahlin wie einen tollen Hund zu erschlagen, doch der Hinweis auf sein Kind, das in ihr heranwuchs, ernüchterte ihn, und er zerrte sie ein paar Schritte vom Abgrund weg. Ohne Strafe sollte sie jedoch nicht davonkommen, und so hielt er sie mit der linken Hand fest, während er ihr mit der flachen rechten ins Gesicht schlug. Obwohl er nicht all seine Kraft einsetzte, platzten die Lippen der Gräfin auf, und aus ihrer Nase trat Blut.

»Was macht Ihr, Herr? Das dürft Ihr nicht tun! Denkt an Euren Sohn.« Frau Adelheid war starr vor Entsetzen, denn sie begriff, dass sie den ersten wilden Zorn ihres Mannes besiegt hatte, nicht jedoch seinen gnadenlosen Hass.

»Es wird dem Kind gewiss nichts schaden, wenn ich Euch ein wenig ohrfeige«, antwortete er spöttisch und schlug erneut zu.

Frau Adelheid hörte ihre Nase brechen und kreischte auf. Ihr Gemahl kannte jedoch keine Gnade. Er versetzte ihr Schlag um Schlag, bis sie mit blutigem Gesicht zu Boden sank und alle Heiligen anflehte, sie zu beschützen.

»Die werden dir auch nicht mehr helfen, denn ein Weib wie du ist des Teufels!«, spottete der Graf und ahnte nicht, wie nahe er der Wahrheit gekommen war.

Die Schreie seiner Frau lockten eine Reihe Zeugen herbei. Zuerst erschien Jost, der mit seinen Bewaffneten im Tal Unterkunft gefunden und gesehen hatte, wie der Graf vorbeiritt; ihm folgte Rütger, der die abgetriebenen Pferde den Klosterknechten anvertraut hatte, und dann rannte Ditta, die das Geschehen vom Fenster aus beobachtet hatte, panikerfüllt auf die Gruppe zu.

Der Anblick ihrer blutig geschlagenen Herrin ließ sie jeden Respekt vor dem Grafen vergessen. »Was habt Ihr getan? Der Himmel wird Euch strafen!«

»Eher werde ich dich bestrafen, wenn du nicht auf der

Stelle den Mund hältst!«, drohte der Graf und wandte sich dann Jost zu. »Dir sollte ich den Kopf abschlagen wegen deiner Nachlässigkeit. Elisabeth war deinem Schutz anvertraut, und du hast zugelassen, dass dieses Weib« – er wies mit der Fußspitze auf seine sich vor Schmerzen windende Gemahlin – »sie ermorden konnte. Sie wird dafür jedoch bezahlen. Bis zur Geburt ihres Kindes wird sie in strenger Haft gehalten und danach …«

Herr Walther brach mitten im Satz ab, doch Frau Adelheid verstand ihn auch so. Sie würde von Glück sagen können, wenn sie am Leben bleiben und nur in ein Kloster verbannt werden würde. Bevor die Verzweiflung sie jedoch vollends übermannen konnte, erinnerte sie sich an Ardanis Versprechen und sah mit einem tückischen Blick zu ihrem Gemahl auf. Du wirst mir für diese Schläge büßen, ebenso für all die anderen Kränkungen und Schmerzen, die du mir zugefügt hast, dachte sie hasserfüllt. Doch vorerst galt es, das Blut zu stillen, das ihr wie ein Bächlein aus der Nase rann, und die quälenden Schmerzen zu lindern.

»Ditta!« Der Ruf war kaum verständlich, doch die Magd eilte sofort zu ihrer Herrin. Frau Adelheid fasste sie mit der Hand am Ärmel und zog sie zu sich herab. »Hole feuchte Tücher und mein Elixier gegen Schmerzen. Es ist in dem dunklen Fläschchen in meiner Reisetruhe.«

Ditta nickte und rannte, als die Gräfin sie freigab, wie von Furien gehetzt davon. Nur wenige Augenblicke später kehrte sie mit einem angefeuchteten Tuch und einem fast schwarz schimmernden Flakon zurück. In ihrer Hast stolperte sie über einen Stein, verlor das Gleichgewicht und schlug hin. Das Tuch konnte sie noch festhalten, doch das Fläschchen entglitt ihrer Hand und rollte auf den Abgrund zu. Die Magd schrie vor Schreck auf und stolperte auf Händen und Knien hinter dem Flakon her, verlor es aus den Augen und suchte verzweifelt danach. Plötzlich ertastete sie etwas Glattes, sah es schwarz aufglänzen und fasste zu. Aufatmend drückte sie das gefundene Fläschchen an die Brust und eilte mit einem Seufzer der Erleichterung zu ihrer Herrin. »Gleich wird es Euch besser gehen!«

Hastig entkorkte sie den Flakon und träufelte den Inhalt zwischen Frau Adelheids geschwollene Lippen. Die Gräfin schluckte zuerst gierig, bäumte sich dann aber mit einem entsetzten Schrei auf und griff an ihren Leib. »Das brennt! Das tut so weh! Bei Gott und allen Heiligen, was hast du mir gegeben?«

»Euren Trank gegen Schmerzen«, erklärte die Magd und sah sich das Fläschchen genauer an. »Aber was ist das? Das Gefäß sieht auf einmal ganz anders aus!«

Die Gräfin packte die Hand ihrer Leibmagd, drehte sie so, dass sie den Flakon sehen konnte, und kreischte auf, als hätte der Wahnsinn sie gepackt. »Du Närrin! Du Närrin! Das war der Trank, den ich Elisabeth geben wollte! Jetzt werde ich mein Kind verlieren. Der Teufel verfluche …«

Der Rest ging in einem entsetzlichen Heulen und Kreischen unter. Der Leib der Gräfin zuckte und bebte und versuchte die Last, die er seit vier Monaten getragen hatte, mit aller Macht loszuwerden. Frau Adelheid kämpfte verzweifelt gegen die Krämpfe an, doch ihre menschliche Natur war Ardanis Teufelswerk nicht gewachsen.

Rütger war der einzige, der in dieser Situation noch einen Rest von Überlegung behielt. »Wir können Eure Gemahlin nicht einfach hier liegen lassen, Herr!«

Der Graf wandte sich von Ekel geschüttelt ab. »Bringt sie in ihre Kammer, und ruft den Arzt des Klosters zu ihr.«

Er wandte sich schon zum Gehen, drehte sich aber noch einmal um, trat auf Ditta zu und nahm ihr den leeren Flakon aus den Händen. Als er das Ding näher betrachten wollte, glühte es in seinen Fingern auf, sodass er es fallen lassen musste. Verblüfft starrte er auf seine Handschuhe, in die das Gefäß Löcher gebrannt hatte, welche am Rand noch glimmten. Für einen Moment fühlte er sich wie gelähmt, dann aber raffte er sich auf und befahl Wunibald, der sich zusammen mit den Wallburger Knechten eingefunden hatte, das Fläschchen an sich zu nehmen. Der Knappe bückte sich, hob das Ding ohne jede Schwierigkeit auf und betrachtete es neugierig.

Dies bestätigte Herrn Walther, was er bereits vermutet hatte. »Als Nachfahre des frommen Ritters Roland kann ich den Flakon nicht berühren, also ist das Gefäß vom Teufel gemacht! Dieser Sache will ich noch auf den Grund gehen. Doch jetzt schafft mir dieses Weib aus den Augen!«

Rütger winkte mehrere Knechte heran und gab ihnen den Auftrag, die sich in Krämpfen windende Gräfin in ihre Kammer zu tragen. Herr Walther trat unterdessen an den Abgrund und blickte auf die Tote hinab. »Schickt ein paar Leute dort hinunter, und lasst Elisabeth zum Friedhof bringen, damit sie begraben werden kann.«

Als er sich wieder abwandte, hatte er die junge Frau, die ihm nun nicht mehr zunutze war, bereits aus seinen Gedanken verdrängt.

Der Mord an Elisabeth und der Zustand der Gräfin riefen im Kloster große Betroffenheit hervor. Der Abt und die Chorherren erwarteten zunächst noch, dass ihr teuflischer Herr ein Wunder tun, Frau Adelheid retten und ihren Gemahl mit seiner Zauberkraft zerschmettern würde. Doch als der Prior und ein paar seiner Mitverschworenen nach dem Magier suchten, war dieser spurlos verschwunden. Jetzt packte die Chorherren die Angst, denn sie sahen den Untergang ihrer Herrlichkeit gekommen. Der Ruf des Grafen war längst auch in ihr Kloster gedrungen, und nichts von dem, was sie gehört hatten, ließ vermuten, dass Herr Walther bereit sein würde, Gnade zu üben. In seinen schlimmsten Vorstellungen sah der Abt den Grafen schon den Befehl an seine Reisigen geben, das Kloster zu besetzen, um ein hohes Blutgeld für seine tote Kebse und die Gräfin zu erpressen, die eben im Gästehaus ihr Kind verlor.

Graf Walther ekelte sich so stark vor diesem Kloster, als würden die Mauern aus Schweinemist und dem Inhalt von Latrinen bestehen. Überall glaubte er den Gestank von Schwefel zu riechen und verfluchte sich, weil er seiner Gemahlin die Erlaubnis gegeben hatte, hierher zu kommen. Auch die Speisen und der Wein, die der Abt reichlich auftragen ließ, rochen verfault und als wären sie mit Schwefel durchsetzt, sodass er nichts anrühren mochte. Er hätte diesen Ort gern fluchtartig verlassen, aber er wollte abwarten, was der Arzt zum Zustand seiner Gemahlin sagen würde. So blieb er regungslos und unansprechbar auf einem gepolsterten Stuhl aus kunstvoll geschnitztem Kirschbaumholz im Refektorium sitzen, während die Stunden verstrichen. Erst als die Tür aufging und Rütger hereintrat, schien das Leben in seinen erstarrten Körper zurückzuströmen.

Der Reisige hätte die Aufgabe, die er nun erfüllen musste, gerne einem anderen überlassen, doch weder Jost oder Armin noch einer der Knappen waren bereit gewesen, mit der Unglücksnachricht vor den Grafen zu treten. »Herr, Eure Gemahlin ist eben mit einem tot geborenen Kind niedergekommen!«

»Der Teufel soll sie holen!«, rief der Graf erbittert. Für einen Augenblick huschte ein höhnischer Zug über das Gesicht des Abtes, denn genau dies würde das Schicksal der Frau sein.

»Leider habe ich noch eine schlechte Nachricht, Herr! Frau Adelheid hat die Fehlgeburt nicht überlebt.« Rütger erwartete einen Zornausbruch des Grafen, vielleicht sogar Schläge, doch zu seinem Erstaunen lachte Herr Walther wie befreit auf.

»Das war wohl das Beste für sie und für mich, denn ich hätte sie hart bestrafen müssen. Nun aber kann ich mir eine neue Gemahlin nehmen, eine, die ihr Kind besser zu hüten weiß.« Die Gedanken das Grafen galten Jungfer Hadmut auf Wolfsstein, die nicht nur jung und voller Leben war, sondern mit ihrer Herrschaft Hebnitz die Wallburger Ländereien vergrößern würde. Er erhob sich, trat neben Rütger und klopfte ihm auf die Schulter. »Begrabt die beiden Weiber noch heute Abend, denn ich wünsche morgen in aller Frühe aufzubrechen. Du und zehn Reisige kommen mit mir. Jost und Armin werden zur Strafe den Wagen und die leeren Sänften begleiten.«

Plötzlich stutzte er und kniff die Augen zusammen. »Eines aber gilt es hier noch zu klären! Schafft mir diese Ditta herein. Sie war die Vertraute meines Weibes und wird über deren teuflische Künste Bescheid wissen. Gnade ihr Gott, wenn sie nicht redet!«

Rütger eilte davon und kehrte kurze Zeit später mit der zitternden Magd zurück, die es nicht wagte, den Grafen anzublicken. Herr Walther ging einmal um Ditta herum, fasste dann mit seiner behandschuhten Rechten ihr Kinn und hob es hoch, sodass sie ihm in die Augen sehen musste.

»Von wem hat mein Weib dieses Hexenmittel erhalten, das für Elisabeth gedacht war und welches sie durch deine Schuld selbst eingenommen hat?«

»Ich weiß es nicht.« Ditta sprach die Wahrheit, denn Frau Adelheid hatte ihr weder Ardanis Fläschchen gezeigt noch ihr etwas davon gesagt. Die Worte hatten jedoch kaum ihren Mund verlassen, schon schlug der Graf hart und genau berechnet zu.

Ditta spürte, wie ihre Lippen aufplatzten, und erkannte in den Augen des Grafen, dass dieser nicht eher aufhören würde, bis er mit ihrer Antwort zufrieden oder sie tot war. Die Angst drückte ihr schier das Herz ab, und sie suchte verzweifelt nach einem Ausweg. »Die Herrin hat die meisten ihrer Zaubermittel von Usch erhalten. Ich habe selber mehrmals gesehen, wie diese Hexe ihr Kräuter und Säfte brachte, die die Frau Gräfin nackt und bei Vollmond zu sich nehmen musste.«

Um ihr eigenes Leben zu retten, schmückte Ditta ihren Bericht mit vielen Dingen aus, die sie bei den Predigten des Burgkaplans über Hexen und Teufelswerk aufgeschnappt hatte, und nahm dabei weder Rücksicht auf ihre tote Herrin noch auf Usch.

Damit gab sie dem Abt, der interessiert zugehört hatte, die Möglichkeit, alle Schuld von seinem Kloster abzuwälzen. Er wandte seine gesamte Beredsamkeit auf, Dittas Lügengebilde zu unterstützen. »Nachdem, was ich in den frommen Büchern gelesen habe, ist die Schuld dieser Hexe vollkommen bewiesen, edler Herr. Eure Gemahlin mag gefehlt haben, doch tat sie es gewiss nur, weil diese Usch oder wie die Person heißen mag, sie dazu verführt hat. Es ist immer das Gleiche: Hexen schleichen sich in das Vertrauen der Leute ein und verführen sie zu schlimmen Dingen.«

Der Abt setzte seine Argumente so geschickt, dass er den Grafen auf die von ihm gewünschte Fährte lenkte. Herr Walther hörte ihm mit wachsendem Ingrimm zu und bleckte zuletzt in wildem Zorn die Zähne. »Ich hätte diese Hexe längst ersäufen lassen sollen. Aber das werde ich jetzt nachholen.«

Rütger hatte dem Verhör mit Entsetzen gelauscht und wagte nun einen Einwand. »Verzeiht, Herr, doch ich glaube nicht, dass Usch jene Hexe ist, für die der ehrwürdige Herr Abt sie hält. Ich habe sie immer nur als Gott ergebenes Weib kennen gelernt, die das Wissen um ihre Heilkräuter zum Nutzen der Menschen in unserer Grafschaft verwendet.«

Der Abt schwoll vor Zorn rot an, weil ein einfacher Krieger seine Worte anzuzweifeln wagte. »Gebt nichts auf diesen Tölpel, Herr Walther! Ihr könnt ja selbst hören, wie diese Hexe den Mann mit ihren heimlichen Künsten verblendet hat.«

Der Graf hatte den Stab bereits über Usch gebrochen und drohte Rütger mit der Faust. »Du hältst jetzt den Mund und gehorchst! Und jetzt mach, dass du hinauskommst! Suche die Leute zusammen, die uns morgen früh begleiten werden.«

Rütger wurde fast schmerzhaft klar, dass jedes weitere Widerwort ein Strafgericht über ihn hätte niederprasseln lassen, und so presste er die Lippen zusammen. Wenn er mit zerschlagenem Rücken bei Jost oder Armin zurückgelassen werden würde, bestand keine Möglichkeit für ihn, Usch zu warnen oder ihr gar zur Flucht zu verhelfen. Daher nickte er nur und verließ wortlos die Kammer.

Der Abt musterte unterdessen die völlig verschüchterte Magd und schenkte dem Grafen sein freundlichstes Lächeln. »Was wollt Ihr mit dieser Dirne tun, edler Herr? Sie mit Euch nehmen solltet Ihr nicht, denn sie würde Euren Ritt verlangsamen. Ich würde Euch auch nicht raten, sie Euren restlichen Männern anzuvertrauen, denn das Ding ist hübsch und hat gewiss von jener Hexe gelernt, wie man Macht über Männer gewinnt. Die simplen Gemüter der einfachen Ritter und Waffenknechte sind leicht zu verführen, wie Ihr bereits an Eurem Gefolgsmann gesehen habt.«

Er schwieg einen Augenblick, um die Wirkung seiner

Worte auf den Grafen zu erkunden, und setzte dann seine Rede mit schmeichelnder Stimme fort. »Lasst die Metze doch bei uns. Wir werden sie mit all unserem Wissen über Hexenkünste und Teufelsspuk verhören und ihr gewiss die richtige Strafe zumessen.«

Der Graf überlegte kurz und nickte. »Das wird wohl das Beste sein. Die Magd einfach nur zu erschlagen wäre eine zu geringe Strafe für sie. Ich überlasse es Euch und Euren Mitbrüdern, das Urteil über sie zu fällen. Doch nun entschuldigt mich! Ich habe einen harten Ritt hinter mir, und der morgige wird kaum weniger anstrengend werden.« Er drehte sich um und verließ das ihn anwidernde Gemäuer so schnell, wie es seine Würde zuließ.

Draußen wählte er Josts Rotfuchs für sich und forderte Armin barsch auf, seinen Falben Rütger zu übergeben. Als sein Vogt einen Einwand wagte, fuhr er ihn barsch an. »Da ihr beide mit dem Wagen und den Sänften zur Wallburg zurückkehren werdet, braucht ihr eure schnellen Rösser nicht!«

Ohne die beleidigten Mienen seiner beiden Getreuen zu beachten, stieg er auf den Rotfuchs und ritt ins Tal hinab. Je weiter er sich von der Klosterkirche und dem Wohnsitz des Abtes entfernte, umso leichter wurde ihm ums Herz, und als er wenig später unten im Tal in der Gaststube der Klosterherberge saß, mundeten ihm dort das Essen und der Wein.

Oben konnte der Abt es noch kaum fassen, dass das Verhängnis an ihm vorübergegangen war. Er starrte Ditta an, die zitternd und verängstigt vor ihnen stand, und glaubte Ardanis keckerndes Lachen durch den Raum hallen zu hören. Es war doch gut gewesen, sich diesem mächtigen Dämon zu verschreiben, fuhr es ihm durch den Sinn. Was nützte das Frommsein und Beten, wenn der Lohn dafür nur im himmlischen Jerusalem zu erhalten war. Hier und jetzt lebte der Mensch, und Ardani hatte ihm und seinen verschworenen Mitbrüdern Genüsse verschafft, von denen die armen Narren, die unten in der Talanlage nach den Gesetzen des heiligen Benedikt beteten und arbeiteten, nicht einmal träumen konnten. Selbst jetzt hatte der Meister zu ihren Gunsten eingegriffen, denn mit Elisabeth hatten sie die versprochene Magd verloren, doch diese Ditta war ein noch besserer Fang, denn sie würde das Geschenk des Lebens, das er ihr machen wollte, mit größter Willigkeit lohnen.

12 Bärbel hatte sich daran gewöhnt, dass sie Geister sehen konnte und Visionen hatte, wie sie eigentlich nur einer Heiligen zu standen. Aber als sie das Gefühl überkam, Usch würde in höchster Gefahr schweben, geriet sie in Panik. Sie taumelte vor Schreck und konnte gerade noch verhindern, gegen eine der Pferdeboxen zu laufen, denn sonst wäre sie von den Stallknechten genauso verspottet worden wie vor zwei Tagen. An ihrem Kittel klebten noch immer die vertrockneten Reste des Pferdemistes, in den sie gefallen war, und ihre Haare waren so schmutzig, dass sie sich vor ihnen ekelte. Aber wenn sie sich jetzt wusch, würden die Leute es bemerken und Mettes Küchenmägde anstiften, sie in einen Badebottich zu setzen, wie einige der Knechte es ihr schon angedroht hatten. So schob sie den Wunsch beiseite und beschäftigte sich mit dem, was Usch bedrohen könnte. Sie konnte nur annehmen, dass ihre Freundin im Wald gestürzt war und sich verletzt hatte. Möglicherweise war sie auch trotz ihres speziellen Abwehrmittels von einem Raubtier angefallen worden. Was es auch immer sein mochte – Bärbel musste ihrem Gefühl folgen und nach ihr schauen.

Kurz entschlossen stieß sie die Tür der Knechtskammer auf, in der Kunz und seine Kameraden sich gerade über das unterhielten, was Notburga zugestoßen war. Das gesamte Gesinde der Burg freute sich darüber, dass der Herr die tyrannische Beschließerin von einem halben Dutzend kräftiger Burschen hatte vergewaltigen lassen, doch man sprach nur heimlich und ganz leise darüber, denn Notburgas Laune glich einem ständig über der Burg hängenden Unwetter, und jeder wusste, dass die Männer, die sie missbraucht hatten, bereits von ihrer Rache heimgesucht worden waren. Nur an den Knappen Reinulf schien sie sich nicht heranzutrauen, sondern ging ihm aus dem Weg.

Bärbel interessierte sich nicht für das Geschwätz der Männer, sondern unterbrach Kunz' ausschweifenden Bericht, in welchem Zustand Mette Notburga am Morgen nach den Geschehnissen angetroffen hätte. »Macht bitte meine Arbeit fertig, denn ich muss jetzt gehen!«

Kunz blickte sie mit treuen Hundeaugen an. »Aber Trampelchen, das kannst du uns nicht antun! Wo wir uns gerade so schön unterhalten.«

»Ihr könnt später weiterreden!«, beschied das Mädchen knapp und drehte sich auf den Fersen um.

Kunz sah zu, wie sie durch das Stalltor verschwand, und kratzte über seine unrasierten Wangen. »Da kann man nichts machen. Der Trampel kommt und geht wie der Wind.«

»Du hättest das Ding halt besser erziehen müssen, als es noch jünger war«, spottete einer der anderen Knechte.

Ein Dritter winkte heftig ab. »Trampel ist schon in Ordnung. Sie ist halt ein wenig anders als andere Leute, aber gewiss nicht unrecht.«

Kunz hatte sich inzwischen umgesehen und die Arbeit abgeschätzt, die noch zu tun war. »Ich glaube, wir können noch ein wenig sitzen bleiben. Heute kommt der Graf bestimmt nicht zurück, und morgen ist auch noch ein Tag. Also, was ich vorhin sagen wollte ...«

Zu diesem Zeitpunkt hatte Bärbel die beiden Tore der Burg bereits hinter sich gelassen und lief auf den Wald zu. Das Gefühl der Angst wurde immer stärker und trieb sie beinahe so rasch vorwärts wie ein fliehendes Reh. Auf dem sonst selten benutzten Pfad, der zu Uschs Hütte führte, entdeckte sie frische Pferdeäpfel und Hufspuren, die von mehreren Reitern stammen mussten. Die Männer konnten nicht weit vor ihr sein, und von ihnen ging die Gefahr für Usch aus, die Bärbel ganz deutlich spürte. Daher achtete sie nicht darauf, dass ihre Lunge brannte, sondern rannte weiter, in der Hoffnung, die Pferde mit kleinen Abkürzungen überholen und Usch vor ihnen warnen zu können. Aber die Gruppe war ihr zu weit voraus, und als sie durch eine Lücke zwischen den Bäumen den Hügel vor sich sah, an dessen Fuß Uschs Höhle lag, hemmte eine Stimme, die wie ein Peitschenhieb durch Mark und Bein drang, jäh ihre Schritte. Sie atmete tief durch und schlich in der Deckung einiger Büsche weiter, bis sie freie Sicht auf die Lichtung hatte. Das, was sie dort sah, übertraf ihre schlimmsten Befürchtungen.

13

Der Überfall erfolgte wie aus heiterem Himmel. Eben noch hatte Usch sich über das schöne Wetter gefreut, das die Fische so gut anbeißen ließ, dann war plötzlich Hufschlag aufgeklungen, und nun stand sie von einem Dutzend Reisigen zu Pferd umringt vor ihrer Hütte und starrte zu Herrn Walther empor. Sein undurchdringlicher Gesichtsausdruck machte ihr Angst, und der verzweifelte Blick, den Rütger ihr zuwarf, verriet ihr, dass ihr Schlimmes bevorstehen mochte. Sie konnte nicht wissen, dass der brave Mann versucht hatte, sich von dem Grafen und seiner Schar abzusetzen, um sie zu warnen. Aber Herr Walther war wie ein Sturmwind über das Land gefegt und hatte für den Weg von St. Martin hierher nur wenig mehr Zeit gebraucht als für den Ritt dorthin.

Auf seinen Wink hin stiegen zwei Reisige von den Pferden, packten Usch und hielten sie fest. »Was soll das?«, rief die Kräuterfrau aufgebracht.

»Du hast mein Weib verhext und wirst dafür sterben!« Die Stimme des Grafen klang so ruhig, als würde er über das Wetter des morgigen Tages sprechen.

Usch blickte empört zu ihm auf. »Ich habe nichts dergleichen getan!«

Der Graf schwang sich ebenfalls aus dem Sattel und blieb breitbeinig vor Usch stehen. »Deine Schuld ist unzweifelhaft erwiesen. Du hast meine Gemahlin gegen Elisabeth aufgehetzt und ihr einen Hexentrank gegeben, der diese verderben sollte. Adelheid hat Elisabeth jedoch mit ihren eigenen Händen umgebracht, und dein Gebräu ist ihr dann selbst zum Verhängnis geworden.«

Bevor Usch etwas darauf antworten konnte, schlug ihr der Graf mit seiner behandschuhten Rechten ins Gesicht, und als die Kräuterfrau vor Schmerzen aufschrie, glitzerten seine Augen zufrieden. Meist überließ Herr Walther es Jost, Bestrafungen vorzunehmen, doch diesmal war es ihm sogar recht, dass der Vogt ihn nicht begleitete, denn er schrieb der Hexe den Verlust zweier Frauen zu, die Kinder von ihm getragen hatten. Nun konnte er seine Wut über die Geschehnisse an dem Weib auslassen. Schlag um Schlag verwandelte er Uschs Gesicht in ein grotesk angeschwollenes, blutüberströmtes Etwas, das keine Ähnlichkeit mehr mit einem menschlichen Antlitz aufwies. Damit gab er sich jedoch noch nicht zufrieden, sondern prügelte auf ihren Körper ein, als wolle er ihn zu Brei zerschlagen.

Rütger stand hilflos daneben, die Rechte um den Schwertgriff geklammert, und kämpfte gegen den Wunsch an, die Waffe zu ziehen und seinen Herrn wie einen tollen Hund zu erschlagen. Er hielt Usch für unschuldig, denn er hatte sie inzwischen öfter aufgesucht und glaubte sie gut zu kennen. Die meisten seiner Kameraden aber waren rohe Kerle, die johlend verfolgten, wie die Kräuterfrau sich wand, um den Schlägen auszuweichen. Einige der Männer zeigten jedoch den gleichen Abscheu, den Rütger empfand, und er merkte sich ihre Gesichter.

Graf Walther gab sich erst zufrieden, als Usch nur noch leise wimmerte. »Bindet ihr Arme und Beine zusammen, und werft sie in den Nixenweiher. Anschließend reiten wir nach Wolfsstein.«

Diese Ankündigung überraschte die meisten seiner Leute, denn sie hatten erwartet, ihr Herr würde auf schnellstem Weg auf die Wallburg zurückkehren. Sie konnten ja nicht ahnen, dass der Graf die Zeit seines Witwertums so kurz wie möglich halten wollte. Nicht nur der Wille, die Hexe zu bestrafen, die an Elisabeths Tod und dem seiner Gemahlin schuld war, hatte ihn zu dem schnellen Ritt veranlasst, sondern in viel größerem Maß der Wunsch, nach Wolfsstein weiterzureiten, um bei Ritter Chuonrad um Jungfer Hadmut zu werben.

Rütger schüttelte sich, als er daran dachte, welches Ende der Graf Usch zugedacht hatte, denn ihn grauste schon bei dem Gedanken an das Gewässer. Der Teich war nicht besonders groß, galt aber als grundlos, und nicht wenige Menschen im Gau waren überzeugt, dass eine Nixe oder ein Nöck darin hauste. Nicht einmal die mutigsten Burschen wagten es, darin zu baden, obwohl er vom nächsten Hörigendorf kaum weiter entfernt lag als Uschs Hütte. Es hieß, wer in ihn hineingeriete, würde von bleichen Armen in die Tiefe gezogen und tauche niemals mehr auf.

Aber Rütger war nicht bereit, die Hoffnung fahren zu lassen. »Was ist denn, ihr faulen Hunde? Sucht mir einen Strick, damit ich dieses Hexenweib binden kann«, herrschte er die anderen Reisigen an und sprang aus dem Sattel. Zwei Kerle stürmten in die Hütte und kehrten mit mehreren Bastschnüren zurück, die Usch selber gefertigt hatte. Rütger nahm sie ihnen ab, zog die Arme der Kräuterfrau nach vorne und schlang eine der Schnüre um ihre Handgelenke. Mit einer anderen Schnur fesselte er ihr die Beine, dann warf er sie wie einen Sack über den Sattel seines Pferdes und führte es bachabwärts. Für ein paar Augenblicke blieben die anderen so weit hinter ihm zurück, dass er mit Usch sprechen konnte.

»Ich habe die Schnüre ganz locker gebunden. Du wirst dich befreien und ans Ufer schwimmen können. Es gibt genug Schilf dort, in dem du dich verbergen kannst, bis wir weg sind.«

Usch röchelte und stöhnte, weil ihr Brustkorb höllisch schmerzte, und es fiel ihr schwer, Worte zu formen. »Du bist wirklich ein guter Kerl, Rütger. Aber es ist vergebens. Ich kann nämlich nicht schwimmen.«

Sie versuchte, den Mann aus ihren zugeschwollenen Augen anzusehen, und dachte bedauernd, dass sie Rütger doch einmal auf ihr Lager hätte einladen sollen. Gleichzeitig beschlich sie der Verdacht, dass Ardani, diese Teufelsbrut, sie nach Strich und Faden betrogen hatte. Schnell schob sie diesen Gedanken von sich, denn sie roch bereits den Teich und wollte den Weg in die andere Welt mit einer angenehmen Erinnerung antreten.

Rütger starrte angewidert auf das trübe Wasser, in dem sich nichts spiegelte und das von keiner Welle gekräuselt wurde. Der Weiher war von hohen Bäumen umgeben, deren Kronen kaum Licht durchließen, und das mochte der Grund sein, dass er so schwarz wirkte wie die Nacht. Dichtes Schilf umgab seine Ufer, und nur an einer Stelle konnte man direkt ans Wasser gelangen. Er hatte geplant, Usch so weit in den Weiher hineinzutragen, dass sie gerade noch Boden unter den Füßen spüren würde, in der Hoffnung, sie würde so lange untertauchen können, bis der Graf, der es offensichtlich eilig hatte, mitsamt seinem Gefolge den Ort verlassen hatte.

Herr Walther schien ihm jedoch zu misstrauen. »Ewald, Bert, ihr beide nehmt das Hexenweib und schleudert es so weit in den See hinaus, wie ihr könnt!«, befahl er. Die beiden Reisigen sprangen von ihren Gäulen, zogen Usch von Rütgers Pferd und schleppten sie an den Rand des Teichs. Dort packten sie sie an Schultern und Beinen und schwangen sie wie einen Sack hin und her.

»Eins, zwei, jetzt!«, zählte Ewald mit, und auf sein Kommando ließen beide gleichzeitig los und sahen grinsend zu, wie Usch durch die Luft flog, ins Wasser klatschte und auf der Stelle unterging.

»Der schadet das Bad gewiss nicht!«, kommentierte Ewald spöttisch.

Bert grinste. »So kommt sie wenigstens sauber beim Teufel an!«

Der Graf zog ungeduldig seinen Hengst herum. »Schwatzt nicht, sondern macht, dass ihr auf eure Gäule kommt! Ich will Wolfsstein heute Abend noch erreichen.«

Die Männer schwangen sich in die Sättel und folgten ihrem Herrn, ohne sich noch einmal umzusehen. Nur Rütger warf einen letzten Blick auf den Teich, auf dem nur noch ein paar kleine, auseinander laufende Wellen und ein paar aufsteigende Luftblasen davon zeugten, dass die Frau, die er gern gehabt hatte, dort ihr Ende gefunden hatte.

14 Bärbel hatte hilflos mit ansehen müssen, wie ihre Freundin zusammengeschlagen wurde, und fühlte sich wieder an den Tag erinnert, an dem ihr Vater ausgepeitscht und ihre Mutter missbraucht worden war. Ähnlich wie damals konnte sie keinen Hass empfinden, sondern nur eine unendliche Trauer. Gleichzeitig schmerzte ihr Körper, als empfinge sie selbst die Hiebe. Um nicht aufzuschreien und sich zu verraten, presste sie die Hände auf den Mund. Der Graf war für sie kein Mensch mehr, sondern ein Ungeheuer, das jede Bestie aus den Wäldern an Grausamkeit weit übertraf. Als Herr Walther endlich einhielt und Usch gefesselt und auf Rütgers Pferd gelegt wurde, nahm Bärbel zunächst an, man würde die Kräuterfrau auf die Wallburg bringen. Zu ihrer Verwunderung aber lenkte Rütger sein Pferd nicht auf den Pfad, sondern ritt am Bach entlang. Der Graf und die übrigen Reisigen folgten ihm, und dabei vernahm Bärbel das Wort »Nixenweiher«.

Sofort begriff sie, was mit Usch geschehen sollte, und rannte wie von der Sehne geschnellt los. Da sie Acht geben musste, nicht von den Männern gesehen zu werden, war ihr Weg etwas länger, und sie erreichte den Weiher in dem Augenblick, in dem Ewald und Bert Usch ins Wasser warfen. Noch im Laufen streifte sie ihren Kittel ab und drang nackt in das Schilfdickicht am Ufer ein. Ihr war klar, dass man sie ebenfalls ertränken würde, wenn man sie entdeckte. Doch der Wunsch des Grafen, so rasch wie möglich nach Wolfsstein zu gelangen, rettete sie, denn weder er noch einer seiner Männer achtete auf die Bewegung im Schilf.

Dunkel und schilfbedeckt wirkte der Nixenweiher auch auf Bärbel wie das Tor in eine finstere Welt. Sie benötigte schier eine Ewigkeit, den Schilfgürtel zu überwinden und das freie Wasser zu erreichen, doch hier fing die Gefahr erst an. Über mehrere Manneslängen streckten Wasserpflanzen ihre langen Arme dicht an dicht nach oben und griffen nach unvorsichtigen Schwimmern. Obwohl Bärbel aus einem anderen Teil der Wallburger Herrschaft stammte, wusste sie, dass der Teich etlichen jungen Burschen das Leben gekostet hatte, versuchte aber, nicht daran zu denken. Wie ein Aal glitt sie durch das Gewirr der Seerosen, ständig auf der Hut davor, sich in ihnen zu verheddern, und als sie freies Wasser vor sich sah, schwamm sie zügig zu der Stelle, an der Usch versunken war. Doch als sie hinabtauchte, ertastete sie nur die Triebe harter, zäher Pflanzen, die sie ebenfalls zu umschließen drohten, und fühlte eine tiefe Verzweiflung in sich aufsteigen. Wenn Usch in diesem Gestrüpp festhing, würde sie ihr wohl nicht mehr helfen können. Sie entzog sich den Schlingen, kam an die Oberfläche und holte tief Luft. Dann sprang sie halb aus dem Wasser hinaus und stieß wie ein Eisvogel kopfüber hinab. Wieder ertasteten ihre Hände zunächst nur die Gewächse der Wasserwelt, dann aber streiften feine Fäden über ihren rechten Unterarm. Sie griff zu und spürte Uschs Haare zwischen ihren Fingern. Eifrig zog und zerrte sie daran und strebte gleichzeitig mit aller Kraft nach oben.

Noch nie war ihr die Sonne so schön erschienen wie in dem Augenblick, in dem ihr Kopf die Wasseroberfläche durchstieß und ihre gequälten Lungen frischen Atem schöpfen konnten. Rasch zog sie Uschs Kopf über Wasser und schwamm vorsichtig auf das Ufer zu. Ihre Freundin regte sich nicht, und das machte sie trotz ihrer Angst um sie froh, denn sie musste jede Handbreit, die sie weiterkam, den nach ihr zu greifen scheinenden Wasserpflanzen abtrotzen. Auch hatte sie schon gehört, dass Ertrinkende in Panik gerieten und diejenigen, die sie retten wollten, mit in den Tod zogen.

Am Ufer hatte Bärbel gerade noch die Kraft, Usch aufs Trockene zu ziehen, dann krümmte sie sich vor Erschöpfung zusammen und rang nach Luft. Sie gönnte sich jedoch nur zwei, drei Augenblicke Pause und begann dann, Usch das Wasser aus dem Leib zu pressen. Zunächst kam es ihr so vor, als sei alles vergebens, denn ihre Freundin schien bereits tot zu sein. Mit einem Mal aber regte die Kräuterfrau sich, stöhnte schmerzerfüllt auf und würgte Wasser und Blut hervor. Bärbel drehte ihren Kopf so, dass sie nicht an dem Erbrochenen ersticken konnte, und dankte Gott und allen Heiligen, die ihr geholfen hatten, ihre Freundin zu retten.

Nach einer Weile kam Usch zur Besinnung und starrte Bärbel mit dem mühsam geöffneten Spalt ihres linken Auges an. »Gelobt sei Gott der Herr und Jesus Christus, der für uns am Kreuz gestorben ist! Bärbel, dich hat der Himmel geschickt.« Sie klammerte sich an das Mädchen und weinte blutige Tränen.

Mit einem Mal aber erinnerte sie sich an den Grund, aus dem der Graf sie hatte töten wollen, und senkte bedrückt den Kopf. »Deine Schwester soll tot sein. Die Gräfin hat sie umgebracht.«

»Ich weiß!«, antwortete Bärbel mit belegter Stimme.

»Aber woher denn? Du warst doch nicht dabei!«

»Elisabeth ist mir in einer Vision erschienen, als sie schon tot war. Ach, hätte ich sie doch nicht mit Frau Adelheid reisen lassen! Ich hatte so ein schlechtes Gefühl dabei.« Bärbel brach in Tränen aus, während Usch, die selbst noch von Schmerzen erfüllt und im Grauen des Todes gefangen war, versuchte, sie zu trösten.

»Du hattest keine Macht, sie gegen den Willen der Gräfin zurückzuhalten! Frau Adelheid soll ja auch tot sein, gestorben durch ein Mittel, das sie Elisabeth zugedacht hatte! Herr Walther hat mich beschuldigt, das Gift gebraut zu haben. Doch solche Sachen habe ich noch nie gemacht und könnte es wahrscheinlich auch nicht tun.« Usch zitterte sichtlich, denn für einen Augenblick fürchtete sie, das Mädchen könne die Beschuldigung des Grafen für wahr halten.

Bärbel aber zog sie an sich und umarmte sie. »Ich weiß, dass du solch schreckliche Tränke niemals mischen würdest. Doch was ist mit diesem Ardani, diesem Zauberer, um den du immer so ein Geheimnis gemacht hast? Kann das Gift von ihm stammen? Du hast dich nämlich mal versprochen und mir verraten, dass er mit der Gräfin reden wollte.«

Usch hob hilflos die Hände, denn der gleiche Verdacht war ihr auch gekommen. Aber sie wusste nicht, was sie ihrer jungen Freundin antworten sollte. Sie fühlte sich am Tod der beiden Frauen mitschuldig, weil sie den Magier und die Gräfin zusammengebracht hatte.

Zu ihrer Erleichterung fragte Bärbel nicht weiter, sondern kümmerte sich um Uschs Verletzungen. »Der Graf hat dein Gesicht schlimm zugerichtet, doch ich hoffe, dass es ohne größere Narben abheilen wird. Du hast aber noch einige gebrochene Rippen, und auch die anderen Prellungen werden dir etliche Tage zu schaffen machen. Ich hoffe nur, dass du nicht inwendig verletzt bist, denn daran könntest du doch noch sterben!«

Usch keuchte auf, da ihr das Lachen wehtat. »Ich glaube

nicht, denn sonst würde es mir jetzt schon schlechter gehen. Aber ich fürchte, ich werde die nächsten Tage wohl kaum überleben, denn wenn Herr Walther erfährt, dass ich dem nassen Tod habe entrinnen können, wird er alles daransetzen, mich auf andere Weise zu Tode zu bringen.«

»Er darf es eben nicht mitbekommen! Deshalb werde ich dich jetzt von hier wegbringen. Glaubst du, du kannst auf eigenen Füßen laufen, wenn ich dich stütze?«

Bärbels Eifer sprang auf Usch über, und sie spürte Hoffnung in sich aufsteigen. »Es müsste schon gehen! Doch ich fürchte, es wird niemand wagen, mich vor Herrn Walther zu verstecken.«

»Zuerst bringe ich dich zu dem frommen Eremiten jenseits der Schmölzer Grenze. Er wird dich so lange beherbergen, bis du wieder gesund bist.«

Die Kräuterfrau versuchte, ihre geschwollenen Lippen zu einem Lächeln zu verziehen, gab es aber schnell auf. »Aua, tut das weh! Ich weiß nicht, ob der Einsiedler so eine gute Idee ist. Als frommer Mann wird er wohl kaum die Anwesenheit einer Frau in seiner Klause dulden, vor allem, wenn mich so ein Nacktfrosch wie du zu ihm bringt.« Dabei tippte sie mit dem rechten Zeigefinger auf eine von Bärbels kleinen, aber wohlgeformten Brüsten und erinnerte das Mädchen daran, dass sein Kittel auf der anderen Seite des Weihers lag.

»Himmel, hilf! Beinahe hätte ich wirklich vergessen, mich anzuziehen! Warte, ich bin gleich zurück.« Bärbel sprang auf und lief davon. Nach einer Weile kehrte sie in dem schmutzigen Gewand zurück, das ihre Gestalt verwachsen wirken ließ.

»Nackt hast du mir besser gefallen«, kommentierte Usch ihr Aussehen und ließ sich auf die Beine helfen.

15

Albrecht von Schmölz wusste nicht, ob er sich freuen oder ärgern sollte, weil er so rasch wieder nach Hause zurückkehren durfte. Sein Verwandter Eckardt von Thibaldsburg hatte sich geweigert, ihn auf den geplanten Kriegszug gegen Ottokar von Böhmen mitzunehmen. Herr Eckardt war jedoch der Ansicht gewesen, dass es ausreichte, wenn mit Ritter Bodo einer aus der Schmölzer Sippe sein Schwert für Kaiser Rudolf schwang, zumal der Junge seine Waffenfertigkeiten noch nie ernsthaft unter Beweis hatte stellen müssen. Da Ritter Bodo ihn gebeten hatte, eine Botschaft an Frau Rotraut zu senden, hatte er kurzerhand dessen Sohn damit beauftragt.

Albrecht griff nervös an seine Satteltasche, in der die Nachricht seines Vaters steckte, und beneidete dabei glühend seine Freunde, die mit dem Kaiser gegen den Böhmen ziehen durften. Gleichzeitig aber gefiel ihm der Gedanke an eine Heimkehr, besonders als sein Blick westwärts zu einer Anhöhe flog, hinter der der Blutwald verborgen lag. Jede Nacht hatte er von der wunderschönen Waldfee geträumt, die er dort im Teich gesehen hatte, und er nahm sich fest vor, die Suche nach ihr nicht eher aufzugeben, bis er sie gefunden hatte. Am liebsten hätte er sein Pferd auf der Stelle dorthin gelenkt, doch er musste zuerst die Begleiter, die Ritter Eckardt ihm mitgegeben hatte, nach Hause bringen und versorgen lassen, bevor er sich auf den Weg zu dem verzauberten Teich machen konnte.

»Ist dies Eure Heimat, Junker Albrecht?«, fragte einer der Reisigen, dessen fortgeschrittenes Alter Ritter Eckardt veranlasst hatte, ihn nicht mit auf den Kriegszug zu nehmen.

Albrecht blickte nach vorne und schüttelte den Kopf. »Nein, das ist Burg Wolfsstein, die unserem nächsten Nachbarn gehört.« Dabei musste er an Jungfer Hadmut denken, die er nach dem Willen seiner Eltern heiraten sollte, und war plötzlich nicht mehr so glücklich heimzukehren.

Die kleine Gruppe ritt im flotten Trab weiter und ließ Wolfsstein rechts hinter sich zurück. Eine knappe Wegstunde später kam Burg Schmölz in Sicht. Sichtlich beeindruckt starrten die drei Bewaffneten in Albrechts Gefolge auf die Wehranlage mit ihren frisch ausgebesserten Mauern und dem wuchtigen Turm.

»Es heißt, dass Ritter Bodo in Fehde mit dem Grafen dieses Gaues liegt«, raunte einer der Reisigen seinen Kameraden zu.

»Das glaube ich kaum, sonst würde er nicht seit Jahren in den Diensten des Kaisers stehen«, tat einer der anderen die Bemerkung mit einer Handbewegung ab.

Albrecht mischte sich nicht in das Gespräch ein, sondern trieb sein Pferd ein letztes Mal an und erreichte kurz darauf das Tor. Der Torwächter strahlte, als er seinen jungen Herrn erkannte. »Willkommen, Junker Albrecht! Da wird Frau Rotraut sich aber freuen, Euch zu sehen.«

Albrecht winkte dem Mann lachend zu und rief dann mehrere Knechte heran. »Kümmert euch um meine Begleiter. Sie haben ein Mahl und einen guten Schluck Wein verdient.« Er selber lenkte sein Pferd zum Stall, sprang dort aus dem Sattel und warf Hannes die Zügel zu.

»Hier mein Guter, lass den Gaul abreiben und füttern, und sattle mir Hirschmähne. Ich muss gleich noch einmal wegreiten.«

»Das wird was Gescheites sein!«, brummte der Knecht und fragte sich, ob er nicht besser der Herrin Bescheid geben sollte. Doch Albrecht war kein Knabe mehr, und er sah auch nicht so aus, als würde er sich noch von seiner Mutter am Gängelband führen lassen.

»Es ist schön, Euch wiederzusehen, junger Herr«, sagte

er daher nur und führte das Pferd in den Stall. Dort übergab er das Tier einem der jüngeren Knechte und holte Hirschmähne aus seiner Box.

Albrecht eilte unterdessen zum Palas und stieg die Freitreppe hinauf, die bei weitem nicht so hoch war wie jene auf der Wallburg. Der Pförtner riss sofort die Tür auf, und dahinter wartete Hilde auf den Heimkehrer. Die Beschließerin machte Miene, ihn zu umarmen, überlegte es sich aber und knickste. »Willkommen zu Hause, junger Herr!«

Albrecht legte sich weniger Zurückhaltung auf und schloss die mollige Frau in die Arme. »Aber, Hilde, du tust ja gerade so, als hätte ich jahrelang in der Ferne geweilt. Dabei ist seit meinem letzten Besuch kaum mehr als ein Monat vergangen.«

»Aber da seid Ihr nur für ein paar Tage bei uns gewesen, und das nach so langer Zeit in der Fremde«, sagte die Beschließerin mit Tränen in den Augen.

Ehe Albrecht etwas darauf erwidern konnte, klang Frau Rotrauts Stimme herb auf. »Auf alle Fälle kommt mein Sohn öfter nach Hause als mein Gemahl, der in den Diensten des Kaisers zu einem Zugvogel geworden ist, der seine Heimat und seine Familie nicht mehr kennt!«

Man sah ihr an, dass die Ankunft ihres Sohnes sie glücklich und traurig zugleich stimmte. Mit seinen hellbraunen ledernen Reithosen, seiner blauen Tunika und dem schmalen, von blonden Locken gekrönten Kopf ähnelte Albrecht mehr denn je seinem Vater, den sie im selben Alter kennen gelernt hatte, und dieser Anblick ließ sie den Schmerz der langen Trennung doppelt fühlen.

»Nun, mein Sohn, welcher Wind führt dich hierher?«, fragte sie etwas freundlicher.

»Weniger der Wind als vielmehr Ritter Eckardts Wille,

mir die Teilnahme am Kriegszug gegen den Böhmen zu verweigern. Stattdessen soll ich dir eine Botschaft von Vater überbringen.« Albrecht merkte erst jetzt, dass er das Päckchen bei seinem Pferd gelassen hatte.

Doch bevor er sich umdrehen und zum Stall laufen konnte, tauchte Hannes auf, brachte die Satteltasche herein und grinste dabei über das ganze Gesicht. »Ich glaube, Ihr habt etwas vergessen, junger Herr.«

Albrecht klopfte ihm dankbar auf die Schulter, öffnete die Schnallen und zog das Päckchen seines Vaters heraus. Die Mutter nahm es mit einer verwunderten Neugier entgegen. Für einen Brief war das gut eingewickelte Paket zu groß, denn es maß fast eine Elle in der Länge und eine halbe in der Breite und war mehr als drei Finger hoch.

»Ich glaube, das sollte ich in meinen Gemächern auspacken. Kommst du mit, Albrecht?« Frau Rotraut sah ihren Sohn fragend an. Diesem brannte es zwar auf den Nägeln, zum Blutwald zu reiten, aber er war ebenfalls gespannt, was der Vater seiner Mutter geschickt hatte. Daher nickte er und folgte seiner Mutter nach oben.

Auf der Treppe blieb Frau Rotraut noch einmal stehen und blickte auf ihre Beschließerin herab. »Lass Wein, Brot und Fleisch bringen. Der Junge wird gewiss hungrig sein.«

»Ich bin schon unterwegs!« Hilde ließ es sich nicht nehmen, den Imbiss für Albrecht eigenhändig zusammenzustellen und in die Gemächer ihrer Herrin zu tragen. Aber es war nicht nur die Liebe zum Sohn ihrer Herrin, die sie trieb, sondern auch die Neugier zu erfahren, was der Herr geschickt hatte.

Als die Beschließerin mit einem überquellenden Tablett die Kemenate der Herrin betrat, hatte Frau Rotraut ihrem Sohn einen Stuhl gewiesen und versuchte nun, die Hülle aus gewachstem Leinen zu entfernen. Auch Albrecht war gespannt, was unter dem wasserdichten Tuch zum Vorschein kommen würde, denn das Ding mochte entscheiden, wie sein Vater nach seinem langen Fernbleiben hier wieder aufgenommen werden würde. Er galt zwar als Herr auf Schmölz, doch in den vergangenen Jahren hatten Reisige und Gesinde gelernt, der Herrin zu gehorchen, und die Leute würden es dem Ritter schwer machen, sich bei einem Streit mit seiner Gemahlin zu behaupten.

»Weißt du, was dein Vater mir geschickt hat?«, fragte Frau Rotraut, die sich noch immer mit der Wachshaut abquälte, sich aber nicht dazu entschließen konnte, die Hülle, die für sich schon einigen Wert besaß, mit einem Messer zu zerteilen.

»Es soll ein Brief von Vater darin sein«, antwortete Albrecht lächelnd.

»Dann sollten wir den Burgkaplan rufen lassen, damit er ihn uns vorliest. Der Priester, der das Schreiben für einen Vater aufgesetzt hat, wird es gewiss auf Lateinisch verfasst haben.« Frau Rotraut rief nach ihrer Leibmagd und schickte sie los, während ihre geschickten Finger das Päckchen weiter aus seiner Hülle wickelten. Kurz darauf stieß sie einen Ausruf des Entzückens aus und streckte ihrem Sohn ein Stück zarten Gewebes entgegen, das wie das Blau von Schmetterlingsflügeln schillerte. So etwas Feines vermochten die Weber und Färber in diesen Landen nicht anzufertigen.

»Das muss echte Seide sein! Bodo ist verrückt, mir so etwas Wertvolles zu schenken. Schau her! Es reicht für ein Kleid mit einer Schleppe. Dafür hätte er lieber ein paar Zuchtstuten kaufen sollen oder ein paar Hufe Land.«

Albrecht lächelte ein wenig über die einander widersprechenden Worte seiner Mutter, denn ihr war die Begeisterung auf dem Gesicht abzulesen. Ihre Freude steigerte sich sogar noch, als eine mit roten Granaten besetzte Mantelschließe aus Gold zum Vorschein kam.

»Er hat mich also nicht vergessen!« Es klang so zufrieden, dass Albrecht erleichtert aufatmete. Wie es aussah, würde sein Vater sowohl auf der Burg wie auch im Bett der Mutter willkommen sein.

Unterdessen war der Burgkaplan erschienen und nahm die Schriftstücke entgegen, die Frau Rotraut ihm reichte. Das eine war ein gesiegeltes Schreiben, das er nach einem verwunderten Blick wieder zurückreichte. »Dies ist eine Botschaft für Herrn Walther auf der Wallburg. Wie Euer Gemahl in dem Brief an Euch schreibt, Herrin, soll sie dem Grafen in dem Augenblick übergeben werden, in dem Ihr von dem Sieg Herrn Rudolfs von Habsburg über König Ottokar hört, und zwar ungeachtet, ob Ritter Bodo bis zu diesem Augenblick zurückgekehrt ist oder nicht.«

»Und was schreibt mein Gemahl sonst noch?« Frau Rotraut interessierte sich in diesem Augenblick weniger für den Grafen auf der Wallburg als für die Grüße ihres Mannes.

»Herr Bodo versichert Euch seiner Liebe und bedankt sich für die Umsicht, mit der Ihr Schmölz die letzten Jahre geführt und vor weiterem Schaden durch den Wallburger bewahrt habt. Er spricht davon, dass der Kaiser sich gewiss großzügig erweisen und ihm wohl Reichsland hier in unserem Gau zu Lehen geben wird.«

»Ha! Reichsland!«, schnaubte Albrechts Mutter. »Das einzige Reichsland, das an Schmölzer Land grenzt, ist der Blutwald, und den würde ich nicht für Geld und gute Worte nehmen.«

Ihr Sohn blickte interessiert auf. Dieses Waldstück würde er auf der Stelle nehmen, denn auf diese Weise wäre er mit der Herrin des Sees verbunden. Der Gedanke erinnerte ihn daran, dass er unbedingt heute noch dorthin reiten wollte. Er stand auf, um sich von seiner Mutter zu verabschieden, aber eine Handbewegung wies ihn an, ihr Gespräch mit dem Burgkaplan nicht zu unterbrechen.

»Habt Ihr erfahren, was auf der Wallburg vor sich geht? Es sind seltsame Gerüchte bis hierher gedrungen. Die Gemahlin und die Kebse des Grafen sollen gemeinsam auf Wallfahrt gegangen sein. Herr Walther hat die Burg ebenfalls verlassen, angeblich ohne jemandem sein Ziel zu nennen. Ob er wieder einen seiner heimtückischen Pläne ausheckt, die uns zum Schaden gereichen werden?«

Der Kaplan hob bedauernd die Arme. »Leider weiß ich nicht mehr als Ihr, Frau Rotraut. Ich treffe mich zwar von Zeit zu Zeit in Uffenheim mit Vater Hieronymus, einem der aufrechtesten Priester im Wallburger Land, und höre mir seine Klagen an, doch er weiß nur wenig von dem, was auf der Burg seines Herrn geschieht.«

Albrecht fand, dass er bei diesem Gespräch überflüssig war, und wandte sich zur Tür. »Du hast ja gewiss nichts dagegen, wenn ich kurz mit Hirschmähne ausreite, Mutter«, sagte er halblaut und wartete ihre Reaktion lieber nicht ab.

16

Adalmar von Eisenstein bewunderte die Geschicklichkeit und die sanfte Hand, mit der seine Urenkelin die Verletzungen der Kräuterfrau versorgte. In diesem Augenblick erinnerte Bärbel ihn mehr und mehr an ihre Ahnfrau Lisa, die er einst mehr geliebt hatte als sein Leben, und er haderte mit dem Schicksal, das es ihm unmöglich machte, ihr zu sagen, wer er wirklich war, und sie aus der bedrückenden Leibeigenschaft seines Verwandten Walther zu erlösen. Bärbels Schwester Elisabeth war bereits durch den Grafen zugrunde gegangen, und er wollte dieses Kind nicht auch noch verlieren.

Usch stöhnte auf, als Bärbel eine Wunde an ihrem Brustkorb säuberte. »Wenn ich daran denke, dass diesem Schwein von einem Grafen zum Lohn für all seine Untaten auch noch das Himmelreich zuteil wird, möchte man sich direkt dem Teufel verschreiben.«

»Sage so etwas nicht, Weib!«, rief Adalmar erregt und hielt das Kreuz, das an seinem Gürtel hing, in alle vier Himmelsrichtungen, als wolle er den Herrn der Hölle abwehren. Seine Banngesten galten jedoch weniger Uschs Worten als den rachsüchtigen Gedanken, die sein Großneffe in ihm auslöste.

Die Kräuterfrau stieß einen Laut aus, der wie das Bellen eines gereizten Hundes klang. »Dieser Schuft hat mir heute zum zweiten Mal mein Leben zerstört. Muss man da nicht an Gottes Gerechtigkeit zweifeln?«

»Gott hat Bärbel in seiner Gnade zu dir geschickt, um dein Leben zu retten. Vergiss das nicht, bevor du dich anmaßt, über unseren Schöpfer zu richten.«

Usch zog beschämt den Kopf ein. »Ihr mögt ja Recht haben, frommer Mann. Doch sagt Gott Euch auch, was nun mit mir und diesem armen Kind geschehen soll?«

Usch ließ den Kopf zurücksinken, als übermanne sie die Schwäche, richtete sich dann wieder auf und packte Bärbel so fest am Arm, dass diese leicht aufstöhnte. »Meine Höhle! Du musst unbedingt hingehen und einiges für uns holen, besonders das Geld, dass mir dieser verfluchte Ardani für meine Kräuter gegeben hat. Es wird uns helfen, diesen Landstrich zu verlassen und irgendwo anders eine neue Heimat zu finden. Ich hoffe, Rütger wird uns begleiten, denn wenn er noch lange in den Diensten des Grafen bleibt, geht er zugrunde.«

Bärbel schüttelte energisch den Kopf. »Nein! Ich gehe nicht von hier fort! Ich kann doch nicht meine Eltern im Stich lassen, sie haben niemanden mehr außer mir.«

»Sie können ja mit uns kommen«, antwortete Usch ohne größeren Nachdruck, denn sie kannte die Abneigung, die Bärbels Mutter gegen sie hegte.

Adalmar sprach ein kurzes Gebet, vordergründig für Uschs Heilung, in Wahrheit aber, um seine eigenen Ängste zu vertreiben, denn der Name Ardani hatte ihn an den Fremden in Jägertracht erinnert, der ihn vor mehreren Monaten aufgesucht hatte. Nicht zum ersten Mal stieg der Verdacht in ihm auf, bei dem Jäger und dem geheimnisvollen Magier, von dem Bärbel ihm erzählt hatte, handele es sich um den gleichen Dämon. Er würde mit Usch über ihn reden müssen, und zwar bald. Aber dieses Gespräch war nicht für Bärbels Ohren bestimmt, und aus diesem Grund entschied er sich, den Wunsch der Kräuterfrau zu unterstützen. »Usch hat Recht. Du solltest ihren wichtigsten Besitz hierher holen und so viel an Heilkräutern und Verbandmaterial für deine Freundin, wie du tragen kannst. Am besten machst du dich sofort auf den Weg, sonst plündern arme Hörige ihre Höhle.«

Usch warf dem Eremiten einen dankbaren Blick aus dem Auge zu, das sie öffnen konnte. »Ja, bitte! Das Geld ist wirklich wichtig für mich«, drängte Usch und schob das Mädchen mit ihrem gesunden Arm in Richtung Tür. »Den Rest meiner Wunden werde ich selbst verbinden, da der ehrwürdige Eremit kein Weib berühren darf.«

Über Adalmars Lippen huschte ein Lächeln. »Gott erlaubt mir, Gutes zu tun und Kranken zu helfen, also werde ich dich versorgen. Also geh nur, Bärbel! Gib aber bitte gut auf dich Acht, und weiche anderen Menschen aus, denn sonst könntest du selbst in Gefahr geraten.«

Bärbel blieb einen Augenblick unschlüssig stehen, nickte dann aber und verließ mit einem kurzen Gruß die Klause. Adalmar stand auf und trat an die Tür, um ihr nachzublicken. Als sie weit genug fort war, drehte er sich zu Usch um und maß sie mit einem strengen Blick.

»So, Weib, nun wirst du mir alles erzählen, was du über diesen Ardani weißt!«

17

Bärbel gehorchte der Bitte des Eremiten, auch wenn sie sich ein wenig darüber wunderte, warum er es so eilig gemacht hatte. Sie hätte Zeit genug gehabt, die Verletzungen ihrer Freundin vollständig zu versorgen. Dann aber fiel ihr ein, dass Usch starke Schmerzen hatte und es in der Klause nicht nur an Salben und Tüchern für die Wunden fehlte, sondern auch an schmerzbetäubenden Säften. Diese Dinge waren in ihren Augen wichtiger als Uschs kleiner Schatz, und sie nahm sich vor, zuerst die Dinge zusammenzusuchen, die ihre Freundin wieder gesund machen konnten. Die Sorge um die Kräuterfrau beflügelte ihre Schritte. Schon bald erreichte sie die Grenzen des Blutwaldes und drang in das Reich der gebannten Seelen ein.

Während sie im Vorbeigehen die Geister grüßte, die Vertrauen zu ihr gefasst hatten und ihr entgegenkamen, überlegte sie kurz, ob sie ihre Freundin im Blutwald verstecken sollte, bis diese wieder genesen und ein Ort gefunden war, an dem sie ungefährdet leben konnte. Bei dem Eremiten würde sie schnell entdeckt werden, denn dort pilgerten immer wieder Leute hin, um seinen Segen zu erbitten, und die Nachricht, dass Usch lebte, würde sich wie ein Lauffeuer herumsprechen. Andererseits war der Blutwald keine gute Lösung, denn dort gab es keinen brauchbaren Unterschlupf für eine Verletzte, und die Seelen der Toten würden die ständige Anwesenheit eines lebenden Menschen wohl kaum lange ertragen können.

Vor lauter Überlegen, wo sie Usch in der nächsten Zeit unterbringen konnte, achtete Bärbel kaum auf ihre Umgebung, und so hatte sie das Ende des verwunschenen Forstes erreicht, ehe sie sich dessen bewusst wurde. Sie erschrak ein wenig, als sie mitten im Sonnenschein auf der Lichtung vor Uschs Behausung stand, ohne sich sorgfältig umgesehen zu haben. Nun ließ sie ihren Blick wandern und lauschte, konnte aber keinen Laut vernehmen, der auf die Anwesenheit anderer Menschen hingedeutet hätte. Auch war die Tür der Hütte noch heil, und ein paar am Bach liegende, halb ausgenommene Fische zeigten ihr, dass noch niemand auf den Gedanken gekommen war, hier zu plündern.

Obwohl Usch erst wenige Stunden fort war, wirkte ihre Behausung kahl und unwohnlich. Bärbel blieb im Küchenteil stehen und hielt sich schwer atmend am Herd fest, um wieder zu Kräften zu kommen, denn jetzt spürte sie die Anstrengung von Uschs Rettung und die weiten Wege, die sie an diesem Tag zurückgelegt hatte. Aber der Gedanke an die Bewohner des nächstgelegenen Hörigendorfes der Wallburger Grafschaft, die hier auftauchen würden, sobald sie von Uschs angeblichem Ende erfahren hatten, trieb sie weiter. Zuerst suchte sie all die Kräuter und Arzneien zusammen, die für Usch wertvoll sein konnten, wählte dann an Kleidungsstücken und Nahrungsmitteln aus, so viel sie tragen konnte, und nahm zuletzt auch noch die Münzen an sich, die in einem alten Tontopf weit hinten in der Höhle versteckt waren. Als sie fertig war, schulterte sie den Tragekorb, dessen Gewicht sie beinahe zu Boden drückte, und verließ hastig die Hütte, froh, den Ort, der ihr früher als sichere Zuflucht erschienen war, hinter sich lassen zu können.

In dem Moment aber, in dem sie ins Freie trat, war es ihr, als schlüge ihr jemand mit einer Keule auf den Kopf. Sie stolperte, richtete sich mühsam wieder auf und sah sich erschrocken um. Kein Mensch war in ihrer Nähe, und doch tat ihr der Schädel weh, als hätte man ihn ihr gespalten. Als sie die Stelle berührte, ertastete sie weder eine Beule, noch entdeckte sie Blut an ihren Fingern. Dafür stieg ein Bild vor ihrem inneren Auge auf, das ihr Albrecht von Schmölz in einer wenig ritterlichen Lage zeigte.

18

Das Wissen um die Abwesenheit des Grafen und seiner engsten Vertrauten hatte Albrecht leichtsinnig werden lassen, denn er achtete kaum auf seine Umgebung, sondern ritt geradewegs auf die Stelle zu, an der die Grenze zwischen Blutwald und Krehlwald auf das Schmölzer Land traf. Dabei übersah er die vier Wallburger Jagdknechte, die die Grenzen ihres Reviers kontrollierten. Die Männer zogen sich bei seinem Anblick tiefer in den Wald zurück, denn es war nicht ratsam, einem Ritter oder Knappen in den Weg zu treten. Einer der vier, der schon dabei gewesen war, als Armin Ritter Bodos Sohn aufgelauert hatte, ballte wütend die Fäuste. »Das ist der junge Schmölzer! Der ist bestimmt wieder unterwegs, um in unserem Forst zu wildern!«

»Verdammt soll der Kerl sein!«, fluchte einer seiner Kameraden. »Ritter Armin wird toben, wenn er davon erfährt! Und unser Graf erst! Der lässt uns auspeitschen, wenn er hört, dass wir dem Treiben dieses Buben tatenlos zugesehen haben.«

Der Dritte im Bunde kratzte sich am Kopf und zwinkerte seinen Freunden grinsend zu. »Wenn es so ist, müssen wir den Kerl unserem Herrn verschnürt vor die Füße legen! Wir vier sind doch kräftig genug, dieses Bürschchen zu fangen.«

»Vielleicht reitet er auch nur vorbei«, wandte der Letzte wenig begeistert ein, kam bei seinen Begleitern jedoch schlecht an.

»Ja, und wohin? Hier gibt es nichts anderes als unseren Wald. Würde der Schmölzer nach Wolfsstein reiten wollen, hätte er den Weg weiter unten nehmen müssen. Nein, ich sage euch, der Knabe ist auf einen unserer Hirsche aus!«

»Das lassen wir nicht zu! Kommt mit! Ich glaube, er will sein Pferd in dem alten Windbruch an der Grenze zum Blutwald verstecken. Dort werden wir ihm auflauern.« Der Sprecher winkte seinen Kameraden energisch, ihm zu folgen.

Zwei kamen sofort mit, doch der Vierte, der Hinner gerufen wurde, zog ein zweifelndes Gesicht. »Dem Blutwald nähere ich mich nicht, Jockel. Da geht der Teufel um!«

»Du sollst ja nicht hineingehen, du Angsthase! Willst du, dass Albrecht uns durch die Lappen geht und wir statt einer hübschen Belohnung das Fell gegerbt bekommen?«

Das Wort Belohnung gab den Ausschlag. Die vier Männer wussten, dass ihrer Hände Arbeit ihnen nie mehr eintragen würde als die Kleidung, die sie auf dem Leib trugen, und harte Strafen, wenn sie Fehler machten oder Armin unter die Augen kamen, wenn dieser schlechter Laune war. Daher liefen sie schnell und aus langjähriger Übung beinahe lautlos in die Richtung, die Jockel, ihr Anführer, ihnen gewiesen hatte. Im Gegensatz zu einem Reiter konnten sie sich durch eng stehende Bäume und Gebüsch schlängeln und erreichten das etwa doppelt mannshohe Jungholz vor ihrem zweibeinigen Jagdwild.

Albrecht hatte die heimlichen Beobachter nicht bemerkt und stieg völlig arglos vom Pferd. Als er ein Geräusch vernahm, wollte er sich umdrehen, aber es war zu spät, denn Jockel hatte sich von hinten an ihn herangeschlichen und schlug ihm den Knauf seines Hirschfängers gegen die Schläfe. Der Knappe spürte noch den Hieb und sank mit einem kaum hörbaren Laut des Erstaunens in sich zusammen.

Einer der Knechte starrte erschrocken auf den Regungslosen. »Jetzt hast du ihn umgebracht!«

Jockel schüttelte lachend den Kopf. »Ach wo! Das war nur ein besseres Streicheln. Der wacht gleich wieder auf.«

»Dann sollten wir ihn rasch fesseln, sonst schlägt er uns in seinem Zorn noch die Schädel ein«, rief Hinner besorgt.

Jockel wollte schon mit einer spöttischen Bemerkung antworten, doch in dem Augenblick bewegte ihr Opfer sich stöhnend. Ohne den Befehl ihres Anführers abzuwarten, stürzten die drei Jagdgehilfen sich auf den jungen Mann und hielten ihn fest, damit Jockel ihn binden konnte.

Albrecht kämpfte ein paar Augenblicke mit Übelkeit und rasenden Kopfschmerzen, ehe er sich seiner Lage bewusst wurde. Dann aber erstarrte er in rot glühender Wut auf sich selbst, weil er den Wallburgern wie ein Gimpel in die Falle gegangen war. Scham und Selbstverachtung wechselten sich in ihm mit dem Wunsch ab, der Erdboden möge sich auftun und ihn verschlingen. Seine Eltern würden nun für seine Dummheit büßen müssen, denn der Graf würde ihn so lange gefangen halten, bis er den letzten Handbreit Schmölzer Boden an sich gebracht hatte. Was sein Vater auch immer für eine Waffe gegen den Wallburger in der Hand hielt – sie war nun so nutzlos geworden wie ein morsches Holzschwert. Verzweifelt zerrte er an den Riemen, die seine Arme auf den Rücken banden, doch seine Feinde hatten ihn so wehrlos gemacht wie einen Hammel, den man zum Schlachten führt.

Einer der Jagdknechte blickte in Albrechts wutverzerrtes Gesicht und grinste leicht verunsichert. »Dem da möchte ich nicht begegnen, wenn er die Hände frei hat.«

Jockel lachte auf. »Pah! Wenn Herr Walther das Jüngelchen einige Wochen in den Turm gesperrt hat, wird es so zahm wie die Elster, die Trampel im letzten Jahr aufgepäppelt hat.

Hinner schüttelte sich und sah sich nervös um. »Noch ist er nicht dort!«

»Aber bald! Kommt, fangen wir den Gaul ein und binden den Kerl bäuchlings auf dem Sattel fest!« Jockel wollte nach Hirschmähnes Zügel greifen, doch der Hengst wich zurück, wendete und drohte mit den Hinterhufen.

Trotz seiner eigenen elenden Lage musste Albrecht lachen. Mochten die Kerle ihn gebunden auf die Wallburg schleifen, aber sein Pferd würden sie nicht bekommen. »Lauf, Hirschmähne! Lauf nach Hause!«, rief er dem Hengst zu.

»Haltet den Zossen doch fest!«, befahl Jockel seinen Kameraden im gleichen Moment.

Hirschmähne schien mit seinen Fängern spielen zu wollen, denn er trabte ein Stück davon, bäumte sich dann auf und ließ seine Hufe durch die Luft wirbeln. Als einer der Männer ihm so nahe kam, dass er beinahe seine Zügel hätte ergreifen können, drehte er sich tänzelnd um, lief wieder ein paar Schritte und blieb dann wie ein Standbild stehen. Die vier versuchten, ihn einzukreisen, doch er begann sein Spiel von neuem und lockte die Männer auf diese Weise an die hundert Schritt hinter sich her.

»Lass den Gaul laufen, Jockel. Den kriegen wir doch nicht«, rief einer der Knechte enttäuscht.

»Oh, doch! Ich kriege ihn. Folgt ihr ihm ganz langsam, während ich um ihn herumgehe und ihn von der anderen Seite packe!« Jockel flüsterte die Worte, als hätte er Angst, das Pferd würde ihn verstehen.

Hirschmähne war für den Kampf geschult und hatte gelernt, niemanden an sich heranzulassen als seinen Herrn und die ihm bekannten Stallknechte. Daher wich er Jockels Händen mit spielerischer Leichtigkeit aus und narrte auch die anderen Knechte, die vor lauter Jagdeifer ihren Gefangenen vergaßen. Albrecht bewunderte die Klugheit seines Streitrosses, das ihm dank Hannes Dressur wertvolle Zeit verschaffte, aber so sehr er sich auch bemühte, er konnte die Lederriemen, mit denen er gefesselt war, weder zerreißen noch an rauem Holz zerreiben. Sein Dolch pendelte wie zum Hohn über ihm an einem Ast, an den ihn einer der Wallburger mitsamt dem Gürtel gehängt hatte. Nach einer Weile gab Albrecht seine Bemühungen auf und sah hilflos zu, wie die Wallburger einer nach dem anderen zurückkehrten.

Als Letzter gab Jockel die Jagd nach dem Hengst auf. Als er mit obszönen Flüchen auf die Stelle zustampfte, an der er seinen Gefangenen zurückgelassen hatte, wurde er von einem der anderen mit einer unflätigen Geste empfangen, der die hereinbrechende Dämmerung jedoch einiges an Wirkung nahm. »Du bist mir ja ein besonderer Held, Jockel! Uns hinter einem Gaul herzuhetzen, während der Schmölzer unbewacht hier herumliegt. Wir hätten schön dumm ausgesehen, wenn der Kerl uns stiften gegangen wäre!«

»Nicht bei den Knoten, die ich geknüpft habe.« Jockel beugte sich über den Gefangenen, um die Fesseln zu prüfen, und lobte sich selbst. »Die Riemen haben sich nur noch fester gezogen, ganz wie es sich gehört!«

Als er sich aufrichtete und seine Kameraden aufforderte, einen kleinen Baum zu fällen, damit sie Albrecht wie ein erlegtes Tier transportieren konnten, sah er, dass deren Gesichter vor Entsetzen bleich wurden und ihre Münder sich wie zum Schrei öffneten.

»Was ist denn mit euch los?«, fragte er verärgert und blickte sich unwillkürlich um. Dann erstarrte auch er.

Keine fünf Schritte von ihm entfernt stand ein hoch gewachsener Mann in engen, wadenlangen Lederhosen, über denen er ein Leinenhemd mit an den Handgelenken zugebundenen Ärmeln trug. Sein blondes Haar war zu einem kunstvollen Zopf gedreht und dann zu einem Knoten geflochten, der seitlich am Hinterkopf saß. Die fremdartige Tracht hätte sie kaum erschreckt, doch die Gestalt des Mannes leuchtete von innen und war gleichzeitig so durchscheinend, dass man durch seinen Körper hindurch die Bäume hinter ihm wahrnehmen konnte.

Noch während Jockel und seine Kameraden mit ihren Ängsten kämpften, tauchten weitere, ebenso schemenhaft helle Gestalten auf. Zunächst waren es nur Männer, doch dann gesellten sich auch Frauen und Mädchen in langen Röcken und Hemden zu ihnen. Zunächst blickten sie die Wallburger Jagdknechte und ihren Gefangenen stumm und fast regungslos an, doch wie auf ein geheimes Kommando bewegten sich ihre Münder und Hände, als sprächen sie Zauberformeln. Im gleichen Augenblick erwachten die Bäume des Blutwaldes zu einem unheilvollen Leben. Die Stämme ächzten und stöhnten wie gequälte Menschen, und ihre langen Zweige peitschten die Luft und schnellten auf die Knechte zu.

Der Anblick war zu viel für die Männer. »Gott schütze uns vor Hexenkraft und Teufelsmacht!«, kreischte Hinner auf und rannte wie von Sinnen davon, und die beiden anderen Knechte folgten ihm auf dem Fuß. Jockel brüllte ihnen nach, sie sollten zurückkehren, und drohte ihnen schwere Strafen an. Dann aber bemerkte er, dass sich zwischen den Bäumen des Blutwaldes etwas Dunkles, Formloses auf ihn zubewegte. Nun wirbelte auch er herum und lief, so schnell er konnte, den anderen nach, ohne einen Gedanken an den Gefangenen zu verschwenden.

Albrecht hatte die Geister ebenfalls bemerkt und erkannte die Erscheinungen, die ihn schon einmal bedroht hatten. In seiner Panik sprach er eines der wenigen lateinischen Gebete, die er auswendig gelernt hatte. Gerade, als er Gott seine Seele empfahl, hörte er jemanden fröhlich lachen und drehte den Kopf so weit zur Seite, wie er konnte. Es dauerte eine Weile, bis er in dem angsteinflößenden Ding, das sich im Schatten hielt, das verwachsene Mädchen erkannte, welches schon ein paar Mal seinen Weg gekreuzt hatte.

Das schmutzige Ding bedankte sich mit artigen Worten bei den Geistern des Blutwaldes, die nun gar nicht mehr so bedrohlich wirkten, blieb dann vor ihm stehen und stemmte die Arme in die Hüfte. »Wen haben wir denn da? Das ist doch Albrecht von Schmölz, zum Abtransport verschnürt! Hat man Euch mit einem kapitalen Hirsch verwechselt?«

In Bärbels Worten schwang neben Spott auch die Erleichterung, dass es ihr gelungen war, die Wallburger von ihrem Opfer wegzuscheuchen. Es war nicht einfach gewesen, ihre Freunde dazu zu bewegen, sich am Waldrand zu sammeln und sich den Menschen zu zeigen, und nun freute sie sich, dass ihr Plan so wunderbar aufgegangen war. Übermütig lachend kniete sie nieder und löste die Riemen um Albrechts Handgelenke.

Der Knappe fasste ihren Arm, ohne sich um die Fessel

an seinen Beinen zu kümmern. »Sag, hat dich die Herrin des Waldes geschickt?«

Bärbel wollte verneinen, doch als sie Albrechts bettelnden Blick sah, brachte sie es nicht übers Herz, ihn zu enttäuschen. »Ja, das hat sie getan.«

»Wo ist sie? Führ mich zu ihr, damit ich ihr danken kann! Ich muss sie unbedingt sehen.« Albrecht glaubte sich der Erfüllung seiner Sehnsucht so nahe, dass ihm Bärbels ablehnende Haltung zunächst entging. Er wollte aufspringen, vergaß dabei ganz die Riemen um seine Fußknöchel und plumpste recht unsanft zu Boden.

Bärbel konnte ihn gerade noch davor bewahren, gegen eine fast baumstammdicke Wurzel zu stoßen. »Ihr könnt die Herrin des Waldes nicht sehen. Es ist unmöglich!«

Albrecht stöhnte auf, weil er den schmerzenden Kopf geschüttelt hatte. »Ich sterbe, wenn ich sie nicht sehen kann! Ich habe ihr so viel zu sagen.«

»Es geht nicht! Zwischen Ihnen und ihr steht ein Fluch!« Bärbel verwünschte sich, auf das Spiel mit der angeblichen Waldfee eingegangen zu sein, denn sie hatte das Gefühl, dass ihr die Sache über den Kopf wuchs.

Zum Glück gelang es ihr mit ihrer letzten Bemerkung, Albrecht zu ernüchtern, denn er blickte sie ein wenig ängstlich an. »Ein Fluch, sagst du? Kann man ihn brechen?«

»Nicht mit den Mitteln, die Ihnen zur Verfügung stehen.« Bärbel hoffte, dass er im Halbdunkel ihre Scham, ihn so hinter das Licht geführt zu haben, nicht bemerken konnte.

»Aber sie hat dich geschickt, um mich zu retten. Also liegt ihr etwas an mir!«, behauptete Albrecht, während er versuchte, seine Fußfesseln zu lösen. Die Knoten hatten sich jedoch so stark zugezogen, dass sie seinem Zerren widerstanden.

Bärbel wollte ihm helfen, indem sie ihm seinen Gürtel

mit dem Dolch reichte, den die Jagdknechte ihm abgenommen und an einen Ast gehängt hatten. Zu ihrem Glück bemerkte sie noch rechtzeitig, dass sich ihre Haare unter dem Flickentuch um ihren Kopf hervorgestohlen hatten, und trat schnell in die Düsternis des Blutwaldes zurück. Bei Uschs Rettung aus dem Weiher war die Schmutzkruste weggespült worden, unter der sie die Haare sonst verbarg, und beinahe hätte die untergehende Sonne, die ihre Strahlen nun bis in den Windbruch schickte, sie verraten.

Ihr erster Gedanke war Flucht, aber im nächsten Augenblick wurde ihr klar, dass sie sich nach Albrechts Nähe sehnte und deswegen noch ein wenig mit ihm reden wollte. Da er im Augenblick nicht auf sie achtete, hob sie rasch ein wenig Walderde aus dem Boden und schmierte sie sich auf Gesicht und Hände. Auch die Haare erhielten ihr Teil, und als sie Albrecht seine Waffe reichte, damit er sich die Lederriemen durchschneiden konnte, sah er das Waldschratmädchen so vor sich, wie er es kannte.

»Die Waldfee hat nicht nur mich geschickt«, erklärte Bärbel ihm. »Bedankt Euch bei Fasolt, Sigrid und ihren Freunden dafür, dass sie bereit waren, einem lebenden Menschen beizustehen!«

Albrecht stand auf, wandte sich ohne Angst oder Grauen zu zeigen den Geistern zu, die immer noch auf der Grenze des Blutwaldes schwebten, und verbeugte sich höflich. »Ich danke euch allen! Möge Gott euch euer Erbarmen mit mir lohnen.«

Die von innen schimmernden Gesichter antworteten ihm mit einem zufriedenen Lächeln, und einige der jüngeren Frauen winkten ihm sogar scheu zu. Albrecht aber achtete nicht mehr auf die sich langsam auflösenden Gestalten, denn er konnte nur an die Waldfee denken, und das

Waldschratmädchen war das einzige Wesen, welches ihm Auskunft geben konnte.

Er umschloss Bärbels Hände, damit sie ihm nicht entwischen konnte wie bei ihrem letzten Zusammentreffen, und sah sie flehend an. »Bitte, erzähle mir alles, was du über die Herrin des Waldes weißt!«

»Ihr solltet lieber nach Hause zurückkehren. Wenn Ihr Pferd allein dort ankommt, wird man sich große Sorgen um dich machen.« Bärbel empfand ein ihr unerklärliches Unbehagen in seiner Nähe und hatte gleichzeitig den Wunsch, sich wie ein Kätzchen an ihn zu schmiegen. Hin und her gerissen von ihren Gefühlen hoffte sie, er würde Vernunft annehmen und aufbrechen, bevor die fast mondlose Dunkelheit den Weg nach Hause zu beschwerlich machte. Albrecht aber grinste verschmitzt, spitzte die Lippen und stieß einen lauten Pfiff aus. Kurz darauf trabte Hirschmähne mit einem Ausdruck um das Maul heran, der dem Feixen seines Besitzers ähnelte.

Der Hengst stupste Albrecht an, als wolle er ihn fragen: Na, wie haben wir das hingekriegt? Dann aber schnupperte er an Bärbel und rieb seine Wange an der ihren, als wäre sie eine vertraute Freundin.

Im Allgemeinen wurden Streitrosse nicht dazu erzogen, junge Mädchen zu liebkosen, und daher folgte Albrecht der Szene verblüfft, fasste sich aber schnell wieder. »Hirschmähne scheint dich zu mögen! Das ist erstaunlich. Aber wie du siehst, wird man mich auf Schmölz noch nicht vermissen. Du hast also alle Zeit der Welt, um mir von der Herrin des Waldes zu berichten.«

Bärbel wurde klar, dass sie ihren Quälgeist so schnell nicht loswerden würde, und seufzte. »Also gut, aber nicht hier! Womöglich fassen die Wallburger Knechte neuen Mut und versuchen, Euch doch noch zu fangen.« Sie nahm

Hirschmähnes Zügel und führte ihn in den Blutwald hinein, in dem es trotz der dunklen Kronen diesmal heller war als im Windbruch. Albrecht sah sich um und entdeckte, dass der gefürchtete Forst zwar irgendwie urtümlich und fremdartig wirkte, aber keinen Schrecken mehr für ihn barg. Er vermochte es sogar, die wie lebendig wirkenden alten Bäume zu bewundern. Das ist wirklich ein Zauberwald, dachte er und nickte den Schatten neugieriger Geister, die ihn und den Waldschrat in einigen Schritten Abstand begleiteten, besänftigend zu. Ihm war klar geworden, dass der Wald und seine unheimlichen Bewohner sofort wieder zu seinen Feinden werden würden, wenn er seine Begleiterin schlecht behandelte oder sonst etwas Falsches tat.

| 19 | Einige Zeit später saßen Bärbel und Albrecht am Ufer des kleinen Teiches, während Hirschmähne |

genüsslich das frische Gras auf der Lichtung rupfte. Bärbel ließ ihre Füße gedankenverloren ins Wasser hängen und hörte zu, wie Albrecht seine Begegnung mit jener wunderschönen Waldfee in glühenden Farben schilderte. Dabei musste sie sich immer wieder das Lachen verkneifen. Was würde er sagen, wenn er wüsste, wie nah er seiner Angebeteten war? Zu ihrer Erleichterung brauchte sie kaum etwas zu der Unterhaltung beizutragen, denn wenn Albrecht sie etwas fragte, hörte er nur mit halbem Ohr auf ihre Antwort und schien nicht zu bemerken, wie stark sie ihm auswich. So hatte sie Muße genug, ihn zu beobachten. Da der verzauberte See das letzte Tageslicht widerspiegelte, konnte sie eine Weile sein Bild im Wasser betrachten und ein wenig ihren eigenen Träumen nachhängen. Albrecht war gut einen halben Kopf größer als sie und so schlank und geschmeidig, wie es ein künftiger Ritter sein sollte. Seine Gesichtszüge wirkten noch weich und unfertig, ließen aber ebenso wie seine schlaksigen Gliedmaßen erkennen, dass er einmal zu einem gut aussehenden Mann heranreifen würde.

Bärbel verglich ihn unwillkürlich mit den Knappen auf der Wallburg und stellte zufrieden fest, dass die drei Burschen gegen ihn ungeschliffenen Bauernknechten glichen. Eigentlich hätte ihr nach all ihren Erfahrungen die Nähe eines jungen Mannes unheimlich oder zumindest unangenehm sein müssen, doch in Albrechts Gegenwart fühlte sie sich so geborgen wie unter dem Schirm eines Heiligen. Gleichzeitig aber verunsicherte er sie, denn er pries die Schönheit eines Wesens, mit dem eigentlich sie gemeint war, und weckte Gefühle in ihr, die sie gleichzeitig erschreckten und glücklich machten.

Je länger sie neben ihm saß, umso stärker wurde der Wunsch in ihr, die entstellenden Kleidungsstücke abzustreifen, ins Wasser einzutauchen und ihm zu zeigen, wer die Waldfee wirklich war. Hätte sie nicht Angst gehabt, ihn aus seiner Verzauberung zu reißen, in die ihn seine eigene Fantasie eingesponnen hatte, und Enttäuschung auf seinem Gesicht zu sehen, so hätte sie es getan. Gleichzeitig schämte sie sich dieser ganz und gar ungehörigen Gedanken und wäre am liebsten in eine Kirche gegangen, um die seltsamen Empfindungen, die Albrechts Gegenwart in ihr auslöste, einem Priester zu beichten. Der Kaplan oben auf der Burg und der Pfarrer von Marktwalldorf waren jedoch Herrn Walthers Kreaturen, die vieles von dem, was sie erfuhren, dem Grafen übermittelten. Vater Hieronymus erschien ihr noch weniger geeignet, denn er würde ihre Gewissensnot wohl nicht verstehen.

»Wirst du der Herrin des Waldes meine Grüße überbringen?«, fragte Albrecht, als der letzte Schimmer des Tageslichtes am Himmel erloschen war und der See seinen Glanz verlor.

Bärbel war froh, dass er ihren Gesichtsausdruck nicht erkennen konnte. »Aber ja! Das verspreche ich Euch, Junker Albrecht!«

SECHSTER TEIL

DIE ERBIN

1 Graf Walther stützte die Hände auf die schwere Tischplatte und ließ den Blick über seine Verbündeten schweifen. Direkt neben ihm saß Prior Bernardus von St. Kilian, sein wichtigster Stein im Spiel um Macht und Einfluss. Der junge Mönch war vor kurzem zum designierten Nachfolger Rappos von Hohensiefen aufgestiegen und hatte bereits den größten Teil der Pflichten des Abtes übernommen. Obwohl Bernardus ihm schon viele wertvolle Dienste geleistet hatte, war der Graf in letzter Zeit unzufrieden mit ihm, denn der Chorherr legte eine fast abstoßend inbrünstige Form der Frömmigkeit an den Tag. Er lief nur noch in einer härenen Kutte herum, deren Flecken genau wie der süßliche Geruch, den er verbreitete, heftige Selbstkasteiungen verrieten. An jedem anderen Tag hätte Graf Walther über den Mönch gespottet, doch nun fragte er sich, ob dieser noch tun würde, was er von ihm verlangte. Er sah nur einen Ausweg: Er würde sich Bernardus noch stärker gefügig machen müssen, indem er in dieser Nacht Dinge mit ihm trieb, die den Mönch wohl wieder zur Geißel greifen lassen würden.

Neben dem Prior saß Ritter Chuonrad von Wolfsstein mit einer Figur wie ein roh behauener Fels und der Verschlagenheit einer Ratte. Der Graf wunderte sich bei jeder Begegnung, dass dieser Ausbund von Hässlichkeit der Vater eines so schönen Mädchens wie Hadmut sein konnte, und hegte den Verdacht, dass ein hübscher Knappe dessen Stelle eingenommen hatte. Chuonrads selbstzufriedene Miene erboste Herrn Walther, denn der Ritter versuchte immer häufiger, sich gegen ihn durchzusetzen. Zwar hatte er einer Ehe zwischen ihm und Hadmut zugestimmt, die Heirat aber auf den Tag verschoben, an dem Frieden im Gau eingekehrt war. Am liebsten hätte der Graf den Mann mit Worten oder Taten in seine Schranken verwiesen, doch noch brauchte er ihn, denn Chuonrad war der Einzige in dem Kreis, der auf Burg Schmölz empfangen wurde.

Die restlichen Verbündeten machten Herrn Walther im Augenblick keine Sorgen. Hartger von Kesslau blickte mit hündischer Ergebenheit zu ihm auf und leckte ihm für die Brosamen, die er ihm zukommen hatte lassen, die Hand, während Reinwald von Altburg sich mit der Bauernschläue, die er von seinen im Mist wühlenden Vorfahren geerbt hatte, Vorteile von dem Bündnis mit ihm ausrechnete und ihn liebedienerisch umschwänzelte. Dem ungeschlachten Wunibert von Schönthal hingegen fehlte jeder Verstand, und er lief einfach dem Stärksten nach, und dies war nun einmal der Herr auf der Wallburg.

Herr Walther hatte noch einige andere Nachbarn eingeladen und ärgerte sich nun über deren Fernbleiben. Am stärksten schmerzte ihn die Missachtung, die ihm die Herren auf Schwarzenberg bei Uffenheim zuteil werden ließen, denn diese standen bei Kaiser Rudolf in hohem Ansehen und wären wertvolle Verbündete gewesen.

Er schüttelte den Gedanken mit einer unbewussten Kopfbewegung ab und richtete sein Augenmerk wieder auf die Anwesenden. »Ich habe euch rufen lassen, weil es wichtige Dinge zu erörtern gibt. Wie ihr vielleicht schon wisst, hat Ottokar von Böhmen am 26. August bei Dürnkrut auf dem

Marchfeld Reich und Leben im Kampf gegen Kaiser Rudolf verloren. Mit seinem Ende herrscht zum ersten Mal seit dem Tod Kaiser Friedrichs II. im Jahr des Herrn 1250 ein von allen anerkannter Kaiser im Reich.«

Herr Walther erstickte beinahe an seinen eigenen Worten, denn bis zuletzt hatte er gehofft, Rudolf von Habsburg würde bei seinem Griff nach dem Karlsthron scheitern und der rechtsfreie Schwebezustand, der mehr als zwei Jahrzehnte geherrscht hatte, noch weitere Jahre andauern.

Hartger von Kesslau, Reinwald von Altburg und Wunibert von Schönthal starrten ihn verständnislos an, während Chuonrad von Wolfsstein sich nachdenklich mit den Fingernägeln über sein schlecht rasiertes Kinn fuhr. Das schabende Geräusch strapazierte die Nerven des Grafen.

»Dann wird Bodo von Schmölz ja bald nach Hause zurückkehren«, sagte der Wolfssteiner in einem Tonfall, dem nicht anzumerken war, ob er diese Tatsache begrüßte oder fürchtete.

»Er wird zurückkehren und hat mir bereits eine Botschaft geschickt. Dieser Brief hier wurde mir heute Morgen durch einen Schmölzer Knecht überbracht. Lest selbst, was Ritter Bodo mir mitzuteilen hat.« Herr Walther zog ein zusammengefaltetes Stück Pergament unter seinem Waffenrock hervor und warf es mit dem Ausdruck höchsten Abscheus auf den Tisch.

Hartger von Kesslau schnappte danach wie ein gut dressierter Hund nach dem Stöckchen, faltete es auseinander und starrte mit verständnislosen Blicken auf die Buchstaben; er hatte nie lesen gelernt. Verlegen reichte er das Pergament Ritter Chuonrad, der es ohne einen Blick darauf zu werfen dem Prior übergab.

Bernardus las den Brief stumm durch und blickte den Grafen dann fragend an. »Ritter Bodo muss sich sehr sicher fühlen, wenn er es wagt, Euch in dieser Art und Weise herauszufordern.«

Chuonrad von Wolfsstein beugte sich über den zierlich gebauten Mönch. »Was schreibt Bodo?«

Da der Graf zustimmend nickte, erklärte Bernardus es ihm. »In diesem Schreiben fordert Ritter Bodo Herrn Walther auf, die Besitzverhältnisse in diesem Gau wieder so herzustellen, wie sie zu Zeiten Kaiser Friedrichs II. geherrscht haben.«

»Der ist doch übergeschnappt!«, polterte Reinwald von Altburg.

Graf Walther lachte spöttisch auf. »Auch ich zweifle an Ritter Bodos Verstand! Nichtsdestotrotz stehen diese Worte im Raum, und er wagt sogar, mir zu drohen.«

»Diese Drohung gilt nicht Herrn Walther allein, sondern ebenso unserem ehrwürdigen Kloster und jedem der hier anwesenden Herren.« Der Prior schien die Gewissensbisse vergessen zu haben, die ihn dazu getrieben hatten, sich zur Buße zu geißeln, und stellte sich offen auf die Seite des Mannes, den er mit einer ähnlichen Leidenschaft begehrte wie den Einzug in das himmlische Jerusalem nach einem langen, erfüllten Leben.

Hartger von Kesslau bleckte die Zähne. »Bodo sollte sich vorsehen, dass wir ihn nicht auf das Maß zurechtstutzen, das ihm gebührt.«

»Recht so, Hartger! Bodo gehört eins auf die Hörner, damit er wieder weiß, wann er den Rand aufreißen darf und wann nicht«, stimmte sein Freund Wunibert ihm eifrig zu.

Graf Walther beobachtete unauffällig seine Gäste und stellte fest, dass er sich bis auf Ritter Chuonrad ihrer vollen Unterstützung sicher sein konnte. Der Wolfssteiner, der bisher noch nicht von der Zusammenarbeit mit ihm profitiert und auch das an ihn verlorene Land nicht wiederbekommen hatte, schien zu überlegen, ob er die Situation nicht zu seinen Gunsten nutzen und ihm Zugeständnisse abpressen sollte.

»Nun, Herr Chuonrad? Seht Ihr jetzt nicht selbst, dass Ritter Bodo den Frieden im Gau gefährdet, den Ihr Euch so herbeiwünscht?«

Der Wolfssteiner schien nicht so recht zu wissen, was er darauf antworten sollte. Noch war Herr Walther der mächtigste Burgherr in dieser Gegend, mit dem sich noch nicht einmal die Herren auf Schwarzenberg messen konnten, und mit seinen Verbündeten von Kesslau, Schönthal und Altburg war er stark genug, sich den gesamten Gau unterwerfen zu können. Allein der Kaiser wäre in der Lage, ihn im Zaum zu halten, und auf dessen Hilfe mochte Chuonrad nicht bauen.

»Noch sind es nur Worte und keine Schwerthiebe, die Bodo austeilt«, versuchte er sich herauszureden.

»Worte stellen oft schärfere Waffen dar als harter Stahl!« Die Stimme des Grafen klang beherrscht und ein wenig überheblich, aber in seinem Inneren brodelte es. Knapp anderthalb Jahrzehnte war er Herr auf der Wallburg, und er hatte lange geglaubt, für ihn gäbe es keine Grenzen. In der letzten Zeit aber häuften sich die Schicksalsschläge, und zum ersten Mal verspürte er so etwas wie Angst. Es war nun anderthalb Monate her, dass er auf einen Schlag die beiden Frauen verloren hatte, die von ihm schwanger gewesen waren, und Hadmut, die ihm den ersehnten Erben gebären sollte, lag immer noch nicht in seinem Bett. Nun wagte es Bodo von Schmölz, den er früher als unbedeutend abgetan und verachtet hatte, ihn offen herauszufordern, und er hatte das unbestimmte Gefühl, als gäbe es eine weitere, ihm noch unbekannte Macht, die darauf aus war, ihm den nächsten Tort anzutun.

Während er darüber nachgrübelte, überhörte er beinahe die Bemerkung des Priors. »Ritter Bodo schreibt, er könne beweisen, wie viel Land Ihr, Graf Wallburg, zu Unrecht an Euch gebracht habt.«

»Nichts habe ich zu Unrecht an mich gebracht! Für jeden Fetzen Land und jede Hörigenhütte existieren Urkunden, die meinen Besitzanspruch bestätigen! Ist einer von euch so feige, sich von einem schmierigen Stück Pergament einschüchtern zu lassen? Ich bin es jedenfalls nicht. Wenn Ritter Bodo auf seiner Behauptung beharrt, wird er die Fehde bekommen, die er mit diesem Fetzen herbeiruft!« Obwohl Herrn Walthers Worte bei allen außer Chuonrad auf Zustimmung trafen, fühlte er sich so angreifbar wie noch nie, denn ihm war durchaus bewusst, wie viele dieser Urkunden gefälscht waren. Andererseits konnte er sich nicht vorstellen, welche Waffe Bodo von Schmölz gegen ihn in der Hand hatte.

In der Hoffnung, der Prior könnte ihm erklären, mit welchen Mitteln der Schmölzer seine Fälschungen außer Kraft setzen konnte, wandte er sich an Bernardus. »Ehrwürdiger Vater, ich hatte Euch gebeten, in den Archiven des Klosters nachzusehen, ob es einen Hinweis auf ein Dokument oder Ähnliches gibt, auf das Ritter Bodo glaubt, seine Ansprüche gründen zu können.«

Der Chorherr schüttelte bedauernd den Kopf. »Ich habe bis zu dem Zeitpunkt, an dem Gott mich mit meinen jetzigen Pflichten beauftragt hat, das Archiv geführt, und meines Wissens gibt es keinen Hinweis auf ein solches Schriftstück. Leider sind die Aufzeichnungen des Klosters über die bei uns aufbewahrten Dokumente vor fünf Jahren verbrannt, aber wir haben alle Urkunden, die sich in unseren Archiven befanden, sorgsam neu registriert.« Es schwang ein leiser Vorwurf in Bernardus Worten mit, denn er war sich mittlerweile sicher, dass Herr Walther zu jenem Zeitpunkt einige Urkunden entwendet hatte.

Der Graf bemerkte die leichte Aufmüpfigkeit seines engsten Verbündeten, zwang sich aber zu einem Lächeln und legte Bernardus die Hand auf die Schulter. Der Mönch erbebte unter der Berührung und in seinen Augen erschien der Glanz, den Herr Walther darin sehen wollte. »Mein Freund, ich bin überzeugt, dass wir herausfinden werden, auf welches Gerede Ritter Bodo sich berufen will und welche Verbündeten er auf seiner Seite hat. Leider werden wir uns gegen diesen Gimpel wappnen müssen, als stände uns ein ernsthafter Gegner gegenüber.«

»Eine gesunde Vorsicht ist immer angebracht«, warf Ritter Chuonrad ein. Sein Gesichtsausdruck verriet jedoch, dass er es für besser hielt, erst einmal abzuwarten, auf welche Seite sich die Waagschale neigen würde.

Graf Walther war nicht bereit, ihm eine Wahl zu lassen. Entweder würde Chuonrad sich an diesem Tag noch ohne Wenn und Aber auf seine Seite schlagen oder in der nächsten Zeit sein Gast bleiben, aber nicht in einem bequemen Zimmer, sondern in einer der lichtlosen Zellen tief unter dem Palas. Als er weiter sprach, ließ er den Wolfssteiner nicht aus den Augen. »Dann sind wir uns ja einig! Wir werden die Zahl unserer Krieger vergrößern und weitere Ritter um uns sammeln. Die Ausbildung der Knappen Reinulf, Hartwig und Wunibald ist so weit fortgeschritten, dass wir an die Schwertleite denken können. Wenn keiner von ihren Vätern Einspruch erhebt, werde ich diese in den nächsten Tagen vornehmen.«

Die Gesichter der Herren auf Kesslau, Schönthal und Altburg glänzten erfreut auf, und sie überschlugen sich mit Dankbarkeitsbezeugungen. Graf Walther beachtete sie jedoch kaum, denn er behielt Ritter Chuonrad sorgfältig im Auge. »Ich werde auch Euren Sohn Dankrad in meine Dienste nehmen, werter Freund. Wenn Ihr so gut sein könntet, Euren Knappen nach Wolfsstein zu schicken und ihn rufen zu lassen.«

Ritter Chuonrad erkannte mit erschreckender Klarheit, welche Falle sein Gastgeber ihm gestellt hatte. Entweder übergab er ihm seinen Sohn als Zeichen für sein zukünftiges Wohlverhalten, oder er würde selbst als Geisel auf der Wallburg bleiben müssen. Einen Augenblick lang schwankte er, ob er dem Grafen nicht ein paar deutliche Worte ins Gesicht schleudern und versuchen sollte, sich der Unterstützung der drei anderen Ritter zu versichern. Ein Blick auf seine Standesgenossen machte ihm jedoch klar, dass sie bereit waren, Graf Walther auch in diesem Punkt zu folgen, und so beschloss er, gute Miene zum bösen Spiel zu machen.

»Ich gebe Euch den Jungen gern für einige Zeit ab, denn zu Hause frisst er mir die Haare vom Kopf.« Es gelang Chuonrad, über seine Worte wie über einen Witz zu lachen, doch der Blick, den er mit dem Grafen wechselte, zeigte diesem, dass der Ritter ihn nur dann unterstützen würde, wenn er ein ordentliches Stück Land dafür bekam.

Herr Walther war jedoch nicht bereit, auf diese unausgesprochene Forderung einzugehen, denn zum einen würde jedes Wort, und wenn es nur ein vages Versprechen beinhaltete, die Gier seiner restlichen Verbündeten steigern, und zum anderen hatte er nicht vor, auch nur einen Fußbreit von seinem Besitz zu opfern. Wenn hier jemand zahlen musste, so waren es Bodo und jene, die sich auf dessen Seite stellten.

2

Auf Schmölz nahm man die Nachricht vom Sieg Kaiser Rudolfs über seinen böhmischen Rivalen mit ganz anderen Gefühlen auf als auf der Wallburg. Alle Bewohner, von Frau Rotraut angefangen bis zum letzten Stallknecht, hofften, der Burgherr würde umgehend nach Hause zurückkehren, denn der Streit mit Graf Walther stand am Horizont wie eine Gewitterwolke, aus der schon die ersten Blitze zuckten. Frau Rotraut hatte dem Wallburger trotz einer düsteren Ahnung die Botschaft ihres Gemahls überbringen lassen und wartete nun gespannt auf dessen Reaktion. Da sie das Schlimmste befürchtete, hatte sie die Burg seit Erhalt des Briefes für den Ernstfall vorbereiten lassen. In den Kellern und Scheuern lagerten so viele Lebensmittel und Viehfutter, wie man heranschaffen hatte können, und Albrecht bildete alle Knechte und auch etliche Bauernburschen aus dem Meierdorf im Umgang mit Waffen aus. Das war alles, was Frau Rotraut hatte tun können, aber es beruhigte sie nicht, denn sie kannte Walther von Eisenstein und ahnte, dass dieser die Herausforderung ihres Gemahls auf unerwartete Weise beantworten würde.

Einen Tag, nachdem Graf Walther seine Verbündeten um sich versammelt hatte, saß Frau Rotraut kurz vor der Mittagsstunde mit ihrem Sohn auf dem Söller der Burg und starrte in einen Becher mit Apfelwein, den sie in ihren Händen hielt. »Dein Vater hätte wenigstens einen Boten schicken können, dass er wohlauf ist und wir uns keine Sorgen machen müssen.«

Albrecht zog die Augenbrauen zusammen, denn nun hatte die Mutter schon wieder dein Vater und nicht Bodo gesagt, und das war ein schlechtes Zeichen. Da er aber nicht das Recht hatte, ihre Gefühle zu hinterfragen, setzte er ein gezwungen fröhliches Lächeln auf. »Aber Mutter, von den Kriegsknechten, die mit ihm gezogen sind, ist doch keiner in der Lage, allein den Weg in die Heimat zu finden.«

Damit hatte er zwar Recht, aber das besserte die Laune seiner Mutter nur wenig. »Wollen wir hoffen, dass dein Vater den Weg in die Heimat findet! Es macht mir Magenschmerzen, dass wir dem Wallburger die Nachricht übersandt haben, ohne zu wissen, was Bodo plant.«

Albrecht war schon froh, dass sie seinen Vater wieder beim Vornamen genannt hatte, und überlegte sich, wie er sie vollends beruhigen konnte. »Mutter, erinnerst du dich noch an den Tag, an dem wir von dem Brand im Kloster erfahren haben? Als Vater und ich hinüberritten, sagte er, dass unser Besitz noch auf eine ganz andere Weise gesichert sei als durch die in St. Kilian hinterlegten Urkunden. Leider ist er meinen Fragen ausgewichen und hat nur gemeint, ich sei für dieses Wissen noch zu jung.«

Frau Rotraut überlegte kurz und schüttelte dann den Kopf. »Zu mir hat er nie etwas in dieser Art gesagt!«

»Das verstehe ich nicht. Er hätte doch damit rechnen müssen, im Kampf zu fallen, und ein Geheimnis, das mit ihm ins Grab sinkt, schützt uns nicht gegen Herrn Walther. Für mich ergibt all das keinen Sinn!«

»Und deswegen bringt es auch nichts, sich darüber den Kopf zu zerbrechen! Ich habe Botschaft an die Herren auf Schwarzenberg schicken lassen mit der Frage, ob sie bereit wären, uns im Streit mit dem Wallburger beizustehen. Aber sie antworteten mir, sie wollten Kaiser Rudolf nicht dadurch erzürnen, dass sie sich in Fehden jenseits ihrer Gaugrenzen einmischen.« Frau Rotraut schnaubte enttäuscht, denn sie hatte auf die Unterstützung durch diese einflussreiche Sippe gezählt.

Albrecht winkte verächtlich ab. »Wahrscheinlich fürchten auch sie den Herrn der Wallburg, der sich im Glanz irgendeines Holzspans sonnt, den ein Vorfahre aus dem Orient mitgebracht und als Splitter vom Kreuze Christi ausgegeben hat. Sie sind auch nicht besser als die meisten anderen Freiherren in dieser Gegend, die diese Sage für lauterste Wahrheit halten und deswegen vor dem Wallburger kuschen!«

»Ich fürchte, es handelt sich tatsächlich um eine wundertätige Reliquie, denn sonst wären die einstigen Ritter von Eisenstein seit der Rückkehr Ritter Rolands nicht so hoch aufgestiegen. Roland selbst hat eine halb verfallene Burg, ein paar Äcker und ein Meierdorf geerbt; heute aber nennen seine Nachfahren mehr als ein Drittel des gesamten Gaus ihr Eigen.«

Das Signal des Türmers unterbrach das Gespräch, bevor Albrecht antworten konnte. Der junge Mann sprang auf und entdeckte zwei Reiter, die den Serpentinenweg zur Burg hochkamen. »Wir erhalten Besuch, Mutter. Wenn mich nicht alles täuscht, handelt es sich um Ritter Chuonrad und seinen Knappen.«

Frau Rotrauts besorgte Miene glättete sich jäh. »Ritter Chuonrad? Gewiss will er jetzt, wo Bodos baldige Rückkehr zu erwarten ist, die Ehe zwischen dir und seiner Tochter vorantreiben.«

Albrecht sah ihr an, dass sie sich auf eine Schwiegertochter und mehr noch auf Enkel freute, und kämpfte mit einem bitteren Geschmack in seinem Mund. Hadmut von Wolfsstein war die Letzte, die er zu heiraten gedachte, selbst wenn sie ihm zehn Burgen als Mitgift in die Ehe gebracht hätte. Zwar hatte ihm das kleine Waldschratmädchen aus dem Blutwald in den letzten Wochen klar gemacht, dass er niemals auf die Erfüllung seiner Liebe zu der wunderschönen Waldfee hoffen konnte, und er wusste auch, dass er es seinen Vorfahren schuldig war, ein Weib zu nehmen und Söhne zu zeugen, um das Geschlecht derer von Schmölz zu erhalten. Aber jedes andere Edelfräulein wäre ihm lieber gewesen als die überstolze und von sich eingenommene Jungfer Hadmut.

Seine Mutter nahm wahr, dass seine Miene sich abwehrend verschloss, und schüttelte verständnislos den Kopf. In ihren Augen stellte Hadmut die beste Partie im weiten Umkreis dar, und die Hochzeit würde die Bande zur Wolfssteiner Sippe und deren Verwandten festigen. Sie kam jedoch nicht mehr dazu, Albrecht ihren Standpunkt aufs Neue begreiflich zu machen, denn eben wurde das Burgtor geöffnet, und Ritter Chuonrad ritt hindurch. Frau Rotraut winkte ihrem Sohn, mitzukommen und stieg in den Burghof hinunter, um den Gast zu empfangen.

| 3 | Ritter Chuonrad musterte die Wehranlagen von Schmölz durchaus mit Sorge, denn wenn es zu einer blutigen Fehde zwischen dem Wallburger und dem Schmölzer kam, würden diese Mauern, die zudem durch einen mächtigen Belfried geschützt wurden, nur mit vielen Männern und teurem Gerät zu überwinden sein. Ebenso wenig wie der geradezu musterhafte Zustand der Wehranlagen gefiel ihm die große Anzahl an Waffenträgern. Frau Rotraut schien ihre Anstrengungen, die Burg in einen verteidigungsfähigen Zustand zu versetzen, in den letzten zwei Monaten verdoppelt zu haben, und die Männer, die Graf Walther und seine Verbündeten aufbringen konnten, würden nicht ausreichen, dieses Bollwerk zu erstürmen.

Als die Burgherrin erschien, um ihn zu begrüßen, versteckte Chuonrad seine Besorgnis hinter einem breiten Grinsen und scheinbar überschwänglicher Fröhlichkeit.

»Als ich die Nachricht vom Sieg auf dem Marchfeld erhielt, dachte ich mir, ich schau doch mal her. Vielleicht habt Ihr ja bereits Nachricht von meinem Freund Bodo erhalten. Ich würde doch zu gerne wissen, wie es dem alten Schlagetot geht. Er hat die Schlacht doch hoffentlich unbeschadet überstanden?«

»Bodo hat mir bisher noch keine Botschaft gesandt, doch wir hoffen jeden Tag darauf, dass er selbst erscheint«, antwortete Frau Rotraut gerührt von der Anteilnahme des Wolfssteiners am Schicksal ihres Gemahls.

Im Gegensatz zu seiner Mutter hörte Albrecht den lauernden Unterton aus Chuonrads Worten heraus und kniff misstrauisch die Augen zusammen. Es war nicht zu übersehen, mit welch nervösen Blicken der Ritter die mit Vorräten und Tierfutter hoch beladenen Fuhrwerke bedachte, deren Fracht noch in die Scheuern und Keller geschafft werden musste.

Chuonrad bemerkte Albrechts abweisende Miene und sagte sich, dass Angriff immer noch die beste Verteidigung war. Er schüttelte sichtlich verblüfft den Kopf und blickte Frau Rotraut fragend an. »Man könnte fast denken, Ihr würdet eine Belagerung erwarten, meine Liebe!«

»Wer den Wolf auf der Wallburg kennt, sollte auf alles vorbereitet sein. Verzeiht, Ritter Chuonrad, mit diesem Vergleich wollte ich nicht Euch und Euren Namen kränken.«

Sie deutete lächelnd auf den Palas. »Ihr habt gewiss Hunger und Durst. Ich werde Hilde befehlen, ein reichliches Mahl auftragen zu lassen und guten Wein aus den Würzburger Lagen.«

Ritter Chuonrad hatte am Morgen vor dem Verlassen der Wallburg bereits kräftig zugelangt, doch seitdem waren schon einige Stunden vergangen, und er verspürte wieder Hunger. Auch würde bei einem guten Essen die Stimmung gelöster sein als hier draußen auf dem Hof, und dann mochte es ihm leichter fallen, Graf Walthers Auftrag zu erfüllen. Deshalb stimmte er erfreut zu, ließ sich von Frau Rotraut in den Rittersaal führen, an dessen Tafel mehr als zwanzig Leute hätten Platz nehmen können, und setzte sich ohne Ziererei auf den Ehrenplatz. Die Kost, die ihm aufgetragen wurde, war genauso derb und kräftig wie die auf der Wallburg und der Wein so gut, wie er an den Südhängen oberhalb des Mains reifen konnte. Vor seiner engeren Beziehung mit dem Wallburger hatte Chuonrad dieser Rebensaft gemundet, aber seit die süßen Tropfen aus Ungarn durch seine Kehle geflossen waren, empfand er die heimischen Weine als zu sauer. Das hinderte ihn jedoch nicht daran, Becher um Becher zu leeren und dabei dem Rätsel nachzugehen, das seinen neuen Verbündeten und baldigen Schwiegersohn auf der Wallburg so sehr beschäftigte.

»Als ich den alten Bodo vor ein paar Monaten in Regensburg getroffen habe, war er sich völlig sicher, Herrn Walther die verlorenen Dörfer und den Krehlwald wieder abnehmen zu können, und er meinte, dass ich mein Besitztum ebenfalls zurückbekommen würde. Daher interessiert mich natürlich, auf welche Weise er dem Wallburger die Stirn bieten will. Hat er denn schon etwas unternommen? Ich würde ihn nur allzu gerne unterstützen, aber dazu müsste ich wissen, was er vorhat. Könnt Ihr mich denn nicht einweihen, meine Liebe?« Chuonrad zwinkerte Frau Rotraut vertraulich zu und hoffte auf die weibliche Geschwätzigkeit, die er bei seiner Frau im Überfluss kennen gelernt hatte.

Frau Rotraut hob mit einer um Entschuldigung bittenden Geste die Hände und seufzte. »Leider hat mein Mann mich nicht ins Vertrauen gezogen.«

»Aber Junker Albrecht könnte doch an seiner Stelle handeln! Ihm wird er es doch gesagt haben.« Chuonrad rückte ein Stück auf Albrecht zu und schlang seinen rechten Arm um dessen Schulter.

Albrecht lächelte sanft, obwohl Chuonrads aufdringliche Art ihn anwiderte. So wie der Wolfssteiner benahm sich kein Freund, auch wenn der Mann so tat, als läge ihm nur das Wohl von Schmölz und das seines zukünftigen Eidams am Herzen. Trotz der Abneigung gegen den Gast musste er seine Antwort vorsichtig formulieren, um seine Mutter, die den Ritter als Verbündeten betrachtete, nicht zu verärgern. »Ich bedauere, Euch hier nicht zu Diensten sein zu können, Herr Chuonrad, doch ich war noch ein Knabe, als mein Vater die Burg verließ, um sich dem Grafen von Habsburg anzuschließen, und seitdem hat sich keine Gelegenheit ergeben, dieses Geheimnis von ihm zu erfahren.«

Chuonrads Gesicht färbte sich rot vor Ärger. »Willst du mich zum Narren halten, Junge? Bodo muss das Geheimnis zumindest mit dir geteilt haben, denn wäre er gefallen, würde es euch nicht mehr von Nutzen sein!«

»Auch uns macht es Sorgen, dass mein Gemahl weder mich noch Albrecht eingeweiht hat«, seufzte die Burgherrin, die sich ebenso über die Geheimniskrämerei ihres Gatten ärgerte wie über die Tatsache, dass sie deswegen Gefahr lief, einen wertvollen Verbündeten zu kränken und einen Freund zu verlieren.

Anders als Frau Rotraut war Albrecht froh, dass sein Vater die Mutter nicht eingeweiht hatte. Merkte sie denn nicht, dass der Ritter es vermied, auf die bereits abgesprochene Ehe zwischen ihm und Hadmut zu sprechen zu kommen? Obwohl ihm nicht das Geringste an dieser Heirat lag, beschloss er, dem Gast auf den Zahn zu fühlen. »Ich hoffe, Jungfer Hadmut befindet sich wohl, Herr Chuonrad? Wenn

Ihr wieder nach Hause kommt, richtet ihr bitte aus, wie sehr es mich drängt, das Brautbett mit ihr zu teilen.«

Während Frau Rotrauts Augen erfreut aufleuchteten, verschluckte Chuonrad sich und rang keuchend nach Luft.

Albrecht klopfte ihm fröhlich lachend auf die Schulter und schoss dabei den nächsten Pfeil ab. »Eine so schöne und sittsame Maid wie Eure Tochter kann einem Mann durchaus das Blut erhitzen, und die Mitgift lässt sich ebenfalls sehen. Ich sehne den Tag herbei, an dem ich mit Hadwig auf Burg Hebnitz einziehen kann, denn mein Vater wird gewiss noch etliche Jahre das Heft auf Schmölz in der Hand halten wollen.«

Vor ein paar Monaten hätte Chuonrad noch schallend gelacht und Albrecht angeboten, gleich mit ihm zu kommen, wenn es ihm mit der Heirat so eilig sei. Jetzt aber schnaubte er wie ein gereizter Stier. »Werde erst einmal ein richtiger Ritter, bevor du ans Freien denkst! Um einen Knappen zu heiraten, ist mir meine Hadmut zu schade.«

Es klang so giftig, dass Frau Rotraut ihn schockiert anblickte. Weder sie noch Albrecht konnten wissen, dass Graf Walther ihrem Gast eröffnet hatte, er würde auf Hadmuts Mitgift verzichten, wenn dieser der Heirat zustimmte und sich voll und ganz auf seine Seite stellte. Diesem Angebot hatte Ritter Chuonrad nicht widerstehen können und dem Grafen den Treueid auf das Kreuz seines Schwertes geleistet. In weniger als einer Woche sollte seine Tochter bereits in Herrn Walthers Bett liegen, und daher kam Albrechts Drängen ihm sehr ungelegen.

»Ich muss zuerst noch mit deinem Vater reden und ihn fragen, ob er mit eurer Vermählung einverstanden ist«, setzte er brummig hinzu, obwohl er bei seinem Ritt nach Regensburg mit Ritter Bodo in diesem Punkt einig geworden war.

»Es ist wirklich an der Zeit, dass Bodo zurückkehrt.« Frau Rotraut war enttäuscht, weil ihr Gast mit einem Mal alle Verantwortung auf ihren Gemahl schob, obwohl er in den letzten Jahren alles mit ihr abgesprochen hatte; Albrecht hingegen lächelte still und zufrieden vor sich hin. Ritter Chuonrads überraschendes Sträuben verschaffte ihm zumindest eine Galgenfrist, und mit dem Optimismus der Jugend hoffte er, der Ehe mit Hadmut entkommen zu können.

»Wollt Ihr heute noch nach Hause reiten, oder soll ich Euch eine Kammer richten lassen?« Frau Rotrauts Freude über Ritter Chuonrads Besuch war mittlerweile verblasst und hatte einem nagenden Gefühl der Enttäuschung und einem gewissen Misstrauen Platz gemacht. Daher war sie nicht unfroh, als ihr Gast seinen letzten Becher Wein auf einen Zug leerte und sich von seinem Stuhl erhob. »Verzeiht, wenn ich unhöflich erscheine, aber ich muss heute noch nach Wolfsstein zurückkehren.«

Die Burgherrin und ihr Sohn standen ebenfalls auf, um ihren Gast bis auf den Burghof zu begleiten. Ritter Chuonrads Abschied war kurz und wenig herzlich, und Frau Rotraut schrieb dies der Tatsache zu, dass er glauben musste, trotz des engen Bundes mit Schmölz von einem wichtigen Geheimnis ausgeschlossen worden zu sein.

Albrecht hingegen kämpfte mit einem unguten Gefühl, das nicht besser wurde, als der alte Hannes mit verbissener Miene auf ihn zukam und ihn beiseite zog. »Ich habe gerade mit einem unserer Bauern im Meierdorf geredet, junger Herr. Er schwört Stein und Bein, dass Herr Chuonrad auf der Straße herangekommen ist, die zur Wallburg führt, und noch verwunderlicher erscheint mir, dass er von einer größeren Reiterschar begleitet worden ist und die Männer an einem versteckten Platz zurückgelassen hat, an dem sie allem Anschein nach auf ihn warten.«

Albrecht fragte sich, was dahinter steckte, und befahl Hannes, Hirschmähne zu satteln, um Chuonrad folgen zu können. Der Knecht schüttelte jedoch heftig den Kopf. »Ihr könnt mich prügeln lassen, aber das tue ich nicht. Wenn Ritter Chuonrad sich auf die Seite des Wallburgers geschlagen hat und Euch gefangen nehmen kann, schlägt er Eurem Vater das Schwert aus der Hand!«

Albrecht wollte auffahren, doch seine Mutter war auf die Szene aufmerksam geworden und eilte herbei. Als sie hörte, was er tun wollte, stimmte sie dem Knecht vorbehaltlos zu und befahl ihrem Sohn mit eisiger Stimme, auf der Burg zu bleiben. Das Entsetzen über den Verrat, der sich da abzeichnete, stand ihr ins Gesicht geschrieben, und ihrem Sohn wurde klar, dass er seiner Mutter nicht noch weitere Sorgen aufladen durfte.

4

Ritter Chuonrads verkniffene Miene hellte sich ein wenig auf, als er auf seine im Schatten der Bäume verborgenen Begleiter traf. Für Hartger von Kesslau, aber auch für den Wallburger Vogt, der sich stolz Jost von Beilhardt nennen ließ, obwohl er Namen und Rang weniger einer edlen Abkunft als vielmehr der Gnade des Grafen verdankte, war es beinahe tollkühn, sich so weit auf feindliches Gebiet zu wagen. Auch dies bewies, dass man auf der Wallburg und den verbündeten Burgen nervös geworden und bereit war, eine offene Fehde zu provozieren.

Jost schien darauf zu lauern, sich mit Schmölzer Reisigen zu messen und ihnen die Köpfe einzuschlagen, denn er äugte an Chuonrad vorbei in Richtung Schmölz und stöhnte enttäuscht auf, als er sah, dass niemand dem Wolfssteiner folgte.

»Nun, Herr Chuonrad, habt Ihr die Schmölzer Burghenne aushorchen können?«, begrüßte er den Ritter mit einem Lachen, das mehr einem Fletschen seiner gelben Zähne glich.

Ritter Chuonrad schüttelte ärgerlich den Kopf. »Leider nein. Sowohl Frau Rotraut wie auch ihr Schwachkopf von Sohn wagten doch glatt zu behaupten, nichts darüber zu wissen.«

Jost nickte beinahe erfreut. »Dann müssen wir dafür sorgen, dass der Plan meines Herrn aufgeht. Dieser Bock von Bodo wird, wenn er aus Österreich oder Böhmen nach Hause zurückkehrt, die Straße von Rothenburg oder die von Ansbach nehmen. Die erste hält unser Freund Reinwald von Altburg unter Kontrolle, die andere wird Herr Hartger überwachen müssen.«

»An mir kommt Ritter Bodo nicht vorbei!«, versprach Ritter Hartger eilig.

»Das will ich hoffen! Herrn Walther würde es gewiss nicht freuen, wenn wir Burg Schmölz belagern und einnehmen müssten, denn abgesehen von den Männern, die die Sache uns kosten würde, dürfte die Nachricht von einem offenen Kampf bis zum Kaiser dringen, und wer weiß, ob der sich nicht auf die Seite seines Speichelleckers stellt. Dann sähe es für keinen von euch gut aus.«

Josts Blick enthielt eine Warnung, die Hartger von Kesslau nicht entging. Da der Ritter das ehemalige Reichsgebiet, das größer war als sein ursprünglicher Besitz, nicht verlieren und sich den Wallburger zum Feind machen wollte, erklärte er, dass er nicht nur die Ansbacher Straße, sondern seine gesamte östliche Grenze überwachen lassen würde.

Ritter Chuonrad nickte grimmig. »Wollen wir hoffen, dass uns der Vogel ins Netz geht, denn ihn in seinem Horst auszuräuchern dürfte sehr schwierig werden. Frau Rotraut hat die Schmölzer Befestigungen noch einmal verstärken lassen, und ihr Sohn bildet seine Bauernburschen als Soldaten aus.«

Er wendete sein Pferd und stieß dabei heftig auf. »Das macht der schlechte Wein, der auf Schmölz ausgeschenkt wird. Ich reite jetzt nach Hause und spüle ihn mit etwas Besserem weg.«

»Wollt Ihr mich nicht nach Kesslau begleiten?«, fragte Ritter Hartger befremdet.

Seine Frau war eine Base Chuonrads, und er wollte ihr mit diesem Besuch beweisen, dass der Streit zwischen ihm und ihrer Sippe beigelegt worden war. Der Wolfssteiner erinnerte sich jetzt wieder an sein Versprechen und drehte sein Pferd in die andere Richtung. Jost hätte mit Ritter Chuonrads Nachricht zur Wallburg zurückreiten sollen, doch ihn lockte es, ebenfalls nach Kesslau zu reiten. Die Mägde dort waren hübsch, und Ritter Hartger hatte bereits angedeutet, dass es ihn nicht stören würde, wenn er die eine oder andere von ihnen in eine stille Ecke zog. Daher schloss auch er sich mit seinen Reisigen den beiden Rittern und deren Gefolge an. Die neun Bewaffneten, die nun frohgemut über Schmölzer Gebiet ritten, waren überzeugt, keinen Angriff fürchten zu müssen, aber sie hatten die Schmölzer Grenze noch nicht erreicht, als ihnen ein aus vier Reisenden bestehender Reitertrupp entgegenkam.

Ritter Chuonrad hielt sein Pferd an und spähte neugierig nach vorne. »Wer mag das sein?«

Anstelle einer Antwort zog Jost grinsend sein Schwert. Die anderen taten es ihm unwillkürlich nach, starrten ihn aber verwundert an. Ihre fragenden Mienen reizten den Wallburger Vogt zu einem spöttischen Lachen. »Fünf Jahre sind eine lange Zeit, aber dennoch solltet ihr euch an Ritter Bodos Schlachtross erinnern können.«

»Bodo? Das glaube ich nicht!« Hartger stellte sich in den Steigbügeln auf, um besser sehen zu können, und stieß dann einen gotteslästerlichen Fluch aus. »Bei allen Höllenteufeln, er ist es. Los Leute, auf ihn drauf! Er darf uns nicht entkommen!«

Jost hatte den gleichen Befehl geben wollen und ärgerte sich, dass der Kesslauer sich als Anführer der Gruppe aufspielte. Das wollte er sich nicht bieten lassen, und so setzte er sich selbst an die Spitze. »Vergesst nicht, dass wir den alten Bock lebend brauchen, um ihn als Pfand gegen sein Weib und seinen Sohn einsetzen zu können!«, rief er und winkte den Männern, schneller zu werden.

Auf dem eigenen Land angekommen, fühlte Bodo von Schmölz sich völlig sicher und wurde von dem Angriff so überrascht, dass er die Situation erst richtig einzuschätzen vermochte, als er und seine drei Begleiter umzingelt waren. Wohl fuhr seine Hand noch zur Waffe, doch Hartger und Chuonrad hielten ihm die Schwerter an die Kehle, ehe er seine eigene Klinge ziehen konnte.

»Ergebt Euch, Ritter Bodo, und Euch soll ehrenvolle Haft gewährt werden«, forderte der Kesslauer ihn auf.

Bodo von Schmölz saß wie gelähmt auf seinem mächtigen Braunen, denn er hatte Jost erkannt und musste nun annehmen, dass der Graf von Wallburg Burg Schmölz eingenommen und seine Gemahlin und seinen Sohn gefangen gesetzt oder gar getötet hatte. Da er nicht antwortete, sondern die Hand weiter am Schwertgriff hielt, stürzten sich drei der Männer auf ihn und rissen ihn vom Pferd, sodass er wie ein Stein zu Boden fiel. Der Aufprall raubte ihm für einen Augenblick den Atem, und bevor er wieder zur Besinnung kam, hatte man ihm die Arme auf den Rücken gebogen und gefesselt. Zwei, drei Augenblicke später waren auch sein Knappe und seine beiden Knechte überwältigt.

Jost prüfte die Riemen, mit denen man die Gefangenen gebunden hatte. »Graf Walther wird sehr zufrieden mit uns sein, wenn wir ihm die vier als Beute vor die Füße legen. Kommt, bringen wir die Kerle zu ihm.«

Ritter Hartger zog eine bedenkliche Miene. »Ich weiß nicht, ob das so gut wäre, Freund Jost. Wir müssten ein ganzes Stück über Schmölzer Land reiten, und wenn die Leute sehen, dass wir ihren Herrn gefangen haben, werden wir uns den Weg mit dem Schwert bahnen müssen. Bringen wir die Gefangenen zuerst mal zu mir. Von dort führt eine sichere Straße zur Wallburg.«

Jost sah ein, dass der Mann Recht hatte, ärgerte sich aber dennoch, einen Umweg über Kesslau machen zu müssen, denn er hätte Ritter Bodo seinem Herrn zu gern selbst präsentiert. So aber konnte er dem Grafen nicht einmal die Nachricht von der Festnahme überbringen, denn ihr Überfall war nicht unbemerkt geblieben, und er hatte keine Lust, sein Leben am Vorabend des großen Triumphes durch die Sensen oder Forken Schmölzer Bauern zu verlieren, die wegen einiger Zwischenfälle um den Krehlwald nicht gut auf ihn zu sprechen waren.

»Also gut, bringen wir die Kerle erst einmal nach Kesslau. Mein Herr muss aber sofort erfahren, dass sie in unsere Hand geraten sind. Ritter Chuonrad, Ihr werdet zusammen mit Eurem Knappen zurückreiten. Da Ihr noch als Freund der Schmölzer bekannt seid, dürftet Ihr das Land hier noch unbehelligt durchqueren können.«

Der Wolfssteiner fürchtete die Bauern nicht, die unvermutet aufgetaucht und sofort davongelaufen waren, aber er konnte nur hoffen, dass Frau Rotraut nicht so schnell reagieren und Bewaffnete ausschicken würde. Trotz der Gefahr aber drängte es ihn, vor den Grafen zu treten und ihm von dem Erfolg zu berichten, der ihnen so unverhofft in den Schoß gefallen war. Daher nickte er Jost grimmig zu. »Ich werde reiten!«

Ritter Bodo maß den Mann, den er bisher für einen Freund und Verbündeten gehalten hatte, mit einem zornigen Blick und schickte ihm ein paar Flüche hinterher, erntete aber nur das schallende Gelächter des Kesslauers und des Wallburger Vogts.

5 | Die Nachricht von der Gefangennahme Ritter Bodos schlug wie ein Blitz auf der Wallburg ein. Während die Knechte und Mägde es kaum glauben wollten, dass ihr Herr vom Schicksal erneut so reich beschenkt worden war, durchlebte Herr Walther selbst einige Augenblicke höchsten Triumphes. Um diese zu verlängern, bat er Ritter Chuonrad, ihm das Geschehene noch einmal ganz genau zu erzählen, und schloss danach den Mann, der in wenigen Tagen sein Schwiegervater sein würde, mit einem jubelnden Ruf in die Arme.

»Gott ist mit den Starken, Gevatter! Mit Bodo übergibt er uns die Macht im gesamten Gau. Nun kann uns niemand mehr aufhalten.«

Ritter Chuonrad vernahm diese Worte mit einem lachenden, aber auch mit einem weinenden Auge, denn auch wenn sein Blut über Hadmut in den Adern des nächsten Gaugrafen fließen würde, so würden die Nachkommen seines Sohnes nur noch Vasallen der Herren auf der Wallburg sein.

Herr Walther kümmerte sich nicht um die widerstreitenden Gefühle, die sich auf Chuonrads Gesicht abzeichneten, sondern rief Armin und die jungen Ritter, die in seinen Diensten standen, zu sich. »Lasst die Pferde satteln! Wir brechen heute noch auf.«

»Heute noch? Es wird doch bald Nacht«, wagte Reinulf von Altburg einzuwenden. Armin hingegen warf einen kurzen Blick zum Fenster hinaus und winkte dann lachend ab.

»Es bleibt mindestens noch zwei Stunden hell genug für einen schnellen Ritt. In dieser Zeit können wir Kesslau erreichen.«

»Für den Notfall nehmen wir Fackeln mit«, ergänzte der Graf und befahl, dass zwanzig Reisige mitkommen sollten.

Rütger gehörte zu den ausgewählten Männern, und er konnte nicht sagen, dass ihm der Auftrag gefiel. Wenn Schmölz als Gegenpart ausgeschaltet war, konnte Herr Walther noch unumschränkter und selbstgerechter herrschen als bisher.

»Man könnte schier an Gottes Gerechtigkeit zweifeln! Der Kreuzessplitter sollte doch eigentlich ein heiliges Ding sein, welches das Gute unterstützt und Recht und Gerechtigkeit zum Sieg verhilft! Stattdessen lässt es alle Untaten des Grafen zu dessen Gunsten ausgehen«, sagte er zu Bärbel, die eben den großen schwarzen Hengst des Herrn sattelte, der unter ihrer Pflege die Schäden des wilden Rittes zum Kloster St. Martin überwunden hatte.

Bärbel nickte, ohne etwas zu sagen, denn ihr Herz war schwer und sie machte sich Vorwürfe, weil sie den Kreuzessplitter bereits in der Hand gehalten, aber nicht an sich genommen hatte. Der Gedanke, dass Elisabeth noch leben könnte, wenn sie damals den Mut aufgebracht hätte, das Ding zu entwenden, quälte sie immer noch, aber an diesem Tag hätte sie sich am liebsten den Kopf an der nächsten Wand wund geschlagen, um ihren Selbstvorwürfen zu entgehen.

Rütger hatte unterdessen sein eigenes Pferd gesattelt und sah sich noch einmal nach dem Mädchen um, das mit in sich gekehrter Miene und blicklosen Augen mitten im Stall stand und seine Umgebung nicht mehr wahrzunehmen schien. »Meine arme Kleine! Du bist halt doch nicht ganz richtig im Kopf«, seufzte er und winkte Kunz heran, damit er den Rappen des Grafen fertig sattelte. Der Stallknecht musste Bärbel den Sattelgurt aus den Händen winden, so fest hatte sie ihre Finger darum gekrampft. Als er sie zurückschob, zitterte sie plötzlich am ganzen Körper und rannte hinaus.

Kunz wechselte einen kurzen, beredten Blick mit Rütger. »Wenn ich Trampel so ansehe, überkommt mich der Wunsch, dem Herrn eine glatte Klinge in den Leib zu stoßen.«

»Sag das nicht zu laut, sonst hört es noch jemand und verrät dich! Aber mir geht es ähnlich, das kannst du mir glauben.«

Für Rütger und Kunz war damit die Sache erledigt. Bärbel aber hatte sich in einem dunklen Winkel zwischen den Nebengebäuden verkrochen und kämpfte mit ihren aufgepeitschten Gefühlen. Wenn Ritter Bodo gefangen war, würde es für Albrecht nicht mehr möglich sein, Schmölz gegen den Grafen zu verteidigen. Sie hatte ihn in den letzten Wochen noch zweimal im Blutwald getroffen und ihm selbst erfundene Märchen über die Waldfee erzählt. Zum Dank dafür aber hatte er sie beleidigt, indem er sie ständig Waldschrätlein nannte. Doch nun verzieh es sie, denn sie fühlte sich an der Gefangennahme seines Vaters mitschuldig.

»Ich hätte auf den frommen Eremiten hören und den Kreuzessplitter an mich nehmen sollen!« Bärbel erschrak vor dem bittern Klang ihrer Stimme und sah sich erschrocken um. Es hatte jedoch niemand ihre Worte vernommen, denn hier gab es nichts außer schmutzigen Wänden und dem Wind, der vom Zwinger heraufpfiff und an ihren Haaren zerrte. In ihre Verzweiflung eingesponnen wünschte sie sich nur noch zu sterben, um den Triumph des Grafen nicht mehr miterleben zu müssen.

Mit einem Mal aber war es ihr, als würde sie von sanften Händen gestreichelt und aufgerichtet. Ihr tränenumflorter Blick klärte sich, und sie sah zum Palas hinüber, der von der tief stehenden Sonne angestrahlt so rot leuchtete, als habe man ihn mit Blut übergossen. Noch konnte sie ihr Werk vollbringen und Herrn Walther, der so viel Leid über sie, ihre Familie und den ganzen Gau gebracht hatte, den Kreuzessplitter abnehmen. Bei dem Gedanken fühlte sie ihr Herz ganz leicht werden, und in ihr schwangen die Zeilen eines Liedes zu Ehren der Gottesmutter, das sie in der Kirche von Marktwalldorf gehört hatte. Sie stand auf, wanderte auf den Burghof zurück und wartete geduldig, bis der Graf und seine Begleiter die Burg verlassen hatten.

Als sie die Treppe zum Palas hinaufstieg, interessierte sich niemand dafür, wohin sie ging. Überall standen die Knechte und Mägde herum und unterhielten sich leise, aber erregt über die Wendung, die das Schicksal ihres Herrn genommen hatte. Etliche hatten nach dem Tod Elisabeths und der Gräfin Mitleid für ihn empfunden, nun aber flüsterten die Leute sich zu, dass die beiden Frauen nur deswegen ihr Ende gefunden hatten, weil der Graf ihren Tod mit der Macht des Kreuzessplitters herbeigeführt hatte, um Ritter Chuonrads Tochter Hadmut als neue Gemahlin heimführen zu können. Die meisten waren überzeugt davon, dass übers Jahr ein Erbe geboren würde, und waren der Ansicht, dass ihr Herr ein großer Zauberer war, dessen Macht bald unumschränkt sein würde. Als diese Ansicht sich durchsetzte, flehten die meisten Frauen die Jungfrau Maria an, den Sinn des Herrn fürderhin milder zu stimmen.

Einige der Mägde sprachen Bärbel an, doch sie beteiligte sich nicht an dem Gerede, sondern strebte dem Ort zu, an den jede Faser ihres Herzens sie trieb. Als sie die große Halle durchquert hatte und die Treppe hochschlich, blieb der Lärm, den das aufgeregte Gesinde machte, hinter ihr zurück, und sie tauchte in eine Stille hinein, die ihr zum ersten Mal unheimlich erschien. Es war ihr, als wäre sie nicht allein, sondern würde von einem Wesen begleitet, das wie ein goldener Sonnenstrahl neben ihr schwebte. Aber als sie um sich schaute, war nichts zu sehen.

Die Tür zu den Gemächern des Grafen ging wie von selbst auf, kaum dass sie sie berührt hatte, und ehe sie den Schlüssel aus dem Geheimfach nehmen konnte, öffnete sich der Eingang zur geheimen Kammer, als hätte ein Unsichtbarer den Weg für sie frei gemacht. Auch die Türen des kleinen Schreins hinter dem geschnitzten Altarbild klappten wie von selbst auf. Bärbel blickte hinein und zögerte, denn sie erwartete, wieder jene Stimme zu vernehmen, die sie damals zurückgewiesen hatte. Aber es blieb alles still. Niemand schien sie daran hindern zu wollen, das goldene Kästchen mit seinem wertvollen Inhalt an sich zu nehmen. Vorsichtig streckte sie die Finger aus, jederzeit bereit, es wieder loszulassen, aber die kleine Reliquienschatulle schwebte hoch, glitt in ihre Hand und blieb warm darin liegen. Ein zufriedener Seufzer erklang, und vor Bärbels Augen schloss sich der Schrein wieder, als wolle eine unsichtbare Hand den Diebstahl des Kreuzessplitters verbergen.

In Bärbel machte sich das Gefühl breit, ein gutes Werk vollbracht zu haben, und mit einem tiefen Aufatmen zog sie ihren Kittel auseinander, um das goldene Kästchen in einer der innen eingenähten Taschen zu verbergen, in denen sie ihre geringen Habseligkeiten verwahrte. In dem Moment schrie hinter ihr jemand triumphierend auf. Bärbel schnellte herum und sah Notburga mit begehrlich funkelnden Augen auf sich zukommen.

Die Beschließerin starrte Bärbel mit einem Ausdruck ungezügelter Gier und Mordlust an, und ihre Stimme hatte nichts Menschliches mehr an sich. »Die Verrückte hat tatsächlich das Geheimnis der Herren von Eisenstein entdeckt! Aber jetzt gehört das Ding mir! Los, gib es her! Es ist mein! Mein!«

Notburga hatte die Stunden nicht vergessen, in denen ihr Herr sie den enthemmten Knechten ausgeliefert hatte. Seit jenem Tag hatte sie darauf gesonnen, den Kreuzessplitter an sich zu bringen, um sich an Herrn Walther rächen zu können. Sie hatte schon lange gewusst, dass die Reliquie in dieser Kammer versteckt sein musste, und war bereit gewesen, die geschnitzten Paneele von der Wand zu reißen, um an das Ding heranzukommen. Nun sah sie sich ihrem Ziel so nahe, dass nichts mehr sie aufhalten konnte.

Während sie versuchte, Bärbel die Reliquie zu entreißen, beschäftigten ihre Gedanken sich schon damit, wie sie Herrn Walther mit dem Ding zwingen konnte, sie als seine angetraute Gemahlin in sein Bett zu nehmen. Das Mädchen aber duckte sich unter ihren Händen weg und rannte zur Tür hinaus.

Die Beschließerin drehte sich hastig um, stolperte über Elisabeths früheres Lager und stürzte zu Boden. Fluchend kam sie wieder auf die Beine und lief leicht hinkend hinter Bärbel her. »Gib mir das Ding, sonst bringe ich dich um!«, drohte sie mit sich überschlagender Stimme, und die Gier nach der Macht, die die Reliquie ihr verleihen würde, trieb sie trotz der Schmerzen in ihrem Fuß vorwärts.

Bärbel glaubte Notburgas Atem schon in ihrem Nacken zu spüren und sauste die Treppe hinab, indem sie drei Stufen auf einmal nahm, durchquerte den Rittersaal und stürmte durch die Pforte. Auf der Freitreppe musste sie zwischen dem schwatzenden Gesinde Haken schlagen, traute sich aber nicht, sich umzusehen, sondern rannte, so schnell sie ihre Füße trugen, auf das Burgtor zu, in der Hoffnung, die kleine Pforte öffnen zu können, ehe Notburga sie eingeholt hatte.

Notburga erreichte das Portal des Palas nur wenige Herzschläge nach Bärbel, sah diese auf das obere Burgtor zulaufen und hastete ihr nach, ohne auf das Gesinde zu achten, das dem Mädchen verwundert nachstarrte. Auf der obersten Stufe der Freitreppe stieß sie mit einer der Mägde zusammen, die ihr nicht schnell genug ausweichen konnte, geriet ins Straucheln und stürzte vom eigenen Schwung getrieben die anderthalb Klafter hinab, die die Tür über dem Burghof lag. Sie sah den Boden auf sich zukommen, fühlte den Schlag und vernahm als letztes das knirschende Geräusch, mit dem ihr Genick brach.

Bärbel hatte Notburgas Ende nicht mitbekommen, denn als diese stürzte, hatte sie schon das Tor hinter sich gelassen und durchquerte ohne aufgehalten zu werden den Zwinger. Sie rannte, bis ihr Herz wie ein Schmiedehammer unter ihren Rippen schlug und ihre rechte Seite schmerzte, als würde man sie dort mit glühendem Eisen versengen. Als ihre Lunge zu kochen schien, blieb ihr trotz ihrer Angst nichts anderes übrig, als stehen zu bleiben. Zum ersten Mal seit ihrer Flucht sah sie sich um und stellte fest, dass die Wallburg schon weit hinter ihr lag und ihr niemand folgte.

Aufatmend schritt sie weiter und kam erst jetzt dazu, sich zu fragen, was sie mit dem Kreuzessplitter anfangen sollte. Am liebsten hätte sie ihn Albrecht gebracht, damit dieser seinen Vater auslösen konnte. Auf diese Weise aber würde die Reliquie wieder in Herrn Walthers Besitz gelangen und ihm weitere Schandtaten ermöglichen. Also gab es nur einen richtigen Weg, und der führte zu der Klause des Eremiten.

6

Mitternacht war bereits nahe, als Bärbel im fahlen Schein des Mondlichts die Klause vor sich auftauchen sah. Sie war lange gelaufen, hatte nichts zu Abend gegessen und fühlte sich so müde und erschöpft wie selten zuvor in ihrem Leben. Sie war auch ein wenig enttäuscht von der Reliquie, denn unterwegs hatte sie gehofft, der Kreuzessplitter, der angeblich die Nachfahren Ritter Rolands mit Kraft erfüllen konnte, würde auch ihr helfen.

»Wer wünscht Einlass?«, hörte sie Adalmar fragen.

»Die Bärbel!«

Drinnen wurde der Riegel zurückgeschoben, und der Templer leuchtete sie mit einem an den Resten des Herdfeuers entzündeten Kienspan an. »Aber Kind, was führt dich zu so nachtschlafender Zeit zu mir? Musstet du wieder vor diesen frechen Burschen fliehen?«

Bärbel schüttelte den Kopf. »Nein, ehrwürdiger Vater. Etwas viel Schlimmeres ist geschehen. Graf Walther hat Ritter Bodo gefangen genommen und wird ihn wohl nicht eher freilassen, bis dieser auf seine Bedingungen eingegangen ist.«

Der alte Mann fiel sichtlich in sich zusammen. »Bei der Gnade Gottes, nun ist alles verloren! Ritter Bodo wird sich beugen müssen, und Graf Walther dürfte so mächtig werden, dass sein Schatten den gesamten Gau überdeckt und selbst die Herzen der mutigsten Männer mit Furcht erfüllt.«

»Es könnte noch Hoffnung geben«, antwortete Bärbel leise und holte das Kästchen mit dem Kreuzessplitter hervor. »Nun kann ich mich auf der Wallburg nicht mehr blicken lassen. Notburga hat mich nämlich erwischt und verfolgt.«

Ihre letzten Worte verflogen ungehört, denn Adalmar starrte wie unter Schock auf die Reliquie und streckte so vorsichtig die Hand danach aus, als könne sie ihn verschlingen. Als das Kästchen auf seiner Handfläche stand, empfand er die Berührung als warm und angenehm. Einen Augenblick später begann das Behältnis zu pochen wie das Herz eines Kindes. Die Oberfläche des Kästchens leuchtete auf, und ein kräftiger Strom goldenen Lichtes floss in den alten Templer hinein. Die Last der Jahre, die Adalmar von Eisenstein schier zu Boden gedrückt hatte, war wie hinweggefegt, und er wirkte wieder kraftvoll und geschmeidig wie ein junger Mann.

»Du hast Recht, Kind! Noch gibt es Hoffnung! Kannst du noch einen Augenblick draußen warten, denn ich will mich ankleiden.«

Bärbel wunderte sich ein wenig, denn der Eremit trug bereits seine Kutte, aber sie nickte gehorsam und trat zurück. Adalmar wollte schon die Türe schließen, aber ein letzter Blick auf ihr Gesicht verriet ihm, dass sie hungrig und durstig war. Daher holte er einen Holznapf vom Bord, legte einen Kanten Brot und einen in Zwiebelwasser eingelegten Salzhering hinein und füllte einen Becher mit Fruchtwein.

»Hier, Kind, das ist für dich! Du siehst aus, als hättest du seit längerem nichts mehr zu essen bekommen.«

Bärbel nickte erfreut, wusste aber im ersten Augenblick nicht, wo sie die Gaben unterbringen konnte. So klemmte sie sich das Brot unter den Arm und hielt etwas unglücklich die Schüssel mit dem Hering und den Becher in der

Hand. Der Templer lächelte ihr zu, zündete mit dem Kienspan, den er in seine Halterung geklemmt hatte, eine Laterne an und stellte sie zusammen mit seinem Schemel, den das Mädchen als Tisch benützen konnte, vor seine Klause.

Bärbel bedankte sich, stellte ihre Sachen ab und begann mit gutem Appetit zu essen. Gerade als der Napf leer war, öffnete sich die Tür der Hütte, und dem Mädchen blieb vor Staunen der Mund offen stehen. Vor ihr stand nicht mehr der freundliche Eremit, an den sie sich in den letzten Jahren gewöhnt hatte wie an einen liebevollen Großvater, sondern ein stolzer Ritter in blendend weißem Waffenrock mit dem roten Tatzenkreuz des Templerordens auf der Brust. Über den Schultern trug er einen weiten Kapuzenumhang, der ebenfalls mit dem Templerkreuz geschmückt war, und an seiner linken Hüfte hing ein langes Schwert mit blank poliertem Griff in einer schlichten Scheide. Bärbel erinnerte sich daran, dass der fromme Mann diese Tracht bei seiner Ankunft getragen hatte, doch damals war er ein kraftloser Greis am Rande des Todes gewesen. Nun aber stand ein Krieger in der Fülle seiner Kraft vor ihr, der kaum älter zu sein schien als Graf Walther.

Adalmar strich seiner Urenkelin über das schmutzige Haar, unter dem er nun den silbernen Glanz wahrnehmen konnte. »Wenn du gegessen hast, werden wir aufbrechen, mein Kind.«

»Wo gehen wir hin?«

»Zuerst einmal nach Schmölz! Dort werden wir beraten, welchen Weg wir einschlagen.« Adalmar legte Bärbel die Hand auf die Schulter und lächelte ihr aufmunternd zu. Das Mädchen ergriff die Laterne, um den Pfad vor ihnen auszuleuchten, und schlug zunächst ein Tempo an, das einem nach vielen Sommern ergrauten Mann angemessen war. Adalmar beschleunigte jedoch seinen Schritt, sodass sie Mühe hatte, mit ihm mitzuhalten. Als sie zu dem Templer aufsah, stellte sie mit einer fast ehrfürchtigen Scheu fest, dass er sich noch stärker verwandelt hatte, denn sein Gesicht glich nun dem eines schönen Jünglings und strahlte von innen heraus in einem hellen Licht.

7

Auf Burg Schmölz lag noch alles im tiefsten Schlummer, als Adalmar und Bärbel das Tor erreichten. Der Türmer und zwei weitere Wachen, die Albrecht am Abend bestimmt hatte, beobachteten jedoch sorgsam die Umgebung und schienen sich uneins zu sein, ob sie wirklich nur zwei einsame Wanderer vor sich hatten oder einer List des Wallburgers zum Opfer fallen sollten. Da der Schein der Laterne, die Bärbel trug, den beiden Wächtern nicht reichte, entzündete einer von ihnen eine Fackel und warf sie hinab. In ihrem Licht erkannte der andere Adalmars Templergewand und grüßte hinab. »In welchen Kampf wollt Ihr ziehen, ehrwürdiger Eremit?«

»In den Streit für Herrn Jesus, unseren Erlöser! Nun öffnet endlich, oder glaubt ihr, ich oder meine Begleiterin seien eine Gefahr für eure Burg? Die zieht von ganz anderer Seite auf, und wenn wir nicht rasch handeln, wird sie die Grundfesten von Schmölz erschüttern.« In Adalmars Stimme schwang genug Autorität, um die Wächter dazu zu bringen, die ins Tor eingelassene Fußgängerpforte zu öffnen. Den Arm, den er dem Templer helfend entgegenstreckte, benötigte dieser jedoch nicht.

Jetzt erkannten die Männer auch Bärbel. »Das ist doch die Freundin unserer Kräuterfrau. Die wird sich gewiss freuen, sie zu sehen!«, rief einer und wollte Usch holen.

Adalmar hob jedoch gebieterisch die Hand. »Weckt Frau Rotraut und den jungen Herrn und nicht das arme Weib, die ich zu euch gebracht habe!«

Einer der Wächter lief los, und ein anderer begleitete die beiden Gäste in den großen Saal der Burg, gerade als Frau Rotraut von der anderen Seite hineinstürmte. Sie hatte sich nur einen Umhang über ihr Hemd geworfen und in ihrer Hast vergessen, in ihre Schuhe zu schlüpfen. Nun trat sie auf dem kalten Steinboden von einem Fuß auf den anderen. Hilde, die ebenfalls in ihrem Nachtgewand steckte und gerade dabei war, die Fackeln ringsum zu entzünden, bemerkte die nackten Füße ihrer Herrin und brachte ihr die eigenen, derb wirkenden Pantoffeln.

Frau Rotraut schlüpfte dankbar hinein und setzte sich auf einen Stuhl. »Nehmt Platz, frommer Bruder, und sagt mir, was Euch zu dieser Stunde zu uns treibt.«

»Ich würde gerne warten, bis auch Euer Sohn mir zuhört, Frau Rotraut«, bat Adalmar, ein wenig verwundert, die Burgherrin so ruhig zu sehen. Offensichtlich hatte sie noch nichts von der Gefangennahme ihres Mannes erfahren, obwohl diese sich Bärbels Bericht zufolge beinahe in Sichtweite ihrer Mauern abgespielt haben musste.

Frau Rotraut schien vor Neugier zu vergehen, nickte aber zustimmend und forderte Hilde auf, eine Erfrischung für die unerwarteten Gäste zu bringen. Dabei streifte sie Bärbel mit einem verwirrt nachdenklichen Blick. Sie hatte bereits gehört, dass ihr Sohn sich gelegentlich mit einer jungen Hörigen aus der Wallburg traf und angenommen, er hätte dort eine willige Magd gefunden. Aber mit diesem abstoßend schmutzigen Geschöpf würde Albecht wohl kaum eine Liebschaft begonnen haben.

Noch während sie Bärbel musterte, tauchte Albrecht auf, der sich im Gegensatz zu seiner Mutter die Zeit genommen hatte, sich vollständig anzukleiden. Als er Adalmar in seiner Ordenstracht vor sich sah, war er froh darum, denn er wäre dem frommen Herrn ungern nur mit Bruch und Hemd bekleidet gegenübergetreten. Dann entdeckte er Bärbel und starrte sie verwirrt an. »Na, Waldschrätlein, was führt dich denn nach Schmölz?«

Bärbel kniff unwillig die Lippen zusammen, als er sie vor den anderen Leuten mit diesem Namen ansprach. Bevor sie jedoch etwas darauf antworten konnte, legte Adalmar ihr mahnend die Hand auf die Schulter. »Diese Frage werde ich beantworten! Bärbel hat mir eine Nachricht aus der Wallburg gebracht, die Euch und Eurer Mutter nicht gefallen wird. Graf Walthers Kreaturen haben Ritter Bodo auf dem Heimweg aufgelauert und ihn gefangen gesetzt.«

Frau Rotrauts Gesicht entfärbte sich. »Was sagt ihr da? Mein Gemahl ist auf der Heimreise überfallen worden?«

»Er befand sich bereits auf seinem eigenen Land, als Hartger von Kesslau, Chuonrad von Wolfsstein und Jost von Beilhardt ihn mit ihren Mannen abgefangen und nach Kesslau geschleppt haben.«

Nach Adalmars Worten wurde es so still im Saal, dass man das Rascheln hören konnte, mit dem sich eine Maus durch die auf dem Boden ausgebreiteten Binsen arbeitete. Dann schlug Albrecht wütend mit der Faust auf den Tisch. »Du hättest mich gehen lassen sollen, als ich Chuonrad folgen wollte.«

»Um dem Wallburger zu dem totalen Triumph über Schmölz zu verhelfen? Seine Handlanger hätten Euch ebenfalls mit Vergnügen weggeschleppt. Nein, Albrecht, allein könnt Ihr nichts gegen Graf Walther erreichen.«

Das Lächeln des Templers nahm seinen Worten ein wenig die Schärfe, dennoch zog der junge Mann beschämt den Kopf ein. »Ihr habt ja Recht, ehrwürdiger Vater. Doch auch so ist alles verloren. Wir werden auf jede Bedingung eingehen müssen, die der Wallburger uns stellt, um meinen Vater frei zu bekommen.«

Frau Rotraut sank in ihrem Sitz zusammen und begann leise zu schluchzen. Mehr als fünf Jahre lang hatte sie um ihren Besitz gekämpft und ihn trotz einiger Verluste gut zusammengehalten, und nun schien eine Laune des Schicksals all ihre Mühe zunichte zu machen.

Adalmar wurde von dem Unglück, das Mutter und Sohn getroffen hatte, so ergriffen, dass er Gott und den Herrn Jesus Christus in Gedanken bat, seine nächsten Schritte zu segnen und ihm zu helfen, seinem Großneffen in den Arm zu fallen. Sein Plan schien ihm selbst ein wenig vermessen, denn für seine Ausführung musste er sich auf Erinnerungen aus seiner Jugendzeit stützen. Er versuchte, mit einem tiefen Atemzug den Druck in seiner Brust zu lockern, nahm den Weinbecher entgegen, den Hilde ihm gerade reichte, und trank einen kleinen Schluck. Dann stellte er das Gefäß so hart auf den Tisch, dass das Geräusch unheilvoll von den Wänden zurückhallte, und seine Miene nahm jenen grimmigen Ausdruck an, den seine maurischen Feinde im Heiligen Land fürchten gelernt hatten. »Ritter Bodo befindet sich jetzt zwar noch auf Burg Kesslau, doch Graf Walther wird ihn umgehend auf die Wallburg schaffen lassen. Dort haben wir eine Chance, ihn zu befreien!«

Frau Rotraut blickte ihn an wie einen Priester, der ihr die Gnade Gottes versprach, und nickte erleichtert; Albrecht aber schüttelte mutlos den Kopf. »Herrn Walthers Feste stellt die sicherste und uneinnehmbarste Burg weit über diesen Gau hinaus dar. Man würde ein großes Heer mit Katapulten, Leitern und Rammböcken benötigen, um diese Mauern berennen zu können. Selbst wenn wir jeden unserer Knechte und Bauern bewaffneten, würden wir es nicht schaffen.«

»Ich sagte nicht, dass wir die Burg erobern sollen. Es gibt einen Geheimgang, der im Weinkeller endet, und von dort ist es nicht weit bis zum Kerker. Eine Hand voll entschlossener Männer könnte ausreichen, um Herrn Bodo zu befreien.«

Bärbel starrte den Templer verblüfft an. »Ihr kennt einen Geheimgang, ehrwürdiger Vater? Aber woher denn?«

Adalmar konnte sich in dieser Situation noch weniger denn zuvor als Angehöriger der Wallburger Sippe zu erkennen geben, denn damit würde er Gefahr laufen, Frau Rotrauts Vertrauen und das ihres Sohnes zu verlieren. Daher streichelte er Bärbel mit einem traurigen Blick über die Wange und seufzte. »Gott ließ mich in meinem langen Leben viele Geheimnisse erkennen, mein Kind.«

Dann wandte er sich mit einer energischen Bewegung zu Frau Rotraut. »Vertraut mir, Herrin! Euer Sohn und ich werden Euren Gemahl befreien.«

»Aber Albrecht ist noch sehr jung und unerfahren, und ich will ihn nicht auch noch verlieren!« Die Sorge um ihren Gemahl und die Angst um ihren Sohn schienen die Burgherrin innerlich zu zerreißen, und sie begann zu zittern.

Adalmar hob begütigend die Hand. »Gott ist mein Zeuge, dass ich über Euren Sohn wachen werde, Frau Rotraut.«

Sofort löste sich der Schrecken, der ihr Gesicht gezeichnet hatte, und sie wirkte so beruhigt, als hätte einer der Heiligen ihr dieses Versprechen gegeben; Albrecht aber lächelte so böse, als würde er allerlei Pläne zur Befreiung seines Vaters wälzen.

Bärbel zupfte den alten Templer am Ärmel. »Verzeiht Herr, aber wo soll dieser Geheimgang sein? Ich kenne jeden Schritt in der Umgebung der Wallburg und habe nie etwas gefunden, das auf einen solchen Gang hinweist.«

»Ein Geheimgang heißt nicht zuletzt so, weil er geheim bleiben soll«, antwortete Adalmar lächelnd. »Er beginnt in der kleinen Kapelle, die etwas seitlich des Marktortes am Fuße des Burgbergs liegt.«

Bärbel schüttelte den Kopf. »Am Fuß des Burgberges gibt es keine Kapelle.«

Adalmar zuckte kaum merkbar zusammen und schalt sich einen Narren, weil er nicht daran gedacht hatte, dass sich in den mehr als fünfzig Jahren, die über diesen Landstrich hinweggegangen waren, einiges verändert hatte. Seinem Bruder, dessen Sohn oder eben dem jetzigen Grafen konnte es durchaus eingefallen sein, die Kapelle abzureißen und den Gang darunter zuschütten zu lassen.

Noch während er überlegte, welch andere Möglichkeiten es gab, Bodo von Schmölz zu befreien, rieb Bärbel sich mit dem rechten Zeigefinger über die Nase. »Ich glaube, ich weiß jetzt, welchen Ort Ihr meint. Dort gibt es Reste von Grundmauern, auf denen eine Kapelle gestanden haben könnte. Dort herumzuklettern ist gefährlich, denn an dieser Stelle ist vor Jahren ein Felssturz heruntergekommen, und Gebüsch hat das lose Gestein überwuchert. Ich bin sicher, dass ich den Ort auch im Dunkeln finden kann. Wenn Ihr wollt, werde ich Euch führen, denn allein findet Ihr die Stelle nicht.«

»Das ist eine Sache für Krieger und nicht für kleine Mädchen!«, entfuhr es Albrecht. Es klang hochmütig, aber hinter seinen Worten verbarg sich die Sorge, Bärbel könne etwas zustoßen. Seit sie ihm am Rand des Blutwaldes geholfen hatte, war sie zu einer vertrauten Freundin geworden, die er nicht mehr missen und vor allem nicht in Gefahr sehen wollte.

Bärbel schürzte beleidigt die Lippen; Adalmar aber wollte dem Jüngling schon beipflichten, als er schmerzlich begriff, dass er ohne seine Urenkelin nicht weit kommen würde. Wohl verlieh ihm der Kreuzessplitter, den er unter seinem Waffenrock verborgen trug, neue Kräfte, doch er kannte die Wallburg nur noch aus ferner Erinnerung, und dass diese trügen konnte, hatte er oft genug erfahren. Daher legte er Bärbel mit einem traurigen Lächeln die Hand auf die Schulter und nickte. »Du wirst mit uns kommen und Auge und Ohr für mich sein.«

| 8 | Bodo von Schmölz hatte sich in den letzten Stunden schon so oft einen blutigen Narren und Schlimmeres genannt, dass ihm keine Beschimpfung mehr für sich selbst einfiel. Er hätte wissen müssen, dass der Wallburger auf ihn wartete, und das Ausmaß seiner eigenen Dummheit und Unvorsichtigkeit zu ertragen dünkte ihn schlimmer als seine aussichtslose Lage. Er hatte sich von seinem schon greifbar nah scheinenden Triumph über den Grafen blenden lassen und den Schritten dazwischen keine Beachtung mehr geschenkt. Nur deshalb war es seinen Feinden gelungen, ihn zu fangen wie einen heurigen Hasen. Ich hätte dem Grafen keine Botschaft schicken dürfen, sagte er sich zum wiederholten Male, denn damit habe ich ihn nur unnötig gewarnt und gereizt.

Er hatte aber auch nicht erwartet, von seinem Freund Chuonrad verraten zu werden, und wusste nicht, wem er lieber den Hals herumdrehen würde, dem Grafen, dem Wolfssteiner oder sich selbst. Das Letztere war in seinen Augen vorzuziehen, denn er hatte sich vor seiner Frau und seinem Sohn auf eine Art und Weise blamiert, die sie wohl auf sein Grab spucken lassen würden, falls es überhaupt ein christliches Begräbnis für ihn gab.

Man hatte ihn nicht in Kesslau behalten, sondern sofort weiter zur Wallburg geschafft und mitsamt seinen Begleitern in den Kerker gesteckt. Jetzt stand er mit Ketten an die Wand geschmiedet, sodass er weder Arme noch Beine rühren konnte, und musste den Gestank ertragen, der aus seinen Hosen aufstieg. Man hatte ihm aus Bosheit verwehrt, sich wenigstens auf den Boden entleeren zu können, und so hatte er dem Drängen der Natur nachgeben und seine Kleidung beschmutzen müssen. Diese Behandlung steigerte seinen Hass auf den Wallburger bis ins Unerträgliche. Gleichzeitig benötigte er all seine Kraft, sich aufrecht zu halten und sich nicht von der Furcht vor dem übermannen zu lassen, was sein Feind sich an Bosheiten und Quälereien für ihn ausdenken mochte. Bei seiner Gefangennahme hatte er befürchtet, seine Frau und sein Sohn befänden sich ebenfalls in den Händen des Grafen, doch einige Bemerkungen seiner Bewacher hatten ihn in dieser Beziehung beruhigt. Rotraut und Albrecht waren frei und hielten sich auf Schmölz verschanzt. Starb er hier in den Kerkern der Wallburg, würde sein Sohn die Sippe weiterführen.

Das Stöhnen eines seiner Begleiter verstärkten Ritter Bodos Selbstvorwürfe, denn die drei Männer waren nur durch seine Dummheit in diese Lage geraten. Der Knappe, den er von Schmölz mitgenommen hatte, war vor einem Jahr an einer Krankheit gestorben, und an dessen Stelle hatte er den Bastardsohn eines Waffengefährten in seine Dienste genommen. Der Bursche hatte die Fähigkeiten, es bis zum Ritter zu bringen, und Bodo hoffte, seinen Feind wenigstens dazu bringen zu können, den Jungen und die beiden Waffenknechte frei zu lassen.

»Verliert nicht den Mut, Männer! Wir sind ja erst zwei Tage gefangen«, rief er einem der beiden Söldner mit bärbeißig klingender Stimme zu.

Im Schein der fast schon heruntergebrannten Fackeln konnte Bodo erkennen, dass der Mann sich unter dem Klang seiner Stimme wand, als hätte er ihn geschlagen. Er seufzte kaum hörbar und fragte sich, ob er bald genauso ein Bild des Elends abgeben würde wie der Waffenknecht, den er auf dem Schlachtfeld mutig hatte streiten sehen. An die Wand eines feuchten, dunklen Kellerverlieses gekettet, mochte wohl auch der stärkste Mann an seiner eigenen Hilflosigkeit zerbrechen.

Seine Gedanken wurden vom Klang vieler Schritte unterbrochen, und kurz darauf wurde der Riegel zurückgezogen. Als die aus Eichenbohlen bestehende Tür aufschwang, trat Graf Walther an der Spitze von fast zwanzig Männern ein. Bodo erkannte als erstes seine Nachbarn Hartger und Chuonrad, und dann Armin und Jost, die Spießgesellen des Teufelsgrafen. Ihnen folgten vier junge Burschen in Gewändern von Edelleuten, die ihn mit sichtlichem Spott musterten, und ein paar Reisige.

Der Graf blieb vor Bodo stehen und bleckte die Zähne zu einem freudlosen Grinsen. »Nun, bist du jetzt bereit, meine Bedingungen anzunehmen? Oder willst du in deinem eigenen Dreck verfaulen?«

Ritter Bodo gelang es trotz seiner schmerzenden Glieder zu lachen. »Das einzig Faule in diesem Raum seid Ihr, Graf Walther.«

»Meinetwegen kannst du hier bleiben, bis du Schimmel ansetzt, Nachbar. Ich habe dir meine Bedingungen genannt und werde kein Haar davon abweichen.« Der Graf hob die Hand, als wolle er seinen Gefangenen schlagen, trat dann aber zurück, weil er sich vor dem von Bodo ausgehenden Gestank ekelte.

Einer der beiden mitgefangenen Waffenknechte starrte seinen Herrn flehend an. »Bitte versucht doch, Euch mit

Graf Walther zu einigen. Es ist keine Schande, den Kaiser um ein anderes Lehen zu bitten und Euch und Eurer Sippe damit das Leben zu retten!«

Jost sah den Mann feixend an. »Und dir dazu, meinst du wohl! Vielleicht sollte ich dir und deinen Kumpanen die Peitsche überziehen, damit ihr Eurem Herrn noch eifriger erklärt, was gut für ihn ist.«

»Wage es, meine Männer anzurühren, und ich werde dich in Stücke reißen!«, schäumte Ritter Bodo auf.

Jost trat so nahe an ihn heran, dass sich beinahe ihre Nasen berührten. »Ich kann auch dir das Fell gerben, Stinker, wenn dir das lieber ist.«

»Sei still und geh an deinen Platz«, wies der Graf seinen Vogt zurecht.

Er hätte persönlich nichts dagegen gehabt, seinen Gefangenen wie einen Hörigen verprügeln zu lassen, bis dieser nachgab. Aber eine solche Schande konnte ein Edelmann nur mit Blut abwaschen, und deswegen würde er den Mann danach töten müssen, um vor dessen Rache sicher zu sein. Leider war der Schmölzer kein unbedeutender Ritter, nach dem kein Hahn krähte, sondern ein bewährter Gefolgsmann des Kaisers, und wenn er ihn umbrachte, würde er sich Herrn Rudolfs Zorn zuziehen. Also musste er sich mit diesem sturen Ochsen irgendwie einigen, und das beunruhigte ihn ebenso wie das nagende Gefühl eines unersetzlichen Verlustes, das ihn bei seiner Rückkehr beschlichen hatte.

Immer wieder tauchte das Gesicht der toten Notburga vor seinem inneren Auge auf, und es war, als lache sie ihn noch im Jenseits aus. Zuerst hatte er befürchtet, sie könne ihm den Kreuzessplitter geraubt und vor ihrem Tod an einem unbekannten Ort verborgen haben, doch das Gesinde war fest dabei geblieben, dass sie die Burg nicht verlassen hatte, und es gab auch keine Spuren eines Diebstahls. Eine ihm unerklärliche Angst hatte ihn bisher davon abgehalten, den Schrein zu öffnen, und da die geheime Kammer wie eh und je von der Kraft der Reliquie erfüllt war, nahm er an, dass er unter einer düsteren Vorahnung litt.

Herr Walther schüttelte die ihn beunruhigenden Gedanken ab, verschränkte die Arme vor der Brust und betrachtete seinen Gefangenen mit dem Blick eines Mannes, der sich in der weitaus besseren Position weiß. »Für den Fall, dass du gestern schwerhörig warst, Bodo von Schmölz, will ich dir meine Bedingungen noch einmal nennen: Du wirst mir Urfehde schwören und deine Burg an mich übergeben. Dann bittest du den Kaiser, dir wegen der beengten Lage deines Besitzes ein anderes Lehen zu verleihen, am besten in Sachsen oder den Gebieten an der Donau, die Herr Rudolf erst vor kurzem für sich gewonnen hat. Danach verlasst du und deine Gemahlin den Gau, und ihr lasst euch nie mehr im Herzogtum Franken blicken. Als Garant für deinen guten Willen wirst du mir deinen Sohn als Geisel überlassen, bis du dein neues Lehen in Besitz genommen hast. Heute aber wirst du mir noch den Grund nennen, der dich so kühn werden ließ, mich, den Gaugrafen und mächtigsten Mann dieses Gebietes herauszufordern.«

Bodo begann zu lachen, dass ihm die Tränen in die Augen traten. »Sonst noch etwas?«

Man sah ihm nicht an, wie viel Mühe es ihn kostete, diese Heiterkeit zu zeigen, denn im Grunde seines Herzens war ihm zum Heulen zumute. Er saß in einer Falle, die er sich selbst gegraben hatte. Denn der Fels, mit dem er den Grafen hatte stürzen wollen, rollte bereits unerbittlich, und nichts auf der Welt war in der Lage, das Verhängnis aufzuhalten. Würde er Albrecht dem Grafen ausliefern, wäre das der sichere Tod seines Sohnes.

»Scher dich zur Hölle!«, antwortete er daher nur und starrte an seinem Gegner vorbei an die Wand.

Herr Walther wandte sich mit unbewegter Miene ab. »Wie du willst! Der Hunger wird dich eines Besseren belehren!«

Bodo aber zuckte nur mit den Achseln. »Gegen ein wenig Fasten habe ich nichts, denn wenn der Magen leer bleibt, wird auch meine Hose nicht voller!«

| 9 | Die Landschaft hatte sich in den mehr als fünf Jahrzehnten, die Adalmar fern der Heimat geweilt hatte, stark verändert. Bäume, die ihm als Wegweiser hätten dienen können, waren in der Zwischenzeit entweder gefällt oder vom Sturm niedergeworfen worden, und von der kleinen Kapelle, in der er als Kind oft gebetet hatte, gab es keine Spur mehr. Obwohl er wusste, dass sein Bruder und dessen Nachkommen sich von Gott abgewandt und wohl auch keine Achtung vor einer Gebetsstätte besessen hatten, die von ihrem Ahnherrn Roland einst mit eigener Hand errichtet worden war, machte diese Tatsache ihn traurig. Hilflos ließ er seinen Blick über die Flanke des Burgberges wandern, die im Grau der Abenddämmerung vor ihnen aufragte, um selbst herauszufinden, an welcher Stelle die Kapelle einst gestanden hatte. Aber der Hang war voller Jungholz und dichtem Gebüsch, das dem Feind während einer Belagerung als willkommene Deckung würde dienen können. Hier nach den Grundsteinen eines winzigen Bauwerks zu suchen war sogar bei hellem Tageslicht kaum möglich.

Bärbel aber schien guten Mutes zu sein, denn sie kletterte in der rasch hereinbrechenden Dunkelheit mit dem Geschick einer Ziege hangaufwärts und blieb an einer

Stelle stehen, die sich durch nichts von ihrer Umgebung unterschied. Die Männer folgten ihr, vorsichtig Deckung suchend, damit sie nicht von den – allerdings recht nachlässigen – Wachen auf den Mauern der Wallburg bemerkt wurden. Unter halb verblühtem Ginster, neben dem Bärbel stehen geblieben war, entdeckten sie einen Stapel zerfallenes Holz und etliche sorgsam behauene Steine, die zu einem Gebäude gehört haben mussten.

Bärbel wies darauf. »Wir müssen das Holz entfernen und einen Teil der Quader beiseite räumen! Seid aber vorsichtig, und macht keinen Lärm, sonst hört man uns oben.«

Albrecht betrachtete die Stelle mit einem gewissen Misstrauen. »Woher weißt du, dass hier der Eingang ist?«

Bärbel war verletzt, weil der junge Schmölzer ihr Wissen in Zweifel zog, doch eine begütigende Geste des Eremiten verhinderte, dass sie ihm eine schroffe Antwort gab. »Da Graf Walther den Burgberg hat verwildern lassen, bin ich hier herumgeklettert, um Kräuter und Pilze zu sammeln. Dabei habe ich unter dem Holz einen Hohlraum entdeckt, der größer war, als ich mit einem Stock ertasten konnte. Ich habe ihn aber nicht weiter untersucht, weil ich Angst hatte, giftige Schlangen aufzuscheuchen. Wie hätte ich auch wissen können, dass dort ein Stollen zur Burg beginnt? Ich habe mich erst wieder an die Sache erinnert, als der ehrwürdige Eremit gestern Nacht den Geheimgang erwähnt hat.«

»Es muss die richtige Stelle sein, denn von hier aus hat man den gleichen Blick auf die Burgmauer wie damals von der Kapelle.« Der Templer bückte sich und zog das erste Holzstück beiseite. Nun legten auch Albrecht und seine Reisigen Hand an, und schon nach kurzer Zeit gähnte ein schwarzes Loch zu ihren Füßen, das, wie sie mit einem der Speere feststellen konnten, tiefer war als ein Mann hoch.

»Wir brauchen Licht«, sagte einer der Bewaffneten zweifelnd.

Adalmar schüttelte den Kopf. »Nicht hier im Freien, denn damit würden wir uns verraten. Wir müssen erst ein Stück in den Gang hineinklettern.«

»Und dabei kräftig auf die Nase fallen«, setzte der Reisige, der eben Licht gefordert hatte, mürrisch hinzu.

Albrecht gab seinem Gefolgsmann einen mahnenden Stoß und sprang kurzerhand selbst in den gähnenden Schlund. Bärbel hörte, wie seine Sohlen auf schlammigen Boden trafen, dann erklang seine Stimme: »Helft dem ehrwürdigen Eremiten und unserem Waldschrätlein herunter und kommt dann nach. Ich habe den Gang gefunden!«

Bevor Bärbel sich über die Bezeichnung ärgern konnte, hatten zwei der Reisigen sie gepackt und ließen sie wie einen Sack in die Tiefe hinab. Sie spürte, wie Albrecht sie festhielt und sicher auf dem Boden absetzte.

Er schob sie auf eine schwarze Öffnung zu. »Geh ein wenig beiseite, damit die anderen herabklettern können!« Bärbel tastete sich ein paar Schritte weiter, auch wenn ihr vor dem Loch graute, in dem allerlei Getier lauern konnte, und sah dann in der kaum noch wahrnehmbaren Helligkeit, die von oben in den Schacht drang, wie Adalmar vorsichtig hinabgereicht wurde, so als sei er ein zerbrechliches Gefäß. Nachdem er zur Seite getreten war, sprangen die Reisigen einer nach dem anderen herunter, und als sich alle in der Grube befanden, fragte jener, den die andern Wicho nannten, erneut nach Licht.

»Ich glaube, wir können jetzt riskieren, die Laterne anzuzünden«, antwortete Adalmar.

Ein anderer Waffenträger nahm eine mit dünn geschabtem Pergament überzogene Laterne vom Gürtel, steckte die Kerze darin fest und stellte sie auf einen Stein, der aus der

Wand ragte. Dann versuchte er mit Feuerstein, Zunder und Stahl einen Funken zu schlagen. Als es ihm zum dritten Mal misslang, stöhnte er auf. »Der Luftzug ist zu stark!«

»Ihr Männer wärt doch hilflos ohne uns Frauen!« Bärbel stieß ein missbilligendes Schnauben aus, öffnete das kleine Tongefäß, das Usch ihr mitgegeben hatte, und blies den darin glimmenden Schwamm vorsichtig an, bis er hellrot glühte. Der Reisige reichte ihr mit einem kläglichen Auflachen den Zunder und einen Kienspan und atmete hörbar auf, als er schließlich die Flamme an den Docht halten konnte.

Im flackernden Licht war zu erkennen, dass ein niedriger, schräg nach oben verlaufender Stollen vor der Gruppe lag, der durch einige wenige morsche Holzpfähle gestützt wurde. Der Boden war feucht und schlammig, und am Rande des Lichtscheins kroch allerlei Getier davon. Die Luft schmeckte ein wenig modrig, ließ sich aber atmen.

Wicho war der Gang jedoch nicht geheuer. Er machte das Zeichen gegen den Teufel und wich fast bis zur hinteren Schachtwand zurück. »Ich weiß nicht, ob es gut ist, dort hineinzugehen!«

Albrecht bleckte die Zähne zu einem freudlosen Grinsen und deutete nach oben. »Unser Weg führt dorthin, mein Guter, und wir werden ihn gehen. Oder willst du meinen Vater, deinen Herrn, im Stich lassen?«

Der Mann schüttelte unglücklich den Kopf. »Natürlich nicht!«

»Also dann vorwärts! Hoffen wir, dass man sich auf der Wallburg zeitig schlafen legt.« Albrecht zog sein Schwert und schritt voran. Bevor einer der anderen sie hindern konnte, eilte Bärbel ihm nach. Adalmar, der dem Mut und der Standfestigkeit der Reisigen nicht ganz traute, nahm die Laterne an sich und leuchtete den Weg aus. So weit das Licht reichte, war kein Ende abzusehen. Während Bärbel und Albrecht sich ein Beispiel an dem Eremiten nahmen und so ruhig weiterschritten, als wanderten sie durch einen lichten Wald, schienen die Reisigen bald schon vor Angst zu schlottern.

»Das kann nicht mit rechten Dingen zugehen. Wir müssten den Berg doch mindestens schon dreimal durchquert haben!«, flüsterte Wicho seinen Kameraden zu.

»Ich bin nur froh, dass es nach oben geht und nicht nach unten in die Feuer der Hölle«, antwortete ein anderer.

Adalmar drehte sich und sah den Sprecher zornig an. »Seid still! Oder wollt Ihr die dunklen Mächte herbeirufen?«

Die Männer nickten furchtsam und folgten dem Alten nun so vorsichtig, als könne bereits ein einziger lauter Ton Teufel und Dämonen in den Tiefen der Erde wecken. Als die Gruppe eine kleine Kammer erreichte, die das Ende des Ganges markierte, seufzten die meisten erleichtert und dankten flüsternd ihren bevorzugten Schutzheiligen. Aber als das Licht auf das scheinbar fest im Boden verankerte Gitter aus daumendicken Eisenstangen am anderen Ende fiel, stöhnten einige von ihnen auf, denn trotz starken Rostbefalls wirkte es kräftig genug, selbst einem Riesen Widerstand zu bieten.

Adalmar lächelte ein wenig, als er die enttäuschten Mienen um sich herum wahrnahm, trat vor und tastete die Seitenwand ab, bis er den versteckten Riegel fand. Als er ihn zurückschob, ertönte ein hörbares Knacken. »Jetzt könnt ihr das Fallgitter hochstemmen.«

Albrecht und zwei Reisige griffen zu, und noch während sie glaubten, ihre gesamten Kräfte einsetzen zu müssen, glitt es beinahe wie von selbst nach oben.

»Es wird von einem Gegengewicht hochgezogen«, erklärte der Templer seinen Begleitern, denen er sichtlich unheimlich wurde, und legte den Riegel wieder vor, um das Gitter oben festzuhalten.

»Nun seid leiser als ein Mäuschen, denn gleich haben wir den Weinkeller der Burg erreicht«, raunte er ihnen zu und betrat als erster das vor ihnen liegende Stück Gang, welches in einem übergroßen Fass endete. Als Adalmar einen weiteren Riegel umlegen wollte, hielt Bärbel seine Hand fest.

»Weiter kann ich nicht mitgehen. Wenn jemand mich drinnen sieht, gibt es einen Aufruhr! Notburga weiß, was ich getan habe, und der Graf hat sicher schon den Befehl gegeben, mich suchen zu lassen.«

Adalmar blickte auf seine Urenkelin herab, die auf einmal gar nicht mehr so mutig wirkte wie bisher, und schien dann durch sie hindurch zu blicken. Nur Bärbel sah die Veränderung auf seinem Gesicht, und die Stimme, mit der er nun sprach, war jene, die sie in der geheimen Kammer gehört hatte. »Fürchte dich nicht, mein Kind. Niemand außer Gott und seinen Engeln weiß, was geschehen ist, und niemand verfolgt dich. Du hast getan, was dir aufgetragen worden war, und deine Hände sind rein. Führe diesen Streiter Gottes nun dorthin, wohin seine Pflicht ihn ruft!«

Bärbel atmete tief durch, zog ihre Hand zurück und lächelte beseligt. Sie konnte sich zwar nicht vorstellen, dass der Diebstahl des Kreuzessplitters nicht bemerkt worden war, aber sie vertraute dem Eremiten ebenso wie der Stimme, die nun aus ihm sprach. Adalmar gab das Lächeln seiner Urenkelin zurück, auch wenn er selbst sie lieber hier zurückgelassen hätte, doch es mochte sein, dass er ihre Kräfte in dieser Nacht noch benötigte. Kurz entschlossen legte er einen Hebel um, der die Vorderseite des Fasses an ihrer Stelle hielt, und schob sie mit einer Leichtigkeit zur

Seite, als handele es sich um einen dünnen Zweig. Eine Öffnung entstand, die gerade groß genug war, einen Mann in gebückter Haltung passieren zu lassen.

Bärbel schüttelte den Rest ihrer Furcht ab und schlüpfte als Erste hindurch, um zu prüfen, ob sich jemand in diesem Teil der Burg aufhielt. Wenn die Stimme Recht hatte, würde ihre Anwesenheit dem Kellermeister und seinen Gehilfen höchstens ein paar Schimpfworte und die Drohung entlocken, sie der Beschließerin zu übergeben. Aber zu ihrer Erleichterung war weit und breit niemand zu sehen. So führte Bärbel die Gruppe durch die mächtigen Gewölbe, die das Gewicht des Palas trugen.

Das Eichenholztor, das den Weinkeller und einige weitere Vorratsräume verschloss, war von außen verriegelt, doch Adalmar wusste auch dieses Hindernis zu beseitigen. Dem Reisigen, der anfangs nach Licht verlangt hatte, schien der Eremit nicht mehr geheuer zu sein, denn er murmelte ein Gebet, das ihn vor den Machenschaften des Teufels bewahren sollte.

Adalmar deutete auf sein Tatzenkreuz. »Wir sind im Namen Jesu Christi hier, um die Werke Satans und seiner Diener zu bekämpfen! All dies hier hat ganz natürliche Ursachen, denn der Geheimgang ist nicht nur erbaut worden, um eine Flucht aus der Burg zu ermöglichen, sondern sollte auch dazu dienen, sie mit seiner Hilfe zurückzuerobern, wäre sie durch Verrat oder List in die Hände eines Feindes gefallen.«

Der Reisige blickte den Templer immer noch misstrauisch an, Albrecht aber nickte beeindruckt, trat vorsichtig hinaus und sah sich um. In etlichen Ringen an den Wänden waren brennende Fackeln befestigt, die anzeigten, dass in diesem Teil der Burg noch Leute unterwegs waren. In ihrem Schein konnten die Eindringlinge eine Halle erkennen, von der einige kleinere Türen und zwei Treppen abgingen. Eine von diesen führte, wie Bärbel flüsternd erklärte, nach oben zur Küche und weiter zum Rittersaal, während man über die andere zu jenen Kellerräumen hinabsteigen konnte, hinter denen die Verliese lagen. Da niemand zu sehen oder zu hören war, eilte die Gruppe so lautlos weiter, wie es Gewappneten möglich war, und erreichte nach kurzer Zeit die Hauptpforte des Kerkers.

Albrecht hoffte schon, sie könnten seinen Vater und dessen Leute ohne Aufsehen befreien und wieder verschwinden. Doch als er seine Hand nach dem Riegel des eisenbeschlagenen Tores ausstreckte, fand er dieses offen stehen, und im gleichen Augenblick erklang innen die spöttische Stimme des Grafen. »Nun, Bodo, wirst du dein Zeichen unter diesen Vertrag setzen und beim Kreuz deines Schwertes schwören, ihn einzuhalten, oder soll ich Jost erlauben, das zu tun, nach dem er giert?«

Albrecht hörte seinen Vater aufbrüllen und den Grafen wüst beschimpfen. Mitten hinein folgte das klatschende Geräusch eines Peitschenhiebes. Das war zu viel für den Jüngling. Ohne nachzudenken, stieß er die Tür auf und drang mit vorgehaltenem Schwert in eine unterirdische Halle ein, von der eine Reihe eisenbeschlagener Türen abgingen.

Er hatte nur Augen für seinen Vater, der mit allen Gliedmaßen an die Wand gekettet war und schäumend vor Wut an den Fesseln zerrte. Dann erst wurde er sich der Gegenwart von mehr als zwei Dutzend bewaffneten Männern bewusst, die auf einen milchgesichtigen Knappen in einem zerrissenen Schmölzer Waffenrock starrten, den man mitten im Raum an den Händen aufgehängt hatte. Während Jost von Beilhardt dem Jungen mit jedem Peitschenhieb den Rücken aufriss, belauerte Walther von Eisenstein seinen wichtigsten Gefangenen. Der Graf, der von zwei Feuerkörben angeleuchtet wurde, glich dabei mit seinem roten Rock und dem wutverzerrten Gesicht eher einem Dämon der Hölle als einem Sterblichen.

Albrecht war zunächst unbemerkt geblieben, denn die Schreie des gequälten Knappen übertönten sein Eindringen, aber als seine Reisigen ihm folgten, bemerkte Graf Walther in seinen Augenwinkeln eine Bewegung. Er fuhr herum und stand für einen Augenblick sichtlich starr vor Schreck da. Dann aber erkannte er, dass seine eigenen Leute den Angreifern sowohl an Zahl wie auch an Bewaffnung überlegen waren, und verzog höhnisch die Lippen.

»Ich werde meinem Torwächter wohl ebenfalls zu einem Tanz mit Josts Peitsche verhelfen müssen, da er so nachlässig war, euch einzulassen. Doch vorher werde ich mich mit dir befassen, du junger Hund!« Er riss sein Schwert aus der Scheide und deutete mit der Spitze auf Albrecht.

Bevor dieser auf die Herausforderung reagieren konnte, schob Adalmar ihn beiseite. Wie die anderen Männer erblickte der Graf nur einen beinahe zum Skelett abgemagerten alten Mann in einer viel zu weiten Rüstung, der kaum noch in der Lage schien, seine Waffe zu halten. Nur Bärbel konnte sehen, dass seine Gestalt von innen leuchtete und ein anderer Geist den alten Körper mit übernatürlicher Kraft erfüllte. In dem Augenblick, in dem der alte Templer Graf Walther gegenübertrat, nahm sie den Engel des Herrn wahr, der in den Greis gefahren war und Flammen aus dessen Schwert lodern ließ. In dem übernatürlichen Licht, das von Adalmars Waffe ausging, wirkte der Graf dunkel und konturlos. Es war, als sei die Kraft seiner unsterblichen Seele schon von ihm gewichen und hätte eine von dämonischen Wesen in Besitz genommene Hülle zurückgelassen.

Adalmar maß seinen Großneffen mit einem beinahe mitleidigen Blick und hob seine Linke, um die Aufmerksamkeit aller auf sich zu lenken. »Ich bin Adalmar von Eisenstein, Ritter Rolands Enkel, und bin gekommen, um dem bösen Treiben meines Verwandten Walther ein Ende zu bereiten. Ich erkläre ihn hiermit für unwürdig, den Namen unserer Sippe weiterhin zu führen, und verfluche ihn für seine gottlosen Taten.« Seine Stimme hallte von den Wänden des Kerkers wieder, und ihre Macht ließ die Wallburger Reisigen ebenso wie die Schmölzer an die Wände zurückweichen.

Herr Walther bleckte die Zähne wie ein in die Enge getriebenes Raubtier. »Ich hätte dich schon bei deiner Rückkehr aus dem Orient wie eine Ratte erschlagen sollen, alter Mann!« Er riss sein Schwert hoch und wollte auf den Templer losgehen, erstarrte aber mitten in der Bewegung, als auf Adalmars Brust ein helles Licht aufleuchtete und wie ein Blitz zu ihm hinüberzuckte.

Eine Stimme erscholl, so machtvoll, dass sie nicht von dieser Welt sein konnte. »Du hast dich der heiligen Gabe als unwürdig erwiesen, Mensch, und stehst daher nicht länger unter dem Schutz des Blutes Christi!«

Das Gesicht des Grafen wurde grau vor Angst, gleichzeitig erkannte er, dass die Lähmung, die ihn erfasst hatte, wieder von ihm wich, und hieb mit aller Kraft zu, um sein Schicksal vielleicht doch noch zu wenden.

Bärbel glaubte schon zusehen zu müssen, wie die Klinge durch den Templer hindurchging, doch Adalmar parierte den Angriff, als schiebe er dürres Reisig beiseite, und stieß seinerseits zu. Er prellte dem Grafen die Waffe aus der Hand, und dann schnitt das Flammenschwert mit einem hässlichen Geräusch durch Fleisch und Gebein. Einen Augenblick stand Herr Walther noch mit dem Ausdruck höchsten Erstaunens auf dem Gesicht da, dann sank er mit einem letzten, ersterbenden Seufzer in sich zusammen und stürzte zu Boden.

Als Jost und Armin ihren Herrn fallen sahen, brüllten sie wie wild gewordene Stiere und gingen mit gezückten Klingen auf den Templer los. Doch sie kamen nicht weit. Albrecht von Schmölz trat Armin in den Weg, unterlief seinen ungeschickten Hieb und stieß ihm das Schwert unter der Achselhöhle hindurch direkt bis ins Herz. Jost aber fiel Rütger zum Opfer, der ihm ein Bein stellte und dem Stürzenden mit einem Hieb den Kopf vom Körper trennte.

Dem Reisigen wurde erst bewusst, was er getan hatte, als er die entsetzten Blicke seiner Kameraden auf sich gerichtet sah. »Er hat es verdient!«, rief er und stellte sich demonstrativ an Albrechts Seite.

Einige der Wallburger Waffenknechte nickten beinahe erleichtert und warfen ihre Waffen weg zum Zeichen, dass sie ihren Herrn nicht zu rächen gedachten, doch die meisten versammelten sich um Chuonrad, Hartger von Kesslau und die vier jungen Ritter, unter denen sich der Sohn des Wolfssteiners am wildesten gebärdete. Die Edelleute waren von der Entwicklung überrascht worden, zogen aber jetzt ihre Waffen und wollten auf die Eindringlinge losgehen. Die Schmölzer Reisigen scharten sich enger um Albrecht und hoben ihre Klingen. Adalmar aber trat Chuonrad entgegen, und in diesem Moment erblickten alle im Raum die aus dem Schwert lodernden Flammen und den überirdischen Glanz, der den Templer umgab. Die Lichtgestalt wuchs bis unter die hochgewölbte Decke, und die brennende Klinge erschien so groß, als könne sie die Verbündeten des Grafen mit einem Streich vom Leben zum Tode befördern. Die Ritter und ihre Mannen warfen schreiend die Waffen weg und rannten so kopflos auf das Tor zu, dass Albrechts Waffenknechte zur Seite springen mussten, um nicht von ihnen niedergetrampelt zu werden.

»Rasch, ihnen nach! Sie dürfen uns nicht einsperren!«, rief der junge Schmölzer seinen Männern zu.

Adalmar, der nun wieder ganz normal aussah, hob lächelnd die linke Hand. »Hab keine Sorge, junger Freund! Diese mutigen Streiter denken nur daran, ihre Haut in Sicherheit zu bringen.«

»Dann sollten sie aber nicht mit dem Laufen aufhören, wenn sie meinem Schwert entgehen wollen!« Ritter Bodos Stimme klang nicht so, als würde er Chuonrad, Hartger und den Söhnen seiner Standesgenossen die Behandlung in diesem Kerker so rasch vergessen. Sein Blick aber haftete auf seinem Sohn, und man konnte sehen, wie ihm die Augen feucht wurden.

»Könnte mich endlich jemand losmachen?«, knurrte er bärbeißig, um sich nicht von seiner Rührung übermannen zu lassen.

Bärbel holte ihren kleinen Haken unter dem Kittel hervor und öffnete damit die primitiven Schlösser, mit denen der Ritter an die Wand gefesselt war. Von den Ketten, die mit Schellen um seine Gelenke geschmiedet worden waren, würde ihn ein Schmied befreien müssen. Der Schmölzer reckte trotz des ihn behindernden Eisens die Arme und ließ die Schultern kreisen, um den Blutfluss wieder in Gang zu bringen. Dann zeigte er auf einen der Wallburger Reisigen, die nicht geflohen waren. »He, du da! Zieh deine Hose aus!« Der Mann, dessen Statur der von Ritter Bodo ähnelte, gehorchte mit einem kläglichen Grinsen.

Bodo nahm das Kleidungsstück entgegen und befahl dann seinem Sohn, ihm den Eimer mit dem schmutzigen Wasser, aus dem man ihnen zu trinken gegeben hatte, und eine Fackel in eine der offen stehenden Zellen zu tragen.

»Ich wäre euch allen jetzt sehr verbunden, wenn ihr mich einen Augenblick allein lassen könntet.«

Albrecht begriff nicht so recht, was sein Vater wollte, gehorchte aber, während die anderen mit Bärbels Hilfe die Gefolgsleute des Ritters befreiten. Gerade als der Schmölzer aus der Zelle zurückkehrte und mit verbissener Miene die Ketten hochhielt, die sonst hinter ihm hergeschleift wären, verdunkelten sich die Flammen, als deckten unsichtbare Hände sie zu, und ein eisiger Windstoß fegte durch die tief in den Fels gehauene Halle. Während die anderen vor Panik aufschrien und nach dem Ausgang suchten, der von der sich ausbreitenden Schwärze verschluckt worden war, sahen Adalmar und Bärbel in dem goldenen Schein, der von dem Templer ausging, eine nebelhaft wabernde Gestalt mitten im Raum entstehen. Als das Ding begriff, dass sein Erscheinen nicht unbemerkt geblieben war, verdichtete es sich und nahm die Gestalt eines Mannes an, der in eine fremdländische Tracht gekleidet war. Unwillkürlich trat Bärbel einen Schritt zurück, denn sie hatte den Fremden erkannt, der vor fünf Jahren im Hohlweg die Gans geheilt hatte.

»Ardani!« Adalmar war dem angeblichen Magier zwar nur einmal begegnet, als dieser ihn in Gestalt eines Jägers aufgesucht hatte, aber Uschs Erzählungen waren aufschlussreicher gewesen, als der Kräuterfrau bewusst gewesen war.

»Ja, der bin ich, alter Mann!«, antwortete der höllische Besucher mit einem spöttischen Grinsen, das jedoch schnell in eine von Hass und Angst verzerrte Grimasse überging. Es war deutlich zu erkennen, dass das Licht, das von Adalmar ausging, dem angeblichen Magier wehtat und er die Gegenwart des Engels in dem alten Templer wahrnahm.

Ohne sich um die wie zu Statuen erstarrten Menschen zu kümmern, lief der Teufel zu der Leiche des Vogts, blieb daneben stehen und bleckte die Zähne drohend gegen den Templer. Adalmar rührte sich nicht, sondern sah mit einem interessierten Lächeln zu, wie der Dämon die Hand nach Josts Seele ausstreckte. Bärbel, die innerlich zwischen Angst und Neugier schwankte, verkroch sich hinter Adalmars Rücken und beobachtete von dort aus das Geschehen.

Aus dem Leib des Vogts löste sich ein schwarzer, sich heftig windender Wurm, der Josts Gesicht trug und verzweifelt versuchte, Ardani zu entkommen. Der aber riss seinen Mund so weit auf, dass er wie der einer Schlange auseinander klaffte, und würgte Josts Seele trotz aller Gegenwehr hinunter. Dann ging er zu Armin weiter, schluckte diesen ebenso hastig und blieb mit einer obszönen Geste des Triumphs über Graf Walthers entstelltem Körper stehen.

Da der Engel dem Treiben des Höllendämonen tatenlos zugesehen hatte, schien dieser anzunehmen, dass von dem Himmlischen für ihn keine Gefahr ausging, und verhöhnte den Templer. »Du hast gute Arbeit geleistet, alter Mann! Endlich gehört auch diese Seele mir!« Seine Hand schoss wie die Klaue eines Raubvogels in den Leichnam hinein, schloss sich um die Seele des Grafen, die sich mit aller Kraft an ihrer Hülle festhielt, und riss sie triumphierend hoch. Dabei war zu erkennen, dass sich eine weitaus kleinere, wie Rauch wabernde Seele an die des Grafen klammerte. Das Ding, das verzweifelt versuchte, sich unsichtbar zu machen, trug Notburgas Gesicht. Der Teufel leckte sie mit seiner gespaltenen Zunge ab, und dann stopfte er sich Graf Walthers Seele trotz des goldenen Glanzes, der noch an ihr haftete, ins Maul.

In diesem Augenblick ertönte ein Geräusch, als würde ein großes Becken aus Erz geschlagen. Ardani wirbelte herum, die golden schimmernde Seele noch zwischen den Zähnen, und würgte entsetzt, denn Adalmar hatte das Kästchen mit dem Kreuzessplitter hervorgeholt und streckte es dem Dämon entgegen. Der Templer war nicht mehr der Gleiche wie vorher, weder Greis noch kriegerischer Jüngling, sondern hatte sich vollends in ein Wesen verwandelt, das ebenso wie der Teufel nicht in die Welt der Menschen gehörte. Er glich nun einem der Erzengel auf den Bildern in der Wallburger Kapelle, doch er war viel strahlender und erhabener, und seine goldenen Schwingen schienen den gesamten Saal auszufüllen. Bärbel war so ergriffen, dass sie mit gefalteten Händen in die Knie sank und sich der Schadenfreude schämte, die sie empfand, weil der Teufel sich nun selbst wie ein Wurm auf dem Boden wand.

Als die Stimme des Engels erklang und die Mauern des Kerkers zum Beben brachte, versuchte Ardani sogar, in den Felsboden hineinzukriechen, als wolle er geradewegs durch das Gestein in die Hölle flüchten. »Diese Seelen sind nicht für dich bestimmt, Knecht des Satans, und auch nicht für deinen Meister, denn Gott, der Herr, und sein Sohn Jesus Christus werden am jüngsten Tage über sie richten. Nur dann, wenn es den Flammen des Fegefeuers nicht gelingt, ihre üblen Taten aus ihnen herauszubrennen, magst du sie bekommen, so wie ein Hund einen Knochen erhält.«

»Oh, nein! Ich gebe sie nicht her! Keine von ihnen! Sie gehören mir, mir allein!«, fauchte Ardani, hüllte sich in abstoßend schmutzig rotes Feuer und versuchte, sich auf diese Weise den Weg nach unten zu bahnen.

Der Engel trat auf ihn zu und berührte ihn ganz leicht mit der Spitze seines Schwertes. In dem Moment war es, als würde Ardani von einer riesigen Faust gepackt und gegen eine Wand geschleudert. Gleichzeitig verlor er die Kraft, die Illusion seiner Erscheinung beizubehalten, und stand nun als haariger, krummbeiniger Teufel mit roten Augen, Hörnern, Schwanz und gespaltenem Huf auf einem

Boden, der seinen Kräften widerstand. Er hatte die Seele des Grafen ausspeien müssen, und diese floh vor ihm mit einem Gesicht, als habe sie bereits das Grauen der Hölle kennen gelernt. Auf eine ungeduldige Handbewegung des Engels würgte Ardani unter Zischen und Fluchen auch Notburgas, Josts und Armins Seelen hoch.

»Das sind noch nicht alle!«, erklärte der Engel mit mahnender Stimme.

»Die Gräfin gehört mir! Sie hat sich mir verschrieben«, kreischte der Teufel auf.

»Aber du hast den Preis dafür nicht bezahlt und daher keine Gewalt über sie.« Adalmars Schwert zuckte erneut nach vorne und zog eine Furche in Ardanis Gesicht, aus der stinkendes schwarzes Blut zur Erde tropfte. Der Teufel heulte auf, als würde er von tausend Geißeln gepeitscht, konnte aber nicht verhindern, dass sich ein Schatten von ihm löste und über die Erde auf Adalmar zukroch. Bärbel musste zweimal hinsehen, um in dem verkrümmten Wesen die Seele der Gräfin zu erkennen, die mit der winzigen Seele ihres ungeborenen Kindes auf dem Arm vor ihrem Peiniger floh.

In dem Moment, in dem der Engel sich bückte, um die Gräfin genau wie die anderen in seine Flügel zu betten, machte Ardani eine Handbewegung und hielt im selben Moment einen Dreizack mit glühenden Spitzen in der Hand. Der Engel aber schien jede Bewegung des Teufels gespürt zu haben, denn er blickte sanft lächelnd auf und wartete, bis Ardani mit der Waffe auf ihn zielte. Dann stieß er seine Schwertspitze in den Boden und befahl mit gebieterischer Stimme: »Kehre dorthin zurück, wo du hergekommen bist!«

Der Teufel kreischte auf, drehte sich immer schneller um die eigene Achse und versank schließlich unter Fauchen und Zischen. Zurück blieb ein dunkles, schier endlos tiefes Loch im Gestein, aus dem es nach Schwefel stank.

Mit einem Mal war Adalmar wieder er selbst, und er wirkte so erschöpft, dass er sich auf Albrecht stützen musste, der mit einem tiefen Atemzug aus der Verzauberung erwachte. Der Rest der Männer war ebenfalls aus dem Bann entlassen worden, aber sie standen immer noch wie angewurzelt da und starrten auf die Stelle, an der Ardani zur Hölle hinabgefahren war.

Da weder Albrecht noch Adalmar Miene machten, etwas zu unternehmen, zupfte Bärbel sie ungeduldig an den Waffenröcken. »Kommt bitte! Lasst uns die Burg ganz schnell verlassen!«

Ihre Stimme ließ den alten Templer zusammenzucken, so als hätte sie ihn aus tiefem Schlaf geweckt. »Nein, wir müssen nicht fliehen. Jetzt, wo der Graf und seine Handlanger tot sind, werden wir wohl kaum auf Widerstand treffen. Kommt mit!«

Sein Blick streifte die Wallburger Reisigen, die geblieben waren, ohne ihre Waffen wegzuwerfen. »Ihr habt die Wahl zu gehorchen oder anstelle der befreiten Gefangenen hier im Kerker zu bleiben.

Rütger deutete auf zwei seiner Kameraden. »Die beiden solltet Ihr hier unten anketten lassen. Für die Übrigen verbürge ich mich.«

»Und wer verbürgt sich für dich?«, fragte Ritter Bodo grollend. Er hatte die Gefangenschaft noch nicht verwunden und misstraute jedem, der die Wallburger Farben trug.

Bärbel trat vor und funkelte den Ritter kämpferisch an. »Ich verbürge mich für Rütger!«

Der Schmölzer streifte sie mit einem verächtlichen Blick und sah dann seinen Sohn fragend an. »Was ist das für ein halbtierisches Geschöpf?«

An Albrechts Stelle, der eine beleidigte Miene zog und nach Worten suchte, antwortete Adalmar. »Sie ist der Mensch, ohne den Ihr die Gastfreundschaft des Grafen bis zum bitteren Ende hättet auskosten dürfen!«

Der Templer drehte Ritter Bodo den Rücken zu und forderte Rütger auf, mit ihm zu kommen. Zwar erwartete er keinen direkten Widerstand mehr, aber er konnte nicht abschätzen, ob das Gesinde mit störrischem Trotz reagieren würde. Als er jedoch den Rittersaal betrat, in dem sich die Knechte und Mägde der Burg und auch die restlichen Waffenknechte wie Schutz suchende Küken um Mette geschart hatten, las Adalmar in den verstörten Gesichtern der Leute, dass sie seinen Kampf mit Ardani im Geist miterlebt hatten.

Der alte Templer stellte sich in die Mitte des Saals und stemmte seine Hände auf die Parierstange seines Schwertes. »Ich bin Adalmar von Eisenstein, der einst ausgezogen ist, um wie Ritter Roland im Heiligen Land für das Kreuz zu streiten. Eine heiligere Pflicht hat mich zurückgerufen, denn ich wurde von Gott und unserem Herrn Jesus Christus dazu ausersehen, meinen Neffen zu bestrafen, der sich Ritter Rolands Vermächtnis als unwürdig erwiesen hatte. Graf Walther ist tot und mit ihm auch seine Handlanger Jost und Armin!«

Die meisten schüttelten sich, als wollten sie den Schrecken abstreifen, den diese drei Männer verbreitet hatten, und atmeten erleichtert auf. Hie und da erklangen sogar Jubelrufe, die abrupt verstummten, als Ritter Bodo mit einem Schwert in der Hand unter sie trat und wild damit herumfuchtelte. »Ich will wissen, wo sich dieser verdammte Chuonrad versteckt, denn ich werde ihm seinen Verrat mit blanker Klinge eintränken!«

Kord, der Torwächter, wich vor dem wütenden Mann zurück, begann dann aber breit zu grinsen. »Den sucht Ihr hier vergebens! Der Herr von Wolfsstein hat samt seinen sauberen Freunden die Burg verlassen und wird wohl nicht eher Halt machen, als bis er sich hinter den Mauern seiner eigenen Burg verbarrikadieren kann.«

Bärbels Freund Kunz nickte bestätigend. »Der Weg wird ihn hart ankommen und auch diejenigen, die ihn begleiten, denn sie waren so in Eile, dass sie vergessen haben, ihre Pferde mitzunehmen. Außerdem haben sie keine Laternen bei sich, und heute ist eine sehr dunkle Nacht!« Der Oberstallknecht war nicht ganz so mutig wie Kord und brachte seine Rede im sicheren Kreis seiner Kameraden hervor, aber seinem Gesicht nach schien er sich zu freuen, dass den Herren, die ihn und das übrige Gesinde wenig ritterlich behandelt hatten, ein langer, beschwerlicher Fußmarsch bevorstand.

10

Wie viele andere war Bärbel der Ansicht gewesen, mit dem Tod des Grafen würden die aufregenden Ereignisse im Gau enden und wieder Frieden einkehren. Doch am späten Nachmittag des folgenden Tages erschien ein kleines Heer, das aus wohl dreihundert Reitern, etlichen Fußknechten und einigen Wagen bestand, vor der Wallburg. Es war Philipp von Röthenbach mit einem Gefolge von dreißig Rittern, die von gut ausgerüsteten und sichtlich kampferprobten Waffenknechten begleitet wurden.

Herr Philipp sandte einen Boten zur Burg, der im Namen des Kaisers die Übergabe der Festung forderte. Bodo von Schmölz, der noch auf der Wallburg weilte, grinste beinahe vergnügt, als er diese Nachricht vernahm, und schockierte damit seinen Sohn.

»Habt Ihr dies veranlasst, Vater?«

Der Ritter nickte selbstzufrieden. »Ich sagte dir doch, dass unser Besitz nicht nur durch ein paar Urkunden in einem Kloster geschützt wird, dessen Mönche Herrn Walther in den Hintern gekrochen sind.«

»Das verstehe ich nicht.«

Der Ritter weidete sich an dem Erstaunen seines Sohnes und ließ sich erst einmal von einer Magd seinen Becher mit Herrn Walthers gutem Ungarwein füllen. Er trank einen Schluck, schnalzte mit der Zunge und bequemte sich dann zu einer Antwort. »Erinnerst du dich an den Brand, dem die Listen der im Kloster verwahrten Urkunden zum Opfer gefallen sind, mein Sohn?«

Albrecht nickte. »Aber gewiss! Ich habe Euch doch damals dorthin begleitet.«

»Ein Onkel meiner Mutter hat in diesem Kloster gelebt und dort an einem Buch über unseren Gau geschrieben, das im letzten Jahr der Regierung Kaiser Friedrichs II. fertig geworden ist. Es besteht aus feinstem Pergament und enthält neben den von wahren Künstlern unter den Mönchen gemalten Bildern der Landschaften, der Städte und der Burgen ein Verzeichnis aller Besitzverhältnisse und Lehensrechte zu jener Zeit. Ich war damals noch ein Knabe und durfte meinem Verwandten und seinen Mitbrüdern manchmal bei der Arbeit zusehen. Dabei habe ich erfahren, dass dieses Buch ein Geschenk für den Kaiser werden sollte. Friedrich II. besaß eine große Vorliebe für Bücher, weißt du, und konnte selbst mehrere Sprachen fließend schreiben, sogar diese heidnischen Kringel, die von den Sarazenen verwendet werden. Leider verstarb er, bevor ihm dieses wunderbare Werk übergeben werden konnte.«

»Aber was ist mit dem Buch passiert?«, fragte Albrecht ungeduldig.

»Unser Verwandter brachte es nach dem Tod Friedrichs

nach Trier, wo es aufbewahrt werden sollte, bis ein neuer Kaiser erwählt worden war. Damals konnte niemand ahnen, wie lange es dauern würde, bis wir wieder einen Herrscher bekommen würden, und hier hat sich offensichtlich niemand für das Buch und sein Schicksal interessiert. Ich habe es jedoch niemals vergessen! Als Graf Manfred und später dessen Sohn Walther uns immer stärker bedrängten, habe ich mich jahrelang an die Hoffnung geklammert, mithilfe dieses Buches Gerechtigkeit erlangen zu können. Dazu bedurfte es aber eines von allen anerkannten Kaisers, und als Herr Rudolf gewählt wurde und von den meisten Herren im deutschen Reich akzeptiert worden ist, bin ich auch wegen dieses Buches in seine Dienste getreten. Einige Wochen vor meiner Rückkehr habe ich endlich die Gelegenheit gefunden, ihm von diesem Werk zu erzählen, und da ich seine Bestrebungen kannte, alles Reichsland in seiner Hand zu vereinigen, war mir klar, dass er sich die Gelegenheit nicht entgehen lassen würde, die Verhältnisse in unserem Gau nach seinem Willen zu ordnen.« Bodo wirkte wie ein zufriedener, vollgefressener Kater, der sich die Reste der Sahne vom Maul schleckt.

Adalmar von Eisenstein, der ihm schweigend zugehört hatte, sandte den Boten zu Philipp von Röthenbach zurück, um diesem die Übergabe der Burg anzubieten. Als die fremden Krieger in den Hof ritten, wurden sie vom Gesinde teils ängstlich, teils aber auch erleichtert beäugt. Die Leute wussten zwar nicht, was sie von den Neuankömmlingen zu erwarten hatten, waren aber froh, dass sie keine Belagerung erdulden mussten.

Bodo von Schmölz, den eine herzliche Abneigung mit dem Röthenbacher verband, musste sich sichtlich zwingen, den Mann, den der Kaiser ausgesandt hatte, mit jener Achtung willkommen zu heißen, die ihm gebührte.

Anders als er war Adalmar froh, dem Königsboten die Wallburg zu übergeben, denn damit war seine Aufgabe gelöst. Er hatte noch eine lange Unterredung unter vier Augen mit Herrn Philipp und überreichte ihm dabei einen dicken, mehrfach gesiegelten Brief, der für den Kaiser bestimmt war. Danach legte er das Gewand des Kriegers, das er im Kampf gegen den Grafen getragen hatte, zum letzten Mal ab und verwandelte sich wieder in den schlichten Eremiten in härener Kutte.

Am Morgen nach dem Gespräch suchte er Bärbel auf, die wieder ihre Fohlenbox im Stall bezogen hatte, so als wäre nichts geschehen, und blickte sie auffordernd an. »Es liegt noch eine schwierige Aufgabe vor mir, mein Kind, bei der ich deine Hilfe benötige.«

Bärbel legte den Striegel weg, mit dem sie eben eines der Pferde hatte putzen wollen, und kam auf ihn zu. »Ich bin bereit.«

»Lauf zu Mette und lass dir etwas Brot und Fleisch geben, denn du wirst kaum vor dem Abend zurück sein«, riet er ihr.

Sie eilte davon und war so schnell wieder da, als hätte sie den Weg in die Küche auf Schwingen zurückgelegt.

Als die beiden zum unteren Tor kamen, blickte Kord unglücklich auf Adalmars Kutte. »Ihr wollt doch nicht etwa wieder in Eure Klause im Wald zurückkehren, edler Herr? Wir alle haben gehofft, Ihr würdet hier bleiben und das Erbe Eures Großneffen antreten.«

Der Templer lächelte jedoch nur und schritt weiter, ohne ihm eine andere Antwort zu geben als ein Segenszeichen. Bärbel folgte Adalmar leicht irritiert, denn sie begriff ebenso wenig wie Kord. Aus den erregten Gesprächen, die auf der Burg geführt worden waren, hatte sie herausgehört, dass so schnell kein Friede im Gau einkehren würde. Nach einigen Augenblicken, in denen der Templer sanft und zufrieden lächelnd neben ihr hergeschritten war, wagte sie es, ihn auf die Situation anzusprechen. »Herr, wollt Ihr wirklich die Wallburg verlassen, obwohl Ritter Bodo danach giert, Chuonrads Burg Wolfsstein anzugreifen und niederzureißen, und Graf Walthers ehemalige Verbündete Männer um sich sammeln und bewaffnen? Ihr dürftet der Einzige sein, der die Burgherren dazu zwingen kann, Frieden zu schließen.«

Adalmar legte seinen rechten Arm um ihre Schulter und zog sie mit einer zärtlichen Geste an sich. »Mein Kind, es ist nicht meine Aufgabe, den Gau zu befrieden. Dafür ist Herr Philipp von Röthenbach zuständig, und der verfügt über genügend Kriegsmannen, um die Ritter zur Ordnung zu rufen. Ich muss anderen den Frieden Gottes bringen, und dabei wirst du mir helfen.«

11 Obwohl Adalmar für Bärbel immer noch in einem goldenen Licht schimmerte, schienen die himmlischen Kräfte den Greis verlassen zu haben, denn ihm fiel das Gehen so schwer, dass sie den Blutwald erst kurz nach der Mittagsstunde erreichten. Der verwunschene Forst war genauso düster wie sonst auch und wirkte dennoch verändert. Es lag eine fiebrige Erwartung in der Luft, die jeden Baum und jeden Zweig gepackt zu haben schien. Die Geister der Geopferten schwirrten so aufgeregt herum wie schwärmende Mücken, begrüßten Bärbel und Adalmar mit hellen, nervösen Stimmen, zupften an den Kleidern ihrer Besucher und huschten wieder davon, als würde der Wind sie mit sich tragen. Selbst Fasold, der anerkannte Anführer der Toten, vermochte keinen Augenblick an einer Stelle zu

bleiben, und Sigrid krallte ihre durchscheinenden Finger in Bärbels Kittel, so als hätte sie Angst, durch unbekannte Kräfte von ihr weggerissen zu werden.

»Ihr beide seid heute ganz anders – so warm und stark!«, zwitscherte sie.

Fasold schwebte nervös hin und her. »Ihr habt eine Macht bei Euch, wie sie in diesen Wäldern noch nie gesehen wurde!«

Der alte Templer holte das Goldkästchen mit dem Kreuzessplitter hervor. »Lass uns die Messe lesen, Bärbel! Auch wenn die heilige Kirche es im Allgemeinen nicht duldet, dass ein weibliches Wesen ministriert, so wirst du es hier tun müssen.«

Bärbel erinnerte sich an den Jungen, der Vater Hieronymus assistiert hatte, und schüttelte den Kopf. »Ich weiß nicht, wie das geht!«

»Doch, doch, du kannst es«, antwortete Adalmar lächelnd und bat die Geister, Platz zu nehmen. Als er die ersten lateinischen Worte sprach, verstand Bärbel sie zu ihrem großen Erstaunen, und ihr war es, als habe ein fremder Geist von ihr Besitz ergriffen, der mit ihren Lippen und ihrer Kehle die heiligen Lieder sang. Während sie die Messe begleitete, jubelte ihre Seele, denn noch nie hatte sie den Gottesdienst so erhaben erlebt wie an diesem Tag. Als Adalmar schließlich die Arme hob, um den Geistern seinen Segen zu spenden und das letzte Amen zu sprechen, hätte sie am liebsten geweint.

Der Templer wirkte erschöpft und beinahe ängstlich. »Nun wird sich zeigen, ob Gott mir wirklich die Kraft gegeben hat, diese armen Wesen zu retten, oder ob nur Hoffart und falscher Stolz in mir waren.«

Kaum hatte er dies gesagt, flammte nicht weit von ihnen ein helles Licht auf, wurde größer und bildete einen Feuerring, hinter dem eine wie aus zarten Fiederwolken gebildete Treppe begann. Diese führte himmelwärts, und aus der Höhe konnte man den Gesang der Engel herunterschallen hören. Die Geister zögerten nicht, sondern strebten immer schneller auf den Ring zu, so als hätten sie Angst, das Tor zur Seligkeit könne sich jeden Moment wieder verschließen.

Adalmar sank mit zuckenden Schultern in die Knie und betete, während ihm die Tränen über die Wangen liefen. Bärbel aber blieb stehen und winkte hinter den Geistern her, die ihr gute Freunde geworden waren. Schließlich waren nur noch Fasold und Sigrid übrig. Der Anführer der Geister verneigte sich vor dem Templer und vor Bärbel und schritt ebenfalls seiner Erlösung entgegen. Sigrid hingegen weinte Tränen, die wie nebelhafte Perlen von ihrem Gesicht tropften und sich unter ihrem Kinn auflösten, während sie sich immer noch an Bärbel klammerte. »Ich will dich nicht verlassen! Ich habe dich doch lieb gewonnen.«

Adalmar stand auf und strich der durchscheinenden Gestalt des Mädchens zärtlich über die Wange. »Eure Trennung wird nicht für ewig sein, mein Kind, denn im Angesicht des Herrn werdet ihr euch wiedersehen. Gehe nun, denn deine Freunde warten auf dich.«

Sigrid zögerte noch einen Augenblick, nickte aber dann, als müsse sie ihren Beschluss bekräftigen, und löste ihre Arme von Bärbel. »Lebe ein glückliches und erfülltes Leben, meine Freundin, und vergiss mich nicht!« Dann drehte sie sich um, durchschritt das Feuertor und stieg langsam nach oben. Hinter ihr verblasste der flammende Ring und fiel mit einem Geräusch in sich zusammen, das an den Klang einer Kirchenglocke erinnerte.

Bärbel schauderte vor Ehrfurcht. »Das war ein sehr großes Wunder!«

»Das war es wirklich.« Der alte Mann blickte auf den Blutwald, der nun viel heller und freundlicher aussah, und segnete die Bäume.

Dann atmete er zufrieden durch. »Ich habe so gehofft und Gott oft darum gebeten, dass es mir möglich sein würde, diese armen Seelen zu erlösen! Nun hat der Herr mich erhört und mir die Kraft dazu gegeben.« Sein Blick wanderte in die Ferne. »Ich habe noch eine letzte Aufgabe zu erfüllen, dann darf ich endlich vor unseren Herrn Jesus Christus treten. Der Kreuzessplitter hat sich als zu mächtig für eine einzige Sippe erwiesen und wurde ihr zum Fluch und beinahe auch zum Untergang. In Zukunft soll er seine Kraft an einer Stelle entfalten, an der er zum Segen aller frommen Pilger werden kann. Als ich mit dem Abgesandten Luzifers um die Seele der Gräfin gerungen habe, hat er mir gegen seinen Willen verraten, dass der Ort, an dem deine Schwester gestorben ist, durch sein Wirken entweiht worden und ein Tor zur Hölle geworden ist. Daher werde ich den Kreuzessplitter zum Kloster St. Martin im Remgau bringen, alles Unheilige von dort vertreiben und es wieder zu einer gesegneten Stätte machen. Die Reliquie wird die Kräfte des Herrn und des verehrten Heiligen stärken und den Menschen Trost und Heilung schenken.«

Bärbel nickte eifrig, denn ihr fiel ein Stein von der Seele. Es hätte sie traurig gemacht, Elisabeths Grab in verfluchter Erde zu wissen, aber nun würde das Licht des Herrn auch dort wieder leuchten. »Das ist eine wunderbare Idee, ehrwürdiger Vater! Aber Ihr kommt doch zurück, wenn es vollbracht ist, nicht wahr?«

Adalmar schüttelte lächelnd den Kopf. »Nein, mein Kind. Der Herr hat mir viel mehr Jahre geschenkt, als mir eigentlich zustanden. Ich bin des Lebens müde geworden und freue mich darauf, die Herrlichkeiten des Paradieses zu sehen. Lebe wohl, und denke immer daran, dass du das Herz eines alten Mannes ein letztes Mal mit Freude erfüllt hast.«

»Wäre es nicht besser, ich würde Euch begleiten?«

Der Alte trat auf sie zu, umarmte sie und drückte sie an sich. »Geh zu deiner Mutter, mein Kind. Sie braucht dich jetzt mehr denn je!«

Er seufzte tief, ließ sie dann los und ging fort, ohne sich noch einmal umzusehen. Bärbel blickte ihm nach, bis er zwischen den Bäumen verschwand, und wischte sich immer wieder die Tränen aus den Augen, die nicht aufhören wollten zu fließen. Sie hatte den alten Mann lieb gewonnen und wusste, dass sie lange um ihn trauern würde. Jetzt erst, da sie ihn nie mehr wiedersehen würde, machte sie sich klar, was sie eigentlich schon längst hätte begreifen müssen: Der Tempelritter war ihr Ahnherr, der Großvater ihres Vaters. Doch nun war es zu spät, ihm die Ehrfurcht und den Respekt zu bezeugen, den sie ihm hätte entgegenbringen sollen, und es war ihr auch nicht mehr möglich, sich liebevoll um ihn zu kümmern.

Eine Weile starrte sie noch in den ihr seltsam leer erscheinenden Wald hinein und überlegte, ob sie Adalmar nicht doch folgen sollte. Aber da er ihr gesagt hatte, ihre Mutter benötige sie, entschied sie sich dagegen und wanderte in die Richtung, in der ihr Heimatdorf lag. Vor ihr lag ein Weg von etlichen Stunden, und bei jedem Schritt hatte sie das Gefühl, rückwärts zu gehen, in ihre eigene Vergangenheit, in der die Wallburg nur ein Umriss am Horizont gewesen war, von dem nichts als Unheil kam und den man kaum anzublicken wagte. Aus diesem Gefühl heraus schlug sie einen weiten Bogen um den Herrensitz und das Dorf zu seinen Füßen und wanderte auf stillen Nebenpfaden, bis sie den Hohlweg erreichte, in dem alles begonnen hatte. An seinem anderen Ende blieb sie kurz stehen und sprach ein Gebet, um die Schatten zu vertreiben, die die Erinnerung an den fremden Magier hinterlassen hatte.

Dann schritt sie frohgemut weiter, erleichtert, dass Herrn Walthers harte Hand und die teuflischen Mächte, die sein böses Wirken angelockt hatte, von diesem Land genommen worden waren. Doch als sie am Hirschhof vorbeikam, auf dem nun fremde Leute lebten, wurde ihr klar, dass die Wunden, die der böse Graf geschlagen hatte, nur langsam heilen würden. Aber es erschien ihr müßig, hinter dem Gewesenen herzutrauern, und so wandte sie sich der Kate ihrer Eltern zu.

Die Tür war nur angelehnt, und da auf ihr Klopfen niemand antwortete, trat sie ein. Es war, als tauche sie in eine konturlose Dämmerung, die nur von leisem Schluchzen erfüllt war. Bärbel tastete nach Feuerstein und Zunder, die in einer Nische neben der Tür aufbewahrt wurden, und schlug einen Funken. Als sie endlich den bereitliegenden Kienspan entzündet hatte, sah sie ihre Mutter an dem kleinen, primitiven Tisch sitzen, den Kopf in die Hände gepresst, als müsse sie ihre Seele festhalten.

Frau Anna löste ganz langsam die Finger von ihrer Haut, so als sei es ihr widerwärtig, von der Welt Notiz nehmen zu müssen. Ihr Gesicht glänzte vor Nässe, und ihre Augen glichen überquellenden Teichen. »Dein Vater ist tot, mein Kind. Er hat Elisabeths Verlust nicht verwinden können und ist vor Gram gestorben.«

Bärbel verkrampfte die Hände und spürte, wie ihre Tränen wieder zu rinnen begannen. »Gott gebe ihm die ewige Seligkeit, so wie er es bei Elisabeth tat!«

Die Mutter sah sie nun genauer und schlug das Kreuz. »Du wirkst heute so anders, Kind. Mir ist, als würdest du von innen heraus leuchten.«

»Die schlimme Zeit ist vorbei, Mutter! Der Graf und die beiden Männer, die dich gequält haben, sind tot. Nun werden wir ohne Furcht und in Frieden leben können. Ein Bote des Kaisers hält die Wallburg besetzt und wird wohl auch der neue Gaugraf werden.« Bärbel trat neben ihre Mutter und legte die Arme um sie. Sie spürte, wie die Umarmung erwidert wurde, und begriff, dass neben der Trauer um Schwester und Vater im Herzen ihrer Mutter nun auch für sie Platz war.

12

Der Tod des Grafen und die Besetzung der Wallburg durch die Mannen des Kaisers war das letzte aufregende Ereignis des Jahres. Der Herbst wich bald schon einem frühen, schneereichen Winter, und obwohl die Leute in ihren Häusern und Katen bangten, ob ihre Vorräte bis zum Frühjahr reichen würden, waren sie froh, dass die Wege unpassierbar waren. Auf den Burgen des Gaus gärte es nämlich, und so mancher der Ritter wurde mehr von Kälte und Schnee als durch die Anwesenheit Herrn Philipps und dessen Kriegsschar daran gehindert, seine Nachbarn mit Fehden zu überziehen. Einer der größten Schreier war Bodo von Schmölz, der von seiner Gemahlin und seinem Sohn nur mit Mühe daran gehindert werden konnte, trotz der Witterung, die eine Erstürmung der Burgen praktisch unmöglich machte, gegen Hartger von Kesslau und Chuonrad von Wolfsstein auszuziehen.

Als das Wetter wieder aufklarte und einen Ritt zuließ, bekam Bärbel, die sich in dem Hörigendorf wie von der Welt abgeschnitten fühlte, einige Male Besuch von Rütger. Dieser war in die Dienste des Schmölzers getreten, weil man ihn auf der Wallburg nicht mehr als Anführer einer Schar hatte brauchen können. Auf Burg Schmölz fühlte er sich wohl, weil Usch dort lebte, und er berichtete ein wenig verschämt, dass er und Bärbels Freundin Frau Rotraut gebeten hatten, im Frühjahr heiraten zu dürfen. Die Burgherrin hatte ihnen schon eine halbe Zustimmung gegeben, und das Paar hoffte, Frau Rotraut würde es sich nicht anders überlegen. Bärbel freute sich für die beiden, auch wenn Rütgers Worte neue Trauer in ihr auslösten. Seit der Eroberung der Wallburg hatte sie Albrecht nicht mehr gesehen, und auf ihre Nachfrage erfuhr sie, dass er immer noch kein richtiger Junker war. Der hochwürdige Herr Werner von Eppenstein, der Kurerzbischof von Mainz und Lehnsherr seines Verwandten Eckardt von Thibaldsburg, hatte sein Versprechen, den Knappen wie versprochen beim Christfest zum Ritter zu schlagen, nicht gehalten. Bärbel tat der stolze junge Mann Leid, denn sie konnte sich seine Enttäuschung vorstellen.

Rütger bemerkte, dass sie sich grämte, führte das aber auf die elende Hütte zurück, in der sie hausen musste. Da der neue Herr der Wallburg sich nur wenig für die Hörigen auf seinem Land interessierte, schlug er ihr vor, zusammen mit ihrer Mutter nach Schmölz zu ziehen, in der gewiss ein besseres Leben auf sie warten würde. Das aber lehnte sie mit einem traurigen Lächeln ab. Sie konnte Rütger nicht erklären, dass sie es nicht übers Herz bringen würde, im selben Haushalt zu leben wie Albrechts spätere Ehefrau. Zwar war im Augenblick noch keine Heirat geplant, denn Albrecht hatte den Versuch Ritter Chuonrads, die Fehde zwischen den beiden Familien durch die Verbindung zwischen Hadmut und ihm zu beenden, schlichtweg abgelehnt und erklärt, er würde niemals die Tochter eines Mannes ehelichen, der seinen Vater so schnöde verraten hatte. Zur Verwunderung vieler Leute hatte Frau Rotraut, die früher für diese Ehe gewesen war, ihrem Sohn vorbehaltlos zugestimmt.

Als Bärbel von Albrechts Entscheidung erfuhr, war sie sehr glücklich und hatte für ein, zwei Stunden sogar bei der Hausarbeit gesungen. Doch als der erste Überschwang ihrer Gefühle verklungen war, nannte sie sich eine Närrin und verschloss ihre Sehnsucht nach Albrechts Nähe ganz tief in ihrem Innersten. Sie selbst vermochte sich ihre Zukunft nicht vorzustellen, auch wenn sie bereits überlegt hatte, in Uschs alte Höhlenwohnung zu ziehen und dort als Kräuterfrau zu leben. Aber sie wusste, dass sie ihre Mutter niemals dazu würde bewegen können, mit ihr zu kommen, denn diese war es gewohnt, ihre Nachbarinnen um sich zu haben, und würde sich in der Einsamkeit des Waldes nicht wohl fühlen. So lebte Bärbel wie alle anderen Hörigen vor sich hin und sah zu, wie der Winter wärmeren Tagen weichen musste. Darüber vergaß sie beinahe, dass sie in diesem Frühjahr ihr sechzehntes Lebensjahr vollendet hatte. Zu ihrer Erleichterung wurde weder von ihr noch von ihrer Mutter Fronarbeit verlangt, und so arbeiteten sie beide in ihrem Garten, in dem sie Gemüse zogen, auf dem kleinen Feld, das zu ihrer Hütte gehörte, oder sie halfen anderen im Dorf. Bärbel begann auch wieder, Kräuter zu sammeln und Arzneien gegen vielerlei Krankheiten herzustellen, so wie sie es von Usch gelernt hatte. Sie war überzeugt, dass ihr Leben so weitergehen würde.

An einem Frühsommertag des Jahres 1279 erschien Rütger völlig aufgelöst in ihrer Hütte. »Bärbel, du und deine Mutter sollt sofort auf die Wallburg kommen!«

Während Anna nur verwundert von ihrer Näharbeit aufblickte, krauste Bärbel die Nase, denn sie erwartete sich von dort nichts Gutes. »Was sollen wir dort?«

»Der Kaiser ist gestern erschienen, und er verlangt es!«

Rütger war sein Erstaunen darüber anzusehen, dass ein so mächtiger Mann wie Herr Rudolf von einem Hörigenmädchen wissen konnte.

Auch Bärbel begriff nicht, wie es dazu kam, aber sie durfte diesen Ruf nicht missachten. Seufzend trat sie an den Herd, schob die Glut zusammen und deckte sie mit einer tönernen Schüssel ab. Danach wusch sie sich die Hände, bedeckte ihre Haare mit einem alten Tuch und drehte sich mit unmutig verzogenem Gesicht zu Rütger um. »Ich bin fertig. Wenn meine Mutter auch so weit ist, können wir gehen.«

Anna strich über ihren Rock, der noch aus der Zeit auf dem Hirschhof stammte, und nickte erfreut. Sie war nämlich fest davon überzeugt, dass man sie aus der Leibeigenschaft entlassen und ihnen ihren Besitz zurückgeben würde. Zwar wusste sie nicht, wie sie den Hirschhof allein mit ihrer Tochter würde bewirtschaften können, aber sie war froh um dieses Zeichen irdischer Gerechtigkeit.

Bärbel trug immer noch ihren alten Kittel, der so oft mit verschiedenen Stoffstücken geflickt und größer gemacht worden war, dass von dem ursprünglichen Gewebe kein Faden mehr existierte. Das war nicht gerade das Gewand, in dem man vor einen Kaiser trat, aber sie besaß kein anderes. Daher ließ sie sich von ihrer Mutter an die Hand nehmen und wollte mit ihr in Richtung Wallburg wandern.

Rütger aber hielt die beiden zurück. »Ihr müsst nicht zu Fuß gehen, denn der Kaiser hat zwei Sänften schicken lassen.«

Bärbel war so in ihre Gedanken verstrickt gewesen, dass sie weder die auf dem Platz vor der Kirche stehenden Pferdesänften noch die Knechte und berittenen Begleiter darum herum bemerkt hatte. Nun aber wandte sie sich um, kniff die Augen zusammen und hob abwehrend die linke

Hand, denn sie wäre lieber zu Fuß gegangen als sich so einem wackeligen Ding anzuvertrauen. Rütger mahnte sie jedoch eindringlich, den Befehl des Kaisers zu befolgen. Frau Anna ließ sich nicht zweimal bitten, sondern schritt stolz aufgerichtet auf eine der Sänften zu und ließ sich von Rütger und einem Knecht beim Einsteigen helfen. Bärbel kochte vor Zorn, weil man über sie bestimmte, als wäre sie ein Gegenstand, folgte aber dem Beispiel ihrer Mutter und sah missmutig zu, wie der kleine Reisezug sich in Marsch setzte.

13

Der Rittersaal der Wallburg war so voller Menschen, wie es unter Graf Walther niemals der Fall gewesen war. Sämtliche Burgherren der Umgebung saßen mit ihren Gemahlinnen und den ältesten Kindern um die große Tafel, und man konnte deutlich sehen, dass ein Riss durch ihre Reihen ging. Ritter Bodo und dessen Freunde musterten die ehemaligen Verbündeten Graf Walthers mit feindseligen Augen, während diese ihrerseits den Kaiser wie gebannt anstarrten, da dessen Wort über ihren Besitz und ihr Leben entscheiden würde.

Bärbel und ihre Mutter wurden zu einem kleineren Tisch in der Ecke geführt. Da ihr Kommen von niemandem bemerkt oder beachtet worden war, entspannte Bärbel sich ein wenig und genoss es, von ihrem Platz aus die hohen Herren und ihre Damen beobachten zu können. Am meisten interessierte sie sich natürlich für Albrecht. Der junge Mann schien in dem halben Jahr, das sie ihn nicht gesehen hatte, noch ein Stück gewachsen zu sein und wirkte viel älter und männlicher, als sie ihn in Erinnerung hatte. Obwohl er immer noch Knappe war, konnten Hartwig von

Kesslau, Reinulf von Altburg und Wunibald von Schönthal ihm nicht das Wasser reichen, und er stellte auch Chuonrads Sohn Dankrad weit in den Schatten. Bärbel war so fasziniert von ihm, dass sie beinahe vergaß, dass es eine viel wichtigere Persönlichkeit im Raum gab.

Nur wenigen Menschen aus dem Volk war es vergönnt, den Kaiser von Nahem zu sehen, der für die einfachen Leute gleich hinter den Heiligen und dem Papst kam, und als ihre Mutter schwärmerisch aufseufzte, blickte Bärbel ebenfalls zu dem Herrn des Heiligen Römischen Reiches hinüber.

Rudolf von Habsburg war kaum besser gekleidet als die Edelleute an seiner Tafel, und doch umgab ihn eine Aura, die ihn über alle anderen hinaushob. Während Bärbel ihn beobachtete, begriff sie, dass in seiner Person die Macht des Reiches symbolisiert wurde. Vor sechs Jahren hatten sieben versammelte Reichsfürsten ihn zum Kaiser gekrönt, und daraufhin war es ihm gelungen, sich gegen alle Widersacher durchzusetzen. Im Vergleich zu ihm wirkten die Ritter des Gaus wie Knaben, die sich vor der Zuchtrute ihres Schulmeisters fürchteten. Herr Rudolf war nicht mehr der Jüngste, und sein scharf geschnittenes Gesicht zeigte bereits tiefe Kerben. Graues, dünn gewordenes Haar bedeckte sein Haupt, und wenn er den Kopf hob, stach seine mächtige Nase vor wie der Schnabel eines Raubvogels. Er saß auf dem Platz, den einst Walther von Walldorf eingenommen hatte, und trug wie jener einen roten Waffenrock, nur, dass sein Gewand mit einem schwarzen Adler auf goldenen Grund geschmückt war. Auch er hatte seine Herrschaft mit dem Schwert erringen müssen, und doch vertrat er die Macht des Gesetzes, nicht die der Willkür.

Mit einem Mal hob Herr Rudolf, der nachdenklich an seinem silbernen Pokal genippt hatte, die Hand. Sofort verstummten alle Gespräche, und aller Augen richteten sich auf ihn. Der Kaiser sagte zunächst jedoch nichts, sondern ließ seinen Blick über die versammelte Menge gleiten, und Bärbel kam es so vor, als musterte der hohe Herr die Anwesenden wie Hühner auf dem Markt.

Als die anderen Gäste vor Spannung auf den Stühlen zu rutschen begannen, huschte ein spöttisches Lächeln über sein Gesicht. »Fast drei Jahrzehnte lang herrschten Wirren im Reich, und viele Herren haben die Zeit genützt, um wider alles Recht Reichsland an sich zu raffen oder ihre Nachbarn zu bedrängen. Dies ist nun vorbei. Etliche Ritter und Fürsten, die nicht bereit waren, ihr Knie vor dem Gesetz zu beugen und ihren Raub zurückzugeben, haben dies mit ihrem Leben bezahlt, wie Ottokar von Böhmen und auch Walther von Eisenstein.«

Rudolf von Habsburg legte eine kurze Pause ein, trank einen Schluck von dem guten Ungarwein, der in den Kellern der Wallburg den Winter überstanden hatte, und stellte seinen silbernen Pokal mit einem harten Klang auf den Tisch zurück. »Die Besitzverhältnisse in diesem Gau werden so wieder hergestellt, wie sie beim Tode Kaiser Friedrichs II. verzeichnet waren, es sei denn, das Land hat durch Erbe oder als Mitgift den Eigentümer gewechselt.«

Diejenigen unter den Rittern, die Gebiet an Graf Walther verloren hatten, atmeten sichtlich auf, andere kniffen die Lippen zusammen, und Hartger von Kesslau stieß sogar einen Fluch aus, der ihm angesichts des warnenden Blicks, mit dem Herr Rudolf ihn maß, auf den Lippen erstarb. Seine Freunde Reinwald von Altburg und Wunibert von Schönthal schienen sich bereits mit dem Verlust ihres geraubten Gutes abgefunden zu haben und duckten sich in der Hoffnung, wenigstens ihre Burgen behalten zu dürfen. Der Kaiser machte zu ihrer Erleichterung keine Miene, ihnen ihr Bündnis mit dem Wallburger nachzutragen, sondern schien denen gegenüber, die sich ihm unterwarfen, Milde walten lassen zu wollen.

»Um den Frieden in diesem Gau zu bewahren, werden hier und heute alle Ritter Urfehde schwören und ihren Treueid vor mir ablegen!«

Chuonrad und die anderen ehemaligen Verbündeten des Wallburgers atmeten erleichtert auf, während Bodo von Schmölz vor Ärger rot anlief. Doch Rudolf von Habsburg lächelte seinem wackeren Gefolgsmann, dessen Schwert in etlichen Schlachten treue Dienste geleistet hatte, beruhigend zu. »Es ist nun an der Zeit, einen neuen Gaugrafen zu bestimmen, der in diesem Landstrich die Belange des Reiches vertritt, und ich kann wohl keinen Besseren für dieses Amt wählen als Herrn Bodo von Schmölz.«

Ritter Bodos Unmut verflog mit einem Schlag, und sein Gesicht begann vor Freude zu glänzen. Chuonrad von Wolfsstein und einige andere aber zogen enttäuschte Mienen. Sie hatten geglaubt, der Kaiser würde Herrn Philipp von Röthenbach mit diesem Amt betrauen, und waren diesem kräftig um den Bart gegangen. Herr Philipp, der zusammen mit einem Bärbel unbekannten Augustinerchorherrn in der Nähe des Kaisers saß, schien sich wohl auch Hoffnung auf diesen Posten gemacht zu haben, denn er sah nicht gerade glücklich aus. Bärbel erinnerte sich noch gut an die Arroganz, die der Mann bei ihrer ersten Begegnung an den Tag gelegt hatte, und hatte Mühe, ihr schadenfrohes Grinsen zu verbergen.

Nachdem der Kaiser seinen aufgeregt flüsternden Gästen Schweigen geboten hatte, stand er auf, zog sein Schwert und winkte Albrecht zu sich. Ritter Bodos Sohn gehorchte verwirrt und kniete auf Herrn Rudolfs Befehl vor diesem nieder. Feierlich berührte der Kaiser mit der

Schwertklinge Schultern und Kopf des jungen Mannes und sah dann zu, wie zwei Mönche, die offensichtlich auf die Zeremonie gewartet hatten, von ihrem Tisch aufstanden und Albrecht goldene Sporen anlegten. Zwei andere Mönche traten ebenfalls hinzu und gürteten ihn mit einem Schwert, das ein kunstvoll gearbeiteter Griff zierte, und zwei weitere legten ihm einen roten Umhang mit goldbestickten Säumen um.

Herr Rudolf wartete, bis sie damit fertig waren, und nickte Albrecht dann freundlich zu. »Erhebt Euch nun, Junker Albrecht, und leistet Eurem Kaiser den Treueid des Ritters.«

Albrechts Gesicht glühte vor Freude auf, und Bärbel konnte sehen, wie stolz seine Eltern waren, weil der Kaiser ihrem Sohn eigenhändig den Ritterschlag erteilt hatte. Dann musste sie ein Kichern unterdrücken, denn die vorher so überheblichen Mienen der anderen Junker, die noch von Graf Walther oder wie Dankrad von Wolfsstein vom Pfalzgrafen am Rhein zum Ritter geschlagen worden waren, hatten sich in neiderfüllte Grimassen verwandelt.

Vor lauter Schadenfreude hätte sie beinahe die nächsten Worte des Kaisers verpasst. »Ich bestimme, dass du deinem Vater als Gaugraf des Gaues nachfolgen sollst, und stifte für dich, um deine Hausmacht zu vergrößern, die Heirat mit Jungfer Barbara von Eisenstein, der Erbin der Wallburg. Die Hochzeit soll noch heute gefeiert werden.«

Während Albrecht den Kaiser verwirrt anstarrte, traf es Bärbel wie ein Stich ins Herz. Sie wollte aufspringen und davonlaufen, um nicht mit ansehen zu müssen, wie der Junker mit einem anderen Mädchen vermählt wurde. Da sah sie plötzlich mehrere Frauen, unter ihnen Usch, Mette und die Schmölzer Beschließerin Hilde, auf sich zukommen.

»Damit bist du gemeint, Bärbel!«, klärte Usch sie lächelnd auf. »Oder bist du nicht auf den Namen der heiligen Barbara getauft worden?«

Bärbel starrte zuerst Usch und dann den Kaiser an und sah Herrn Rudolf zustimmend nicken. »Es wird Zeit, dich standesgemäß zu kleiden«, sagte er und befahl den Frauen, Bärbel nach oben zu bringen.

Usch forderte Bärbels Mutter auf, ebenfalls mitzukommen. Anna musterte die Kräuterfrau, die nun sauber und viel jünger wirkte, gekämmt war und die Kleidung einer höheren Bediensteten trug, und nickte dann sichtlich erleichtert. »Das, was einst an dir böse war, ist durch die Gnade des Herrn hinweggewaschen worden!« Mit diesen Worten stand sie auf und folgte ihrer Tochter.

Jetzt begriffen auch die Übrigen, wen der Kaiser gemeint hatte, und Reinulf von Altburg lachte höhnisch auf. »Albrecht muss den verrückten Trampel heiraten. Das gönne ich ihm!«

Bärbel zuckte unter den hämischen Worten zusammen, blieb auf der Treppe stehen und sah Albrecht ängstlich an. Dessen Gesicht wirkte so verdattert, als wisse er nicht, ob der Kaiser ihn jetzt erhoben oder in einen Abgrund gestürzt hatte. Das ärgerte Bärbel, und sie wäre am liebsten zu ihm hinuntergegangen, um ihm zu sagen, dass er der letzte Mann wäre, den sie zu heiraten wünsche. Usch schien ihr diesen Gedanken vom Gesicht abzulesen, denn sie schob Bärbel kurzerhand die letzten Stufen hoch und zerrte sie in die Kemenate, die Elisabeth und Frau Adelheid sich im letzten Jahr geteilt hatten. Nun standen dort zwei große hölzerne Bottiche mit warmem Wasser bereit. Bevor Bärbel eine Hand zur Abwehr heben konnte, hatte Usch ihr das Kopftuch heruntergezogen und ließ Mette und die anderen Frauen für einen Augenblick das weich fallende, silbrig schimmernde Haar bestaunen. Dann zog sie dem erstarrt dastehenden Mädchen den hässlichen Kittel aus.

Mette schlug die Hände über dem Kopf zusammen, als sie statt einer verwachsenen Gestalt einen wohlgestalteten Körper vor sich sah. »Heilige Maria, Mutter Gottes, das gibt es doch nicht!«

Hilde konnte kaum aufhören, ihren Kopf zu schütteln. »Da wird unser Albrecht ja Augen machen.«

Usch zeigte den Frauen die Polster, die Bärbel in ihren Kittel eingenäht hatte, und brachte sie zum lachen. Mette umarmte Bärbel und drückte sie fröhlich an sich, ließ sie dann aber mit einem erschreckten Ausruf wieder los. »Verzeiht, Herrin, ich wollte Euch nicht zu nahe treten!«

»Aber ich dir!«, antwortete Bärbel mit einem missglückten Lächeln und schmiegte sich an die Köchin, als wolle sie bei ihr Schutz suchen.

Diese ließ es für einen Augenblick geschehen, löste sich dann aber aus ihren Armen und lächelte begeistert. »Endlich kann ich das tun, worauf ich schon seit Jahren warte: Ich kann dich – ich meine Euch, Herrin – baden! Bitte steigt in die Wanne, sonst hebe ich Euch hinein, und seid versichert, ich lasse Euch nicht eher hinaus, als bis ich Euch die Haut vom Leib geschrubbt habe!«

Bärbel fiel beinahe übermütig in das allgemeine Gelächter ein.

14 Unten im Saal wurden inzwischen die Becher vollgeschenkt und so mancher Trinkspruch ausgerufen. Auch wenn die ehemaligen Wallburger Knappen Albrecht verspotteten, sahen ihre Väter nicht so aus, als hätten sie etwas gegen eine Heirat ihrer Söhne mit der Erbin der Wallburg einzuwenden gehabt, mochte sie auch noch so krumm und hässlich sein. Am meisten interessierten sie und die anderen Gäste sich für das Verwandtschaftsverhältnis zwischen Bärbel und dem toten Wallburger Grafen, und sie wunderten sich, wieso dem Kaiser die Zusammenhänge so geläufig waren, als handele es sich um seine eigene Sippe. Sie konnten ja nicht wissen, dass Herr Rudolf einen Brief von Adalmar von Eisenstein bekommen hatte. In diesem hatte der alte Templer nicht nur die verwandtschaftlichen Verhältnisse geklärt, sondern auch von dem Täuschungsspiel berichtet, zu dem seine Urenkelin gezwungen gewesen war, um den Begehrlichkeiten der Vasallen Graf Walthers zu entgehen.

Der Augustinermönch an seiner Seite pries das Mädchen, das seine Schönheit verborgen hatte, um seine Tugend zu schützen, wie eine Heilige und beglückwünschte Albrecht dazu, eine solche Gemahlin zu erhalten. Bodos Sohn wusste mit den Worten des Kirchenmannes nichts anzufangen, denn er konnte sich einfach nicht vorstellen, dass sein kleiner Waldschrat sich auch nur als halbwegs ansehnliche Frau entpuppen würde. Er ekelte sich sogar davor, sie berühren zu müssen. Gleichzeitig war ihm klar, dass er ihr sein Leben und wahrscheinlich auch das seines Vaters verdankte, und schämte sich für seine Abneigung. Auch wenn er sie wohl nie von ganzem Herzen würde lieben können, so besaß sie doch ein Anrecht auf seine Dankbarkeit und Anerkennung. Seine Eltern würden Barbara von Eisenstein gewiss mit offenen Armen empfangen und es ihr leicht machen, sich in ihren neuen Stand einzufinden, denn sein Vater schnurrte vor Zufriedenheit, und in den Augen seiner Mutter lag ein warmer Glanz. Er selbst versuchte sich damit zu trösten, dass Bärbel ein reiches Erbe mit in die Ehe brachte, denn auch ohne die Gebiete, die Herr Walther zu

Unrecht in seinen Besitz gebracht hatte, zählte die Wallburg zu den größten Herrschaften im weiten Umkreis, und kein anderes Lehen im Gau konnte sich damit vergleichen.

Mit dem Gefühl, es mit dieser Frau gewiss besser getroffen zu haben als mit Hadmut von Wolfsstein, griff er nach seinem Becher und führte ihn an die Lippen. Da bemerkte er Usch und Hilde, die wie aufgeregte Hühner die Treppe herunterflatterten, und dann sah er das Mädchen, das ihnen folgte. Er glaubte seinen Augen nicht mehr trauen zu können. Das war kein Trampel, der da hinabstieg und auch kein hübsches Fräulein wie Hadmut vom Wolfsstein, die weiter unten an der Tafel saß und versuchte, einen der jungen Begleiter des Kaisers zu umgarnen, sondern eine strahlende Schönheit, wie er noch keine gesehen hatte. Sein Herz zuckte schmerzhaft zusammen, denn nun erkannte er die Waldfee vom Teich.

Selbst der Kaiser riss die Augen auf, als er Bärbel die Treppe herabkommen sah, und der Augustiner lobte Gott und alle Heiligen, die dieser Jungfrau beigestanden und sie vor allen Gefahren beschützt hatten. Herr Rudolf fasste sich jedoch rasch wieder und wandte sich an den Mönch. »Vater Alclebius, wäret Ihr so gut, dem jungen Paar den Trausegen zu spenden?«

Der Chorherr sprang auf, bat die beiden jungen Leute, die einander nicht anzusehen wagten, zu sich, vollzog eine segnende Geste und sprach ein kurzes lateinisches Gebet. Frau Rotraut, die neben sie getreten war, reichte Bärbel ein Stück Brot und hielt ihr ein Schälchen mit Salz hin, in das die Braut der Sitte nach das Brot tauchen musste, ehe sie es mit dem Bräutigam teilte. Frau Rotraut forderte sie auf, das Brot in zwei Teile zu brechen und eines davon Albrecht zu geben. Nun bissen beide hinein, und damit war die Trauung vollzogen.

Unterdessen waren die Leute an der Tafel ein wenig zur Seite gerückt, um für Bärbel und Frau Anna Platz zu schaffen, sodass das junge Paar zwischen den beiden Müttern saß. Ehe Frau Rotraut sich wieder setzte, drückte sie ihren Sohn und seine Frau kurz an sich und blickte Bärbel dabei so glücklich an, als habe sie nie auf etwas anderes gehofft, als Albrecht mit ihr zu verheiraten.

Der frisch gebackene Ehemann und Ritter schien die Zufriedenheit seiner Eltern nicht zu teilen, denn er blickte seine junge Frau etwas verzagt an. »Kannst du mir jemals verzeihen?«

»Was?«, fragte Bärbel verwirrt.

»Den Waldschrat«, kam es kleinlaut zurück.

Der Augustiner antwortete an Bärbels Stelle. »Die Jungfrau hat dir nichts zu verzeihen, mein Sohn, denn es war Gottes Wille, der sie in jener unansehnlichen Hülle erscheinen ließ.«

Der Kaiser fand es nun an der Zeit, seinen Begleiter vorzustellen. »Dies ist Vater Alclebius, der vom heutigen Tage an als Abt von St. Kilian amtiert. Rappo von Hohensiefen wurde aufgrund seiner Verwandtschaft zum ehemaligen Wallburger Grafen abgesetzt, und Prior Bernardus hat uns gebeten, sein weiteres Leben als büßender Bruder in einem abgelegenen Kloster verbringen zu dürfen.

»Dann seid Ihr unser neuer Nachbar!« Der frisch gebackene Gaugraf Bodo streckte dem Chorherrn die Hand hin. Dieser ergriff sie und keuchte erschreckt auf, als er den festen Griff seines Gegenübers spürte.

Nun wurden Speise und Trank aufgetragen, und während die Herrschaften aßen, eilten die übrigen Bewohner der Burg herbei, um Albrecht und Bärbel ihre Glückwünsche auszusprechen. Der Torwächter Kord weinte vor Freude, die noch größer wurde, als er erfuhr, dass sein Freund Rütger der neue Hauptmann der Reisigen auf der Wallburg werden würde. Usch erklärte mit kokettem Stolz, dass Frau Rotraut sie gebeten hätte, ihrer Schwiegertochter als Beschließerin zur Seite zu stehen, und trieb auch gleich die Mägde und Knechte an, schneller nachzulegen und auszuschenken.

Nur Kunz, der Oberstallknecht, machte ein Gesicht, als hätte es ihm die Petersilie verhagelt, und wollte sich ganz schnell wieder zurückziehen. Bärbel hielt ihn am Ärmel fest. »Was ist mit dir? Freust du dich denn gar nicht mit mir?«

»Doch, doch, da tue ich schon!«, antwortete Kunz brummig. »Ich weiß nur nicht, ob Ihr mir jetzt noch verzeihen könnt, Herrin, dass ich Euch damals einen Pferdeapfel an den Kopf geworfen habe.«

Albrecht lachte keuchend auf und blickte Bärbel mit großen Augen an. »Du musst dem Mann verzeihen, meine Waldfee. Du hast doch eben den hochehrwürdigen Vater Alclebius gehört. Alles, was vorgefallen ist, geschah, um dich und deine Tugend zu schützen.«

Der Kaiser hatte die kurze Unterhaltung mitverfolgt und lachte schallend auf. Dann aber bemühte er sich, einen strengen Blick aufzusetzen. »Ich glaube, das ist ein Verbrechen, über das nur ich das Urteil sprechen kann! Mann, ich verurteile dich, drei Becher Wein auf das Wohl deiner neuen Herrin zu leeren! Diene ihr und Herrn Albrecht treu, solange du lebst, und du wirst sehen, dass auch Gott dir diesen Pferdeapfel nachsehen wird. Meint ihr nicht auch, Vater Alclebius?«

»Gewiss, gewiss!«, versicherte ihm der Chorherr.

Bärbel schenkte Kunz ein Lächeln und blickte dann zu Albrecht auf. »Wir beide dürften wohl noch einiges zu besprechen haben, bevor dieser Tag zu Ende gegangen ist.«

»Das stimmt, und ich weiß auch schon wo!« Albrecht

stand fröhlich lachend auf, nahm Bärbel auf die Arme und trug sie zur Tür.

»Wo willst du hin?«, fragte sie erschrocken.

»Zu unserem Teich im Blutwald, denn ich will meine Waldfee so sehen, wie ich sie zum ersten Mal erblickt habe.«